Petros Markaris

Live!

Ein Fall für Kostas Charitos

Roman

Aus dem Neugriechischen von Michaela Prinzinger

Diogenes

Titel der 2003 bei
Samuel Gavrielides Editions, Athen,
erschienenen Originalausgabe:
›O Τσέ αυτοκτόνησε‹

Dieser Band wurde für die deutsche Fassung
in Zusammenarbeit mit dem Autor
nochmals durchgesehen
Umschlagfoto:
›Woman Looking out from Strips
of Film‹, © CORBIS

Zum Gedenken an Frau Tasoula

www.diogenes.ch
70/04/8/1
ISBN 3 257 86105 2

Alles, was im Subjekt ist, ist im Objekt,
und noch etwas mehr;
Alles, was im Objekt ist, ist im Subjekt,
und noch etwas mehr.
Johann Wolfgang von Goethe

I

Die Katze sitzt mir gegenüber auf der Parkbank. Jeden Nachmittag finde ich sie hier vor – auf der breiten Rückenlehne hockend. Die ersten Tage blickte sie mich mißtrauisch an, jederzeit bereit, die Flucht zu ergreifen, falls ich mich ihr nähern sollte. Als sie schließlich sicher war, daß ich mich nicht für sie interessierte, behandelte sie mich wie Luft und fühlte sich nicht länger genötigt, ihre Pose meinetwegen zu verändern. So hat sich eine gutnachbarliche Beziehung zwischen uns entwickelt. Sie besetzt nie meine Parkbank, und die wenigen Male, die ich vor ihr eintreffe, lasse ich ihr angestammtes Plätzchen frei. Sie ist eine Herumtreiberin, doch ihr Fell ist nicht rötlich wie das der meisten streunenden Katzen. Es ist schwarzgrau gemustert, ganz so wie die Anzüge, die wir am Polizeiball oder bei Begräbnissen tragen.

Adriani sitzt an meiner Seite und strickt. Seit jenem schicksalhaften Abend, als ich die glorreiche Idee hatte, mich in die Bresche zu werfen, um Elena Kousta vor der Kugel ihres Stiefsohnes zu retten, hat sich mein Leben von Grund auf verändert. Zunächst verbrachte ich acht Stunden im Operationssaal, anschließend anderthalb Monate im Krankenhaus und nun liegen noch zwei Drittel meines dreimonatigen Genesungsurlaubs vor mir. Meine Beziehungen zur Mordkommission sind bis auf weiteres unterbrochen. Ich bin auch kein einziges Mal dort gewesen, seit ich entlassen wurde. Meine beiden Assistenten, Vlassopoulos und Dermitsakis, kamen anfänglich jeden zweiten Tag vorbei, dann stellten sie die Besuche ein und beschränkten sich auf Telefonanrufe, bis sie schließlich jeden Kontakt abbrachen. Gikas war nur ein einziges Mal ins Krankenhaus gekommen, zusammen mit dem Ministerialdirektor, der mich *partout* nicht leiden kann. Doch an diesem Tag war er voll des freundlichen Lobs für meine mutige Tat. Schließlich hat dann Adriani den Oberbefehl über mein Dasein übernommen, und ich beschränke mich darauf, mich von zu Hause in den Park und vom Schlafzimmer ins Wohnzimmer zu schleppen. Ich fühle mich wie ein Palästinenser, über den die Israelis eine Ausgangssperre verhängt haben.

»Was gibt's denn heute zu essen?«

Nicht, daß mich das sonderlich kümmert. Mein Appetit hat sich noch nicht wieder eingestellt, und jeder Bissen bleibt mir im Hals stecken. Aber ich spreche das Thema an, weil es mich aus meiner Lethargie reißt.

»Ich habe dir ein Hühnchen gekocht und dir daraus ein Süppchen mit Teigsternchen zubereitet.«

Seit ich wieder zu Hause bin, spricht sie nur mehr in der Verniedlichungsform, als trüge auch das zu meiner Genesung bei.

»Schon wieder Huhn? Ich habe doch erst vorgestern Huhn gegessen.«

»Es tut dir aber gut.«

»Was soll mir denn daran guttun, Mensch, Adriani? Ich hatte einen Lungendurchschuß, kein Magengeschwür.«

»Das stärkt, überlaß das ruhig mir«, erklärt Adriani abschließend, ohne auch nur den Blick von ihrem Strickzeug zu heben.

Ich stöhne auf und erinnere mich sehnsüchtig an die Tage in der Intensivstation, als meine Angehörigen mir nur einmal am Morgen und einmal am Abend die Aufwartung machen durften und mich zwischendurch in Ruhe ließen. Während der neun Tage, die ich dort verbrachte, abgeschirmt von einer weißen Trennwand und zwei weißen Vorhängen, durchlebte ich zweimal pro Tag dieselbe Zeremonie: Zunächst trat Adriani ein.

Dann fragte sie mit einem Lächeln, so schwach wie eine flackernde Kerze kurz vor dem Erlöschen: »Wie geht es dir heute, mein lieber Kostas?«

Diesem immensen Leidensdruck begegnete ich, indem ich so tat, als fühlte ich mich blendend. »Prima, ich weiß gar nicht, weshalb ich hier rumliege, mir fehlt nichts«, antwortete ich, obwohl ich mich in der Intensivstation gut aufgehoben fühlte.

Ein reserviertes, trauriges Lächeln und ein unmerkliches Kopfschütteln bestätigten mir: Deinem Schicksal kannst du nicht entrinnen. Dann setzte sie sich auf den einzigen Besucherstuhl, ergriff meine Hand, und ihr Blick saugte sich an mir fest. Immer wenn sie nach einer halben Stunde ging, ließ sie mich aufgrund der langen Bewegungslosigkeit mit einer eingeschlafenen Hand und der Gewißheit zurück, daß ich innerhalb der nächsten zwölf Stunden abtreten würde.

Wenn Adriani mich dazu brachte, meinen Zustand als prima zu bezeichnen, so trieb mich Katerina, meine Tochter, zum anderen Extrem. Sie trat stets beschwingt und mit einem breiten Lächeln ein. »Bravo, du bist ein Kraftprotz«, sagte sie. »Du siehst von Tag zu Tag besser aus.«

»Woraus schließt du das denn?« entgegnete ich ärgerlich. »Mir geht's hundeelend. Ich habe Schmerzen, bin völlig erschöpft und will nichts als schlafen.«

Statt einer Antwort drückte sie mir einen innigen Kuß auf die Backe und umarmte mich so fest, daß meine Wunde noch mehr schmerzte als vorher.

Zuletzt kam stets meine Schwägerin Eleni herein. Sobald Adriani sie benachrichtigt hatte, daß man mich halbtot ins Krankenhaus gebracht hatte, war sie von der Insel, auf der sie wohnt, herbeigeeilt.

Eleni gehört zu den Menschen, die einen mit der Misere der anderen trösten wollen. So begann sie mir nacheinander alle Krankheitsfälle in ihrer Familie aufzuzählen. Von ihrer Tochter, die als Allergikerin so gut wie nichts essen und keine normale Kleidung tragen darf, über ihren Mann, der an Bluthochdruck leidet und mit Adalat in der Hosentasche herumläuft, und ihre Schwiegermutter, die aufgrund eines Beckenbruchs bettlägerig ist und abwechselnd von ihr und der anderen Schwiegertochter gewindelt werden muß, bis zu einem entfernten Cousin, der mit dem Motorrad gestürzt ist und nunmehr seit drei Monaten im Krankenhaus liegt, wobei ungewiß ist, ob er jemals wieder wird gehen können. Bevor sie ging, warf sie mir noch den moralischen Lehrsatz »Du kannst Gott auf Knien danken« an den Kopf.

Danach hatte ich bis zum Nachmittag Zeit für mich selbst. Im Krankenzimmer herrschte vollkommene Ruhe, die Schwestern waren außerordentlich diskret, und überhaupt ließ man mich in Frieden.

Die Katze reißt ihr Maul sperrangelweit auf und gähnt majestätisch. Ganz so, als wäre sie meiner überdrüssig. Ich trage es ihr nicht nach, denn ich bin meiner selbst noch viel überdrüssiger als sie.

»Wollen wir nicht langsam gehen?« meine ich zu Adriani, frage mich aber gleichzeitig, warum ich denn gehen sollte, wo mich doch zu Hause die gleiche Tristesse erwartet.

»Bleib noch ein wenig sitzen. Die frische Luft tut dir gut.«

»Vielleicht kommt ja Fanis ...«

»Damit würde ich nicht rechnen. Soviel ich weiß, hat er heute Dienst.«

Nicht daß ich darauf brenne, von einem Arzt untersucht zu werden. Ich komme einfach gut aus mit Fanis Ousounidis, dem Freund meiner Tochter. Mein Verhältnis zu Fanis steht ganz im Gegensatz zur Entwicklung der Athener Börse. Die erlebte nämlich zuerst ihren Höhenflug und begann dann zu kollabieren, während unser Verhältnis zunächst einmal am Boden zerstört war und sich dann langsam erholte. Ich habe ihn als diensthabenden Kardiologen kennengelernt, als ich eines Abends wegen drohendem Herzinfarkt ins Allgemeine Staatliche Krankenhaus eingeliefert wurde. Ich mochte ihn, weil er immer gutgelaunt war, immer einen Scherz parat hatte. Bis ich erfuhr, daß er mit meiner Tochter angebändelt hatte. Da verdüsterte sich meine Laune, und ein heftiges Gewitter zog auf. Schließlich habe ich mich, Katerina zuliebe, mit dem Gedanken abgefunden, daß er ihr Freund war. Ihm persönlich konnte ich allerdings nur wenig abgewinnen. Ich hatte den Eindruck, daß er mein Vertrauen mißbraucht hatte. Wenn man durch die Polizeischule gegangen ist, dann bleibt der Gedanke des Verrats wie ein Blutegel an einem haften. In der Intensivstation kamen wir uns zum ersten Mal näher, und das hatte nichts mit der medizinischen Betreuung zu tun. Gegen zwölf, kurz vor dem Mittagessen, tauchte sein lachendes Gesicht in der Tür auf. Jedesmal rief er mir etwas anderes zu. Von »Wie geht's uns denn, Herr Kommissar?« über »Was treibt mein zukünftiger Schwiegervater?« bis zum ironisch überbetonten »Papa!« Das wiederholte sich drei-, viermal täglich, aber auch nachts, wenn er Dienst hatte, verknüpft mit diskreten Fragen nach meinem Befinden und ob es mir an nichts fehle. Das erfuhr ich indirekt von den Krankenschwestern, die mir dann und wann zuwarfen: »Wir müssen gut auf Sie aufpassen, sonst schimpft Herr Doktor Ousounidis mit uns!«

Die Sache begann mir zu stinken, als ich aus der Intensivstation verlegt wurde. Noch am selben Tag richtete sich Adriani häuslich in meinem Zimmer ein und riß die Kontrolle an sich. Das wurde geduldet, weil ich als Kommissar im Dienst verwundet worden war, andererseits wegen der Beziehung meiner Tochter zu Fanis. Die Ärzte fühlten sich verpflichtet, Adriani tagtäglich Bericht zu erstatten, über meine Fortschritte, über die Medikamente, die sie mir verabreichten, über die kleinsten Komplikationen, die mein postoperativer Zustand nach sich zog. Vom dritten Tag an blieb sie auch zur Visite und verwickelte die Ärzte in langwierige Diskussionen. Wagte ich auch nur einmal eine Meinung zu äußern, wie etwa, daß ich Schmerzen hätte oder ein Ziehen an der Wunde bemerkte, schnitt sie mir das Wort ab: »Überlaß das ruhig mir, Kostas. Du verstehst nichts davon.« Die Ärzte gaben klein bei, schon Fanis' wegen, während ich zu schwach war, um Kontra zu geben. Den Krankenschwestern ging sie auf die Nerven, aber sie trauten sich nicht, es offen zu zeigen. Schließlich entschloß sich Katerina dazu, mit ihr zu reden. Adriani brach in herzzerreißendes Schluchzen aus. »Schon gut, Katerina«, sagte sie unter Tränen, »wenn ihr mir die Betreuung meines Mannes nicht zutraut, dann laßt ihn doch rund um die Uhr von einer Privatkrankenschwester pflegen, und ich geh nach Hause.« Ihr Weinen entwaffnete Katerina und besiegelte meine Geiselhaft.

»Es ist kühl, zieh deine Weste an.« Sie zieht die selbstgestrickte Weste aus ihrer Tasche und überreicht sie mir.

»Laß mal, mir ist nicht kalt.«

»Doch, dir ist kalt, lieber Kostas. Überlaß das ruhig mir.«

Die Katze erhebt sich von ihrem Platz, streckt sich und springt mit einem lautlosen Satz herunter. Sie wirft mir einen letzten Blick zu, dann wendet sie sich um und entfernt sich mit hocherhobenem Schwanz, der an die Antenne eines Streifenwagens erinnert.

Tiere rufen weder freundschaftliche noch feindselige Gefühle in mir wach. Ich habe schlicht keinerlei Bezug zu Tieren. Aber die Arroganz dieser Katze geht mir auf den Geist.

Schließlich packe ich die Weste und ziehe sie über.

2

Fanis straft Adriani Lügen. Er taucht um sieben auf, als ich gerade die Mittagszeitung lese. Das ist noch eine Neuerung in meinem Leben nach dem Krankenhaus: Früher waren die Wörterbücher mein einziger Lesestoff. Nun habe ich als Gegengift für meine Langeweile mein Interesse auch auf Zeitungen ausgeweitet. Ich fange mit der Morgenzeitung an, die mir Adriani mitbringt, wenn sie vom Einkaufen zurückkommt. Anschließend blättere ich meine Wörterbücher durch. Nach meinem Spaziergang kaufe ich das Mittagsblatt und lese haargenau dieselben Nachrichten wie am Morgen, und schließlich sehe ich dieselben Nachrichten zum dritten Mal im Fernsehen und kann sicher sein, daß mir nichts entgeht. Die Ärzte reden dauernd von postoperativen Komplikationen, doch die sind angesichts der Nebenwirkungen, die eine Krankschreibung zeitigt – unerträgliche Langeweile und gräßliche Trägheit –, einfach lachhaft.

Fanis findet mich also vor, wie ich – mit der Hingabe eines autistischen Kindes – das Kleingedruckte des Wirtschaftsteils verschlinge. Ich trage immer noch die Weste, die mir Adriani im Park aufgedrängt hat, nicht etwa, weil ich friere, sondern weil ich einen derartigen Grad an Apathie erreicht habe, daß ich nicht mehr zwischen Kälte und Wärme unterscheiden kann. Ich bin imstande, mit der Weste ins Bett zu gehen, wenn Adriani sie mir nicht vorsorglich auszieht.

Fanis steht vor mir und lächelt mich an. »Wie wär's mit einer Spazierfahrt?«

»Hast du denn keinen Dienst?« frage ich, während ich den Blick von der Zeitung hebe.

»Ich habe mit einem Kollegen getauscht. Dem hat meine Schicht besser gepaßt.«

Ich lasse die Zeitung sinken und stehe auf.

»Aber nicht, daß ihr euch zum Abendessen verspätet«, ruft Adriani aus der Küche. »Kostas muß um neun essen.«

»Wieso? Was ist denn dabei, wenn er um zehn ißt?« lacht Fanis.

Adriani steckt die Nase aus der Küche. »Mein lieber Fanis, du bist doch Arzt. Findest du es richtig, wenn er mit vollem Magen ins Bett geht? Jetzt, wo er sich erholen soll?«

»So, wie du ihn ernährst, kann er auch um Mitternacht essen und gleich anschließend in die Heia.«

»Laß uns gehen, sonst kommen wir hier gar nicht mehr weg«, sage ich zu Fanis, denn ich sehe, wie sie zu ihrer Verteidigung verschiedene erprobte Argumente in Stellung bringt. Wenn sie loslegt, kann ich die Spazierfahrt abschreiben.

Früher hat sie bei Fanis' Anblick alles stehen- und liegen-lassen, um ihm Gesellschaft zu leisten. Heute öffnet sie kurz die Wohnungstür und verschwindet dann gleich in die Küche. Generell sieht sie Besucher nicht gern, da sie mich ihrer absoluten Herrschaft entreißen könnten. Fanis gegenüber ist sie zurückhaltend und mißtrauisch, denn er ist Arzt und könnte sie mit seinem Wissen übertrumpfen.

»Warum trägst du eine Weste? Ist dir kalt?« fragt Fanis.

»Nein.«

»Dann zieh sie aus, draußen ist es warm. Sonst kommst du ins Schwitzen.«

Ich ziehe sie aus. Meine Frau zieht mir die Weste an, mein Arzt zieht sie mir wieder aus, und ich tue, was man von mir verlangt.

»Fahren wir die Küstenstraße entlang und lassen uns ein wenig Seeluft um die Nase wehen«, meint Fanis und biegt in den Vouliagmenis-Boulevard ein.

Es herrscht nur wenig Verkehr, und die Fahrzeuge rollen gemächlich dahin. Seitdem der Flughafen nach Spata verlegt wurde, kann der Vouliagmenis-Boulevard aufatmen. Fanis fährt die Alimou-Straße hinunter und gelangt auf den Possidonos-Boulevard. Spaziergänger drängeln sich die Küste entlang, auf dem eineinhalb Meter breiten Gehweg bis zur steinernen Befestigung vor dem Meer. Den übrigen Gehsteig haben Inder, Pakistani, Ägypter und Sudanesen besetzt, die auf Tischtüchern Damenhandtaschen, Handyhüllen, Euro-Umrechner, Feldstecher, Uhren, Wecker, Plastikblumen und kleine Geldbörsen für Cent- und Euromünzen feilbieten. Sie hocken auf Zehenspitzen hinter ihren Ständen und plaudern miteinander, da die Spaziergänger achtlos an ihren Waren vorübergehen.

Es ist Juni, die große Hitze ist noch nicht hereingebrochen, und vom Saronischen Golf her weht mir eine milde Brise ins Gesicht. Viele plantschen noch im Meer oder spielen Federball am Strand, während einige Surfer in der Bucht von Faliro hin- und hergleiten, alle naselang umkippen und sich wieder hochrappeln.

Ich schließe die Augen und fühle mich ganz leer. Ich versuche an nichts zu denken, weder an die Hühnersuppe mit den Teigsternchen, die mir wieder hochkommen wird, noch an die restlichen zwei Monate Dasein als autistisches Kind – Krankschreibung genannt – noch an die Katze, die mich morgen nachmittag wie üblich im Park erwartet. Ich versuche an etwas anderes zu denken, doch es fällt mir nichts ein.

»Du mußt die Apathie überwinden, in die du durch den Genesungsurlaub verfallen bist.«

Fanis' Stimme weckt mich, und ich schlage die Augen auf. Wir haben Kalamaki hinter uns gelassen und fahren in Richtung Elliniko. Fanis fährt, mit dem Blick auf die Straße gerichtet, fort: »Wie du weißt, konnten wir uns anfänglich nicht ausstehen. Du hast mich für einen kaltschnäuzigen, hochnäsigen Quacksalber gehalten, und ich dich für einen ungehobelten Bullen, einen Fiesling, der meinte, ich hätte seine Tochter verführt. Aber selbst da warst du mir lieber als jetzt, in dieser abgrundtiefen Schlaffheit.«

In seinem Bemühen, mich zur Räson zu bringen, hat er sich ablenken lassen und muß das Lenkrad herumreißen, um einem Pärchen in einem Ford Cabriolet auszuweichen. Dem Lenker stehen – wie es die neueste Mode vorschreibt – die Haare zu Berge, als hätte er gerade Graf Dracula erblickt. Die Kleine trägt einen Nasenring.

Der Typ mit den zu Berge stehenden Haaren erwischt uns an der roten Ampel. Er kommt herangeprescht, um Fanis eine Standpauke zu halten, da fällt sein Blick auf das Emblem des Ärzteverbandes an der Windschutzscheibe. »Arzt, was? Hätte ich mir denken können!« ruft er triumphierend. »So eine Fahrweise läßt nur auf einen Arzt schließen oder auf eine Frau am Steuer.«

»Wieso? Was hast du gegen Frauen am Steuer, Jannakis?« fährt die Kleine an seiner Seite dazwischen.

»Gar nichts, mein Engel. Aber am Steuer gilt: ›Frau am Steuer, Ungeheuer.‹«

»Aha, also ist deine Mama ein Ungeheuer, das du fünfmal am Tag anrufst, weil du ohne seine Stimme nicht leben kannst?«

Die Kleine ist dermaßen außer sich, daß selbst ihr Nasenring zittert. Sie reißt die Tür des Cabriolets auf, steigt aus und schlägt sie hinter sich zu.

»Komm her, Maggy, he! Wo willst du denn hin, verdammte Kacke noch mal!«

Die Kleine hört ihn gar nicht mehr. Sie geht zwischen den Autos hindurch und tritt auf den gegenüberliegenden Gehsteig.

»Du bist schuld, du Kurpfuscher!« schleudert der Typ Fanis entgegen.

»Ich bin kein Kurpfuscher«, entgegnet Fanis lachend, »sondern Kardiologe. Und wenn du so weitermachst, dann kriegst du gleich einen Herzinfarkt.«

Der Typ hört aber nicht auf ihn. Nachdem es grün geworden ist, rollt er im Schneckentempo voran und hupt wie verrückt, damit sich die Kleine umwendet. Zugleich attakkieren ihn die Wagen hinter ihm ebenfalls mit der Hupe, damit er endlich Gas gibt und alle losfahren können.

Fanis krümmt sich vor Lachen. Ich verfolge die Szene fast teilnahmslos, und Fanis entgeht das nicht. »Siehst du, früher wärst du ausgeflippt, sowohl wegen des Typen als auch wegen meines Gelächters. Jetzt prallt alles an dir ab. Glückwunsch an Frau Adriani. Hätte ich ihr nicht zugetraut, daß sie dich so zurechtstutzt.«

Er bleibt vor den Sportanlagen in Ajios Kosmas stehen. Bis er eingeparkt hat, ist sein Lächeln verschwunden. Er wendet sich zu mir und blickt mich an. Die Nacht ist hereingebrochen, und wir können einander im Wagen kaum noch erkennen.

»Katerina denkt daran, ihre Doktorarbeit zu unterbrechen und nach Athen zu kommen«, meint er dann.

»Wieso?«

»Um dich wieder aufzupäppeln. Sie befürchtet, daß du uns völlig vom Fleisch fällst.« Er macht eine kurze Pause, während er mir weiterhin sein Gesicht zuwendet. »Ich habe ihr gesagt, das sei nicht nötig. Du wärst gut bei Kräften, nur müßtest du dich entschließen, deine Selbstheilungskräfte zu aktivieren.«

»Deswegen wolltest du mit mir spazierenfahren? Um mir von Katerina zu erzählen?«

»Auch deswegen, aber auch um dir klarzumachen, daß es keinen Sinn hat, den Babysitter zu wechseln und die Mutter gegen die Tochter auszutauschen. Du mußt dich endlich aufraffen.« Er schweigt einen Augenblick, als wolle er seine Worte abwägen. »Wenn du so weitermachst, dann wirst du nicht in die Dienststelle zurückkehren können. Dann muß ich dich weiterhin krank schreiben!«

»Bloß nicht!« Zum ersten Mal klingt meine Stimme nicht wie erstorben.

»Katerina steht am entscheidenden Punkt ihrer Doktorarbeit.« Wiederum hält er inne. Er fürchtet, ihm könne etwas herausrutschen, das ich ihm krummnehme. »Sie sollte sie gerade jetzt nicht auf Eis legen. Aber ich kann sie nicht aufhalten. Nur du …«

Er sieht, daß er keine Antwort erhält, und will schon den Motor anlassen, um zurückzufahren.

»Ihr seid alle sehr gut zu mir«, sage ich, und er bleibt mit der Hand am Wagenschlüssel sitzen. «Meine Frau läßt mich nicht aus den Augen, du stärkst mir den Rücken, und meine Tochter will ihre Doktorarbeit liegenlassen, um mich zu verhätscheln. Aber warum fühle ich mich trotz alledem so mies?«

»Wieso schickst du uns nicht zum Teufel und setzt deinen Kopf durch? Das versuche ich dir die ganze Zeit klarzumachen.«

Jetzt dreht er den Wagenschlüssel im Schloß um, und der Motor springt an. Vor dem Eingang des Wohnhauses verabschiedet er sich von mir. Ich lade ihn nicht nach oben ein, da ich weiß, daß es jetzt Zeit ist für sein allabendliches Telefonat mit Katerina.

Mich erwartet ein gedeckter Küchentisch.

»Wie war die Spazierfahrt?« fragt Adriani.

»Schön. Wir sind die Küste entlang bis Ajios Kosmas gefahren.«

»Im Sommer ist die Küstenstraße sehr belebt. Sobald du ein wenig besser beisammen bist, fahren wir morgens dort raus.«

Die Botschaft ist eindeutig. Sie entscheidet, wann ich besser beisammen bin, und sie führt mich spazieren.

»Setz dich, damit ich dir dein Süppchen bringen kann.«

»Ich will keine Suppe. Draußen zergehen die Leute vor

Hitze und springen ins Meer, und ich esse Suppe mit Teigsternchen.«

»Weil du gesund werden mußt, lieber Kostas. Das ist deiner Genesung förderlich.«

»Welcher Quacksalber hat dir denn das gesagt?« Ich weiß, daß kein Arzt so etwas sagt, die Therapie hat einzig und allein sie mir verordnet.

Statt einer Antwort nimmt Adriani den tiefen Teller, füllt ihn mit Suppe und plaziert auch eine Hühnerkeule darin.

»Iß, wenn du willst. Laß es stehen, wenn du willst. Ich habe meine Pflicht getan«, meint sie und läßt mich allein in der Küche sitzen.

Ich stütze mich auf die beiden Tischecken, um aufzustehen und laut zu fluchen, doch plötzlich versagen mir die Beine den Dienst. Meine Wut verpufft wie die Luft aus einem Luftballon, die Kräfte verlassen mich, und ich merke, wie ich innerlich zusammensacke. Ich setze mich an den Tisch, greife nach einer Scheibe Brot, zupfe kleine Bissen heraus und werfe sie in die Suppe. Dann beginne ich sie zu essen, wie es alte Männer tun – mit eingetunkten Brotstükken. Nach dem dritten Bissen lasse ich den Löffel in den Teller sinken und verlasse die Küche.

3

Ich sitze auf dem Sofa neben Adriani und sehe mir das *Aquarium* an. Nicht eines mit Zierfischen, sondern die Sendung der bekannten Fernsehmoderatorin Aspasia Komi, zu der verschiedene Politiker und Unternehmer, ab und zu auch ein Sportler – ein Fußballer oder Gewichtheber etwa – geladen sind. Darin erhebt die Moderatorin demonstrativ Anklage und deckt Skandale auf, doch beim Abschied sind alle wieder ein Herz und eine Seele. Früher habe ich solche Sendungen verabscheut und meinen Platz vorm Fernseher geräumt. Ich verabscheue sie zwar noch immer, bleibe aber vor der Glotze sitzen, so wie neun von zehn Griechen.

Die Komi sitzt in einem Polstersessel, ihr Gegenüber ist Jason Favieros, ein gut erhaltener Fünfzigjähriger, der im zweiten Fauteuil Platz genommen hat. Wer nicht weiß, daß er die letzten zwanzig Jahre eine Menge Geld gescheffelt hat, könnte ihn für einen Rocker aus den Siebzigern halten, der vergessen hat, sich zu rasieren und eine frische Hose anzuziehen. Obwohl er der Inhaber einer großen Baufirma ist, die auf dem gesamten Balkan agiert und einen Großteil der Arbeiten für die bevorstehende Olympiade ausführt, trägt er verwaschene Jeans und ein zerknittertes Sakko.

Die Komi will wissen, was dran ist an den Vorwürfen, die Bauarbeiten für die Olympiade würden nicht termingerecht fertig sein. Favieros zeigt sich ungerührt.

»All das sind Gerüchte, die jeder Grundlage entbehren, Frau Komi«, meint er. »Bei solchen Aufträgen geht es um viel Geld, das Interesse ist groß und Griechenland, aus unternehmerischer Sicht, ein kleines Land. Natürlich verfolgt ein Konkurrent des öfteren das Ziel, seinen Gegenspieler zu verunglimpfen, um ihn aus dem Rennen zu werfen.«

»Sie behaupten also, daß die Bauarbeiten rechtzeitig für die Olympischen Spiele fertig sein werden?«

»Nein«, entgegnet Favieros mit einem selbstbewußten Lächeln. »Sie werden wesentlich früher fertig sein.«

»Jetzt haben Sie sich unseren Zusehern gegenüber festgelegt, Herr Favieros.« Die Komi wendet sich der Kamera zu, und ihr Gesicht leuchtet vor Genugtuung.

»Gewiß«, antwortet Favieros lässig.

»Na schön, wir sprechen uns wieder, wenn wir uns vor den Gästen aus aller Welt blamieren«, bemerkt Adriani, die Beteuerungen jeglicher Art für Schwindel hält.

Vielleicht hat sie recht, aber Favieros hat mit seiner terminlichen Festlegung die Diskussion beendet, und die Komi sucht nach einem neuen Angriffspunkt.

»Dennoch gibt es eine offene Frage in Unternehmerkreisen, Herr Favieros«, sagt sie. »Wie ist es Ihnen gelungen, innerhalb von nur fünfzehn Jahren dieses – wenn auch nur für griechische Verhältnisse – riesige Imperium aus dem Boden zu stampfen?«

»Weil ich mir sehr früh zwei Erkenntnisse zunutze gemacht habe. Erstens, daß meine Unternehmen bei einer Beschränkung auf Griechenland zu einem Schattendasein verurteilt wären. So habe ich meine Tätigkeit auf den Balkanraum ausgedehnt. Heute kümmere ich mich um Baustellen entweder direkt oder über Tochtergesellschaften auf dem ganzen Balkan, selbst im Kosovo. Außerdem habe ich die traditionell freundschaftlichen Beziehungen Griechenlands zu einer Reihe von arabischen Ländern ausgenützt.«

»Und die zweite Erkenntnis?«

»Daß ein Unternehmer niemals Minderwertigkeitskomplexe haben darf. Ein Großteil unserer Baustellen läuft über die Kooperation mit anderen europäischen Firmen, die viel größer sind als wir. Ich versichere Ihnen, Frau Komi, daß meine Firma nie befürchtet hat, geschluckt zu werden.«

»Scheinbar haben Sie, Herr Favieros, sehr früh die Geheimnisse der Globalisierung entdeckt.«

Favieros bricht in Gelächter aus. »Die kannte ich schon lange, bevor der Begriff Globalisierung in Mode kam.«

»Was Sie nicht sagen! Eine Vorreiterrolle! Und wie sind Sie darauf gekommen?« Die Komi lächelt bezaubernd.

»Durch den linken Internationalismus, Frau Komi. Die Globalisierung ist das Endstadium des Internationalismus. Lesen Sie das Kommunistische Manifest.«

Bislang hatte er sich vollkommen locker gegeben, doch nun erkenne ich plötzlich eine Spur herausfordernden Hochmuts in seiner Stimme. Das Lächeln auf Komis Lippen ist zu einer verlegenen Maske geronnen. Sie hat keine Ahnung, was Internationalismus bedeutet, noch was das Kommunistische Manifest ist. Doch die Komi ist erfahren und hat sich rasch wieder in der Gewalt. Sie beugt sich nach vorne, um ihn mit ihrem Blick festzunageln.

»Sie nennen das vielleicht Internationalismus und Kommunistisches Manifest, andere jedoch nennen das Vetternwirtschaft mit der Regierungspartei, Herr Favieros«, sagt sie sanft. »Und sie beziehen sich dabei auf Ihre Beziehungen zu bestimmten Ministern.«

»Das ist ihre Rache dafür, daß er sie bloßgestellt hat«, meint Adriani, doch Favieros zeigt sich nicht verärgert.

»Nicht nur mit der Regierungspartei, sondern mit allen Parteien. Kennen Sie irgendeinen Unternehmer, der keine Kontakte zu politischen Parteien pflegt, Frau Komi?«

»Aber wir sprechen hier nicht von Kontakten. Wir sprechen von sehr engen, persönlichen Beziehungen. Vorgestern wurden Sie gesehen, wie Sie mit einem Minister in einem allseits bekannten Restaurant, das zur Zeit sehr in Mode ist, beim Essen saßen.«

»Was wollen Sie damit sagen? Daß ich mich in aller Öffentlichkeit mit dem Minister verschworen habe, und noch dazu in einem In-Lokal?« lacht Favieros. Mit einem Schlag jedoch wird er ernst. »Vergessen Sie nicht, daß ich mit vielen der Minister aus der jetzigen Regierung seit der Junta, seit unserer Studienzeit bekannt bin.«

»Nicht wenige behaupten jedenfalls, der sprunghafte Anstieg Ihrer Geschäfte liege an der … Sympathie, die Ihnen die Regierung entgegenbringt«, sagt die Komi. »Möglicherweise weil Sie politische Kampfgenossen waren«, fügt sie bissig hinzu.

»Der Erfolg meiner Unternehmen beruht auf gelungener Planung, richtigen Investitionen und auf unermüdlicher Arbeit, Frau Komi«, sagt Favieros betont ernst. »Damit sind wir über jeden Zweifel erhaben, was sich in nächster Zukunft auch herausstellen wird.« Letzteres unterstreicht er, als stünde der Augenblick der Wahrheit tatsächlich kurz bevor.

Die Komi schlägt ein Dossier auf ihren Knien auf, zieht ein Blatt heraus und überreicht es Favieros. »Kennen Sie diesen Brief, Herr Favieros?« fragt sie. »Es handelt sich um ein Protestschreiben von fünf Baukonsortien an das Ministerium für Umwelt, Raumplanung und Bauwesen. Sie protestieren dagegen, daß bei der Ausschreibung für den Ausbau dreier Autobahnkreuze kein Zuschlag erfolgt ist und sie wiederholt wird, einzig und allein, damit Ihre Firma, die nicht zeitgerecht einreichen konnte, Gelegenheit zur Teilnahme erhält.«

Favieros hebt langsam den Kopf. »Ja, ich hatte etwas von diesem Schreiben gehört, es lag mir aber noch nicht vor.«

»Wie Sie sehen, haben wir es hier mit sehr konkreten Vorwürfen zu tun. Sind diese Anschuldigungen gerechtfertigt?«

»Hier meine Antwort«, sagt Favieros ruhig.

Langsam fährt seine Hand in die Innentasche seines Jacketts. Die Komi klammert sich an ihren Sessel, heftet den Blick auf Favieros und wartet ab. Mit ihrer Körperhaltung versucht sie, die spannungsgeladene Stimmung an die Zuschauer weiterzugeben, doch es riecht von Mesojia, wo der Sender sitzt, bis hier nach abgekartetem Spiel.

Favieros' Hand schlüpft aus der Tasche, doch er hält kein Blatt Papier in Händen, und auch kein Taschentuch, um sich den Schweiß von der Stirn zu tupfen. Favieros hält einen kleinen Revolver der Marke Beretta in der Hand, den er auf die Komi richtet.

»Heilige Jungfrau, er wird sie umbringen!« schreit Adriani und springt auf.

Die Komi starrt wie gebannt auf den Revolver. Ich weiß

nicht, ob es die Angst ist, die sie lähmt, oder die Faszination, die eine Mordwaffe auf das Opfer ausübt. Dieses Phänomen habe ich nämlich unzählige Male beobachtet. Nachdem sie sich aus der momentanen Erstarrung gelöst hat, versucht sie, steif vor Schreck, aufzustehen. Doch ihre Knie knicken ein und sie sinkt wieder in den Sessel zurück. Sie öffnet den Mund, um etwas zu sagen. Doch ihre Zunge tut es ihren Beinen gleich und verweigert den Gehorsam.

»Herr Favieros«, ist eine Stimme aus dem Off zu hören, die besänftigend klingen will, aber vor Furcht zittert. »Herr Favieros, stecken Sie die Waffe in die Tasche zurück... Ich bitte Sie... Wir sind auf Sendung, Herr Favieros.«

Favieros hört nicht auf sie. Er hält den Revolver immer noch in der Hand und blickt die Komi an.

»Schnell einen Werbespot, schnell einen Werbespot!« ruft dieselbe Stimme aus dem Off.

»Keine Werbung!« Die Stimme, die sich nun einschaltet, klingt entschlossen, duldet keinen Widerspruch. »Wir bleiben auf Sendung. Ich übernehme das Kommando!«

»Herr Valcamakis!« ruft der erste. »Wir landen noch im Gefängnis!«

»Wie oft bietet sich dir solch eine Gelegenheit, Schwachkopf! Willst du ein Leben lang bei den Nachrichten und den Quizshows bleiben, oder willst du, daß CNN vor dir in die Knie geht, um dich einzustellen? Sag, was willst du?« Schließlich ruft der selbsternannte Kommandant: »Patroklos, Nahaufnahme von Favieros! Ich will eine Nahaufnahme von Favieros!«

»Aspasia, sprich mit ihm! Du bist auf Sendung, sprich mit ihm!« ist erneut die Stimme des Regisseurs zu hören.

Die Komi versucht nicht einmal, ihre Panik zu verbergen. »Herr Favieros«, stottert sie. »Nicht… Ich bitte Sie…«

Sobald Patroklos die Nahaufnahme im Kasten hat, macht Favieros drei blitzschnell aufeinanderfolgende Bewegungen: Er richtet die Waffe gegen sich selbst, steckt sich den Lauf in den Mund und drückt den Abzug. Der Knall ist zeitgleich mit Komis Aufschrei zu hören. Eine rote Fontäne schießt von Favieros' Kopf in die Höhe, während sein Hirn in die Kulissen spritzt, ein riesiges Aquarium mit verschiedenfarbigen kleinen Fischen. Favieros' Körper sinkt vornüber, als hätte ihn im Polstersessel schlagartig der Schlaf übermannt.

Die Komi ist aufgesprungen und weicht unwillkürlich in Richtung Ausgang zurück, doch die Stimme des Regisseurs schneidet ihr den Weg ab.

»Bleib an deinem Platz, Aspasia!« schreit er. »Denk daran, daß wir in diesem Augenblick Geschichte schreiben! Der erste Selbstmord live im Fernsehen!« Die Komi schwankt einen Moment, dann wendet sie ihr Gesicht der Kameralinse zu, sowohl um eine Großaufnahme zu ermöglichen als auch um Favieros nicht mehr sehen zu müssen, und hält inne.

Neben mir hat Adriani die Hände vors Gesicht geschlagen, wiegt sich hin und her wie die Frauen bei den traditionellen Totenklagen und flüstert: »O mein Gott, nein… o mein Gott, nein…«

»Aspasia, sprich in die Kamera!« ist wieder die Stimme des selbsternannten Kommandanten zu hören. Und danach sein Einwurf: »Miltos, den Zoom auf Aspasia!«

»Sehr geehrte Fernsehzuschauer«, ist Aspasias Stimme zu vernehmen, doch anstelle ihres Abbilds kommt eine trübe Einstellung ins Bild, voller Blutspritzer und Flecke.

»Miltos, mach doch deine Linse sauber! Ich hab kein Bild!« ruft der Regisseur.

»Womit soll ich sie denn abwischen?«

»Mit deinem Hemdsärmel, ist mir doch egal. Ich will ein Bild.«

»Welcher Arsch hat bloß die interne Leitung angelassen? Schnell ein Insert.«

Die Stimmen und der Ton sind unterbrochen, und unten rechts auf dem Bildschirm erscheint die Aufschrift »ungekürztes Bildmaterial«.

»Schalte doch ab!« ruft Adriani erbost. »Ungekürztes Bildmaterial – pah! So eine gewissenlose Meute!«

»Ich schalte ab«, sage ich, »aber bereite dich darauf vor, daß du den Selbstmord in allen Nachrichtensendungen mindestens eine Woche lang sehen wirst.«

»Aber wie ist ihm bloß eingefallen, sich vor laufender Kamera umzubringen?«

»Die Seele des Menschen ist ein weites Land.« Ich flüchte mich in diese unbestimmte Antwort, weil wir, wenn wir diese Frage vertieften, uns über kurz oder lang in unsinnigen Vermutungen ergehen würden.

»Jedenfalls ist alles zu einer bloßen Pose verkommen. Sogar die Selbstmorde.«

Manchmal trifft Adriani genau ins Schwarze, ohne es zu merken. Was für einen Grund hatte ein erfolgreicher Geschäftsmann wie Jason Favieros, seinen Selbstmord öffentlich zu inszenieren? Oder hatte er vielleicht etwas anderes vorgehabt und im Verlauf des Abends umdisponiert und den Selbstmord vorgezogen? Aber was hätte er vorhaben sollen? Wollte er die Komi umbringen? Ich kann diese aufgetakelte Blondine zwar auf den Tod nicht ausstehen, aber daß jemand sie aus dem Grund umlegen könnte, scheint mir doch an den Haaren herbeigezogen.

Eine andere Auffassung wäre, daß er seine Feinde und Konkurrenten bedrohen wollte. Doch wozu diente ihm der Revolver? Wollte er seine Konkurrenten via Kamera mit der Waffe einschüchtern? Ich bin, was Nachforschungen betrifft, außer Übung und reime mir lauter Unsinn zusammen.

4

Ich habe eine weitere schlaflose Nacht hinter mir. Meine Schlafstörungen sind eine große Marter. Jeden Abend zittere ich vor dem Ausknipsen der Nachttischlampe. Fanis erklärt, das sei ein häufiger Begleitumstand der Genesung, und empfiehlt mir eine halbe Schlaftablette eine Stunde vor dem Zubettgehen. Ich verweigere aber selbst eine viertel Tablette, da man sich die Schlafmittel, wenn sie einmal zur Selbstverständlichkeit geworden sind, schwer wieder abgewöhnen kann. So bleibe ich bis in die Puppen hellwach und wälze mich im Bett hin und her.

Meine gestrige Schlaflosigkeit hatte jedoch nicht die üblichen Begleiterscheinungen: weder entnervtes Stöhnen noch Schäfchenzählen, noch den nachmitternächtlichen Rundgang Küche–Wohnzimmer–Balkon. Ganz im Gegenteil, jedesmal, wenn mich Schläfrigkeit übermannen wollte, spritzte ich mir kaltes Wasser ins Gesicht, um wieder aufzuwachen. Mir ließ die Frage keine Ruhe, was Jason Favieros zum öffentlichen Selbstmord getrieben haben könnte. Den privaten Selbstmord, im Büro oder zu Hause, hätte ich nachvollziehen können. Seine Geschäfte gingen vielleicht nicht gut, er hatte möglicherweise psychische Probleme, seine Frau betrog ihn, ein großer Skandal stand vor der Enthüllung, und er zog den Tod der Schande vor. Der »öffentliche« Aspekt paßte aber nicht ins Bild. Warum in aller Öffentlichkeit? Wieso sollte Jason Favieros seinen Tod zu einem Schauspiel gestalten? Favieros' gesellschaftliche Klasse, die einer verschworenen Gemeinschaft gleicht, scheut vor lautem Trommelwirbel zurück, sie bewegt sich fern der Öffentlichkeit, in Büros mit dicken Spannteppichen, die jeden Laut ersticken. Und mit einem Mal sollte ein solcher Mensch die Einschaltquote mit seinem Tod in die Höhe schnellen lassen wollen? Ausgeschlossen, daß er plötzlich durchgedreht war. Er war vorbereitet in die Sendung gegangen, mit dem Revolver gleich neben seiner Brieftasche. Somit verfolgte der öffentliche Selbstmord einen anderen Zweck, wollte auf irgend etwas hinweisen.

Adriani schlummert an meiner Seite mit ihrem steten, gedämpften Schnarchen – wie ein Spülkasten, der sich die ganze Nacht hindurch füllt. Sonst beiße ich vor Wut in die Kissen, doch gestern nacht habe ich es fast nicht gehört. Es war die erste durchwachte Nacht seit Monaten, die ich in vollen Zügen genoß und deren Ende ich nicht herbeisehnte.

Seit einem Monat will mir das morgendliche Aufstehen jedesmal wie der Beginn einer Odyssee erscheinen. Ich male mir den Tag aus, der mich erwartet, das strenge Programm, ohne Neuerungen oder Abweichungen, und meine Füße weigern sich, den Bettvorleger zu berühren. Heute mache ich es mir, aus eigener freier Entscheidung, auf dem Bett genußvoll gemütlich. Ich habe die Wörterbücher um mich herum ausgebreitet und springe von einem zum nächsten. Die besten Erklärungen zum gesuchten Lemma finde ich bei Dimitrakos.

Selbstmord = Selbsttötung, Suizid, Freitod, vorsätzliche Auslöschung des eigenen Lebens.
Selbstmord begehen = sich entleiben, sich dem irdischen Richter entziehen, sich selbst richten, aus dem Leben flüchten, die Waffe gegen sich selbst kehren, sein Leben mit dem Tod sühnen. Nach christlicher Auffassung verwerflich und mit unehrenhaftem Begräbnis bestraft, nicht so bei Griechen, Römern, Japanern. Sepukku bzw. Harakiri, die in Japan unter den Samurai übl. Selbsttötung, war zugleich Beweis für Mut, Selbstbeherrschung und Reinheit der Gesinnung.

»Fehlt dir was?« Adriani steckt ihren Kopf durch den Türspalt, und ihr Blick heftet sich beunruhigt auf mich.

»Nein, mir geht's prima.«

»Warum stehst du nicht auf?«

»Ich mache es mir eben gemütlich…«

»Du fühlst dich nicht schlapp, oder?«

»Nein. Weder schlapp noch überanstrengt von der vielen Arbeit.«

Sie blickt mich an, überrascht von meinem leicht ironischen Tonfall, der in der letzten Zeit zugunsten der postoperativen Symptome verschwunden war. In Wahrheit frage auch ich mich, welcher Tatsache sich die unerwartete Trendwende, meine Gesundheit betreffend, verdankt. Der Gehirnwäsche, der mich Ousounidis gestern unterzogen hat? Oder Favieros' öffentlichem Selbstmord? Eher dem letzteren. An diesem Selbstmord geht mir irgend etwas gegen den Strich, etwas juckt mich seit dem Anblick der Blutspritzer auf der riesigen Aquarienkulisse. Der Polizist in mir ist wieder zu sich gekommen, ist um Atem ringend vom Meeresgrund wieder an die Oberfläche emporgetaucht. »Blödsinn«, sage ich jedesmal zu mir selbst, wenn mein Grübeln an dieser Stelle in eine Sackgasse gerät. »Ich versuche nur ein Rätsel zu lösen, um die Zeit totzuschlagen.« Dennoch ist mir klar, daß das nicht wirklich zutrifft. Die Theatralik von Favieros' Selbstmord macht mich einfach stutzig.

Es ist mir nicht wohl dabei, wenn ich faul im Bett rumliege. Früher hatte ich deswegen ein schlechtes Gewissen, weil ich meinte, ich sollte diese Stunden besser im Dienst verbringen. In meinem jetzigen Zustand fühle ich mich dabei noch mieser. Ich stehe auf und beginne mich anzuziehen, während ich die ganze Zeit an Favieros denke. Erst als ich fertig bin, wird mir bewußt, daß ich zum ersten Mal seit Monaten zu Anzug und Krawatte gegriffen habe. Ich erblicke mich im Spiegel, der – wie bei alten Modellen üblich – an der Innenseite der Schranktür angebracht ist. Zumindest von der äußeren Erscheinung her erkenne ich den Polizisten wieder, und diese Selbstbestätigung tut mir gut. Nur mein unrasiertes Gesicht paßt nicht ins Bild. Die morgendliche Rasur ist eine Art Ausweis. Sie bescheinigt, daß man ein leistungsfähiger Arbeitnehmer ist. Ein unrasiertes Gesicht hingegen läßt auf Krankheit, Rentnerdasein oder Arbeitslosigkeit schließen. In den beiden letzten Monaten gehörte ich zur zweiten Kategorie und rasierte mich nur alle drei Tage. Heute mache ich den ersten zögernden Versuch, in die erste Kategorie überzuwechseln. Deshalb ziehe ich mein Jackett aus und gehe ins Bad. Als ich fertig rasiert bin, ziehe ich das Jackett wieder an und lasse die Wörterbücher auf dem Bett verstreut liegen. Das ist eines der wenigen Privilegien, die mir Adriani nach meiner Verwundung zugestanden hat. Daß ich nichts aufräumen muß, selbst meine Lexika nicht, die sie haßt und über die sie sonst immer schimpfte, wenn ich sie einfach herumliegen ließ. Nun hält sie still, weil ich mich, ihrer Meinung nach, während meiner Genesung nicht überanstrengen darf. Trotzdem räume ich sie üblicherweise selbst beiseite, da Adriani sie völlig falsch ins Regal zurückstellt, als wolle sie sich auf ihre Art an den Büchern rächen.

Sie sitzt am Küchentisch und putzt Zucchini. Mechanisch hebt sie den Kopf, in der Gewißheit, mich im Pyjama zu erblicken. Das Messer verharrt in der Luft und mit weit aufgerissenen Augen starrt sie auf die Erscheinung im Anzug, als sähe sie einen Geist aus der Vergangenheit.

»Wo gehst du hin?«

»Zeitungen holen.«

»Und dafür hast du dich in den Anzug geworfen?«

»Eigentlich müßte ich meine Paradeuniform anziehen, aber ich wollte nicht gleich übertreiben.«

Sie versteht die Welt nicht mehr und wirft die Zucchini in den Mülleimer statt in die mit Wasser gefüllte Schüssel. Ich werfe rasch die Tür hinter mir ins Schloß, damit sie erst zu sich kommt, wenn ich schon draußen bin.

Sowie ich aus dem Fahrstuhl trete, laufe ich Frau Prelati in die Arme. »Toi, toi, toi, Herr Charitos«, ruft sie begeistert. »Endlich sind Sie wieder der Polizeibeamte, den wir kennen.«

Ich bin drauf und dran, ihr um den Hals zu fallen, mit allen absehbaren und unabsehbaren Folgen. Doch dann fällt mir ein, daß sich Adriani und die Prelati gegenseitig nicht leiden können. Daher könnte sie Adriani, die mich so lange nicht mehr allein außer Haus gehen ließ, meine Geste unter die Nase reiben.

Mein Mißtrauen schmilzt dahin, als auch der Kioskbesitzer die Begeisterung der Prelati teilt. »Prächtig sehen Sie aus, Herr Kommissar, prächtig!« ruft er. »Zum ersten Mal seit langem machen Sie einen wirklich frischen Eindruck. Womit kann ich dienen?«

»Mit Zeitungen.«

»Welche ist denn heute dran?«

Er fragt danach, weil ich jeden Tag eine andere kaufe, um Abwechslung zu haben und um mir selbst zu bestätigen, daß sie alle gleich langweilig sind. Ich bin mir noch nicht ganz schlüssig.

»Alle, mit Ausnahme der Sportzeitungen.«

Er starrt mich sprachlos an, doch sogleich hellt sich sein Gesicht auf. »Der Selbstmord, was?« meint er – hocherfreut, des Rätsels Lösung gefunden zu haben.

»Ja. Wieso fragen Sie? Wissen Sie etwas darüber?«

»Um Himmels willen, nein!« antwortet er mit dem ängstlichen Instinkt des Durchschnittsbürgers, der Scherereien aus dem Weg gehen möchte. »Aber aus dem zu schließen, was ich überflogen habe, haben auch die Zeitungen keinen Schimmer.«

Er wünscht mir nochmals gute Besserung und stopft die Zeitungen in eine riesige Plastiktüte. Ich gehe die Aroni-Straße hinunter und gelange auf den kleinen Platz vor der Lazarus-Kirche. Dort liegt eine Kaffeestube, die zu einem Café umgestaltet wurde. Ich suche mir ein schattiges

Tischchen aus und ziehe den Stapel Zeitungen aus der Plastiktüte. Der Kellner ist ein verdrießlich dreinblickender Fünfzigjähriger, der sich mit einem trockenen »Ich höre!« vor mir aufbaut. Ich bestelle einen süßen griechischen Mokka und handle mir dafür einen scheelen Blick ein, der einer stummen Beschimpfung gleichkommt, da ich das Café durch meine Bestellung wieder zu einer Kaffeestube degradiert habe.

Alle Zeitungen bringen Favieros' Selbstmord auf der Titelseite. Nur die Schlagzeilen unterscheiden sich. »Jason Favieros' tragischer Freitod« und »Mysteriöser Selbstmord vor laufender Kamera« titeln die seriösen Blätter. Danach setzt der schrittweise Abstieg in die Gosse ein: von »Favieros' spektakulärer Selbstmord« über »Exklusiv-Selbstmord« bis zu »Big brother live«. Alle Blätter haben seine Fotografie in den Mittelpunkt der Titelseite gerückt, doch auch hier zeichnet sich eine ähnliche geschmackliche Talfahrt ab. Die angesehenste Zeitung zeigt ein neutrales Bild: Favieros beim Shakehands mit dem Premierminister. Zwei weitere zeigen Favieros mit dem Revolverlauf im Mund. Die ruchlosesten haben Favieros' Leiche vor dem Hintergrund des blutbesudelten Aquariums den Vorzug gegeben.

Ich trinke den süßen, in Wahrheit aber verwässerten Mokka und lese einen Artikel nach dem anderen. Sie sind voller Fragezeichen und Vermutungen, was bedeutet, daß keiner etwas weiß und alle im trüben fischen. Die eine behauptet, Favieros habe mit großen wirtschaftlichen Schwierigkeiten gekämpft und knapp vor dem finanziellen Ruin gestanden. Eine andere meint, er habe an einer unheilbaren Krankheit gelitten und sich entschlossen, auf diese spektakuläre Weise seinem Leben ein Ende zu setzen. Ein Blatt aus dem linken politischen Spektrum analysiert ausführlich die schwerwiegenden psychischen Probleme, die Favieros nach seiner Folterhaft bei der Griechischen Militärpolizei zu schaffen machten. Es gibt auch ein Interview mit einem Psychiater, der in Fällen, wo es um tiefsinnige psychologische Porträts des Täters oder des Opfers geht, stets die Nase vorn hat. Seine Analysen lassen das FBI vor Neid erblassen. Eine andere Zeitung – die mit der Schlagzeile »Big brother live« – wirft den Gedanken in den Raum, Favieros könnte aufgrund seiner unheilbaren Krankheit eine Vereinbarung mit dem Fernsehsender getroffen haben, sich öffentlich umzubringen, um eine große Geldsumme einzustreichen und sie seiner Familie zu hinterlassen. Schließlich formuliert eines der Käseblätter mit den riesigen Bildmontagen scheinheilig die Ansicht, Favieros sei homosexuell gewesen, erpreßt worden und habe den Freitod vorgezogen, um den Lästermäulern den Mund zu stopfen.

Die wissen auch nicht mehr als ich, sage ich mir. Ergo gar nichts. Ich blicke auf die Uhr. Über zwei Stunden habe ich mich in die Zeitungen vertieft, und die Essenszeit in meiner Privatklinik ist schon lange überschritten. Ich lasse zweieinhalb Euro auf dem Tisch liegen und schlage den Heimweg ein. Ich bin gerade die Aroni-Straße zur Hälfte wieder zurückgegangen, als mir plötzlich die Idee durch den Kopf schießt, Sotiropoulos anzurufen, einen Journalisten, mit dem mich eine Haßliebe verbindet – wobei der Haß allerdings überwiegt. Am Kiosk kaufe ich eine Telefonkarte, und die Auskunft teilt mir die Nummer von Sotiropoulos' Fernsehsender mit.

»Was für eine Überraschung, Kommissar!« Die Anrede »Herr« hat er schon vor Jahren ad acta gelegt. »Sind Sie wieder auf der Höhe?«

»Sozusagen. Alles ist relativ.«

»Wann sind Sie wieder im Dienst?«

»Ich bin noch zwei Monate krank geschrieben.«

»Sie sind mein Ruin!« stößt er enttäuscht hervor. »Dieser Janoutsos, der Sie vertritt, treibt uns noch zum Wahnsinn. Dem muß man alles aus der Nase ziehen!«

Ich breche in zufriedenes Gelächter aus. »Das geschieht euch recht. Und mich habt ihr beschuldigt, ich würde euch Erkenntnisse vorenthalten.«

»Na, der macht das weniger, um seine Karten nicht aufzudecken, als deswegen, weil er keine zwei Sätze am Stück herausbringt. Er notiert sich die Presseverlautbarung auf einem kleinen Block und rattert sie ohne Punkt und Komma runter.«

Fast wäre mir der Hörer aus der Hand gefallen. »Gikas läßt Janoutsos die Presseerklärung verlesen?« frage ich perplex. Gikas, der Kriminaldirektor, hat diese Verlautbarungen immer wie seinen Augapfel gehütet und sie niemals an jemand anderen abgetreten. Ich mußte sie aufschreiben, und er hat sie auswendig gelernt und vor den Journalisten heruntergebetet. Und nun sollte er sein bestgehütetes Privileg an den dusseligen Janoutsos abtreten, der eine kugelsichere Weste wie eine Zwangsjacke anzieht?

»Böse Zungen behaupten, er mache das absichtlich. Er haßt ihn so sehr, daß er ihn die Presseerklärungen herunterstottern läßt, um ihn bloßzustellen.«

Das traue ich Gikas durchaus zu.

»Ich möchte Sie was fragen, Sotiropoulos. Aus rein persönlichem Interesse. Was wissen Sie über Favieros' Selbstmord?«

»Nichts.« Die Antwort kommt prompt und unmißverständlich. »Niemand weiß etwas. Außer vielleicht seine Familie, aber die gibt sich zugeknöpft.«

»Was halten Sie von den Zeitungsmeldungen?«

»Das Gerede über finanzielle Nöte, psychische Probleme und ähnliches? Schall und Rauch, Kommissar. Wir Journalisten werfen, wenn wir kein Material haben, die Angel auf gut Glück ins Meer aus. Üblicherweise fördern wir Schuhe, Plastiktüten und anderen Müll zutage. Jedenfalls hat die Story, wie es aussieht, eine Lebensdauer von höchstens einem weiteren Tag, weil wir nichts zu schreiben haben.«

Ich danke ihm, und er meint lachend, er erwarte mich mit allergrößter Sehnsucht zurück.

Adriani hört mich nicht, als ich nach Hause komme, denn sie unterhält sich mit meiner Tochter Katerina am Telefon.

»Aber verstehst du denn nicht, er ist seit drei Stunden unterwegs!« sagt sie. Offenbar spricht sie über mich, daher nehme ich mir das Recht zum Lauschangriff.

»Drei Stunden, begreifst du das, Katerina?« Ihre Stimme ist voller Besorgnis. »Ohne mir zu sagen, wo er hingeht. Er ist einfach zur Tür raus.« Sie hält inne, um Katerina zuzuhören, dann fährt sie genervt fort: »Was ihm passieren soll? Vielleicht wurde ihm schwindelig, er ist ohnmächtig geworden, und man hat ihn ins Krankenhaus gebracht! Wie habe ich ihn bekniet, sich ein Handy zuzulegen, aber davon will er nichts hören.« Diesmal wird die Kunstpause ärgerlich abgebrochen. »Na klar, ich bin schuld! Ich erdrükke ihn mit meiner Fürsorge und lasse ihm keinen Freiraum!« Sie ist in Rage geraten, und wenn Adriani in Rage gerät, dann kommt man nicht mehr gegen sie an. »Fanis, Fanis! Fanis ist nicht den ganzen Tag hier, um zu sehen, wie ich einen Menschen, der dem Tod von der Schippe gesprungen ist, wieder auf die Beine helfe! Normalerweise müßte ich jetzt die Polizei informieren, drei Stunden ist er weg, und ich weiß nicht, wo er ist!«

»Hier bin ich«, sage ich und tauche in der Tür auf.

Sie ist überrascht, da sie mein Kommen nicht gehört hat, und Erleichterung macht sich auf ihrem Gesicht breit. »Da ist er ja, dein Papa, auf den du so lange gewartet hast«, sagt sie mit der kaltschnäuzigsten Miene der Welt zu Katerina und übergibt mir den Hörer. »Deine Tochter.«

»Wie geht's, mein Mädchen?«

»Mir geht's gut. Mama aber nicht. Sie meint, daß du sie zum Wahnsinn treibst«, lacht sie.

»Ich weiß. Sie wird sich schon wieder fangen.«

Es folgt eine kleine Pause. »Darf ich davon ausgehen, daß das gestrige Gespräch mit Fanis Früchte getragen hat?« fragt sie erleichtert.

»Ja. Und der Selbstmord.«

»Welcher Selbstmord?«

»Der von Favieros. Gestern abend im Fernsehen. Plötzlich hat es bei mir klick gemacht.«

Sie lacht. »Makaber, aber ein Schock ist oft heilsam.« Dann wird sie ernst. »Sie tut es aus Liebe. Drum verfall bloß nicht ins andere Extrem«, sagt sie.

»Keine Sorge. Wir werden unsere Alltagsroutine schon wiederfinden.«

Wir tauschen telefonisch Küßchen aus und legen auf. Adriani ist in die Küche gegangen, um das Essen aufzuwärmen. Bevor ich ihr folge, mache ich kurz im Schlafzimmer halt und nehme Apostolidis' *Wörterbuch sämtlicher Begriffe bei Hippokrates* zur Hand, das Katerina mir geschenkt hatte, als ich im Krankenhaus lag.

Ich lasse es beim Lemma *gesunden* aufgeschlagen und trete in die Küche. Der Tisch ist gedeckt und das Essen fertig. Gekochte Zucchini – diejenigen, die sie am Morgen geputzt hat – und drei Hackfleischbuletten für jeden. Ich trete mit dem Lexikon an sie heran und lese den Eintrag laut vor: *Gesunden = genesen, seine frühere Kraft zurückgewinnen; (selt.) heilsam sein, frommen.*

»Zitat Hippokrates: Einige der durch die Medizin Behandelten gesunden«, sage ich. »Und ich gehöre offensichtlich zu diesen Auserwählten. Ich fühle mich sogar so gesund, daß ich daran denke, meinen Genesungsurlaub abzubrechen und in den Dienst zurückzukehren.«

»Mein lieber Kostas, um Himmels willen, laß uns keine übereilten Entschlüsse fassen!« Einerseits beschwört sie mich voller Angst, andererseits ruft sie mir in Erinnerung, daß wir gemeinsam entscheiden – und nicht ich allein. »Im Endeffekt zahlst du doch ein Vermögen an Krankenkassenbeiträgen. Und jetzt hast du die Gelegenheit, dir etwas von dem zurückzuholen, was sie dir seit Jahren aus der Tasche ziehen. Willst du ihnen das vielleicht schenken?«

Sie lächelt triumphierend, denn sie hat das wohl einleuchtendste Argument aufgefahren. Denn wer in Griechenland nicht überzeugt ist, daß ihm der Staat nur das Geld aus der Tasche zieht und sich dadurch nicht zur Revanche genötigt fühlt, ist entweder meschugge oder dämlich.

5

Nach der Flucht aus unserer Wohnung – bei der ich es den Freiheitskämpfern von Messolongi gleichtat, die durch ihren Exodus in die Geschichte eingingen – bin ich in Fahrt gekommen und liebäugle mit dem Gedanken, mein nachmittägliches Rendezvous mit der Katze platzen zu lassen. Ich überlege es mir jedoch noch einmal und komme zu dem Schluß, daß ich mehr erreiche, wenn ich die frontalen Zusammenstöße vermeide und mich auf den Guerillakampf verlege.

Eine Viertelstunde vor unserem gewohnten Spaziergang spüre ich unmerklich, wie sich Adrianis Schatten auf mich senkt.

»Gehen wir heute nicht spazieren?«

Ich hebe den Blick vom Dimitrakos und sage freundlich lächelnd: »Klar gehen wir, wenn du mir versprichst, daß du mir morgen gefüllte Tomaten kochst.«

»Von mir aus gerne, aber vielleicht, mein Kostas, sind sie dir zu schwer.«

»Nicht schon wieder! Ich habe dir tausendmal erklärt, daß ich eine Schußwunde in der Brust und kein Magengeschwür hatte – doch du bist absolut nicht von dieser Idee abzubringen!«

Sie denkt kurz darüber nach und findet den goldenen Mittelweg, bei dem sie das Gesicht nicht verliert. »In Ordnung, ich mache sie mit weniger Zwiebeln, dann sind sie leichter verdaulich.«

Mit großer Freude stelle ich fest, daß meine Taktik funktioniert. Und nun sitzt die Katze mir gegenüber und sieht mich mit dem hochnäsigen Blick an, den sie stets in meiner Anwesenheit aufsetzt. Ich stehe langsam auf, tue so, als würde ich mich strecken, und gehe auf sie zu. Sie ist überrascht, da ich von unserem Verhaltenskodex abweiche. Sicherheitshalber erhebt sie sich und blickt mich alarmiert an. Als sie sieht, daß ich tatsächlich auf sie zukomme, springt sie rechtzeitig von der Parkbank, um sich – ladylike und mit hocherhobenem Schwanz – zu entfernen, um einen ungeordneten Rückzug zu vermeiden. Von nun an wird sie strammstehen, sobald sie mich sieht, denn ihr Hochmut ist gebrochen.

Adriani hat all das gar nicht bemerkt, da sie in die Zeitungen vertieft ist, die ich am Morgen gekauft habe.

»Als ob der Selbstmord begangen hätte, weil er in einer finanziellen Notlage steckte!« ruft sie mit einemmal aus.

»Findest du das unwahrscheinlich?« frage ich, während ich mich wieder neben sie setze.

»Aber wo lebst du denn, um Gottes willen?« fragt sie, als hätte ich mich gerade aus den ehemaligen Sowjetrepubliken repatriieren lassen. »Selbst wenn er vor dem Ruin gestanden hätte, wäre von dem Schaden nur seine Firma betroffen gewesen. Er hat doch sein Privatvermögen in der Schweiz deponiert, da kannst du sicher sein.«

»Warum denn in der Schweiz?«

»Weil sie nicht der Europäischen Union angehört und es dort anonyme Konten gibt.«

Ich starre sie sprachlos an. »He, Adriani«, sage ich. »Warum gehst du nicht an meiner Stelle ins Büro, und ich bleibe zu Hause und bereite gefüllte Tomaten zu?«

»Da siehst du, was man aus dem Fernsehen alles lernt«, entgegnet sie mit einem triumphierenden Lächeln. »Nur du nicht, weil es dir zu blöd ist.«

»Ist im Fernsehen denn von solchen Dingen die Rede?«

»Machst du Witze? Weißt du, was die zugeschalteten Korrespondenten und Experten alles abhandeln? Das ist regelrechter Nachhilfeunterricht!« Dann besinnt sie sich: »Gehen wir lieber, es regnet gleich.«

Ich hebe den Kopf und sehe eine geballte Ladung schwarzer Wolken durch die Bäume schimmern. Die ersten dicken Tropfen heißen uns am Ausgang des Parks willkommen. Kein Lüftchen regt sich, und der Regen fällt schnurgerade – wie der Vorhang in einer Barbierstube – herab und läßt einen keine zehn Meter weit sehen. Am Rinnstein stoppt uns ein Wasserschwall. Innerhalb von fünf Minuten hat sich die Kononos-Straße in einen reißenden Nebenfluß der Filolaou-Straße verwandelt.

»Wie sollen wir bloß da rüberkommen?« frage ich Adriani.

Sie packt meine Hand und zerrt mich zum Eingang eines Wohnhauses. »Warte hier, ich bin gleich wieder da«, sagt sie und läuft in den Supermarkt drei Häuser weiter.

Ich frage mich, ob sie losgezogen ist, um ein aufblasbares Kinderkanu zu kaufen, doch ich sehe, wie sie mit einer Handvoll leerer Plastiktüten heraustritt.

»Heb deinen Fuß an«, sagt sie und stülpt eine Plastiktüte darüber, die sie mit einem Gummiband festmacht, so daß mein Fuß aussieht wie ein frisch verpacktes Hähnchen der Marke Mimikou. Mein Widerstand wird mit einem »Psst, ich weiß schon, was ich tue!« im Keim erstickt, und sie geht zum zweiten Fuß über.

»Bist du verrückt, soll ich mich so in den Fluß stürzen?« meine ich.

»Da bist du nicht der einzige! Blick dich doch um!«

Und sie deutet auf eine Dame, die gerade den Nebenfluß mit einer über den Kopf gestülpten und zwei um die Füße gebundenen Plastiktüten durchquert.

»Bedank dich lieber bei mir, daß ich so schlau war, einen Regenschirm mitzunehmen«, triumphiert Adriani.

Beim Anblick des Schirms löst sich mein Widerstand auf, und eine Minute später stehen wir auf der anderen Straßenseite.

Trotz des Regenschirms und der Plastiktüten sind wir klatschnaß geworden, und zu Hause angekommen, reiben wir uns mit Alkohol ein und ziehen uns um. In der Zwischenzeit hat der Regen genauso schlagartig aufgehört, wie er eingesetzt hatte, und der Sonnenuntergang zeichnet sich klar und tiefrot am Himmel ab.

Das ist die ödeste Stunde meines Alltags, da ich nicht weiß, wie ich sie sinnvoll verbringen soll. Bis zum Mittag komme ich irgendwie über die Runden: Ich ziehe den morgendlichen Kaffee in die Länge, dann retten mich die Zeitungen und die Wörterbücher. Nach dem Mittagessen lege ich mich hin. Einschlafen kann ich zwar nicht, aber ich halte meine Augen etwa zwei Stunden lang krampfhaft geschlossen, um mir selbst weiszumachen, daß ich schlafe. Danach ist das Rendezvous mit der Katze an der Reihe.

Zwischen meiner Rückkehr nach Hause und den Abendnachrichten klafft ein schwarzes Loch, das mit nichts zu füllen ist. Ich knöpfe mir ein wenig die Lexika vor, lasse sie dann aber liegen. Später greife ich zur Zeitung, doch die habe ich bereits ausgelesen. Bleibt nur noch das Kreuzworträtsel, das mich am meisten auf die Palme bringt, da ich auf diesem Gebiet eine vollkommene Niete bin. Ganz abgesehen davon, daß ich mich persönlich beleidigt fühle, weil ich – nach so vielen Jahren des eingehenden Wörterbuchstudiums – die gesuchten Begriffe nicht finden kann. Beim dritten Anlauf schmeiße ich dann die Zeitung vom Bett aus an die Schlafzimmertür oder vom Wohnzimmer in den Flur, je nachdem, wo ich mich gerade befinde, doch am nächsten Tag fange ich im Zuge meines altbekannten Masochismus wieder von vorne an.

So auch jetzt. Ich starre auf die kleinen Quadrate und würde, so wie damals in der Schule, am liebsten Schiffchenversenken spielen, weil ich die Lösungen nicht weiß. Nach zehn Minuten schmeiße ich die Zeitung entnervt in den Flur.

»Mensch, wieso plagst du dich denn so damit, wenn du es ohnehin nicht hinkriegst?« höre ich Adrianis Stimme aus der Küche. Mit Argusaugen überwacht sie die Wohnung, nicht das geringste entgeht ihr.

Die Tatsache tröstet mich, daß aufgrund des Unwetters die Tagesschau anders verlaufen wird, nämlich mit Bildern von Wasserströmen, überschwemmten Kellern und vollen Eimern. Doch meine Freude ist nach vier Panoramaaufnahmen dahin – das nachmittägliche Hochwasser hat nur eine mickrige halbe Stunde angedauert. Als die Kamerateams eintrafen, waren die Flüsse auf den Straßen bereits wieder versiegt. Ich bin schon darauf eingestellt, zum dritten Mal dieselben Meldungen zu hören, die ich bereits in den Morgen- und Mittagszeitungen nachgelesen habe, als die Nachrichtensendung schlagartig unterbrochen und ein Werbeblock dazwischengeschaltet wird.

»Na so was, werden jetzt sogar schon die Nachrichten von Werbung unterbrochen?« wundert sich Adriani. »Die schrecken vor gar nichts mehr zurück.«

In einem ersten Impuls stehe ich auf und will hinausgehen. Daß ich nun auch noch den Werbeblock abwarten muß, um die altbekannten Meldungen wiederzuhören, scheint mir zuviel verlangt. Doch da ich nichts Besseres zu tun habe, setze ich mich wieder hin. Ausnahmsweise wird meine Geduld belohnt, denn die Werbung wird ebenfalls abrupt abgebrochen, und die Nachrichtensprecherin erscheint auf dem Bildschirm. Sie hält ein Blatt Papier in der Hand und blickt das Fernsehpublikum ratlos an.

»Sehr geehrte Zuschauer, vor einigen Minuten ist bei unserem Sender ein anonymer Anruf eingegangen. Ein Unbekannter erklärte, er melde sich im Namen der *Griechisch Nationalen Vereinigung Philipp von Makedonien.* Diese Organisation übernehme die Verantwortung für den Selbstmord des Unternehmers Jason Favieros. Der Anrufer sagte wortwörtlich: ›Favieros hat nicht von sich aus den Freitod gewählt, wir haben ihn zum Selbstmord veranlaßt. Die Gründe für seine Hinrichtung stehen in einem Bekennerschreiben, das wir im Mülleimer vor dem Portal des Senders hinterlegt haben.‹«

Die Nachrichtensprecherin macht eine kleine Pause und

blickt die Zuschauer an. »Und tatsächlich, meine Damen und Herren, erwies sich der Hinweis, den uns der anonyme Anrufer gegeben hat, als zutreffend. Das Bekennerschreiben wurde im Mülleimer neben dem Eingang gefunden. Es handelt sich um folgendes Dokument.«

Die Nachrichtensprecherin hält das Blatt Papier in die Höhe, und auf dem Bildschirm erscheint eine Seite vom Format A4, auf dem ein Logo mit dem Abbild Philipps II. von Makedonien, dem Vater Alexanders des Großen, mit seinem Streithelm abgebildet ist. Darunter steht in großen schwarzen Buchstaben:

GRIECHISCH-NATIONALE VEREINIGUNG
PHILIPP VON MAKEDONIEN

Es folgt ein Text mit großen Zeilenabständen. Selbst ich sehe, daß das Emblem und der Text auf einem Computer entworfen und ausgedruckt wurden.

Die Nachrichtensprecherin beginnt das Bekennerschreiben vorzulesen, während der Text gleichzeitig über die andere Hälfte des Bildschirms läuft. Eine Methode, wodurch die Zuschauer in zwei Kategorien geteilt werden: in Taubstumme und in Analphabeten.

»Hiermit geben wir dem griechischen Volk bekannt, daß wir gestern den Unternehmer Jason Favieros zum Selbstmord gezwungen haben. Die *Griechisch-Nationale Vereinigung Philipp von Makedonien* hat Jason Favieros zum Tode verurteilt, weil er auf seinen Baustellen in Griechenland ausschließlich ausländische Arbeitskräfte eingesetzt hat: Albaner, Bulgaren, Serben und Rumänen sowie zahlreiche Afrikaner und Asiaten. Durch ein derartiges Vorgehen hat der Kommunist und Internationalist Jason Favieros das Fundament der griechischen Nation unterhöhlt. Erstens, weil er durch den Einsatz von Fremdarbeitern aus dem Balkan, Asien und Afrika Griechen in die Arbeitslosigkeit getrieben hat. Dadurch hat er die nationale Einheit zugunsten der Ausländer geschwächt. Zweitens, weil er auf diese Weise den Ausländern einen ständigen Aufenthalt in Griechenland ermöglicht hat und somit die griechische Nation schrittweise von fremden Völkern unterwandert wird und die Griechen systematisch an den Rand gedrängt werden. In zehn Jahren werden sie eine Minderheit im eigenen Land sein. Drittens, weil er durch den Einsatz der Ausländer zu Billiglöhnen riesige Gewinne gemacht hat, ohne den griechischen Arbeitslosen und ihren Familien auch nur einen Bruchteil davon zukommen zu lassen.

Wir haben Jason Favieros die Lösung vorgeschlagen, freiwillig abzutreten, da wir sonst nacheinander alle seine Familienmitglieder hingerichtet hätten.

Wir rufen alle, die ausländische Arbeitskräfte beschäftigen, dazu auf, sie innerhalb einer Woche zu entlassen und an ihrer Stelle Griechen einzustellen. Andernfalls wird sie dasselbe Schicksal wie Jason Favieros ereilen: Entweder treten sie aus freien Stücken ab oder sie werden hingerichtet.

Wir rufen die Behörden auf, alle Ausländer innerhalb eines Monats aus Griechenland auszuweisen. Andernfalls werden wir täglich eine Anzahl Ausländer hinrichten, bis sie von alleine gehen.

Unser Vaterland ist in der Hand wildfremder Völker! Schluß damit!

Die Arbeitslosigkeit steigt, damit unsere Feinde zu essen kriegen und es sich gutgehen lassen können! Schluß damit!

Griechenland gehört den Griechen, und die Griechen wollen ein sauberes Land, das ihnen allein gehört!

Wer Ohren hat, der höre!

Griechisch-Nationale Vereinigung Philipp von Makedonien.«

Die Sprecherin hebt den Kopf. »So lautet der Text des Bekennerschreibens, meine Damen und Herren«, sagt sie. »Das Original wurde bereits an das Polizeipräsidium weitergeleitet.«

Sprachlos starre ich auf den Bildschirm. Darauf wäre ich nie gekommen. Kurz überlege ich, Sotiropoulos anzurufen, um abzuklären, ob er auf so was gekommen wäre, doch ich lasse es bleiben.

In der Nacht träume ich, und zwar nicht von Philipp von Makedonien, sondern von Boukephalos, dem Lieblingspferd seines Sohnes Alexander. Es war schneeweiß, langmähnig und stand auf einer Weide. Den Kopf hatte es in den Nacken geworfen und zum Himmel erhoben wie ein Hahn. Doch es krähte nicht, es wieherte.

6

Gott liebt die Reporter. Anders ist nicht zu erklären, wieso er jedesmal, wenn eine Medienmeldung gerade aus den Schlagzeilen verschwunden ist, Manna vom Himmel regnen läßt und damit der fast schon totgesagten Neuigkeit wieder zu neuem Leben verhilft. Diesmal heißt das Manna, das vom Himmel fällt, *Griechisch-Nationale Vereinigung Philipp von Makedonien* und stellt den ganzen Fall auf den Kopf – allerdings ohne auch nur einen Deut daran zu ändern. Denn die Geschichte, daß einige national Gesinnte Favieros zum Selbstmord getrieben hätten, weil er auf seinen Baustellen Arbeiter vom Balkan und aus der dritten Welt beschäftigte, klingt äußerst unglaubwürdig. Und doch werden dadurch Vermutungen, Theorien, Behauptungen und allen mehr oder weniger fundierten Ausgeburten der Phantasie Tür und Tor geöffnet, und die Reporter und die zugeschalteten Experten werden die nächsten zehn Tage etwas zu erzählen haben. Diese Fähigkeit, Umstände herbeizuführen, die alles plötzlich ganz anders aussehen lassen, obwohl alles beim alten geblieben ist, hat Gott nur den Griechen geschenkt.

Der Name der Gruppierung geht mir nicht aus dem Kopf: *Griechisch-Nationale Vereinigung Philipp von Makedonien.* Wo ist mir diese Organisation schon einmal untergekommen? Ich zermartere mir das Hirn, kann mich aber nicht erinnern. Doch der Name läßt die Alarmglokken schrillen.

Meine Frage wird durch ein Telefonat mit Katerina beantwortet. Sie brennt darauf, die Entwicklungen im Fall Favieros zu besprechen.

»Aber glaubst du denn im Ernst, daß sie ihn zum Selbstmord gezwungen haben?« fragt sie.

»Mir kommt es schon auch unwahrscheinlich vor. Andererseits hat sich Favieros in aller Öffentlichkeit umgebracht. Aus welchem Grund? Das ist der weiße Fleck auf der Landkarte.«

»Da sind wir einer Meinung. Denn alles, was geschrieben wird über seine finanziellen Engpässe, seine unheilbare Krankheit oder ähnliches, scheint mir aus der Luft gegriffen.«

»Ich will noch auf etwas anderes hinaus.«

»Worauf denn?«

»Warum sollte er sich öffentlich umbringen? Ein öffentlicher Selbstmord ist unlogisch.«

»Was ist unlogisch? Daß sie Favieros, der mit der ganzen Regierung und dem Premierminister auf du und du stand, veranlaßt haben, zum Sender zu gehen, vor der Kamera den Revolver in den Mund zu stecken und sich eine Kugel in den Kopf zu jagen?«

»Kommt dir das nicht auch seltsam vor?«

»Doch. Und noch dazu, daß eine so mickrige Vereinigung wie *Philipp von Makedonien* das erreicht haben sollte.«

»Kennst du sie?« frage ich überrascht.

»Aber Papa! Das sind doch diese Würstchen, deretwegen

man jedes Jahr das Zentrum von Thessaloniki sperrt, weil sie den Geburtstag von Alexander dem Großen feiern.«

Richtig, sage ich bei mir, die sind es. Ich erinnere mich, daß die Kollegen in Thessaloniki jedesmal fluchten, wenn dieser Haufen das Stadtzentrum lahmlegte.

»Sag mal, Katerina, kann man sie im vorliegenden Fall der Nötigung zum Selbstmord überführen?«

»Der Anstiftung zum Selbstmord, aber wen willst du juristisch belangen?«

»Die führenden Köpfe der Vereinigung.«

»Welche Vereinigung denn...« meint sie verächtlich. »Zehn Idioten und weitere zwanzig, die aus purer Schaulust mitlaufen. Weißt du, was die größte Versammlung war, die sie je abgehalten haben?«

»Nein.«

»Als sie vor den Offiziersklub in der Ethnikis-Amynis-Straße gezogen sind, um dagegen zu protestieren, daß auf einem Historiker-Kongreß die These vertreten wurde, Philipp II. von Makedonien sei homosexuell gewesen und habe ein Verhältnis mit seinem Heerführer Pausanias gehabt.«

Wir beenden das Gespräch unter schallendem Gelächter, doch meine Verdachtsmomente sind trotz des heiteren Tonfalls konkreter geworden. Wie sollte eine Gruppierung, die einmal im Jahr in Erscheinung tritt, um Alexander dem Großen ein Geburtstagsständchen zu bringen, Favieros zum Selbstmord treiben können? Weil sie ihn mit der Auslöschung seiner ganzen Familie bedrohte, falls er sich nicht umbringen sollte? Warum schickte er dann seine Angehörigen nicht zu einem unbegrenzten Urlaubsaufenthalt in die Alpen?

All das führt zu einer einzigen Schlußfolgerung: Favieros' Selbstmord ist aus anderen, bislang unbekannten Gründen geschehen, und das griechisch-nationale Grüppchen ergreift die günstige Gelegenheit und betätigt sich als Trittbrettfahrer. Diese Erklärung ist möglicherweise vollkommen korrekt, nur bringt sie mich keinen Schritt weiter bei der Suche nach den Gründen, die Favieros zum öffentlichen Selbstmord veranlaßt haben. Ich werde mich mit dem öffentlichen Aspekt noch eine Weile abquälen müssen, bis sich eine überzeugendere Begründung findet.

Mir ist klar, daß all diese Gedankenspielereien, denen ich mich hingebe, kein konkretes Resultat zeitigen, daß sie im Grunde ein selbstentworfenes Kreuzworträtsel sind, das ich zu lösen versuche. Immerhin tausendmal besser als das Kreuzworträtsel der Zeitungen.

Der einzige Weg, etwas darüber hinaus zu erfahren, führt über die Tageszeitungen. Ich beschließe, einen Ausflug zum Kiosk zu unternehmen. Als ich an der Küche vorbeikomme, sehe ich, wie Adriani Tomaten und Paprika füllt.

»Mir steigt der Duft schon in die Nase, bevor du sie in den Ofen schiebst«, lache ich.

»Na schön, aber ich sage dir: Sie werden nicht so lecker wie sonst schmecken, weil ich sehr wenig Zwiebeln genommen habe. Ich möchte dann nicht hören, daß sie mißlungen sind.«

Sie hat einen Komplex mit den gefüllten Tomaten. Seit damals, als sie gegen meine Mutter in den Ring stieg, zittert sie vor einem mißratenen Essen.

»Für einen ersten Anlauf nach meiner Krankheit wird's schon reichen«, ermuntere ich sie.

Wenn mich jemand fragte, warum ich, statt den Weg rechts in die Aroni-Straße zum Kiosk einzuschlagen, links abbog und über die Nikiforidis- zur Formionos-Straße ging, könnte ich keine Antwort geben. Auch weiß ich nicht, was ich vorhatte, als ich ein Taxi anhielt und dem Fahrer »Alexandras-Boulevard, zum Polizeipräsidium« sagte.

Doch sobald ich aus dem Taxi steige und an der Fußgängerampel vor der Krebsklinik ›Zum heiligen Savvas‹ die Straße überquere, nehmen meine gesunden Reflexe ihre Funktion wieder auf. Ich beschließe, keinen Halt in der dritten Etage einzulegen. Ich habe keine Lust, die Tür zu meinem Büro aufzustoßen und Janoutsos zu sehen, wie er auf meinen Stuhl geflätzt in den *Trikkala-Boten* vertieft ist. Seit dreißig Jahren lebt er in Athen und noch immer liest er ausschließlich das Lokalblatt seines Heimatortes.

Der Wachmann am Eingang will mich schon auffordern, mich auszuweisen, doch da ihm mein Gesicht bekannt vorkommt, zögert er.

»Kommissar Charitos, ich will zum Kriminaldirektor«, sage ich, um ihm aus der Verlegenheit zu helfen. Er will schon von seinem Platz aufstehen, doch ich halte ihn zurück. »Ich bin krankgeschrieben, da können wir uns die Formalitäten sparen.«

Der Fahrstuhl hat seine Mätzchen beibehalten, und ich warte zehn Minuten, bis er mir die Ehre erweist, mich aufzunehmen. Als ich hochfahre, hoffe ich inständig, nicht auf meine beiden Assistenten, Vlassopoulos und Dermitsakis, zu treffen und noch weniger auf Janoutsos. Glücklicherweise fährt der Fahrstuhl ohne weiteren Halt hoch und spuckt mich in der fünften Etage aus.

Ich hätte gerne einen Fotoapparat dabei, um den Ausdruck festzuhalten, den mein Anblick auf Koulas Gesicht hervorrufen wird. Wie man nach langer Krankheit oder Abwesenheit begrüßt wird, zeigt einem, wie beliebt man ist. Dann kann man am Gesicht des anderen ablesen, ob man gern gesehen ist oder nicht.

Koulas Gesicht leuchtet auf, sie ruft mit einer Stimme, die sich vor Freude überschlägt: »Herr Charitos!«

Sie stürmt auf mich zu, fällt mir in die Arme und drückt mir einen Kuß auf beide Wangen. Koula hat immer eine besondere Sympathie für mich gehegt, obwohl ich in meiner Eigenschaft als mißtrauischer Bulle stets dachte, sie verstelle sich. Heute muß ich zugeben, daß ich ihr unrecht getan habe. So, wie sie mich ansieht – blond, hübsch und mit einem strahlenden Lächeln –, sage ich mir, ich hätte ruhig früher mal vorbeischauen können. Mit Sicherheit hätte sie mit ihren Küßchen mein darniederliegendes Ego aufrichten können.

»Sie wissen gar nicht, wie sehr ich mich freue, Sie zu sehen«, meint sie fröhlich. »Sie ahnen gar nicht, wie sehr ich Sie vermißt habe.«

»Ja, aber im Krankenhaus haben Sie mich nicht besucht«, entgegne ich wie ein frisch Verliebter, der sich über die mangelnde Fürsorge seiner Flamme beklagt.

»Sie haben recht.« Verlegen ringt sie nach den passenden Worten. »Aber wissen Sie, na ja… So gut kennen wir uns nicht, und da ist es mir schwergefallen, einfach so vor Ihrer Frau… vor Ihrer Tochter aufzutauchen… Das hätte man hier schnell herausgekriegt und zu tratschen begonnen…«

»Was reden Sie denn da, Koula? Wer sollte tratschen?«

»Es gibt genügend böse Zungen hier …«

»Was sollten sie denn reden?«

Sie schüttelt nachdenklich den Kopf. »Ach, Herr Charitos. Sie sind ein Unschuldslamm. Sie sind nicht von dieser Welt.«

Ich weiß nicht, ob ich mich darüber freuen oder ärgern soll, daß ich so blöd bin.

»Jedenfalls sehen Sie prächtig aus«, sagt sie, um das Thema zu wechseln. »Wieder bei Kräften, energisch, gut erholt … Wann kommen Sie wieder?«

»Ich bin noch zwei Monate krank geschrieben.«

»Beneidenswert. Sehen Sie zu, daß Sie es genießen.«

»Ist er drin? Kann ich ihn kurz begrüßen?«

»Na klar, ich brauche Sie nicht anzumelden. Sie werden ihn in keiner besonders wichtigen Unterredung stören.«

Erst als ich in Gikas' Büro trete, wird mir klar, daß sie das nicht nur so dahingesagt hat. Gikas sitzt an seinem geschwungenen Schreibtisch, der drei Meter lang ist und an eine Pferderennbahn erinnert. Ihm gegenüber, an meinem gewohnten Platz, sitzt nun Janoutsos. Er ist fünfundvierzig und ziemlich großgewachsen, wirkt aber dürr und blutleer. Er trägt stets Uniform, da er in Zivil eher an einen Handelsvertreter für Schneiderzubehör erinnern würde. Recht geschieht mir, ich hätte zuerst beim Büro meiner Assistenten vorbeischauen sollen, um herauszufinden, wo er sich gerade herumtreibt.

»Na, so was«, sagt Gikas, als er mich erblickt. »Was führt Sie hierher?«

»Ich wollte kurz vorbeischauen, um guten Tag zu sagen.«

»Dann muß es Ihnen ja schon wieder gutgehen, wenn Sie Sehnsucht nach uns verspüren. Nehmen Sie Platz.«

Janoutsos hält es nicht für nötig, mich zu begrüßen, er blickt mich nur unangenehm berührt und zugleich alarmiert an. Ein alter Bibelspruch kommt mir in abgewandelter Form in den Sinn, während ich meinen Blick ausschließlich auf Gikas hefte: Wer Ignoranz sät, wird Ignoranz ernten.

»Wie geht es Ihnen?« fragt er mich.

»Mir ist langweilig«, lautet die ehrliche Antwort, die Gikas mit einem Lächeln quittiert.

»Hast du noch nicht Birimba spielen gelernt?« witzelt Janoutsos.

»Ich lese Zeitungen, gehe spazieren, schaue fern… Was soll ich sonst tun?« Meine Antwort gilt Gikas, Janoutsos habe ich abgeschrieben. »Und hier? Was gibt's bei Ihnen Neues?«

»Das Übliche, reine Routine.«

»Favieros' Selbstmord ist doch nicht ganz alltäglich«, werfe ich scheinbar unschuldig in die Runde, um zu sehen, wie Gikas darauf reagiert. Aber er fährt in unverändertem Tonfall fort: »Der neue Quotenhit der Fernsehsender.«

»Und diese Vereinigung, die behauptet, sie hätte ihn zum Selbstmord gedrängt?«

»Also«, mischt sich Janoutsos ein, »wenn wir solches Gewäsch ernstgenommen hätten, solange ich bei der Terrorfahndung war, wären wir nicht mehr hinterhergekommen.«

Solange du bei der Terrorfahndung warst, habt ihr Birimba gespielt, würde ich ihm gerne ins Gesicht sagen, doch ich schlucke es hinunter, um Gikas nicht zu vergraulen.

»Ein unbekannter Anrufer hat heute einer Tageszeitung erklärt, das Bekennerschreiben stamme gar nicht von der Gruppierung *Philipp von Makedonien*, sondern sei reine Propaganda«, sagt Gikas ernst.

»Trotzdem stimmt hier irgend etwas nicht.«

»Was meinen Sie?«

»Der öffentliche Aspekt. Warum bringt sich Favieros vor laufender Kamera um?«

Gikas hebt die Schultern. »Wonach suchen Sie? Nach logischem Vorgehen bei jemandem, der sich entschlossen hat, seinem Leben ein Ende zu setzen?«

»Leute wie Favieros meiden jedes Aufsehen«, beharre ich. »Sie verhalten sich sehr diskret. Deshalb bin ich so verwundert.«

»Hör mal, Charitos«, fährt Janoutsos wieder dazwischen. »War ja schön, daß du uns besucht hast und es dir gutgeht, aber du hast den Herrn Kriminaldirektor und mich in einer äußerst wichtigen dienstlichen Besprechung unterbrochen.«

Kaum habe ich mich von seiner kaltschnäuzigen Dreistigkeit erholt, sehe ich, wie Gikas sich erhebt, als hätte er nur auf das Signal gewartet, und mir die Hand entgegenstreckt. »Freut mich sehr, daß Sie wieder gesund sind, Kostas«, meint er. »Kommen Sie ruhig wieder vorbei.«

Sie schicken mich hinaus, sage ich zu mir. Sie haben es eilig, mich loszuwerden. Ich drücke Gikas' Hand, wende mich um und gehe ohne ein Wort hinaus.

»Wie schätzen Sie Janoutsos ein?« frage ich Koula, um etwas Dampf abzulassen.

»Er ist ungehobelt und übernimmt für nichts die Verantwortung«, ist die prompte Antwort. »Nicht genug damit, daß er wütet wie die Axt im Walde, er versucht auch seine Fehler – und die passieren ihm haufenweise – auf mich abzuwälzen.«

»Geduld, Koula. Die zwei Monate gehen auch noch rum.«

»Ihr Wort in Gottes Ohr!« kommentiert sie lachend.

Trotz Koulas Bemerkung ist mein Zorn noch nicht verraucht. Ich stehe in der Dimitsanas-Straße vor der Krebsklinik ›Zum heiligen Savvas‹ und warte auf ein Taxi. Doch um in Athen um zwei Uhr mittags ein Taxi zu finden, muß man eine Spezialausbildung hinter sich gebracht haben. Mir mit meinem einfachen Schulabschluß schnappt man die Taxis vor der Nase weg, bevor ich auch nur dazu komme, mit dem Fahrer zwei Worte zu wechseln. Als ich nach vielen Mühen endlich ein Taxi ergattere, bin ich auf hundertachtzig. Ich nehme auf dem Beifahrersitz Platz und stelle fest, daß ich zu allem Unglück auch noch den Inbegriff eines Taxifahrers erwischt habe, denn sein Autoradio dröhnt auf voller Lautstärke. Als an der Ecke Michalakopoulou- und Spyrou-Merkouri-Straße der Song »Uns beiden geht's zu gut, und das raubt mir den Mut« erschallt, fahre ich aus der Haut.

»Dreh den Kasten endlich ab und hupe, damit man uns Platz macht!« sage ich zum Fahrer.

Er wendet sich mir zu und blickt mich mit einem herablassenden Taxifahrer-Blick an. »Wieso, ist das hier ein ärztlicher Notfall? Sieht mir nicht danach aus.«

Ich halte ihm meinen Dienstausweis unter die Nase. »Ich bin Polizist und dienstlich unterwegs. Und das Radio behindert den Sprechfunk. Schalt es ab und hupe endlich, sonst übergebe ich dich dem erstbesten Verkehrspolizisten, und dann siehst du deinen Führerschein erst in sechs Monaten wieder.«

Er gehorcht ohne Widerrede. Zwei Minuten später sind wir im Kamikaze-Stil an der Ecke zur Aristokleous-Straße angelangt. Ich frage, was ich schuldig bin.

»Laß mal gut sein, Herr Kommissar. Sag mir lieber, wie du heißt«, sagt er, als wolle er mich zum Eis einladen. »Man kann nie wissen, wozu man gute Bekannte braucht.«

Ich werfe ihm drei Euro auf den Sitz und schlage die Tür hinter mir zu.

»Mann, wo warst du denn so lange?« fragt Adriani und mustert mich besorgt.

»Auf dem Omonia-Platz. Ich habe die fliegenden Händler vermißt.«

Sie bemerkt meinen Gesichtsausdruck und begreift, daß sie besser nicht weiterbohrt. »Komm essen«, meint sie.

Sobald ich den ersten Bissen der gefüllten Tomaten im Mund habe, entspanne ich mich, und mein Zorn löst sich wie durch ein Wunder in Luft auf.

»Du hast goldene Hände, Adriani. Damit hast du mir heute wirklich was Gutes getan«, sage ich begeistert.

»Komm schon, jetzt schwindle nicht. Wie gesagt, es fehlt ihnen die richtige Dosis Zwiebeln.«

Ich nehme einen zweiten Bissen von den gefüllten Tomaten und behalte ihn lange im Mund, um meinen Gaumen mit dem Wohlgeschmack zu erfreuen. Heutzutage, wo so vielen Dingen das richtige Maß fehlt, werden wir doch nicht an den Zwiebeln verzweifeln!

7

Ich sitze in einer Luxuskabine. Und zwar nicht auf einer jener Fähren, welche die südliche Ägäis durchpflügen, sondern im Dienstzimmer des Stationsarztes der kardiologischen Abteilung des Allgemeinen Staatlichen Krankenhauses, das in etwa die Ausmaße und die Ausstattung einer solchen Luxuskabine hat. Ich warte auf die Ergebnisse der Bluttests und darauf, daß Adriani die Formalitäten erledigt, so daß mich der Chirurg untersuchen kann. Das habe ich nun davon, daß ich den Untersuchungen zugestimmt habe: Ich sitze in meiner Rolle als Schwerkranker in einer Luxuskabine, und Adriani läuft sich die Hacken ab. Mir fehlt nichts, ich weiß es, die Ärzte und selbst die Krankenschwestern wissen es. Schon vor Wochen hat man mir die Fäden gezogen, die Wunde ist vollkommen verheilt, und nur bei Wetterumschwüngen verspüre ich ein leichtes Ziehen. Doch Adriani beharrt auf den Untersuchungen, in der Hoffnung, die Ärzte würden irgendein kleines Einschußloch finden, das sie ursprünglich übersehen haben, damit sie ihre Herrschaft über mich noch etwas hinauszögern kann.

Sie steckt die Nase durch den Türspalt. »Wir sind soweit, Kostas. Es geht los.«

Das Dienstzimmer des Stationsarztes liegt in der dritten Etage, die Ambulanz jedoch im Erdgeschoß des gegenüberliegenden Gebäudes. Adriani ruft den Fahrstuhl.

»Laß mal, das kann Stunden dauern«, sage ich und beginne, die Treppe hinunterzugehen, um ihr zu zeigen, daß ich bei bester Gesundheit bin und sie sich keine falschen Hoffnungen zu machen braucht.

Das Wetter ist feucht und drückend. Ich bin seit einigen Tagen zur Kleiderordnung von Anzug und Krawatte zurückgekehrt, doch bis zur Ambulanz klebt die Kleidung an mir. Mal ist das Pißwetter dran schuld, mal die Hitze.

Vor dem Eingang zur Abteilung für Chirurgie erwartet uns Fanis, und wir schreiten unter den scheelen Blicken des gesetzlich versicherten Fußvolks zur Untersuchung. Das tritt nämlich um sechs Uhr morgens an, um sich eine Wartenummer zu holen, und kommt gegen zwei Uhr mittags an die Reihe.

»Wie läuft's, Herr Kommissar? Irgendwelche Beschwerden?« fragt Efkarpidis, der Stationsarzt der Ersten Chirurgischen Klinik.

»Nein, nein, Herr Doktor«, fällt mein Regierungssprecher ein. »Gott sei Dank sind wir wohlauf, wir wollten uns nur für alle Fälle nochmals durchchecken lassen.«

Seit dem ersten Tag im Krankenhaus hat sie dieses ›Wir‹ eingeführt, als wären wir beide gemeinschaftlich verwundet worden. Ich mache den Oberkörper frei und nehme auf der Liege Platz. Efkarpidis wirft einen oberflächlichen Blick auf mich, die Narbe faßt er nicht einmal an. »Sie sind voll auf der Höhe«, meint er zufrieden. »Und die Befunde sind sehr gut. Die Werte der Leukozyten haben sich normalisiert, die der Blutplättchen ebenso. Das war's dann, Sie müssen nicht mehr kommen.«

»Kostas, wollen wir bei der Gelegenheit nicht auch gleich

ein EKG machen lassen?« schmeichelt Adriani, als wir auf den Flur hinaustreten.

Ich weiß, worauf sie hinauswill. Da sie aus der Wunde kein Kapital mehr schlagen kann, versucht sie es mit dem EKG. Ich bin drauf und dran, ihr ein knappes Nein entgegenzuschleudern, doch Fanis' Lachen hält mich davon ab.

»Wenn du schon die anderen Untersuchungen gemacht hast, kann ein EKG auch nichts schaden«, meint er.

Ich begnüge mich mit einem zustimmenden Schweigen, weil ich dem Freund meiner Tochter keinen Wunsch abschlagen kann.

Wir treten zusammen mit zwei Krankenschwestern in den Fahrstuhl, um zur Kardiologie zu fahren. Sie wirken aufgeregt und sprechen mit erhobener Stimme.

»Und das stimmt?« fragt die eine die andere.

»Sie haben es im Radio gesagt.«

Die erste bekreuzigt sich. »Gütiger Gott! Die Welt ist aus den Fugen geraten.«

Wir steigen in der zweiten Etage aus, und so erfahre ich nicht, was im Radio gesagt wurde. Daß die Welt aus den Fugen geraten ist, muß man mir nicht erst sagen. Das weiß ich längst.

»Dein Herz arbeitet einwandfrei«, sagt Fanis zufrieden, den Blick auf das EKG gerichtet. »Wie kommst du mit den Medikamenten zurecht?«

»Das Frumil ist ausgegangen, Fanis. Und verschreibe ihm doch auch noch eine Schachtel Pensordil, für alle Fälle«, meint Adriani, die – ganz wie ein Magazinverwalter – den perfekten Überblick über meine Medikamentenbestände hat.

»Stellen Sie dem Kommissar ein Rezept dafür aus«, sagt Fanis zur Krankenschwester.

Eine Fünfzigjährige, die auf den anderen Kardiologen wartet, hebt den Kopf und mustert mich neugierig. »Da haben Sie aber Glück, daß Sie heute im Krankenhaus sind«, meint sie. »Ihre Kollegen kommen den Ereignissen gar nicht mehr hinterher.«

»Welchen Ereignissen?« frage ich verärgert – es nervt mich, wenn mich Unbekannte anquatschen.

»Haben Sie das noch nicht mitgekriegt? Das von dieser Vereinigung, die behauptet, sie hätte Favieros auf dem Gewissen?«

»Philipp von Makedonien?«

»Ja, genau. Die haben gestern abend zwei Kurden getötet. Das kam gerade in den Nachrichten.«

Ich wende mich sofort an Fanis. »Wo gibt es hier einen Fernseher?«

»In der Cafeteria.«

»Wieso hast du es denn so eilig?« fährt Adriani dazwischen. »Das zeigen sie sowieso die ganze nächste Woche lang.«

Sie hat recht, aber ich bin nicht mehr zu halten. Die Cafeteria liegt unter Kiefern, mitten in einer kleinen Parkanlage, und ist gerammelt voll. Patienten in Schlafanzügen, Patientinnen in Nachthemden, Begleitpersonen, junge Ärzte und Krankenschwestern drängen sich um die Tischchen und an den Wänden und verfolgen die Nachrichtensondersendung. Ich treffe ein, als vermutlich etwa die Hälfte des Bekennerschreibens bereits über den Bildschirm geflimmert ist.

»… Da einige unser Schreiben zu Favieros' Selbstmord nicht ernstgenommen haben, waren wir gezwungen, gestern abend zwei ausländische Arbeitskräfte hinzurichten, die auf einer von Favieros' Baustellen im Einsatz waren. Damit wollen wir deutlich machen, daß wir nicht scherzen. Wir rufen alle dazu auf, sich zu besinnen und das, was wir sagen, für bare Münze zu nehmen. Für alles Weitere liegt die Verantwortung bei den zuständigen Behörden.«

Das Bekennerschreiben ist zu Ende. Der Kameramann geht nun ein paar schmale Stufen hinab und betritt eine kleine Souterrainwohnung, mit zwei Sofas an den beiden gegenüberliegenden Wänden und einem Resopaltisch mit zwei Plastikstühlen in der Mitte. Ein weißes Laken wurde über die beiden Leichen auf den Sofas gebreitet.

»Die Opfer, meine Damen und Herren, sind zwei Kurden, die hier wohnhaft waren, in der Frearion-Straße 4 im Stadtteil Rouf«, ertönt die Stimme der Nachrichtensprecherin. »Beiden wurde ins rechte Auge geschossen.«

Während ich das Bild betrachte, beginnen sich die Fragen in meinem Inneren aufzutürmen. Wie kommt es, daß wir nur wenige Tage nach Jason Favieros' Selbstmord einen Mord an zwei Kurden zu beklagen haben? Und warum kann ich den Verdacht nicht unterdrücken, daß Favieros' öffentlicher Selbstmord eine Alarmglocke schrillen läßt, die keiner hören mag? Jedenfalls weder Gikas noch der vernagelte Janoutsos. Mit einem Schlag spüre ich, wie mich trotz der tragischen Ereignisse eine tiefe Befriedigung überkommt: Gestern haben sie mich von oben herab behandelt, und heute stehen sie vor einem Scherbenhaufen. Sie haben das Offensichtlichste übersehen. Denn selbst wenn man annimmt, daß diese Nationalisten bloße Trittbrettfahrer sind, so hätten sie das nicht getan, wäre der Selbstmord nicht in aller Öffentlichkeit geschehen. Dann hätten sie auch jetzt nicht die beiden Kurden töten müssen, um die Zweifler zu bekehren.

Wonach sehnt sich ein Bulle in solchen Momenten? Nach einem Streifenwagen. Mein Wunsch ist so stark, daß ich aus der Tür der Cafeteria blicke, in der Hoffnung, es warte dort einer auf mich. Doch ich sehe nur einen jungen Arzt, der mit einer Krankenschwester schäkert.

Ich wende mich an Fanis. »Wie schnell bekomme ich hier ein Taxi?«

Ich merke, wie sich zwei perplexe Augenpaare auf mich heften.

»Wozu brauchst du denn ein Taxi?« fragt Adriani mißtrauisch.

»Ich möchte einen Blick auf den Ort des Verbrechens werfen.«

»Du bist krank geschrieben, hast du das vergessen?«

Ihre Stimme hallt durch die Cafeteria, und die Leute rekken neugierig die Köpfe nach uns. Offenbar habe ich sie mit meinem schrittweisen Streben nach Unabhängigkeit in den letzten Tagen überfordert, und nun geht es ihr zu weit. Ich trete aus der Cafeteria, damit wir kein öffentliches Schauspiel bieten.

»Kannst du mir ein Taxi rufen?« beharre ich Fanis gegenüber.

»Laß mal, ich fahre dich. Ich bin ohnehin nur deinetwegen geblieben. Ich hatte Nachtdienst, und der ist jetzt zu Ende.«

»Ich jedenfalls fahre nach Hause«, erklärt Adriani kategorisch. Sie hat die Miene einer unerbittlichen Gouvernante angenommen, die den Kleinen zwar nicht ohrfeigt, aber ihm zu verstehen gibt, daß Schokolade und Bonbons in Zukunft gestrichen sind. Irgendwie hat mir dieser Gesichtsausdruck gefehlt, und ich amüsiere mich darüber.

Fanis legt den Arm um ihre Schulter, nimmt sie beiseite und beginnt ihr ins Ohr zu säuseln. Dann läßt er sie los und ruft mir zu: »Wartet, ich hole den Wagen.«

Adriani ist an meine Seite zurückgekehrt, doch sie weicht meinem Blick aus. Ich wiederum müßte ihr eigentlich erklären, warum ich die beiden ermordeten Kurden in ihrer armseligen Behausung sehen will. Aber ich weiß selbst nicht, warum ich das will.

Fanis kommt herangefahren und bleibt vor uns stehen. Ich lasse Adriani neben ihm Platz nehmen. Ich versuche mir vorzustellen, was sie und Fanis vorhin besprochen haben und ob sie vorhat, mich zum Ort des Verbrechens zu begleiten. Dann werde ich nämlich zur Lachnummer. Doch ich wage nicht nachzufragen, ich überlasse es lieber dem Schicksal.

Aufatmend sehe ich, wie Fanis von der Messojion- in die Michalakopoulou-Straße einbiegt. Dadurch wird klar, daß wir sie nach Hause fahren. Als wir zum Pangrati-Platz gelangen, bittet sie Fanis anzuhalten.

»Laß mich hier aussteigen, Fanis. Ich muß noch ein paar Einkäufe erledigen.« Grußlos steigt sie aus dem Wagen. Das ist unser erster Krach seit etwa zwei Monaten, aber ich ärgere mich nicht darüber. Ich freue mich vielmehr, daß wir zu unserem alten Verhältnis zurückgefunden haben.

»Wie hast du sie dazu gebracht, ihre Meinung zu ändern?« frage ich Fanis neugierig.

»Mit dem Argument, daß du ohnehin nicht davon abzubringen bist und es besser wäre, wenn du in Begleitung deines Arztes fahren würdest.«

»Hast du vor, eine Autopsie zu machen?« frage ich. »Denn meinetwegen mußt du nicht mitkommen.«

»Ich warte im Wagen auf dich. Mich reizt diese Geschichte nämlich auch.«

Die reizt alle außer Gikas und Janoutsos, denke ich voll Bitterkeit. Dieser Gedanke zwingt mich zum Eingeständnis eines Grundes, der mich an den Ort des Verbrechens treibt: Ich möchte Janoutsos' Gesichtsausdruck bei meinem Anblick sehen, da er mich doch gestern mehr oder weniger aus dem Büro gewiesen hat.

Als wir gerade am Nationalgarten vorüberfahren, kriechen Gewissensbisse in mir hoch, daß ich Fanis ausnütze, um meine kriminalistischen Gelüste zu befriedigen. »Willst du mich nicht lieber aussteigen lassen, und ich nehme ein Taxi? Du bist übernächtigt, und ich quäle dich grundlos.«

»Ich habe dir doch gesagt, dieser Fall hat auch in mir den Spürhund geweckt.«

»In Katerina auch. Vorgestern hatten wir eine Diskussion über rechtsextreme Gruppierungen.«

Fanis lacht auf. »Ganz im Vertrauen, aber sag ihr nicht, daß du's weißt: Jeden Abend sitzen wir beide vor dem Fernseher, nehmen das Telefon zur Hand und gehen verschiedene Tatversionen durch – ein totaler Laie und eine, die ein bißchen Ahnung hat.«

»Katerina ist die, die ein bißchen Ahnung hat?«

»Würde ich sagen. Sie studiert zumindest Jura. Was habe ich, ein einfacher Kardiologe, mit der Sache zu tun?«

»Und warum hält sie das vor mir geheim und sagt mir nichts davon?« Ich fühle wieder diesen Stich, wie jedesmal, wenn mir bewußt wird, daß jemand anderer Katerina nun nähersteht.

»Weil sie sich geniert«, entgegnet Fanis.

»Sie geniert sich?«

»Ja, vor ihrem Papa, dem Polizisten. Sie will sich vor dir nicht blamieren.«

Wir sind in die Achilleos-Straße gefahren, auf der sich der Verkehr zu dieser Stunde in Richtung Zentrum staut, und so biegen wir in die Konstantinoupoleos-Straße ab. Die Frearion-Straße liegt aus unserer Sicht linkerhand, und Fanis wendet den Wagen und parkt in der Vassilioutou-Megalou-Straße.

»Ich warte hier auf dich.«

»Es dauert nicht lange«, entgegne ich, in der Gewißheit, daß mich Janoutsos so schnell wie möglich abservieren wird.

Das Wohnhaus ist einer von jenen in Windeseile hochgezogenen Bauten, die ursprünglich einmal Zweifamilienhäuser waren. Dann haben die Besitzer die Baupolizei oder einen führenden Parteifunktionär bestochen, um illegal noch zwei Stockwerke draufzusetzen und dadurch die Mitgift der Tochter und das Studium des Sohnes zu finanzieren. Die Frearion-Straße ist leer, ich sehe weder Kranken- noch Übertragungswagen. Daraus schließe ich, daß die Leichen bereits in die Gerichtsmedizin überführt worden sind.

Als ich die Treppe zum Souterrain hinuntersteige, treffe ich auf Diamantidis von der Spurensicherung.

»Was verschlägt Sie hierher, Herr Kommissar? Sind Sie wieder im Dienst?« fragt er, als sei dies das Selbstverständlichste von der Welt.

»Nein, aber ich beginne gerade mit Aufwärmübungen«, antworte ich, und er lacht.

»Wie sieht's unten aus?«

Er steht einen Augenblick unentschlossen da, als wolle er mir etwas sagen, doch dann läßt er es bleiben. »Sehen Sie lieber selbst«, meint er.

Die Wohnungstür steht offen, und Stimmen dringen heraus. Die Wohnung besteht aus einem einzigen Raum, ganz genau so, wie es im Fernsehen gezeigt wurde, mit einer winzigen Kochnische und einer Tür daneben, die wohl zum Badezimmer führt.

Die Leichen sind, wie ich schon dachte, bereits abtransportiert worden. In der Mitte des Raumes stehen Janoutsos und Gerichtsmediziner Markidis und starren einander wie zwei Kampfhähne an, die gleich wieder aufeinander losgehen wollen.

»Ihnen sage ich kein einziges Wort!« schnauzt Markidis Janoutsos an. Zum ersten Mal in meinem Leben sehe ich ihn die Beherrschung verlieren. »Sie werden gefälligst meinen Autopsiebefund abwarten!«

Weiter hinten stehen meine beiden Assistenten, Vlassopoulos und Dermitsakis. Sie haben den beiden halb den Rücken zugedreht und tun so, als würden sie sich unterhalten, damit nicht auffällt, daß sie die Ohren spitzen.

Mit einem Schlag, als wäre eine warnende Parole ausgegeben worden, wenden sich alle um und blicken mich an. Janoutsos' Augen sind weit aufgerissen. Noch befremdlicher ist das Verhalten meiner Gehilfen. Sie blicken mich ratlos an und können sich zu keinem Grußwort durchringen. Schließlich beschränken sie sich auf ein formelles Lächeln und ein Kopfnicken und wenden mir wieder den Rücken zu.

Der herzlichste von allen ist Markidis, der mir die Hand entgegenstreckt. »Gute Besserung«, sagt er. Sein Gesicht wirkt freundlicher, seit er nicht mehr seine uralte riesige Brille trägt und sich zu einer dieser neuartigen, ovalen Nikkelbrillen entschlossen hat.

»Was machst du hier?« fragt mich Janoutsos. »Soviel ich weiß, bist du immer noch krank geschrieben, und hier brauchen wir dich nicht.«

»Ich bin hier, damit du mir das wiederholst, was du mir vorgestern in Gikas' Büro gesagt hast«, stichle ich.

»Was habe ich dir da gesagt?«

»Daß ihr nicht mehr hinterhergekommen wärt, wenn ihr jedes Gewäsch, das sich als Bekennerschreiben ausgibt, ernstgenommen hättet. Na, jetzt seid ihr aber ganz schön auf Trab gekommen.«

»Das hat nichts mit dem Bekennerschreiben zu tun. Das hier trägt die Handschrift der Mafia.«

Die anderen drei haben sich umgedreht und verfolgen nun den zweiten Hahnenkampf.

»Wie sind sie erschossen worden?« frage ich Markidis. Obwohl ich es weiß, möchte ich, daß es nochmals ausgesprochen wird.

»Mit einem Schuß ins Auge. Alle beide.«

Ich wende mich wieder Janoutsos zu. »Die Mafiosi würden keine Zeit mit solcher Feinarbeit verlieren. Die würden sie mit Bleikugeln vollpumpen und abhauen.«

»Vielleicht hatten sie Gründe für eine solche Inszenierung.«

»Was für eine Inszenierung? Um zwei armselige Kurden umzulegen? Weißt du, wie aufwendig es ist, eine Hinrichtung mit einem Schuß ins Auge zu bewerkstelligen?«

Ich wende mich von ihm ab und schaue mich um. Die wenigen Habseligkeiten sind an Ort und Stelle, nirgendwo sind Kampfspuren festzustellen. Ich höre, wie Janoutsos zu meinen Assistenten sagt: »Dermitsakis, Vlassopoulos, ihr könnt gehen. Ich brauche euch nicht länger.«

Ich hebe den Kopf, weil ich neugierig bin, ob sie mich grüßen werden, doch sie tun so, als seien sie in ein Gespräch vertieft und gehen hinaus, ohne nach mir zu sehen. Ich kann mir ihre Haltung nicht erklären, und grimmige Wut steigt schon in mir auf. Doch ich versuche, sie im Zaum zu halten, damit sie mir die Lust an der Auseinandersetzung mit Janoutsos nicht verdirbt.

»Soviel ich sehe, gibt es keinerlei Kampfspuren«, sage ich zu Markidis.

»Nein.« Wir blicken uns an, und Markidis nickt. »Sie haben recht. Ich habe auch schon daran gedacht.«

»Woran habt ihr gedacht?« schaltet sich Janoutsos ein. »Das möchte ich gerne wissen.«

Markidis hält es für überflüssig, ihm zu antworten.

»Wenn man sie in die Brust, den Bauch oder sonstwohin geschossen hätte, würde ich meinen, sie wurden überrascht und konnten keinen Widerstand mehr leisten«, sage ich zu ihm. »Doch ein Schuß ins Auge muß sehr gezielt und gut vorbereitet sein. Wieso haben sie sich nicht gewehrt, sondern sich einfach hinrichten lassen?«

»Alles Mafiosi eben. Die kannten sich.«

»Ich würde mich nicht so sehr auf die Mafiosi einschießen, denn da könntest du noch dein blaues Wunder erleben«, sage ich und gehe zur Tür.

Markidis holt mich auf den Treppenstufen ein. »Also wirklich, wer hat bloß diesen Laffen rangeholt?« fragt er mich ärgerlich. »Vlassopoulos und Dermitsakis würden allein viel besser zurechtkommen.«

Ich entgegne lieber nichts, um meine Voreingenommenheit nicht durchscheinen zu lassen. »Was war es Ihrer Meinung nach?« frage ich.

»Ein Spray. So einer, wie ihn Einbrecher benützen, um die Hausbewohner zu betäuben, damit sie in aller Ruhe zugreifen können. Sie haben sie im Schlaf überrascht, mit dem Spray betäubt und dann ins Auge geschossen.«

»Können Sie das nachweisen?«

Er denkt einen Augenblick nach. »Das kommt auf die Zusammensetzung des Sprays an. Wenn wir Glück haben, können wir Spuren im Harn feststellen.«

Wir sind auf die Straße hinausgetreten, und auf einmal bemerke ich, daß es nicht nur an der Brille liegt. Markidis sieht aus, als hätte er sich liften lassen.

»Sie haben sich ja von Grund auf verändert«, sage ich überrascht. »Wie neugeboren.«

Ein breites Lächeln überzieht sein Gesicht, das zehn Jahre lang keine Spur von Humor zeigte. »Ich war gespannt, ob es Ihnen auffällt.«

»Aber klar! Das sieht man doch!«

»Ich habe mich scheiden lassen und werde meine Sekretärin heiraten.«

»Wie lange waren Sie verheiratet?« frage ich perplex.

»Fünfundzwanzig Jahre.«

»Und dann haben Sie sich scheiden lassen?«

»Allerdings hat sie die Vierzimmerwohnung abgesahnt, die ich von unseren Ersparnissen gekauft hatte, aber was soll's.« Plötzlich bricht es aus ihm heraus: »Ich lebe wieder, Charitos. So viele Jahre lang war ich im Tiefschlaf«, sagt er begeistert.

So muß es wohl sein, von seiner Kleidung her zu schließen. Markidis, der zehn Jahre lang ununterbrochen im selben Anzug herumlief, trägt nun ein petrolfarbenes Jackett mit roten Quadraten, eine dunkle Hose, ein orangefarbenes Hemd und eine Krawatte mit futuristischem Muster, die in der Sonne glitzert.

»Kümmert sich Ihre zukünftige Ehefrau um Ihre Garderobe?« frage ich, und im selben Augenblick stelle ich fest, daß mein Hirn die Aufwärmphase der Rekonvaleszenz durchbrochen hat und wieder im gewohnten Tempo arbeitet.

»Das ist nicht zu leugnen, was?« antwortet er stolz. »Eine postmoderne Garderobe. So nennt es Nitsa. Der letzte Schrei aus der Modewelt.«

»Todschick« hätte man auch sagen können und zudem hätte das mit der Leichenhalle harmoniert. Doch ich verkneife es mir und mache mich auf den Weg zu Fanis.

8

Der süße Mokka des provinziellen Möchtegern-Cafés auf dem Platz vor der Lazarus-Kirche ist verwässert und der Kellner überzeugter Griesgram. Trotzdem gehe ich jeden Morgen mit meiner Zeitung hier vor Anker. Vielleicht zieht mich die Ruhe an, die der kleine Platz mit den zwei alten Frauen und den drei arbeitslosen Albanern auf den Bänken ausstrahlt. Es könnte aber durchaus auch der vertraute griechische Masochismus sein, der einen stets dorthin zieht, wo man sich erst einmal gehörig aufregen muß, um anschließend sein Schicksal zu verfluchen.

An meinem Stammplatz sitzen drei junge Männer, die alle Kaffee-Frappé trinken. Ich setze mich zwei Tische weiter in den Schatten, da mit einemmal die große Hitze ausgebrochen ist, und breite meinen sonntäglichen Kurzwarenladen vor mir aus. Aus der Zeitung ziehe ich eine Illustrierte, eine Zeitschrift für Kunst und Kultur, ein Modemagazin, eine Fernsehzeitschrift, ein Heft mit Kreuzworträtseln, eine Probepackung Waschmittel, eine Probepackung Zahnpasta, eine Probepackung Mundwasser und drei Coupons für zinslose monatliche Ratenzahlungen. Ich werfe alles in die Plastiktüte, die mir der Kioskbesitzer mit der Bemerkung »Vorsicht! Die Zeitung quillt gleich über, Herr Kommissar!« jedesmal zur Verfügung stellt, und behalte nur das eigentliche Sonntagsblatt, das gerade mal sechzehn Seiten umfaßt. Ich blättere es rasch durch, um zur Reportage über die beiden Kurden zu gelangen. In diesem Augenblick stellt der Kellner wortlos den süßen Mokka vor mich hin und entfernt sich wieder. Er hat ihn ganz von allein gebracht, ohne daß ich ihn bestellt hätte.

»Moment mal!« rufe ich hinterher, worauf er sich umdreht. »Woher wollen Sie denn wissen, ob ich heute nicht vielleicht ein Kaffee-Frappé möchte?«

Er wirft mir einen überdrüssigen Blick zu und zuckt mit den Schultern. »Sie gehören nicht zu denjenigen, die sonntags spendabler sind«, meint er und geht weiter.

Fast schimpfe ich laut los. Da fällt mein Blick auf eine Aufnahme der Frearion-Straße, die von einem halbseitigen Bericht über den Mord umrahmt ist. Gierig stürze ich mich darauf, doch nach den ersten Zeilen muß ich feststellen, daß nur Altbekanntes wiedergekäut wird. Das letzte Drittel bringt die neueren Erkenntnisse – das heißt, die Namen der beiden Kurden: Kemal Talali und Masut Fahar. Beide arbeiteten tatsächlich auf der Baustelle von Favieros' Firma im Olympischen Dorf. Die einzige wirkliche Neuigkeit stammt vom neu gestylten Markidis und bestätigt, was wir beide von Anfang an vermutet hatten: daß die Mörder ein Betäubungsspray benutzten, um ihre Opfer bewegungsunfähig zu machen und in aller Ruhe hinzurichten.

Ich werfe einen raschen Blick auf den restlichen Teil der Zeitung, entdecke aber nichts anderes als die üblichen ellenlangen Analysen zur Innen-, Außen- und Finanzpolitik. Neben dem Teller lasse ich den genauen Betrag für den verwässerten Mokka liegen, und daneben die Zeitung mit sämtlichen Accessoires. Gemächlich spaziere ich die Aroni-Straße hoch und versuche die sündigen Gedanken an die beiden Kurden, Favieros und die *Griechisch-Nationale Vereinigung Philipp von Makedonien* zu verscheuchen. Außerdem ist es angenehmer, an das sonntägliche Mittagessen mit Fanis zu denken, das mittlerweile so regelmäßig stattfindet wie die Arbeitssitzungen des Ministerrats. Ausgenommen sind nur die Sonntage, an denen er Dienst hat.

Die Wohnungstür öffnet sich, bevor ich den Schlüssel ins Schloß stecken kann. Adriani steht mit verstörtem Blick auf der Türschwelle und versperrt mir den Zutritt. Offenbar hat sie auf den Fahrstuhl gelauscht, um mir eilig die Tür zu öffnen.

»Was ist los?« frage ich und höre, wie meine Stimme zittert, da ich mir sofort das Schlimmste ausmale: Katerina ist etwas zugestoßen, und Fanis ist herbeigeeilt, um es uns mitzuteilen.

Anstelle einer Antwort tritt sie auf den Korridor hinaus, beugt sich an mein Ohr und zischt aufgebracht: »Diese Verbohrtheit, kein Handy zu wollen! Meine Mutter hat schon recht gehabt: Schwere Augenlider deuten auf einen Dickschädel hin.«

Diese Methode der Charakteranalyse hat sie in der Tat von ihrer Mutter geerbt. So deuten, meiner Schwiegermutter gemäß, schwere Augenlider auf einen Trotzkopf hin, Schlitzaugen auf ein stilles Wasser, eine große spitze Nase auf einen Pfennigfuchser, während die Hakennase auf einen unersättlichen Sinnenmenschen schließen läßt. Diese Kategorien hat Adriani übernommen, obwohl ihre Mutter absolut nichts mit Lombroso zu schaffen hatte, dessen Thesen im Fach Kriminologie unterrichtet wurden.

»Was gibt's denn?« frage ich nochmals und erhalte eine zweite Antwort ins Ohr gezischt.

»Geh rein und sieh selbst!«

Ich trete ins Wohnzimmer und erstarre zur Salzsäule. Er sitzt in dem Sessel, der schräg gegenüber vom Fernseher steht. Doch kaum erblickt er mich, springt er auf. Wir verharren reglos und blicken uns an. Er wartet darauf, daß ich den ersten Schritt tue, während ich nicht weiß, was ich sagen soll, denn es ist das erste Mal, daß Gikas mich zu Hause aufsucht. Ich starre ihn weiterhin baff an, während ich versuche, auf zwei Fragen gleichzeitig eine Antwort zu finden: Welcher Tatsache verdanke ich seinen sonntäglichen Besuch? Und wie soll ich ihn begrüßen? Soll ich mich auf eine förmliche Höflichkeitsfloskel beschränken, die sich vollkommen unterkühlt anhört, oder Begeisterung heucheln?

Schließlich greife ich zu einer neutralen Formulierung. »Schön, daß Sie doch mal vorbeischauen.« Darin lasse ich einen kleinen Tadel darüber mitschwingen, daß er mich überhaupt nicht an meinem Schmerzenslager besucht hat.

»Zunächst einmal bin ich hier, um mich wegen meines Verhaltens vorgestern in meinem Büro zu entschuldigen«, sagt er.

Jede Antwort würde verlogen klingen. Also bleibe ich lieber stumm. Zudem bildet sein »zunächst einmal« nur einen kleinen Vorgeschmack. Also warte ich besser ab.

Mein Schweigen zwingt ihn fortzufahren. »Janoutsos habe ich nicht gewollt, er wurde mir aufgedrängt«, meint er. »Ich konnte nichts dagegen tun, Vitamin B, Sie verstehen.«

»Aha, dadurch ist er also zur Antiterroreinheit gekommen.«

Er lacht auf. »Bei der Terrorismusbekämpfung wollte man ihn loswerden, und deshalb hat man ihn mir zugewiesen.«

Ich habe keinen Grund, an seinen Worten zu zweifeln. Alles, was er sagt, steht im Einklang mit Sotiropoulos' telefonischer Aussage. Adriani kommt mit einer Tasse Kaffee auf dem Tablett aus der Küche. Sie stellt es auf das Tischchen neben ihm, entgegnet seinem Dank mit »Wohl bekomm's!« und zieht sich zurück.

»Ich habe erfahren, daß Sie gestern in der Wohnung vorbeigeschaut haben, in der die beiden Kurden ermordet wurden.«

Er blickt mich an, und diesmal erwartet er eine Antwort. Ich zucke mit den Schultern. »Es war stärker als ich«, entgegne ich unbestimmt.

»Ich würde gerne Ihre Meinung hören.«

»So viel kann ich dazu auch nicht sagen, aber bestimmt ist es keine Auftragsarbeit der Mafia, wie Janoutsos behauptet. Sie wurden mit einem Spray betäubt und mit einer Kugel ins Auge getötet. Mafiosi hätten sie mit Blei vollgepumpt und wären abgehauen. Das aber sieht nach einer regelrechten Hinrichtung aus, das riecht man zehn Kilometer gegen den Wind. Das Ganze ist eine Aufgabe für die Abteilung für Terrorismusbekämpfung.«

»Janoutsos hält an dem Fall mit Zähnen und Klauen fest.« Gikas schüttelt unmerklich den Kopf und seufzt auf. »Diese Geschichte gefällt mir nicht, Kostas. Sie gefällt mir ganz und gar nicht.«

»Welche Geschichte? Die mit den beiden Kurden?«

»Nein, der Selbstmord von Favieros. Da stimmt etwas

nicht. Selbst wenn er sich vorher dazu entschlossen hätte, so jemand wie Favieros würde sich diskret umbringen. Er würde es nicht vor laufender Kamera tun.«

Ich stelle nahezu mit Erleichterung fest, daß sich seine Taktik nicht geändert hat. Nach wie vor präsentiert er mir meine Ideen als seine eigenen.

»Vorgestern, in Ihrem Büro, waren Sie aber anderer Meinung«, sage ich, um ihm Kontra zu geben.

»Weil ich mich nicht vor Janoutsos äußern wollte. Ich habe etwas mit Ihnen vor, aber ich weiß noch nicht, wie ich es anstellen soll.«

Jetzt verharre ich wieder schweigend, damit er mir seine Organisationsprobleme auseinandersetzen kann.

»Offiziell kann ich im Fall Favieros keine Untersuchung einleiten. Es gibt keinen Zweifel, daß er Selbstmord verübt hat, also gibt es für die Polizei hier nichts zu ermitteln. Deshalb habe ich meine Karten vor Janoutsos nicht aufgedeckt.«

Gegen meinen Willen muß ich lächeln. »Ich sehe, daß Sie großes Vertrauen in ihn haben.«

»Ich traue ihm überhaupt nicht, weder als Mensch noch als Polizist«, lautet die knappe Antwort. »Als ich Sie vorgestern sah, ist mir plötzlich eine Idee gekommen. Sie sind doch noch zwei Monate krank geschrieben, oder täusche ich mich?«

»Sie täuschen sich nicht.«

Er verstummt einen Augenblick und blickt mich an. Dann beginnt er zu sprechen, indem er sich von Wort zu Wort vorwärtstastet. »Was würden Sie davon halten, dem Fall Favieros sehr diskret nachzugehen? Zu sehen, welche

Motive ihn zum Selbstmord bewegt haben könnten?« Er hält inne und fügt dann hinzu: »Im Endeffekt würden Sie damit Ihre Langeweile bekämpfen.«

Ich brauche eine Weile, um seine Worte zu verdauen. Wer hätte gedacht, daß mich gerade Gikas erlösen würde? Daß er es wäre, der mich aus der Tristesse herausreißen und wieder ins Spiel bringen könnte? Ich versuche, meine Freude zu verbergen und möglichst nicht zu zeigen, daß er mir mit seinem Vorschlag einen Rettungsring zuwirft. Denn wenn er das merkt, wird er es die nächsten zehn Jahre lang weidlich ausnützen.

»Tja«, meine ich säuerlich, als würde er mir einen Frondienst aufbürden. »Die Wahrheit ist, daß mir die Krankschreibung äußerst gelegen kommt. Wie Sie wissen, habe ich nicht oft in meinem Leben Urlaub genommen, und hier bietet sich eine gute Gelegenheit, das nachzuholen.« Ich füge noch ein Lächeln hinzu, um meine Position zu festigen, und erwarte, daß er mich nun zu überreden versucht und ich daraufhin schrittweise klein beigeben kann.

Er blickt mich an, als wolle er mein *profile* erstellen, wie man es ihm während seines angeblichen Weiterbildungssemesters beim FBI beigebracht hat. Ich bleibe bei meinem bestärkenden Lächeln.

»Janoutsos wird bleiben«, sagt er abrupt.

Er hat es geschafft, mich zu überraschen und mir den Wind aus den Segeln zu nehmen. »Wo wird er bleiben?« frage ich stumpfsinnig.

»Er wurde als ständiger Mitarbeiter in die Mordkommission geholt. Unter dem Vorwand Ihrer schweren Verwundung und Ihrer langen Krankschreibung will man Sie in eine weniger aufreibende Abteilung versetzen und Janoutsos soll Ihre Stelle einnehmen.«

Mit einem Schlag sehe ich den Gesichtsausdruck meiner beiden Assistenten in der Wohnung der Kurden vor mir. Deswegen haben sie sich von mir ferngehalten. Es hat sich schon herumgesprochen, daß Janoutsos für meine Stelle vorgesehen ist, und sie nehmen sich in acht, um keine Scherereien zu bekommen.

»Ich habe Ihnen schon gesagt, er sitzt sehr fest im Sattel, und ich kann nichts dagegen tun«, fährt Gikas fort. »Aber wenn Sie Favieros' Selbstmord auf den Grund gehen, dann kann ich mich für Sie verwenden und sagen: ›Na bitte, nur Charitos ist mit dem Fall zu Rande gekommen, ohne ihn geht es einfach nicht‹, und man wird es nicht wagen, ihn auf dem Posten zu belassen.«

Warum habe ich mich bloß so geziert? Jetzt wird er sich den Gefallen, den er mir erweist, doppelt und dreifach zurückerstatten lassen. »Und wenn ich nicht damit zu Rande komme?« Ich frage mich, ob meine Stimme die Prüfungsangst verrät.

»Sie werden damit zu Rande kommen.« Die Antwort klingt kategorisch, ohne die Spur eines Zweifels. »Hinter diesem Fall verbirgt sich etwas, und nur Sie können das herausfinden.«

»Warum denn nur ich?«

»Weil Sie ein verdammter Dickkopf sind.«

Seine Offenheit ist entwaffnend. Er hält kurz inne und fährt dann leicht gepreßt fort: »Nur kann ich Ihnen weder einen Ihrer Assistenten zur Verfügung stellen noch einen anderen Kollegen aus dem Präsidium. Dann würden alle wissen, welchen Plan wir verfolgen, und ich würde mein Gesicht verlieren.«

Er hat recht, aber wie soll ich allein zurechtkommen?

»Ich kann Ihnen Koula schicken. Sie ist der einzige Mensch, dem ich blind vertraue. Ich erkläre ihre Mutter in Kosani für todkrank und beurlaube Koula unter dem Vorwand der Krankenpflege.«

»Und Sie?« frage ich überrascht. »Koula ist doch Ihre rechte Hand.«

Er zuckt mit den Schultern. »Dann werde ich mich eben eine Weile mit der Linken behelfen«, entgegnet er vage.

»In Ordnung«, antworte ich, doch die Freude ist mir dadurch vergällt, daß mein Posten auf dem Spiel steht.

Nachdem er mir die Zustimmung entlockt hat, erhebt er sich erleichtert und mit einem breiten Lächeln. Ich blikke ihn an und frage mich, wer wohl in unseren künftigen Auseinandersetzungen die Oberhand behalten wird. Er, indem er mir aufs Butterbrot schmiert, daß er mir meine Stelle gerettet hat, oder ich, indem ich ihm aufs Butterbrot schmiere, daß ich ihn von Janoutsos erlöst habe.

Wir sind bei der Wohnungstür angelangt, als er mir – in einem einmaligen Anfall von Herzlichkeit – plötzlich freundschaftlich auf die Schulter klopft, statt mir formell die Hand zu reichen. »Kostas, Sie fehlen mir«, sagt er. »Sie fehlen mir sehr.«

Gerne würde ich ihm sagen, daß ich ihn auch vermisse. Nur hat das nicht viel zu sagen, da ich – mit Ausnahme meines häuslichen Daseins – alles und jeden vermisse. Folglich ist auch er inbegriffen, nur geht er in der Masse der vermißten Dinge sang- und klanglos unter.

»Ausgeschlossen!« ruft Adriani, als wir später mit Fanis am Tisch sitzen und gebratenes Ferkel in Zitronensoße mit Kartoffeln verspeisen. »Ausgeschlossen, daß du in deinem Zustand diese Rostlaube fährst!«

Mit der Rostlaube ist nichts anderes als mein Mirafiori gemeint, der bislang allen Verschrottungsversuchen widerstanden hat und mittlerweile, in aller Bescheidenheit und ohne großes Tamtam, sein dreißigjähriges Dienstjubiläum feiert. Adriani hat zwar Koula geschluckt, die sie den ganzen Tag um sich herum haben wird, aber der Mirafiori als Nachtisch ist dann doch zuviel.

»Ich werde ihn ja nicht fahren, sondern Koula«, sage ich beschwichtigend.

»Ausgeschlossen!« begehrt sie erneut auf. »Ausgeschlossen, daß diese Rostlaube jemand anderer fährt als du.«

»Da hat sie recht, das muß ich zugeben«, wirft Fanis amüsiert ein. »Warum kaufst du dir keinen neuen Wagen? Mit den Zahlungserleichterungen, die heutzutage gewährt werden, zahlst du die erste Rate frühestens in einem Jahr.«

»Von meinem Mirafiori trenne ich mich nicht. Er hält schon noch durch.« Das sage ich im Brustton der Überzeugung, obgleich ich nicht mal sicher bin, daß er mir – nach zweimonatigem Tiefschlaf vor dem Wohnhaus – wieder anspringt.

»Also gut!« ruft Adriani. »Aber wenn dir etwas zustößt, dann fahre ich zu meiner Tochter nach Thessaloniki, und dich kann Koula betreuen!« Entnervt schnippelt sie an dem Ferkel herum, als wollte sie mit den Stückchen ihr nicht vorhandenes Enkelkind füttern.

9

fortsetzen = etw. Begonnenes wieder aufnehmen u. weiterführen; fortfahren, weitermachen, fortführen, weiterverfolgen, am Ball bleiben (ugs.), nicht beenden, Ggs. unterbrechen.

Anfang = Beginn, Eröffnung, Anbruch, Ausbruch, Eintritt, Auftakt, Startschuß, erster Schritt; wehre/wehret den Anfängen! (geh.): etw. Schlechtes, das gerade entsteht, soll man sofort bekämpfen; einer unheilvollen Entwicklung soll man sofort entgegentreten; Müßiggang ist aller Laster Anfang: Wer nicht arbeitet, ist anfällig für schlechte Einflüsse.

Eine Frage rumort mir die ganze Nacht im Kopf herum: Ist der Auftrag, den mir Gikas anvertraut hat, als Neubeginn oder als Fortsetzung meiner alten Arbeit zu werten? Formal gesehen bin ich, wiewohl krank geschrieben, nach wie vor der Leiter der Mordkommission. Gikas' Auftrag bedeutet weder eine Wende noch einen Machtwechsel. Er läßt einfach weiterspielen, damit ich am Ball bleiben kann, wie es auch Dimitrakos ausdrücken würde. So, als wäre ich ein Finanzbeamter, der an den Nachmittagen Freunden die Buchhaltung führt, um sich mit dem heimlichen Zubrot den Urlaub zu finanzieren.

Andererseits ist ganz und gar nicht sicher, ob ich Leiter der Mordkommission bleibe. Erstens, weil bei einem Selbstmord der Täter allseits bekannt ist und es folglich für mich nichts zu tun gibt. Zweitens und was viel schwerer wiegt: Selbst wenn mir das Unmögliche gelingt und ich aus Favieros' Selbstmord ein paar Pluspunkte herausschinden kann, hat sich Janoutsos inzwischen dermaßen auf meinem Platz breitgemacht, daß er alle Hebel in Bewegung setzen wird, um meinen Bürostuhl mit dem abgeschabten Kunstleder an den Armstützen, unter dem der Schaumstoff hervorlugt, nicht wieder räumen zu müssen. Gikas' Auftrag ist also womöglich kein Startschuß, sondern bloß eine Beschäftigungstherapie gegen Müßiggang, der ja bekanntlich aller Laster Anfang ist.

Bis zum Morgen kann ich keine Antwort auf meine Frage finden und wache mit einem Brummschädel auf. Ich sehe keinen anderen Ausweg: Ich beschließe, die Mission – selbst bei meinen geringen Erfolgschancen – zu übernehmen, bevor mich Janoutsos vor vollendete Tatsachen stellt.

Koula ruft an, als ich beim Kaffeetrinken bin, und informiert mich in verschlüsselter Form. »Das Paket bringe ich Ihnen morgen, Herr Charitos. Heute schaffe ich es leider nicht mehr. Ich muß noch ein paar Details klären.« Sie erinnert mich an meinen seligen Vater, der immer in Rätseln sprach, wenn es sich um Anweisungen von höchster Stelle handelte: »Auf persönlichen Befehl der Buschigen Augenbraue.« Damit meinte er Karamanlis, den auf diese Weise niemand erkennen sollte. Offensichtlich kann sie erst morgen zum Dienst antreten, ich werde also in der Zwischenzeit alleine loslegen. Ich darf keinen Tag vergeuden.

An der Haustür treffe ich Adriani, die gerade vom Supermarkt zurückkehrt.

»Du gehst aus?«

»Ja. Warte mit dem Essen nicht auf mich. Kann sein, daß es später wird.«

Als ich regelmäßig zur Arbeit ging, war diese Feststellung überflüssig. Ich kam nie zum Mittagessen nach Hause. Jetzt, wo ich nach fast dreimonatiger Unterbrechung wieder antrete, muß ich das ausdrücklich festhalten, um ihr zu verstehen zu geben, daß sich unser Alltag langsam wieder normalisiert.

»Alles klar, alles wieder beim alten«, meint sie und tritt ins Wohnhaus.

Ihr Ärger ist verständlich, da ich ihr kein Wort über die Bedrohung durch Janoutsos gesagt habe. Denn wenn ich es täte, würde sie sich vor Freude kaum halten können. Seit Jahren versucht sie mich davon zu überzeugen, mich lieber an eine ruhigere Dienststelle mit normalen Arbeitszeiten versetzen zu lassen. »Wieso sollst du dich abrackern? Du wirst ohnehin nicht befördert.« So lautet ihr unerschütterliches, für jeden vernünftig denkenden Menschen einsichtiges Argument.

Ich beschließe, Familie Favieros einen Hausbesuch abzustatten. Ich bin mir sicher, daß keiner der Kollegen daran gedacht hat, sie nach dem Selbstmord zu behelligen. Daher erscheint es mir richtig, dort anzufangen. Von den zugeschalteten Experten der Fernsehsender, die heutzutage ganze Enzyklopädien ersetzen, habe ich erfahren, daß die Familie Favieros in Porto Rafti wohnt. Ich versuche die schnellste Verbindung dorthin ausfindig zu machen. Obwohl ich mit dem Bus Gefahr laufe, erst am Nachmittag, zu Kaffee und Kuchen, einzutrudeln, habe ich nicht vor, aus eigener Tasche eine Taxifahrt zu bezahlen. Deshalb verknüpfe ich alle Arten von öffentlichen Verkehrsmitteln, über die Athen verfügt: Ich nehme den Trolleybus bis zum Syntagma-Platz, dann die U-Bahn bis zum Verteidigungsministerium und von dort den Fernbus nach Porto Rafti.

Eine halbe Stunde später fahre ich die Rolltreppe der U-Bahn hoch und verlasse das marmorne Mausoleum des Bahnhofs mit seinen künstlichen, in Granit gepflanzten Bäumen, den wohlklingenden Ansagen und der klassischen Tonbandmusik, was mir für zehn Minuten das Gefühl gegeben hat, ein Europäer zu sein. Oben liegt rechterhand das Verkehrsministerium, linkerhand das Verteidigungsministerium, und in der Mitte der Straße wartet an einer langen Reihe von Bushaltestellen ein Gewimmel von Menschen, jederzeit bereit, beim Erscheinen des Busses dem Nächsten gegen das Schienbein zu treten, um einen Sitzplatz zu ergattern. Zurück in Griechenland, seufze ich leise und atme erleichtert auf.

Mein Bus ist eine halbe Stunde verspätet, doch glücklicherweise brauche ich niemanden zu treten, da es sich um eine Überlandfahrt handelt und genügend Plätze frei bleiben. Die Dicke neben mir hält eine Plastiktüte zwischen ihre Beine geklemmt und auf dem Schoß eine riesige Tasche, die zur Hälfte auf meinen Knien ruht. Bis auf einen Stau zwischen der ERT, der Staatlichen Fernsehanstalt, und Stavros rollt der Verkehr normal dahin. Als wir uns Porto Rafti nähern, frage ich die Dicke, ob sie vielleicht wisse, wo Favieros' Haus liegt. Plötzlich drängelt sich ein halbes

Dutzend Männer und Frauen um mich, um mir die größte Sehenswürdigkeit der Gegend zu zeigen.

»Ruhe jetzt, der Mann hat ja schließlich mich gefragt«, gebietet die Dicke dem Treiben Einhalt, um ihre Rechte geltend zu machen. Sie wartet ab, bis wieder Ruhe eingekehrt ist, und wendet sich dann mir zu. »Sie steigen am besten bei Gegos aus«, meint sie.

»Was meinen Sie denn mit Gegos?« wundere ich mich.

»Den Supermarkt. Das ist der nächste Halt. Dann gehen Sie nach links in Richtung der Spyridon-Kirche. Auf halber Strecke liegt es dann auf der Anhöhe. Ein wahrer Palast mit einem riesigen Garten.« Sie beugt sich nach vorne und ruft dem Fahrer zu: »Prodromos, halt bei Gegos an und laß den Herrn aussteigen.«

Der ganze Bus starrt mich neugierig und forschend an. Als ich mich zum Aussteigen anschicke, kann sich die Dicke nicht mehr zurückhalten und formuliert die kollektive Frage.

»Sind Sie Journalist?«

»Würde ich dann mit dem Bus anreisen?«

Meine Antwort macht sie mundtot. »Entschuldigen Sie«, stottert sie und wird rot, als hätte sie mich mit ihrer Vermutung beleidigt.

Ich biege nach rechts ein, und fünfhundert Meter weiter stoße ich auf den Palast. Alles sieht so aus, wie es die Dicke beschrieben hat, nur bezüglich der Ausmaße des Gartens hat sie untertrieben. Der erstreckt sich über gut fünf Stremma und steigt zu einer zweistöckigen Villa mit Veranden unterschiedlicher Größe hin an. Davor erhebt sich ein kleiner Hügel, auf dem weiße Tische, Stühle und Sonnenschirme stehen, als besitze Familie Favieros ein Café für den eigenen Bedarf direkt vor der Haustür. Die ganze Anlage ist von einer Mauer umgeben, die rund um die Uhr durch Kameras überwacht wird. Ins Innere sieht man nur vom hohen schmiedeeisernen Eingangstor aus.

Ein Gärtner sprengt gerade den Rasen.

»Kann ich was fragen?«

Er hört meine Stimme, schließt den Wasserhahn und kommt auf mich zu.

»Kommissar Charitos. Ich würde gerne mit Frau Favierou oder mit einem der Kinder sprechen.«

»Sind nicht da«, entgegnet er kurz.

»Wann kommen sie zurück?«

Er hebt die Schultern. »Sind mit dem Schiff fort.«

Seine Aussprache verrät, daß er kein Grieche ist, aber Albaner scheint er auch nicht zu sein.

»Bist du Pontusgrieche?« frage ich.

»Ja.«

Sind sie keine Albaner, dann sind sie Pontusgriechen aus der ehemaligen Sowjetunion. »Wann kommen die Herrschaften denn zurück?«

»Weiß nicht. Fragen Sie Herrn Ba, oben.«

»Mach mir auf.«

»Kann ich nicht. Drücken Sie Klingel, dann machen die oben auf.«

Ich drücke die Klingel, wie er mir geraten hat.

»Ja?«

»Polizei«, sage ich schroff.

Wenn man mit Ausländern zu tun hat, ist es am sichersten, das Zauberwort »Polizei« fallenzulassen. Entweder wird die Tür sofort geöffnet, oder es wird geschossen. Da letzteres im Hause Favieros eher unwahrscheinlich ist, weichen die schmiedeeisernen Türflügel langsam auseinander. Ich schaue mich nach einer Zahnradbahn ähnlich wie in Kalavryta um, die mich die fünfhundert Meter bis zum Haus hochfährt, doch vergeblich. Ich komme wohl nicht drum herum, die Treppenstufen am linken Rand des Gartens hochzuklettern. Auf halbem Weg bleibt mir die Luft weg, da ich durch Adrianis Ruhekur völlig eingerostet bin und meine Beine mir den Dienst versagen.

Ganz schön schlau, dieser Favieros, denke ich mir während des Aufstiegs. Er hat seine Villa nicht in Ekali gebaut, damit man ihm nicht vorwerfen konnte, er hätte sich an das Establishment verkauft und wäre zu einem Finanzhai mutiert. Sondern er hat sie in Porto Rafti hingestellt, wo er sowohl sein fortschrittliches Image pflegen als auch das enorme Grundstück zu einem Spottpreis erwerben konnte.

Oben, auf der Anhöhe mit dem Privatcafé, empfängt mich ein kleiner, dunkelhäutiger Asiate.

»Was wünschen Sie?« fragt er mit hoher Stimme.

»Bist du Ba?«

»Ich bin Mister Barwan, der Butler«, entgegnet er förmlich. Und wiederum: »Was wünschen Sie?«

Sieh mal einer an, sogar einen Kammerdiener hatte Favieros, obgleich er sich lässig gab – mit Dreitagebart, zerknittertem Hemd und Jeans. Wer weiß, vielleicht hatte sich aber der Thai selbst zum Butler ernannt, um sein Licht nicht unter den Scheffel zu stellen.

»Was wünschen Sie?« fragt er nochmals, um mir eine Kostprobe seiner asiatischen Duldsamkeit zu geben.

»Die Herrschaften sind verreist?«

»Sehr wohl. Frau Favierou, Fräulein Favierou und der junge Herr Favieros sind nach dem Begräbnis mit der Jacht verreist.«

»Und wann kommen sie zurück?«

»Das weiß ich nicht.«

Er hat zwar einen Akzent, aber er spricht korrektes Griechisch, als hielte er eine Grammatik in der Hand und sähe jedesmal nach, wo er Subjekt, Verb und Objekt plazieren sollte. Mir kommt der Gedanke, ihn zu fragen, wie ich mit Favieros' Frau in Verbindung treten könne, doch ich verwerfe ihn wieder, da ich sie möglicherweise in Aufregung versetze und sie daraufhin bei der Polizei anruft. Dann würde meine geheime Mission platzen. Daher beschließe ich, mich auf das Hauspersonal zu beschränken.

»Ich will dir ein paar Fragen stellen.«

»Ich darf nicht antworten. Ich habe keine Erlaubnis.«

Ich messe seinem Einwand keine Bedeutung bei und fahre fort: »War Herr Favieros in der letzten Zeit irgendwie verändert? War er niedergeschlagen, schlecht gelaunt?«

»Ich darf nicht antworten. Ich habe keine Erlaubnis.«

»Ich will ja keine Geheimnisse wissen. Nur, ob er anders war als sonst. Nervös, zum Beispiel.«

»Ich darf nicht antworten. Ich habe keine Erlaubnis.«

Ich strecke die Hand aus, packe ihn am Arm und schleife ihn hinter mir her.

»Wohin wollen Sie mit mir?« fragt er überrascht. »Ich habe eine Aufenthaltsgenehmigung und eine Arbeitserlaubnis, ich zahle Sozial- und Krankenversicherung. Ich bin nicht *illegal*.«

Endlich ein Wort, bei dem er sich mit Englisch behelfen muß. »Ich nehme dich mit zur Polizei, zum Verhör«, sage ich ruhig. »Und wenn du mir nicht antworten willst, weil du keine Erlaubnis hast, dann kommst du in den Knast, bis deine Herrschaft zurückkehrt und dir die Erlaubnis erteilt.«

»Herr Favieros war unverändert«, sagt er mit allergrößter Zuvorkommenheit, als hätte es kein Vorspiel gegeben. »Er war wie immer.«

Ich halte ihn nach wie vor am Arm fest, damit wir den Körperkontakt nicht verlieren. »Hatte sich möglicherweise etwas anderes verändert? Seine Arbeitszeiten etwa? Ist er am Abend später nach Hause gekommen?«

»Er ist zwischen elf und halb zwölf heimgekommen. Später? Doch –«, ergänzt er und hält plötzlich inne, als erinnere er sich an etwas.

»Was?«

»Er ist morgens später weggegangen. So gegen zehn.«

»Wann ist er normalerweise aufgebrochen?«

»Um halb neun… Um neun…«

Was hatte das zu bedeuten? Wer weiß. Vielleicht war er einfach müde und wollte etwas länger schlafen. »Wer ist sonst noch im Haus?«

»Zwei Zimmermädchen. Tanja und Nina.«

»Bring sie her. Ich will mit ihnen sprechen.«

Er geht zur Verandatür und ruft die beiden Namen hinein. Flugs erscheinen zwei hellblonde Frauen, die eine sehr hochgewachsen, die andere mittelgroß, in blauen Arbeitskitteln und weißen Schürzen. Beide sind offenkundig Ukrainerinnen. Wenn, so sage ich mir, bereits Favieros' Hauspersonal einen Großteil der Vereinten Nationen umfaßt, wer weiß, was sich dann auf seinen Baustellen abspielt.

Ich stelle den Ukrainerinnen dieselben Fragen wie dem Thai und erhalte auch dieselben Antworten. Das heißt, auf den ersten Blick zumindest war dem Dienstpersonal an Favieros nichts Ungewöhnliches aufgefallen.

»Um wieviel Uhr ist Herr Favieros in der letzten Zeit zur Arbeit gegangen?« frage ich die beiden Zimmermädchen.

»Ich habe es Ihnen doch schon gesagt. So gegen zehn«, fährt der Butler dazwischen, dem es nicht paßt, daß ich seine Auskünfte an seinen Untergebenen nachprüfe.

»Er hier arbeiten«, fügt die Mittelgroße hinzu.

»Woher willst du das wissen?« fragt der Butler, als wolle er sie zurechtweisen.

»Ich putzen zweite Stock und gesehen«, entgegnet die Ukrainerin. »Er arbeiten Computer.«

»Zeig mir doch mal, wo«, sage ich zu ihr. Nicht daß ich hoffe, große Entdeckungen zu machen, aber es ist eine gute Gelegenheit, sich im Haus umzusehen.

Die Ukrainerin führt mich durch ein Wohnzimmer mit einem teuren Marmorfußboden und wenigen, aber edlen Designermöbeln. Dann gehen wir über eine Wendeltreppe in das obere Stockwerk, und sie öffnet eine schräg gegenüberliegende Tür. Das Büro ist weitläufig, und eine breite Glasfront geht auf den Garten hinaus. Auch hier stehen ausgesucht wenige Möbelstücke: der Schreibtisch mit Ledersessel, davor ebenfalls zwei Lederfauteuils. Zwei Wände sind bis oben hin mit Büchern zugestellt. Auf dem Schreibtisch thront ein riesiger, schwarz gähnender Computerbildschirm. Die Oberfläche des Schreibtisches sieht haargenau so aus wie bei Gikas: blitzblank und ohne ein einziges Blatt Papier. Ich werfe einen flüchtigen Blick auf die Bücherregale und stelle fest, daß Favieros' Bücherauswahl irgendwo zwischen der KNE, der moskautreuen Kommunistischen Jugend Griechenlands, und Rigas Fereos, dem Jugendbund der Eurokommunistischen Partei, stehengeblieben ist. Schriften über Geschichte, Wirtschaft und Philosophie, eine großformatige Gesamtausgabe der Werke von Marx und Engels in englischer Sprache, Monographien über die Geschichte der Arbeiterbewegung und des Kommunismus sowie eine Menge ökonomischer Schriften. Weder Aktenordner noch Dossiers befinden sich darunter.

Dann gehe ich die Wendeltreppe wieder hinunter und stoße auf den Thai, der auf dem Treppenabsatz auf mich wartet. Die hochgewachsene Ukrainerin ist schon weg und die mittelgroße ist oben geblieben. Ich halte auf das Privatcafé zu, der Thai dicht hinter mir. Erst als er sieht, daß ich die Treppe hinuntersteige, ist er überzeugt, daß ich endgültig gehe.

Der Gärtner sprengt noch immer den Rasen. »Hat Favieros keinen Chauffeur gehabt?« frage ich, als ich bei ihm anlange.

»Nein. Er ist selbst gefahren. Einen Luxus-Käfer.«

»Luxus-Käfer?« wundere ich mich.

»Einen Beetle Cabrio«, entgegnet er und wirft mir einen verächtlichen Blick zu.

10

Gegen zwölf gelange ich zum Busbahnhof von Porto Rafti. Da ich ohnehin nicht mehr rechtzeitig zum Mittagessen nach Hause komme, habe ich Zeit für einen zweiten Ausflug: zu Favieros' Baustelle im Olympischen Dorf. Ich frage den Stationsvorsteher, wo die Busse nach Thrakomakedones abfahren. Er starrt mich an, als hätte ich mich nach dem Weg zu den norwegischen Fjorden erkundigt.

»Versuchen Sie es doch mal am Vathis-Platz«, meint er. »Von dort aus fährt man in solch gottverlassene Gegenden.«

Auf dem Weg zum Vathis-Platz knurrt mein Magen und macht mich darauf aufmerksam, daß ich vom Genesungsurlaub in den Arbeitsalltag übergegangen bin, ohne meine Rückkehr feierlich zu begehen. In der Aristotelous-Straße stoße ich auf eine Souflakibude und bestelle zwei Portionen Souflaki mit Gyros und allem Drum und Dran. Ich verzehre sie im Stehen und vornübergebeugt, um mich nicht mit der Soße zu bekleckern. Der Alltag hat mich wieder. Und daß ich während meines Besuchs bei den Bauarbeitern nach Tsatsiki riechen werde, ist mir völlig egal.

Die Haltestelle in Richtung Thrakomakedones liegt direkt auf dem Platz, doch der dort wartende Bus ist zugesperrt. Der Fahrer hat sich in eine angeregte Diskussion mit dem Stationsvorsteher vertieft und schert sich einen Dreck um uns Fahrgäste.

»Wann fahren Sie denn ab?« fragt eine ältere Frau den Fahrer.

»Warten Sie, es kommt noch einer«, ist die knappe Antwort.

Der andere Bus erscheint zwanzig Minuten später, nachdem zu den fünf Fahrgästen an der Haltestelle weitere fünfzig gestoßen sind. Ich muß all meine Kenntnisse aus der Polizeischule bezüglich der Auflösung von Menschenansammlungen aufbieten, um mir den Weg in den Bus zu bahnen und einen Sitzplatz zu sichern.

Der Bus fährt endlich los, doch alle zwanzig Meter bleibt er stehen – entweder vor einer Ampel oder im Stau. Oder er bleibt an einer Haltestelle stehen. Etwa auf der Höhe von Kokkinos Mylos fallen mir die Augen zu, und mich übermannt der Schlaf. Ich höre das Stimmengewirr rundherum leise summen und träume, daß ich wieder in meinem Schmerzensbett im Krankenhaus liege, verkabelt und mit einer Sauerstoffmaske. Ich schlage die Augen auf und erblicke Adriani, die sich über mich beugt. »Wie konnte ich dich bloß heiraten!« ruft sie aufgebracht. »Nur Ängste und Sorgen hat man mit dir! Wenn du wenigstens etwas Besonderes wärst. Aber ein Bulle… Nicht gerade ein Sechser im Lotto.«

Ich wache durch eine Notbremsung auf und weiß im ersten Moment nicht, wo ich mich befinde. »Sind wir schon da?« frage ich meinen Sitznachbarn, als wüßte er, wo ich hinmöchte.

»Der nächste Halt ist die Endstation«, antwortet er, und ich atme auf.

Ich weiß nicht genau, wo das Olympische Dorf liegt,

und beschließe, ein Taxi zu nehmen, um nicht unnötig lange herumzusuchen.

»Wohin?« fragt der Taxifahrer, als ich mich neben ihn setze.

»Zum Olympischen Dorf.«

Er läßt mich gleich wieder aussteigen.

»Kommt gar nicht in Frage«, meint er. »Von dort komme ich gerade. Ich bin heilfroh, daß ich meinen Wagen unbeschadet durch den ganzen Bauschutt und die Schlaglöcher manövriert habe. Suchen Sie sich einen anderen.«

Das dritte Taxi, bei dem ich es versuche, befördert mich schließlich bis zum Grenzland zwischen dem Olympischen Dorf und dem Rest der Welt. Ein Blick aus der Nähe läßt das Erscheinungsbild weniger edel wirken als die Broschüre des Arbeiterwohnbauvereins suggeriert, die uns zur Bewerbung für eine der Wohnungen ermunterte. Nach den Olympischen Spielen soll der ganze Komplex insgesamt zehntausend Mieter beherbergen. Adriani war auf den ersten Blick davon angetan, doch ich habe es ihr wieder ausgeredet. Zuerst einmal, weil ich den tagtäglichen Alptraum der Fahrt Thrakomakedones-Ambelokipi und retour nicht durchstehen würde, und zweitens, weil die öffentliche Hand in Griechenland sowieso weit mehr als zehntausend Gefälligkeiten unter Freunden erweisen muß, so daß wir folglich am Ende mit leeren Händen dagestanden hätten. Im nachhinein verstehe ich den Taxifahrer. Aus der Nähe besehen scheint über die Hälfte der Wohnhäuser erst im Planungsstadium zu stecken, und Straßen existieren noch gar nicht. Bauschutt, Aushebungsarbeiten und Schlaglöcher beherrschen das Bild.

Ich frage einen Lastwagenfahrer, der eine Fuhre rötlicher Erde befördert, wo sich die Baustelle der Firma DOMITIS befindet. Er deutet auf ein paar Gebäude in hundert Metern Entfernung, die in drei verschiedenen Farben prunken – die Ecken sind ockerfarben, das Gebäude rosa und die Balkone indigoblau.

Die Büros der Firma DOMITIS liegen in einem Bauwagen hinter den Gebäuden. Ich trete ohne anzuklopfen ein. Ein junger Mann um die Dreißig sitzt an einem der beiden Schreibtische, und ein anderer Mitte Vierzig steht vor ihm. Sie führen gerade eine hitzige Diskussion. Sie registrieren mich zwar, schenken mir jedoch keine Beachtung. Offenbar halten sie mich für einen Fertigbeton- oder Ziegellieferanten, den sie warten lassen können.

»Das kannst du mir nicht aufhalsen«, sagt der Fünfundvierzigjährige brüsk zum Jüngeren. »Ich habe die Arbeiter nicht ausgesucht, sondern ihr. Ich arbeite mit denen, die ihr mir bringt.«

»Kannst du dich nicht zwei Tage um Zone 3 kümmern?« bittet ihn der andere.

Der Ältere wirft ihm einen verächtlichen Blick zu. »Wenn ich mich zwei Tage um Zone 3 kümmere, dann verzögert sich die Fertigstellung der Kanalisation. Euch holt man direkt vom Polytechnikum auf die Baustelle, und ihr glaubt, alles funktioniert so, wie ihr es auf der Schulbank gelernt habt.«

Ohne weiteres Wort wendet er sich um und geht, wobei er die Tür des Bauwagens offenstehen läßt. Der junge Mann richtet den Blick nun auf mich.

»Ja?« fragt er müde.

»Kommissar Charitos.«

Er blickt überrascht auf, da sich der Lieferant als Bulle herausstellt. Rasch erhebt er sich und schließt die Tür. Dann bleibt er vor seinem Schreibtisch stehen und blickt mich an.

»Geht es um die Kurden?«

Dankbar nehme ich seine Frage auf. »Sind Sie früher schon mal von dieser *Griechisch-Nationalen Vereinigung* bedroht worden? Ich meine: Hat man Sie je aufgefordert, die hier beschäftigten ausländischen Arbeitskräfte zu entlassen…«

Seine Antwort ist eindeutig. »Nie. Den Namen dieser Organisation haben wir zum ersten Mal im Fernsehen gehört.«

»Wissen Sie, ob Ihr Chef bedroht wurde? Ist er Ihnen unruhig oder ängstlich erschienen?«

Er denkt kurz nach. »Unruhig oder ängstlich nicht…«, entgegnet er, aber offensichtlich gibt es etwas anderes, das er hinzufügen möchte.

»Sondern?«

Er denkt nochmals nach. »Besorgt… Irgendwie abwesend…«

»Hatte er Grund zur Besorgnis?«

Er hebt die Schultern. »Tja… Von privaten Sorgen weiß ich nichts. Aber in beruflicher Hinsicht… Welche Sorgen sollte er da haben? Die Aufträge sind ihm hinterhergeworfen worden…«

»Sie hatten jedenfalls nicht den Eindruck, daß er kurz vor dem Selbstmord stand?«

»Ganz im Gegenteil. Er war gutgelaunt und freundlich wie immer.« Er hält kurz inne und setzt dann fort: »Favieros hatte einen guten Draht zu den Angestellten. Nicht nur zu uns, den Ingenieuren der Baustelle, sondern auch zu den einfachen Arbeitern. Jeder konnte mit seinen Problemen zu ihm kommen. Er hatte für alle ein offenes Ohr, und alle haben ihn gemocht. Kann sein, daß auch ein wenig Show dabei war, aber er hat wirklich geholfen... Ehre, wem Ehre gebührt...«

»Und Sie haben keinerlei Veränderung in seinem Verhalten beobachtet?«

»Nein, mit Ausnahme der Sache, die ich Ihnen erzählt habe... Daß er ein bißchen besorgt wirkte... Ein bißchen abwesend. Den Grund weiß ich aber nicht...«

»Wo haben die beiden Kurden gearbeitet?«

»Bei der Kanalisation. Mit Karanikas, dem Bauführer, der gerade hier war, als Sie gekommen sind.« Man sieht, daß ihm die Wut wieder hochkommt.

»Wo kann ich ihn finden?«

»Er muß, gleich wenn Sie hier rauskommen, irgendwo zwischen der zweiten und dritten Häuserreihe sein.«

Die Aussagen des Hauspersonals in Porto Rafti haben sich bestätigt. In Favieros' Verhalten hatte sich nichts auffällig verändert. Dennoch mußte er, um zum Selbstmord getrieben zu werden, entweder tatsächlich von der *Griechisch-Nationalen Vereinigung Philipp von Makedonien* bedroht worden oder in seinem Privatleben zutiefst unglücklich gewesen sein.

Zwischen der zweiten und dritten Häuserreihe stoße ich auf eine Gruppe von Arbeitern, die Karanikas umringen.

»Kommissar Charitos«, sage ich, als ich hinkomme.

»Kommt ihr in Schwärmen?« fragt er säuerlich, während sein Blick keinen Zweifel daran läßt, daß er mich am liebsten über alle Berge jagen würde.

»Was soll das heißen?«

»Kürzlich waren zwei Kollegen hier und haben uns einen ganzen Arbeitstag gestohlen. Jetzt sind Sie da und werden uns, wie ich voraussehe, wieder einen halben Tag klauen. Müssen wir uns auf weitere Besuche einstellen?«

»Warum fragen Sie? Schulde ich Ihnen eine Erklärung?« Er begreift, daß er zu weit gegangen ist, und reißt sich zusammen. »Diese beiden Kurden, was waren das für Leute?«

»Woher soll ich das wissen… Wie sie hießen, habe ich erst aus dem Fernsehen erfahren.«

»Haben Sie denn nicht hier gearbeitet?« frage ich überrascht.

»Doch, aber die haben so seltsame Namen, die vergißt man gleich wieder. Deshalb ist es einfacher, sie – je nachdem, woher sie stammen – bloß mit ›Albaner‹, ›Bulgare‹ oder ›Kurde‹ anzureden.«

»Habt ihr viele Ausländer auf der Baustelle?«

Der ironische Gesichtsausdruck stellt sich wieder ein. »Tja… Ich verstehe nicht, wieso wir die Anlagen für die Olympischen Spiele nicht gleich in Albanien, Bulgarien oder Kurdistan bauen lassen. Das wäre einfacher, da nur sie vom Zuschlag der Olympiade profitieren.«

»Kommen Sie schon, Sie übertreiben. So etwas sagt ihr auch noch in aller Öffentlichkeit und gebt irgendwelchen Idioten einen Grund zuzuschlagen!«

»Wissen Sie, wie viele Griechen wir auf der Baustelle sind? Zwei Ingenieure und vier Bauführer, insgesamt sechs Stück. Alle anderen kommen vom Balkan oder aus der dritten Welt.« Dann bricht es aus ihm heraus: »Wir Griechen sind Schlappschwänze, und man tanzt uns auf der Nase herum! Warum revoltieren unsere Arbeitslosen nicht, ziehen hierher und schlagen alles kurz und klein? Die einzigen, die revoltieren, sind diese – Makedonenbefreier.«

»Sie meinen die *Griechisch-Nationale Vereinigung Philipp von Makedonien*?«

»Genau die. Wenn sie unter dem Kommando von Philipp von Makedonien stehen, kämpfen sie wohl für die Befreiung Makedoniens.«

»Sie sind also gleicher Meinung wie die Vereinigung?«

Er blickt mich herausfordernd an und grinst. »Legen Sie mir bloß nichts in den Mund«, sagt er, als freue er sich, meine Gedanken erraten zu haben. »Keine Ahnung, was in dem Bekennerschreiben steht. Ich weiß nur, daß ich es mit Albanern, Bulgaren, Kurden und Arabern zu tun habe. Denn die errichten das Olympische Dorf, und zwar ganz nach ihrem Geschmack. Was kann man auch von Bauarbeitern erwarten, die ein Leben lang Hütten aus Stroh und Lehm fabriziert haben?«

Ich schaue ihn lange an, doch er hält meinem Blick stand, denn er glaubt, im Recht zu sein.

»Sie konnten Favieros nicht besonders gut leiden«, sage ich schließlich.

Er zuckt gleichgültig mit den Schultern. »Das Leben ist wie Schwimmen«, meint er. »Die einen schwimmen im Geld, die anderen im offenen Meer, wieder andere in der Scheiße. Favieros schwamm im Geld. Ob man ihn zum Selbstmord getrieben hat, ob er sich aus schlechtem Gewissen umgebracht hat oder weil es ihm gelangt hat, weiß ich nicht. Und es liegt mir auch nichts daran, es zu erfahren. Ich mache meine Arbeit und bin damit zufrieden, im offenen Meer zu schwimmen, denn morgen schon kann man einen Bauführer aus Albanien an meine Stelle setzen und dann schwimme ich in der Scheiße.«

Hier bricht er unser Gespräch ab und sieht nun wieder nach der Kanalisation, in der er möglicherweise demnächst schwimmen wird.

11

Um neun läutet es an der Tür. Ich trinke gerade meinen morgendlichen Kaffee im Wohnzimmer und suche im Lexikoneintrag *Gehirn* nach einem Verweis auf *Gehirnwäsche.* Ich kann nichts finden, da 1955, als das Wörterbuch von Dimitrakos erschienen ist, der Begriff *Gehirnwäsche* niemanden interessierte, während er einen heutzutage bis ins Schlafzimmer verfolgt. Denn dort hat mir gestern abend Adriani gehörig den Kopf gewaschen. Und, da ich erst spät nach Hause gekommen war, das Gehirn gleich dazu. Es sei wieder alles wie gehabt, so schäumte sie, und es sei doch die Höhe, daß ich mich von Gikas übers Kreuz legen ließe und meinen Genesungsurlaub unterbräche. Dadurch werde ihre mühsame Aufbauarbeit innerhalb von zwei Tagen zunichte gemacht und –

»Komm her!«

Die Aufforderung kommt im Befehlston von der Eingangstür her, so daß ich mich in meine Anfangsjahre bei der Polizei zurückversetzt fühle. Sobald ich damals den Aufschrei »Charitos!« aus einem Büro hörte, stolperte ich fast über meine eigenen Beine, so schnell wollte ich zu Diensten sein.

»Deine neue Assistentin!«

Die Eingangstür ist offen, und davor steht ein kleiner Bus. Aus seiner Mitteltür taucht Koula mit einem Monitor unter dem Arm auf. Ein junger Mann Anfang Zwanzig folgt ihr mit dem Computergehäuse.

»Laß ihn hier stehen, Spyrakos, und geh das Tischchen holen«, sagt Koula zu ihm.

Gleich zwei Dinge überraschen mich, und ich weiß nicht, welcher ich zuerst meine Aufmerksamkeit zuwenden soll. Zunächst einmal hatte ich nicht erwartet, daß sie mit einem Computer auftauchen würde, und zweitens sehe ich eine veränderte Koula vor mir. Sie trägt Jeans und T-Shirt, hat ihr Haar zu einem Pferdeschwanz gebunden und keinerlei Ähnlichkeit mit dem uniformierten Mannequin, das mich jeweils in Gikas' Vorzimmer begrüßte. Sie sieht aus wie eine ganz normale junge Frau, die noch in der Ausbildung steht oder in irgendeiner Firma arbeitet.

Die zweite Überraschung ist schneller verdaut als die erste. »Was sehe ich da, Koula? Der Chef hat Ihnen sogar einen Computer mitgegeben?«

Sie bricht in Gelächter aus. »Aber nein, Herr Charitos, schön wär's! Er gehört meinem Cousin Spyros, der Computertechnik studiert. Er hatte einen übrig und ihn mir überlassen.«

Besagter Spyros kommt mit dem Computertischchen an. »Spyrakos, den Rest mach ich allein«, sagt Koula sanft. »Das hier ist Kommissar Charitos.«

Der junge Mann würdigt mich kaum eines Blickes und preßt gerade mal ein »Hallo« hervor. Dann geht er zum Lieferwagen. Offensichtlich kann er Bullen nicht leiden. Koula blickt hinter ihm her und fängt an zu lachen.

»Er ist der Sohn der Schwester meiner Mutter«, erklärt sie. »Es hat eine Weile gedauert, bis er eine ›Polypin‹ in der

Familie akzeptiert hat.« Dann deutet sie auf den Computer und das Tischchen. »Können wir das irgendwo unterbringen?«

»Was sollen wir denn mit dem Computer, Koula?«

»Also hören Sie mal! Wenn wir wie Inspektor Cluzot vorgehen, dann haben Sie weder getippte Berichte noch Zeugenaussagen oder Archive zur Verfügung. Wie aber wollen Sie sich an alles erinnern, was Sie gesehen und von Zeugen gehört haben?«

Sie hat recht, aber ich weiß nicht, wie ich Adriani dazu bringen soll, uns für den Computer Platz zu schaffen. Sie wird uns, ohne mit der Wimper zu zucken, auf den Dachboden verfrachten.

Ich finde sie in der Küche vor, wo sie das morgendliche Kaffeegeschirr spült.

»Wo können wir einen Computer hinstellen, den wir für unsere Arbeit brauchen?« frage ich.

Sie trocknet die Hände am Geschirrtuch ab und schreitet ins Wohnzimmer. Wortlos rückt sie den geschnitzten Holzsessel mit dem bestickten Sitzpolster, den sie von ihrer Mutter geerbt hat, ein Stückchen nach rechts. Dann rückt sie das Regal mit der Vase, das ich von meiner Mutter geerbt habe, ein Stückchen nach links. Dadurch schafft sie genügend Raum, um den Computer samt Tischchen abzustellen. Danach macht sie sich auf den Rückweg in die Küche, doch an der Wohnzimmertür trifft sie auf Koula, die mit einem schüchternen Lächeln auf der Schwelle wartet.

»Guten Tag, Frau Charitou. Ich bin Koula«, sagt sie.

»Guten Tag, mein Kind.«

Ob Adriani jemanden gut oder gar nicht leiden kann, ist

an ihren Lippen abzulesen. Wenn sie jemanden sympathisch findet, dann sind ihre lächelnden Lippen voll. Je weniger sie ihn leiden kann, desto stärker preßt sie die Lippen aufeinander. In Koulas Fall sind sie fast nicht mehr zu sehen.

Koula lächelt nach wie vor, als hätte sie ihren Gesichtsausdruck nicht bemerkt. Ich aber fahre fast aus der Haut. Im Endeffekt trifft die junge Frau keine Schuld, wenn ich mich wieder unters arbeitende Volk mische. Während Koula den Computer anschließt, informiere ich sie über meine gestrigen Besuche in Favieros' Privathaus und Baufirma. Als ich ihr erzähle, daß sich Favieros in der letzten Zeit morgens verspätete, weil er zu Hause am Computer arbeitete, unterbricht sie ihre Tätigkeit.

»Wie könnte ich es anstellen, einen Blick auf seinen Computer zu werfen?« fragt sie.

»Ich glaube nicht, daß der Butler das zuläßt, bevor die Familie zurückgekehrt ist. Aber was soll denn Favieros' Computer anderes aufweisen als Baupläne und statische Berechnungen?«

»Das kann man nicht wissen, Herr Charitos. So wie sich die Computer weiterentwickelt haben, kann man die ganze Biographie des Nutzers zurückverfolgen, wenn man weiß, wo und wie man suchen muß – von seinen Geschäftsbeziehungen und seinen persönlichen Hobbys über seine Computerspiele bis zu seinen Chatpartnern und seiner elektronischen Korrespondenz. Da kann man die unwahrscheinlichsten Dinge zutage fördern …«

Ich finde das alles übertrieben, doch wir haben nichts zu verlieren. Soll sie ruhig einen Blick darauf werfen. Doch zunächst steht noch ein Besuch in den Büros der DOMITIS

AG an, damit ich mir einen vollen Überblick über Favieros' engsten Mitarbeiterstab verschaffen kann. Ich erwarte mir keine umwerfenden Neuigkeiten, eher will ich herauskriegen, welche Stimmung nach dem freiwilligen Abgang des Gründers und Inhabers der Baufirma herrscht.

Koula ist mit ihrem Computer beschäftigt. Ich lasse sie allein, um Adriani nach den Schlüsseln für den Mirafiori zu fragen. Ich bin entschlossen, mein Versprechen zu halten und Koula fahren zu lassen, um die Sache nicht gleich am ersten Tag auf die Spitze zu treiben.

Adriani bereitet gefüllte Weinblätter in Zitronensoße zu und rollt gerade die Füllung in die Blätter. Sie hört mich eintreten, wendet sich jedoch nicht um.

»Gibst du mir die Wagenschlüssel für den Mirafiori?« frage ich ruhig und erläutere: »Koula wird fahren.«

»Du hast sie doch.«

»Ich hab sie nicht. Nach dem Unfall hat man sie dir gegeben, zusammen mit meinen Kleidern und den anderen Sachen.«

»Und ich hab sie dir gegeben.«

»Du hast sie mir nicht gegeben, und ich hab auch nicht danach gefragt, weil ich seit damals nicht Auto fahren mußte.«

»Ich hab sie dir gegeben, du kannst dich nur nicht erinnern.«

Schön langsam komme ich in Rage, weil ich weiß, worauf sie hinauswill. Sie möchte die Wagenschlüssel auf Nimmerwiedersehen verschwinden lassen, damit ich den Mirafiori nicht benutzen kann. Dennoch gelingt es mir, meinen Zorn zu zügeln und ganz gelassen zu sagen:

»In Ordnung, dann bestelle ich bei Fiat einen Schlosser, lasse den Wagen aufbrechen und ein neues Schloß einbauen. Die Rechnung wird sich auf etwa dreihundert Euro belaufen, weil es ein altes Modell ist und jede Reparatur ein Vermögen kostet.«

Sie schleudert das zur Hälfte eingerollte Weinblatt in den Topf und tritt aus der Küche. Zwei Minuten später kehrt sie mit den Wagenschlüsseln zurück.

»Bitte sehr! Du hast sie in den Schrank gelegt, unter deine Unterwäsche, und dann vergessen!« sagt sie und wirft sie auf den Tisch.

Ich schlage mir mit der Hand an die Stirn, daß ich ihr nicht ins Schlafzimmer nachgegangen bin. Ich hätte sie in flagranti ertappt, wie sie die Schlüssel aus ihrem Versteck holte, während sie jetzt alles auf mich abwälzt und ich nichts in Händen habe, um ihr das Gegenteil zu beweisen.

Wortlos greife ich nach den Schlüsseln und trete aus der Küche. Koula hat den Computer abgeschaltet und wartet auf mich.

»Gehen wir«, sage ich und erkläre ihr, daß wir Favieros' Büro einen Besuch abstatten werden.

Sie bleibt kurz auf der Schwelle des Wohnzimmers stehen. Dann geht sie, anstatt mir zu folgen, in die Küche.

»Bereiten Sie gefüllte Weinblätter zu?« fragt sie Adriani voll Bewunderung. »Können Sie mir zeigen, wie man sie am besten einrollt? Meine gehen immer auf!«

Es folgt eine kleine Pause, dann sagt Adriani: »Gern, das ist ja wirklich kein Kunststück!« Letzteres klingt, als halte sie Koula für vollkommen unfähig, doch die fährt unbeeindruckt fort:

»Wissen Sie, seit dem Tod meiner Mutter koche ich für meinen Vater. Er mag gefüllte Weinblätter total gern, aber jedesmal, wenn ich sie zubereite, muß der Arme Füllung und Weinblätter separat essen.«

Adriani hat den Blick gehoben und mustert sie. Obwohl ihr Gesichtsausdruck unverändert ist, weiß ich, daß Koula in ihrer Wertschätzung gestiegen ist, da sie für ihren Vater sorgt.

»Na, dann lasse ich Sie mal zusehen und zeige es Ihnen«, meint sie lächelnd. Ihr Mund ist immer noch säuerlich verzogen, aber die Lippen sind schon eine Spur voller.

Ich überreiche Koula die Wagenschlüssel des Mirafiori, der an der Ecke der Aroni- zur Protesilaou-Straße steht.

»Sie werden fahren«, sage ich. »Adriani hat ihr Veto eingelegt.«

Sie lacht auf. »Keine Angst, den Führerschein hab ich mit Auszeichnung bestanden.«

Die Türen lassen sich ganz problemlos öffnen, doch damit endet auch die Bereitwilligkeit des Wagens. Als sich Koula anschickt, den Motor zu starten, knurrt er ein wenig. Dann verstummt er. Beim vierten Versuch aber macht er zwei Bocksprünge, die uns beinahe durch die Windschutzscheibe schleudern, und springt ächzend an.

Die Büros der DOMITIS AG befinden sich in der Timoleontos-Straße, in der Nähe des Ersten Athener Friedhofs. Ich freue mich, daß sie nicht weit von meiner Wohnung entfernt liegen und der Mirafiori nach zwei Monaten reglosen Wartens nicht überanstrengt wird. Doch meine Freude ist nur von kurzer Dauer. An der Kurve zum Vassileos-Konstantinou-Boulevard stoßen wir auf eine kompakte

Blechlawine. Athen gleicht seit Beginn der Bauarbeiten für die Olympischen Spiele einem umgeackerten Feld. Diejenigen, die sich nicht beizeiten einen Traktor zugelegt haben, suchen nun ihre Rettung auf Straßen, die noch nicht aufgerissen wurden. Daher kommt es immer wieder zur völligen Lahmlegung des Straßenverkehrs. Ein Verkehrspolizist, der an der Mündung der Risari-Straße in den Vassileos-Konstantinou-Boulevard postiert ist, scheint uns durch sein wildes Fuchteln zum Teufel schicken zu wollen. Nicht, daß wir dadurch schneller vorankämen, aber vermutlich ist ihm unser Anblick dermaßen zuwider, daß er uns so schnell wie möglich loswerden will. Als ich gerade erleichtert aufatmen will, daß der Mirafiori den Stop-and-go-Verkehr so heldenhaft meistert, bleibt er vor der roten Ampel an der Diakou-Straße stehen. Der Motor ist abgestorben, und als die Ampel auf Grün springt, ist der Mirafiori durch nichts zum Losfahren zu bewegen. Die Wagen hinter uns hupen wie verrückt, Koula ist entnervt, weil sie den Motor bei jedem Anlauf noch schlimmer abwürgt, während alle Fahrer, die an uns vorüberziehen, uns auch noch den Vogel zeigen, was unsere Moral auch nicht gerade hebt.

»Warten Sie, ich lasse den Motor an«, sage ich.

Während ich verschiedene Tricks aus der Schublade zaubere, um ihn zum Anspringen zu bringen, bleibt nebenan ein Cabriolet stehen. Am Steuer sitzt ein junger Mann mit zu Berge stehenden Haaren, auf dessen T-Shirt ein Krokodilchen prangt. Früher haben wir uns die Kragen gestärkt, heutzutage die Haare.

»Der alte Knacker kutschiert auch noch 'ne schicke Braut in so 'ner Schrottkiste herum!« ruft er mir verärgert zu. »Und wir im Cabrio fahren solo. So ein Glückspilz, der alte Sack!« Er gibt Gas und speit uns den ganzen Inhalt seines Auspuffs rachsüchtig ins Gesicht.

Vor lauter Wut habe ich ganz vergessen, daß ich mit dem Mirafiori an der Ampel stehengeblieben bin. Ich werfe Koula einen schrägen Blick zu. Sie bemüht sich, ernst zu bleiben. Doch vergeblich, schließlich bricht sie in helles Gelächter aus.

»In solchen Momenten kommt der Bulle in mir zum Vorschein, und ich würde am liebsten jeden festnehmen, der mir in die Quere kommt«, sage ich.

»Kommen Sie, zeigen Sie doch ein wenig Verständnis.«

»Wieso Verständnis?«

»Haben Sie es denn nicht kapiert? Seine Freundin hat ihn sitzenlassen, und er läßt seine schlechte Laune an uns aus.«

Diese Erklärung ist mir gar nicht in den Sinn gekommen und beflügelt mich dermaßen, daß ich den Schlüssel ganz zärtlich im Schloß drehe, worauf der Mirafiori spontan anspringt.

12

Ich hatte einen modernen Bürokomplex aus dunklem Beton und spiegelnder Glasfassade erwartet, doch nun stehe ich vor einem dreistöckigen neoklassizistischen Gebäude, das offenbar kürzlich renoviert wurde. Der moderne Bürokomplex befindet sich dahinter. Zunächst kann ich zwischen den beiden Gebäuden keine Verbindung ausmachen, doch als ich sie von der Seite betrachte, entdecke ich eine kleine Glasbrücke, die den neoklassizistischen mit dem modernen Teil verbindet. Das soziale Versteckspiel, das Jason Favieros betrieb, wird durch das Äußere seines Unternehmens bestätigt. Er wollte nicht mit den Finanzhaien in Ekali in Verbindung gebracht werden, doch seine Villa in Porto Rafti ist die eines Finanzhais. Er zog einen neoklassizistischen Bau dem modernen Bürokomplex vor, doch dahinter verbirgt sich das hochmoderne Bürohaus. Er lief stets in zerknitterten Kleidern und ohne Krawatte umher – doch seine Klamotten stammten von Armani. An all dem erkennt man die falsche Scham der Linken für ihre Reichtümer, sie würden sie am liebsten hinter einem Feigenblatt verstecken. Nicht etwa, damit die anderen sie nicht sehen, sondern damit sie selbst sie nicht sehen. Vielleicht ist auch das Trauma der Illegalität daran schuld, das sie dazu bringt, das Versteckspiel von damals einfach fortzusetzen wie eine hinfällig gewordene Übung.

In der geräumigen Empfangshalle thront, gleich gegenüber dem Eingang, Favieros' Porträt mit Trauerbinde. Darunter liegt ein Berg von Blumensträußen. Die Empfangsdame ist eine sympathisch wirkende Fünfzigjährige, einfach gekleidet und ungeschminkt.

»Guten Tag. Was kann ich für Sie tun?« fragt sie zuvorkommend.

»Kommissar Charitos. Und das hier ist Kriminalhauptwachtmeisterin Koula –« Ich stocke, denn mit einemmal stelle ich fest, daß ich Koulas Nachname nicht weiß. Glücklicherweise bemerkt sie es sofort und greift ein.

»... Kalafati. Angeliki Kalafati.«

»Wir würden gerne einen der leitenden Angestellten sprechen«, ergänze ich höflich.

»Ist etwas passiert?« fragt sie beunruhigt. Es ist erst wenige Tage her, daß sich etwas Schreckliches ereignet hat, und nun hält das Schicksal vielleicht schon das nächste Unglück bereit.

»Nein nein, es handelt sich um eine reine Formsache. Verstehen Sie, wenn eine so bekannte Persönlichkeit Selbstmord verübt, und noch dazu in aller Öffentlichkeit, ist die Polizei verpflichtet, der Form halber Nachforschungen anzustellen, damit man ihr später nicht vorhalten kann, sie hätte nichts unternommen.«

Innerlich hoffe ich, daß sich mein heruntergeleierter Vorwand glaubhaft anhört und sie nicht plötzlich auf die Idee kommt, bei der Polizei anzurufen.

»Nehmen Sie einen Augenblick Platz«, sagt sie und greift nach dem Telefonhörer.

Wir setzen uns in zwei Stahlrohrsessel, die ihrem Schreibtisch gegenüberstehen. Die Empfangshalle ist mit pedantischer Genauigkeit rekonstruiert worden. Bis zur Hälfte sind die Wände mit Holz verkleidet, während der obere Teil hellrosa gestrichen wurde. Die Schnitzereien der Kassettendekke haben ihre ursprüngliche Gestalt wieder angenommen und lassen die Sehnsucht nach Kerzenlüstern wach werden. Die Einrichtung ist im gängigen Bürostil gehalten: Stahlrohrsessel, Schreibtische aus Holz und Metall, Computer. Dennoch stören sie nicht, vielleicht weil sie so neutral wirken, daß der renovierte neoklassizistische Bau sie assimiliert, förmlich unsichtbar macht.

Die Fünfzigjährige legt den Hörer auf die Gabel. »Herr Samanis, der Generaldirektor, wird mit Ihnen sprechen. Folgen Sie Herrn Aristopoulos.« Und sie deutet auf einen jungen Mann mit Krawatte und in kurzärmeligem Hemd, der bereits auf uns wartet.

Wir fahren in die dritte Etage hoch, überqueren die Seufzerbrücke und betreten das moderne Bürohaus. Hier ist die Einrichtung karg, nichts erinnert mehr an die Zeit von König Otto und Amalia. Statt dessen dominieren Käfige aus Preßspan, die wie kleine, dicht aneinandergereihte Theaterbühnen wirken. Darin sitzen Frauen und Männer, die entweder in die Tasten ihres Computers greifen oder in ihre Mobiltelefone sprechen.

Aristopoulos führt uns zu einer Tür ganz hinten, der einzigen auf der gesamten Etage. Früher wohnten die Reichen in den neoklassizistischen Bauten und die Bediensteten in den armseligen Hütten. Heute trennt sie nur eine Tür. Im vorderen Raum befinden sich die Darsteller auf ihren Bühnen, und hinter der Tür sitzt der Regisseur.

Die zweite Fünfzigjährige, die uns begegnet, hat ihr Haar hochgesteckt, trägt Hose und Bluse aus weißem Leinen und ist, wie die erste, ungeschminkt. Plötzlich wird mir klar, daß sie auf diese Art und Weise um Favieros trauern, was ich sympathisch finde.

»Treten Sie ein, Herr Samanis erwartet Sie schon«, sagt sie und fügt sogleich hinzu: »Was dürfen wir Ihnen anbieten?«

Ich lehne höflich ab, und Koula schließt sich mir eilig an.

Samanis muß im gleichen Alter wie Favieros sein, doch damit erschöpfen sich auch die Ähnlichkeiten. Favieros war mittelgroß und absichtlich nachlässig gekleidet, Samanis ist hochgewachsen und steckt im Anzug. Favieros hatte dichtes Haar und trug einen Dreitagebart, Samanis ist rasiert und bekommt langsam eine Glatze. Er empfängt uns im Stehen und streckt mir die Hand entgegen. Dann reicht er sie Koula, doch ganz mechanisch und ohne sie anzusehen, weil er seinen Blick auf mich geheftet hat.

»Ich gebe zu, Ihr Besuch überrascht mich ein wenig.« Er betont jedes einzelne Wort. »Woher dieses plötzliche Interesse der Polizei an der Tragödie?«

»Das kommt nicht ganz so plötzlich«, entgegne ich. »Wir haben bloß abgewartet, bis die ersten schwierigen Tage vorbei sind, um sie erst danach zu behelligen. Außerdem ist es nichts Dringendes. Es handelt sich um eine reine Formsache.«

»Dann lassen Sie uns die Formalitäten schnell hinter uns bringen.« Er wartet, bis wir uns gesetzt haben, und bläst kurz und unumwunden zum Angriff.

»Was wollen Sie hören? Ob ich erwartet hätte, daß sich Jason umbringt? Die Antwort ist nein. Ob er Gründe hatte, Selbstmord zu begehen? Nein, alles lief für ihn wie am Schnürchen. Ob ihn diese Faschistenschweine zum Selbstmord getrieben haben? Wieder nein, die haben bloß die Gelegenheit genutzt, um sich ins Rampenlicht zu setzen. Ob ich je erwartet hätte, daß Jason mit seinem Selbstmord ein öffentliches Schauspiel bieten würde? Die Antwort ist zum vierten Mal nein. Und jetzt, wo ich auf alle Ihre Fragen geantwortet habe, lassen Sie mich wieder an meine Arbeit gehen. Die Geschäfte laufen weiter, und die ganze Last liegt auf meinen Schultern.«

Koula ist unschlüssig, ob sie aufstehen oder sitzen bleiben soll, und blickt mich verlegen an. Als sie sieht, daß ich mich nicht rühre, tut sie es mir gleich.

»Vielen Dank, daß Sie uns die Mühe einer Befragung erspart haben«, sage ich freundlich und ohne jede Ironie. »Auf die Frage, warum sich Jason Favieros umgebracht hat, haben Sie aber nicht geantwortet.«

Er hebt die Hände in hilfloser Verzweiflung. »Weil ich es nicht kann«, entgegnet er freimütig. »Seit ich zum Augenzeugen dieses furchtbaren Schauspiels im Fernsehen wurde, zerbreche ich mir den Kopf auf der Suche nach einer Antwort und finde keine.«

»Halten Sie es für ausgeschlossen, daß ihn diese nationalistische Vereinigung erpreßt hat?«

Er lacht auf. »Kommen Sie, Herr Kommissar! Wenn das der Fall wäre, würde ich es als erster erfahren haben. Und wir hätten es vor der Polizei ganz bestimmt nicht geheimgehalten. Und im Endeffekt müßten die doch, wenn sie wegen der ausländischen Arbeitskräfte Druck ausüben wollen, alle griechischen Baufirmen erpressen.«

»Hatte er Feinde?«

»Selbstverständlich. Alle übrigen Unternehmer, die für die öffentliche Hand arbeiten. Wir leben in einer Welt, in der jeder gegen jeden kämpft. Früher hatten wir Träume, heute sind wir hart in der Wirklichkeit gelandet. Aber ich sehe auch niemanden, der wirklich unzufrieden damit wäre.«

»Kurz vor dem Selbstmord hat die Journalistin seine Verbindungen zur Regierung angesprochen.«

Wiederum lacht er auf. »Na und? Bringt sich ein Günstling um? Nur die in Ungnade Gefallenen begehen Selbstmord, Herr Kommissar.«

Schlagartig fühle ich mich ernüchtert. Alle seine Antworten habe ich mir auch selbst schon gegeben, seine Argumente sind unwiderlegbar. »Hatte er psychische Probleme?«

Ich stelle die Frage aus der Ratlosigkeit heraus, die einen überfällt, wenn man alles andere ausgeschöpft hat und sich in die Psychologie flüchtet. Doch nun kommt selbst der redegewandte Samanis ins Straucheln.

»Dasselbe frage ich mich auch«, meint er nachdenklich. »Allein die Art und Weise des Selbstmords weist auf eine psychisch gestörte Persönlichkeit hin.« Er hält erneut inne und heftet seinen Blick auf den Bleistiftbehälter auf seinem Schreibtisch, als bemühe er sich, seine Gedanken zu ordnen. »Jason hatte eine Menge hinter sich, Herr Kommissar. Ich weiß nicht, ob Sie seinen Lebenslauf kennen…«

»Nein.«

»Das sollten Sie aber.« Während er das sagt, blickt er mir fast herausfordernd in die Augen.

»Wozu?«

»Weil er einer der Wortführer des Widerstands gegen die Junta war. Er ist von der Griechischen Militärpolizei furchtbar gefoltert worden. Irgendwann haben sie Angst gekriegt, daß er ihnen draufgehen könnte, und ihn freigelassen, weil sie kein Aufsehen im Ausland verursachen wollten. All das hat bei ihm ein Trauma hinterlassen... Manisch-depressive Anwandlungen... Abrupte Stimmungswechsel.«

»Hatte er vor dem Selbstmord derartige Symptome?«

Er denkt erneut nach. »Im nachhinein betrachtet, ja. Damals habe ich dem keine Bedeutung beigemessen.«

»Was soll das heißen?«

»Er war – wie soll ich das am besten ausdrücken? – irgendwie abwesend, als wären seine Gedanken ganz woanders. Er hatte alles mir übertragen und schloß sich in sein Büro ein. Als ich ein-, zweimal zu ihm kam, saß er vor seinem Computer und spielte Computerspiele...«

»Wie lange vor dem Selbstmord ging das so?«

»Eine Woche etwa... Zehn Tage höchstens...«

»Könnten wir einen Blick auf seinen Computer werfen?« fragt Koula zögernd, fast schüchtern.

Samanis wirft ihr einen ironischen Blick zu.

»Wozu? Glauben Sie den Grund für seinen Selbstmord in seinen Computerspielen zu finden?«

Ich könnte jetzt einschreiten und ihm den Wind aus den Segeln nehmen, doch ich lasse Koula mit der Situation allein fertig werden. Sie wird zwar knallrot, doch sie läßt sich den Mund nicht verbieten.

»Man kann nie wissen, was ein Computer alles zutage fördert. Die unwahrscheinlichsten Dinge manchmal.«

Samanis zuckt mit den Schultern. Er scheint von ihrem Argument nicht überzeugt zu sein, doch er hat auch keine Einwände.

»Jasons Büro liegt auf derselben Etage, aber im alten Gebäude. Dort hat der Aufstieg seiner Baufirma begonnen, und er wollte nicht weg von dort. Ich werde Frau Lefaki, seine Privatsekretärin, informieren.«

»Also, Koula, was gedenken Sie eigentlich auf dem Computer zu finden?« sage ich, als wir auf den Korridor treten. »Samanis hat es Ihnen doch schon gesagt. Der selige Favieros hat Tarotkarten gelegt.«

Sie bleibt mitten auf dem Korridor stehen und blickt mich mitleidig an. »Wissen Sie, was ich tue, wenn ich ein geheimes Dokument auf dem Computerbildschirm habe? Ich öffne daneben die Tarotkarten. Jedesmal, wenn jemand ungerufen ins Büro kommt, klicke ich das Spiel an und überdecke das geheime Dokument. Alle glauben, daß ich den Tag vertrödle, aber ich mache mit den Tarotkarten die Geheimakten unsichtbar.«

Damit hat sie mir den Mund gestopft, aber ich habe sie nie Tarotkarten legen sehen. Vielleicht weil ich nicht zu denjenigen gehöre, die ungerufen in ihr Büro kommen. Aber noch eher, weil ich nie jemandem auf den Bildschirm schaue. Deshalb kriege ich solche Dinge nicht mit.

Wir schlagen den Rückweg ein, diesmal ohne Eskorte. Die Atmosphäre im neoklassizistischen Gebäudeteil ist das glatte Gegenteil des modernen Baus. Es ist, als befände man sich mit einem Schlag in einem Handelskontor des 19.

Jahrhunderts, das Kolonialwaren vertreibt. Ein beeindrukkender großer Saal, in dem früher bestimmt Bälle abgehalten wurden, ist von hellen Türen umrahmt. Sie tragen kein Namensschild wie jenes, das Gikas an der Tür seines Büros anbringen ließ. Offenbar sollte die Ästhetik nicht getrübt werden. Doch das zwingt uns dazu, ausnahmslos alle Türen durchzugehen, bis wir auf Favieros' Büro stoßen.

Dort begegnen wir der dritten Fünfzigjährigen. Sie ist großgewachsen, blond, mit ausgesuchtem Schick gekleidet und natürlich ungeschminkt.

»Treten Sie ein, Herr Kommissar«, meint sie bei unserem Anblick. Auch sie schenkt Koula keine Aufmerksamkeit, und das beginnt mich langsam zu stören, da ich das Gefühl habe, daß man uns wie einen Lastwagen mit Anhänger wahrnimmt.

Frau Lefaki öffnet eine Tür zu ihrer Rechten und führt uns in Favieros' Büro. Koula hält auf der Schwelle inne und blickt mich sprachlos an. Ich bin ebenso überrascht wie sie, denn plötzlich scheinen wir uns in einer Anwaltskanzlei aus den fünfziger Jahren zu befinden – mit schwarzem Ledersofa, schwarzen Ledersesseln, schweren Vorhängen und einem riesigen Schreibtisch aus Nußholz. Die einzigen zeitgenössischen Gegenstände sind der Bildschirm und die Tastatur eines Computers auf dem Schreibtisch. Sieh mal einer an, denke ich bei mir, die Einrichtung in seinem Privathaus weist einen ganz anderen Stil auf als die in seinem Büro. Und sein Büro sieht ganz anders aus als das seiner Mitarbeiter. Ich verliere noch völlig die Orientierung, weil ich immer weniger weiß, wer Favieros eigentlich wirklich war.

Die Lefaki hat uns die Verwunderung an den Gesichtern abgelesen und lächelt fein. »Sie haben richtig geraten«, sagt sie. »Er hat die Anwaltskanzlei seines Vaters in unverändertem Zustand hierher transferiert.«

Koula geht gleich auf den Computer zu. Bevor sie loslegt, wirft sie der Lefaki einen Blick zu, als bräuchte sie ihre Erlaubnis.

»Kein Problem«, meint die. »Herr Samanis hat mir Bescheid gegeben.«

Ich lasse Koula das Gerät in die Mangel nehmen und gehe mit der Lefaki hinaus. Sie hat Favieros öfter als alle anderen gesehen, und sie wird mir bestätigen können, was mir sowohl der thailändische Butler als auch Samanis erzählt haben.

»Hatten Sie in der letzten Zeit irgendeine Veränderung an Jason Favieros bemerkt?« frage ich.

Ihre Antwort kommt prompt, als zweifle sie keinen Augenblick an ihren Worten. »Ja. Er hatte sich in der letzten Zeit verändert.«

»Inwiefern? Können Sie mir das genauer erklären?«

Sie denkt kurz nach, um eine möglichst präzise Einschätzung abzugeben. »Er war unerklärlichen Stimmungsschwankungen unterworfen. Nach einer hyperaktiven Phase verfiel er in Teilnahmslosigkeit. Manchmal kam es zu plötzlichen Ausbrüchen, wobei er die Leute grundlos anschrie, dann wieder zog er sich völlig in sich selbst zurück und wollte von keinem gestört werden.«

»Er war nicht immer so?«

»Jason? Keine Spur! Er war stets zuvorkommend, immer mit einem Lächeln und einem freundlichen Wort auf den Lippen. Alle hier haben ihn Jason genannt. Wenn ihn einer mit ›Herr Favieros‹ ansprach, wurde er ungehalten.«

Unvermutet beginnt sie zu weinen. Ein stummes Schluchzen, das man eher an den zuckenden Schultern bemerkt als an den Tränen. »Entschuldigen Sie, aber jedesmal, wenn ich von ihm spreche, habe ich dieses schreckliche Bild aus dem Fernsehen vor Augen.« Sie wischt die Tränen mit dem Handrücken weg. »Dieses Bild wird mich wahrscheinlich bis ins Grab verfolgen.«

»Was hat er gemacht, wenn er sich in sein Büro einschloß?« frage ich, um sie von ihrer Niedergeschlagenheit abzulenken.

»Er saß vor seinem Computer. ›Was tust du denn die ganze Zeit vor dem Rechner? Schreibst du an einem Roman?‹ habe ich ihn eines Tages gefragt, um ihn zu necken. ›Der ist schon fertig. Jetzt lese ich Korrektur‹, hat er vollkommen ernst geantwortet.«

Koula kommt aus dem Büro. »Ich bin fertig, Herr Kommissar.«

Wir verabschieden uns von der Lefaki und verlassen das Büro. Ich verzichte auf den Fahrstuhl und nehme die Treppe, um mich noch ein wenig an der Pracht aus Trikoupis' Zeiten zu erfreuen.

»Ich benötige ein Programm, das gelöschte Dateien anzeigt«, erläutert mir Koula beim Hinuntergehen.

»Wozu?«

»Weil ich nichts finden kann. Und da ich nicht glaube, daß Favieros Tarot oder Tetris gespielt hat, kann das nur heißen: Er hat das, womit er sich wirklich befaßt hat, gelöscht.«

Ihre Erklärung klingt logisch. »Und woher wollen Sie so ein Programm bekommen?«

»Mein kleiner Cousin ist ein As auf dem Gebiet.«

Wir sind schon auf der Straße, als sie jäh stehenbleibt und mich anblickt. »Darf ich Sie was fragen?«

»Nur zu.«

»Warum hatte Favieros lauter fünfzigjährige Sekretärinnen in seiner Firma? Was wäre dabei gewesen, wenn er auch eine junge Frau eingestellt hätte, jetzt, da alle nach einer Stelle suchen?«

»Weil er nur Frauen, die unter der Junta im Widerstand waren, eingestellt hat.« Sie blickt mich sprachlos an. »Was gucken Sie so? Kinder von Polizisten besuchen vorzugsweise die Polizeischule, Kinder von Militärs vorzugsweise die Evelpidon-Militärakademie. Und in Favieros' Firma haben vorzugsweise Widerstandskämpfer gegen die Junta Einlaß gefunden. Vergessen Sie das Gerede der Gruppe *Philipp von Makedonien*. In Griechenland hackt keine Krähe der anderen ein Auge aus.«

Sie scheint nicht überzeugt zu sein, wagt aber auch keinen Widerspruch.

13

Am späten Nachmittag rufe ich Gikas unter seiner Privatnummer an, um zu erfahren, wie man im Mordfall der beiden Kurden vorangekommen ist. Nicht, weil ich meine Meinung geändert hätte und nun glaubte, ihre Ermordung hätte etwas mit Favieros' Selbstmord zu tun, sondern weil aus den Nachforschungen möglicherweise etwas herausspringt, was mir nützlich sein könnte.

»Machen Sie sich keine Hoffnungen«, meint Gikas.

»Wieso?«

»Weil Janoutsos nach Mafiosi sucht.«

»Das ist keine Mafiatat«, bekunde ich entschieden. »Es ist genau das, was im Bekennerschreiben angekündigt wurde: eine Hinrichtung durch Nationalisten aus der Vereinigung *Philipp von Makedonien.*«

»Das bringen Sie ihm mal bei.«

Mir liegt schon auf der Zunge, ihm zu sagen, es sei doch seine Aufgabe, ihm den richtigen Weg zu weisen. Doch mir ist klar, daß er mit voller Absicht schweigt: Er läßt ihn mit dem Kopf gegen die Wand rennen, um ihn dadurch endgültig zu Fall zu bringen.

»Aber vielleicht gibt es in ein paar Tagen Neuigkeiten.«

»Wie das? Wollen Sie Janoutsos überzeugen, anderswo zu suchen?«

»Nein, aber wahrscheinlich habe ich einen Weg gefunden, die Sache der Antiterrorabteilung zuzuspielen. Haben Sie etwas Neues zu berichten?«

Ich erzähle in groben Zügen von meinen Besuchen in Favieros' Privathaus und Büro sowie auf der Baustelle.

»Das heißt, Sie haben nichts Auffälliges entdeckt?« fragt er ungläubig.

»Wie ich Ihnen schon sagte: Er war irgendwie abwesend, reizbar und schloß sich des öfteren in seinem Büro ein.«

»Aber wieso? Wieso isoliert sich ein Unternehmer wie Favieros, der sonst den ganzen Tag lang von einer Besprechung zur nächsten hetzt, plötzlich von seiner Umwelt? Sehen Sie mich an, ich kann Ihnen ein Lied davon singen!« vermeldet er mit Nachdruck und ruft mir den guten alten Gikas in Erinnerung, der nur einen einzigen Bezugspunkt kennt – sich selbst. Unmittelbar danach stellt er die Frage in den Raum, die auch mich beschäftigt: »Was hat sich Außergewöhnliches in Favieros' Leben ereignet? Warum hat er alles stehen- und liegenlassen und sich zurückgezogen, wenn er, allem Anschein nach, weder beruflich noch privat in irgendeiner Weise in Bedrängnis war?«

Ich muß ihm die Antwort schuldig bleiben und beschränke mich auf einen Hinweis. »Koula hat einen kurzen Blick auf den Computer in seinem Büro geworfen. Aber sie muß ihn noch genauer durchforsten.«

»Da können Sie ihr voll vertrauen. Darin kennt sie sich hervorragend aus.« Er macht eine kleine Pause und fügt dann hinzu: »Wenn jemand aus Favieros' Umfeld bei der Polizei rückfragen möchte, verweisen Sie auf mich persönlich.«

Wir beenden das Gespräch, und mir bleibt zumindest die Genugtuung, daß er mich unterstützt und mir die Hand reicht, während ich im dunkeln tappe.

Adriani sitzt vor dem Fernseher und verfolgt eine Quizshow. Ich habe keine Lust zuzusehen, wie sie alle Fragen richtig beantwortet und den Millionen nachtrauert, die ihr durch die Lappen gehen. Deshalb mache ich mich auf den Weg ins Schlafzimmer, zu meinem Rendezvous mit Dimitrakos. Doch die Türglocke hält mich zurück. Als ich öffne, steht Fanis auf der Schwelle mit einer kleinen Tüte in der Hand und lächelt mich an. Ich nehme an, es handelt sich um eine Morgengabe für Adriani. Denn des öfteren bringt er ihr kleine Geschenke, um sich für eine Einladung zum Essen zu revanchieren.

Doch diesmal täusche ich mich, da er mir die kleine Tüte entgegenstreckt. »Von deiner Tochter«, sagt er.

»Von Katerina?«

»Ja, ein kleines Präsent.«

Meine Verwunderung steigt, da Katerina mir für gewöhnlich keine Geschenke aus Thessaloniki schickt. Sie spart selbst beim Strom, um mir nicht auf der Tasche zu liegen. Ich sehe sofort hinein und ziehe ein Buch mit einem billigen, marktschreierischen Umschlag in Weiß, Rot und Schwarz hervor, der an die Publikationen zur Geschichte der Kommunistischen Partei Griechenlands erinnert. Der Buchtitel lautet: *Jason Favieros. Vom Folteropfer zum Finanzriesen.* Autor ist ein gewisser Minas Logaras und Verleger ein gewisser Sarantidis. Ich blättere es mechanisch durch und sehe, daß es an die dreihundertzwanzig Seiten umfaßt.

Es ist kaum verwunderlich, daß sich bestimmte Leute Favieros' spektakulären Selbstmord zunutze machen wollen. Was mich mehr erstaunt, ist die Tatsache, daß ein Mensch es fertigbrachte, innerhalb der zehn Tage, die seit Favieros' Selbstmord verstrichen sind, eine Biographie von dreihundertzwanzig Seiten zu verfassen. Das konnte nur funktionieren, wenn das Buch bereits fix und fertig geschrieben war und man es nur noch auf den Markt zu werfen brauchte. Purer Zufall? Wer weiß.

»Wann ist das Buch erschienen?« frage ich Fanis.

»Keine Ahnung. Der Werbefeldzug jedenfalls läuft auf Hochtouren.«

»Und wie ist es Katerina in die Hände gefallen?«

»Katerina liest nicht nur Wörterbücher wie du«, antwortet er grinsend und zwinkert mir zu.

»Bei ihm ist Hopfen und Malz verloren, Fanis«, schaltet sich Adriani ein. »Kostas befaßt sich nur mit Haarspaltereien. Damit macht er sich das Leben schwer.«

Üblicherweise meint sie damit die Lexikoneinträge, die ich so gerne studiere. Doch diesmal spielt sie noch auf etwas anderes an: auf alle in ihren Augen absolut nichtigen Probleme vorwiegend beruflicher Natur, die meine Zeit in Anspruch nehmen und mich ihrer Aufsicht entziehen.

Ich halte meinen Zorn lieber im Zaum, da ich mich in Fanis' Anwesenheit nicht mit ihr anlegen will. Denn ich möchte im Grunde nicht, daß er den Eindruck gewinnt, unsere Tochter komme aus einer Familie, in der die Eltern wie Hund und Katz miteinander umgehen.

Statt dessen rufe ich Katerina an, um mich bei ihr zu bedanken. »Wie bist du darauf gekommen?« frage ich.

»Ich bin zufällig auf eine Zeitungsannonce gestoßen und habe mir gedacht, es könnte dich interessieren.«

»Es interessiert mich wirklich. Vielen Dank.«

»Wie dick ist es?«

»Soviel ich gesehen habe, an die dreihundert Seiten.«

Sie lacht hell auf. »Du tust mir leid«, meint sie.

»Wieso?«

»Weil du so Zeug nicht magst und du es mit Hängen und Würgen auslesen wirst.«

»Eher nicht, ich werde mir einreden, eine Dienstakte zu lesen. Dienstakten hängen mir genauso zum Hals raus wie Biographien.«

Sie staunt über dieselbe Tatsache wie ich. »Wie haben sie es bloß geschafft, innerhalb von wenigen Tagen eine dreihundert Seiten starke Biographie aus dem Boden zu stampfen?«

»Sie muß schon fertig gewesen und unmittelbar nach dem Selbstmord in Druck gegangen sein.«

»Dann müßten doch seine Angehörigen etwas davon wissen. Normalerweise hat der Autor doch Kontakt zu der Person, deren Leben er beschreibt.«

»Bravo. Mensch, Katerina!« rufe ich begeistert. »Wieso hab ich nicht gleich daran gedacht!«

»Warum, glaubst du wohl, möchte ich Staatsanwältin werden?« lacht sie. »Gib Mama einen Kuß von mir«, meint sie zum Abschluß.

»Küßchen von Katerina!« rufe ich Adriani zu, die mit Fanis plaudert.

Sie springt auf. »Leg nicht auf, ich komme.«

Die Küßchen dauern etwa eine halbe Stunde, umrankt

von allen Vorfällen des Tages in Athen und Thessaloniki. In der Zwischenzeit bin ich mit Fanis in die Einzelheiten des Falles eingetaucht. Er findet die Geschichte mit der Biographie sehr merkwürdig und ist der Meinung, der Name des Autors werde sich als Pseudonym herausstellen.

»Warum glaubst du das?« frage ich.

»Weil er, wenn das sein richtiger Name wäre, jetzt doch in jedem Fernsehsender zu sehen wäre. Welcher Schriftsteller würde sich die Gelegenheit entgehen lassen, für sein Buch die Werbetrommel zu rühren? Aber dieser Logaras läßt sich nirgendwo blicken. Kommt dir das logisch vor?«

Nein, keineswegs. Die Biographie hat, nach all dem, was Katerina und Fanis gesagt haben, meine Aufmerksamkeit geweckt, und ich habe es eilig, mit der Lektüre zu beginnen. Fanis verabschiedet sich gegen halb zwölf, Adriani geht ins Bett, und ich mache es mir im Wohnzimmer mit dem Buch in der Hand gemütlich.

Logaras scheint über Favieros' Kindheit nicht viel zu wissen, da er sie kurz und bündig in den ersten fünfundzwanzig Seiten abhandelt. Favieros war am Koliatsou-Platz groß geworden, sein Vater war Rechtsanwalt, seine Mutter Lehrerin. Er hatte Volksschule und Gymnasium in seinem Wohnviertel besucht und die Aufnahmeprüfung ins Polytechnikum als Fünftbester bestanden. Von da an scheint Logaras jede Einzelheit aus Favieros' Studentenleben zu kennen: was für Noten er hatte, mit wem er innerhalb und außerhalb des Polytechnikums verkehrte, mit welchen Kommilitonen er besonders befreundet war. Favieros zählte zu den Anführern der Studentenbewegung und hatte sich bereits sehr früh dem Widerstand gegen die Junta angeschlossen. Die Sicherheitspolizei hatte ihn '69 festgenommen, jedoch nach sechs Monaten wieder freigelassen. '72 wurde er wieder aufgegriffen, diesmal von der Griechischen Militärpolizei. Logaras weiß genau, wie lange, von wem und auf welche Weise Favieros gefoltert wurde. Solche Informationen kann er eigentlich nur von Favieros selbst erhalten haben, alles andere wäre verwunderlich. Aus dem Buch geht jedenfalls das Porträt eines beispielhaften jungen Mannes hervor – als Student hochbegabt, unter seinen Freunden allseits beliebt, politisch engagiert und im Kampf gegen die Junta an vorderster Front – eines Mannes, der grauenvoll gefoltert wurde und dennoch geistig und seelisch ungebrochen aus jener Zeit hervorging.

Gerade als ich Favieros' Jugendjahre hinter mir lasse, taucht Adriani schlaftrunken im Nachthemd auf. »Bist du noch bei Trost?« fragt sie. »Weißt du, wie spät es ist?«

»Nein.«

»Drei Uhr.«

»Hab ich gar nicht bemerkt. Deshalb ist es so ruhig.«

»Hast du vor, die ganze Nacht durchzumachen?«

»Mal sehen. Ich würde gerne das Buch zu Ende lesen, das mir Katerina geschickt hat.«

Sie schlägt das Kreuzzeichen, um sich gegen die bösen Geister zu wappnen, die sie im Schlaf heimsuchen könnten, und geht wieder ins Bett.

Favieros' Studentenjahre sind etwa in der Mitte des Buches zu Ende. Dann setzt die Beschreibung seines beruflichen Werdegangs und seines Aufstiegs als Unternehmer ein. Logaras verhehlt nicht, daß Favieros durch seine Bekanntschaft mit Ministern und Regierungsfunktionären begünstigt wurde. Er hatte während des Studentenkampfes enge Verbindungen zu zumindest vier späteren Ministern und vielen Parteifunktionären geknüpft. Mit deren Hilfe kam er auch mit dem übrigen Ministerrat in Kontakt. Er fing bei Null an, mit einer kleinen Firma, die Gehwege pflasterte und kleinere Kanalisationsarbeiten im Auftrag der Öffentlichen Wasserwerke durchführte. Nach einem Zeitraum von sieben Jahren befand sich die DOMITIS AG in seinem Besitz, zudem hatte er sich auf die Herstellung von Fertigbeton und Abflußrohren aus Asbestzement spezialisiert. All das verdankte er, seinem Biographen zufolge, neben seinen Verbindungen zur Regierungspartei vorwiegend seinem unternehmerischen Instinkt, der effektiven Funktionsweise seiner Unternehmen, den wagemutigen Neugründungen und der Fähigkeit, seine Führungskräfte gut auszuwählen. Sein Unternehmen war die erste Baufirma, die nach dem Fall des sozialistischen Regimes ihren Aktionsradius auf den gesamten Balkanraum ausdehnte. Heute verfügt sie über Baustellen in allen Nachbarländern. Logaras wiederholt im Grunde genau das, was Favieros vor seinem Selbstmord gesagt hat. Statt Anhaltspunkte zu liefern, die Favieros' Selbstmord erklären könnten, bestärkt die Biographie nur das allseits Bekannte: nämlich, daß er keinerlei Motiv hatte, sich umzubringen. Alles in allem entwirft Favieros' Biographie das Bild eines Helden ohne Fehl und Tadel.

Nur ganz am Schluß läßt Logaras eine Andeutung bezüglich nicht ganz astreiner Geschäfte fallen. In insgesamt zwei Absätzen spricht er von einem undurchsichtigen Offshore-Unternehmen mit zahlreichen internationalen Verflechtungen. Obwohl Logaras dieses Thema mit Samthandschuhen anfaßt und nicht weiter darauf eingeht, bildet das einen unmerklichen Fleck auf Favieros' ansonsten tadellos weißer Weste. Schon eigenartig, denn im übrigen weiß er über alle Einzelheiten aus Favieros' Leben Bescheid. Es sieht fast so aus, als wolle er einen verdeckten Fingerzeig geben.

Ich klappe das Buch zu und blicke auf die Uhr. Es ist kurz vor fünf. Ich frage mich, ob mir dieses Off-shore-Unternehmen irgendeinen Hinweis liefern könnte. Ich müßte Koula morgen erneut zur DOMITIS AG schicken, damit sie Samanis noch etwas auf den Zahn fühlt. Unsere Hartnäkkigkeit wird ihn stutzig machen, aber egal. Im Notfall werde ich ihn an Gikas weiterverweisen.

14

Schließlich habe ich die ganze Nacht im Sitzen verbracht. Ich weiß nicht, wann ich eingeschlafen bin, doch als ich die Augen aufschlage, sehe ich, daß das Buch neben mir auf den Fußboden geglitten ist. Die Sonne knallt bereits durch die halbgeschlossenen Rolläden. Ich blicke auf die Uhr und springe auf. Es ist schon neun, und Koula muß gleich kommen. Ich spritze mir schnell ein wenig Wasser ins Gesicht, dann lasse ich mir die nächsten Schritte durch den Kopf gehen. Ich werde bei Favieros' Off-shore-Unternehmen ansetzen müssen. Es gibt – wenn auch nur theoretisch – einen Hoffnungsschimmer, das Motiv für den Selbstmord unter den offenen oder verdeckten Aktivitäten des Off-shore-Unternehmens zu finden. Das ist die einzige Dissonanz, die Logaras in Favieros' Leben anklingen läßt. Und da Logaras diesen Punkt im Halbdunkel läßt, sollte dem nachgegangen werden. Ich frage mich, was besser ist: im Handelsregister danach zu suchen oder Samanis direkt darauf anzusprechen. Im Handelsregister werde ich leicht fündig werden, nur: Was nützt mir ein trockener Eintrag? Ich wäre doch gezwungen, wieder bei Favieros' Mitarbeitern vorstellig zu werden. Ich entscheide mich also für die zweite Lösung, aber in leicht abgewandelter Form. Ich werde nicht persönlich hingehen, sondern Koula schicken. So verleihe ich der Amtshandlung kein besonders verdächtiges Gewicht. Anschließend oder besser gesagt parallel dazu muß ich Logaras, Favieros' Biographen, ausfindig machen. Das läßt sich leicht mit einem Besuch bei seinem Verlag bewerkstelligen.

Die Küche ist leer. Mein Kaffee wartet bereits auf dem Küchentisch auf mich. Er ist mit der Untertasse zugedeckt, damit er nicht kalt wird. Als ich gerade den ersten Schluck trinken will, kommt Adriani mit den Einkaufstaschen aus dem Supermarkt.

»Guten Morgen. Hast du gut geschlafen?« fragt sie zuckersüß.

»Nein. Mich hat der Schlaf im Sessel übermannt.«

»Morgen bestelle ich dir ein Nagelbett, damit du wie ein Fakir schlafen kannst.«

Ich schlucke die sarkastische Bemerkung herunter und trinke meinen Kaffee weiter, der trotz allen Bemühungen lauwarm geworden ist. Als Koula kommt, führe ich sie gleich ins Wohnzimmer und beginne ihr von Favieros' Off-shore-Unternehmen zu berichten.

»Ich möchte, daß Sie noch einmal zur Firma DOMITIS gehen und mit Samanis oder Favieros' Privatsekretärin sprechen. Kriegen Sie soviel wie möglich über dieses Off-shore-Unternehmen heraus: wo es registriert ist –«

»Alles klar, Sie brauchen gar nicht weiterzureden«, meint sie gelassen.

»Wenn man Ihnen Schwierigkeiten macht, sagen Sie, Sie kämen von Gikas. Das habe ich mit ihm so abgesprochen.«

»Das wird nicht nötig sein. Wo haben Sie all das über das Off-shore-Unternehmen her?«

Ich hebe Favieros' Biographie vom Boden auf und reiche sie ihr. Sie liest den Titel und pfeift anerkennend. »Ein wahrer Schnellschuß«, meint sie beeindruckt. »Die haben nicht einmal die üblichen vierzig Tage abgewartet.«

Mich erheitert der Gedanke, daß sie die Herausgabe von Favieros' Biographie mit der Lesung seiner Seelenmesse verknüpft. »Wollen Sie sie durchsehen?«

Sie blickt mich schockiert an. »Um Himmels willen! Ich kutschiere Sie gern vierundzwanzig Stunden am Tag in Ihrem Wagen herum, aber zwingen Sie mich bloß nicht, dikke Wälzer zu lesen!«

Ich sehe in der Titelei nach und finde heraus, daß der Verlag SARANTIDIS in der Solomou-Straße in Exarchia residiert. Wir gehen zusammen vors Haus, wo Koulas Mofa steht. Sie zurrt den Sturzhelm fest und gibt dann Gas, während ich zur Ifikratous-Straße weitergehe, um den Trolleybus zum Omonia-Platz zu nehmen.

Heute ist der erste richtige Sommertag, eine vorzeitige Hitzewelle ist hereingebrochen. Kein Blatt regt sich, und bereits um zehn Uhr morgens steht die Hitze. Bei jedem Schritt erhöht sich die Abgasdosis, die man einatmen muß. Der Trolleybus gehört zur alten Garde, zu den gelben ohne Klimaanlage. Auf dem Sitz vor mir sitzt eine Dicke, die sich mit einem chinesischen Fächer ohne Unterlaß Luft zufächelt. Ich weiß nicht, ob ihr das Kühlung verschafft, mir jedenfalls steigt dadurch ihr Schweißgeruch in die Nase. Als wir endlich am Omonia-Platz ankommen, steht für mich fest, daß das der letzte Ausflug ohne den Mirafiori war.

Der Verlag SARANTIDIS befindet sich in der ersten Etage eines dreistöckigen Gebäudes ohne Fahrstuhl. Die grüngestrichene, eiserne Eingangstür ist verschlossen. Ich läute und trete in einen großen Raum, der eher an eine Lagerhalle als an ein Arbeitszimmer erinnert. Ein alter Holztresen dient als Schreibtisch, davor stehen drei Stühle. Die Wände ringsum sind voll von Regalen, Stellagen und Ablagen, die von Büchern überquellen. Ein schmaler Pfad führt von der Tür zum Tresen. Der übrige Raum ist mit Paketen und Exemplaren von Favieros' Biographie vollgestopft. Auf dem Stuhl hinter dem Tresen sitzt ein bärtiger junger Mann mit schulterlangem Haar. Er ist einer von der Sorte, die wir nach dem Aufstand im Polytechnikum sozusagen prophylaktisch jederzeit aufgriffen und schnurstracks zum Polizeipräsidium schleiften. Er hat seinen Blick auf den Computerbildschirm gerichtet und tippt.

»Ist das hier der Verlag SARANTIDIS?« frage ich.

Er wartet, bis sein Drucker angesprungen ist, und antwortet dann mit einem knappen: »Der Verlag bin ich.«

Ich hebe ein Exemplar der Biographie von einem Stapel hoch und halte es ihm hin. »Wo kann ich diesen Logaras finden?«

»Wieso? Wollen Sie ein Autogramm?« ist seine ironische Antwort.

»Nein. Ich möchte ihm ein paar Fragen stellen. Kommissar Charitos.«

Sein Gesichtsausdruck wandelt sich von ironisch zu säuerlich, sobald er hört, daß ich Polizist bin. »Keine Ahnung, wo Sie ihn finden können«, erklärt er. »Ich habe ihn nie zu Gesicht bekommen.«

»Und wie ist Favieros' Biographie in Ihre Hände gelangt?«

»Per Post. Dem Manuskript lag ein Brief bei, in dem stand: Wenn mich der Text interessiere, würde er wegen der Details und dem Publikationszeitpunkt mit mir Kontakt aufnehmen.«

»Wann war das?«

»Vor etwa drei Monaten.«

»Hatte das Schreiben keinen Briefkopf?«

»Weder Adresse noch Telefon, noch Handynummer, rein gar nichts. Anfangs habe ich nichts darauf gegeben. Wissen Sie, selbst ein so kleiner Verlag wie meiner bekommt ein bis zwei Manuskripte in der Woche zugeschickt. Ich komme kaum dazu, sie zu lesen. Ich habe es also beiseite gelegt, um es mir irgendwann einmal bei Gelegenheit anzusehen. Etwa anderthalb Monate später traf noch ein Schreiben ein, in dem er mir erklärte, wenn ich die Rechte erwerben wollte, müßte ich jetzt den Vertrag unterzeichnen. Notgedrungen habe ich es dann in einer Nacht durchgelesen und mich entschlossen, es herauszubringen.«

»Was hat Sie daran gereizt?« frage ich, denn das würde ich wirklich gerne wissen.

Er denkt kurz nach. »Diese Mixtur aus politischem Widerstand und Hochfinanz. Ich war mir sicher, es würde sich verkaufen. Und ich hatte recht. Obwohl ... er hat mir eine Bedingung gestellt.«

»Was für eine?«

»Er wollte entscheiden, wann das Buch herauskommen sollte.«

»Und Sie haben sich darauf eingelassen?«

»Ich habe es abgeschwächt. Ich habe eingefügt, daß wir gemeinsam entscheiden würden.«

»Und wie haben Sie den Vertrag an Logaras geschickt?«

»Per Einschreiben. An die Adresse, die auf dem zweiten Brief stand. Dieselbe Adresse wie im Vertrag.«

»Suchen Sie mir den mal heraus.«

An der Wand hinter ihm befindet sich eine Ablage mit Aktenordnern und Dossiers. Er dreht sich um und zieht einen Ordner heraus.

Plötzlich kommt mir etwas in den Sinn: Gestern hatte doch die Lefaki erwähnt, daß sie Favieros einmal gefragt habe, ob er einen Roman schreibe, weil er stundenlang vor dem Computer saß. Und da habe er geantwortet, er sei schon fertig damit und sitze an den Korrekturen. Ich werde den Gedanken nicht mehr los, daß Favieros möglicherweise selbst seine Biographie verfaßt hat, bevor er sich umbrachte.

Sarantidis wird im Ordner fündig und notiert mir die Adresse auf einem Kalenderblatt. »Wann hat Logaras Ihnen gesagt, daß Sie die Biographie in Druck geben können?«

Er lacht auf. »Gar nicht. War das denn nötig? Sowie ich vom Selbstmord gehört habe, habe ich drucken lassen.«

»Und wann hat er sich gemeldet?« beharre ich.

Er denkt nach und wundert sich auf einmal. »Er hat sich gar nicht gemeldet«, meint er. »Das fällt mir jetzt erst auf. In der ganzen Hektik um die Publikation und die große Nachfrage ist das völlig untergegangen.«

Sarantidis' Antwort bestärkt meinen Verdacht. Der Autor hat nicht angerufen, weil er mittlerweile auf dem Friedhof liegt.

»Verkauft sich das Buch gut?« frage ich Sarantidis.

Er blickt mich an, und seine Augen beginnen zu leuchten. »Wenn das so weitergeht, dann ziehe ich in einem Monat in ein größeres Büro und nehme mir eine Sekretärin.«

Tja, sage ich mir. Favieros' Erben entgeht da wohl eine schöne Summe, die der Verleger nun alleine einstreicht.

Als ich wieder auf die Solomou-Straße trete, sehe ich mir das Kalenderblatt an. Die Adresse lautet Niseas-Straße 12, am Attiki-Platz. Die schnellste Verbindung ist die mit der U-Bahn vom Omonia-Platz aus. Als ich die Patission-Straße in Richtung Omonia-Platz überquere, werfe ich einen Blick durch die Eolou-Straße hoch zur Akropolis. Doch ich sehe nichts. Die Akropolis ist hinter einem weißen Schleier verschwunden.

Das einzig Tröstliche an der U-Bahn ist, daß sie nicht nach Abgasen stinkt. Während der ausnahmsweise tatsächlich unterirdischen Fahrt dringt ein kühlendes Lüftchen durch die Fenster. Der Typ am Kiosk der Station Attiki erklärt mir, die Niseas-Straße liege genau hinter dem Gebäude und verbinde die Sepolion- mit der Konstantinoupoleos-Straße.

Nachdem ich sie ohne große Schwierigkeiten gefunden habe, würde ich am liebsten auf der Stelle wieder kehrtmachen. Es handelt sich um ein enges und finsteres Sträßchen, in das vermutlich nur, wenn die Sonne am höchsten steht, ein paar Lichtstrahlen fallen. Hier riecht es nicht bloß nach Abgasen, hier braucht man ein tragbares Sauerstoffgerät.

Ich nehme mir die Straßenseite mit den geraden Hausnummern vor. Auf drei rasch hochgezogene dreistöckige Bauten und zwei billig konstruierte Wohnhäuser, auf deren Balkonen anstelle von Blumentöpfen Wäschetrockner, Mops und Schränke stehen, folgt die Nummer zwölf, ein altes Haus mit Holztür und geschlossenen, halb zerborstenen Fensterläden. Seine gelbe Farbe ist abgeblättert. Ich bleibe einen Augenblick stehen, um es zu mustern. Sicher wohnt hier weder Logaras noch der allerletzte tamilische Tellerwäscher. Dennoch klopfe ich mit der irrwitzigen Hoffnung, die einem die Verzweiflung eingibt, an die Tür. Ich erwarte zwar nicht, daß man mir öffnet, und doch versuche ich es ein zweites Mal. Beim dritten Mal klopfe ich energischer. Die Tür geht von selbst auf und schleift ein Blatt Papier mit. Es ist der Benachrichtigungsschein des Einschreibens, das die Verträge enthielt. Niemand hat es je abgeholt.

Ich betrete die Wohnung und sehe mich um: In beiden Zimmern und im Flur stehen kaputte Möbelstücke herum, auf dem Boden liegen zerknüllte Vorhänge, es riecht nach abgestandener Luft und Schimmelpilz. Die Wohnung ist seit mindestens zwanzig Jahren unbewohnt. Ich trete hinaus und ziehe die Tür hinter mir ins Schloß.

Die Nummer zehn, rechterhand des verlassenen Hauses, ist ein zweistöckiges Gebäude. Die Türklingeln tragen keine Namen. Wozu auch, sage ich mir. Wer hier gelandet ist, wird von niemandem mehr aufgesucht. Ich klopfe an die erste Tür. Sie wird geöffnet. Auf der Schwelle steht eine schmale Frau mittleren Alters.

»Wissen Sie vielleicht, ob jemand das Haus nebenan bewohnt?« frage ich. Sie klappt ihre Handflächen seitwärts und blickt mich verständnislos an.

Ich probiere es in der zweiten Etage und treffe auf eine

Muslimin, die trotz Höllenhitze ein Kopftuch trägt. Auch sie begreift nicht, was ich von ihr wissen will. Beim dritten Versuch stoße ich auf eine Bulgarin, die zwei griechische Wörter beherrscht: »Nix verstehen.«

Es hat keinen Zweck, die Nachforschungen fortzusetzen. Favieros hatte das Haus aus diesem Grund ausgewählt: Der Postbote sollte niemanden antreffen, dem er die Verträge aushändigen konnte. Er hatte keine Telefonnummer angegeben, und die Adresse war eine unbewohnte Wohnung. Folglich konnte ihn keiner aufspüren.

Als ich an die Ecke zur Sepolion-Straße gelange, halte ich inne. Das war's also. Meine Nachforschungen enden hier, und meine Hoffnung, wieder auf meinen Posten in der Mordkommission zurückzukehren, löst sich in Luft auf. Favieros hat zuerst seine Autobiographie geschrieben, um sich selbst ein Denkmal zu setzen, und dann Selbstmord verübt. Und offensichtlich wurde er nicht dazu gezwungen. Nichts Verdächtiges verbirgt sich hinter seinem Selbstmord. Ich stehe also mit leeren Händen da, und Janoutsos erbt meine Stelle.

15

Der Gedanke kommt mir in der U-Bahn, auf dem Rückweg von der Station Attiki zum Omonia-Platz. Es ist eine der Ideen, die aus dem Mut der Verzweiflung geboren werden, wenn die Vernunft ihre Waffen gestreckt hat und drauf und dran ist, in den Wahnsinn zu verfallen. In diesem Zustand entschließe ich mich, bei Favieros' Off-shore-Unternehmen anzusetzen, da dies meine letzte Hoffnung ist, den Fall überhaupt noch weiterzuführen. Freilich muß ich eine kleine Unregelmäßigkeit in Kauf nehmen. Ich muß die Überzeugung für mich behalten, daß Favieros' Biographie im Grunde eine Autobiographie ist. Vielmehr muß ich so tun, als ginge ich davon aus, daß der geheime Schlüssel zum Selbstmord in dem Off-shore-Unternehmen liegen muß. Wenn ich Glück habe und irgendwelche anrüchigen Geschäfte, Skandale oder Betrügereien aufdecke, dann bietet sich mir die Gelegenheit, durch ein anderes Schlupfloch an meinen Posten zurückzukehren. Zwar fällt alles eigentlich in den Zuständigkeitsbereich der Abteilung für Wirtschaftskriminalität. Aber das braucht man nicht so genau zu nehmen. Denn wenn die Bombe platzt, wird sie alles andere übertönen. Falls sich das Off-shore-Unternehmen als Schlag ins Wasser erweisen sollte, dann schließe ich die Nachforschungen ab, und kein Hahn kräht mehr danach. Nur sitzt dann Janoutsos noch fester im Sattel.

Die kleine Gnadenfrist, die mir meine Hoffnungen verschafft haben, erleichtert mich ein wenig. Und ich fahre nach Hause zurück – nicht gerade in blendender Stimmung, aber immerhin nicht mit hängenden Schultern. Ich finde Koula in der Küche vor, wo ihr Adriani gerade Kochunterricht erteilt.

»Was haben Sie über Favieros' Off-shore-Unternehmen herausgefunden?« frage ich mit äußerst strenger und professioneller Miene.

»Ich bin gleich soweit.«

»Nicht jetzt, wir sind gleich mit dem Essen fertig«, mischt sich Adriani ein. »Geh doch kurz zu deinen Wörterbüchern, ich rufe dich gleich.«

Ich bin drauf und dran, Koula eine Standpauke zu halten, ihr zu sagen, Gikas habe sie beurlaubt, um mir zu assistieren, und nicht, um sich die Zubereitung von Moussaka und gefüllten Weinblättern in Zitronensoße anzueignen. Doch nach kurzem Ringen sehe ich ein, daß die Normalisierung der Beziehungen zwischen Koula und Adriani auch mir größeren Handlungsspielraum gibt. Also halte ich den Mund, um den Waffenstillstand nicht aufs Spiel zu setzen. Doch ich gehe nicht zu meinen Wörterbüchern ins Schlafzimmer, sondern ins Wohnzimmer, wo ich tatenlos herumsitze, um den beiden zu verstehen zu geben, daß ich es eilig habe und sie vorwärts machen sollen.

Koula kommt nach etwa einer halben Stunde. »Entschuldigen Sie, aber da Sie gerade nicht hier waren …«, rechtfertigt sie sich.

»Macht nichts. Erzählen Sie mir, was Sie herausgefunden haben.«

»So mancherlei über die Geschäfte dieses Off-shore-Unternehmens.«

»Hat sich Samanis gar nicht geziert?«

»Ich war gar nicht bei Samanis.«

»Bei wem denn? Bei der Lefaki?«

Sie blickt mich mit einem listigen Lächeln an. »Mein Vater hat immer gesagt: Gleich und gleich gesellt sich gern.«

»Was meinen Sie damit?«

»Daß ich mit der Lefaki oder mit Samanis nicht auf derselben Stufe stehe. Also habe ich mit jemandem gesprochen, der mir gleichwertig ist.«

»Und wer war das?«

»Aristopoulos. Der junge Mann, der uns in Samanis' Büro geführt hat. Erinnern Sie sich?«

»Vage. Aber wußte er denn über das Off-shore-Unternehmen Bescheid?«

»Herr Charitos, Aristopoulos ist so scharf darauf aufzusteigen, daß er genau dasselbe tut wie schon in der Schule. Er lernt seine Lektion auswendig, um eine gute Note zu bekommen. Auch in diesem Fall hat er die Geschichte von Favieros' Firmen auswendig gelernt, um befördert zu werden. Er hat mich auf einen Kaffee eingeladen und mir alles erzählt.«

»Was denn genau?«

»Einen Moment, ich habe es am Computer notiert, damit ich es nicht vergesse.«

Sie geht zum Rechner, drückt auf mehrere Tasten und beginnt zu lesen. »Favieros' Off-shore-Unternehmen hat mit Grundstücken zu tun.«

»Noch eine Baufirma also?«

»Nein, es ist eine Immobilienfirma. Sie heißt…« Sie buchstabiert den englischen Namen in etwa so mühsam, wie ich selbst es getan hätte. »BALKAN PROSPECT. REAL ESTATE AGENTS. Sie haben Maklerbüros in ganz Griechenland, aber auch auf dem Balkan.«

»Und was verkaufen sie?«

»Bauland, Grundstücke, Eigentumswohnungen…« Sie hält inne und blickt mich an. »Finden Sie das nicht seltsam?«

»Was?«

»Daß Favieros seine Immobilienfirma in ein Offshore-Unternehmen verwandelt? Ilias jedenfalls konnte mir nichts dazu sagen.«

»Welcher Ilias denn?«

»Aristopoulos.«

»Aha, so weit sind wir schon?« necke ich sie.

»Nichts im Leben geschieht ohne Gegenleistung«, meint sie achselzuckend. Ich weiß. Nur ich renne mir den Schädel ein, weil ich den Unnahbaren spiele. »Er wollte mit mir ausgehen«, ergänzt Koula verschmitzt.

»Und haben Sie eingewilligt?«

»Ich habe ihm gesagt, ich würde ihn anrufen.« Sie lacht auf. »Sie wissen ja, wie so etwas läuft. Zuerst vereinbart man, sich zu melden. Doch schließlich vergißt man es und erinnert sich erst dann wieder an die Telefonnummer, wenn einem der andere noch mal eine Gefälligkeit erweisen könnte.«

»Ich will Ihnen sagen, warum er die Firma als Off-shore-Unternehmen betreibt, wenn es Ihnen Ilias schon nicht erklären konnte«, meine ich, um mich mit einer Lektion meinerseits zu revanchieren. »Weil seine Anwälte und Buchhalter herausgefunden haben, daß es Vorteile bringt, wenn er sie off-shore betreibt. Möglicherweise niedrigere Steuern, mit Sicherheit weniger Kontrollen und weiß der Geier was noch. Hat dieses Unternehmen auch eine Vertretung hier in Athen?«

»Jawohl.« Sie zieht erneut den Rechner zu Rate. »Sie liegt in der Ejialias-Straße 54, in Paradissos Amaroussiou. Geschäftsführerin ist eine gewisse Koralia Janneli.«

»Dann sehen wir mal, was uns diese Janneli zu sagen hat.«

Das rede ich so dahin, obwohl mir klar ist, daß sie mir kaum etwas sagen wird. Die Leiterin einer Immobilienfirma wird mir bestenfalls Auskunft geben können, in welchen Athener Stadtteilen die Grundstückspreise gestiegen oder gefallen sind. Was aber sollte sie zu Favieros' Selbstmord sagen können? Wenn er sich wenigstens aus einer Dachgeschoßwohnung in die Tiefe gestürzt hätte! Aber er hat seinen Selbstmord im Fernsehen inszeniert, was also sollte man im Immobilienunternehmen darüber wissen? Im Grunde sieht es zappenduster aus, aber da ich mir selbst diese kleine hoffnungsfrohe Gnadenfrist verschafft habe, bin ich fest entschlossen, mein Glück zu versuchen.

Adriani holt uns an der Eingangstür ein. »Warten Sie, nehmen Sie doch Ihr Stück Moussaka mit«, meint sie zu Koula. »Sie haben es verdient, wir haben es doch gemeinsam zubereitet.«

Koula blickt mich verlegen an. »Gehen Sie schon mit Ihrem Schälchen«, sage ich. »Ich brauche Sie nicht weiter. Wir sehen uns morgen früh.«

Der Mirafiori ist auf dem Souliou-Platz abgestellt. Sowie ich in den Vassilissis-Sofias-Boulevard einbiege, wird mir klar, daß ich bis nach Sonnenuntergang hätte warten sollen, bevor ich mich auf die Straße wage. Die Fenster stehen offen, und die Hitze strömt in den Wagen, während die Sonne direkt auf das Dach brennt und mir den Schädel versengt. Auf der Höhe von Faros bleibe ich bei den Bauarbeiten zum Viadukt hängen, und die Fahrt geht nur mehr im Schrittempo voran. Wenn ich im Sommer in Athen bleibe, fluche ich, weil ich die Glut nicht aushalte. Und wenn ich in die Ferien fahre, zetere ich, weil ich den Rummel nicht ertrage.

Ich biege rechts in die Frangoklissias-Straße ein, dann wieder rechts in die Ejialias-Straße. Die Nummer 54 liegt in der Nähe des Reitvereins und zählt zu diesen neuen, hypermodernen Bürotürmen, ganz aus Glas und dermaßen überfüllt mit Zimmerpflanzen, daß sie wie Treibhäuser wirken.

Die Büros der Firma BALKAN PROSPECT liegen in der dritten Etage. Der Firmeneingang wirkt unauffällig: eine einfache weiße Tür mit einem kleinen Firmenschild, an das man nahe herantreten muß, um es zu entziffern: BALKAN PROSPECT. REAL ESTATE AGENTS. Und darunter auf griechisch: MAKLER FÜR IMMOBILIEN UND LIEGENSCHAFTEN.

Der schlichte Eindruck bestätigt sich auch im Inneren. Der Vorraum ist mittelgroß und einfach möbliert: ein Schreibtisch mit Computer und eine kleine Besucherekke. Hinter dem Schreibtisch sitzt eine kaum fünfundzwanzigjährige Sekretärin, einfach gekleidet und diskret geschminkt. Offenbar dehnt sich die Trauerarbeit nicht bis auf Favieros' Tochterfirmen aus.

»Kommissar Charitos. Ich möchte Frau Janneli sprechen.«

Sie hatte mich als Kunden eingeschätzt, und nun stelle ich mich als Bulle heraus. Das bringt sie etwas aus dem Konzept. Sie greift nach dem Hörer, um mich anzumelden, doch dann überlegt sie es sich anders. Sie steht auf und geht durch die Tür linkerhand in Jannelis Büro. Kurze Zeit später kommt sie wieder heraus und läßt mich eintreten.

Die Janneli ist die vierte Fünfzigjährige in Folge, auf die ich in Favieros' Unternehmen treffe. Sie ist dunkelhaarig, trägt ein blau-weißes Kostüm und strahlt eine für ihr Alter eindrucksvolle Schönheit aus, obwohl sich eine gewisse Müdigkeit in ihr Gesicht gegraben hat. Sie empfängt mich äußerst zuvorkommend und gibt mir lächelnd die Hand. Dann nimmt sie auf ihrem Sessel Platz und blickt mich wortlos an.

»Das hier ist ein inoffizieller Besuch, Frau Janneli«, sage ich einleitend. »Es handelt sich um eine reine Formsache nach Jason Favieros' Selbstmord. Wir wollen bloß ergründen, was ihn zu dieser – wie soll ich sagen – spektakulären Tat getrieben hat.«

»Ich fürchte, da sind Sie bei mir an der falschen Adresse, Herr Kommissar«, meint sie freundlich und ohne jegliche Ironie.

»Wieso? Gehört BALKAN PROSPECT nicht zu Favieros' Unternehmensgruppe?«

»Doch, aber Jason Favieros ist selten hierhergekommen. Wenn es etwas zu besprechen gab, hat er mich in die

Firma DOMITIS bestellt, wo sein Büro lag. Folglich weiß ich nicht, was ihn zum Selbstmord bewegt hat und wie seine Stimmungslage vor der Tat war. Ich hatte ihn monatelang nicht gesehen.«

»Halten Sie es für wahrscheinlich, daß er sich umgebracht hat, weil er in finanziellen Schwierigkeiten war?«

»Von unserer Firma her zu schließen, nein«, entgegnet die Janneli gelassen. »Ich weiß nicht, wie die anderen Firmen der Gruppe liefen, aber es kommt mir unwahrscheinlich vor, daß er sich aus finanziellen Gründen getötet hat.«

»Dies hier ist ein Off-shore-Unternehmen, nicht wahr?« frage ich die Janneli, um mich an das heiße Eisen heranzutasten.

»Gewiß. Und ein viel größeres, als es von unserer Zentrale her den Anschein hat.«

»Was wollen Sie damit sagen?«

»Wir machen keinen großen Eindruck, weil wir eine sehr flexible Struktur haben. Alle Geschäfte werden von den Maklerbüros vor Ort abgewickelt. Wir hier verfügen nur über einen juristischen Beirat, der die Verträge prüft, und eine kleine Buchhaltungsabteilung. Darüber hinaus gibt es nur mich und meine Sekretärin.«

»Hat Favieros diese flexible Struktur entworfen?«

»Er hat alle Organigramme seiner Unternehmen selbst entworfen. Jason Favieros hatte für Unternehmensberater nichts übrig. Er meinte, sie würden nur nach vorgefertigtem Schema arbeiten. Um ein Unternehmen richtig zu strukturieren, so sagte er immer, müsse man es lieben und auf seinen Herzschlag hören.«

»Führt Ihre Firma auch Bauarbeiten durch?«

»In bestimmten Balkanstaaten, in denen es noch keine entsprechende Infrastruktur gibt, haben wir kleine Baufirmen eingesetzt, die Wohnhäuser errichten. In Griechenland befassen wir uns ausschließlich mit dem An- und Verkauf von Immobilien.«

Die Janneli ist entgegenkommend und freundlich, aber im Grunde sagt sie nichts Wesentliches. Ich setze zu einem letzten Versuch an.

»Aber all das erklärt nicht, warum er sich umgebracht hat.«

Sie hebt die Hände und läßt sie wieder auf den Schreibtisch sinken. »Das kann Ihnen wohl keiner erklären, Herr Kommissar.«

»Und was wird jetzt, wo der allein Verantwortliche weg ist, aus all den Unternehmen?«

Sie findet ihr Lächeln wieder. »Keine Sorge, die sind in guten Händen. Xenofon Samanis ist sehr tüchtig und kannte Jason seit der Studienzeit.«

Ich habe keine Fragen mehr und erhebe mich. Sie verabschiedet mich genauso höflich, wie sie mich willkommen geheißen hat.

Als ich zum Mirafiori gelange, lasse ich nicht sofort den Motor an, sondern bleibe kurz hinter dem Steuer sitzen, um meine Gedanken zu ordnen. Auf den ersten Blick habe ich nichts Neues herausbekommen, doch diese flexible Struktur scheint ideal dafür zu sein, daß keiner hinter mögliche Schiebereien kommt. Denn die Spuren verlieren sich im Labyrinth der Maklerbüros. Es gilt, die geeignete Person ausfindig zu machen, die mir zeigt, wo ich den Faden aufnehmen muß.

16

Sotiropoulos sitzt mir gegenüber und mustert mich. Wir befinden uns im *Green Park*, in der Mavromateon-Straße. Normalerweise arbeitet er bei seinem Sender im Stadtteil Melissia, doch er ist auch Teilhaber einer PR-Agentur, die ihre Büros am Ares-Park hat. Daher hat er sich mit mir dort in der Nähe verabredet, was auch mir sehr entgegenkommt. Um halb elf Uhr vormittags nippt er nun an seinem Ouso und wartet darauf, daß ich meine Karten aufdecke. Früher hat man den Ouso mit einem Häppchen angeboten bekommen: Brotschnitten mit einem Stück Tomate und einer Olive, ein Stückchen Wurst, eine halbe Sardelle. Mit der Zahl der Ousos stiegen auch die Ausmaße des Häppchens, so daß man beim zehnten ein ganzes Gericht serviert bekam. Ob man einen Ouso, einen Whisky oder einen Cognac trinkt, macht heutzutage keinen Unterschied mehr. Man bekommt ein Schälchen mit Erd- und Haselnüssen vorgesetzt, damit man was zu knabbern hat.

Der Gedanke, Sotiropoulos wegen Favieros' Off-shore-Unternehmen zu Rate zu ziehen, ist mir beim morgendlichen Kaffee gekommen. Sotiropoulos gehört freilich nicht zu den Leuten, die einem ohne Gegenleistung Gefälligkeiten erweisen. Welche Gegenleistung kann er aber von mir, in meiner Situation, erwarten? Falls ich, entgegen aller

Erwartungen, meinen Posten wiedererlangen sollte, werde ich meine Schulden in achtundvierzig zinslosen Monatsraten abbezahlen – wie einen Kühlschrank.

»Das ist das zweite Mal, daß Sie mich nach Favieros fragen«, bemerkt Sotiropoulos. »Beim ersten Mal telefonisch, nun beim Tête-à-tête. Was läßt Ihnen an Favieros' Selbstmord keine Ruhe?«

»Es gibt keinen besonderen Grund. Nennen Sie es persönliche Neugier«, entgegne ich so unbestimmt wie möglich.

»Lassen Sie doch die Spielchen, Kommissar!« ruft er ärgerlich. »Deshalb kommen wir beide nie auf einen grünen Zweig. Immer wenn ich so weit bin zu sagen, Charitos ist ein netter Mensch und ein guter Bulle, tischen Sie mir Halbwahrheiten auf, und unsere Beziehungen sind wieder auf dem Nullpunkt angelangt.«

»Ich sage Ihnen nicht immer die ganze Wahrheit, weil ich weiß, daß Sie eine Stunde später damit auf Sendung gehen.«

»Aha, so verschaukeln Sie mich eben, um auf Nummer Sicher zu gehen.« Er hat seinen Ärger vergessen und lacht. »Hören Sie mal. Wenn irgendeine Ihrer Informationen nicht nach außen dringen darf, dann benutze ich sie auch nicht. Denn wenn ich ständig alles ausplauderte, würden Sie ein für allemal die Schotten dichtmachen. Und ich bin doch nicht verrückt, meinen besten Trumpf aufs Spiel zu setzen. Also, woran hakt es bei Favieros' Selbstmord?«

Ich blicke ihn nach wie vor unentschlossen an. Da zieht er seinen Personalausweis aus der Brieftasche und legt ihn auf den Tisch.

»Behalten Sie meinen Ausweis als Pfand«, sagt er. »Das hat man doch früher so gemacht, oder? Wenn der eine etwas hergegeben hat und sichergehen wollte, daß er es auch wieder bekommt, hat er den Ausweis des anderen einbehalten. So nehmen Sie also meinen, bis Sie sicher sind, daß ich das, was Sie mir erzählen, nicht hinausposaune.«

Seine Geste überzeugt mich, und ich beschließe, meine Karten zum Teil aufzudecken. Ich gebe ihm seinen Ausweis zurück und erzähle ihm, daß ich bezüglich Favieros' Selbstmord auf inoffizieller Ebene nachforsche, weil mir an der Geschichte etwas gegen den Strich geht. Ich lasse Gikas außen vor, auch über Janoutsos verliere ich kein Wort.

Wie vorherzusehen war, versucht er zunächst, sich die Gegenleistung zu sichern: »In Ordnung, ich erzähle Ihnen, was ich weiß und was ich in der Folge in Erfahrung bringen werde. Wenn Sie aber etwas aufspüren, erfahre ich es als erster.« Er merkt, daß ich ihn unschlüssig anblicke, und fügt hinzu: »Was sehen Sie mich so an? Da Sie ja inoffiziell vorgehen, müssen Sie den Dienstweg nicht einhalten und alle gleich behandeln.« Er lacht auf, als sei ihm plötzlich ein Gedanke gekommen. »Wenn man mich darauf anspricht, sage ich, ich hätte es von Janoutsos.«

Das ist Wasser auf meine Mühlen, aber davon hat er keine Ahnung.

»Haben Sie Favieros' Biographie gelesen?« frage ich.

Er zuckt mit den Schultern. »Nein, aber was sollte ich daraus Neues erfahren? Gibt es irgend etwas über Favieros, das ich noch nicht weiß?«

»Dann erzählen Sie mir etwas über sein Off-shore-Unternehmen, weil ich das Gefühl habe, daran ist was faul.«

Er bricht in ein markiges Gelächter aus. »Sie haben nichts gegen Favieros in der Hand, Kommissar. Denn, wenn Sie etwas hätten, dann müßten Sie sich mit der anderen die Nase zuhalten. Favieros hatte überall seine Finger drin. Es gab keinen einzigen öffentlichen Auftrag, bei dem er beteiligt war, wo die Ausschreibung nicht genau auf ihn zugeschnitten war. Wenn ihm im nachhinein ein Auftrag interessant erschien, wurde die Ausschreibung einfach aufgrund von Formfehlern zurückgezogen und wiederholt, damit seine Firma sich bewerben konnte. Wenn er an internationalen Arbeitsgemeinschaften teilnehmen wollte, übte die Regierung Druck aus und ebnete ihm den Weg. Er hat mit sämtlichen Banken zusammengearbeitet, und die haben ihm nicht nur keine Steine in den Weg gelegt, sondern ihm die Darlehen nur so hinterhergeworfen. Ein Telefonanruf genügte, und er konnte über Garantiesummen in unbegrenzter Höhe verfügen.«

»Ist es wahr, daß er zu den Ministerien einen guten Draht hatte?«

»Einen guten Draht? Er hat jeden Tag, von Montag bis Samstag, mit Ministern diniert, und am Sonntag gleich mit dem ganzen Ministerrat.«

»Er behauptete, sie wären seit der Juntazeit befreundet.«

»Was ist der Unterschied zwischen der Zeit vor und der Zeit nach der Junta?«

»Daß wir von der Monarchie zur Demokratie übergegangen sind.«

»Falsch. Wenn man vor der Junta jemanden gefragt hat, woher er einen Regierungsfunktionär kennt, war die Antwort: Vom Militär, wir waren zusammen beim Heer. Nach der Junta war die Antwort: Aus der Bouboulinas-Straße, wir waren zusammen im Widerstand. Die Bekanntschaft aus der Militärzeit konnte einem höchstens eine Beamtenstelle sichern. Die Bekanntschaft aus der Bouboulinas-Straße konnte einen binnen fünf Jahren zum Millionär machen.«

»Wenn es tatsächlich so ist, dann ist noch schwerer nachvollziehbar, warum er eine Immobilienfirma als Off-shore-Unternehmen aufgezogen hat.«

»Eine Immobilienfirma?« wiederholt er ungläubig.

»Ja. Ein Netzwerk von Maklerbüros, das ganz Griechenland und den Balkan umspannt.«

»Sind Sie sicher, daß es sich dabei nicht um eine Erfindung seines Biographen handelt?« fragt er.

»Das Off-shore-Unternehmen heißt BALKAN PROSPECT, hat seine Hauptniederlassung in Paradissos Amaroussiou und steht unter der Leitung einer gewissen Koralia Janneli.«

»Davon hatte ich keine Ahnung. Das höre ich zum ersten Mal.«

»Also habe ich doch etwas Neues über Favieros herausgefunden«, sage ich ironisch.

Er blickt mich mit dem Gesichtsausdruck eines Menschen an, der gerade sein geistiges Adreßbuch durchblättert, um die geeignete Person zu finden. »Warten Sie, das kriegen wir heraus«, sagt er. Er zieht sein Handy hervor und tippt, mit der Fingerfertigkeit eines Pianisten, eine Nummer ein.

»Stathis, hier ist Sotiropoulos. Hör mal, sagt dir der Name Koralia Janneli etwas?« Scheinbar ist die Antwort negativ, denn er fährt mit einer zweiten Frage fort. »Ein Maklerbüro namens BALKAN PROSPECT ... Genau, das von Favieros ... Schön ... Also, ich schicke dir einen Kommissar vorbei, einen alten Freund, Kostas Charitos, der auf der Suche nach ein paar pikanten Details ist, o. k.?«

Er unterbricht die Verbindung und wendet sich mir zu. »Das war Stathis Chorafas. Er ist der Makler, der meine Wohnung verkauft hat. Seitdem sind wir befreundet. Gehen Sie zu ihm, er wird Ihnen sagen, was er weiß. Sein Büro liegt in der Karneadou-Straße 25, in Kolonaki.«

Ich versichere Sotiropoulos, daß wir in Kontakt bleiben, und verabschiede mich, um zu seinem Makler zu fahren. Bis zur Karneadou-Straße gelange ich ganz bequem, doch dann kurve ich auf der Suche nach einem Parkplatz eine halbe Stunde zwischen den beiden Häuserblöcken an der Irodotou- und Ploutarchou-Straße umher. Schließlich parke ich den Mirafiori am Ende der Irodotou-Straße.

Chorafas' Immobilienbüro liegt in einem alten, herrschaftlichen Wohnhaus aus den fünfziger Jahren. Es muß unmittelbar nach dem Bürgerkrieg gebaut worden sein, in einer Zeit, als man wirtschaftlichen Aufschwung noch mit erhöhter Bautätigkeit gleichsetzte. Chorafas ist ein gutgekleideter Fünfundvierzigjähriger. Er führt mich in sein Büro, weist seine Sekretärin an, er wolle nicht gestört werden, und schließt die Tür.

Ich komme gleich zur Sache. »Herr Sotiropoulos hat Ihnen bereits erläutert –«

»Ja«, unterbricht er mich. Er beugt sich über seinen Schreibtisch und hält sein Gesicht nah an meines, während er die Tür im Auge behält.

»Was ich Ihnen sage, bleibt absolut unter uns, Herr Kommissar«, meint er leise. »Wenn Sie etwas davon verwenden, dann erwähnen Sie nicht, woher Sie es haben.«

»Keine Angst. Ohnehin –«

Wieder hindert er mich am Weitersprechen. »Hören Sie. Ich bin ein bekannter Immobilienmakler mit einer sehr guten Klientel. Aber ich möchte mir ein Riesenunternehmen wie BALKAN PROSPECT nicht zum Feind machen.«

»Ist denn BALKAN PROSPECT so eine große Firma?« Noch immer kann ich mir nicht vorstellen, was für einen Gewinn Favieros von einem Klein- oder Mittelbetrieb wie einer Immobilienfirma haben konnte. »Die Geschäftsführerin hat von einem Netzwerk von Maklerbüros gesprochen.«

Chorafas lächelt. Er ist ein wenig lockerer geworden. »Richtig. Es ist ein Netzwerk, aber es läuft nicht unter der Bezeichnung BALKAN PROSPECT.«

»Und wieso nicht? Gibt es noch eine andere Firma?«

Er überdenkt, ob er fortfahren soll, und entscheidet sich schließlich dafür. »Favieros' Unternehmen existiert noch nicht sehr lange. Wenn ich mich recht erinnere, wurde es 1995 gegründet. Vor fünf Jahren hat es begonnen, Maklerbüros aufzukaufen – jedoch ohne deren Firmennamen zu ändern. Heute gibt es eine ganze Reihe von Maklerbüros, die noch immer den Namen des Vorbesitzers tragen, aber von Angestellten der BALKAN PROSPECT geführt werden.«

Da ich vom Immobiliengeschäft keine blasse Ahnung habe, muß ich nochmals nachhaken. »Sie sagen also, daß an der nächsten Ecke ein Maklerbüro liegen kann, das unter dem Namen Jeorjiou oder Sotiriou läuft, aber in Wirklichkeit BALKAN PROSPECT gehört?«

Er lacht auf. »Gott sei Dank nicht an der nächsten Ecke. BALKAN PROSPECT ist nicht an Kolonaki interessiert.«

»Woran denn?«

»An Sepolia, an der Gegend linkerhand der Acharnon-Straße, außerdem an Ajios Nikolaos, an Liossia und Ano Liossia. Schließlich auch an Oropos und Elefsina.«

Ich blicke ihn verdattert an, doch Chorafas scheint nicht überrascht. »Kommt Ihnen das seltsam vor? Mir auch«, meint er lächelnd.

»Ich begreife nicht, wozu Favieros Maklerbüros in diesen heruntergekommenen Gegenden gekauft hat. Mit seinem Geld hätte er doch ein Netzwerk in Psychiko, Kifissia und Ekali aufziehen können.«

»Tja. Eine Antwort ist: In diesen Vierteln gehen die Geschäfte gut, und keiner verkauft sein Büro.«

»Er könnte doch eigene eröffnen.«

»Scheinbar aber wollte er keine eigenen eröffnen. Er zog es vor, nicht aufzufallen.«

»Wieso?«

Er zuckt mit den Schultern. »Das weiß ich nicht.«

Vielleicht weiß er es doch, sagt es mir aber nicht, da er der Meinung ist, er sei schon weit genug gegangen. »Können Sie mir einige Maklerbüros namentlich nennen, die zu BALKAN PROSPECT gehören?«

Seine Unruhe kehrt zurück, und er blickt mich unschlüssig an.

»Sie haben mein Wort, daß ich Ihren Namen nicht verwenden werde.«

Er sieht mich nachdenklich an und kann sich nach wie vor nicht entschließen.

»Herr Sotiropoulos wird Ihnen bestätigen, daß ich Sie nicht bloßstellen werde.«

Naturgemäß wiegt das Wort des Geschäftskunden schwerer als das des Bullen, und er läßt sich überzeugen. Er zieht ein dickes Verzeichnis aus der Schreibtischschublade und beginnt es durchzublättern. An zwei Stellen hält er inne und notiert Namen und Adresse auf ein Blatt Papier. Dann schlägt er das Verzeichnis zu und streckt mir den Zettel entgegen.

»Bei diesen beiden bin ich mir hundertprozentig sicher, daß sie Favieros' Firma unterstehen. Das eine liegt in Sepolia, das andere in Liossia.«

Ich danke ihm und erhebe mich. Selbst wenn ich noch mehr Fragen an ihn hätte, würde er mir nicht antworten. Er ist bis an die Grenze dessen gegangen, was er mir verraten kann.

»Herr Kommissar«, meint er, bevor ich zur Tür seines Büros gelange, und ich wende mich um. »Wenn Sie einen Rat wollen: Sagen Sie dem Makler nicht, daß Sie sich für den Kauf oder die Miete einer Wohnung interessieren.«

»Warum?«

»Weil er Ihnen nicht glauben wird. In diesen Wohngegenden gibt es keine Griechen, die Wohnungen kaufen oder mieten. Die einzige Möglichkeit, das Interesse des Maklers zu wecken, ist, wenn Sie ihm sagen, Sie wollen verkaufen.«

Ich danke ihm für den Tip und trete hinaus. Ich gehe die Irodotou-Straße mit gemischten Gefühlen hoch. Einerseits bin ich zufrieden, daß mein Riecher mich auf die richtige Spur geführt hat. Wenn man ein Off-shore-Unternehmen gründet, um Maklerbüros in verwahrlosten Wohngegenden aufzukaufen, ohne deren ursprünglichen Firmennamen zu ändern, dann steckt mit Sicherheit irgendeine betrügerische Absicht dahinter. Favieros war doch nicht verrückt, sein Geld in Gegenden, wo Griechisch eine Fremdsprache ist, in abgewirtschaftete Maklerbüros zu stecken. Andererseits jedoch gerät meine Theorie, Favieros habe selbst seine Biographie verfaßt, ins Wanken. Wenn tatsächlich eine Betrügerei dahintersteckt, wie ich vermute, dann stellt sich die Frage: Warum sollte Favieros von sich aus allen die Augen öffnen und seinen eigenen Nachruhm gefährden? Außer, er hielt es für völlig unwahrscheinlich, daß jemand sich die Mühe machen würde, seinem Off-shore-Unternehmen nachzuspüren.

Der Parkplatz des Mirafiori liegt mittlerweile in der prallen Sonne. Der Sitz ist so heiß wie der erhitzte Tontopf, auf den mich meine Mutter immer setzte, um mich vom Durchfall zu kurieren. Als ich das Lenkrad packen will, zucke ich erschrocken zurück. Der Mirafiori, außer Kontrolle geraten, kracht in die Stoßstange des vor ihm parkenden Toyota. Scheißsommer.

17

Das Maklerbüro Jorgos Iliakos, das Chorafas notiert hat, liegt auf dem Pandasopoulou-Platz, hinter dem Peloponnissou-Bahnhof. Ich fahre, mit Koula auf dem Beifahrersitz, die Joulianou-Straße hinunter. Ich habe sie mitgenommen, weil wir nach dem Gespräch mit dem Immobilienmakler möglicherweise die Umgebung erkunden müssen. Die Hitzewelle scheint es darauf anzulegen, selbst Eisen zum Schmelzen zu bringen, und der Smog, uns zu vergiften.

Als wir in die Delijanni-Straße einbiegen, wendet sich die bislang schweigsame Koula plötzlich mit einer Frage an mich: »Wie werden wir uns denn dem Makler vorstellen, Herr Charitos?«

»Na, als Polizisten. Wie denn sonst? Als Verlobte?«

»Nein, als Vater und Tochter.«

Sie erwischt mich auf dem falschen Fuß und ich drossele abrupt den Motor. Der Fahrer hinter uns hupt wie verrückt, tritt dann aufs Gas und zeigt uns während seines Überholmanövers ausgiebig den Vogel hinter der geschlossenen Scheibe seines makellosen, klimatisierten Toyota.

»Wieso denn das plötzlich? Ihretwegen sind wir jetzt fast mit dem anderen zusammengekracht!« rufe ich.

»Wollen wir nicht irgendwo anhalten, damit ich es Ihnen erklären kann?«

Ich schere nach rechts aus und parke zwischen einem Fernbus nach Novi Sad und einem nach Pristina.

»Also, ich höre...«

»Wir gehen doch zu diesem Immobilienmakler, weil Sie glauben, daß hier irgend etwas faul ist, nicht wahr?«

»Richtig.«

»Und warum sollte der Makler mit zwei Bullen offen reden, die ihn noch dazu im Zuge inoffizieller Ermittlungen besuchen?«

Sie verstummt und wartet auf meine Antwort. Als keine kommt, fährt sie fort: »Stellen Sie sich jetzt den Fall vor, wir träten als Vater und Tochter auf. Sie, der Vater, haben hier in der Gegend eine Dreizimmerwohnung, die Sie verkaufen möchten. Denn Sie wollen noch etwas drauflegen und mir, der Tochter, in einer besseren Gegend eine andere Wohnung kaufen. Der Typ sieht den Vater, sieht die Tochter, riecht den fetten Braten und rückt sofort mit der Sprache heraus.«

Ihr Gedankengang ist einfach, einleuchtend und höchstwahrscheinlich zielführend. »An Ideen mangelt es Ihnen nicht«, meine ich lachend. »Aber woher nehmen wir denn so schnell eine Wohnung?«

»Meine Tante, die Schwester meines Vaters, hatte eine Wohnung ein Stück von hier entfernt, in der Monis-Arkadiou-Straße. Ehrlich gesagt, weiß ich nicht, was daraus geworden ist. Aber der Makler wahrscheinlich genausowenig.«

Sie hat für alles eine Antwort parat, und mir bleibt nichts anderes übrig, als ihrem Plan zuzustimmen. Wir fahren über die Syrrakou-Straße und umrunden anschließend den Pandasopoulou-Platz. Das Maklerbüro lokalisieren wir, kurz bevor wir die Runde vollenden, in der ersten Etage eines kleinen Wohnhauses.

Es ist in einer Wohnung untergebracht, die aus zwei Durchgangszimmern mit einer Schiebetür dazwischen besteht. Dem Eingang gegenüber sitzt eine unscheinbare junge Frau, die Kaugummi kaut und Papiere in einen Ordner einsortiert. Im Büro nebenan ist ein Fünfunddreißigjähriger in T-Shirt, Leinenhose und mit kahlrasiertem Schädel in den Anblick seines Computerbildschirms versunken. Früher wurden die jungen Männer kahlrasiert, wenn sie zum Militär mußten. Heute rasieren sie sich den Schädel, wenn sie die Entlassungspapiere in der Hand haben. Die Atmosphäre ist stickig, trotz der Ventilatoren, die in beiden Räumen an der Zimmerdecke rotieren.

»Ja bitte«, meint die junge Frau und unterbricht ihre Archivierungstätigkeit, aber nicht das Kaugummikauen.

»Wir würden gern Herrn Iliakos sprechen.«

»Herr Iliakos ist in Rente gegangen«, wirft der Fünfunddreißigjährige lächelnd ein. Dann erhebt er sich von seinem Platz und streckt uns seine Hand entgegen. »Megaritis. Womit kann ich Ihnen dienen?«

»Es geht um eine Immobilie –«, hebe ich an.

»Ein Kaffee vielleicht?« unterbricht er mich unversehens, als wäre ihm etwas überaus Wichtiges eingefallen. »Wir haben Nescafé… Oder griechischen Mokka vielleicht? Ein Frappé wirkt bei dieser Hitze Wunder.«

Ich lehne höflich ab, doch Koula nimmt das Angebot an. »Ein Frappé mit wenig Zucker und Milch würde ich gerne trinken.«

Ich werfe ihr einen Blick zu. Sie sitzt mit zusammengepreßten Knien und einem naiven Lächeln auf den Lippen da wie eine züchtige Jungfrau, die in der Gegenwart ihres Vaters sehr zurückhaltend agiert. Die Sekretärin erhebt sich gelangweilt und verschwindet hinter einer Tür, die offenbar zu einer Kochnische führt.

»Es handelt sich um eine Wohnung«, hebe ich erneut an. »Ich würde sie gerne verkaufen, um für… Koula etwas in einer besseren Gegend zu kaufen.«

Beim Wörtchen »verkaufen« beginnt Megaritis den Kopf zu wiegen und stößt einen fatalistischen Seufzer aus, als sprächen wir nicht über das heruntergekommene Sepolia, sondern über den Niedergang von Byzanz.

»Wo genau liegt denn die Wohnung?«

»In der Monis-Arkadiou-Straße«, beeilt sich Koula zu antworten, aus Angst, ich könnte die von ihr genannte Adresse vergessen haben. »Es ist eine Dreizimmerwohnung um die fünfundachtzig Quadratmeter.«

Megaritis trägt einen Gesichtsausdruck zur Schau, als müsse er uns etwas überaus Unangenehmes mitteilen und wisse nicht, wie er es uns beibringen solle.

»In dieser Gegend, mein Herr, spielt sich eine Tragödie ab. Die kleinen Leute, die Eigentümer, die sich ein Häuschen oder eine Wohnung vom Mund abgespart haben, müssen hilflos zusehen, wie ihr Besitz immer mehr an Wert verliert. Sie verkaufen zu Schleuderpreisen und ziehen weg, denn die Wohngegend ist auf den Hund gekommen.«

Sieh mal einer an, denke ich mir. Auf seinen Baustellen gab Favieros den Schutzherrn der Ausländer und Flüchtlinge, während sich seine Angestellten in den Maklerbüros in die verwinkelten Gäßchen der alten Wohnviertel zurücksehnen und auf die Wirtschaftsflüchtlinge schimpfen, die das ländliche Idyll angeblich zerstört haben.

»Ja, aber wenn sie verkaufen, heißt das doch, daß sich Käufer dafür finden«, bemerkt Koula ganz praktisch.

»Zu dem Preis, zu dem sie die Wohnungen hergeben, schlägt jeder zu.«

»Und wie sieht dieser Preis aus?« fragt Koula.

Megaritis seufzt auf. »Ich geniere mich, ihn zu nennen… Ich geniere mich wirklich…«

»Schießen Sie los«, meine ich. »Geteiltes Leid ist halbes Leid.«

»In der Monis-Arkadiou-Straße, sagten Sie? Ein Einfamilienhaus oder eine Wohnung?«

»Eine Wohnung.«

»Größe?«

»Drei Zimmer. Fünfundachtzig Quadratmeter.«

»Warten Sie mal.« Er denkt kurz nach. Dann wendet er sich zu mir. »Sie haben Glück, wenn Sie dafür etwa sechsundzwanzigtausend Euro bekommen«, meint er. »Wahrscheinlicher kommen mir so an die dreiundzwanzigtausend vor…«

»Was soll das heißen?« Koula springt hoch und verschüttet dabei fast ihr Frappé. »Soviel bezahlt man ja für die Anpassung des Bebauungsfaktors!«

Sie ist dermaßen außer sich, als würde sie tatsächlich eine Wohnung verkaufen wollen. Ich nicke zustimmend und bemühe mich, mir die Verwunderung über ihre heftige Reaktion nicht anmerken zu lassen. Megaritis lächelt betrübt.

»Die guten alten Zeiten sind vorbei, mein Fräulein. Jetzt

interessiert sich keiner mehr für die Anpassung des Bebauungsfaktors in diesen Wohngegenden. Deshalb verschleudern die Leute ihre Habe.« Er nimmt eine Visitenkarte von seinem Schreibtisch und übergibt sie mir, mit seiner standardmäßig betrübten Miene. »Was soll ich Ihnen sonst noch sagen… Lassen Sie es sich durch den Kopf gehen, und wenn Sie sich entschlossen haben, wenden Sie sich an uns… Rufen Sie mich einfach an, damit wir einen Besichtigungstermin vereinbaren und Sie mir die Schlüssel übergeben…«

Beim Hinausgehen fügt er noch hinzu: »Meiner Meinung nach sollten Sie sich beeilen. Die Preise purzeln von Tag zu Tag. Heute kriegt man noch drei- bis sechsundzwanzigtausend, morgen vielleicht nur mehr zwanzig.«

Koula würdigt ihn keines Blickes mehr. Ich bin etwas entgegenkommender. »In Ordnung, wir werden darüber nachdenken und gegebenenfalls mit Ihnen Kontakt aufnehmen.«

»Unglaublich, so ein Gauner!« bricht es aus Koula heraus, als wir auf die Straße treten. »Sechsundzwanzigtausend Euro! Für sechsundzwanzigtausend Euro kriegt man nicht mal eine Garçonnière!«

Ich bin auf dem Gehsteig stehengeblieben und blicke sie an. Da wir das Maklerbüro verlassen haben, kann ich nun meiner Verwunderung freien Lauf lassen.

»Woher wissen Sie denn über Immobilienpreise, die Anpassung des Bebauungsfaktors und ähnliches so gut Bescheid?«

Plötzlich sieht sie mich mit einem gewollt betrübten Ausdruck an. »Haben Sie schon vergessen, daß ich einmal mit einem Bauunternehmer verlobt war?«

Richtig, ich hatte den Bauunternehmer ganz vergessen, der im Stadtteil Dionyssos illegal Häuser hochzog. Sobald er mit Koula verlobt war, fing er jedesmal an, sich auf Gikas zu berufen, wenn er Schwierigkeiten mit der Polizei bekam. Gikas seinerseits bekam Wind davon und drohte Koula mit Versetzung, worauf sie dem Bauunternehmer die Tür wies.

»Wie sollen wir weiter vorgehen, was meinen Sie, wo Sie doch die Tricks kennen?« frage ich.

»Wenn Sie es mich alleine auskundschaften lassen, kann ich Ihnen morgen Bericht erstatten«, schlägt sie vor.

»Wieso? Was, meinen Sie denn, könnten Sie alleine herauskriegen, was wir zu zweit nicht erfahren würden?«

»Ich kenne die Gegend.«

Ich blicke sie an. Ich bin mir gar nicht sicher, daß sie ohne mich besser zurechtkommt. Doch ich sehe ihr an, wie gern sie es selbst probieren möchte, und gebe klein bei. Wenn Sie nichts herausbekommt, kann ich morgen diskret nachhaken und die Nachforschungen ergänzen.

»In Ordnung.«

»Ich danke Ihnen«, sagt sie strahlend.

Sie kommt mit zum Mirafiori, um ihre Sachen mitzunehmen. Als wir uns verabschieden, beugt sie sich vor und drückt mir einen Kuß auf die Backe.

»Schon gut, Sie haben es überstanden. Wir sind nicht mehr Vater und Tochter«, necke ich sie.

»Sie sind der einzige männliche Kollege, der mir mehr zutraut als Akten ablegen und Kaffee kochen«, entgegnet sie ganz ernst.

Ich blicke ihr nach, wie sie sich raschen Schrittes entfernt, und starte den Mirafiori.

18

Nachmittags hat sich zur großen Hitze eine schreckliche Schwüle hinzugesellt, die einem die Kleider am Leib kleben läßt wie Briefmarken. Fanis ist um neun vorbeigekommen, um sich mit uns zusammen draußen Kühlung zu verschaffen. Dabei sind wir in der Taverne *Barba-Thanassis* gelandet, in einem kleinen Innenhof, der parallel zum Pentelis-Boulevard liegt. Er hat sie erst vor einigen Tagen mit Freunden entdeckt und den Innenhof in angenehm kühler Erinnerung. Womit er nicht unrecht hat, denn immer wieder streift uns ein sanftes Lüftchen. Außerdem ist es eine alte griechische Taverne, eine der letzten im modernen Athen, die Gerichte wie blanchierte Wildkräuter, schwarz gesprenkelte Bohnen und gelbes Erbsenpüree auf der Speisekarte hat.

Adriani findet die Bohnen ›eine Spur‹ zu roh, das Erbsenpuree ›eine Spur‹ zu wässrig und die Hackfleischbuletten ›eine Spur‹ zu heftig angebraten. ›Eine Spur‹ setzt sie jedesmal vor ihren Eindruck, um die Wirkung etwas abzuschwächen, da sie fürchtet, Fanis zu beleidigen, der uns ja schließlich hierhergeführt hat. Aber er kennt sie inzwischen und amüsiert sich.

»Werte Frau Adriani, ich habe dich zur Abkühlung hierher ausgeführt. Ich weiß, daß dein Essen ein ganz anderes Niveau hat.«

»Lieber Fanis, ich muß dir sagen: Im Vergleich zu all dem ekligen Zeug, das man sonst so vorgesetzt bekommt, ist dieses Essen hier zumindest genießbar«, meint Adriani, die großzügig reagiert, solange ihre Autorität unangetastet bleibt.

»Nach der Höllenhitze in unserer Wohnung fühle ich mich hier wie im Paradies«, sage ich, dem Haarspaltereien bekanntlich fernliegen.

»Die Sonne knallt am Nachmittag in unsere Wohnung«, erläutert Adriani.

»Warum laßt ihr keine Klimaanlage einbauen?«

»Fanis, das halte ich nicht aus. Die trocknet die Luft aus und verursacht Husten.«

»Das war bei den alten Modellen so. Die neuen haben dieses Problem nicht mehr.«

»Erklär du es ihr, mir glaubt sie ja nicht«, melde ich mich zu Wort.

Adriani ignoriert mich und entgegnet, an Fanis gerichtet: »Hinausgeworfenes Geld, lieber Fanis. Ich komme wunderbar mit dem Ventilator zurecht. Was Kostas betrifft, so treibt der sich sowieso den ganzen Tag auf den Straßen herum. Was meinst du, sollten wir auch in seiner Rostlaube eine Klimaanlage einbauen?«

Aufgrund der Bullenhitze bin ich gereizt, und ich warte nur darauf, Dampf ablassen zu können. Doch ein Flüstern, das sich plötzlich in der Taverne erhebt, gebietet mir Einhalt. Die Leute lassen ihr Essen stehen und rennen ins Innere der Wirtschaft. Wir blicken uns um, ohne zu begreifen, was los ist.

»Sagen Sie mal, ist was passiert?« fragt Fanis den Kellner,

der in diesem Augenblick mit einem Tablett an uns vorüberläuft und sich am Tisch stößt, weil er ins Lokal blickt.

»Stefanakos hat sich umgebracht.«

»Wer? Der Parlamentarier?« frage ich.

»Ja.«

»Wann?«

»Gerade eben. Im Fernsehen, während eines Interviews. So wie dieser Bauunternehmer – wie hieß er noch mal?«

Er hat Favieros' Namen vergessen, doch nun wird dieser, dank Stefanakos, dem Vergessen wieder entrissen. Denn auch Loukas Stefanakos gehörte der Generation des Studentenaufstandes im Polytechnikum an, saß lange im Gefängnis, in den Kellerlöchern und Folterkammern der Militärpolizei. Nur war er der Politik treu geblieben und nicht in Unternehmerkreise umgestiegen. Er war zur Zeit einer der populärsten Politiker mit den höchsten Umfragewerten. Morgens hörte man ihn am Radio, abends am Fernsehen und zwischendurch im Parlament, wo ihn alle Fraktionen fürchteten, da er mit seiner Meinung nie hinter dem Berg hielt, selbst seinen Parteigenossen gegenüber nicht. Sogar ich wußte, daß er als der heißeste Kandidat für die Nachfolge des jetzigen Parteivorsitzenden gehandelt wurde.

Die Tische haben sich fast ganz geleert, und die Leute drängeln sich drinnen im Lokal, wo weit oben an der Wand ein Fernsehgerät montiert ist.

»Wollen wir sehen, was passiert ist?« fragt Fanis.

»Ich sehe mir das lieber zu Hause in Ruhe an.«

»Dann gehe ich zahlen, denn jetzt bringt uns kein Kellner die Rechnung nach draußen.«

Im Gegensatz zur Herfahrt über den Pentelis-Boulevard ist der Rückweg frei und nur sporadisch tauchen Wagen auf. Fanis will schon das Radio anmachen, aber ich halte ihn zurück. Ich möchte die Szene im Fernsehen sehen, ohne zuvor Beschreibungen im Radio gehört zu haben.

Vor den Geschäften auf dem Dourou-Platz, in denen Fernsehgeräte verkauft werden, hat sich eine Menschenmenge angesammelt und verfolgt lustvoll dieselbe Szene auf etwa zwanzig Bildschirmen gleichzeitig.

»Glaubst du, daß ein Zusammenhang mit Favieros' Selbstmord besteht?« fragt Fanis.

»Dafür muß ich zunächst sehen, wie er sich umgebracht hat und was seine letzten Worte waren. Aber auf den ersten Blick sieht es ganz danach aus.«

»Was für einen Grund hatte ein so erfolgreicher Politiker wie Stefanakos für einen solchen Schritt?«

»Was für einen Grund hatte Favieros?«

»Stimmt«, gibt Fanis zu. Ich setze mich neben ihn, während Adriani auf dem Rücksitz Platz nimmt. Fanis wirft mir bei der Fahrt einen Blick zu und fragt: »Hast du nichts über Favieros herausfinden können?«

»Nichts Wesentliches.«

»Auch nicht aus seiner Biographie?«

»An einer Stelle läßt der Autor eine Bemerkung über dunkle Punkte in seinem Geschäftsleben fallen, aber es ist noch zu früh, um zu beurteilen, ob das der Grund für den Selbstmord war.«

»Wenn ihr meine Meinung hören wollt«, mischt sich Adriani vom Rücksitz aus ein, »dann hat der Fernsehsender da seine Finger im Spiel.«

»Wie denn?« wundert sich Fanis.

»Hast du einmal mitgezählt, wie viele Werbespots jedesmal geschaltet werden, wenn sie die Szene mit dem Selbstmord zeigen? Und da zähle ich diejenigen gar nicht mit, die in den verschiedenen Sendungen und Talkshows auf uns einprasseln.«

Ich drehe mich um und blicke sie verdattert an. »Was willst du damit sagen? Daß der Sender sie dazu bringt, Selbstmord zu verüben, um die Quote zu steigern? Zuerst einmal, woher willst du wissen, daß Stefanakos sich im selben Sender wie Favieros umgebracht hat?«

»Wart's ab, du wirst schon sehen«, entgegnet sie ungerührt.

»Na gut, aber wie bringt man sie dazu?« wendet sich Fanis an Adriani. »Mit Geld? Keiner von beiden hatte das nötig.«

»Ich weiß nicht, aber ich kann dir eines sagen: Geld hat schon so mancher verschmäht, den Nachruhm noch keiner«, meint Adriani und hat damit das letzte Wort.

Ich breche das Gespräch ab, denn es ist unmöglich, ihr beizukommen. Das Mißtrauen liegt ihr im Blut. Ich bekomme eine Gehaltserhöhung, und sie ist sicher, daß man mich übers Ohr gehauen hat und ich im Grunde weniger als vorher kriege. Sie liest, daß die U-Bahn innerhalb der gesetzten Frist fertiggestellt wird, und zweifelt keinen Augenblick daran, daß die Bauherren die Hälfte der Stützpfeiler eingespart haben, um rechtzeitig fertig zu sein, und in drei Monaten alles in Schutt und Asche liegen wird. Sie hört, das Zypernproblem sei gelöst, und lächelt wissend. Ihrer Meinung nach muß dafür der Premierminister von den Türken geschmiert worden sein. Was ich nicht verstehe, ist: Wie kommt es, daß ein von solch tiefstem Mißtrauen unterhöhltes Griechenland Männer wie Janoutsos in das Polizeikorps aufnimmt?

Wegen der Hitzewelle sind alle Leute aus der Stadt gefahren, und Fanis findet direkt vor unserem Haus einen Parkplatz. Wir öffnen die Wohnungstür und stürmen alle gemeinsam zum Fernseher. Und gleich beim zweiten Drükken auf die Fernbedienung finden wir den richtigen Sender. Den erkennt man an den zugeschalteten Experten, die sich zwischen ihren eingeblendeten Fensterchen angeregt unterhalten. Es ist derselbe Fernsehsender, den auch Favieros für seinen Selbstmord auserkoren hatte.

»Na bitte, was habe ich euch gesagt!« triumphiert Adriani.

Ich bin drauf und dran loszuschimpfen, aber das Klingeln des Telefons kommt mir zuvor. Ich hebe den Hörer ab und erkenne Gikas' Stimme.

»Haben Sie's gesehen?« fragt er.

»Nein. Ich war ausgegangen und bin gleich nach Bekanntwerden der Tat nach Hause zurück. Jetzt warte ich auf die Szene.«

»Sehen Sie sich's an und rufen Sie mich dann zurück.«

Ich lege auf und kehre vor den Fernseher zurück. Auf dem unteren Teil des Bildschirms – dort, wo bei einer griechischen Wohnhausanlage die Stützpfeiler stünden – sitzt der Moderator mit zwei von Stefanakos' Kollegen: einer aus seiner Partei und einer von der Opposition. In den Experten-Fensterchen der beiden oberen Stockwerke tummelt sich einiges Volk. Alle überbieten sich an Lobreden auf

Loukas Stefanakos. Wie scharfsinnig und angriffslustig er als Parlamentarier gewesen sei, aber auch wie respektvoll er dem moralischen Anspruch des Parlaments begegnete. Mit welch großer Hingabe er Gesetzesentwürfe bekämpfte, die nur politischen Interessen dienten, und welch große Lücke sein Tod im Parlament hinterlassen habe. Der Moderator geht dann zu der kürzlich von Stefanakos ins Leben gerufenen Kampagne zur Anerkennung der Rechte von Wirtschaftsflüchtlingen über. Er hatte nämlich die Einführung von muttersprachlichem Unterricht an den öffentlichen Schulen und die Möglichkeit für sie gefordert, Vereine zur Erhaltung ihrer kulturellen Identität zu gründen. Die Lobeshymnen finden hiermit ein Ende und gehen in vorsichtige Einwände über, da niemand mit Stefanakos' Position übereinstimmt. Der Parlamentarier der Oppositionspartei vertritt die Meinung, Stefanakos habe gerne Auseinandersetzungen angefacht, um dem Zeitgeist zu huldigen. Der Parlamentarier aus seiner eigenen Partei meint, Stefanakos sei in der letzten Zeit sehr enttäuscht über die konservative Wende im gesamten politischen Spektrum gewesen. Die übrigen greifen diese Bemerkung auf und fragen sich, ob er die konkrete Sendung für einen heroischen Abgang, für einen öffentlichen Protestschrei sozusagen, ausgesucht haben könnte.

»Wir unterbrechen nun kurz, um uns die Selbstmordszene nochmals anzusehen – vielleicht liefert sie uns irgendeinen Anhaltspunkt«, sagt der Moderator, der nur auf die Gelegenheit gewartet hat, die Szene nochmals zu zeigen.

Die Diskussion wird unterbrochen und Werbespots regnen nahezu eine Viertelstunde lang auf die Zuschauer nieder.

»Seht ihr das? Das hört gar nicht mehr auf!« triumphiert Adriani zum zweiten Mal.

Der Regisseur greift in die Trickkiste und, statt nochmals zum Moderator zurückzuschalten, knallt er nach dem Werbeblock das Interview in den Äther, das allem Anschein nach in Stefanakos' Büro aufgenommen wurde. Es handelt sich um ein ganz normales Arbeitszimmer mit einer Einrichtung, die man in jedem x-beliebigen Möbelhaus kaufen kann. Stefanakos sitzt hinter seinem Schreibtisch. Im Gegensatz zu Favieros trägt er Anzug und Krawatte. Ich weiß nicht, ob er ein so fähiger Mann war, wie seine Kollegen behaupten. Jedenfalls erinnert er mehr an einen Bankdirektor als an einen Parlamentarier.

Der Journalist Jannis Kourtis, mit dichtem schlohweißen Haar und Bart, sitzt ihm gegenüber. Den bringen sie sehr selten und nur bei außergewöhnlichen Anlässen zum Einsatz. Denn obwohl er eher wie ein Weihnachtsmann aussieht, gilt er als schweres journalistisches Geschütz.

»Finden Sie all das nicht ein bißchen zu riskant für die griechische Gesellschaft?« fragt er Stefanakos.

»Was meinen Sie, Herr Kourtis?«

»Nun, Sie wollen doch, daß in den Gegenden, wo viele Wirtschaftsflüchtlinge leben, an den Schulen albanischer Sprachunterricht eingeführt wird. Oder Sie sagen, es müßten mit staatlicher Unterstützung Kulturvereine gegründet werden, damit sie ihre nationale Identität bewahren könnten. Da wird nicht nur die Kirche Einspruch erheben, nicht nur die extreme Rechte, das wird selbst den einfachen Bürgern, die den Flüchtlingen nicht notwendigerweise feindlich gesinnt sind, zu weit gehen.«

»Wenn wir diesen zweifachen Weg der Integration der Flüchtlinge in die griechische Gesellschaft, unter gleichzeitiger Erhaltung ihrer nationalen Identität, nicht weiter verfolgen, wenn die Flüchtlinge nicht griechische Staatsbürger albanischer, bulgarischer oder russisch-pontischer Herkunft werden können, dann werden sich die Probleme in einigen Jahren noch viel drastischer zuspitzen. Es ist eine Selbsttäuschung zu glauben, daß das Problem mit Aufenthaltsgenehmigungen gelöst wäre.«

»Darf ich Ihnen, Herr Stefanakos, in Erinnerung rufen, daß auch Jason Favieros, der viele ausländische Arbeitskräfte auf seinen Baustellen einsetzte, dieselbe Ansicht vertreten hat? Nach seinem Freitod ist eine nationalistische Vereinigung aufgetaucht, die behauptete, sie hätte ihn zum Selbstmord veranlaßt. Ich bin nicht der Meinung, daß diese Behauptung stimmt, aber, von offizieller Seite zumindest, ist sie bislang nicht bestritten worden.«

»Jason Favieros hatte recht«, entgegnet Stefanakos ohne zu zögern. »Einen Augenblick, dann beweise ich es Ihnen.« Er steht auf und verläßt sein Büro.

Kourtis bleibt allein zurück. Da das Interview live übertragen wird, hört man nun die Stimme des Moderators: »Jannis, stell doch Herrn Stefanakos eine Frage, wenn er zurückkommt. Nämlich, was er von dem Mord an den beiden Kurden durch die nationalistische Organisation *Philipp von Makedonien* hält und ob er nicht fürchtet, daß die von ihm vorgeschlagene Politik weitere derartige Morde provozieren könnte.«

»Ich werde ihn fragen, Panos«, antwortet Kourtis.

Doch dazu kommt es nicht. Denn gleich darauf öffnet sich die Tür des Büros, und Stefanakos taumelt herein. An drei Körperstellen blutet er: aus einer Wunde am Herzen und zweien im Bauchbereich. Sein Anzug hat sich tiefrot verfärbt.

Als Kourtis ihn erblickt, springt er auf. Doch anstatt auf ihn zuzugehen, weicht er zwei Schritte zurück. Stefanakos torkelt weiter bis in die Mitte des Raumes. Dort bleibt er stehen, öffnet den Mund und versucht etwas zu sagen. Doch seine Stimme versagt. Mit großer Anstrengung gelingt es ihm, mühsam zu artikulieren: »Ich hoffe, Favieros und ich sind nicht umsonst gestorben…«

Er läßt den Satz unvollendet und bricht zusammen. Kourtis überwindet sich dazu, näher zu treten, aber er rührt ihn nicht an. Er beugt sich bloß über ihn und ruft seinen Namen: »Herr Stefanakos… Herr Stefanakos…«, als könne er ihn dadurch zum Leben erwecken.

»Jannis, laß Stefanakos und sieh nach, wie er es getan hat«, ist die befehlende Stimme des Moderators zu hören. »Leider ist uns nun schon zum zweiten Mal das traurige Los zugefallen, live über den Selbstmord einer herausragenden Persönlichkeit berichten zu müssen.«

Seine Stimme klingt weinerlich. Kourtis läßt Stefanakos liegen und geht auf die Bürotür zu. Er zieht sie vollständig nach innen auf. Die Kamera fährt heran. An der Rückseite der Tür wurden drei spitze Messerklingen angebracht, und zwar genau an den Stellen, wo Stefanakos durchbohrt wurde. An den Seiten sind zwei Metallgriffe montiert worden.

Es ist offensichtlich, was Stefanakos getan hat. Er hat

sich an den Griffen festgehalten und sich mit aller Wucht in die Klingen gestürzt.

Das Bild erlischt und die Diskussion kommt wieder in Gang. »Wie Sie wissen, hat unser Sender umgehend einen Krankenwagen gerufen«, sagt der Moderator, als verkünde er eine Heldentat. »Doch als der Parlamentsabgeordnete Loukas Stefanakos ins Krankenhaus eingeliefert wurde, war er bereits tot.«

Mir reicht das Gehörte und Gesehene, und ich schalte den Fernseher ab.

»Nun? Sprich«, wendet sich Fanis an mich.

»Dasselbe Schema wie bei Favieros. Kein Zweifel.«

Adriani erachtet es als überflüssig, zum dritten Mal darauf zu pochen, daß sie recht behalten hat, und begnügt sich mit einem siegesbewußten Lächeln. Ich erhebe mich und rufe Gikas an.

»Ich hab's mir angesehen«, sage ich, sobald ich seine Stimme höre, und wiederhole das, was ich schon Fanis gesagt habe. »Es handelt sich um dasselbe Schema wie bei Favieros' Selbstmord.«

»Sehen Sie, wie recht ich hatte! Da war doch etwas faul!« meint er und seine Stimme dröhnt vor Genugtuung wie die Kirchenglocken bei der Auferstehung Christi am Ostersonntag.

Diesmal stört mich sein Hochmut nicht. Im Endeffekt gehen wir beide über Leichen. Er, weil er recht behalten, und ich, weil ich meine Haut retten will.

19

Der Kioskbesitzer hat mich seit Favieros' Selbstmord nicht mehr gesehen. Er stopft alle Zeitungen mit Ausnahme der Sportgazetten in eine Plastiktüte und zwinkert mir zu.

»Der Selbstmord des Abgeordneten, was?«

Schon nach Favieros' Freitod hatte er den Allwissenden gespielt, und so fühle ich mich genötigt, die Dinge klarzustellen:

»Hören Sie mal, ich lese nicht nur Zeitung, wenn sich jemand umbringt.«

»Kommen Sie, Herr Kommissar! Sie müssen sich nicht rechtfertigen. Hier habe ich Kunden, die nur eine Sportzeitung kaufen, wenn ihre Mannschaft gewonnen hat.«

Was will er damit sagen? Daß ich Zeitungen kaufe, weil ich auf der Gewinnerseite stehe? Schön wär's, denke ich und schlage den Rückweg nach Hause ein. Zum ersten Mal seit Jahren verläßt Adriani vor drei Uhr nachmittags ihre Küche und widmet sich ausgiebig der Zeitungslektüre.

Die Stimmung im Blätterwald hat seit dem ersten Selbstmord vollkommen umgeschlagen. Damals fragten sich alle, welches Motiv Jason Favieros hatte, und jede Zeitung verkündete ihre Version. Nun, bei Stefanakos, setzen alle seinen Selbstmord mit dem Favieros' in Verbindung und sprechen offen über einen Politskandal, der beiden das Leben gekostet haben soll. »Freiwilliger Abgang vor Enthüllung?« fragt sich ein der Oppositionspartei nahestehendes Blatt. In einem anderen droht ein Abgeordneter, der ebenfalls von der Opposition ist, mit sensationellen Enthüllungen. »Das tödliche Geheimnis der Olympiade« titelt eine weitere Zeitung, während eine vierte in ihrem Leitartikel schreibt: »Obwohl es, vorläufig zumindest, keine gesicherten Informationen in diese Richtung gibt, bleibt die Möglichkeit bestehen, daß sich hinter den Selbstmorden von Favieros und Stefanakos ein Skandal verbirgt, der noch weitere Todesopfer fordern könnte, sollte er ans Tageslicht kommen.«

Die Skandalversion ist übrigens gar nicht zu verachten. Als sich Favieros umbrachte, waren alle wie vor den Kopf gestoßen. Nun, nach Stefanakos' Freitod, beginnt man klarer zu sehen. Ein Unternehmer und ein Politiker begehen Selbstmord, um die öffentliche Bloßstellung durch einen Skandal zu vermeiden, der kurz vor der Enthüllung steht. Dabei bleibt freilich die Tatsache des zweifachen öffentlichen Freitodes bestehen. Wieso sollte jemand in aller Öffentlichkeit Selbstmord begehen, wenn er vermeiden will, an den Pranger gestellt zu werden? Verliert man denn beim Freitod vor den Augen Tausender Fernsehzuschauer nicht auch das Gesicht? Wer weiß, wenn wir eines Tages mehr darüber wissen, können wir vielleicht den öffentlichen Aspekt des Selbstmordes erklären. Jedenfalls bildet die drohende Aufdeckung eines Skandals ein glaubhaftes Motiv. Nur dessen Untersuchung fällt nicht in meinen Zuständigkeitsbereich. Denn ob er ans Licht kommt oder nicht, liegt in der Hand anderer, und ich kann mir dabei nur eine blutige Nase holen.

Plötzlich kommt mir ein Gedanke, und ich rufe Sarantidis an, den Verleger, der Favieros' Biographie herausgebracht hat.

»Sagen Sie mal, haben Sie vielleicht auch eine Biographie von Loukas Stefanakos in Händen?«

»Nein, Herr Kommissar.«

»Sagen Sie mir auch die Wahrheit?«

»Warum sollte ich lügen? Sie könnten mich ohnehin nicht daran hindern, sie zu publizieren.«

Enttäuschung klingt aus seiner Stimme. Wenn er mit Favieros' Selbstmord und der folgenden Biographie schon den Umzug in ein Vierraumbüro feiern konnte, so trauert er jetzt dem entgangenen Landhaus auf Sifnos nach.

Das Fehlen einer zweiten Biographie läßt allen Spielraum der Welt für Hypothesen offen. Die wahrscheinlichste davon ist jedenfalls, daß Favieros seine Autobiographie unter dem Pseudonym Minas Logaras verfaßt hat, während sich Stefanakos gar nicht um seinen Nachruhm gekümmert hat.

Koula kommt gegen halb zehn. Sie schleppt ebenfalls eine Plastiktüte mit sämtlichen Tageszeitungen an. »Ich dachte, Sie wollen sie bestimmt lesen.«

»Vielen Dank, aber ich hab sie schon durch. Behalten Sie sie.«

»Was, ich soll das ganze Zeugs lesen? Um Himmels willen!« meint sie. »Lassen Sie nur, ich entsorge sie, wenn ich gehe.«

Als Adriani bemerkt, daß Koula gekommen ist, läßt sie die Zeitungen liegen und geht in die Küche. »Guten Morgen, liebe Koula«, sagt sie im Vorübergehen.

Von »Guten Tag, mein Kind« zu »Guten Morgen, liebe Koula«, und noch dazu mit natürlicher Stimme und nicht verkniffenen Lippen! Die Entwicklung ist beeindruckend. Bis zum Austausch von Küßchen auf beide Wangen kann es nur noch Tage dauern.

»So ein seltsamer Zufall!« meint Koula, als wir ins Wohnzimmer treten. »Zuerst Favieros, und dann Stefanakos …« Plötzlich schlägt sie die Hände vors Gesicht, als wolle sie das Bild verscheuchen. »Was für ein gräßlicher Anblick, mein Gott!«

»Zufall ist es eher keiner. Am wahrscheinlichsten ist das, worüber heute die Zeitungen schreiben: irgendein Skandal, der bald aufgeflogen wäre und sie in den Selbstmord getrieben hat.«

»Und was tun wir in so einem Fall?«

»Wir setzen unsere Arbeit dort fort, wo wir aufgehört haben.«

Sie blickt mich überrascht an. »Und Stefanakos?«

»Wollen Sie einen guten Rat? Der schlimmste Fehler, den man begehen kann, ist: Nachforschungen in der einen Sache zu unterbrechen, um einem zweiten Fall nachzugehen. Mit größter Sicherheit gehen dann beide Fälle den Bach runter. Wir werden die Ermittlungen im Fall Favieros fortsetzen, und wenn es Bezüge zu Stefanakos gibt, werden wir im Verlauf davon sicherlich dahinterkommen. Außer, wir sind mit Blindheit geschlagen und erkennen sie nicht. Erzählen Sie mir mal, was Sie gestern herausgekriegt haben.«

Sie blickt mich an. »Etwas Eigenartiges«, meint sie.

»Aha?«

»Ich habe drei Personen aufgetrieben, die in der Gegend Wohnungen gekauft haben. Zwei Albaner – einer hat sich in der Visyis-Straße, oberhalb des Pandasopoulou-Platzes eingekauft, und der andere in der Ejirias-Straße, einer Sackgasse zwischen Konstantinoupoleos- und Ajias-Sofias-Straße – und einen Pontusgriechen, der in der Larymnis-Straße gekauft hat, die zweite Parallelstraße zur Monis-Arkadiou.«

»Zu welchen Preisen?«

»Der Albaner in der Visyis-Straße hat die Wohnung für dreiunddreißigtausend Euro erworben, aber das war nur eine Zweizimmerwohnung, um die sechzig Quadratmeter. Der andere Albaner wollte mir den genauen Preis nicht nennen, er hat drum herum geredet, aber meiner Einschätzung nach muß er etwa dasselbe wie der andere bezahlt haben. Die tauschen sich außerdem untereinander über die Preise aus und kaufen dementsprechend. Interessant ist der Fall des Pontusgriechen, denn er hat in der Nähe der Monis-Arkadiou-Straße gekauft und zudem eine Dreizimmerwohnung um die achtzig Quadratmeter.«

»Wieviel?«

Bei ihrer Antwort betont sie jede Silbe, damit ich sie verdauen kann. »Fünfundvierzigtausend Euro.«

Aha. Deshalb also kaufte Favieros Maklerbüros in heruntergekommenen Wohngegenden auf. Er bot den einheimischen Ansässigen, die zu Schleuderpreisen verkauften, einen niedrigen Preis für ihr Weggehen und verlangte von den Flüchtlingen vierzig Prozent Aufschlag. Die Differenz floß in die Kassen der BALKAN PROSPECT, vermutlich als Schwarzgeld.

»Alle haben bar bezahlt«, fährt Koula fort.

Wie sollten sie auch sonst bezahlen? Die verstehen nichts von Banken und Konten. Was sie verdienen, stecken sie unter ihre Matratze.

»Das ist purer Diebstahl, Herr Charitos.«

»Nur, daß man ihn nicht beweisen kann. Dazu müßte man wissen, für wieviel der eine verkauft hat, für wieviel der andere gekauft hat, und dann müßte man den Vertrag sehen, um mit den dortigen Summen zu vergleichen. Möglicherweise könnte man wegen Steuerhinterziehung vorgehen oder den Käufern die Augen öffnen und das Maklerbüro wegen Betrugs vor Gericht zitieren. Haben Sie vielleicht den Namen des Notars herausgefunden?«

»Ich hab es versucht, bin aber auf keinen grünen Zweig gekommen. Die Leute können kein Griechisch, man legt ihnen irgendwelche Papiere vor, die sie dann unterschreiben sollen. Sie wissen weder, wer der Notar ist, noch was im Vertrag steht, rein gar nichts.«

Sie kaufen die berühmte Katze im Sack. Sie waren so froh, ihr Häuschen oder ihre kleine Wohnung zu bekommen, daß sie gar nicht nachfragten – voller Angst, der andere könnte es bereuen und das Angebot wieder zurückziehen. So hatten sie es in ihrer Heimat gelernt: Wenn du den Mund aufmachst, dann verlierst du alles. Ihnen war nicht klar, daß man hier das wenige, das man bekommen kann, nur dann erhält, wenn man es lautstark einfordert.

»Da ist noch etwas«, meint Koula.

»Was denn?«

»Der eine Albaner arbeitet auf Favieros' Baustelle im Olympischen Dorf.«

Ich hatte nicht erwartet, daß die Querverbindungen bis dorthin reichen würden, und bin kurzfristig baff. Diesen betrügerischen Trick hatte Favieros, Schutzherr der Flüchtlinge, also ersonnen! Einerseits gab er ihnen Arbeit, andererseits nahm er ihnen einen Teil ihres Lohns durch die Immobilien, die er ihnen verkaufte, wieder weg. Wenn man bedenkt, daß er im ganzen Land Maklerbüros besaß, mußte er eine Menge Geld damit gemacht haben. Hier verkaufte er ihnen Eigentum zu überhöhten Preisen, während seine Maklerbüros in ihrer Heimat genau das Gegenteil taten und Immobilien für einen Kanten Brot erwarben. Und all das, ohne daß er selbst irgendwo erschien.

»Bravo, Koula«, sage ich begeistert, denn es will mir gar nicht in den Kopf, daß eine unerfahrene Ermittlerin all diese Hinweise innerhalb weniger Stunden herausbekommen hat.

»Habe ich es gut gemacht?« fragt sie und strahlt über das ganze Gesicht.

»Großartig. Wenn ich mitgekommen wäre, wären wir vielleicht nicht so schnell ans Ziel gelangt.«

Ich sage ihr noch nicht, daß ich sie gerne zu mir auf die Dienststelle holen würde – zum einen, weil meine Rückkehr in die Abteilung noch in den Sternen steht, und zum anderen, weil ich nicht weiß, ob Gikas sie gehen lassen würde.

Ich muß herausfinden, ob es noch andere ausländische Arbeiter auf Favieros' Baustellen gibt, die Wohnungen über seine Maklerbüros gekauft haben. Das Problem ist, daß ich damit nicht zu BALKAN PROSPECT gehen kann. Nicht, weil sie es mir verheimlichen würden, sondern weil sie es gar nicht wissen können, da alle Geschäftskontakte über die lokalen Maklerbüros laufen. Daher muß ich wohl die Büros der DOMITIS AG aufsuchen, um eine Liste der ausländischen Arbeitskräfte einzuholen, und danach die Maklerbüros abgrasen. Dafür brauche ich mindestens zwei Wochen, falls die Makler sich überhaupt bereit erklären zu reden. Denn ohne Belastungsmaterial kann sie keiner dazu zwingen. Ich beschließe, den kürzesten Weg zu wählen, der mich auf feindlichen Boden führen wird, gemäß dem alten Sprichwort: Der Feind meines Feindes ist mein bester Freund.

Außerdem muß ich den Namen des Notars herauskriegen, der die Verträge aufgesetzt hat, denn er ist der einzige, der die Daten des Verkäufers und des Käufers kennt, aber auch den tatsächlichen Wert, da er das Bargeld vom Käufer in Empfang genommen, an den Verkäufer weitergereicht und die Differenz einbehalten hat. Immobilienbetrug funktioniert nicht ohne einen eingeweihten Notar.

»Koula, haben Sie die Personalien der Albaner und des Pontusgriechen, die ihre Wohnungen über Favieros' Maklerfirma gekauft haben?«

»Die hab ich.«

»Schön, dann gehen Sie bitte ins Grundbuchamt und besorgen den Namen des Notars, der die Kaufverträge abgeschlossen hat. Ich werde Favieros' Baustelle im Olympischen Dorf einen Besuch abstatten.«

Ich lasse sie zu Hause zurück und fahre los. Der Mirafiori glüht vor Hitze, obwohl er im Schatten gestanden hat. Als ich zur Kreuzung am Vassileos-Konstantinou-Boulevard komme, frage ich mich, ob es besser wäre, links zum

Syntagma-Platz abzubiegen oder rechts zum Vassilissis-Sofias-Boulevard und dann über die Soutsou-Straße auf den Alexandras-Boulevard zu fahren. Als die Ampel auf Grün springt, entschließe ich mich für die zweite Möglichkeit und behalte recht. Mit dem Stau in der Soutsou-Straße hatte ich gerechnet, aber abgesehen davon ist die Straße frei.

Völlig verschwitzt – auch ohne besondere Verkehrsprobleme – gelange ich zur Patission-Straße. Dort begehe ich den großen Fehler, über die Nationalstraße zu fahren, um von Metamorfosi nach Menidi zu gelangen. Denn wir bleiben bei den Bauarbeiten auf der Attika-Ringstraße stecken. Ein Verkehrspolizist schickt uns einen Feldweg entlang, der aus der Zeit zu stammen scheint, als Metamorfosi noch voll von Viehställen war und überall Ziegen weideten. Ich brauche für eine Strecke von zweihundert Metern fast eine halbe Stunde, wobei ich drei Kubikmeter Staub einatme. Dabei schwitze ich Blut, da der Motor heißgelaufen ist und ich befürchten muß, daß der Mirafiori mitten auf dem Ziegenpfad den Geist aufgibt. Aber dann ist die Straße wieder frei, und der Verkehr rollt bis zur Abfahrt nach Thrakomakedones locker dahin.

Eine dreiviertel Stunde später treffe ich beim Olympischen Dorf ein. Ich steuere direkt auf die Kanalisationsarbeiten zu, welche die Firma DOMITIS durchführt, und suche nach Karanikas, dem Bauführer. Er hat sich mit ein paar Arbeitern angelegt, die in einem Graben hocken. Er nimmt mich zwar wahr, setzt jedoch unbeirrt seine Rede fort. Ich warte geduldig, bis er fertig ist, denn ich brauche ihn.

»Was wollen Sie mit den vertrockneten Brötchen, wenn

es frische gibt?« ist sein erster Kommentar, als er auf mich zukommt.

»Was meinen Sie mit vertrockneten und frischen Brötchen?«

»Favieros ist ein vertrocknetes, Stefanakos ein frisches Brötchen.«

Sein Zynismus geht mir auf den Geist, am liebsten würde ich ihn mit Fußtritten zur Räson bringen. »Finden Sie es lustig, daß sich Leute vor aller Augen umbringen?« frage ich, während ich meine Stimme mühsam unter Kontrolle halte.

Er zuckt mit den Schultern. »Soll ich sie bedauern, weil sie mit dem Sender unter einer Decke stecken?«

»Wieso mit dem Sender?«

Er wiederholt, fast wortgetreu, Adrianis Argument. »Kommen Sie schon, erzählen Sie mir nicht, Sie hätten nicht gemerkt, daß der Sender sie zum Selbstmord bringt, damit sie die Zuschauerzahlen in die Höhe treiben und von den Werbeeinnahmen profitieren! Und Sie wollen Polizist sein?!«

»Ein Unternehmer und ein Politiker sollten sich umbringen, weil der Sender es so will?«

»Haben Sie denn nicht gehört, worum es geht? Um einen Politskandal! Ich sage Ihnen – und niemand soll kommen und was anderes behaupten: Der Sender hat davon Wind bekommen und sie erpreßt. Und er ging dabei so weit, daß sie sich umgebracht haben und der Sender die Exklusiv-Bilder ausstrahlen konnte. Haben Sie gesehen, was oben, seitlich, links auf dem Bildschirm geschrieben steht? Exklusiv-Bilder! Klickt es da bei Ihnen nicht?«

Gut, daß Adriani nicht hier ist und die ausgefeilte Version der Theorie hört. Sie würde mich als völlig unfähig hinstellen.

»Vergessen wir mal das Fernsehen. Ich möchte Sie etwas anderes fragen.«

»Fragen Sie, aber kurz und bündig, wir haben hier noch was zu tun.«

»Beim letzten Mal haben Sie mir gesagt, Favieros hätte die ausländischen Arbeiter sehr unterstützt.«

Er lacht auf, voller Befriedigung. »Ja, aber jetzt sind die sieben fetten Jahre vorbei. Nun jagen sie Katzen, herrenlosen Hunden oder vielleicht mal auch einem Huhn aus Menidi hinterher. Jedem das Seine.«

»Wissen Sie, ob der eine oder andere von ihnen ein Haus oder eine Wohnung gekauft hat, solange er hier gearbeitet hat?«

»Der eine oder andere? Die meisten! Lassen Sie sich von ihrem armseligen Äußeren nicht täuschen! Alles nur Theater. Darauf ist nur Favieros reingefallen, und deshalb hat er ihnen Häuser besorgt.«

»Hat er ihnen persönlich geholfen, an Wohnungen zu kommen?«

»Er hat sie förmlich zum Kauf gedrängt! Er hat ihnen sogar einen Vorschuß zur Verlobung gegeben oder ihnen was vorgestreckt, damit sie den Preis bezahlen konnten. Das hat er ihnen dann in kleinen Raten vom Lohn abgezogen.«

»Hat er das auch mit unseren Landsleuten so gehalten?«

»Hier gibt es keine Griechen, habe ich Ihnen das nicht gesagt? Als ich ihn einmal um einen Vorschuß gebeten habe für die Anzahlung eines neuen Autos, hat er mir gesagt, die Firma könne mir einen Bankkredit vermitteln. Denen aber hat er das Geld in die Hand gedrückt. Deshalb haben sie ihn wie einen Heiligen verehrt und ließen nichts auf ihn kommen!«

Warum auch nicht? Ihm hatten sie es zu verdanken, daß sie eine Wohnung erwerben konnten, von der sie in ihrer alten Heimat nur hätten träumen können. Daß er sie betrog, konnten sie nicht wissen und würden es auch nie erfahren. Weder sie noch Karanikas, der Favieros für einen gutgläubigen Trottel hielt.

20

Um vier Uhr nachmittags komme ich zu Hause an und triefe wie ein Hähnchen, das gerade aus siedendem Wasser genommen wurde. Adriani und Koula sitzen im Wohnzimmer, sie haben den Ventilator zwischen sich gestellt. Mit Mühe würge ich ein »Hallo« hervor, richtig zu Atem komme ich erst im Badezimmer. Ich ziehe mein Hemd aus, öffne den Wasserhahn und stecke meinen Kopf darunter. Das Wasser lasse ich so lange laufen, bis seine Temperatur endlich von lauwarm zu kühl übergegangen ist. Dann trockne ich mich ab, streife ein frisches Hemd und eine andere Hose über, und fühle mich etwas besser.

Adriani und Koula sind in die Küche umgezogen. Ein gedeckter Tisch wartet auf mich, doch durch die Höllenhitze, den Verkehrsstau und den Besuch im Olympischen Dorf fühle ich mich wie ein Marathonläufer, der nach zweiundvierzig Kilometern ins Stadion einläuft und so fertig ist, daß er kein Wort mehr herausbringt.

»Setz dich und iß«, sagt Adriani.

»Am Abend. Jetzt kriege ich nichts runter.«

»Setz dich, sonst entgeht dir eine Überraschung! Du würdest es bestimmt bereuen.«

Sie tauscht mit Koula einen komplizenhaften Blick aus. Jetzt stecken sie schon unter einer Decke, denke ich. Na gut, ich tu ihr den Gefallen, um die gute Stimmung nicht zu trüben. Adriani setzt mir einen Teller mit Auberginen Imam vor – in Olivenöl, gefüllt mit Zwiebeln, Knoblauch, Tomaten und Petersilie. Das ist eine angenehme Überraschung, da Auberginen Imam eine meiner Leibspeisen sind – gleich nach den gefüllten Tomaten. Im Grunde graut mir vor Fleisch. Nur in Form von Souflaki kann ich es genießen.

»Nun, wie ist es?«

Ich probiere einen Bissen. »Sehr lecker, du hast goldene Hände.«

»Nicht ich, sondern Koula«, entgegnet sie mit größter Genugtuung. »Sie hat es zubereitet.«

»Mit Hilfe von Frau Adriani«, fügt Koula hinzu und wird knallrot.

»Ich habe ihr nur gesagt, wieviel Öl sie nehmen muß. Alles andere hat sie ganz allein gemacht.«

Ich werde unseren Haushaltsetat aufstocken müssen, da nun auch der Kochunterricht für Koula hinzukommt.

»Bravo, Koula, es schmeckt köstlich. Glückwunsch!« Die beiden nehmen die Auszeichnung entgegen und wollen schon ins Wohnzimmer zurückkehren. »Ist Ihnen neben den Auberginen Imam noch Zeit geblieben, aufs Grundbuchamt zu gehen?« stichele ich.

Adriani zieht sich ins Wohnzimmer zurück, und Koula läßt sich nicht einschüchtern, sondern lächelt locker. »Ich mußte nicht aufs Grundbuchamt. Ich habe den Namen des Notars von Ilias erfahren.«

»Welcher Ilias denn schon wieder?«

»Aristopoulos. Der junge Mann in der Firma DOMITIS, der mir mit dem Off-shore-Unternehmen schon weitergeholfen hat, erinnern Sie sich?« Sie zieht einen Zettel aus ihrer Hosentasche. »Er heißt Athanassios Kariofyllis, und seine Kanzlei liegt in der Solonos-Straße 128.«

»Und was sind Sie ihm für die Information schuldig?« frage ich bissig, da ich es noch nicht ganz verdaut habe, daß sie trotz der Zubereitung der Auberginen Imam die Nase vorn hat.

Sie lacht auf. »Einen Drink heute abend. Wir treffen uns um halb zehn, gegen halb zwölf schütze ich dann Müdigkeit und die große Hitze vor und gehe schlafen.«

»Ein tüchtiges Mädchen«, kommentiert Adriani, als Koula mit ihrer mittlerweile fest eingeplanten Tupperdose gegangen ist. »Es liegt ihr im Blut, sie lernt leicht.« Sie macht eine kleine Pause und flüstert, als spreche sie zu sich selbst: »Nicht so wie unsere Tochter.«

»Bist du noch bei Trost? Du vergleichst Koula mit Katerina?« protestiere ich ärgerlich.

»Ich vergleiche sie nicht, aber es tut mir im Herzen weh. Die Bücher, die Bildung, die Doktorate, alles schön und gut, ich sage ja nichts. Aber was wäre denn dabei, wenn sie auch noch ein paar Gerichte zubereiten könnte?«

»Sie wird schon was kochen können. Wie hätte sie sonst so viele Jahre in Thessaloniki überstanden?«

»Ich will dir sagen, wie. Mit Ketchup-Nudeln, Rührei und Pommes frites. Hast du jemals von deiner Tochter zubereitete Pommes frites gegessen?«

»Nein.«

»Sei froh. Normalerweise werden die so dick wie Weihnachtskugeln, weil sie die Kartoffelscheiben in ihrer Hektik ins Öl wirft, bevor es richtig heiß ist.«

»Sie hat noch Zeit. Sie wird es schon lernen, wenn sie mit der Doktorarbeit fertig ist.«

Sie schüttelt den Kopf, als zweifele sie daran. Sie betrachtet es als persönliches Versagen, daß Katerina so gar kein Interesse fürs Kochen zeigt.

Glücklicherweise erlöst uns das Klingeln des Telefons von diesem unerfreulichen Thema. Ich nehme ab und habe Gikas in der Leitung.

»Können Sie herkommen? Oder sind Sie beschäftigt?« fragt er.

»Wohin?«

»In mein Büro.« Er merkt, daß mir die Spucke wegbleibt, und fährt fort: »Sie fahren mit dem Fahrstuhl direkt zu mir hoch. Es spielt keine Rolle, ob Janoutsos, Ihre Assistenten oder irgend jemand anderer Sie sieht. Ich erkläre es Ihnen gleich.«

Zum ersten Mal seit meiner Schußverletzung unternehme ich mit dem Mirafiori die Fahrt von der Aristokleous-Straße ins Polizeipräsidium, und eine leichte Rührung überkommt mich. Die Bullenhitze lastet schwer über der Stadt. Ein riesiges Werbeplakat an der Einmündung der Soutsou-Straße in den Alexandras-Boulevard erläutert mir, daß ich im Falle eines Autokaufs die Klimaanlage gratis dazubekäme. Der Wagen stünde mir gut zu Gesicht, und ich beginne darüber nachzudenken, bis die Ampel auf Grün springt und ich nach links in den Alexandras-Boulevard einbiege. Doch in meinem Inneren weiß ich, diese Treulosigkeit kommt nur von der Hitzewelle. Sowie sie vorüber ist, werde ich meinen geistigen Seitensprung vergessen und zu meinem Mirafiori zurückkehren.

Wenn man so viele Jahre zum Büro seines Vorgesetzten hochfährt und dabei im Vorzimmer stets auf Koula trifft, stößt es einem übel auf, plötzlich einen uniformierten Hünen an ihrem Platz zu sehen. Noch übler stößt es einem beim Anblick von Koulas Schreibtisch auf. Der Papierwust hat die ganze Schreibtischoberfläche überwuchert und läßt nur mehr ein Quadrat vor dem Stuhl frei, etwa von der Größe einer Tortenschachtel. Innerhalb dieses Quadrats hat der Hüne eine Autozeitschrift aufgeschlagen und blättert sie mit angefeuchtetem Finger durch.

Ich nenne ihm meinen Namen, um mir sein formelles Einverständnis zu holen, doch er ist in das neueste Modell von Datsun vertieft und schenkt mir keine Beachtung.

Die Klimaanlage in Gikas' Büro läuft auf Hochtouren, und beim Eintreten überläuft mich ein leichtes Frösteln. Er hebt den Blick von den *Polizeinachrichten*, die er gerade durchblättert.

»Da sind Sie ja. Setzen Sie sich.« Und er deutet auf meinen Stammplatz, den sich bei unserer letzten Unterredung Janoutsos unter den Nagel gerissen hatte.

»Fangen Sie an, oder soll ich zuerst loslegen?«

»Wieso? Haben Sie etwas herausgefunden?« fragt er, und seine Augen glitzern hoffnungsfroh.

»Hab ich, aber ich weiß nicht, ob es unmittelbar mit Favieros' Selbstmord zu tun hat.«

Ich fange mit Favieros' Biographie an, dann gehe ich zum Off-shore-Unternehmen über und schließlich zu den Maklerbüros und zu der Betrügerei, in die sie verwickelt sind. Er hört mir aufmerksam zu und schüttelt, als ich geendet habe, schicksalsergeben den Kopf.

»Diese Geschichte wird uns noch ganz schön zu schaffen machen. Sie werden noch an meine Worte denken.«

»Weswegen?«

»Wegen all der Dinge, die in den Zeitungen stehen und die auch Sie mir teilweise bestätigen. Alle haben Angst, daß irgendein Skandal dahintersteckt, aber keiner kriegt heraus, um was für einen Skandal es sich dabei handelt. Die Regierung reagiert panisch und sucht verzweifelt nach einem Ausweg. Heute morgen hat mich der Ministerialdirektor angerufen und gebeten, ihm einen vertrauenswürdigen Polizeioffizier zu empfehlen, der eine informelle Untersuchung durchführt und die Geschichte irgendwie wieder unter Kontrolle bringt.«

Das gute Vorgefühl, das mich seit Gikas' Anruf ergriffen hat, war also berechtigt. Ich sehe schon vor mir, wie ich wieder in mein Büro trete und Janoutsos gerade seinen Ranzen schnürt und auf Nimmerwiedersehen verschwindet.

Gikas ergreift einen Zettel von seinem Schreibtisch und reicht ihn mir. »Das ist Petroulakis' Mobiltelefonnummer. Kennen Sie ihn?«

Der Name sagt mir nichts. Gikas sieht es mir an und erstellt mir sein *profile*. »Petroulakis ist Berater des Premierministers. Mehr als das, er ist seine rechte Hand. Sie rufen ihn an und treffen sich mit ihm. Der Ministerialdirektor ist der Meinung, daß die Journalisten schwerer dahinterkommen, wenn die Nachforschungen auf außerdienstlichem Wege laufen. Deshalb haben wir uns auf diese Vorgehensweise geeinigt. Sie sind, auf dem Papier, immer noch im Genesungsurlaub. Petroulakis hat mit dem Ministerium für Öffentliche Ordnung nichts zu tun. So sind wir einigermaßen abgesichert.«

»Das bedeutet, ich setze meine Ermittlungen weiterhin im geheimen fort?« Ich hatte etwas anderes erwartet, und meine hochfliegenden Hoffnungen werden etwas zurechtgestutzt.

»Ja, aber jetzt haben Sie meine offizielle Rückendekkung und können mich jederzeit anrufen und Hilfe anfordern. Koula bleibt bei Ihnen. Wenn Sie noch einen Assistenten brauchen, wird es nicht leicht sein, eine gleichermaßen verläßliche Person zu finden, aber ich werde mich bemühen.«

»Koula ist vorläufig ausreichend. Wieviel von meinen Erkenntnissen über Favieros soll ich Petroulakis mitteilen?«

»Alles. Wenn die Bombe eines Skandals platzt, wie ich befürchte, dann ist es besser, die fangen schon jetzt damit an, die Sache zu verarbeiten. Wenn sich später etwas anderes ergibt, das Sie Ihrer Meinung nach nicht berichten sollten, rufen Sie mich an, und wir besprechen das.«

»Bin ich in bezug auf Petroulakis weisungsgebunden?«

»Kommen Sie! Welche Weisungen sollte Petroulakis Ihnen denn geben? Was versteht der von Polizeiarbeit? Wenn er den Schlaumeier spielt, sagen Sie einfach ›Jawohl‹ und tun dann, was Sie für richtig halten.«

Als ich bei der Tür anlange, höre ich ihn sagen: »Schönen Gruß an Koula.«

»Werde ich weiterleiten, und auch, wie sehr sie Ihnen fehlt. Ich habe den Zustand auf ihrem Schreibtisch gesehen.«

»Das sagen Sie ihr lieber nicht, aber Koula ist ein Grund mehr, den Fall so schnell wie möglich abzuschließen.«

Ich nehme an, das ist das großmütigste Kompliment, das je aus Gikas' Mund gedrungen ist. Der Hüne im Vorzimmer ist inzwischen von Datsun auf Hyundai umgestiegen.

Im Fahrstuhl überkommt mich plötzlich der Wunsch, in der Cafeteria haltzumachen und einen Kaffee mit Croissant zu bestellen, so wie immer, wenn ich in die Dienststelle gekommen bin. Ich bin drauf und dran, auf den Knopf zu drücken, verzichte jedoch nach reiflicher Überlegung darauf und fahre in die Garage hinunter. Wenn mich jemand sieht und es ausplaudert, dann muß ich erlogene Erklärungen abgeben. Dem gehe ich lieber aus dem Weg.

Zu Hause sitzt Adriani vor dem Fernseher. Auf dem Bildschirm erlischt gerade die Szene von Stefanakos' Selbstmord.

»Du bist spät dran und hast die Sondersendung verpaßt«, meint Adriani.

»Noch ein Selbstmord?« frage ich erschrocken.

»Nein, aber diese Nationalisten haben auch für den Tod des Abgeordneten die Verantwortung übernommen.«

Ich brauche gar nicht danach zu fragen, was sie sagen, denn ich kann es mir im Wortlaut vorstellen. Wenn die schon bei Favieros behaupteten, sie hätten ihn zum Selbstmord gezwungen, weil er ausländische Arbeitskräfte eingesetzt hat, um wieviel mehr Grund hatten sie dafür bei Stefanakos, der darüber hinaus muttersprachlichen Unterricht an unseren Schulen einführen wollte. Trotzdem warte ich auf die Tagesschau. Selbst wenn all das wirres Zeug ist und die Organisation *Philipp von Makedonien* sich mit fremden Federn schmückt, so ist es doch nicht ausgeschlossen, daß das Bekennerschreiben die Lage noch mehr verschärft und wir dann gar nicht mehr wissen, wo uns vor lauter Politskandalen und Terrororganisationen der Kopf steht.

In der Zwischenzeit rufe ich Petroulakis auf seinem Mobiltelefon an. »Wir treffen uns besser bei mir zu Hause und nicht im Büro«, meint er. »Ich wohne in der Dafnomili-Straße 21, am Lykavvitos. Kommen Sie morgen gegen neun, aber pünktlich, denn um zehn habe ich eine Besprechung.«

Wie zu erwarten war, erscheint gleich nach der Kennmelodie der Tagesschau das Bekennerschreiben auf dem Bildschirm. Gestaltung und Emblem sind gleich wie beim letzten Mal, und auf den ersten Blick sieht es aus, als wäre der Text von ein und derselben Person verfaßt worden.

»Die *Griechisch-Nationale Vereinigung Philipp von Makedonien* hat mit Worten und mit Taten vorgewarnt«, hebt das Bekennerschreiben an. »Leider stellten sich die Angesprochenen taub. Daher sahen wir uns gezwungen, den Verräter Loukas Stefanakos zum Selbstmord zu verurteilen. Stefanakos war der größte antihellenische Volksfeind. Es genügte ihm nicht, daß sich der Abschaum aus dem Balkanraum in unserem Vaterland niederlassen darf, er wollte sogar die griechischen Schulen mit ihrer Sprache besudeln, den Frevel noch weiter treiben und unsere Nation untergraben. Unter den Politikern, die heutzutage unsere nationalen Interessen zu Markte tragen, war er der schlimmste aller Hochverräter. Loukas Stefanakos hat die verdiente Strafe erhalten. Dies soll all denen eine Lehre sein, die das balkanische Gesindel auf irgendeine Weise unterstützen. Wir werden die Hinrichtungen so lange fortsetzen, bis der Augiasstall vollständig gesäubert ist und die Nation der Griechen wiederersteht.«

Ich male mir nach diesem Bekennerschreiben Petroulakis' morgige Stimmung aus und würde mich am liebsten krank melden und den Besuch vertagen.

21

An der Ecke, wo das Französische Kulturinstitut an die Octave-Merlier-Straße grenzt, finde ich einen Parkplatz, und mir fällt ein Stein vom Herzen. Die Hausnummer 21 ist ein zweistöckiger renovierter Bau aus der Zeit, als Neapoli noch eine kleinbürgerliche Wohngegend war, eingeschüchtert durch die Pracht des nahe gelegenen Kolonaki-Viertels. Jetzt haben sich in der Dafnomili- und in der parallel verlaufenden Doxapatri-Straße Künstler, Universitätsprofessoren und Regierungsfunktionäre niedergelassen – all jene, die auf der Ringstraße um den Lykavvitos keine Wohnung finden oder sich eine solche nicht leisten können, aber von sich sagen wollen, daß sie am Lykavvitos wohnen. Ähnlich wie im Viertel hinter dem Hilton-Hotel, das wie ein Speckgürtel wuchert.

Die hölzerne Eingangstür ist kirschrot gestrichen, mit goldenem Türgriff und goldenem Briefkasten nebendran. Dadurch soll wohl bekräftigt werden, daß das Haus Ende des neunzehnten Jahrhunderts erbaut wurde. Ich betätige die Klingel, und eine Thailänderin öffnet mir. Sie sagt weder guten Tag, noch fragt sie nach meinem Namen, sondern macht kehrt und geht voran ins Innere des Hauses. Sie bleibt neben einer Tür stehen und läßt mich eintreten, ganz wie der Page, der einen auf das Zimmer eines Luxushotels geleitet.

Das Wohnzimmer besteht aus zwei Räumen, die durch eine helle, offenstehende Glastür verbunden sind. Die Möbel stammen zwar nicht aus derselben Epoche wie das Haus, sind aber auch nicht der letzte Schrei. Eher Athener Rokoko, wie Adriani diesen Stil gerne nennt – eine bestimmte Sorte Möbel, die wir als Kind bei sämtlichen Verwandten gesehen hatten und mit denen wir uns selbst immer einrichten wollten. Dabei spielte es für uns keine Rolle, daß sie nicht von Hand geschnitzt waren, sondern aus Serienproduktion stammten. Auf dem Tischchen vor dem Sofa springt mir eine Morgenzeitung ins Auge. Ich nehme sie an mich, um einen Blick hineinzuwerfen, doch eine durchdringende, befehlsgewohnte Stimme in meinem Rücken hält mich davon ab.

»Nehmen Sie Platz, Herr Kommissar, denn ich muß gleich weg.«

Ich wende mich um und sehe einen großgewachsenen, schlanken und tadellos gekleideten Vierzigjährigen mit leicht ergrauten Schläfen. Das getreue Abbild der Typen, die Adriani in *Schön und reich* so bewundert. Ich entspreche seinem Wunsch und nehme Platz.

»Kommissar Charitos, nicht wahr?« fragt er, als müsse er mich erst einordnen.

»Jawohl. Leiter der Mordkommission, zur Zeit im Genesungsurlaub.«

»Ah ja. Herr Gikas hat in den höchsten Tönen von Ihnen und Ihrer Opferbereitschaft geschwärmt.«

Er macht eine kleine Pause – als Zeichen, daß der Austausch von Freundlichkeiten zu Ende ist und er *in medias res* gehen möchte.

»Herr Gikas hat mir gesagt, daß Sie ein vertrauenswürdiger Polizeioffizier sind und ich mit Ihnen offen reden kann.«

Er verstummt und blickt mich forschend an. Was erwartet er? Daß ich ihm beipflichte? Er merkt, daß ich nichts dergleichen im Sinn habe, und fährt fort: »Diese Geschichte mit den Selbstmorden ist außerordentlich unangenehm, Herr Kommissar. Es geht um prominente Personen aus Kreisen der Wirtschaft und Politik. Der Freitod von Jason Favieros hat uns zwar betroffen gemacht, doch eigentlich haben wir ihn auf private Gründe zurückgeführt. Stefanakos' Selbstmord hat diese naheliegende Erklärung zunichte gemacht. Er hat sich auf die gleiche Art wie Favieros das Leben genommen. Das deutet darauf hin, daß zwischen den beiden Selbstmorden ein Zusammenhang besteht. Somit sieht sich die Regierung einem unerwarteten Problem gegenüber, dessen Lösung sich ihrem Einfluß entzieht.«

»Die Zeitungen sprechen von einem Skandal.«

»Es gibt keinen Skandal, glauben Sie mir. Das ist aber überhaupt kein Trost. Gäbe es einen, dann käme er ans Licht, es würde ein gewisser Wirbel veranstaltet, und dann wäre alles vorbei. Ein nicht vorhandener Skandal ist eine offene Wunde, die wochenlang, wenn nicht monatelang, vor sich hin schwären kann.«

»Ich verstehe, Herr Petroulakis«, sage ich und versuche mit meinem Gesichtsausdruck mein Verständnis für seine Lage zu unterstreichen. »Sagen Sie mir, wie ich Ihnen helfen kann.«

»Wir möchten, daß Sie auf ganz diskrete Weise die Gründe untersuchen, die Favieros und Stefanakos zum Selbstmord veranlaßt haben.«

»Das kann aber sehr lange dauern, ohne daß wir sicher sein können, daß wir der Sache auf den Grund gehen.« Ich überdenke kurz, ob ich weitersprechen soll. Im Endeffekt ist es besser, die Regierungskreise wissen, was auf sie zukommt – so hatte sich auch Gikas mir gegenüber ausgedrückt. Daher entschließe ich mich fortzufahren: »Es ist nicht absehbar, was wir im Verlauf der Ermittlungen alles aufdecken werden.«

Er blickt mich an, eher neugierig als beunruhigt. »Was zum Beispiel?«

Ich beginne, ihm die ganze Favieros-Geschichte zu erzählen, mit den Maklerbüros und den ausländischen Arbeitern, die Wohnungen kauften. Er hört mir ungeduldig zu und blickt in kurzen Abständen auf seine Uhr, um mich daran zu erinnern, daß er eine dringliche Sitzung hat. Als ich zu Karanikas' Aussage komme, ist seine Geduld erschöpft, und er fällt mir ins Wort.

»Ich glaube nicht, daß Favieros' Motiv im beruflichen Bereich lag, Herr Kommissar. Sie müssen anderswo suchen.«

»Wo denn, Herr Petroulakis? Wenn es ein privates Motiv gab, wüßten das doch seine Familie und seine Mitarbeiter. Die wissen aber nichts. Doch selbst wenn es da etwas gab, wäre es unwahrscheinlich, daß dasselbe private Problem auch Herrn Stefanakos zum Selbstmord getrieben hätte.«

»Es geht nicht um persönliche Probleme, Herr Kommissar. Es geht um diese Rechtsextremen, die behaupten, sie hätten die beiden zum Selbstmord verurteilt.«

Ich frage mich, ob ich tatsächlich den Berater des Premierministers vor mir habe. Im Vergleich dazu ist selbst die Version, die Adriani und Karanikas verfechten, nämlich daß die beiden durch den Fernsehsender erpreßt und zum Selbstmord gedrängt wurden, glaubhafter.

»Hmm«, entgegne ich so vorsichtig wie möglich. »Wenn es Morde gewesen wären, könnte ich es nachvollziehen. Selbst wenn die Rechtsextremen es nicht eigenhändig getan hätten, könnte man dem nachgehen und Anhaltspunkte finden. Aber bei Selbstmorden… Das kommt mir unwahrscheinlich vor.«

»Aber sie haben sich doch dazu bekannt.«

»Wenn wir sie fassen, werden sie alles abstreiten, und wir haben keine Handhabe, um sie vor Gericht zu stellen.«

»Und die beiden Kurden, die sie hingerichtet haben?«

»Selbst wenn wir sie kriegen, haben wir nichts in der Hand, um sie mit den Selbstmorden in Verbindung zu bringen.«

Er beugt sich vor und nimmt die Zeitung vom Tischchen. Er faltet sie auf und deutet auf eine Stelle. »Lesen Sie, und Sie werden verstehen«, meint er.

Es ist der Leitartikel. Ich lese den Abschnitt, auf den er gedeutet hat. »Das Gerücht, daß die beiden Selbstmörder durch den Sender erpreßt worden seien, ist kindisch und haltlos«, schreibt der Kolumnist. »Selbst wenn der Sender über gewisse Informationen verfügt hätte, ist es ungebührlich, auch nur zu behaupten, er hätte vorgehabt, einen bekannten Unternehmer und einen Parlamentarier zum Selbstmord zu bewegen. Ganz abgesehen von der Frage, ob einem Fernsehsender so etwas überhaupt gelingen könnte.«

»Begreifen Sie jetzt, wohin uns all dieses Larifari führen wird, Herr Kommissar? Nicht genug mit dem angeblichen Skandal, in Kürze wird auch die angebliche Erpressung durch den Fernsehsender auf dem Tapet sein. Alles deutet in diese Richtung.«

»Wer glaubt denn so etwas, Herr Petroulakis!«

»Alle«, entgegnet er, ohne auch nur eine Sekunde zu zögern.

Dazu hülle ich mich in Schweigen, denn bereits Adriani und Karanikas sind Anhänger dieser Theorie geworden. Die beiden Toten haben eine Schlammschlacht ausgelöst, in der sich die Opposition und die Regierung wegen des mutmaßlichen Politskandals, die Printmedien und das Fernsehen wegen des Vorwurfs der Erpressung gegenseitig mit Dreck bewerfen.

»Sie haben recht, aber was haben die Rechtsextremen mit all dem zu tun?«

Er bleibt vor mir stehen und blickt auf mich herab, geradewegs in meine Augen.

»Die Polizisten Ihrer Generation, Herr Kommissar, unterschätzen die extreme Rechte. Ich meine das nicht als Vorwurf. Ich weiß, daß Sie mit solchem Gedankengut groß geworden sind. Ich aber bekämpfe sie seit meiner Schulzeit, ich kenne ihre Methoden und weiß, wozu sie fähig sind. Wenn Sie sie morgen festnehmen, dann können Sie sicher sein, daß die öffentliche Meinung auf Ihrer Seite sein und niemand daran zweifeln wird, daß sie es waren.«

Endlich hat er seine Karten aufgedeckt. Jetzt weiß ich, worauf er hinauswill. Es interessiert ihn nicht die Bohne, die Gründe für den Selbstmord des Großunternehmers und des Parlamentariers zu finden. Er möchte einzig und allein, daß ich die Tat den Rechtsextremen anhänge, um den Fall ein für allemal abzuschließen. Ich bin schon soweit, ihm auf den Kopf zuzusagen, was ich davon halte, doch plötzlich kommen mir Gikas' Worte in den Sinn: »Wenn er den Schlaumeier spielt, sagen Sie einfach ›Jawohl‹.« Ich beschließe, einmal in meinem Leben seinem Rat zu folgen.

»Einverstanden, Herr Petroulakis. Nur brauchen wir einige Hinweise, die diese Anschuldigung stützen.«

Meine Antwort gefällt ihm, und er lächelt zufrieden. »Ich bin sicher, daß Sie etwas finden werden. Ich vertraue Ihren Fähigkeiten voll und ganz.«

Er reicht mir seine Hand, um das Ende unserer Unterredung zu signalisieren. »Wir bleiben in Kontakt«, meint er dabei. »Aber rufen Sie mich stets auf dem Handy an und nie unter meiner Festnetznummer.«

Mir ist es egal, wo ich ihn anrufe. Mein Problem liegt anderswo: Ich frage mich, was ich ihm beim nächsten Telefonat bloß erzählen soll. Vor dem Wohnzimmer nimmt mich die Thailänderin in Empfang, und ich schreite, quasi unter Begleitung einer Ehrengarde, zur Tür.

Als ich die Octave-Merlier-Straße hinunterfahre, um über die Ippokratous- in die Solonos-Straße zu gelangen, habe ich zum ersten Mal das Gefühl, daß mir Gikas moralisch den Rücken stärkt. Ich weiß nicht, ob er das aus einer spät entdeckten Sympathie heraus tut oder ob Janoutsos ihm noch mehr auf die Nerven geht als ich. Vermutlich das letztere. Das kleinere Übel, sozusagen. Oder vielleicht auch, weil ich eine inoffizielle Untersuchung durchführe, noch dazu während meines Genesungsurlaubs. Wenn etwas schiefgeht, dann hat er offiziell keinen Auftrag gegeben, folglich trägt er auch keine Verantwortung. Jetzt, wo ich darüber nachdenke, erscheint mir das als die vernünftigste Erklärung. Das hat nichts mit Sympathie oder Antipathie zu tun, auch nicht mit meiner Abneigung gegen Janoutsos. Er hilft mir, weil man ihm kein Versagen nachweisen kann und er darüber hinaus Janoutsos los wird. Ich weiß nicht, ob mich dieser Gedanke erbost, da dahinter Gikas' Arglist zu erkennen ist, oder ob ich mich erleichtert fühle, da Gikas' wahres Gesicht wieder zum Vorschein kommt und ich mein Weltbild nicht von Grund auf revidieren muß.

Ich lasse den Mirafiori auf dem Parkplatz an der Ecke Solonos- und Mavromichali-Straße stehen. Das Haus Nummer 128, ein altes Gebäude auf Höhe der Emmanouil-Benaki-Straße, ist eine Mischform aus großem Wohnhaus und kleinem Palais, die besonders in den fünfziger Jahren gepflegt wurde. Kariofyllis' Kanzlei liegt in der fünften Etage. Aus dem Fahrstuhl trete ich in einen spärlich erleuchteten Flur mit einem Mosaikfußboden von der Sorte, die trotz regelmäßiger Reinigung stets schmuddelig wirkt.

Doch Kariofyllis' Kanzlei korrigiert den ersten Eindruck. Über ein kleines Vorzimmer mit Teppichboden gelange ich in einen geräumigen hellen Büroraum, in dem zwei Sekretärinnen vor ihren Computern sitzen. Eine mit Kunstleder überzogene, gepolsterte Tür mit goldenen Knöpfen, deren Musterung aussieht wie ein Backblech voll Baklava, liegt zwischen den beiden Sekretärinnen. Allem Anschein nach die Tür, die zu Kariofyllis' Arbeitsraum führt.

Eine der beiden Sekretärinnen hebt den Blick und fixiert mich, während die andere weitertippt. Ich nehme einen dienstlichen Gesichtsausdruck an und sage kurz und bündig: »Kommissar Charitos. Ich möchte Herrn Kariofyllis sprechen. Es ist dringend.«

Mein Tonfall läßt auch die zweite Sekretärin den Blick von der Tastatur heben. »Nehmen Sie einen Augenblick Platz«, meint die erste und tritt durch die Tür mit dem Baklava-Muster. Eine Minute später kommt sie wieder heraus und läßt mich eintreten.

Kariofyllis' Arbeitszimmer sieht genauso aus wie das seiner Assistentinnen, nur die Ausstattung ist eine Qualitätsstufe besser. Der Teppichboden ist dicker, der Schreibtisch größer und die Rückenlehne des Sessels höher. Der Arbeitsplatz der Sekretärinnen wird von einem Ventilator gekühlt, während hier eine Klimaanlage läuft. Kariofyllis ist in meinem Alter, trägt Anzug, hat rabenschwarzes Haar und einen hauchdünnen Oberlippenbart, mit dem er aussieht wie ein Schmonzettensänger aus den sechziger Jahren. Bei meinem Eintritt erhebt er sich und streckt mir die Hand entgegen.

»Guten Tag, Herr Kommissar. Was kann ich für Sie tun?«

Ich nehme, ganz ungehobelter Bulle, unaufgefordert auf dem Sessel vor seinem Schreibtisch Platz und mustere ihn nachdenklich.

»Die Frage ist nicht nur, was Sie für mich tun können, sondern auch, was ich für Sie tun kann«, sage ich.

Meine Einleitung überrascht ihn, und er blickt mich besorgt an. »Ich verstehe nicht.«

Ich bedeute ihm, Platz zu nehmen, als stünde unser Gespräch unter umgekehrten Vorzeichen und er wäre bei mir im Büro zu Gast.

»Hören Sie, Herr Kariofyllis. Das, was ich Ihnen sagen werde, ist noch inoffiziell.« Die Betonung liegt dabei auf dem »noch«. Er hat die Hände auf dem Schreibtisch verschränkt und wartet offensichtlich mal ab, was auf ihn zukommt.

»Bei uns ist die Beschwerde eines Pontusgriechen eingegangen, der eine Wohnung in der Larymnis-Straße gekauft hat, in der Gegend des Konstantinoupoleos-Boulevards. Den Kauf hat ein Makler namens Jorgos Iliakos vermittelt.«

Ich frage ihn nicht, ob er das Maklerbüro kennt. Auch er geht mit keinem Wort darauf ein, doch sein Blick spricht Bände.

»Der Pontusgrieche behauptet, er habe fünfundvierzigtausend Euro bezahlt und alles unterschrieben, was man ihm vorgelegt habe, da er kein Griechisch lesen kann. Vorgestern hat ihn einer seiner Arbeitskollegen besucht, und im Verlauf des Gesprächs hat er ihm den Vertrag gezeigt. Und der Kollege erklärte ihm, im Vertrag stünden keine fünfundvierzigtausend, sondern nur fünfundzwanzigtausend Euro.«

»Hören Sie –«

Ich unterbreche ihn. »Lassen Sie mich ausreden. Glücklicherweise haben wir es mit einem Pontusgriechen zu tun. Die haben keine Ahnung von Strafanzeigen, Rechtsanwälten, Klagen… Egal, ob sie von einem Auto angefahren werden, ob ihnen eine Scheibe eingeschlagen wird oder sie um den Kaufpreis ihrer Wohnung betrogen werden, die laufen immer zur Polizei. Das ermöglicht uns, die Anschuldigung vorläufig inoffiziell zu behandeln. Ich frage Sie also inoffiziell, Herr Kariofyllis: Halten Sie es für möglich, daß im Kaufvertrag ein anderer Kaufpreis steht als der, den der Verkäufer erhalten hat?«

Ich sehe, wie sich seine Miene nach und nach umwölkt und sein Blick argwöhnisch im Raum umherschweift, ja fast verschwörerisch wird.

»Das halte ich für möglich und auch für üblich«, meint er. »Aber darüber kann ich mich nicht näher äußern.«

»Wieso nicht?«

»Weil es sich um ein Delikt handelt.«

»Welcher Art?«

Er zaudert, doch dann preßt er zwischen den Zähnen das Wort »Steuerhinterziehung« hervor.

»Ich bin kein Finanzbeamter, Herr Kariofyllis. Ich bin Polizeibeamter. Ihre Beziehungen zum Finanzamt interessieren mich nicht.«

»In der Regel geben wir einen niedrigeren Kaufpreis an, damit der Verkäufer weniger Steuern zahlt.«

»Ist das auch im vorliegenden Fall passiert?«

»Ich nehme es an.«

»Und wenn der Verkäufer tatsächlich fünfundzwanzigtausend Euro erhalten hat?«

»Was wollen Sie damit sagen?«

»Wenn die Differenz nicht in den Taschen des Verkäufers gelandet ist …«

»Wo dann? Beim Makler?«

Ich lasse die Frage im Raum stehen und gebe dem Gespräch eine andere Richtung. »Herr Kariofyllis, ich möchte aufrichtig zu Ihnen sein. Sie persönlich interessieren mich nicht. Wenn ich Sie morgen auf die Dienststelle zitieren müßte, würde ich das ohne Zögern tun. Wenn ich Sie festnehmen müßte, ebenso. Beim Maklerbüro von Jorgos Iliakos wäre das etwas anderes. Das gehört, wie wir erfahren haben, Jason Favieros.«

»Wem? Dem Unternehmer, der sich umgebracht hat?« fragt er unschuldig. »Was hat der denn mit dem Maklerbüro zu tun?«

Ich werfe ihm einen Blick zu, als täte er mir aufrichtig leid. »Kommen Sie schon. Das Maklerbüro Jorgos Iliakos und eine große Zahl anderer gehört BALKAN PROSPECT, einer von Jason Favieros' Firmen. Die Tragödie, die seine Familie gerade erlebt hat, und die Verwirrung, die im Moment um die Zukunft seiner Unternehmen herrscht, zwingen uns, sehr umsichtig vorzugehen. Das kommt auch Ihnen zugute.«

»Warum denn mir?«

»Weil Sie die Verträge abgeschlossen haben.«

Ich sage das so bestimmt, als hätte ich es x-fach gegengeprüft, und er wagt keinen Widerspruch.

»Es gibt drei Möglichkeiten, Herr Kariofyllis. Erstens, der Pontusgrieche lügt. In diesem Fall ziehen wir ihm die Ohren lang und schicken ihn nach Hause. Zweitens, irgendein Angestellter eines Maklerbüros spielt mit gezinkten Karten und prellt die Käufer, die Verkäufer und seine Vorgesetzten. Drittens, es existiert ein wohlorganisiertes Netzwerk aus Führungskräften und Notaren, die sich auf diese Weise illegal bereichern.«

»Die erste Möglichkeit ist die einzig wahrscheinliche,

Herr Kommissar.« Gleich am Anfang habe ich ihm den Rettungsring zugeworfen, und prompt schnappt er danach.

»Sie meinen also, der Pontusgrieche hätte fünfundvierzigtausend Euro bezahlt, der Verkäufer dieselbe Summe abzüglich der Maklergebühren erhalten, aber im Vertrag stünden aus steuerlichen Gründen fünfundzwanzigtausend. Und nun sei der Pontusgrieche dahintergekommen und versuche mittels Erpressung zwanzigtausend wieder zurückzubekommen.«

»Genau, Herr Kommissar. Diese Leute sind rückständig und mißtrauisch wie alle bauernschlauen Schafsköpfe. Die bringen das Geld in bar, kippen es auf den Schreibtisch und interessieren sich einzig und allein dafür, den Wohnungsschlüssel zu kriegen«, fährt Kariofyllis fort. »Sobald ihnen die Wohnung sicher ist, erwacht ihr Geschäftssinn und sie fangen an nachzudenken, wie sie einen Teil des gezahlten Geldes zurückbekommen können.«

Nur mit Mühe kann ich mich zurückhalten, ihm zuzustimmen. Klar sind sie Schafsköpfe, wenn sie tatenlos zusehen, wie man ihnen so viel Geld aus der Tasche zieht!

»Nicht ausgeschlossen, daß Sie recht haben. Was aber, wenn der Pontusgrieche nur der Auslöser ist und ab morgen eine Anschuldigung nach der anderen über Sie hereinbricht? Dann kommt das Netzwerk ans Tageslicht, und es geht der BALKAN PROSPECT an den Kragen, auch wenn sie gar nicht direkt darin verwickelt sein sollte, und Ihnen gleich dazu.«

»Wieso denn mir?«

»Weil alle Kaufverträge der BALKAN PROSPECT von Ihnen aufgesetzt wurden. Das ist eine interne Information.«

Ich habe ihn von allen Seiten eingekreist, und es bleibt ihm nichts anderes übrig, als aufzuspringen und loszuschreien: »Das ist ein übles Ränkespiel! Sie setzen das Führungspersonal eines Unternehmens und eine Notariatskanzlei, deren Geschichte bis 1930, in die Zeit meines Vaters, zurückreicht, auf die Anklagebank, nur weil ein betrügerischer Herumtreiber aus dem Pontusgebiet zu Ihnen kommt und sein Geld durch Erpressung zurückverlangt!«

»Noch ist keiner angeklagt«, entgegne ich ruhig. »Ich habe Ihnen gesagt, die Ermittlungen laufen inoffiziell, und es ist unser Wunsch, sie ohne Aufsehen zu Ende zu führen. Es gibt einen einfachen Weg, das zu erreichen. Geben Sie mir die Personalien des Verkäufers, und sobald er uns bestätigt, daß er tatsächlich fünfundvierzigtausend erhalten hat, ist der Fall sofort erledigt.«

Seine Miene wird immer verkniffener und feindseliger. »Das kann ich leider nicht tun.«

»Warum nicht?«

»Weil dann eine Unregelmäßigkeit zutage kommt und ich den Verkäufer und das Maklerbüro bloßstelle.«

»Ich haben Ihnen doch schon gesagt, ich bin kein Finanzbeamter.«

»Schön und gut, das überzeugt mich vielleicht. Das heißt noch lange nicht, daß es die anderen beiden überzeugt.«

»Ich kann die Daten auch aus dem Grundbuchamt erfragen.«

Er zögert einen Augenblick, dann meint er entschieden: »Das ist eine andere Sache und betrifft mich nicht. Mir ist egal, wo Sie die Daten hernehmen, solange Sie sie nicht von mir haben.«

Seine Ablehnung bestärkt meinen Verdacht, aber das behalte ich für mich.

»Früher hat die Polizei dem lichtscheuen Gesindel in solchen Fällen eine Tracht Prügel verpaßt und Schlimmeres angedroht, sollte es keine Ruhe geben«, meint er beinahe beleidigt, als er mir die Hand reicht.

Da er aus einer traditionsreichen Kanzlei stammt, muß er es ja wissen. Ich erspare mir jeden Kommentar und überlasse die Auslegung seinem Gutdünken. Ich bleibe beim ersten Kartentelefon auf meiner Route stehen und rufe zu Hause an. Ich lasse mir von Adriani Koula weiterreichen.

»Gehen Sie sofort ins Grundbuchamt und suchen Sie nach der Akte des Pontusgriechen«, sage ich, sobald ich sie an der Strippe habe. »Ich brauche die Personalien des Verkäufers. Es ist dringend und duldet keinen Aufschub, auch wenn gerade Kochunterricht angesagt ist.«

Sie schweigt einen Augenblick und antwortet dann ernst: »Bin schon unterwegs.«

Koula ist mir zwar sehr sympathisch, aber wenn ich sie Adrianis Einfluß anheimgebe, dann tanzen mir bald beide auf der Nase herum.

22

Wie schnell kann man eine Akte aus dem Grundbuchamt verschwinden lassen? Das hängt von der Dosis des dafür erforderlichen Vitamin B ab. Und die BALKAN PROSPECT verfügt offenbar über die Höchstmenge. Als Koula im Grundbuchamt ankam, war die Akte unauffindbar. Irgendwo müsse sie hineingerutscht sein, sie solle eine Telefonnummer hinterlassen oder in ein paar Tagen nochmals vorbeikommen, beschied man ihr.

Schließlich ist Koula die Zubereitung der Auberginen Imam teuer zu stehen gekommen, da sie den ganzen Nachmittag damit zubrachte, in der Larymnis-Straße die Personalien des Verkäufers herauszukriegen. Als sie schon fast aufgegeben hatte, stieß sie auf eine alte Frau, die vor dem Verkauf der Wohnung die Bezahlung der laufenden Rechnungen übernommen hatte. Von ihr erfuhr sie den Namen der Eigentümerin: eine gewisse Irini Leventojanni, wohnhaft in Polydrosso.

Im übrigen verbrachte ich den Abend dann damit, Hymnen zu lauschen. Nein, nicht Marienhymnen in der Kirche, sondern Lobgesängen auf Stefanakos vor dem Fernseher. Das interessante daran war: Die Talkrunde lief auf Sotiropoulos' Sender und nicht dort, wo die Selbstmorde geschehen waren, und er selbst moderierte die Sendung. Die Gäste hoben zunächst zu einer Beweihräucherungsrunde an.

Der geladene Minister und die anwesenden Parlamentarier sprachen von Stefanakos' unverwechselbarem Stil und seiner moralischen Integrität. Sie redeten davon, wie erfahren er als Abgeordneter gewesen sei und was das Parlament an ihm verloren habe. Die beiden Funktionäre der Linken gruben alte Geschichten aus – von den gemeinsamen Kämpfen, dem politischen Untergrund während der Juntazeit, dem Aufstand im Polytechnikum und der Folterhaft, die Stefanakos bei der Militärpolizei durchlitten hatte. Die Publikumsattraktion unter den Teilnehmern war jedoch ein Minister aus einem anderen Balkanland, der via Satellit zugeschaltet wurde. Mit seiner Lobrede überbot er alle anderen: Stefanakos habe beharrlich im Hintergrund für die Freundschaft und Zusammenarbeit der Balkanländer gewirkt. Er sei ein wahrer Freund gewesen, der nach dem Sturz des Sozialismus den wirtschaftlichen Aufschwung seines Landes unterstützt habe, indem er eine Brücke zwischen seinem Land, der griechischen Regierung und Brüssel schlug. Er sei ein Politiker gewesen, über dessen Verlust die gesamte Balkanregion tief trauere.

Sotiropoulos stellte kaum Zwischenfragen, doch nachdem alle ihre Botschaft losgeworden waren, warf er die erste spitze Bemerkung in die Runde: Wie eng waren Stefanakos und Favieros befreundet? Hut ab, dachte ich, und schlug mir mit der Hand an die Stirn. Diese Frage hätte ich mir schon längst stellen sollen. Die Funktionäre der Linken waren fest davon überzeugt, daß sich beide aus der Studentenbewegung kannten, da sie in denselben Kreisen verkehrten. Die übrigen Parlamentarier wollten mit der Sprache nicht so recht herausrücken. Nun ja, sie kannten sich zwar seit der Juntazeit, aber man könne nicht sagen, ob sie noch in Verbindung gestanden hätten. Beide seien zwar Männer mit einem großen Aktionsradius gewesen, trotzdem sei es zweifelhaft, ob sie den Kontakt bis heute gehalten hätten.

Während man noch darum rang, zu einer endgültigen Aussage zu kommen, ob und wie sehr die beiden in Verbindung gestanden hatten, warf Sotiropoulos die zweite spitze Bemerkung in die Runde: War es ein Zufall, daß beide auf die gleiche Art und Weise Selbstmord begingen? Und wenn nicht, was konnte sich dann hinter dem Doppelselbstmord verbergen?

In solchen Momenten wird mir klar, wie wirkungsvoll Sotiropoulos' Attacken sein können, auch wenn sie mir oft an die Nieren gehen. Die anwesenden Diskussionsteilnehmer verloren die Fassung, begannen herumzustottern, suchten nach einer überzeugenden Antwort, doch Sotiropoulos ließ nicht locker. Er fragte, ob sie tatsächlich glaubten, daß sich ein Skandal hinter den Selbstmorden verbarg, wie die Presse schrieb. Es war ihm gelungen, die Meinungen zu spalten und die Teilnehmer dazu zu bringen, aufeinander loszugehen. Der Minister und die Linken wiesen die Behauptung empört von sich. Ersterer, weil er im Falle einer Zustimmung die Regierung in die Bredouille gebracht hätte, letztere, weil sie sonst zwei alte Genossen bloßgestellt hätten. Die einzigen, die es nicht ganz ausschließen wollten, waren ein paar Abgeordnete der Opposition. Der Minister vertrat dieselbe Theorie wie Petroulakis: Alles sei eine Aktion der Rechtsextremen. An dieser Stelle begann mir zu dämmern, daß sich dieser blanke Unsinn langsam zur offiziellen Position der Regierung verfestigte. Ich hatte erwartet, alle würden in Gelächter ausbrechen, doch wie üblich irrte ich mich. Die linken Funktionäre schlugen vehement in dieselbe Kerbe. Nur die Abgeordneten der Opposition wagten den Einspruch, das sei doch an den Haaren herbeigezogen. Doch sie wurden vom Minister in die Schranken gewiesen, der ihnen Stimmenfang am rechten Rand unterstellte, worauf aus den Elogen beinahe Beschimpfungen geworden wären.

Als ich all das hörte, kam mir Sissis in den Sinn. Der Altlinke, den ich kennengelernt hatte, als er ein altgedienter Häftling und ich ein blutiger Anfänger war. Damals war ich in die Kerker der Bouboulinas-Straße abkommandiert worden, um mir meine ersten Sporen zu verdienen. Danach verlor ich ihn aus den Augen, bis ich ihn eines Tages auf den Korridoren des Polizeipräsidiums wiedertraf. Er war wegen einer Bescheinigung gekommen, um seine Rente als Widerstandskämpfer beantragen zu können. Man ließ ihn schmoren, doch ich beschleunigte die Erledigung der Angelegenheit. Seit damals hielten wir losen Kontakt zueinander, worüber wir beide jedoch kein Wort verloren. Ich hatte diese Bekanntschaft nicht einmal Adriani eingestanden, vielleicht weil ich mich genierte, eine rote Socke unter meinen Bekannten zu haben. Ich bin sicher, daß auch Sissis es keinem erzählt hat, vielleicht weil er sich noch viel mehr genierte, einen Bullen unter seinen Bekannten zu haben. So ergab sich aus der beiderseitigen Scham eine beiderseitige Wertschätzung, selbst wenn wir sie einander niemals eingestanden hätten.

Es ist jetzt neun Uhr morgens, ich habe meinen Kaffee

getrunken und mache mich zu einem Besuch bei ihm auf. Ich möchte ihn möglichst früh antreffen, weil er dann immer seine Blumen gießt und guter Laune ist. Doch das nervende Schrillen des Telefons hält mich zurück. Ich hebe ab und habe Katerina am Apparat.

»Sag mal, Papilein«, meint sie. »Wann schließt du denn endlich diese Ermittlungen ab, damit deine Assistentin nach Hause gehen kann und ich wieder zur Ruhe komme?«

»Koula?« frage ich verdutzt.

»Ja, die. Weißt du, daß sie mir das Leben zur Hölle macht?«

»Koula? Aber wie denn, Katerina?«

»Na, weil mich Mama jeden Tag anruft und sie in den höchsten Tönen lobt. Was für eine gute Hausfrau sie sei, welch tolle Auberginen Imam sie wieder gekocht habe, wie unvorstellbar schnell sie gelernt habe, gefüllte Weinblätter einzurollen. Damit macht sie mich fix und fertig.«

Mit einem Schlag begreife ich, was los ist, und lache auf.

»Ja, du hast gut lachen«, fährt Katerina fort. »Denn bislang habe ich dir nur den ersten Akt erzählt, das war die Komödie. Jetzt kommt aber der zweite, und das ist das Drama.«

»Wo liegt denn das Drama?«

»Daß sie dann mit ihren Ratschlägen anfängt. Ich solle mir doch wenigstens mal die Grundkenntnisse des Kochens aneignen. Ohne die – na ja, ich würde schon sehen. Bei mir würden ja alle ihre Bemühungen den Bach runtergehen, während sie bei Koula auf fruchtbaren Boden fielen… Vorgestern ist sie so weit gegangen, sich zu fragen, wie ich denn einen solchen Gourmet wie Fanis finden konnte, wenn ich doch nicht einmal Pommes frites braten könne. Und ich habe ihr gesagt, Fanis sei nur ein Gourmet, wenn sie ihn bekoche. Ansonsten kommt er mit Käse- und Spinattaschen über die Runden, ganz so wie ich auch. *Ergo* passen wir zusammen.«

Jetzt ist mir klar, worin das Drama liegt. Wenn Adriani beschließt, zum Angriff zu blasen, und die Vorwürfe nur so niederprasseln läßt, zwingt sie sogar die Serben im Kosovo in die Knie.

»Ich werde Koula raten, ein bißchen Abstand zu deiner Mutter zu halten.«

»Um Himmels willen, tu das nicht! Ich mache ja nur Spaß!« ruft sie aufgeregt. »Laß sie ruhig, sie hat einen Ersatz für mich gefunden, mit dem sie sich beschäftigen kann, und ist rundum glücklich.« Dann spricht sie mich auf Stefanakos' Selbstmord an.

»Laß lieber«, meine ich. »Die hohen Chargen sind unruhig geworden, und ich fürchte, wir werden bald ganz schön im Schlamassel stecken. Derselben Meinung ist auch Gikas.«

»Du bist mit Gikas einer Meinung?« fragt sie baff.

»Ja.«

»Wenn du Gikas zustimmst, muß es ja wirklich ernst sein«, lacht sie und legt glucksend auf.

Die Sitze des Mirafiori sind feucht und klebrig. Ich beschließe, den Vassilissis-Sofias-Boulevard auf der Suche nach ein wenig Abkühlung noch ein Stück hochzufahren. Die Mousson-Straße entlang in Richtung Attiko Alsos sind die Temperaturen noch halbwegs erträglich. Doch nach der Hälfte der Protopapadaki-Straße spüre ich, wie der Sitz unter mir glüht, und auf dem Galatsiou-Boulevard fühlt es sich an, als wäre ich voll bekleidet in die Badewanne gestiegen.

Sissis wohnt in der Ekavi-Straße in Nea Philadelphia, einer engen kleinen Straße, deren Häuser von griechischen Flüchtlingen 1922 nach ihrer Vertreibung aus Kleinasien gebaut wurden und seither unverändert geblieben sind. Nur drei Querstraßen unterhalb des Dekelias-Boulevards mit seinen Banken, Computerfirmen und Mobilfunkläden sieht man plötzlich Eleftherios Venizelos bei einer Wahlrede in den zwanziger Jahren vor sich. Die Häuschen haben kleine Vorhöfe, voll mit Geranien, Begonien, Nelken und Jasmin in Metallfäßchen oder Olivenölkanistern, und eine Außentreppe, die in den ersten Stock führt. Es muß Sissis' Elternhaus sein, denn als es soweit war und er die Rente eines Widerstandskämpfers zugesprochen erhielt, zog er sich hierher zurück. In Nea Philadelphia war er, selbst für die Polizisten, die ihn regelmäßig festgenommen hatten, ein Mythos geworden. Mit den Jahren jedoch wurde er mehr und mehr zum Einsiedler. Diejenigen, die ihn noch kannten, starben weg, und die Jüngeren hatten nie von diesem seltsamen Alten gehört, den sie zum Laden gehen sahen, wo er ein halbes Pfund Schafskäse, hundert Gramm Oliven, zwei Karotten und ein Päckchen Bohnen oder Linsen kaufte. Davon ernährte er sich täglich, nur zu Ostern bereitete er Zicklein mit Kartoffeln im Ofen zu. Unverzichtbar waren ihm nur Kaffee und Zigaretten.

Ich finde ihn in T-Shirt, Shorts und Badelatschen vor, als er gerade seine Blumentöpfe wässert. Er hat mich zwar näher kommen sehen, jedoch keine Miene verzogen. So empfängt er mich immer, um mir zu zeigen, daß mein Besuch ihm lästig ist. Er spritzt den Hof naß, dreht den Wasserhahn zu, und erst nachdem er den Schlauch aufgerollt hat, würdigt er mich eines Blickes.

»Möchtest du Kaffee?«

»Einen süßen Mokka würde ich sehr gerne trinken.«

Das ist nicht nur so dahergesagt, sondern aufrichtige Begeisterung. Er ist einer der Letzten in Athen, die den Kaffee noch im Schnabelkännchen, tief in die Asche gedrückt, auf der Kohlenglut zubereiten.

In seinem Gefolge steige ich die Außentreppe hinauf. Zwei Dinge sind beeindruckend, wenn man Sissis' Haus betritt. Das eine ist sichtbar, das andere unsichtbar. Sichtbar ist seine riesige Bibliothek, die alle Zimmerwände bedeckt. Unsichtbar ist sein Archiv, das er über alle Personen des öffentlichen Lebens in Griechenland angelegt hat. Von Zeit zu Zeit läßt er sich herbei, mir einige Hinweise aus seinem Archiv zu geben, aber gezeigt hat er es mir noch nie. Auf meine verwunderte Frage hin, wozu er all dieses Material zusammentrage, entgegnete er, wahrscheinlich tue er es aus Trotz. Der Staat habe ein Leben lang Akten über ihn angelegt, so daß er nun umgekehrt auf seine Weise Daten zu allen bekannten Persönlichkeiten archiviere, um endlich ein Gleichgewicht herzustellen.

Er tritt mit einem alten Emailtablett herein und stellt den Kaffee zusammen mit einem Tellerchen in Sirup eingelegter Früchte auf den Tisch.

»Seit wann kaufst du denn eingemachte Früchte?« frage ich ihn überrascht.

»Die hat mir Frau Andromachi, meine Nachbarin, rübergebracht. Jedesmal, wenn sie Früchte in Sirup zubereitet, läßt mir die Gute ein Glas zukommen.«

Wortlos trinken wir unseren Kaffee. Sissis, weil er stets abwartet, bis ich das Gespräch beginne, und ich, weil ich zuerst den Kaffee genießen möchte. Er hat nur die Tür offengelassen, die Fenster sind alle geschlossen, und die Wohnung dampft. Ich ziehe mein Taschentuch heraus und wische mir damit den Schweiß vom Nacken.

»Die Hitze bringt uns noch um.«

»Je heißer, desto besser.«

Ich blicke ihn an, als sähe ich einen Eskimo vor mir. »Bist du noch bei Trost? Hier klappen die Leute auf der Straße vor Hitze zusammen.«

»Ich habe in euren Kellerlöchern so viel Feuchtigkeit aufgesogen, daß ich von der Hitze gar nicht genug kriegen kann.«

Das war zu erwarten gewesen. Jedesmal, wenn er etwas scheinbar Irrwitziges behauptet, folgt die Stichelei gegen die Bullen auf dem Fuße.

Wie gewöhnlich tue ich so, als hätte ich es nicht bemerkt, um ihn nicht noch mehr zu reizen.

»Deine Weisheit ist gefragt.«

»Wegen Favieros oder wegen Stefanakos?«

»Fangen wir zunächst einmal bei Favieros an, immer schön der Reihe nach.«

»Einer der führenden Köpfe der Studentenbewegung, Vorreiter in den politischen Kämpfen und Besetzungen, Teilnahme am Aufstand im Polytechnikum. Dann Bouboulinas-Straße, Militärpolizei, Folterhaft. Das volle Programm.«

»Wie kam es dazu, daß er später überall die Finger im Spiel hatte?«

»Weil er Unternehmer geworden ist. Er paßte sich den wachsenden Dimensionen seiner Firmen an.«

»Und die Firmen zwangen ihn, sich zum Beschützer der ausländischen Arbeiter aufzuwerfen und ihnen dann hinterrücks überteuerte Bruchbuden zu verkaufen?«

Bei ihm kommt es immer dann zu einem Ausbruch, wenn man es am wenigsten erwartet. So auch jetzt. »Jahr für Jahr habt ihr es darauf angelegt, uns eine Reueerklärung zu entlocken«, schreit er mich an. »Kellerlöcher, Verbannung, Folter, nur um uns zu einer Unterschrift zu zwingen. Jetzt unterzeichnen wir sie freiwillig – mit Firmengründungen, Börsenspekulationen, Unternehmensgewinnen. Von so einem Erfolg hättet ihr nicht einmal zu träumen gewagt. Ihr habt gewonnen, was wollt ihr mehr!«

»Ich? Nichts! Die behaupten doch lautstark, sie setzten sich für die Verfolgten ein.«

»Komm schon, es gibt keine Verfolgten mit Wählerstimme!« schreit er. »Die wirklich Verfolgten kommen von draußen, die machen kein Kreuzchen, also zählen sie nicht. Die einzigen Verfolgten mit Stimmrecht sind die Raucher! Wenn die Partei Grips hätte, würde sie eine Demo für die Rechte der Raucher organisieren mit der Parole: Auf, ihr Verdammten dieser Erde! Sie hätten einen Riesenzulauf!«

Wenn ihn tiefste Verzweiflung packt, kann man unmöglich mit ihm reden. Beim kleinsten Anlaß geht er in die Luft. Ich beschließe, nicht auf Favieros zu beharren, sondern zu Stefanakos überzugehen. Vielleicht reagiert er bei ihm etwas gelassener.

»Und Stefanakos?«

Sein Blick leuchtet. »Da brauchst du gar nicht zu suchen. Über ihn wirst du nichts finden, auch nicht in der Gegenwart«, meint er. »Er hat nicht aufgegeben. Er hat sich bis zum Schluß eingesetzt.«

»In Ordnung, Lambros«, sage ich besänftigend. »Beide waren moralisch unantastbar. Aber kannst du mir dann sagen, warum sie sich umgebracht haben?«

»Macht dich die Art des Selbstmords nicht nachdenklich?«

»Sehr. Und ich kann nicht begreifen, wieso sie damit an die Öffentlichkeit gegangen sind.«

Er blickt mich sinnierend an. Etwas liegt ihm auf der Zunge, doch er zögert. »Wenn ich dir meine Erklärung sage, dann hältst du mich für verrückt«, sagt er schließlich.

»Sag schon. Ich weiß, daß du nicht verrückt bist.«

»Weil sie nicht mehr konnten. Sie wußten nicht mehr weiter. Der eine trotz seiner Unternehmen, und der andere trotz seines politischen Erfolgs. Deswegen haben sie es öffentlich getan, um die Welt aufzurütteln.«

Er bemerkt meinen argwöhnischen Blick und wiegt den Kopf. »Du glaubst mir nicht, weil du ein Bulle bist und es nicht nachvollziehen kannst. Geld, Ansehen, Macht – irgendwann steht dir der Sumpf bis zum Hals, und du holst zum Befreiungsschlag aus.«

Stefanakos' letzte Worte kommen mir in den Sinn: Ich hoffe, daß wir nicht umsonst gestorben sind, oder so ähnlich. Vielleicht ist an Sissis' Erklärung was dran, obwohl ich fürchte, die Dinge liegen etwas komplexer. Aber das sage ich ihm nicht. Ich will ihm seine naive Illusion nicht rauben.

»Schau nicht nur dann vorbei, wenn du meine Hilfe brauchst«, meint er, als ich gerade die Treppe hinuntergehen will.

Ein anderer wäre jetzt beleidigt. Ich aber nicht, da ich ihn mittlerweile gut kenne. Ich weiß, daß er mir so auf seine Weise zu verstehen gibt, daß er gern mit mir Kaffee trinkt.

23

Ich finde Koula allein im Wohnzimmer vor. Sie sitzt vor ihrem Computer und bringt die Dateien auf den neusten Stand. Adriani ist nicht da.

»Sie ist T-Shirts für Ihre Tochter kaufen gegangen«, erläutert Koula, »damit sie bei der Hitze was zum Anziehen hat.«

Ich habe ihre Manie noch nie verstanden, Katerina irgendwelchen Kram zu kaufen und als Paket mit dem Fernbus zu schicken, wenn ihre Tochter dieselben Dinge zu demselben Preis, wenn nicht gar billiger, in Thessaloniki einkaufen kann.

»Vor dem Weggehen hat sie mir gesagt, ein gewisser Sotiropoulos habe sich gemeldet und Sie sollten ihn zurückrufen.« Koula blickt mich neugierig an. Sie kennt Sotiropoulos, so wie sie auch meine Antipathie gegen Reporter kennt. Daher beeindruckt es sie, daß mich ausgerechnet Sotiropoulos zu Hause anruft. Ich schwanke, ob es besser ist, ihr die Wahrheit zu sagen oder irgendeine Ausrede zu erfinden. Schließlich entscheide ich mich für die Wahrheit.

»Also stimmt es, was ich unserem Chef gesagt habe. Nämlich, daß Sie weitaus flexibler sind, als es den Anschein hat«, meint sie mit einem listigen Lächeln.

»Er aber nennt mich einen sturen Hund«, füge ich hinzu, weil ich den Text kenne.

»In etwa.«

»Mein Kontakt zu Sotiropoulos bleibt aber unter uns.«

»Wie Sie wollen, aber Sie verpassen eine günstige Gelegenheit, in Gikas' Wertschätzung zu steigen.«

Der Zug ist längst abgefahren, darum hätte ich mich früher kümmern müssen. So berichte ich ihr über den Wunsch der Regierung, die beiden Selbstmorde, in der Hoffnung auf eine baldige Aufklärung des Falles, diskret zu untersuchen. Dabei lasse ich Petroulakis unerwähnt und behalte auch seine Anregung, die Selbstmorde der Vereinigung *Philipp von Makedonien* anzulasten, für mich. Am Schluß erzähle ich ihr von der Begegnung mit Kariofyllis, dem Notar. Und über Sissis verliere ich kein Wort.

Sobald ich mit der Berichterstattung zu Ende bin, rufe ich Sotiropoulos auf seinem Handy an.

»Wir müssen reden«, sagt er, sobald er meine Stimme erkennt. »Wo kann ich Sie treffen?«

»Ich habe einen Termin in Polydrosso, danach bin ich frei.«

»Schön. Ich bin in etwa zwei Stunden fertig. Treffen wir uns im *Flocafé* in Kifissia. Wer zuerst da ist, wartet.«

Das Wetter hat umgeschlagen. Schwarze Wolken ziehen über den Himmel, und eine schreckliche Schwüle hat sich breitgemacht. Zum zweiten Mal heute fahre ich über den Vassilissis-Sofias-Boulevard. Bis ich auf den Kifissias-Boulevard gelange, hat sich der Himmel dermaßen verdunkelt, als sei jäh die Dämmerung hereingebrochen.

Irini Leventojanni, die Dame, die ihre Wohnung in der Larymnis-Straße an den Pontusgriechen verkauft hat, wohnt in der Korai-Straße 3 in Polydrosso. In der Varnali-

Straße frage ich beim Kioskbesitzer an der Ecke nach. Das beste sei, über die Kanari-Straße zu fahren und die zweite Querstraße links zu nehmen.

»Wie sollten wir Ihrer Meinung nach bei Frau Leventojanni vorgehen?« frage ich Koula.

»Genauso wie beim Notar. Wir sagen folgendes: Der Notar und der Makler hätten die Differenz schwarz eingestrichen, jetzt erhebe der Pontusgrieche Anklage, und die untersuchten wir.«

»Meinen Sie, das wirkt?«

»Warum nicht? Griechen haben immer mehr Angst vor dem Finanzamt als vor der Polizei. Außer, Kariofyllis hat ihr Bescheid gegeben.«

»Das halte ich für ausgeschlossen, sollte man Frau Leventojanni übers Kreuz gelegt und ihr Geld einkassiert haben. Wenn man ihr Bescheid gegeben hat, heißt das, alle stecken unter einer Decke.«

Die Hausnummer drei in der Korai-Straße ist ein vierstöckiger Neubau mit einem Grünstreifen mit pilzförmigen Lämpchen davor. Wir gehen die Klingelschilder durch, Frau Leventojanni wohnt in der dritten Etage.

Als die Wohnungstur aufgeht, steht eine mollige Fünfundvierzigjährige mit rundlichem Gesicht vor uns, deren Kleider in allen Farben des Regenbogens leuchten. Sie trägt ein zuvorkommendes Lächeln im Gesicht, das, sobald wir unsere Identität lüften, erlischt und von tiefer Besorgnis abgelöst wird.

»Sifis?« stammelt sie.

»Welcher Sifis denn?« frage ich.

»Mein Sohn. Ist ihm etwas zugestoßen?«

»Nein, nein, machen Sie sich keine Sorgen«, beschwichtigt Koula sie lachend. »Ihr Sohn ist unversehrt, wir sind wegen etwas anderem hier.«

Die Leventojanni stößt einen erleichterten Seufzer aus und schlägt das Kreuzzeichen. Dann tritt sie zur Seite und läßt uns herein. Ähnlich wie die Farben ihrer Kleider springen einem die Grünpflanzen ins Auge, die ihre Wohnung wie ein Treibhaus aussehen lassen. Sie wuchern vom Vorzimmer bis auf die Veranda, die einem Miniatur-Dschungel gleicht. Ich frage mich, wozu eine Veranda dient, wenn die ganzen Grünpflanzen einem gar keinen Platz zum Sitzen lassen.

»Nur so kann man sich vor der Sonne schützen, die von elf Uhr morgens bis fünf Uhr nachmittags hier hereinbrennt«, erläutert die Leventojanni, der meine Verwunderung nicht entgangen ist. »Einen Kaffee vielleicht?«

Koula lehnt ab, doch ich bitte sie um ein Glas Wasser. Es ist bemerkenswert, daß sie noch nicht nachgefragt hat, was zwei Bullen bei ihr zu Hause suchen. Sie kommt nicht direkt darauf zu sprechen, sondern sie stellt mir zunächst ein Glas kaltes Wasser hin, nimmt daraufhin Platz und blickt uns mit ihrem Dauerlächeln durchdringend an.

»Frau Leventojanni, haben Sie eine Wohnung in der Larymnis-Straße verkauft?«

»Jawohl«, entgegnet sie bereitwillig. »Wissen Sie, mein Mann spielt seit Jahren Toto. Einmal hat er einen Haupttreffer gemacht, worauf wir die Wohnung in der Larymnis-Straße abgegeben und zusammen mit dem Erlös des Totogewinns diese hier gekauft haben.«

»Zu welchem Preis haben Sie sie verkauft?«

In ihr kriecht wieder dieselbe Besorgnis hoch, die sie erfaßte, als wir uns vorstellten, und sie fragt mit zitternder Stimme: »Entschuldigen Sie, aber warum fragen Sie?«

Koula merkt, daß die Leventojanni zwischen Ahnungslosigkeit und Panik hin- und hergerissen ist, und setzt sich an ihre Seite, um sie zu beruhigen.

»Frau Leventojanni, es geht nicht um Sie, weder um die verkaufte noch um die gekaufte Wohnung. Wir suchen nach jemand anderem. Sie haben nichts zu befürchten. Sie sind nicht verpflichtet zu antworten.«

Ich bin drauf und dran, sie zurückzupfeifen, denn es ist gut und schön, die Bürger während der Befragung zu beruhigen, aber wir müssen sie ja nicht gleich über ihre Rechte aufklären. Doch da sagt die Leventojanni unverhofft: »Achteinhalb Millionen Drachmen, also rund fünfundzwanzigtausend Euro. Vierundzwanzigtausend neunhundert und irgendwas, um genau zu sein.«

»Sind Sie sicher, daß Sie keine fünfundvierzigtausend Euro erhalten haben?«

»Wie kommen Sie denn darauf?« fragt sie baff.

»Verstehen Sie mich nicht falsch, Frau Leventojanni, aber haben Sie die Summe selbst in Empfang genommen?« fragt Koula ganz sanft. »Vielleicht hat Ihr Mann das Geld in Empfang genommen, die fünfundzwanzigtausend Euro zurückbehalten, die Sie für den Kauf dieser Wohnung benötigt haben, und das übrige Geld, sagen wir mal, auf die Bank gebracht?«

Die Leventojanni blickt sie an, ganz ernst diesmal, und seufzt. »Das Geschäft ist von mir getätigt worden, und die Geldsumme habe ich erhalten. Sowohl die Wohnung in der

Larymnis-Straße als auch diese hier sind auf meinen Namen eingetragen. Ich verwalte alle Geldangelegenheiten selbst, weil mein Mann, wenn ich ihm die Sache überließe, alles im Toto oder Lotto oder im Kasino von Loutraki verspielen würde.«

»Kommen Sie«, meint Koula. »Vergessen Sie nicht, der Tototreffer hat Ihnen diese Wohnung hier eingebracht.«

»Glauben Sie denn, junge Frau, ein Haupttreffer würde all das aufwiegen, was mein Mann jahrelang beim Kartenspiel und im Wettbüro verloren hat?« Plötzlich fällt ihr der entscheidende Punkt wieder ein. »Sie haben mir aber noch nicht gesagt, warum Sie mir all diese Fragen stellen?«

Da die Befragung gut vorankommt, überlasse ich Koula die Gesprächsführung. Sie erzählt ihr die ganze Geschichte von dem Pontusgriechen, Kariofyllis und Iliakos' Maklerbüro. Die Leventojanni hört zunächst ruhig zu, doch jäh springt sie auf.

»Ah, diese Schweine…« stammelt sie. »Diese Gauner…«

»Was haben Sie denn?« fragt Koula und greift nach ihrer Hand, um einer Panikattacke vorzubeugen. »Setzen Sie sich und erzählen Sie in aller Ruhe.«

»Mir ist etwas eingefallen, dem ich damals keine Bedeutung beigemessen habe. Als wir beim Notar waren und er die Verträge ausgefüllt hat, hat er den Mann aus dem Maklerbüro gefragt: ›Welche Summe?‹ Der andere hat ihn ein wenig sauer angesehen und gesagt: ›Was fragst du? Weißt du's nicht?‹ Das Gespräch war da zu Ende, und danach haben wir die Verträge unterzeichnet. Offenbar hat der Notar gefragt, ob er die tatsächliche Summe in den Vertrag schreiben sollte oder diejenige, die ich bekommen sollte.«

»War der Mann aus dem Maklerbüro etwa fünfunddreißig mit kahlrasiertem Kopf?«

»Ja, genau.«

Wenn es noch den leisesten Zweifel gab, daß es ein abgekartetes Spiel unter Mitwirkung von Kariofyllis war, wurde er durch Leventojannis Aussage ausgeräumt. Unser Verdacht hat sich bestätigt, und ich will schon abschließend aufstehen, als mir Koula mit einer weiteren Frage zuvorkommt.

»Ich würde gerne noch etwas wissen, das läßt mir sonst keine Ruhe«, meint sie zur Leventojanni. »Hat der Pontusgrieche von all dem gar nichts mitgekriegt?«

»Was sollte der arme Teufel denn merken, junge Frau? In der einen Hand hielt er eine zusammengefaltete Plastiktüte und mit der anderen hielt er die Hand seiner Frau fest und lächelte glücklich. Sie sahen aus wie frisch verlobt, als würden sie die kleine Wohnung kaufen, um heiraten zu können.«

»Haben Sie die Kaufsumme in bar erhalten?«

»Nein. Der Notar hatte den Scheck schon ausgestellt. Bei der Übergabe meinte er: ›Die zahlen zwar in bar, aber zu Ihrer Erleichterung gebe ich Ihnen einen Scheck.‹ Begreifen Sie, was er gemacht hat? Er hat von dem Pontusgriechen fünfundvierzigtausend in bar einkassiert und mir einen Scheck über vierundzwanzigtausend neunhundert irgendwas übergeben... Den Rest haben er und der Makler eingestrichen.« Sie springt nochmals auf und schreit: »Die werde ich anzeigen! Die bringe ich vor Gericht!«

In ihrer unbändigen Wut vergißt sie fast, sich von uns zu verabschieden. Aus der Ferne hören wir ab und zu einen

Donnerschlag. Auf dem Weg zum Wagen denke ich darüber nach, daß Koula eine besondere Gabe dafür hat, andere zum Reden zu bringen. Und daß ich sie nach meiner Rückkehr an die Dienststelle engagieren werde, Vlassopoulos und Dermitsakis zu schulen, wie man den Leuten Antworten entlocken kann. Die beiden sind noch immer beim groben Duzen und barschen Befehlston stehengeblieben.

»Koula, sagen Sie mal«, sage ich, als wir von der Koraiauf die Epidavrou-Straße fahren. »Wo haben Sie gelernt, den Leuten so schnell Vertrauen einzuflößen? Meines Wissens machen Sie doch in der Abteilung nur Schreibarbeiten.«

»Bei meinem Vater«, antwortet sie lachend. »Mein Vater ist ein furchtbarer Eigenbrötler und Dickkopf. Aber wenn man ihm entgegenkommt, dann läßt er alles mit sich machen.«

»Ja, und genau so ist Ihnen das bei meiner Frau gelungen. Innerhalb von vierzehn Tagen seid ihr unzertrennlich geworden.«

»Na gut, das war einfach. Im Endeffekt hatten wir ein gemeinsames Interesse: die Kochkunst.«

Eine Frage juckt mich noch, doch sie ist ein wenig grobschlächtig. Aber wenn ich sie nicht los werde, platze ich. »Eines verstehe ich aber nicht, Koula. Sie haben doch Köpfchen, wieso benehmen Sie sich im Büro ganz anders?«

Sie dreht sich zu mir und blickt mich mit einem hintergründigen Lächeln an. »Na wie denn?«

»Wie soll ich es ausdrücken… Irgendwie naiver…«

Sie schüttelt sich vor Lachen. »Kommen Sie schon, Herr Charitos. Naiv? Dämlich, wollen Sie sagen!«

»Sie übertreiben, aber warum stellen Sie sich so dar? Wegen Gikas?«

Sie wird schlagartig ernst. »Nein, weil ich heiraten und Kinder kriegen möchte, Herr Charitos.«

»Was hat das denn miteinander zu tun?«

»Sehr viel. Die Männer aus den Kreisen, in denen ich privat und beruflich verkehre, ergreifen, wenn sie eine intelligente Frau sehen, die Flucht. Wenn ich zu schlau wirke, bleibe ich sitzen. Die Männer bevorzugen dämliche Ehefrauen, um ihre Ruhe zu haben.« Sie hält inne und fährt dann fort. »Schließen Sie nicht von Ihrer Tochter auf andere. Sie hat studiert, schreibt ihre Doktorarbeit, ist mit einem Arzt zusammen. Ich habe nichts von all dem.«

»Woher wissen Sie das von meiner Tochter?« frage ich überrascht.

»Frau Adriani hat es mir vorgestern erzählt, als wir die Auberginen Imam kochten.«

Sicher hat sie ihr auch ihren Kummer gebeichtet, daß Katerina nicht kochen kann. »Nehmen Sie es nicht tragisch, da ist doch noch Aristopoulos«, necke ich sie.

»Aristopoulos will mich ins Bett kriegen«, entgegnet sie nüchtern. »Er brennt darauf, die Karriereleiter hochzuklettern und würde nie etwas mit einer Polizistin anfangen. Wenn ich ihn zweimal abblitzen lasse, wird er kein drittes Mal anrufen. Wenn ich mich zweimal mit ihm treffe, wird er beim dritten Mal abtauchen, und ich sehe ihn erst im Falle seiner Verhaftung wieder.« Sie lächelt mir erneut zu. »Lassen Sie nur, ich habe alle Versionen durchgespielt.«

»Und Sie wollen Ihr restliches Leben damit verbringen, die dumme Gans zu spielen?«

»Aber woher denn!« entrüstet sie sich. »Warten Sie nur ab, bis ich verheiratet bin. Dann reden wir weiter!«

Mit einemmal sehe ich Adriani vor mir. Jetzt ist mir klar, warum sich die beiden so blendend verstehen.

24

Als der Wolkenbruch niederging, befanden wir uns am Eingang einer Unterführung. Zwei Minuten später waren die Athener Straßen heillos verstopft, und das Hupkonzert brach los. Erst nach etwa zwanzig Minuten tauchten wir wieder aus der Unterführung nach oben, doch der heftige Platzregen drohte den Mirafiori wieder zurückzupeitschen. Die Scheibenwischer mühten sich redlich, aber zwecklos, denn der Regen hatte eine undurchdringliche Nebelwand gebildet, durch die man nicht weiter als drei Meter weit sehen konnte.

Ich beschloß, zuerst Koula nach Hause zu bringen, da ich sie bei diesem Wetter nicht an der Bushaltestelle aussetzen konnte, und danach zum Treffpunkt mit Sotiropoulos zu fahren. Auch Sotiropoulos würde bestimmt nicht rechtzeitig dasein. Zum Glück hatte ich meinem Mirafiori die Treue gehalten. Er ist hoch, wie fast alle alten Modelle, und das Wasser reicht nicht an ihn heran. Die neuen Wagen sind niedriger, und sobald sich Athens Straßen in Sturzbäche verwandeln, schaukeln sie wie Boote auf dem Wasser.

Ich lasse Koula in Gysi aussteigen, und nun fahre ich noch mal den Kifissias-Boulevard zum *Flocafé* hoch, wo ich mich mit Sotiropoulos verabredet habe. Nach wie vor prasselt der Regen nieder, aber nicht mehr ganz so heftig. Der Parkplatz hinter dem *Flocafé* ist voll besetzt. Der

Wächter wirft einen abschätzigen Blick auf den Mirafiori und betrachtet es als Zumutung, für ihn ein Auge zuzudrücken. Erst als ich ihm meinen Ausweis zeige und erkläre, daß ich dienstlich hier sei, gibt er klein bei.

Sotiropoulos kommt eine halbe Stunde nach mir. Auf seiner Harley-Davidson ist er klatschnaß geworden.

»Sie sind mir einen Zacken zu altmodisch, mein Freund«, schnaubt er. »Der Leiter der Mordkommission ohne Handy! Unfaßbar!«

»Was soll ich denn damit? Meinen Sie, die Opfer rufen an, um mich darüber zu informieren, daß sie gerade umgebracht werden?«

»Nein, aber ich könnte Sie informieren, daß aufgrund des Regens unser Termin ins Wasser fällt.«

Er hängt sein Jackett zum Trocknen über die Stuhllehne und bestellt einen doppelten Whisky zum Aufwärmen.

»Ich habe gestern abend Ihre Sendung gesehen. Hat mir gefallen.«

Er blickt mich spöttisch an. »Wenn ich mich recht erinnere, gehe ich Ihnen doch normalerweise auf die Nerven.«

»Gestern abend haben Sie die anderen genervt, und das habe ich genossen.«

Er lacht auf und stürzt einen kräftigen Schluck Whisky hinunter. »Deshalb habe ich Sie angerufen«, meint er. »Wegen der Sendung.«

Ich sehe ihm an, daß er mir gleich eine hochexplosive Neuigkeit auftischen wird.

»Erinnern Sie sich, daß es an einem gewissen Punkt der Diskussion darum ging, ob und inwieweit Favieros mit Stefanakos in Verbindung stand?«

»Ich erinnere mich.«

»Um elf haben wir für einen kurzen Nachrichten- und Werbeblock unterbrochen. Da sagte Andreadis, einer der beiden Abgeordneten der Opposition, zum Minister: ›Aber wie kann es sein, daß sie keinen Kontakt hatten, wenn sie doch miteinander Geschäfte gemacht haben, genauer gesagt Favieros mit Stefanakos' Frau?‹«

Bei Sotiropoulos' Worten sind der Platzregen und die Verkehrsstaus vergessen. Zum ersten Mal habe ich einen Hinweis darauf, daß es sich bei Favieros und Stefanakos nicht nur einfach um Bekannte oder Freunde handelte, sondern daß sie zusammenarbeiteten. Ich weiß nicht, ob ich mich darüber freuen soll, denn möglicherweise wird auf diese Weise der Fall nur noch verwickelter. Aber diese Frage vertage ich auf später, statt dessen frage ich Sotiropoulos: »Wer ist Stefanakos' Frau?«

»Lilian Stathatou, haben Sie schon von ihr gehört?« Der Name sagt mir etwas, doch ich kann mich nicht genau erinnern. »Sie ist die Tochter von Argyris Stathatos.«

Beim Namen des Vaters fallt bei mir der Groschen. Argyris Stathatos war einer der Günstlinge der Obristenregierung. Es war ihm gelungen, eine Reihe von teils legalen, teils illegalen Baugenehmigungen zu erlangen und in Attika und auf den benachbarten Inseln zum größten Hotelier aufzusteigen. Unter der Junta war er reich geworden, aber seine Hotels waren mit Gefälligkeitsdarlehen errichtet worden, und nach dem Sturz der Militärregierung wollten die Banken ihr Geld wieder zurückhaben, und Stathatos hatte alles verloren.

»Gibt es Stathatos eigentlich noch?«

Sotiropoulos lacht auf. »Na, schöne Grüße aus der Unterwelt! Der ist seit zehn Jahren tot. Als er auf dem Höhepunkt seiner Macht stand und bei den Obristen ein- und ausging, studierte seine Tochter Wirtschaftswissenschaften in London und mimte die Juntagegnerin und Revoluzzerin. Sie hatte alle Brücken zu ihrem Vater abgebrochen und erzählte überall herum, sie finanziere ihr Studium von dem kleinen Erbe ihrer Großmutter. Wer's glaubt... Jedenfalls lebte sie sehr zurückgezogen. Als sie nach Griechenland zurückkehrte, stieg sie in einer Werbeagentur gleich ganz oben ein und nahm den Kontakt zu ihrem Vater wieder auf, dessen Gläubiger ihn nicht ins Gefängnis steckten, da sie meinten, sie könnten mehr aus ihm herausholen, wenn sie ihn draußen ließen und erpreßten. Mit dem Elend ihres Vaters vor Augen wurde der Stathatou klar, daß kapitalintensive Unternehmen ein zweischneidiges Schwert waren und man nie wissen konnte, was dabei auf einen zukam. Sie erkannte rechtzeitig, daß die Fernsehwerbung der Markt der Zukunft war, und eröffnete eine eigene Agentur. Dann heiratete sie Stefanakos, der damals zu den jungen, aufstrebenden Politikern zählte. Sie muß sehr gewieft sein, denn sie hat schnell durchschaut, daß für einen Unternehmer das zweite große Gebiet, wo man mit Schaumschlägereien viel Geld machen konnte, die Europäische Union war. So war sie eine der ersten, die ein Beratungsbüro für Investitionshilfen durch EU-Programme gründete.«

Sein Bericht macht mich sprachlos. »Sagen Sie, haben Sie auch ein Archiv angelegt?« frage ich und denke dabei an Sissis.

»Nein. Das aus der Juntazeit wußte ich. Das übrige habe ich aus der Unterhaltung meiner Gäste gestern abend geschlossen.« Er lacht, als wäre ihm etwas eingefallen. »Übrigens: In den Pausen, als die Gäste über die Stathatou tratschten, zeigte der Sender Werbespots ihrer Agentur.«

»Ist sie noch immer die Leiterin der Agentur?«

»Ob sie die Leiterin ist? Alle hängen ihr am Rockzipfel. Sie entscheidet, was für ein Unterhaltungsprogramm gesendet wird. Sie entzieht jeder Serie, die nicht nach ihrem Geschmack ist, einfach den Werbeblock.«

»Und das Beratungsbüro für EU-Programme?«

»Keine Ahnung. Da müssen Sie jemanden fragen, der mit den Integrierten Mittelmeerprogrammen der EU und ähnlichen Dingen vertraut ist. Aber im Vergleich mit der Werbeagentur ist das nur ein kleines Zubrot.«

»Ja, aber was hat Favieros mit alledem zu tun?«

»Was wollen Sie denn sonst noch? Soll ich jetzt auch noch Ihre Arbeit machen?« meint er und nimmt noch einen kräftigen Schluck von seinem Whisky. »Ich habe Ihnen, sagen wir mal so, das Rohmaterial zukommen lassen.«

»Jedenfalls glaube ich nicht, daß Favieros seine Baufirma von Stathatous Agentur bewerben ließ. Ich habe noch nie den Werbespot einer Baufirma gesehen. Seine andere Tätigkeit wird er wohl lieber nicht an die große Glocke hängen.«

Ich beiße mir auf die Lippen, aber es ist zu spät. Sotiropoulos hat die Anspielung erfaßt.

»Meinen Sie die Maklerbüros?« Er lacht auf. »Chorafas hat mich gleich angerufen, nachdem Sie sein Büro verlassen hatten. Er wollte mich fragen, ob er gut daran getan hat, offen zu Ihnen zu sein. Ich habe allerdings nicht verstanden, warum er so besorgt war.«

»Weil ihm etwas seltsam vorkommt, er aber nicht weiß, worum es genau geht.«

»Und was sollte ihm seltsam vorkommen? Oder wollen Sie wieder das altbekannte Versteckspiel anfangen?« fragt er bissig.

Nun habe ich mich zu weit vorgewagt und kann nicht mehr mit verdeckten Karten spielen. So erzähle ich ihm, was ich über Favieros' Maklerbüros herausgefunden habe. Nachdem ich geendet habe, stößt er einen anerkennenden Pfiff aus und schüttelt frustriert den Kopf.

»Was tun Sie mir bloß an«, meint er. »Was tun Sie mir bloß an! Ich soll eine solche Sensationsmeldung in die Tiefkühltruhe packen, nur weil ich Ihnen mein Wort gegeben habe? Kann ich nicht wenigstens eine kleine Kostprobe auftauen?«

Um jeglicher Feilscherei aus dem Wege zu gehen, sage ich bestimmt: »Ausgeschlossen. Wir haben abgemacht: Sie kriegen exklusiv alle Informationen, sobald der Fall abgeschlossen ist.«

Noch etwas scheint ihn umzutreiben. Er beugt sich zu mir herüber. »Sagen Sie mal, haben Sie Gikas von all dem erzählt?«

»Ja, in groben Zügen.«

»Und wer garantiert mir, daß Gikas nicht einem Journalisten, der ihm nahesteht, einen Fingerzeig gibt, so daß der zuerst damit auf Sendung geht?«

»Das wird er nicht tun.«

Er sieht mich mit dem Whiskyglas in der Hand an. »Also, Sie sind mir ein Tagträumer. Dort bei euch im Polizeipräsidium hat doch jeder Journalist seinen Informanten. Von Ihren Assistenten bis hin zu Janoutsos und in die obersten Etagen. Da soll sich gerade Gikas, der auf den Sitz des Polizeipräsidenten zusteuert, zurückhalten?«

»Er wird aus genau diesem Grund nichts verraten«, antworte ich gelassen. »Er ist doch nicht verrückt, Erkenntnisse aus inoffiziellen Nachforschungen an die Öffentlichkeit zu bringen.«

Mein Argument hat ihn anscheinend überzeugt, denn er leert sein Glas. »In Ordnung, ich gebe zu, das klingt logisch.« Dann wird er schlagartig wieder grimmig. »Aber falls irgend etwas nach draußen dringt, dann gehe ich sofort mit allen Informationen auf Sendung, damit Sie es nur wissen.«

Draußen bezeugt nur mehr die Bordsteinrinne, daß es vor kurzem heftig geschüttet hat. Ansonsten ist der Himmel glasklar, und die Sonne strahlt. Die Leute haben sich wegen des Regens in ihre Büros und Wohnungen zurückgezogen, und somit bin ich in einer Viertelstunde in der Aristokleous-Straße. Was jedoch für den Straßenverkehr ein Segen ist, erweist sich für die Parkplatzsuche als Fluch: Eine halbe Stunde lang grase ich die Umgebung auf der Suche nach einer Parklücke ab. Bei der fünften Umrundung erhasche ich aus dem Augenwinkel, wie jemand aus der Nikoforidi-Straße wegfährt, und schlüpfe an seine Stelle.

Zu Hause angekommen, höre ich im Wohnzimmer den Fernseher laufen. Ich will Adriani guten Abend wünschen, aber das Wohnzimmer ist leer. Ich finde sie in der Küche beim Bügeln vor. Das macht sie oft: Während sie die Hausarbeit erledigt, läßt sie den Fernseher laufen, ohne das Bild zu betrachten, und degradiert ihn damit zum Radio.

»Bist du denn gar nicht naß geworden?« wundert sie sich.

»Ich war gerade nicht unterwegs und bin dem Regen entgangen.«

»Gott sei Dank. Eine Dame hat angerufen und nach dir verlangt.«

»Wer denn?«

»Weiß ich nicht, sie hat keinen Namen genannt.«

»Hast du sie nicht danach gefragt?«

Sie hält im Bügeln inne und richtet einen jener herablassenden Blicke auf mich, die sie stets aufsetzt, wenn sie eine spitze Bemerkung loswerden will. »Also bitte: Hast du Koula nicht als deine Sekretärin zu uns geholt?«

»Ich habe sie nach Hause gefahren, damit sie nicht klatschnaß wird.«

»Immerhin. Was die Anruferin betrifft: Wenn es etwas Ernstes ist, wird sie sich nochmals melden.«

Ich lasse sie in dem Glauben, mir den Mund gestopft zu haben, und gehe ins Wohnzimmer, um Gikas anzurufen. Ich beschreibe ihm in groben Zügen mein Treffen mit dem Berater des Ministerpräsidenten.

»Das haben Sie gut hingekriegt«, meint er zufrieden. »Lassen Sie ihn ruhig in dem Glauben, daß Sie in Richtung der Rechtsextremen ermitteln.«

Dann berichte ich von der möglichen Zusammenarbeit zwischen Favieros und Stefanakos' Frau. Schweigen macht sich in der Leitung breit. Als er sich zurückmeldet, klingt seine Stimme äußerst angespannt.

»Wenn sich Ihre Andeutungen bewahrheiten, dann, fürchte ich, haben wir es mit dem schlimmsten aller denkbaren Fälle zu tun.«

»Und womit?«

»Mord, aber weder mit der Schußwaffe noch mit dem Messer, sondern durch Anstiftung zum Selbstmord. Wie will man das bloß beweisen und die Hintergründe ans Licht bringen?«

Sein Argument ist so schlagend, daß ich einen Augenblick ins Wanken komme. »Soll ich überhaupt weiterermitteln?«

»Machen Sie weiter, vielleicht können wir den nächsten Selbstmord verhindern.«

Nach unserem Gespräch zerbreche ich mir den Kopf, welche Taktik ich am besten von morgen an einschlage. Ich muß einen diskreten Zugang zu Lilian Stathatou, Stefanakos' Ehefrau, finden. Ich könnte ihr einen Besuch abstatten, doch sie wird, wenn nicht direkt mit dem Premierminister, so doch sicherlich mit seinen Beratern in Kontakt stehen, so daß herauskommen könnte, daß ich nicht nach den Rechtsextremen suche, sondern in Richtung Favieros und Stathatou ermittle.

Adriani behält recht, denn die Dame ruft nochmals an, als wir gerade beim Abendessen sitzen. Es ist Koralia Janeli.

»Können wir uns morgen treffen, Herr Kommissar?«

»Ja. Wie wär's in Ihrem Büro?« Ich komme ihr zuvor, damit sie mir nicht mein Büro im Präsidium, das vorläufig noch anderweitig besetzt ist, als Treffpunkt vorschlägt.

»Macht es Ihnen etwas aus, in die Büros der Firma DO-

MITIS AG zu kommen? Ich hätte gern Herrn Samanis dabeigehabt.«

Wir verabreden uns für zehn Uhr. Dieses Telefonat verschlimmert nur noch meine Besorgnis. Ich befürchte, daß bei diesem Treffen noch mehr unangenehme Dinge zu Tage kommen.

25

Der Himmel ist strahlend blau, und wenn Athen begrünt wäre, dann würden die Bäume jetzt duften. Heute fahre ich selbst den Mirafiori und begebe mich allein zur DOMITIS AG. Ausschlaggebend war die Überlegung, Favieros' hochkarätige Führungsetage würde in Koulas Gegenwart vielleicht nicht alle Karten auf den Tisch legen. Bevor ich losfuhr, berichtete ich meiner Assistentin, was mir Sotiropoulos am Vortag gesteckt hatte, und wies sie an, Stathatous Firmen auf den Zahn zu fühlen.

Die Fünfzigjährige an der Rezeption erkennt mich sofort wieder. Sie ist immer noch ungeschminkt, doch ihre Miene hat sich etwas aufgehellt, sogar die Andeutung eines Lächelns umspielt ihre Lippen.

»Man erwartet Sie bereits, Herr Kommissar. Einen Augenblick, ich melde Sie gleich.«

Favieros' Fotografie hängt immer noch an derselben Stelle, aber ohne Trauerbinde. Ebenso fehlen die Blumengebinde, die den Boden übersäten.

Anstelle von Aristopoulos, Koulas Informanten, holt mich eine junge Blondine um die Zwanzig. Wir gehen in die dritte Etage hoch, überqueren die Seufzerbrücke und erreichen Samanis' Büro.

Im Gegensatz zur fünfzigjährigen Empfangsdame nimmt sich die Miene der zweiten Fünfzigjährigen, nämlich Samanis' Privatsekretärin, ausgesprochen kühl aus. Sie begrüßt mich mit einem unmerklichen Nicken und öffnet mir die Tür zum Büro ihres Chefs.

Samanis streckt mir die Hand entgegen – bierernst und ohne sich von seinem Stuhl zu erheben. Im Gegensatz dazu schenkt mir die Janneli ein Lächeln. Trotzdem fühle ich, klimatisch gesehen, ein Tiefdruckgebiet auf mich zukommen, das sich von der Sekretärin im Vorraum bis zu Samanis erstreckt und eine massive Schlechtwetterfront ankündigt. Meine Vorhersage bestätigt sich, als ich mich in den von Samanis offerierten Stuhl setze.

»Bei Ihrem letzten Besuch haben Sie behauptet, Sie führten rund um die Hintergründe von Jason Favieros' Selbstmord eine diskrete und inoffizielle Untersuchung durch, Herr Kommissar.«

Er hält den Kopf über ein Stück Papier gebeugt, von dem er abliest. Offenbar hat er seine Sekretärin veranlaßt, den Inhalt unseres Gesprächs festzuhalten. Das Blatt Papier, seine straffe Körperhaltung und sein Anzug erinnern mich an einen Untersuchungsrichter, der vorhat, mich mit Hilfe meiner eigenen Aussage mächtig in die Enge zu treiben.

»Genau«, entgegne ich gelassen.

»Und mir haben Sie dasselbe erzählt«, bestätigt die Janneli.

»Jawohl. Ich habe Ihnen beiden die Wahrheit gesagt.«

»Und Sie glauben, daß die Gründe für Jasons Freitod in den Maklerbüros der BALKAN PROSPECT verborgen liegen?«

Ich hebe die Schultern. »Wenn man im dunkeln tappt, Frau Janneli, dann dreht man jeden Stein um, den man unterwegs findet. Manchmal freilich stößt man unverhofft auf etwas, aber deshalb dreht man ja auch jeden Stein um.« Doch meine Anspielung scheint keinen der beiden zu beeindrucken.

»Sie werden nichts herausfinden«, fährt Samanis im gleichen Tenor fort. »Damit haben Sie einzig und allein erreicht, verschiedene Personen sinnlos aufzuschrecken und ein für uns äußerst schädliches Aufsehen zu erregen.«

»Das Aufsehen war vielleicht schädlich, aber die Personen sind zu Recht aufgeschreckt worden. Was durch puren Zufall ans Tageslicht kam, war eine Reihe dubioser Transaktionen.«

»Nur einem kranken Hirn kann der Verdacht dubioser Transaktionen entspringen. Weder Jasons Lebensgeschichte als verdienter Linker noch sein Prestige als Unternehmer hätten eine Verwicklung in fragwürdige Geschäfte zugelassen.«

Er fährt seine schwersten Geschütze auf, um meine Einwände in Grund und Boden zu stampfen: Jason Favieros war ein engagierter Linker, folglich war es undenkbar, daß er arme Flüchtlinge prellte. Jason Favieros war ein Unternehmer von Format, folglich ging er nicht das Risiko undurchsichtiger Immobiliengeschäfte ein.

»Ich habe nicht gesagt, daß Favieros persönlich in dubiose Transaktionen verwickelt war. Möglicherweise haben sich bestimmte führende Köpfe aus den Maklerbüros illegal bereichert. Zumindest in Leventojannis Fall lag auf jeden Fall eine Absprache zwischen dem verantwortlichen Makler und dem Notar vor. Ich weiß nicht, was ich sonst noch aufdecken werde, wenn ich weiter nachbohre.«

»Sie werden nichts finden, was die BALKAN PROSPECT belasten würde«, greift die Janneli ein. »Das habe ich Ihnen schon bei Ihrem Besuch klargemacht. Unser Netzwerk ist sehr lose. Die lokalen Maklerbüros treffen eigenständige Entscheidungen über ihre geschäftlichen Belange. Die BALKAN PROSPECT trägt dafür keine Verantwortung.«

»Sie haben mir doch gesagt, daß Sie die Verträge prüfen.«

»Nur bezüglich der Rechtmäßigkeit des Geschäfts. Nicht, was den Kaufpreis angeht. Darüber hinaus ist mir auch nicht klar, wie all das mit Jasons Selbstmord zusammenhängen sollte.«

Es hängt auch nicht damit zusammen. Und genau deswegen bohre ich weiter, in der vagen Hoffnung, anderswo einen Anhaltspunkt zu finden, damit mir Janoutsos meine Stelle nicht wegschnappt.

»Bemühe dich nicht, Koralia«, meint Samanis sarkastisch. »Der Herr Kommissar möchte das Motiv für Jasons Freitod ja gar nicht herausfinden, sondern nur sein Andenken besudeln. Das war immer schon der Lieblingssport der Polizei.«

Unser Lieblingssport war also, die Linken in den Schmutz zu ziehen. Derselben Meinung ist auch Sissis, und von seiner Seite respektiere ich das. Doch zwischen Sissis und Samanis besteht ein himmelweiter Unterschied.

»Eines wüßte ich gern, Herr Kommissar. Wie sind Sie auf das Off-shore-Unternehmen mit seinen Maklerbüros überhaupt gekommen?« meldet sich die Janneli wieder zu Wort.

»Durch die Biographie, die nach Favieros' Tod auf den Markt kam.«

Sobald das Stichwort Biographie fällt, springt Samanis auf. »Dieser Idiot hat uns sehr geschadet!« ruft er aus.

»Jetzt übertreibst du aber«, meint die Janneli mit einem Lächeln.

»Kennen Sie ihn?« frage ich.

Samanis geht wieder der Hut hoch. »Nein, ich kenne ihn nicht, noch möchte ich ihn je kennenlernen! Mich regt nur auf, daß er Jasons Freitod ausnützt, um Geld zu machen.«

»Sie irren sich. Die Biographie ist vor dem Selbstmord verfaßt und dem Verleger übergeben worden. Wir haben das nachgeprüft.«

Sie blicken mich verdattert an. »Dann werden Sie ja wissen, wer er ist«, bemerkt die Janneli.

»Nein, und ich bezweifle, daß er existiert. Zumindest nicht unter dem Namen Minas Logaras.«

Ich erzähle ihnen die ganze Geschichte über die Suche nach Minas Logaras und wie sie in einer Sackgasse endete. »Jedenfalls befindet sich die angegebene Adresse in der Nähe von Jorgos Iliakos' Maklerbüro«, stelle ich abschließend fest.

»Wollen Sie damit sagen, der Makler hätte die Biographie verfaßt?« fragt die Janneli mit einem Anflug von Ironie.

»Nein. Aber vielleicht hat Favieros selbst sie geschrieben und unter einem Pseudonym verschickt. Lassen Sie sich diese Auffassung durch den Kopf gehen: Er hat beschlossen, sich umzubringen, aber vor der Tat schreibt er seine Autobiographie und schickt sie an einen Verleger.«

Anscheinend habe ich es geschafft, sie zu überrumpeln, denn sie blicken sich an und versuchen sich auf das Gehörte einen Reim zu machen.

»Ausgeschlossen«, meint Samanis entschieden. »Jason stand ständig unter Strom wegen der Bauarbeiten für die Olympiade. Er ist den ganzen Tag zwischen den Baustellen, den Ministerien und den Organisationsbüros der Olympiade hin- und hergeeilt. Ihm ist doch keine Zeit geblieben, sich mit seiner Autobiographie zu befassen.«

»Seine Privatsekretärin sieht das aber anders«, halte ich dagegen.

Nun ist die Janneli an der Reihe, sich zu wundern.

»Wie das?«

»Bei der Befragung hat sie erzählt, Favieros hätte sich stundenlang in seinem Büro eingeschlossen. Und als sie ihn scherzhaft fragte, ob er an einem Roman schreibe, entgegnete er, er hätte ihn schon fertig und läse gerade Korrektur.«

Sie blicken sich kurz an. Samanis hält einen Moment unentschlossen inne, dann drückt er auf den Knopf des Haustelefons und sagt zu seiner Sekretärin: »Theoni soll bitte herüberkommen.«

Die Lefaki hält bei ihrem Eintritt den Blick geradewegs auf Samanis gerichtet, mich ignoriert sie völlig. Das Gerücht, daß ich es angeblich darauf abgesehen hätte, Favieros' Andenken zu besudeln, bleibt also noch auf die dritte Etage beschränkt. Immerhin hat mich ja die Fünfzigjährige an der Rezeption noch mit einem sehr freundlichen Lächeln empfangen.

»Theoni, bei seinem letzten Besuch haben Sie dem Kommissar erzählt, Sie hätten Jason einmal gefragt, ob er einen Roman schreibe, und er hätte geantwortet, er hätte ihn schon fertig und läse Korrektur. Können Sie sich daran erinnern?«

»Selbstverständlich! Es war an einem Freitag. Von Mittag bis Abend waren die Telefone heißgelaufen, aber Jason hatte sich in seinem Büro eingeschlossen und mir strengstens untersagt, Anrufe weiterzuleiten oder ihn zu stören.«

»Und wann genau haben Sie ihn gefragt, ob er einen Roman schreibe?« Samanis scheint sich daran zu ergötzen, mir eine Kostprobe seiner Verhörmethoden zu geben.

»Gegen acht Uhr abends, als er nach Hause fahren wollte. Bis dahin hatte er kein Lebenszeichen von sich gegeben. ›Aber was tust du denn stundenlang eingeschlossen in deinem Büro? Schreibst du an einem Roman?‹ Das habe ich ihn gefragt, um ihn zu necken. Aber er hat mir ganz ernst geantwortet: ›Ich habe ihn schon fertig und lese gerade Korrektur.‹«

»Erinnern Sie sich, wie lange vor dem Selbstmord das war?« frage ich.

Sie gibt Samanis die Antwort, als hätte er sie gefragt. »Es muß drei Monate davor gewesen sein.«

Ich werde wohl mit Sarantidis, seinem Verleger, abklären müssen, wann er das Manuskript erhalten hat, aber drei Monate, das kommt ungefähr hin.

»Dürfte ich Sie ersuchen, die Nachforschungen im Umfeld der BALKAN PROSPECT einzustellen?« bemerkt Samanis überaus formell, nachdem die Lefaki gegangen ist. »Erstens, weil ihre Geschäfte vollkommen rechtmäßig sind, und zweitens, weil Sie nicht dem Fachdezernat für Wirtschaftskriminalität angehören.« Er macht eine kleine Pause und fügt vielsagend hinzu: »Außer, Sie möchten von Ihren Vorgesetzten dazu veranlaßt werden.«

Nach so vielen Jahren im Polizeikorps kann ich immer

noch nicht begreifen, warum jeder Schaumschläger mit ausreichend Vitamin B es für notwendig hält, meine Vorgesetzten als Kinderschreck einzusetzen, um eine Sache aus der Welt zu schaffen.

»Ich kann Ihnen sagen, was passiert, wenn Sie mit meinen Vorgesetzten sprechen«, sage ich. »Die müssen daraufhin mit mir Rücksprache halten, dabei kriegen möglicherweise andere etwas davon mit. Und von da an ist es nur noch eine Frage der Zeit, daß alles den Journalisten zu Ohren kommt, die sogar wissen, wie oft wir im Präsidium auf die Toilette gehen.«

Bis er meine Worte verdaut hat, habe ich den neoklassizistischen Gebäudeteil längst verlassen.

Zu Hause erwartet mich eine Überraschung. Vor dem Computer sitzt Koulas Cousin, den sie am ersten Tag unserer Zusammenarbeit mitgebracht hat, mit Koula an seiner Seite. Die beiden hören mich eintreten und wenden sich um. Der junge Mann beschränkt sich auf ein trockenes »Hallo«. Koula jedoch springt von ihrem Stuhl auf und sagt voller Begeisterung:

»Halten Sie sich fest! Wir haben uns im Handelsregister eingeloggt und Informationen über Stathatous Firmen gefunden! Wissen Sie, wer mit vierzig Prozent an Stathatous Beratungsbüro beteiligt ist?«

»Favieros.«

»Nein. Frau Sotiria Markaki-Favierou, Jason Favieros' Ehefrau.« Ich verstumme einen Augenblick lang, um die Nachricht einzuordnen, während Koula mit derselben Begeisterung fortfährt. »Ich war im Handelsministerium, wie Sie mir aufgetragen hatten, aber dort bin ich auf einen Holzkopf gestoßen, der nicht mit sich reden ließ. Und als ich dann gezwungen war, mich als Ermittlerin auszuweisen, hat er mich von oben herab angesehen und gesagt, ich solle meinen Vorgesetzten vorbeischicken, vorzugsweise mit einer Weisung des Staatsanwalts. Da ist mir Spyrakos, mein Cousin, eingefallen.«

Sotiropoulos war nicht in den Sinn gekommen, daß seine Gäste möglicherweise nicht von Favieros, sondern von seiner Frau sprachen.

»Da ist noch etwas, aber ich fürchte, es wird Ihnen nicht gefallen«, ergänzt Koula und reicht mir eine aufgeschlagene Zeitschrift vom Tischchen herüber. »Die hat Spyros mitgebracht, und beim Durchblättern bin ich darauf gestoßen.«

Es handelt sich um eine halbseitige Anzeige.

LOUKAS STEFANAKOS

LEBEN UND POLITISCHER KAMPF

Dargestellt vom Verfasser der Biographie
von Jason Favieros

MINAS LOGARAS

Darauf folgt das Umschlagfoto und darunter der Name des Verlags: EUROPUBLISHERS. Auf das Nächstliegende war ich nicht gekommen: Logaras hat die zweite Biographie an einen anderen Verleger geschickt.

Meine Theorie über die Autorschaft von Favieros' Biographie, die ich noch vor einer Stunde Janneli und Samanis als meinen Trumpf serviert hatte, wird durch diese neue Wendung zunichte gemacht. Ich male mir aus, wie sich die beiden über mich lustig machen werden, sobald sie die Anzeige sehen. Doch im Moment kümmert mich das herzlich wenig.

Die zweite Biographie ist noch schneller als die erste auf den Markt gekommen. Die erste benötigte zehn Tage, die zweite gerade mal eine Woche. Das heißt, jemand hat Material über beide Selbstmörder gesammelt, die Biographien geschrieben und den Verlagen geschickt, lange bevor sich Favieros und Stefanakos umbrachten. Hinter all dem steckt ein Kopf, der Favieros' und Stefanakos' Selbstmord geplant hat und in der Lage war, sie dazu zu treiben. Nur daß ich keine Ahnung habe, wer das sein könnte. Genausowenig weiß ich, ob es noch ein weiteres Opfer geben wird. Mit anderen Worten: Ich tappe völlig im dunkeln.

26

Biographie, die = Darstellung der Lebensgeschichte eines Menschen, d. i. hist. und soz. Einbettung in die äußeren Lebensumstände und Ereignisse sowie Beschreibung der geistig-seelischen Entwicklung.
Biograph, der = Verfasser einer Biographie.
Biographen, die = Verfasser kurzer Viten von Rednern, Philosophen, Dichtern, Historikern, Grammatikern etc. in der griechischen Antike.

Logaras reiht sich mit Sicherheit nicht in die Tradition der antiken Biographen ein. Zum einen, weil Favieros und Stefanakos weder in die von Dimitrakos definierte Kategorie der Redner, noch in die der Philosophen oder Dichter fallen. Zum anderen, weil seine Viten nicht gerade kurz sind. Die zweite ist sogar noch länger als die erste, bald dreihundertfünfzig Seiten dick. Und sie ist besser ausgestattet: Der Umschlag ist kein marktschreierischer Hochglanzeinband, sondern aus matt-grauem Papier mit dunkelblauer Schrift, und in der Mitte prangt eine Aufnahme von Loukas Stefanakos während einer Rede aus jüngster Zeit. Offenbar hat man die Fotografie dem Archiv irgendeiner Zeitung oder Zeitschrift entnommen.

Diesmal habe ich vorgesorgt. Ich habe mir die Biographie sofort besorgt, so daß ich sie heute nachmittag in aller

Ruhe lesen kann und nicht bis zum Morgengrauen im Wohnzimmersessel ausharren muß. Der Besuch beim Verleger kann warten. Logaras – wer auch immer sich dahinter verbarg – hat sicher auch beim zweiten Verlag das bekannte Versteckspiel veranstaltet, das wieder in der leerstehenden Wohnung in der Niseas-Straße endet.

Vordringlich ist jetzt die Suche nach einer weiteren Biographie. Ich könnte mir alle Haare einzeln ausraufen, weil ich danach nicht sofort nach Favieros' Selbstmord gefahndet habe. Ich hatte mich in dem sicheren Glauben gewiegt, Favieros sei Logaras und die Biographie eine verkappte Autobiographie. Damit bin ich auf die Nase gefallen und muß mich jetzt sputen, um das Schlimmste zu verhindern. Ich habe Koula darauf angesetzt, eine Liste aller griechischen Verlage aufzutreiben. Nach einer halben Stunde war sie beim Verband der Verleger und Buchhändler fündig geworden. Sie setzte sich mit einem Verlag nach dem anderen in Verbindung, doch es tauchte keine dritte Biographie auf. Das ist an und für sich schon ein gutes Zeichen, da es bedeutet, daß sich Logaras – vorläufig zumindest – noch kein nächstes Opfer auserkoren hatte. Natürlich kann aber jederzeit ein neues Werk in die Hände eines Verlegers gelangen. Daher haben wir alle gebeten, uns umgehend zu benachrichtigen, falls sie irgendein Schreiben von Minas Logaras erhalten sollten. Nicht, daß ich mir viel von dieser Maßnahme verspreche. Wer auch immer hinter dem Pseudonym Minas Logaras steckt, ist bestimmt nicht auf den Kopf gefallen. Er kann sich ausmalen, daß wir nach der zweiten Biographie Vorkehrungen treffen, und wird sich mit einem weiteren Buch Zeit lassen.

Es ist kurz nach fünf, als ich meinen Platz im Wohnzimmersessel einnehme und das Buch aufschlage, doch Adriani hält mich davon ab.

»Hast du vor, Stefanakos' Biographie zu lesen?«

»Ja, und ich fange früh an, wie du siehst, damit du keinen Grund zum Schimpfen hast, weil ich bis zum Morgengrauen im Wohnzimmer sitze.«

»Warum liest du sie denn nicht im Park?« fragt sie mit zuckersüßem Lächeln. Einen Satz später verwandelt sich ihre Sanftmut in Nostalgie. »Wir sind schon lange nicht mehr dort gewesen, und heute wäre es schön, weil es nicht allzu heiß ist.«

Ich kann ihrer Idee einiges abgewinnen. Einerseits tue ich ihr einen Gefallen, und andererseits auch mir, da ich, wenn ich acht Stunden ununterbrochen im Sessel säße, Gliederschmerzen bekäme. Außerdem täten mir der Spaziergang und die frische Luft durchaus gut.

Ich weiß nicht, was sich sonst noch im Park verändert hat, die Katze jedenfalls sitzt nicht an ihrem Platz. Trotzdem halte ich mich an unsere geheime Abmachung und setze mich auf meine gewohnte Bank. Der Park ist menschenleer wie immer, die Sonne dringt durch das Blattwerk, alles ist genau so, wie wir es das letzte Mal zurückgelassen haben, nur die Temperaturen sind gestiegen, und die Luft ist schwüler.

Adriani blickt sich um und stößt einen freudigen Seufzer aus. »Das habe ich vermißt, weißt du. Wie schön war es doch, als wir jeden Nachmittag hierhergekommen sind.«

Ich versuche mich zu besinnen, ob es wirklich schön war. Damals war ich so schlecht drauf, ein dermaßen willenloses Bündel, daß ich mich an nichts Schönes erinnern kann. Möglicherweise war es tatsächlich angenehm. Gewiß, die Tage flossen friedlich dahin. Doch da ich diese Leere durch nichts füllen konnte, war für mich Geruhsamkeit gleich Langeweile.

Daher beschränke ich mich auf ein Schweigen, das auch Zustimmung bedeuten könnte, und vertiefe mich in Loukas Stefanakos' Lebensgeschichte. Nach den ersten Seiten gewinne ich den Eindruck, Minas Logaras hätte eine einzige Biographie geschrieben und nur die Namen ausgetauscht. So sehr ähneln sich die beiden Lebensgeschichten. Favieros und Stefanakos stammen aus derselben sozialen Schicht und weisen denselben Werdegang auf: Volksschule, Gymnasium und danach Polytechnikum im Fall von Favieros, die juristische Fakultät bei Stefanakos.

Ich stecke gerade mitten in Stefanakos' kämpferischer Studentenzeit, als die Katze auftaucht. Sie bleibt zwischen den beiden Bänken stehen und blickt mich verdutzt an. Dann öffnet sie langsam ihren Mund. Ich erwarte, daß sie ihren Zorn darüber äußert, daß ich sie sitzengelassen habe. Doch es wird nur ein majestätisches Gähnen daraus, als würde sie allein mein Anblick schon unerträglich langweilen.

»Sieh mal einer an, als hätte sie uns erkannt. Was so ein Tier nicht alles begreift!« staunt Adriani, die den Kopf von ihrer Stickerei gehoben hat.

Die Katze klappt den Mund zu und springt mit hochgestrecktem Schwanz auf ihren gewohnten Platz, während ich mich wieder Stefanakos' Biographie zuwende.

Logaras überhäuft Stefanakos gleichermaßen mit Lorbeeren wie Favieros. Doch da ich jetzt alles quasi zum zweiten Mal lese, wirken diese Lobeshymnen gekünstelt, als fühle sich der Autor dazu verpflichtet, ohne wirklich überzeugt zu sein. Ich bin sicher, daß ich denselben Eindruck hätte, wenn ich nun Favieros' Lebensbeschreibung wiederläse.

Als ich Stefanakos' Studentenjahre hinter mir lasse, die – ganz wie bei Favieros – die Hälfte des Buches einnehmen, ist es schon fast dunkel. Adriani erhebt sich halbherzig, und selbst ich würde lieber hier weiterlesen als in die stickige Wohnung zurückkehren.

Gegen zehn greife ich wieder zur Biographie, nachdem ich eine langweilige Nachrichtensendung gesehen und einen Teller grüne Bohnen gegessen habe. Adriani besteht darauf, wenigstens im Sommer die Lebensmittelgifte zu meiden, was bedeutet, daß wir fast nur gekochtes Gemüse in Olivenöl oder Fisch aus dem Ofen zu uns nehmen.

Stefanakos schlägt denselben Weg wie Favieros ein: Jahre im Widerstand, Kampf gegen die Junta und – nur kurz nach Favieros' Inhaftierung – Festnahme durch die Militärpolizei. Beim Lesen geht mir der Gedanke durch den Kopf, Favieros und Stefanakos könnten sich in den Kerkern der Militärpolizei getroffen haben. Aber ich weise ihn von mir, da die Gefangenen der Militärpolizei in Einzelhaft gehalten wurden.

Als wir zu Stefanakos' parlamentarischer Karriere und politischer Profilierung kommen, warte ich schon ungeduldig darauf, daß sich der erste Schatten auf Stefanakos' Bild legt. Und meine Einschätzung bewahrheitet sich kurz darauf.

Die erste spitzzüngige Anspielung findet sich nach dem Kapitel von Stefanakos' Hochzeit mit Lilian Stathatou. Logaras beschreibt, wie hart die Stathatou in den ersten Ehejahren gearbeitet habe, um das politische Profil ihres Ehemanns aufzubauen, während sie selbst völlig im Hintergrund blieb. Möglicherweise deshalb, weil sie jegliche Verknüpfung ihres Mannes mit ihrem Vater, Argyris Stathatos, vermeiden wollte. Gleichzeitig hatte sie jedoch genau dort, im Schatten ihres Mannes, eine emsige Tätigkeit als Unternehmerin entfaltet.

Dieses Tätigkeitsfeld konzentrierte sich anfänglich auf Stathatous Werbeagentur namens STARAD, die sich genauso rapide entwickelte wie das Fernsehen. Verdächtig wird es dort, wo ich es nicht erwartet hätte: bei UNION CONSULTANTS, dem Beratungsbüro für Investitionshilfen der Europäischen Union, das die Stathatou zusammen mit Sotiria Markaki-Favierou gegründet hat. Unmittelbar danach folgt nämlich der erste böse Seitenhieb. Logaras behauptet, möglicherweise mit einem Anflug von Ironie, Stefanakos habe seiner Gattin beim Aufbau der zweiten Firma auf geradeso diskrete Weise beigestanden wie sie dem Ehemann bei dessen politischer Profilierung. In bezug auf ein Unternehmen, das Investitionshilfen durch EU-Programme vermittelt, läßt dieser Hinweis tief blicken.

Doch das ist noch nicht einmal die bissigste Anspielung. Eine halbe Seite später legt Logaras dar, daß die Stathatou und die Favierou auch in Skopje Büros eröffnet hätten, die sämtliche Beitrittskandidaten zur Europäischen Union betreuten. Ein Großteil der für diese Länder vorgesehenen Programme sei, inklusive der Mittel für den Wiederaufbau von Bosnien und dem Kosovo, via Griechenland vermittelt worden.

Ich beende die Lektüre der Biographie um halb eins. Dann nehme ich Papier und Bleistift und setze mich an den Küchentisch, um die Verflechtungen zwischen Favieros und Stefanakos samt Ehefrauen zu skizzieren.

FAVIEROS:	Bauunternehmen DOMITIS AG
	BALKAN PROSPECT: Netzwerk von Maklerbüros in Griechenland und auf dem Balkan
	Baufirmen im Balkanraum
STATHATOU:	Werbeagentur STARAD
STATHATOU / MARKAKI-FAVIEROU:	Beratungsbüro UNION CONSULTANTS Tochterfirma in Skopje, Tätigkeitsfeld: Balkan, insbes. Bosnien, Kosovo
STEFANAKOS:	einflußreicher Parlamentarier mit hervorragendem Ruf auf dem Balkan

Ich blicke auf die Skizze und beginne Verbindungen herzustellen. Zunächst einmal besitzen sowohl Favieros als auch die Stathatou jeweils ein Unternehmen, das über jeden Verdacht erhaben ist: Favieros die Firma DOMITIS und Stathatou die Agentur STARAD. Doch hinter diesen sauberen und vertrauenswürdigen Unternehmen verbergen sich andere mit nebulösen Aktivitäten. Sowohl die BALKAN PROSPECT als auch die UNION CONSULTANTS entsprechen formal allen gesetzlichen Ansprüchen, doch ihr Geschäftsgebaren und die Art ihrer Gewinnerzielung lassen viele Fragen offen.

Noch nebulöser werden die Dinge auf dem Balkan. Dort kaufte Favieros mittels seiner Maklerbüros für einen Kanten Brot Grundstücke und Bauland, die er auf vielfältige Weise nutzte. Nicht ausgeschlossen, daß sich das Gespann Stathatou-Favierou, unter dem Vorwand der Vermittlung, eine dicke Scheibe von den EU-Hilfen für diverse Balkanländer abgeschnitten hat. Früher nahmen die Schreiber im Vorhof des Rathauses zwei Drachmen, wenn sie ein Gesuch auf Ausstellung einer Geburtsurkunde verfaßten. Heutzutage streichen die griechischen Antragsteller bei der EU von den Balkanbewohnern für ein Gesuch Millionen ein.

Und hinter alledem steht Stefanakos: Kämpfer, Widerständler, herausragender Politiker, vor dem das Parlament zitterte, und vor allem – Wohltäter des Balkans. Wer würde es wagen, den Finger zu heben, während er im Hintergrund die Fäden zog, damit die Kompagnons Stathatou und Favierou EU-Fördermittel sowohl für Griechenland als auch für den Balkan zugesprochen bekamen? Solche Dinge kommen in den seltensten Fällen ans Licht, da nur wenige davon wissen. Und die halten wohlweislich den Mund.

Ich lasse den Bleistift sinken und versuche meine Gedanken zu ordnen. Könnte das der Grund für Stefanakos' Freitod sein? Irgendein Unbekannter, der sich hinter dem Pseudonym Logaras verbirgt, kennt die Wahrheit und erpreßt ihn. Und Stefanakos begeht Selbstmord, um sich und seine Frau vor einem Skandal zu schützen. Offensichtlich ist die Skandaltheorie gar nicht zu verachten.

Trotzdem bleibt die Frage offen: Wieso bringen sich Stefanakos und Favieros öffentlich um? Wer sich tötet, um einem Skandal zu entgehen, muß das nicht notwendigerweise vor den Augen von Millionen Fernsehzuschauern tun. Darauf habe ich nach wie vor keine Antwort.

Ich erhebe mich und rufe Sotiropoulos unter seiner Mobilfunknummer an. »Dieser Abgeordnete, der Ihnen gegenüber die Verbindung zwischen Favieros und der Stathatou erwähnt hat…«

»Andreadis… Besteht tatsächlich eine Verbindung?«

»Sieht ganz so aus. Nicht mit Favieros direkt, aber mit seiner Frau.«

Er pfeift anerkennend.

»Können Sie mir ein Treffen mit diesem Andreadis arrangieren?«

Es folgt ein kurzes Schweigen. »Jetzt wird's brenzlig«, meint er, gar nicht scherzhaft diesmal. Und nach einer Pause: »Ich probier's.«

27

Die Hitze hat sich wieder zurückgemeldet und scheint uns gehörig quälen zu wollen. Bereits in der Nacht spürte ich den Wetterumschwung, als ich naßgeschwitzt in dampfenden Laken aufwachte. Nun ist es zehn Uhr morgens, und ich begebe mich zu den Büros des Verlags EUROPUBLISHERS in der Omirou-Straße. Ich fahre die Skoufa-Straße im Gefolge eines altersschwachen LKWs hoch, der mit Plastikstühlen beladen ist. Nicht genug damit, daß er mich bei seiner Fahrt fast zu ersticken droht. Nein, er muß auch vor jeder Ampel halten, und wenn er dann bei Grün losfährt, verpaßt er mir eine doppelte Dosis.

»Willst du deinen Auspuff nicht mal reparieren lassen?« frage ich den Fahrer, als ich das rettende Überholmanöver starte. »Man erstickt ja an den Abgasen.«

Er blickt mich, wortwörtlich und im übertragenen Sinn, von oben herab an. »Sag bloß, es hat schon Katalysatoren gegeben, als deiner gebaut wurde«, entgegnet er.

Der Verlag EUROPUBLISHERS residiert in der vierten Etage der Hausnummer 22. Am Empfang ist eine Büchervitrine an der Wand angebracht. Darin sind folgende Titel aufgereiht: ein Handbuch für Astrologie, ein medizinischer Ratgeber in zwei Bänden, ein Kochbuch, zwei Bildbände und eine Videokassette über die großen Ereignisse des 20. Jahrhunderts sowie ein Büchlein über Körperpflege. Zwischen dem medizinischen Ratgeber und dem Kochbuch posiert Stefanakos auf dem Umschlagfoto seiner Biographie.

Unter der Büchervitrine sitzt eine Fünfunddreißigjährige mit knallrotem Haar an einem dieser Stahlrohrschreibtische, die es heute überall gibt, mit zwei Stühlen davor, die ebenfalls überall zu finden sind. Sie ist akkurat geschminkt und hat ein Top an, das sich eng um ihre Brust spannt und die mädchenhaften, sonnengebräunten Schultern frei läßt. Bestimmt war sie in ihren Jugendjahren Mannequin, und jetzt hat man sie als preisgünstigen, da den Jugendjahren entwachsenen Blickfang hierhergeholt.

Was sucht die Biographie eines engagierten linken Politikers wie Stefanakos in dieser Umgebung? Da ist mir Sarantidis mit seinem chaotischen Laden hundertmal lieber. Wenn er mittlerweile nicht in das erträumte Vierraumbüro umgezogen und ein Verleger wie alle anderen geworden ist.

»Was kann ich für Sie tun?« meint die Rothaarige mit Damenbaß.

»Kommissar Charitos. Ich hätte gerne mit dem Verlagsleiter gesprochen.«

Sie würdigt mich keiner Antwort, sondern hebt den Hörer ab und wählt eine interne Durchwahl. »Hier ist ein Herr –« Bevor sie meinen Namen nennen kann, ist er ihr auch schon entfallen. Daher blickt sie mich nochmals fragend an. »Wie war der Name noch?«

»Charitos... Kriminalkommissar...«

»Hier ist ein gewisser Herr Charitos, Kriminalkommissar, und er möchte Herrn Joldassis sprechen.« Am anderen Ende der Leitung erhebt sich offenbar ein Gezeter, denn sie sagt beschwichtigend: »Ist ja gut… Ich schicke ihn sofort rüber.«

Sie legt den Hörer auf die Gabel und bedenkt ihn dabei mit einem giftigen Blick. Dann meint sie, zu mir gewendet: »Die dritte Tür rechts«, und deutet zum Ende des Korridors.

Das Büro hinter der dritten Tür rechts sieht haargenau so aus wie die Rezeption. Die Sekretärin springt bei meinem Anblick hoch.

»Kommen Sie herein, Herr Kommissar. Herr Joldassis wird Sie sofort empfangen.«

Sie öffnet mir die Tür neben ihrem Arbeitsplatz und läßt mich eintreten. Der Fünfzigjährige hinter dem Schreibtisch ist großgewachsen, dünn und hat eine Hakennase, die fast bis zu den Lippen hinunterreicht. Er trägt ein Ensemble in Blautönen – ein himmelblaues T-Shirt und eine dunkelblaue Hose.

»Kommen Sie herein, Herr Kommissar«, meint er zuvorkommend. »Nehmen Sie bitte Platz.«

Der Raum wird von einer Klimaanlage gekühlt, die mir den Schweiß auf dem Rücken erkalten läßt. Nachdem wir die übliche Zeremonie hinter uns gebracht haben – höfliches Angebot eines Kaffees seinerseits, höfliche Ablehnung meinerseits – kommt er zur Sache und fragt mich liebenswürdig: »Womit kann ich Ihnen dienen, Herr Kommissar?«

»Ich hätte da einige Fragen in bezug auf Loukas Stefanakos' Biographie.« Seine Miene verändert sich schlagartig, und ich beeile mich festzustellen: »Es gibt keinen Anlaß zur Sorge.«

»Ich sorge mich nicht«, entgegnet er ganz ruhig. »Nur

verstehe ich nicht, was die Herausgabe von Stefanakos' Biographie mit seinem Selbstmord zu tun haben sollte.« Plötzlich kommt ihm die göttliche Eingebung, und er findet von selbst die Antwort: »Ich verstehe! Weil auch nach dem Selbstmord dieses... Bauunternehmers eine Biographie vom selben Autor erschienen ist.«

»Genau. Ich möchte wissen, wie und wann die Biographie in Ihre Hände gelangt ist.«

»Auf dem Postweg, das ist sicher. Wann, weiß ich nicht mehr genau, aber ich kann Jota rufen, die das Buch betreut hat.«

Er hebt den Hörer ab und veranlaßt seine Sekretärin, Jota zu uns zu schicken. Kurze Zeit später tritt eine junge Frau um die Fünfundzwanzig ein, die von allem ein bißchen ist: ein bißchen kurz geraten, ein bißchen dicklich, ein bißchen kurzsichtig.

»Sag mal, Jota«, fragt Joldassis. »Erinnerst du dich vielleicht, wann wir den Computerausdruck von Stefanakos' Biographie bekommen haben?«

»Vor dreieinhalb Monaten etwa«, antwortet die junge Frau wie aus der Pistole geschossen.

Ungefähr um dieselbe Zeit hatte auch Sarantidis Favieros' Lebensgeschichte zugeschickt bekommen.

»Herr Joldassis hat mir gesagt, sie sei per Post gekommen. Können Sie sich vielleicht erinnern, ob noch etwas in dem Umschlag war?«

»Ja, ein Brief.«

»Was für ein Schreiben war das?«

»Ich kann es herholen, ich habe es aufgehoben.«

»Eine blitzgescheite junge Frau«, meint Joldassis, nachdem sie gegangen ist. »Stellen Sie sich vor: Ich hätte gar nicht mehr an Stefanakos' Biographie gedacht, Jota hat mich daran erinnert.«

Jota kehrt kurz darauf mit dem Brief zurück und überreicht ihn mir. Ich fasse ihn mit den Fingerspitzen an und betrachte ihn gründlich. Er wurde auf einem Computer verfaßt, ohne Absender und ohne Telefonnummer. Nur unter der unleserlichen Unterschrift taucht der Name ›Minas Logaras‹ auf. Der Inhalt deckt sich mit dem Schreiben an Sarantidis: Falls sich EUROPUBLISHERS für die Publikation interessiere, würde Logaras mit dem Verlag Kontakt aufnehmen, um die Vertragsbedingungen und den Erscheinungstermin auszuhandeln.

»Kann ich den Brief behalten?« frage ich Joldassis. Nicht, daß wir nach so langer Zeit und nachdem er durch so viele Hände gegangen ist, noch Fingerabdrücke feststellen könnten, aber manchmal geschehen Zeichen und Wunder.

»Aber sicher. Nur würde ich ihn gerne zurückhaben. Ich habe sonst keinen Beweis in Händen, daß es bei der Zustellung des Textes mit rechten Dingen zuging. Und wenn eines Tages dieser Logaras auftaucht ... Sie verstehen ...«

»Was wollen Sie damit sagen? Gibt es keinen Vertrag?« frage ich verdattert.

»Nein. Logaras hat sich nicht mehr gemeldet, und ich hatte, wie gesagt, die Biographie vollkommen vergessen. Jota ist sie am Tag nach dem Selbstmord wieder eingefallen. Von da an begann ein Wettlauf mit der Zeit. Ich habe ein Vermögen für die Druck- und Bindekosten bezahlt, damit sie das Buch in fünf Tagen fertig haben.« Er hält inne und lächelt. »Aber es war der Mühe wert«, meint er zufrieden.

»Und Sie haben die Biographie ohne Autorenvertrag herausgebracht?«

Er zuckt mit den Schultern. »Wo hätte ich denn Logaras auftreiben sollen, wenn er weder Adresse noch Telefonnummer angibt? Sollte er auftauchen, werde ich ihm die Beteiligung bezahlen, die ihm zusteht. Aber er wird nicht auftauchen«, fügt er im Brustton der Überzeugung hinzu.

»Wie können Sie da so sicher sein?«

»Nach dem Aufruhr um Stefanakos hätte er sich wegen seiner Beteiligung bestimmt gemeldet. Da er bislang nicht aufgetaucht ist, heißt das, er wird sich auch weiterhin nicht melden. Die hohen Produktionskosten des Buches habe ich zum Teil vom Autorenhonorar abgezweigt.« Er verbirgt seine Begeisterung über diese Lösung keineswegs.

»Und wieso meinen Sie, er würde sich nicht melden? Wieso läßt er sich so viel Geld entgehen?«

Die Suche nach einer Version, die mir noch nicht in den Sinn gekommen ist, läßt mir einfach keine Ruhe. Joldassis hebt die Schultern.

»Keine Ahnung, aber ich kann es mir erklaren. Logaras ist bestimmt ein Pseudonym.«

»So weit kann ich folgen. Und weiter?«

»Woher will man denn wissen, ob der Mann nicht inzwischen verstorben ist? Und keiner hat mitgekriegt, daß er zwei Bestseller-Biographien geschrieben hat?«

Dieser Gedankengang kommt ihm sehr gelegen, da er so für immer der Zahlung des Autorenhonorars entgeht. Wenn ihn Adriani jetzt sehen könnte, hätte sie ihre Schlußfolgerungen schon gezogen: Große Hakennase bedeutet Habgier und Geiz.

Mir ist klar, daß seine Theorie irrig ist, da es im Fall von SARANTIDIS einen Vertrag unter einer falschen Adresse gab, aber das sage ich ihm nicht. Wozu soll ich ihm den Stachel ins Fleisch setzen, da Logaras sich ohnehin nicht melden wird? Langsam beginne ich, Logaras' Vorgehensweise nachzuvollziehen. Favieros' Biographie war seine erste Arbeit, und er wollte ihre Publikation sicherstellen. Deshalb hat er den Vertrag unterzeichnet und eine falsche Adresse angegeben. Bei Joldassis hat er nichts dergleichen unternommen, da er sicher war, daß Joldassis nach Sarantidis' Bestseller scharf darauf sein würde, die Biographie umgehend herauszubringen, um am Erfolg teilzuhaben. Deswegen hat er die zweite Biographie an den Verlag EUROPUBLISHERS geschickt, der alles mögliche herausbringt, solange es nur Gewinn einspielt.

Logaras lag nichts an den Autorenrechten. Aus irgendeinem Grund wollte er sichergehen, daß die Lebensgeschichten auch tatsächlich auf den Markt kamen. Wenn ich bloß wüßte, was der Grund dafür ist. Aber ich habe nicht die leiseste Ahnung.

»Eine letzte Frage noch«, sage ich zu Joldassis. »Sie wissen doch bestimmt, daß nach Favieros' Freitod der Verlag SARANTIDIS eine Biographie herausgegeben hat.«

»Ja, diese kulturbeflissenen Verleger finden uns zwar zum Kotzen, aber sobald ihnen ein Goldfisch ins Netz geht, nehmen sie ihn schlimmer aus als wir. Vergleichen Sie unsere Ausgabe mit der von SARANTIDIS und sagen Sie mir, welche den besseren Eindruck macht.«

Diese ästhetische Frage ist mir allerdings schnurzegal. »Ja, aber haben Sie aufgrund des vorangegangenen Falles nicht daran gedacht, sich mit irgend jemandem in Verbindung zu setzen, als Sie nach Stefanakos' Selbstmord plötzlich auch mit einer Biographie dastanden?«

»Mit wem hätte ich denn Verbindung aufnehmen sollen…«

»Was weiß ich… Mit seiner Familie… Mit der Polizei…«

Er reagiert mit einem gleichgültigen Schulterzucken. »Ich bin doch nicht verpflichtet, die Familie zu informieren, weil ich die Biographie eines prominenten Politikers veröffentlichen will. Um so weniger, wenn sie eine einzige Lobeshymne auf den Verstorbenen ist. Was die Polizei betrifft, Herr Kommissar, so ist die Zeit der Zensur wohl vorbei.«

Dem habe ich nichts entgegenzusetzen und breche auf. Der Abschied verläuft viel förmlicher als der Empfang.

Nach dem angenehm kühlen Klima im Büro kommt mir die Höllenhitze draußen noch unerträglicher vor. Zu Hause angelangt finde ich Koula vor, die auf glühenden Kohlen sitzt, da sie mir etwas Neues zu berichten hat.

»Spyrakos und ich haben noch ein Unternehmen entdeckt«, meint sie gleich bei meinem Eintreten.

»Was für ein Unternehmen?«

»Off-shore.«

»Von Favieros, seiner Frau und der Stathatou?«

»Von Favieros und der Stathatou. Hotelanlagen und Reiseunternehmen in Bulgarien, Rumänien und an der Küste Dalmatiens.«

Sie überreicht mir ein Blatt Papier, auf dem der Name des Unternehmens notiert ist: BALKAN INNS – HOTELS AND CRUISES.

Na also, sage ich mir. Der Apfel fällt nicht weit vom Stamm. Schließlich hat die Stathatou ihrem Vater nur im Inland abgeschworen. Im Balkanraum geht sie denselben Geschäften nach wie er. Mit einemmal stehe ich vor einem ganzen Komplex von Unternehmen innerhalb und außerhalb Griechenlands, der zwei Familien untersteht: der eines Unternehmers und der eines Politikers. Den gemeinsamen Nenner zwischen beiden bilden die kämpferische Studentenzeit, der Widerstand gegen die Junta und die Militärpolizei. Auf welche Weise nun all das in die Aktivitäten multinationaler Unternehmen auf dem Balkan mündet und in welchem Zusammenhang es mit den Selbstmorden der beiden Familienoberhäupter steht, ist mir völlig schleierhaft, und ich sehe keine Möglichkeit, dieses Knäuel jemals zu entwirren.

Da, trotz allem, Angriff die beste Verteidigung ist, beschließe ich, noch einen Besuch bei Koralia Janneli in der Firma BALKAN PROSPECT zu machen, da sie sich bei Favieros' Off-shore-Unternehmen besonders gut auskennt.

Ich bin schon auf dem Weg zum Telefon, um sie wegen eines Termins zu kontaktieren, als es mir durch sein Schrillen zuvorkommt.

»Fehlanzeige«, sagt eine Stimme am anderen Ende der Leitung, die ich als die Sotiropoulos' identifiziere. »Andreadis will nicht reden.«

»Wieso nicht? Was hat er Ihnen gesagt?«

»Was heißt gesagt! Er hat mich angebrüllt: Die Teilnehmer an meiner Sendung sähen mich als zuverlässigen Partner an, und es sei nicht richtig, ihr Vertrauen zu mißbrauchen und Informationen an Dritte weiterzugeben. Wenn ich so weitermachte, würde keiner mehr in meine Sendungen kommen.«

»Das hat er alles gesagt?«

»Ja. Jedenfalls klang es so, als sei ihm ein gehöriger Schreck in die Glieder gefahren. Aber das bilde ich mir möglicherweise auch nur ein.«

Wie auch immer, diese Tür scheint endgültig ins Schloß gefallen zu sein, und ich muß anderswo nach Informationen suchen.

28

Die Janneli empfängt mich stehend in ihrem Büro. Unser Treffen war für sechs Uhr anberaumt, und ich bin mit zwanzigminütiger Verspätung eingetroffen. Doch das scheint sie nicht zu stören. Sie ist wie immer gepflegt gekleidet. Diesmal trägt sie ein Oberteil in Hellorange mit einer riesigen Sonnenblume am Ausschnitt und dazu eine einfarbige Hose. Sowie ich Platz genommen habe, erscheint ihre Sekretärin mit einem Tablett und stellt ein Glas Saft und einen Teller Kekse vor mich hin. Damit hat sie mich überrumpelt, denn ich habe so viel freundliches Entgegenkommen nicht erwartet und bin gezwungen, mich dafür zu bedanken, obwohl ich Obstsäfte hasse und zwischen den Mahlzeiten nicht gerne etwas esse – außer Souflaki. Trotz der Dankesbezeigungen bleibt ihr die Verwunderung auf meinem Gesicht nicht verborgen. Sie blickt mich an und lächelt.

»Sie statten uns doch einen freundschaftlichen Besuch ab, oder?« meint sie. »Lassen Sie uns daher mit einer kleinen Erfrischung anfangen.«

Die Janneli ist mir ein Rätsel. Ihr gelingt es, selbst dann sympathisch zu wirken, wenn sie auf Angriff schaltet, so wie kürzlich in Samanis' Büro. Andererseits jedoch kann sie an einem bestimmten Punkt die Rolläden runterlassen, und beim nächsten Schritt prallt man gegen eine Wand.

»Der Besuch ist weder freundschaftlich noch feindselig«, sage ich nüchtern. »Ich wollte nur, daß Sie mir einen Hinweis bestätigen.«

»Eigentlich bin ich Ihnen keine Erklärung schuldig, insbesondere nach unserem vorgestrigen Gespräch in Xenofon Samanis' Büro. Die Leventojanni droht uns jetzt Ihretwegen mit einer Klage, wenn wir ihr die Differenz nicht ausbezahlen, die wir angeblich von dem Pontusgriechen einkassiert haben.«

Ganz und gar nicht »angeblich«, sage ich mir, aber ich ziehe es vor, sie in diesem Moment nicht zu provozieren. »Es geht mir nicht um die BALKAN PROSPECT, sondern um die BALKAN INNS, Jason Favieros' zweites Off-shore-Unternehmen, das Hotelanlagen und Reiseunternehmen betreibt.«

»Sie gehen sehr systematisch vor, Herr Kommissar«, sagt sie mit demselben gelassenen Lächeln. »Sie lassen nichts unversucht, Ihnen entgeht nicht das geringste.«

»Das ist mein Job.«

»Da Sie Ihren Job so gut verrichten, werden Sie bemerkt haben, daß dieses Unternehmen nunmehr Jason Favieros' Erben und Lilian Stathatou gehört.«

»Das ist mir nicht entgangen.«

»Wieso kommen Sie dann zu mir? Wenn Sie Informationen über die BALKAN INNS suchen, dann wenden Sie sich doch direkt an Lilian Stathatou.«

»Ich wende mich aus Rücksicht auf Frau Stathatous Trauer an Sie.«

Ich flüchte mich in ein Standardargument, doch diesmal fällt es nicht auf fruchtbaren Boden, denn sie reagiert erheitert.

»Lassen Sie doch das Gerede von Ihrer Rücksicht auf die Trauer einer Witwe, Herr Kommissar. Das Problem liegt doch woanders. Sie fürchten, Ihre indiskreten Fragen an Frau Stathatou könnten Ihren Vorgesetzten – bis hin zum Minister für Öffentliche Ordnung – zu Ohren kommen und unangenehme Folgen für Sie haben. An Xenofon Samanis können Sie sich ebenfalls nicht wenden, da er Sie anscheinend nicht besonders gut leiden kann. Nun also wenden Sie sich an mich, weil Ihnen das besser ins Konzept paßt. Aber ich habe nicht vor, über pure Annahmen zu sprechen oder Firmen, die nicht die BALKAN PROSPECT betreffen.«

Wiederum hat sie meine Gedanken erraten. Daher beschließe ich, das Steuer herumzureißen. »Fangen wir anders an«, sage ich. »Hat ein gewisses Off-shore-Unternehmen namens BALKAN INNS möglicherweise mit der BALKAN PROSPECT zusammen Geschäfte gemacht?«

»In welcher Weise?«

»Hat zum Beispiel die BALKAN INNS zufälligerweise von der BALKAN PROSPECT Grundstücke in Balkanländern gekauft, um dort Hotels zu errichten?«

Sie zuckt mit den Schultern. »Das können Ihnen unsere lokalen Maklerbüros sagen.«

»Kommen Sie! Das kann doch nicht sein, daß Ihre Maklerbüros die Zentrale nicht informieren.«

»Also gut, möglicherweise hat es solche Geschäftskontakte gegeben. Und was beweist das?«

Ich lasse ihre Frage unbeantwortet und fahre fort: »Wissen Sie, ob Jason Favieros' Baufirmen vor Ort die Errichtung dieser Hotelanlagen übernommen haben?«

»Für diese Frage ist wiederum Xenofon Samanis zuständig. Ich persönlich würde das absolut nicht ausschließen.« Sie hält kurz inne und beugt sich vor. »Wieso kommt Ihnen hier der Verdacht eines gesetzwidrigen Verhaltens, Herr Kommissar? Was ist naheliegender, als daß drei Firmen zusammenarbeiten, die zur Gänze oder zum Teil demselben Eigentümer gehören?«

»Ich sage Ihnen noch einmal, was ich schon am Anfang unterstrichen habe. Ich untersuche keine Gesetzwidrigkeiten, sondern die Gründe für Jason Favieros' Selbstmord. Und nun auch die für Loukas Stefanakos' Freitod.«

»Und Sie glauben, daß diese Gründe in den Unternehmen liegen, die Jason Favieros oder Favieros gemeinsam mit Frau Stathatou oder Frau Favierou gemeinsam mit Frau Stathatou gehörten? Sowohl Jason Favieros als auch Loukas Stefanakos haben sich vor den Augen Tausender Fernsehzuschauer umgebracht. Folglich ist es ausgeschlossen, daß ein Verbrechen vorliegt. Jason hat keinen Abschiedsbrief hinterlassen, keine Erklärung für seinen Freitod gegeben. Er hat das Geheimnis mit ins Grab genommen. Respektieren Sie das und hören Sie mit Ihren Nachforschungen auf.«

Sie blickt mich voller Genugtuung an, da sie meint, sich nach allen Seiten hin abgesichert zu haben, so daß es kein einziges Schlupfloch mehr für mich gibt. Ihre Erklärung paßt ihr selbst am besten in den Kram, läßt jedoch den wichtigsten Punkt außer acht.

»Finden Sie es normal, daß zwei allseits bekannte Persönlichkeiten, ein Unternehmer und ein Politiker, sich in aller Öffentlichkeit und noch dazu auf dermaßen brutale

Art und Weise umbringen? Und finden Sie es normal, daß zehn Tage nach dem Tod des ersten und eine Woche nach dem Tod des zweiten jeweils eine Biographie des Selbstmörders erscheint, verfaßt von ein und derselben Person?«

Sie besinnt sich kurz. »Ich muß zugeben, daß das nicht ganz normal ist«, entgegnet sie dann. »Vielleicht ist es ein Zufall. Vielleicht wollte dieser Logaras das Aufsehen ausnützen, um seine Bücher zu verkaufen.«

»Die Biographien wurden drei Monate vorher an die Verlage geschickt, fast auf den Tag genau. Wer auch immer hinter diesem Logaras steckt, wußte sehr genau, was geschehen würde.«

Sie denkt kurz nach – entweder, weil ich sie überzeugt habe, oder weil sie nach einem neuen Argument sucht. Doch plötzlich stürmt ihre Sekretärin herein. Sie beugt sich zur Janneli hinunter und zischelt ihr etwas ins Ohr. Die springt postwendend von ihrem Stuhl hoch.

»Was sagen Sie da? Wann?«

»Vor zwei Minuten«, antwortet die Sekretärin auf dem Weg hinaus und zieht die Tür hinter sich ins Schloß.

»Sie brauchen nicht mehr weiter nach den Gründen für Jasons und Stefanakos' Selbstmord zu suchen, Herr Kommissar«, meint die Janneli nachdenklich zu mir. »Die Polizei hat gerade drei Mitglieder dieser nationalistischen Vereinigung festgenommen...«

»Philipp von Makedonien?«

»Genau. Man lastet ihnen den Mord an den beiden Kurden an und die Anstiftung zum Selbstmord im Fall von Jason Favieros und Loukas Stefanakos.«

29

Ich habe keine Ahnung, wie ich in die Aristokleous-Straße gelangt bin. Mit Hilfe meiner funktionierenden Reflexe, wie ich annehme – sowohl, was die Wahl der Fahrtroute als auch, was die Einhaltung der Straßenverkehrsregeln betrifft. Im übrigen war der einzige Zusammenstoß, den ich auf der ganzen Fahrt bewußt vermeiden wollte, der zwischen meinen Gedanken und meinen Gefühlen. Einerseits versuchte ich, kühlen Kopf zu bewahren, um mir klarzuwerden, worauf diese Aktion abzielte. Andererseits brachten Wut und Ärger mein Denken ganz zum Erliegen.

Ich stürme ins Wohnzimmer, wo ich Adriani, wie jeden Nachmittag, mit der Fernbedienung in der Hand vorfinde.

»He, wo bist du denn? Die ganze Welt steht kopf!« ruft sie mir entgegen, als wäre ich gerade vom Baden aus Varkisa gekommen.

Ich setze mich vor die Mattscheibe und warte bang auf die Sensationsmeldung, doch die laufende Sendung schwebt in ganz anderen Sphären. Ein Talkmaster preist marktschreierisch das Wissen zweier junger Leute an. Er ist ganz begeistert, wenn sie richtig antworten und er zahlen muß, und am Boden zerstört, wenn sie danebentippen und er etwas einspart. Ich packe die Fernbedienung und zappe nacheinander durch die Sender. Aber ich komme nur vom Regen in die Traufe.

»Stell dich nicht so an«, tröstet mich Adriani. »Üblicherweise zeigen sie es zu jeder vollen Stunde. Sie haben es um sieben gesendet, also zeigen sie es um acht noch mal.«

Aus ihr spricht jahrelange Erfahrung, und ich gebe klein bei. Ich warte eine Viertelstunde bis zum Ende der Sendung und weitere zehn Minuten Werbeblock ab. Schließlich, nach fast einer halben Stunde, erscheint die Überschrift: »Rechtsextreme wegen Mordes an zwei Kurden und Anstiftung zum Selbstmord im Fall Favieros und Stefanakos festgenommen.«

Unmittelbar danach tauchen drei durchtrainierte Männer mit kahlrasiertem Schädel auf, die in Handschellen und in Begleitung je zweier Polizeibeamter durch den vertrauten Korridor geführt werden, auf dem mein Büro liegt. Der erste trägt ein T-Shirt mit einem Ungetier vorne drauf. Die anderen beiden verdecken sowohl einander als auch das Markenzeichen auf ihrer Brust. An beiden Seiten des Korridors stehen Reporter mit Mikrophonen aufgereiht und halten sie den jungen Männern unter die Nase. Fragen prasseln auf sie ein: »Was sagen Sie zu den Anschuldigungen? Haben Sie die beiden Kurden getötet? Was haben Sie empfunden, als Sie geschossen haben? Was ist für Sie Rassismus? Wie haben Sie Favieros und Stefanakos dazu gebracht, Selbstmord zu begehen?«

Die jungen Männer halten den Kopf gesenkt und entgegnen nichts, während die Polizeibeamten sie vorwärtsdrängen, um sie aus der Menschentraube zu befreien. Mit ihrem Entschwinden löst sich die Hauptattraktion in Luft auf, und der Bildschirm füllt sich mit den zugeschalteten Experten.

»Die Festnahme der drei Tatverdächtigen erfolgte heute um fünfzehn Uhr im Zuge einer koordinierten Polizeiaktion«, berichtet ein junger Reporter mit zu Berge stehenden Haaren, der kurz vor meiner Verwundung zum ersten Mal auf dem Bildschirm aufgetaucht ist. »Bei den Tatverdächtigen handelt es sich um den dreiundzwanzigjährigen arbeitslosen Stelios Birbiroglou, den zweiundzwanzigjährigen Sportstudenten Nikos Seitanidis und den fünfundzwanzigjährigen Elektriker Charalambos Nikas. Alle drei werden zur Stunde im Polizeipräsidium vernommen.«

»Gibt es keine Verlautbarungen seitens der Polizei, Vassos?« fragt der Nachrichtensprecher.

»Doch. Der Leiter der Mordkommission, Kommissar Polychronis Janoutsos, hat eine Presseerklärung abgegeben.«

»Also, seit wann sitzt der denn an deiner Stelle?« fragt Adriani verdattert.

»Da ich im Genesungsurlaub bin, mußte jemand an meine Stelle treten.«

»Ja, aber sollte er nicht als deine Vertretung bezeichnet werden?«

»Sei nicht so pingelig.«

Trotzdem finde ich es bemerkenswert, daß Janoutsos auftritt und nicht Gikas. Sonst hatte Gikas die Presseverlautbarungen immer als seine ausschließliche Spielwiese betrachtet, wieso überläßt er sie jetzt Janoutsos? Und ausgerechnet in einem so wichtigen Fall? Obwohl Janoutsos die Erklärung vom Blatt abliest, hüstelt er bei jedem zweiten Wort, da ihn die direkt vor seinem Mund plazierten Mikrophone nervös machen.

»Bereits nach dem Selbstmord des Bauunternehmers Jason Favieros und dem nachfolgenden Bekennerschreiben der Vereinigung *Philipp von Makedonien* gab es Hinweise darauf, daß diese nationalistische Organisation vorhatte, bekannte Persönlichkeiten zu erpressen, und sogar vor politischen Morden nicht zurückschrecken würde. Nach der Ermordung der beiden Kurden, die auf der Baustelle von Jason Favieros' Firma DOMITIS AG arbeiteten, führte die Polizei eine koordinierte Aktion zur Festnahme der Tatverdächtigen durch. Wir verfügen über Erkenntnisse, die besagen, daß die mutmaßlichen Täter Jason Favieros und Loukas Stefanakos über Monate hinweg erpreßt und immer stärker unter Druck gesetzt haben, um sie dadurch zum Selbstmord zu bewegen.«

Um mich dreht sich alles im Kreis. Zunächst einmal habe ich noch nie davon gehört, daß die Polizei die *Griechisch-Nationale Vereinigung Philipp von Makedonien* im Visier hatte. Und selbst wenn, so wäre das der Terrorismusbekämpfung unterstellt und nicht meiner Abteilung und schon gar nicht Janoutsos, der bis vorgestern Mafiosi nachjagte, um ihnen den Mord an den beiden Kurden anzuhängen. Und warum sind weder Gikas noch der Leiter der Terrorismusbekämpfung, der eigentlich in der Sache Zuständige, mit einer Erklärung hervorgetreten und überlassen Janoutsos das Feld?

Während ich mir darüber den Kopf zerbreche, tritt einer der Anwälte der drei Beschuldigten auf.

»Mein Klient ist unschuldig und wird nur für seine Ideen verfolgt«, erklärt er aufgebracht. »Diese Handlungsweise untergräbt die demokratischen Grundrechte. Welcher vernunftbegabte Mensch glaubt denn, daß drei junge Leute zwei bedeutende Persönlichkeiten aus Wirtschaft und Politik wie Jason Favieros und Loukas Stefanakos zum Selbstmord treiben können?«

»Und was ist mit den beiden Kurden?« fragt ein Journalist.

»Mein Klient hat mit der Ermordung der Kurden nicht das geringste zu tun, was wir vor Gericht beweisen werden.«

»Sie glauben also, daß die Anschuldigungen mit Absicht zu Unrecht erhoben werden?« fragt ein anderer Journalist.

»Ich glaube, daß einige nach Bauernopfern suchen, damit sich der für die Regierung schädliche Aufruhr um die Skandale und um die Fernsehsender wieder legt.«

»Siehst du? Und du hast mir nicht geglaubt!« triumphiert Adriani.

Ich nicke, als würde ich ihr recht geben, weil ich momentan keine Lust auf ein Gespräch habe. Die Worte des Anwalts haben mir die Augen geöffnet, und ich durchschaue das Spiel. Petroulakis, der Berater des Premierministers, hat gemerkt, daß ich mich nicht mit ihm in Verbindung setze, und daraufhin beschlossen, die Vertuschung des Falles jemand anderem zu übertragen. So gelangte die Angelegenheit, ohne Intervention der Abteilung für Terrorismusbekämpfung, in Janoutsos' Hände.

Das ist der Todesstoß für meinen Dienstposten. Nachdem Janoutsos bereitwillig den Befehl ausgeführt und die drei Rechtsextremen eingelocht hat, wird er zweifellos seine Belohnung einstreichen wollen. Und die wird in meinem Posten bestehen. Mein Genesungsurlaub endet in weniger als einem Monat, und ich sollte schon jetzt nach einem Unterschlupf suchen, in dem ich meine Wunden lekken kann.

Das Schrillen des Telefons reißt mich aus meinen Gedanken. Adriani hebt niemals ab, wenn ich zu Hause bin, da in neun von zehn Fällen meine Dienststelle dran ist. Ich gehe ran und höre Katerinas Stimme.

»Papa, hast du das gehört?«

»Mhm.«

»Aber sind die noch bei Trost? Diese Dorftrottel sollen einen Großunternehmer und einen Politiker ersten Ranges zum Selbstmord getrieben haben? Was ist denn das für ein Schwachsinn!«

»Frag mich nicht, mein Schatz, ich weiß auch nicht mehr als du.«

»Eines sage ich dir aber: Ausgeschlossen, daß man mit diesen unsinnigen Anschuldigungen vor Gericht gehen kann.«

»Vielleicht wissen sie mehr, decken ihre Karten aber noch nicht auf.«

»Möglich, aber wahrscheinlich will man die laufende Diskussion unterbinden. Ganz so, wie auch der eine Anwalt gemeint hat.«

»Man wird ja sehen. Warte, ich gebe dir Mama.«

Ich bin nicht in der Stimmung, das Gespräch fortzusetzen. Katerina sagt mir nur, was ich selbst auch weiß, doch das ändert nichts an meinem Geschick. Man wird mich mit einer Tapferkeitsmedaille auszeichnen und dann ins Niemandsland verfrachten.

Als ich gerade darüber nachdenke, kommt mir eine

meiner plötzlichen Eingebungen, und ich durchschaue Gikas' Spiel. Möglicherweise wußte die Terrorismusfahndung nichts, doch Gikas war bestimmt eingeweiht. Im Präsidium läuft nichts ohne Gikas' Wissen. Verbittert stelle ich fest, daß meine Analyse richtig war, die ich am Tag meines Besuchs beim Notar erstellt hatte. Gikas hat mich nur unterstützt, solange die Ermittlungen inoffiziell waren und keine Gefahr für ihn bestand, das Gesicht zu verlieren. Aber sobald er von seinen Vorgesetzten die Anweisung bekam, den Fall abzuschließen, ließ er mich blindlings in die Falle tappen und unterstützte Janoutsos, weil es ihm so besser in den Kram paßte.

Ich merke, wie die Wut in mir hochkocht, eile zum Telefon und rufe Gikas unter seiner Privatnummer an. Ich lasse an die zehnmal läuten, doch niemand hebt ab. Sicherlich denkt er sich, daß ich ihn zu erreichen versuche, und geht nicht ran, um einer unangenehmen Auseinandersetzung aus dem Weg zu gehen, die ihm den Appetit verderben könnte.

Adriani ruft aus der Küche zum Essen. Es gibt Briam – Schmorgemüse aus dem Ofen –, aber ich kriege keinen Bissen runter.

»Wieso quälst du dich eigentlich so?« meint sie, als ich lustlos im Essen stochere. »Sollen die sich doch abstrampeln! Du kannst den Ruf der Polizei auch nicht retten.«

Sie meint, mich quäle der Gedanke, daß das Polizeikorps schlecht dasteht. Denn ich habe ihr nicht gesagt, welcher heimliche Kummer tatsächlich an mir nagt. Der Ruf des Polizeikorps ist mir schnurzegal, nur der Verlust meines Arbeitsplatzes brennt mir auf der Seele. Nach unzähligen

Versetzungen war ich auf diese Stelle berufen worden, die einzige, die zu mir paßte und die ich mochte, selbst wenn ich ständig einen Balanceakt vollführen und vor jeder Bananenschale auf der Hut sein mußte. Nun wird man mich an irgendeine Einsatzplanungsabteilung verweisen, und ich werde den lieben langen Tag Akten vollklecksen.

»Hör mal«, sagt Adriani vorsichtig, und daraus schließe ich messerscharf, daß sie einen neuen Vorschlag *in petto* hat. »Was hältst du von einer kleinen Reise zu Eleni auf die Insel? Sie liegt mir schon die ganze Zeit damit in den Ohren. Wenn du meine Meinung hören willst: Nach all dem, was wir durchgemacht haben, wird es uns guttun. Dein Genesungsurlaub dauert noch siebenundzwanzig Tage.«

Sie hat die Tage haarklein abgezählt, und ihre Idee eröffnet eine durchaus bedenkenswerte Perspektive. Weit weg von Athen werde ich zur Ruhe kommen, neue Kräfte schöpfen und den Kampf um einen neuen Posten, der meiner würdig ist, besser durchstehen. Trotz der positiven Aspekte reagiere ich zurückhaltend, um sie nicht allzusehr zu ermuntern. Denn sonst läßt sie mir keine ruhige Minute mehr.

»Überschlafen wir es. Grundsätzlich keine üble Idee.«

»Schön, dann rufe ich morgen wegen der Fährverbindungen an. Eleni hat erzählt, es gebe jetzt neue Schiffe, die nur sechs Stunden brauchen. Die Fahrkarten sind natürlich teurer, aber es zahlt sich aus.«

Wenn sie sich etwas in den Kopf setzt, dann braucht sie gar keine klare Antwort. Ein ›Vielleicht‹ wird einem dann gleich als ›Ja‹ ausgelegt.

»In Ordnung, aber nagle mich nicht fest.«

Ich lasse den Teller halbvoll stehen und setze mich vor den Fernseher. Heute abend ist mir nicht nur der Appetit vergangen, an Schlaf ist auch nicht zu denken. Es gibt ein Wiedersehen mit den drei jungen Männern, die durch den Korridor vor meinem ehemaligen Büro abgeführt werden, und ich höre nochmals Janoutsos' Verlautbarung, die mich erneut aufregt. Danach kommen der Reihe nach die Eltern und Nachbarn der jungen Männer zu Wort, und das weckt mein Interesse. Alle drei Elternpaare behaupten entschieden, ihre Kinder seien unschuldig. Sie schimpfen auf die Regierung und verfluchen die Polizei, die sie ins Unglück gestürzt und ihre Sprößlinge ins Gerede gebracht habe. Ein junger Bursche aus der Nachbarschaft drückt es in bezug auf einen der Festgenommenen am treffendsten aus: »O. k., er ist bestimmt kein Heiliger, aber Mord ist eine Nummer zu groß für ihn.«

Kurz nach elf Uhr zappe ich zufällig in eine Diskussionsrunde, in der es um die rechtsextreme Gefahr in Griechenland geht, wiederum mit Sotiropoulos als Gastgeber. Daran nehmen ein Minister, ein großes Kaliber der Opposition, ein Journalist und ein Anwalt teil. Das Spiel läuft nach den vorgegebenen Regeln, ohne jegliche Variation, ab: Der Minister ist der Meinung, die rechtsextreme Gefahr liege in Griechenland auf der Lauer und der Staat müsse wachsam sein. Der Abgeordnete der Opposition weist das zurück und wirft der Regierung politisches Kalkül vor. Der Minister hält dagegen und wirft der Opposition vor, die Gefahr wissentlich kleinzureden, um am rechten Rand Stimmen zu fangen. Und zwischendrin taucht, wie der Joker im Kartenspiel, zuerst der Anwalt auf und bemüht sich zu erläutern, daß die Beweislage nicht ausreicht, um eine Anklage gegen die drei jungen Männer zu stützen, später der Journalist, der sich an einer politischen Analyse versucht. Doch beide reden gegen die Wand, da ihnen keiner zuhört. Sotiropoulos spielt sein eigenes, mir vertrautes Spiel: das Wechselbad. Zuerst wirft er eine provokante These in die Runde und bringt das Blut in Wallung, dann bemüht er sich wieder, die Wogen zu glätten.

Das war's, sage ich mir, sie haben ihr Ziel erreicht. Morgen werden alle, von den Tageszeitungen über die Radiobis zu den Fernsehsendern, von der rechtsextremen Gefahr faseln, und die drei jungen Männer werden in der Versenkung verschwinden.

Es ist einer der wenigen Abende, an denen ich mich vor dem Einschlafen nach dem Rauschen des Meeres auf der Insel sehne. Aber sobald ich die Augen schließe, taucht Janoutsos – in meinen Stuhl gefläzt – vor mir auf, und ich reiße sie prompt wieder auf.

30

Wenn man kein Auge zutut, übermannen einen entweder Furcht und Anspannung oder Genervtheit und Wut. In beiden Fällen braucht man ein Beruhigungsmittel. Meine Beruhigungspille war die Entscheidung, mit Gikas abzurechnen. Und anstelle von Aufregung und Bauchgrimmen schenkte sie mir Erleichterung und immerhin zwei Stunden Schlaf.

So lasse ich nun, um zehn Uhr morgens, den Mirafiori in der Garage des Polizeipräsidiums stehen und fahre mit dem Fahrstuhl in die fünfte Etage hoch. Koulas Vertretung hat wieder eine Zeitschrift vor sich liegen.

»Kommissar Charitos«, sage ich, denn ich bin mir sicher, daß er mich vergessen hat, da ich weder nach einem Toyota noch nach einem Hyundai aussehe.

Er wirft mir einen Blick zu und vertieft sich wieder in die Lektüre. Diesmal ist es ein Prospekt mit Mobiltelefonen, den er fast mit der Nase berührt.

Ich klopfe an Gikas' Bürotür und trete sofort ein, ohne seine Aufforderung abzuwarten. Er steht mit dem Rücken zum Schreibtisch am Fenster und blickt träumerisch auf den Alexandras-Boulevard. Ein Anzeichen, daß ihm etwas gegen den Strich geht, denn sonst löst er sich nicht von seinem Schreibtischstuhl. Als er sich umdreht, halte ich an mich. Mir steht ein erschöpfter Mann gegenüber, mit blutunterlaufenen, müden Augen. Er blickt mich an wie jemand, dem ein großes Unglück widerfahren ist.

»Ich weiß, was Sie mir sagen wollen«, meint er. »Aber ich hatte keine Ahnung.« Er nimmt Platz und heftet seinen Blick auf das Etui mit Brieföffner und Papierschere auf seinem Schreibtisch. »Ich hatte keine Ahnung, Kostas. Alles ist hinter meinem Rücken passiert.«

In all den Jahren unserer Zusammenarbeit habe ich ihn wutentbrannt erlebt, teilnahmslos, liebedienerisch, bauernschlau ... Als seelisches Wrack sehe ich ihn zum ersten Mal, und mein ganzer Zorn ist mit einem Schlag verflogen. Ich verschiebe alles, was ich mir für ihn aufgespart habe, auf unbestimmte Zeit und setze mich unaufgefordert auf meinen Stammplatz. Langsam hebt er den Blick.

»Nach so langen Jahren im Polizeikorps war ich der Meinung, daß mir die politische Führung des Ministeriums vertraute. Wenn jemand das Gegenteil behauptet hätte, so hätte ich ihm nicht geglaubt. Und man vertraute mir nicht aufgrund meiner Fähigkeiten, denn die stehen in meiner Position nicht an vorderster Stelle, sondern weil ich immer die Spielregeln einhielt, weil ich die Anweisungen ausgeführt habe, ohne sie zu hinterfragen. Gestern bin ich zum ersten Mal übergangen worden. Hier war nicht allein Gehorsam gefordert, sondern buchstabengetreue Umsetzung, selbst wenn das Verlangte widersinnig war und für mich peinlich werden konnte.«

Die Worte kommen matt und fast widerwillig über seine Lippen, aber sie wirken aufrichtig. Denn er zählt nicht zu den Menschen, die leicht die Flinte ins Korn werfen, noch zu denen, die einem schnell ihr Herz ausschütten.

»Ich habe noch sechs Jahre vor mir bis zur Rente«, fährt er fort. »Und in diesen sechs Jahren muß ich nun mit dem Zweifel leben, ob man mir die Wahrheit sagt oder sie vor mir geheimhält? Ist das ein Leben?«

Es fällt mir nicht leicht, Trostworte zu finden. Nicht nur jetzt, bei Gikas, sondern ganz generell, auch bei Adriani oder Katerina. Manchmal wünschte ich mir, meinem Gesicht wäre das Mitleid abzulesen, da mir die Worte im Hals steckenbleiben. So auch jetzt. Daher sage ich das Nächstliegende:

»Haben Sie von Janoutsos keine Erklärung gefordert?«

»Doch. Wissen Sie, was er mir geantwortet hat? Anweisung von oben, wenden Sie sich an den Ministerialdirektor.«

»Haben Sie ihn gesprochen?«

»Ja, und er hat mir gesagt, es sei nicht seine Aufgabe, mich auf dem laufenden zu halten. Meine Untergebenen hätten mich früher informieren müssen.«

»Wie bitte?«

»Aber, verstehen Sie denn nicht?« bricht es aus ihm heraus. »Sie! Man denkt, Sie hätten mich nicht darüber informiert, daß es eine Anweisung von oben gab, diese Schlägertypen dingfest zu machen!«

»Lassen Sie die anderen doch ins offene Messer laufen. Es wird sich kein Gericht finden, das sie verurteilt.«

Er blickt mich an und schüttelt betrübt den Kopf. »Kostas, Kostas! Sie liegen ja richtig, nur Ihre Sichtweise ist falsch. Man wird sie einsperren und sagen: Die Justiz soll sich darum kümmern. Und die Mühlen der Justiz mahlen langsam. Bis die drei freigesprochen werden, gehen zwei

Jahre ins Land. In der Zwischenzeit ist der Fall vergessen, und kein Hahn kräht mehr danach.«

Er hat recht. Da heutzutage Skandale, Sensationsmeldungen und Exklusiv-Reportagen Schlag auf Schlag aus den Massenmedien strömen, wird sich in zwei Jahren kein Mensch mehr an Favieros oder Stefanakos erinnern.

»Verstehen Sie, daß ich Ihnen in bezug auf Ihren Posten nichts mehr versprechen kann«, meint er. »Was auch immer ich tue und sage: Es wird schwierig, Janoutsos von der Stelle zu verdrängen.«

»Ich verstehe.«

Er seufzt auf. »Warten Sie erst einmal das Ende Ihres Genesungsurlaubs ab, und dann sehen wir, wo ich Sie zu Ihrer Zufriedenheit unterbringen kann.«

Zufrieden werde ich zwar nicht sein, aber ich schätze seinen Versuch, mir entgegenzukommen. »Und was soll ich Koula sagen?«

Er zuckt mit den Schultern. »Sie braucht erst nach ihrem Urlaub wiederzukommen.«

Während ich den Vorraum auf dem Weg zum Fahrstuhl durchquere, läuft mir Janoutsos über den Weg.

»Mir ist zu Ohren gekommen, daß du die beiden Selbstmorde hintenherum untersucht hast«, stichelt er. »Du brauchst nicht weiterzusuchen, der Fall ist abgeschlossen. Du kannst jetzt die Seele baumeln lassen.«

Als ich die Tür des Fahrstuhls öffne, höre ich sein Lachen in meinem Rücken. Ich denke, wie sehr uns Gikas fehlen wird, wenn er in Rente geht und Janoutsos übernimmt seine Stelle.

Auf der ganzen Nachhausefahrt tritt mein persönliches

Problem in den Hintergrund und das von Gikas in den Vordergrund. Jetzt, da ich ihn so angeschlagen und von allen verraten erlebt habe, fühle ich eine ungewöhnliche Solidarität mit ihm, und das nun schon zum zweiten Mal. Wieder quält mich die Frage, ob ich ihn vielleicht all die Jahre falsch eingeschätzt habe. Vielleicht schon, vielleicht auch nicht. Ich war ihm gegenüber stets mißtrauisch gewesen, immer bereit, ihm Hinterhältigkeit zu unterstellen. Doch damit lag ich vielleicht richtig, denn einem, der aus freien Stücken zugibt, er sei sein ganzes Leben lang ohne jeglichen Zweifel immer den Anweisungen von oben gefolgt, dem war ein Mitarbeiter wie ich doch egal. Den setzte er einzig und allein nach seinem Gutdünken ein. Ich muß mich also vorsehen und mein eigenes Spiel spielen, genauso wie auch er seine eigenen Ziele verfolgt. Solidarität, gut und schön, aber schon manch einer, der daran glaubte, hat sich eine blutige Nase geholt.

Als ich nach Hause komme, treffe ich im Wohnzimmer Fanis und Adriani bei einer angeregten Unterhaltung an. Direkt neben ihnen prüft ein mir unbekannter Typ, ein Handwerker augenscheinlich, mit seinem Blick die Zimmerwände.

»Aber Fanis, was sollen wir denn mit einer Klimaanlage! Ich habe dir doch erklärt, ich will keine, weil sie die Luft austrocknet. Wir kommen doch prima mit dem Ventilator zurecht.«

»Muß ich es dir wirklich noch einmal erklären? Dein Mann ist herzkrank. Hitze ist für Herzkranke eine tödliche Gefahr. Weißt du, wie viele Notfälle bei jeder Hitzewelle in die Ambulanz eingeliefert werden?«

»Na gut, aber wir fahren doch in ein paar Tagen weg. Wir verreisen zu meiner Schwester, auf die Insel.«

»Und was macht ihr nach eurer Rückkehr, wenn es hier noch heißer ist als jetzt?«

Der Handwerker unterbricht die Debatte, die mich, um den es hier eigentlich geht, gar nicht mit einbezieht. Denn wie bei jeder Debatte, in der es in meinem Haus um meine Person geht, werde ich ignoriert.

»Darf ich fragen, ob die ganze Wohnung klimatisiert werden soll?«

»Nein, nur das Wohnzimmer«, entgegnet Fanis.

»Dann reichen zwölftausend BTU.«

Fanis trifft allein die Entscheidung. »In Ordnung, fangen Sie an.«

Der Handwerker, der sich als Klimatechniker herausstellt, erblickt mich auf der Türschwelle und hält inne. Da erst bemerken mich Fanis und Adriani.

»Hast du was dagegen, wenn wir ein Klimagerät einbauen lassen?« fragt Fanis. »Es ist ein Sonderangebot, wobei du die Raten erst nach zwei Jahren zu bezahlen brauchst.«

»Nur zu«, entgegne ich. Nach den Entwicklungen der letzten Tage muß ich auf mein Herz achten.

Adriani läßt uns einfach stehen und verläßt das Wohnzimmer. Das tut sie immer, wenn sie ihren Kopf nicht durchsetzen kann.

Sobald sie aus der Tür ist, beugt sich Fanis vertraulich zu mir. »Es war Katerinas Idee, aber das habe ich für mich behalten, weil Adriani sonst gebockt hätte.«

Ich komme nicht dazu, ihm zu antworten, da das Telefon läutet. Sotiropoulos ist dran.

»Also, sind denn Ihre Leute noch zu retten?« fragt er, sowie er meine Stimme hört. »Die wollen den ganzen Fall diesen drei Pennern anhängen?«

»Seien Sie nicht undankbar«, meine ich ironisch. »Diese drei Penner haben Ihnen Stoff für die gestrige Sendung geliefert.«

Da sich meine Stichelei auf seine Talkrunde mit dem Thema der dräuenden rechtsextremen Gefahr bezieht, antwortet er nicht sogleich. Als er schließlich den Mund aufmacht, hört sich seine Stimme so gepreßt an wie noch selten.

»Auch ich habe meine Vorgesetzten, Kommissar. Und ich kann nicht nein sagen, wenn sie sich eine Meldung zunutze machen wollen, selbst wenn ich persönlich anderer Meinung bin.« Nach einer kurzen Pause fügt er hinzu: »Was passiert jetzt?«

»Nichts. Wir hätten dem möglicherweise zuvorkommen können, wenn ich mit Andreadis gesprochen hätte.«

»Ich hab's versucht, aber er blieb hart. Hab ich Ihnen doch erklärt.«

»Andreadis blieb hart, weil ihm etwas schwante und er sein Gesicht wahren wollte.«

»Nicht auszuschließen. Das Material, das Sie gesammelt haben, behalten Sie am besten. Das geht nicht verloren.«

Genau, sage ich mir. Vielleicht verkaufe ich es dir, um das Klimagerät abzustottern.

»Von welchem Andreadis war die Rede? Von dem Parlamentsabgeordneten?« fragt Fanis, der das Gespräch mitgehört hat.

»Ja. Ich wollte ihn zu Stefanakos befragen, doch er hat

jedes Gespräch abgelehnt. Aber jetzt wird, und das meint auch Sotiropoulos, ohnehin alles den drei Pennern aufgehalst.«

Als sich Fanis gerade verabschieden will, stößt er an der Wohnungstür mit Koula zusammen. Ich stelle beide einander vor, und sie reichen sich die Hand.

»Sie sind also die berühmte Koula, von der Frau Adriani so schwärmt«, lacht Fanis.

Koula wird ganz rot, stammelt ein »Das ist aber nett von ihr« und tritt in die Wohnung. Als ich die Tür schließe, bleibt sie stehen und blickt mich ernst an.

»Sie müssen mir nichts erklären und ich Ihnen auch nicht«, meint sie. »Ich habe alles im Fernsehen verfolgt und weiß Bescheid.«

»Ich habe Gikas heute getroffen.«

»Und?«

»Er meint, Sie sollen erst nach Ihrem Urlaub zurückkehren.«

»Na, immerhin. Zumindest komme ich so zu ein paar Badetagen.« Ihre Worte klingen fast sarkastisch.

»Sind Sie traurig?« frage ich.

Sie zuckt mit den Schultern. »Mein Vater hat für seinen Dickkopf teuer bezahlt. Und zwar nicht nur er, sondern die ganze Familie. Dieser private Kummer hat meiner Mutter das Herz gebrochen. So bin ich ins andere Extrem verfallen: Zuerst kommt die Arbeit, alles andere kann warten.« Sie blickt mich an, ob ich etwas zu entgegnen habe. Da dem aber nicht so ist, fährt sie fort. »Ich wollte Ihnen nur sagen, wie sehr ich mich über unsere Bekanntschaft freue und wie sehr Sie mir fehlen werden. Sie und Frau Adriani.«

Mit diesen Worten geht sie in die Küche, wo Adriani gerade Schwertfisch im Ofen zubereitet. Sie wartet geduldig, bis die richtige Temperatur eingestellt ist, und sagt dann: »Meine Tätigkeit beim Herrn Kommissar ist beendet, und ich wollte mich von Ihnen verabschieden und Ihnen sagen, wie sehr es mich freut, Ihre Bekanntschaft gemacht zu haben.«

»Ganz meinerseits, meine Liebe«, meint Adriani warmherzig und küßt sie auf beide Wangen. »Was machen Sie jetzt? Kehren Sie an Ihren Arbeitsplatz zurück?«

»Nein, ich lege ein paar Badetage ein«, entgegnet Koula, ohne ihre Verbitterung zu verhehlen.

»Wir planen auch, zu meiner Schwester auf die Insel zu fahren.«

»Das wird Ihnen sehr guttun. Auch der Herr Kommissar braucht Ruhe, nach allem, was er durchgemacht hat.«

»Das können Sie ihm ruhig öfter sagen«, meint Adriani, froh, eine Verbündete gefunden zu haben.

»Darf ich Sie ab und zu anrufen, wenn ich Ihren Rat beim Kochen brauche?«

»Aber sicher, jederzeit!« entgegnet Adriani begeistert. »Sie können auch vorbeikommen, dann können wir zusammen üben.«

Sie küssen sich noch einmal, und schließlich verläßt uns Koula eilig, als könne sie es sich doch noch anders überlegen.

»Eine herzensgute junge Frau«, sagt Adriani, als sie fort ist. »Und wir haben sie nicht einmal zum Essen eingeladen. Wie unhöflich!«

»Soll ich sie am Sonntag einladen?«

»Gute Idee.« Doch sie bereut es sofort. »Nein, lieber nicht am Sonntag.«

»Wieso?«

»Am Sonntag kommt doch Fanis.«

»Na und?«

Sie antwortet nicht, aber ihr Blick spricht Bände, und ich begreife, worauf sie hinauswill.

»Bist du bei Trost? Fanis ist den ganzen Tag von Ärztinnen und Krankenschwestern umgeben. Und da soll ihm Koula ins Auge fallen?«

Sie sinnt kurz darüber nach und präsentiert dann ihr philosophisches Fazit: »Sie ist jung und hübsch, und der Teufel schläft nicht.«

Weit ist es mit mir gekommen. Daran glaube ich nämlich auch langsam.

31

High-Speed-Fähren fahren dienstags und donnerstags«, meint Adriani. Um neun Uhr morgens ist sie topchic gekleidet und befindet sich auf dem Weg ins Reisebüro.

»Was ist denn das schon wieder?«

»Na, diese schnellen Schiffe, die nur sechs Stunden brauchen und bloß Paros und Naxos anlaufen. Die Linienschiffe fahren täglich außer samstags.«

»Dann kauf Fahrkarten für das Schnellschiff.«

Sie entfernt sich mit Höchstgeschwindigkeit, aus Angst, ich könnte es mir anders überlegen und die Reise auf später verschieben.

Um mir die Langeweile bis zum Abreisetag zu versüßen, nehme ich mir vor, wieder mal beim Kiosk vorbeizuschauen, sämtliche Tageszeitungen zu kaufen und auf dem kleinen Platz vor der Lazarus-Kirche vor Anker zu gehen, in dem Café mit dem potthäßlichen Kellner, bei dem man süßen Mokka bestellt und verwässerten vorgesetzt bekommt.

Ich frage mich gerade, wie ich mir die Langeweile auf der Insel versüßen soll und ob ich mir nicht lieber schon hier Angelrute und Klappstuhl besorgen soll, als das Telefon läutet.

»Kommissar Charitos?« meint eine jugendliche Frauenstimme.

»Am Apparat.«

»Herr Kommissar, vor ein paar Tagen hatten Sie bei Herrn Kyriakos Andreadis um einen Termin angefragt.«

Mir fällt fast der Hörer aus der Hand. Wenn man die drei Schlägertypen freigelassen und an ihrer Stelle Janoutsos eingesperrt hätte, könnte meine Verwunderung nicht größer sein. Ich bringe gerade mal ein »Richtig« über die Lippen.

»Herr Andreadis erwartet Sie heute um vierzehn Uhr in seinem Abgeordnetenbüro. Ich möchte Sie nur um rechtzeitiges Erscheinen ersuchen, da er um fünfzehn Uhr in eine Parlamentssitzung muß.«

»Ich werde pünktlich sein. Wo liegt sein Abgeordnetenbüro?«

»In der Heyden-Straße 34, in der dritten Etage.«

Ich lege den Hörer auf die Gabel und versuche die Mitteilung zu verdauen. Was ist passiert, daß Andreadis seine Meinung geändert hat? Wahrscheinlich gab die Festnahme der drei Schlägertypen und die Taktik der Regierung, alles ausnahmslos der extremen Rechten anzuhängen, den Ausschlag. Wenn dem so ist, muß Andreadis über anderslautende Informationen verfügen, die er anonym weiterreichen möchte, damit weder er noch seine Partei das Gesicht verlieren. Ich rufe Sotiropoulos an, ob er vielleicht mehr darüber weiß, aber sein Mobiltelefon ist abgeschaltet. Beim Sender sagt man mir, daß er noch nicht eingetroffen sei.

Drei Stunden muß ich noch rumbringen, und ich beschließe, meinen geplanten Tagesablauf einzuhalten. Diesmal wundert sich der Kioskbesitzer, daß ich sämtliche Tageszeitungen kaufe, da die Festnahmen bereits vorgestern erfolgt sind und gestern nichts Aufregendes passiert ist. Er zerbricht sich den Kopf, ob ihm vielleicht irgend etwas entgangen ist, doch ich lüfte mein Geheimnis nicht.

Schließlich bin ich an der Reihe, mich zu wundern, als ich zu der verkappten Kaffeestube gelange. Anstelle des potthäßlichen Kellners nähert sich eine Achtzehnjährige in Minirock und Sandalen meinem Tisch.

»Wo ist denn mein Freund?« frage ich verdutzt.

»Herr Christos? Um diese Jahreszeit fährt er immer nach Anafi. Er vermietet dort ein paar Fremdenzimmer.«

Trotz des erfrischenden Anblicks des jungen Mädchens ärgere ich mich: Es hätte mir solchen Spaß gemacht, diesen Christos wiederzusehen. Glücklicherweise ist der Kaffee nach wie vor verwässert, was mich tröstet.

Obwohl bereits achtundvierzig Stunden seit der Festnahme der drei Faschos verstrichen sind, beherrscht das Thema immer noch die Berichterstattung der meisten Tageszeitungen. Darin liegt die erste Gemeinsamkeit. Die zweite liegt in der Einmütigkeit der Kommentare. Sämtliche Zeitungen formulieren Einwände gegen die Festnahmen. Die Skala bewegt sich von vorsichtiger Zurückhaltung seitens der regierungstreuen Medien bis zum offenen Sarkasmus der Oppositionsblätter. Jedenfalls bezeugt diese nuancierte Einhelligkeit, daß der von einigen schlauen Köpfen ersonnene Kunstgriff auf Widerspruch stößt. Einen Augenblick lang überlege ich, ob mich Andreadis vielleicht deshalb sprechen will. Bestimmt hat er am Morgen die Zeitungen gelesen und die Gelegenheit als günstig eingeschätzt, mich zu einem Treffen einzuladen. Nicht auszuschließen, daß er eine zweite Angriffswelle starten will, um die Regierung noch mehr in die Enge zu treiben.

Wie aber verhalte ich mich Gikas gegenüber, wenn die Dinge so liegen, wie ich vermute? Soll ich mich ihm anvertrauen und alles berichten, was ich von Andreadis erfahre? Normalerweise müßte ich ihn auf dem laufenden halten, und da er eine empfindliche Ohrfeige hat einstecken müssen, fühle ich mich ihm auch moralisch verpflichtet. Wenn aber aus meiner Unterredung mit Andreadis Dinge hervorgehen, die ich besser für mich behalte, so will ich das lieber ad hoc entscheiden.

Ich trinke den letzten Schluck des verwässerten Kaffees und erhebe mich. Der Mirafiori steht in der Protesilaou-Straße. Es ist inzwischen zwölf Uhr, und die Sonne nähert sich dem Zenit. Bis ich die Aroni-Straße passiert habe, bin ich naßgeschwitzt. Ich lege einen Zwischenstop zu Hause ein, um das Hemd zu wechseln. Glücklicherweise ist Adriani noch nicht zurück, so muß ich keine Erklärungen abgeben.

Die ganze Strecke zwischen Vassileos-Konstantinou-Boulevard und Omonia-Platz ist verstopft. Ich fahre über die Tritis-Septemvriou- und die Joulianou- auf die Acharnon-Straße und komme so zur Heyden-Straße. Die Hausnummer 34 liegt zwischen Aristotelous- und Tritis-Septemvriou-Straße. Ich parke vor dem Wohnhaus in zweiter Spur, da ich mir sicher bin, daß sich kein Verkehrspolizist hierherverirrt.

Kyriakos Andreadis' Abgeordnetenbüro ist eine Dreizimmerwohnung aus den sechziger Jahren, besser geschnitten und gut zwanzig Quadratmeter größer als ähnliche Wohnungen in heutigen Neubauten. Eine junge Frau um die Dreißig nimmt mich in Empfang – hochgewachsen, schlank, elegant gekleidet und perfekt frisiert. Zudem harmoniert ihr Auftreten mit ihrem Aussehen.

»Wollen Sie kurz warten, Herr Kommissar?« meint sie, sobald sie meinen Namen vernimmt. »Er telefoniert gerade. Darf ich Ihnen inzwischen etwas zu trinken anbieten? Es kann nämlich ein wenig dauern. Solche Telefongespräche sind oftmals richtiggehende Sitzungen.«

Passend zur auf Hochtouren laufenden Klimaanlage bitte ich um ein Glas kaltes Wasser und gehe während der Wartezeit dazu über, die Fotografien an den Wänden zu studieren. Alle zeigen einen stets gutgelaunten, rundum glücklich wirkenden Sechzigjährigen, hier, wie er hinter dem Rednerpult steht, dort, wie er neben dem Zickleinbraten am Drehspieß mit dem Weinglas in die Kamera prostet. Zudem beeindruckt mich Andreadis' auffallende Ähnlichkeit mit seiner Sekretärin. Daraus schließe ich, daß er seine Tochter als Vorzimmerdame eingestellt hat. Meine Annahme bestätigt sich, als mich die junge Frau in das Büro des Parlamentariers führt.

»Kommissar Charitos, Papa.«

Der Sechzigjährige erhebt sich von seinem Schreibtisch und kommt zur Begrüßung auf mich zu, mit demselben Lächeln auf den Lippen wie auf den Fotografien.

»Da sind Sie ja, da sind Sie ja!« meint er gleich zweimal, faßt mich nach dem Händeschütteln am Arm und geleitet mich nicht zum Stahlrohrsessel, der den Besuchern aus seinem Wahlkreis vorbehalten ist, sondern zum Sofa, das für die wirklich willkommenen Gäste reserviert bleibt, und worauf er neben mir Platz nimmt.

»Wie stehen Sie zu Herrn Doktor Ousounidis?«

Die Frage trifft mich völlig unvorbereitet und läßt mir die Worte im Hals steckenbleiben. Wie soll ich mein Verhältnis zu Fanis erklären? Wenn ich ihn einen »Verwandten« nenne, ist es voreilig und entspricht nicht der Wahrheit. »Zukünftiger Verwandter« kann man irgendwie nicht sagen. Wenn ich ihn als einen Freund bezeichne, was das ehrlichste wäre, klingt das vielleicht zu mickrig. Gott sei Dank hilft mir Andreadis selbst aus der Verlegenheit.

»Fanis hat mir gesagt, Sie seien sein künftiger Schwiegervater.«

»Sieht ganz danach aus«, meine ich, und wir lachen auf.

»Wissen Sie, ihm verdanke ich es, daß meine Mutter noch am Leben ist.« Nun ist er ernst geworden. »Eines Abends habe ich sie mit einem schweren Herzinfarkt ins Krankenhaus gefahren, und er hat ihr nicht nur das Leben gerettet, sondern ihren Zustand sogar stabilisiert. Seit damals läßt meine Mutter nichts auf Ousounidis kommen, und sie will weder vom Onassis-Institut noch von einer Spezialklinik im Ausland etwas wissen. Als er mich nun anrief und sagte, daß Sie mich sprechen wollten, konnte ich ihm das unmöglich abschlagen.«

Wenn es geheißen hätte, Gikas, der Minister oder selbst der Premierminister hätten sich eingeschaltet, hätte mich das wesentlich weniger verwundert. Aber Fanis? Ich hätte mir niemals vorstellen können, daß er durch ein simples Telefonat das erreicht, was selbst ein Sotiropoulos nicht geschafft hatte.

Andreadis blickt auf seine Uhr. »Stellen Sie mir nun Ihre Fragen, in Kürze muß ich leider ins Parlament.«

»Ich habe zufällig eine Sendung im Fernsehen gesehen,

an der Sie nach Loukas Stefanakos' Selbstmord teilgenommen haben.«

»Ah ja. Das war die Sendung dieses… Wie heißt er noch?«

»Den Journalisten meinen Sie? Fragen Sie mich was Leichteres.«

Wenn uns Sotiropoulos jetzt hören könnte, würde er vor Wut schäumen. Hätte ich Sotiropoulos' Namen aber genannt, dann wäre nicht auszuschließen, daß sich Andreadis aus Furcht, das von ihm Gesagte könne durchsickern, daraufhin bedeckt gehalten hätte.

»Zunächst einmal muß ich gestehen, daß ich persönlich nicht an die Theorie glaube, die Rechtsextremen hätten einen Unternehmer und einen Parlamentarier zum Selbstmord getrieben«, sage ich. »Das kann ich Ihnen frank und frei sagen, weil ich mich inoffiziell, also außerdienstlich hier befinde, da ich im Genesungsurlaub bin.«

Auf seinen Lippen erscheint ein strahlendes Lächeln. »Endlich ein Mitglied der Sicherheitskräfte, das das Herz auf dem rechten Fleck hat«, meint er zufrieden. »Denn die Regierung haut in ihrer Panik mit einem groben Klotz auf einen groben Keil und will uns alle für dumm verkaufen.«

»Mir sind aber einige Informationen zu Ohren gekommen, und ich wollte sie mit Ihrer Hilfe abklären – sagen wir, aus rein persönlicher Neugier.«

»Was für Informationen?«

»Bezüglich der geschäftlichen Beziehungen zwischen den Familien Favieros und Stefanakos. Ich habe erfahren, daß es außer Jason Favieros' Baufirma und Lilian Stathatous Werbeagentur noch zwei weitere Beratungsfirmen für

EU-Programme gibt, die gemeinschaftlich Favieros' und Stefanakos' Ehefrauen gehören. Eine davon operiert in Griechenland, eine andere in Skopje und von da aus auf dem ganzen Balkan. Außerdem gibt es eine Off-shore-Gesellschaft, die Jason Favieros gehört, die BALKAN PROSPECT, die über ein Netz von Maklerbüros und Baufirmen in Griechenland und auf dem Balkan verfügt. Schließlich gibt es noch ein Off-shore-Unternehmen, das Jason Favieros und Lilian Stathatou zusammen betreiben und das den Bereich Hotelbau und Tourismusbetriebe abdeckt.«

»Dem Himmel sei Dank, daß Sie Polizei- und nicht Finanzbeamter sind. Wie könnte man sonst Ihrem Zugriff entgehen?« meint er, ohne sein Lächeln zu verlieren. »Worauf wollen Sie hinaus?«

Ich beginne, ihm das ganze Beziehungsgeflecht zwischen Favieros, dessen Ehefrau, Stefanakos und dessen Gattin auseinanderzusetzen. Dann lege ich ihm meine Theorie von den beiden Firmen ohne Fehl und Tadel dar – der Baufirma und der Werbeagentur –, und daß dahinter die Grauzone beginne: Favieros' BALKAN PROSPECT, die Beraterfirmen und die Hotelunternehmen.

Er unterbricht mich zwar kein einziges Mal, zeigt jedoch auch kein großes Interesse. »Was erwarten Sie denn genau von mir?« fragt er ungeduldig, als ich geendet habe.

»Daß Sie mir sagen, ob Ihrer Ansicht nach hinter alledem ungewöhnliche Transaktionen stecken und welchen Sinn und Zweck sie möglicherweise haben.« Ich versuche meine Formulierung so neutral wie möglich zu halten, um ihn nicht allzu ruckartig auf den Boden der Tatsachen zu holen.

»Ich kann nichts Ungewöhnliches erkennen«, meint er, worauf mir der Mund offenstehen bleibt.

»Auch nicht an der Art und Weise, wie die Maklerbüros der BALKAN PROSPECT arbeiten?«

»Warum sollte mir das ungewöhnlich erscheinen? Jedes Unternehmen überlebt dadurch, daß es billig einkauft und teuer verkauft.«

»Ja, aber der Differenzbetrag wird an der Steuer vorbeigeschmuggelt und wandert schwarz, wie man so schön sagt, in die Kassen der Maklerbüros.«

Er bricht in Gelächter aus. »Besitzen Sie eine Eigentumswohnung, Herr Kommissar?«

»Nein.«

»Dann rate ich Ihnen, wenn Sie Ihrer Tochter eine Wohnung zur Hochzeit schenken wollen, nicht die ganze Kaufsumme im Vertrag anzugeben. Niemand tut das. Dem Finanzamt entgehen die Steuern ohnehin nicht, da die Bemessungsgrundlage vorgegeben ist.«

»Nur Rumänen, Bulgaren und Albaner zahlen etwas darüber hinaus.«

»Wieso sehen Sie das nur negativ? Ich persönlich freue mich, wenn ich Ausländer sehe, die abgerissen und bettelarm nach Griechenland gekommen sind und es innerhalb von zehn Jahren geschafft haben, Wohnungseigentümer und Immobilienbesitzer zu werden. Das sagt einiges über die Wirtschaftskraft des kleinen Griechenland aus.«

Ich merke, daß ich hier kein Terrain gutmachen kann, da meine Fragen mit dem Lebenstraum eines jeden Griechen kollidieren: nämlich, seine eigene kleine Wohnung zu erwerben. Daher wende ich mich einem anderen Thema zu.

»Und die Beraterfirma?«

»Finden Sie es schlimm, daß es Büros gibt, die Griechen dahingehend beraten, wie sie sich die Fördermittel der EU zunutze machen können? Einerseits klagen wir darüber, daß wir die zur Verfügung gestellten Gelder nicht ausschöpfen, und andererseits verurteilen wir diejenigen, die sie sich zunutze machen.«

»Ich verurteile sie nicht. Ich frage mich nur, ob Loukas Stefanakos seinen politischen Einfluß dazu benützt hat, um sich die Kooperation der öffentlichen Hand zu sichern. Denn nur mit Aufträgen der öffentlichen Hand konnten EU-Fördermittel über die Firma, die seiner Ehefrau und Herrn Favieros gehörten, ausgeschöpft werden.«

»Ausschlaggebend ist doch, daß die Fördermittel aufgebraucht wurden, und nicht, mittels welcher Firma das geschehen ist.«

»Ich nehme an, daß ihn dieser Minister aus dem Balkan in der Talkrunde deshalb so gerühmt hat.«

Trotz meiner eisernen Bemühungen konnte ich meine Ironie anscheinend doch nicht ganz unterdrücken, denn er hört sie sofort heraus und reagiert verkrampft.

»Ich verstehe Ihre Anspielung nicht. Sie haben keine Ahnung von den Schwierigkeiten, denen diese Länder gegenüberstehen, wenn sie Fördermittel, Kredite oder Darlehen beantragen möchten. Stefanakos hat sie dabei durch die Vermittlung des Beraterbüros seiner Ehefrau unterstützt.«

»Und ein großer Teil dieser Fördermittel ist in die Taschen von Frau Stathatou und Frau Favierou gewandert, als Lohn für die Vermittlung.«

»Ist es nicht ganz natürlich, daß Griechenland auch etwas von der Hilfestellung hat, die es einem Drittland leistet? Was wäre sonst die Motivation für eine vermittelnde Funktion? Was macht es denn, wenn Stefanakos diese finanzielle Anerkennung über die Unternehmen seiner oder Favieros' Ehefrau laufen ließ? Im Endeffekt waren die Nutznießer Griechenland und das jeweilige Balkanland. Die benachteiligten Balkanbewohner haben ihm das hoch angerechnet und waren ihm dankbar dafür.«

Mir fehlen die Worte, ihm zu widersprechen. Andreadis legt mein Schweigen als Zustimmung aus.

»Was Sie mir bislang beschrieben haben, fällt unter die Gesetzmäßigkeiten des sich selbst regulierenden freien Marktes, Herr Kommissar. Es ist einer unserer großen Erfolge, daß wir selbst eingefleischte Linke wie die Familien Favieros und Stefanakos überzeugen konnten, diesen Leitlinien zu folgen. Und jetzt, wo sie nach so vielen Jahrzehnten endlich so weit sind, wollen Sie, daß wir sie illegaler Aktivitäten bezichtigen? Um Himmels willen!«

Da fällt ihm plötzlich wieder ein, wieviel Uhr es ist. »Nun muß ich aber gehen, ich bin schon spät dran.«

Er geleitet mich zur Tür seines Büros. Dort bleibt er stehen und klopft mir freundschaftlich auf die Schulter. »Wir haben gewonnen, Herr Kommissar. Sie, als Mitglied der Sicherheitskräfte, die traditionellerweise unserer Fraktion näherstehen, sollten sich darüber freuen. Grüßen Sie Fanis von mir.«

Er klopft mir erneut freundschaftlich auf die Schulter und übergibt mich seiner Tochter, die mich zur Eingangstür führt.

32

durchsetzen (sich) = sich behaupten, durchkämpfen, durchbringen, (ugs.) durchboxen, seinen Willen durchsetzen, die Oberhand gewinnen; rücksichtslos: die Ellbogen gebrauchen.

Ich versuche herauszufinden, welche Bedeutung am besten zur Tatsache paßt, daß Janoutsos meinen Posten an sich gerissen hat. Zunächst einmal kann man sein Verhalten mit einem Bild beschreiben: die Ellbogen gebrauchen. Er hat meine Stelle eingenommen, als ich im Krankenhaus lag, und kaum hatte er die Angelegenheiten der Mordkommission in die Hand genommen, setzte er seinen Willen rücksichtslos durch, mit Konstanz und Beharrlichkeit. Er redete dem Berater des Premierministers nach dem Mund, überging Gikas, buchtete die drei Dorftrottel ein und eroberte so meinen Posten im Triumphzug. Mein eigenes Verhalten hingegen entspricht wohl am ehesten dem umgangssprachlichen Ausdruck des Sich-Durchboxens.

Zum ersten Mal seit langem bin ich mit dem Dimitrakos-Wörterbuch ins Wohnzimmer übergesiedelt. Denn das Schlafzimmer gleicht dem Stand eines fliegenden Händlers auf dem Wochenmarkt. Der Inhalt des Kleiderschranks ist quer über das Bett, den Sessel und Adrianis Schminktisch verteilt. Mitten auf dem Bett thronen zwei sperrangelweit offene Koffer, die wie kommunizierende Röhren funktionieren: Leert sich der eine, füllt sich der andere. All das fällt unter das Kapitel Reisevorbereitungen, denn morgen nachmittag fahren wir mit der *High-Speed*-Fähre auf die Insel. Eigentlich hätte Adriani auch morgen früh noch Zeit, die Koffer zu packen. Doch sie tut sich dermaßen schwer mit der Auswahl der Garderobe, daß sie sich besser fühlt, wenn sie ihre Entscheidungen noch eine Nacht überschlafen kann.

fliehen = die Flucht ergreifen, sein Heil in der Flucht suchen, Reißaus nehmen, entlaufen, das Hasenpanier ergreifen (salopp), abhauen (salopp), türmen (salopp); entziehen (sich).

»Such dir mal aus, welche Hosen und Hemden du mitnehmen möchtest.«

»Nimm einfach so viele Hemden mit, daß ich für jeden zweiten Tag ein frisches habe, und leg drei Hosen und eine Jacke für die kühlen Abende in den Koffer.«

Ich suche mein Heil in der Flucht, sozusagen. Selbst wenn ich nicht gerade türme oder abhaue, so nehme ich doch Reißaus. Ich komme nicht umhin, mich wie ein Flüchtling, ein Heimatvertriebener, ein Verbannter zu fühlen.

Während ich in die lexikographische Erforschung meines Seelenzustands vertieft bin, kommt mir plötzlich der Gedanke, daß mir meine aufopfernde Tat, Elena Kousta vor der Kugel ihres Stiefsohnes zu retten, im Endeffekt nur Unglück gebracht hat. Nicht genug damit, daß ich fast mit dem Leben dafür bezahlt hätte, nahezu einen Monat im

Krankenhaus lag und dann unter Adrianis Fuchtel meinen Genesungsurlaub antreten mußte. Darüber hinaus verliere ich nun auch noch meinen Posten im Polizeikorps.

Glücklicherweise taucht in diesem Augenblick Fanis auf, allein sein Anblick hellt schon meine pessimistische Stimmung auf. Das ist das Gute an Fanis. Er kommt immer beschwingt herein, mit einem Lachen auf den Lippen, und nach zwei Minuten ist man selbst guter Laune.

»Ich wollte mich von euch verabschieden und schöne Ferien wünschen.«

»Nur, daß ich heute abend mit nichts Besonderem aufwarten kann«, sagt Adriani, die aus dem Schlafzimmer getreten ist. »Ich wollte vor unserer Abreise nicht mehr groß kochen.« Sie rechtfertigt sich immer, wenn sie nichts auftischen kann, da sie sich verpflichtet fühlt, die Unfähigkeit ihrer Tochter auf dem Gebiet der Kochkunst zu kompensieren.

»Wozu gibt's denn Tavernen?« entgegnet Fanis.

Der Gedanke gefällt ihr, denn sie erklärt sich sogleich bereit: »Ich packe schnell die Koffer fertig und ziehe mich an.«

Sie ist immer sofort dabei, wenn es darum geht, auswärts zu essen. Doch sobald wir in der Taverne sitzen, hat sie ebenso schnell an allem etwas auszusetzen, insbesondere an der Küche.

»Bei Andreadis hast du einen mächtigen Stein im Brett«, meine ich, als wir ins Wohnzimmer treten.

Er lacht auf. »Wegen seiner Mutter. Patienten und Angehörige sind oft überzeugt von der Tüchtigkeit eines Arztes. Dabei ist so vieles reine Glückssache. Als sie mit einem lebensgefährlichen Infarkt eingeliefert wurde, war ich sicher, sie würde die Nacht nicht überstehen. Doch die alte Frau hat eine kräftige Konstitution, und das hat sie gerettet. Andreadis' Dankbarkeit war mein Lohn.« Er wird ernst und blickt mich an. »Hast du durch ihn etwas in Erfahrung bringen können?«

Obwohl er nicht genau weiß, was in der Dienststelle auf meinem Rücken alles ausgetragen wird, begreift er den Ernst der Lage, da ich sogar mit einem Abgeordneten sprechen wollte.

»Er war entgegenkommend und freundlich, aber ich bin auch mit seiner Hilfe nicht weitergekommen.«

»Wieso nicht?«

»Weil ich die Stecknadel im Heuhaufen suche.«

»Gott sei Dank hört dich jetzt deine Frau nicht. Sie ist der Meinung, du würdest dein ganzes Leben mit der Suche nach Stecknadeln im Heuhaufen vertun«, lacht er.

»Notgedrungen.«

Er bemerkt meinen Gesichtsausdruck und wird ernst, doch die Klingel an der Haustür unterbricht unser Gespräch. Auf der Türschwelle steht der junge Angestellte eines Kurierdienstes.

»Kostas Charitos?«

»Der bin ich.«

»Unterschreiben Sie hier.«

Ich tue wie geheißen, worauf er mir einen dicken, bleischweren A4-Umschlag überreicht. Der junge Mann entfernt sich und läßt mich mit der verwunderten Frage zurück, wer mir per Kurier, und noch dazu um halb acht Uhr abends, einen Umschlag nach Hause schicken sollte. Ich suche nach dem Namen des Absenders und erstarre zur Salzsäule. Dort lese ich: Minas Logaras, Niseas-Straße 12, 10445 Athen. Die Adressen sowohl des Absenders als auch des Empfängers wurden auf Klebeetiketten gedruckt.

Ich trete ins Wohnzimmer, wo ich den Umschlag auf genau dieselbe Weise aufreiße, wie meine Mutter im Dorf Hasen zu häuten pflegte, um sie zu Stifado zu verarbeiten. Ich fördere einen umfangreichen Computerausdruck zutage, und sogleich springt mir der Titel ins Auge:

MINAS LOGARAS

APOSTOLOS VAKIRTSIS

SEIN LEBEN ALS JOURNALIST, ENGAGIERTER LINKER UND PRIVATMANN

Mein Blick hat sich am Namen Vakirtsis festgesogen und kann sich gar nicht mehr davon lösen. Apostolos Vakirtsis gehört zu den bekanntesten Journalisten in Presse und Rundfunk. Seine Artikel gelten als Barometer für die Politszene, und seine Morgensendung im Radio hört ganz Griechenland, von den Fernfahrern über die Friseure bis zu den KFZ-Mechanikern.

Ich versuche dahinterzukommen, warum Minas Logaras ausgerechnet mir das Manuskript seiner neuen Biographie zuschickt. Fanis kommt heran und blickt mir über die Schulter. Verwundert murmelt er: »Apostolos Vakirtsis? Der Journalist? Warum sollte sich Vakirtsis umbringen? Regierung und Opposition zittern gleichermaßen vor ihm. Er bringt Minister an die Macht und stürzt sie wieder. Er hat sich dumm und dämlich verdient, besitzt alles, was man sich nur vorstellen kann: Eigenheime, Ferienhäuser, Jachten…«

Und dann stellt er sich dieselbe Frage, die mir auch in den Sinn gekommen ist. »Und warum schickt dieser Logaras ausgerechnet dir die Biographie?«

»Er will mir etwas mitteilen«, sage ich zu Fanis. »Er will mir mitteilen, daß sich Apostolos Vakirtsis umbringen wird.«

»Das verstehe ich nicht«, meint er nachdenklich. »Wieso sollte Logaras dir das mitteilen? Damit du den Selbstmord verhinderst?«

Seine Frage öffnet mir mit einem Schlag die Augen. Richtig, wieso sollte er es mir sonst mitteilen? Er weiß, daß ich sofort Himmel und Erde in Bewegung setze, um dem Selbstmörder zuvorzukommen. Ich versuche zu erraten, was Logaras im Schilde führt, aber aufgrund der Aufregung arbeitet mein Hirn nur mit gedrosselter Geschwindigkeit.

Adriani tritt herausgeputzt ins Wohnzimmer. »Bitte sehr, ich bin soweit«, meint sie aufgeräumt.

Ich packe Fanis am Arm und beginne ihn zu schütteln. »Er spielt mit mir!« rufe ich außer mir. »Er spielt mit mir! Er teilt mir nicht mit, daß sich Vakirtsis umbringen wird. Er sagt mir, daß sich Vakirtsis jetzt gerade umbringt, in genau dem Moment, in dem ich die Biographie erhalte, und ich nichts dagegen tun kann!«

Adriani richtet ihren perplexen Blick zuerst auf mich, dann auf Fanis. »Was ist denn mit euch los?« fragt sie.

»Wir fahren nicht, alles wird verschoben!« rufe ich.

»Aber, wolltet ihr nicht auswärts essen gehen?«

»Du hast nicht verstanden! Die Ferien sind verschoben! Es gibt noch einen dritten Selbstmord!«

Einen Augenblick lang verschlägt es ihr die Sprache, dann erhebt sie ihren Blick zum Lüster und bekreuzigt sich. »Heilige Jungfrau, jetzt reicht's langsam! Schluß mit den Wechselbädern! Gib meinem Mann eine normale Arbeit, wo er morgens um neun hingeht und um fünf Uhr nachmittags nach Hause kommt. Dann weihe ich dir eine mannshohe Kerze!«

Sie ahnt nicht, wie nahe die heilige Jungfrau dran ist, ihren Wunsch zu erfüllen. Ich laufe zum Telefon und rufe Gikas zu Hause an, doch keiner geht an den Apparat. Dann suche ich seine Mobilfunknummer heraus. Es ist uns nur in Notfällen gestattet, sie zu benutzen, doch einen größeren Notfall kann ich mir nicht vorstellen. Eine dumme Pute meldet sich zu Wort und behauptet, mein Anruf würde bald beantwortet. Ich rufe das Telefonzentrum des Polizeipräsidiums an, in der Hoffnung, er könne noch im Büro sein oder man würde dort wissen, wo er sich aufhält.

»Stell den Sender ein, der Favieros' und Stefanakos' Selbstmorde gebracht hat!« rufe ich Adriani zu, während ich auf Antwort warte. Wenn sich Vakirtsis getötet hat, wird man das sofort melden. Wenn nicht, gibt es vielleicht noch Hoffnung. Doch jede Minute, die verstreicht, kommt Logaras zugute.

»Kommissar Charitos. Ich möchte mit Kriminaldirektor Gikas sprechen! Es ist äußerst dringend!«

»Einen Moment, Herr Kommissar!« Ich warte, während ich mich bemühe, meine Ungeduld und meine Nervosität zu zügeln. »Der Herr Kriminaldirektor ist für einige Tage verreist, Herr Kommissar. Möchten Sie mit jemand anderem sprechen?«

Das wäre Janoutsos. »Nein«, sage ich und lege auf.

Offenbar hat sich Gikas genau so davongemacht, wie ich es vorhatte, nur war er schneller. Er ließ alle fünfe grade sein und hat sich in die Ferien abgesetzt. Ich werfe einen flüchtigen Blick auf den Bildschirm, doch da tut sich nichts, was nach einer Nachrichtensondersendung aussieht. Ich packe die Fernbedienung und beginne, die Knöpfe nach dem Zufallsprinzip zu drücken. Alle Sender liegen thematisch auf derselben Wellenlänge. Das beruhigt mich zwar einerseits, bringt mich aber andererseits meinem Ziel, Vakirtsis' Selbstmord zu verhüten, nicht näher.

»Ist es ausgeschlossen, daß es sich um einen Scherz handelt?« fragt Adriani. Sie glaubt selbst nicht daran, aber sie bringt es in der Hoffnung vor, diese Möglichkeit könnte mich beruhigen.

»Und wenn es keiner ist?« fragt Fanis zurück.

»Es ist keiner«, entgegne ich entschieden. »Niemand setzt sich hin und schreibt zum Spaß eine dreihundertseitige Biographie.«

Noch während ich das sage, kommt mir schlagartig die Erleuchtung. Ich rufe Sotiropoulos auf seinem Handy an und bete, daß er abhebt. Und der Herr läßt Adrianis Wunsch hintanstehen und erfüllt meinen. Nach dem zweiten Klingeln vernehme ich seine Stimme.

»Sotiropoulos, hören Sie zu und unterbrechen Sie mich nicht.« Ich erzähle ihm von der neuesten Biographie. »Wissen Sie, wo Vakirtsis jetzt sein könnte und wie wir seine Angehörigen benachrichtigen könnten?«

»Lassen Sie mich kurz nachdenken.« Nach einer Schweigeminute meldet sich seine angespannte Stimme zurück. »Er feiert heute seinen Namenstag und gibt in seinem Landhaus einen Empfang. Mich hat er auch eingeladen, aber ich bin auf Sendung und habe deshalb abgesagt.«

Das ist es also, sage ich mir. Er wird auf dem Empfang Selbstmord begehen, in aller Öffentlichkeit und vor seinen Gästen. Irgendein Fernsehteam wird sich schon finden, um Aufnahmen zu machen und die Tagesschau damit aufzupeppen. Aber zumindest spricht die Tatsache, daß bislang noch nichts verlautbart wurde, dafür, daß er noch am Leben ist.

»Können Sie einen seiner Angehörigen informieren?« frage ich Sotiropoulos.

»Ich habe Vakirtsis' Handynummer, aber ich bezweifle, daß er abhebt.«

»Rufen Sie ihn nicht an! Wenn er entschlossen ist, heute Selbstmord zu verüben, wird er die Sache beschleunigen, damit wir ihn nicht davon abhalten.«

»Ich habe keine Ahnung, wer sonst noch dort sein wird.«

»Wo liegt Vakirtsis' Landsitz?«

»Irgendwo in Vranas.«

»Die genaue Adresse?«

»Weiß ich nicht, aber die kann ich rauskriegen.« Plötzlich schlägt sein Tonfall um, und er meint genervt: »Und wie soll ich sie Ihnen durchgeben, wenn Sie kein Handy haben?«

»Ich hab da eine andere Nummer.« Und ich gebe ihm Fanis' Handynummer durch.

»Fahren Sie schon voraus, ich komme nach.«

Das bedeutet, daß er losfährt, sowie er ein Aufnahmeteam organisiert hat. »Tu mir einen Gefallen und fahr du«, sage ich zu Fanis. »Ich setze mich in meinem jetzigen Gemütszustand lieber nicht ans Steuer.«

»In Ordnung.« Er wendet sich um und wirft Adriani einen Blick zu, die ganz verloren mitten im Wohnzimmer steht.

»Tut mir leid für den verdorbenen Abend, aber wir können nichts dafür«, sagt er sanft zu ihr.

»Macht nichts, Fanis. Man gewöhnt sich an alles.« Sie sagt es ohne Bosheit, doch mit einer großen Dosis Bitterkeit. Daraufhin wende ich mich ihr zu. »Hör zu«, sage ich. »Die Reise auf die Insel ist nicht abgesagt. Wir schieben sie nur ein wenig auf. Wir haben noch den ganzen Sommer vor uns. Wir fahren auf jeden Fall, darauf gebe ich dir mein Wort.«

»Schon gut, schon gut. Mach schnell, damit wir keinen weiteren Selbstmord auf der Mattscheibe miterleben müssen.«

Das ist eine ihrer Stärken: Wenn man das Opfer, das sie einem bringt, anerkennt, jammert sie nicht, sondern revanchiert sich mit Großmut.

33

Fanis fährt einen Fiat Brava, so etwas wie den Urenkel des Mirafiori. Ich sitze an seiner Seite, halte sein Mobiltelefon in der Hand und warte auf Sotiropoulos' Anruf, um die genaue Adresse von Vakirtsis' Landhaus zu erfahren. Sotiropoulos' Anruf läßt jedoch auf sich warten, und in immer kürzeren Abständen werfe ich einen ungeduldigen Blick auf die Zeitanzeige des Handys. Meine Angst wächst.

Fanis war der Meinung, wir sollten nicht über Stavros, sondern über Penteli und den ehemaligen Kiefernwald von Dionyssos fahren, der heute aus verkohlten Baumstümpfen besteht, und dann von Nea Makri aus unsere Fahrt nach Vranas fortsetzen. Erst vor einer dreiviertel Stunde sind wir von zu Hause aufgebrochen und haben bereits die Fahrt hinauf zum Wald von Dionyssos in Angriff genommen. Fanis' Entscheidung erweist sich als richtig, denn wenn wir über Stavros gefahren wären, steckten wir jetzt auf der Höhe der Staatlichen Fernsehanstalt inmitten der Bauarbeiten für die Olympiade fest. Inzwischen beginnt ein weiterer Zweifel an mir zu nagen: Kennt Fanis den Weg über Dionyssos oder verirren wir uns möglicherweise in den Bergen und Schluchten, und Vakirtsis bringt sich um, während wir verzweifelt nach dem Weg suchen? Als ich merke, daß sich Fanis der Fahrtroute ganz sicher ist, beruhige ich mich etwas.

Das Handy läutet, als wir den Abstieg vom Bergsattel des Dionyssos beginnen.

»Keiner weiß Vakirtsis' genaue Anschrift«, meint Sotiropoulos. »Sie müssen sich zu seinem Haus durchfragen, jeder kennt es.«

»In Ordnung.«

»Ich fahre in einer Viertelstunde los.« Er legt eine kleine Pause ein, und dann fragt er mich mit gepreßter Stimme: »Haben Sie mit jemand anderem gesprochen?«

»Mit wem denn?«

»Mit einem anderen Journalisten. Haben Sie mit jemand gesprochen?«

»Sehe ich so aus, Sotiropoulos, als hätte ich Zeit, mit Ihrer ganzen Gilde zu schwatzen?« schreie ich außer mir und drücke auf den Knopf, den mir Fanis gezeigt hat, um das Gespräch zu beenden.

Als wir auf die Straße gelangen, die geradewegs nach Nea Makri führt, ist die Nacht hereingebrochen. Bis zur Küstenstraße war der Verkehr kaum spürbar, aber in Soumberi stoßen wir auf eine endlose Reihe von Wagen, die im Schrittempo dahinkriechen.

»Das war's«, sage ich zu Fanis. »So brauchen wir bis morgen früh.«

»Sei froh, daß wir es bis hierher geschafft haben. Stell dir vor, wir wären über Rafina gefahren.«

Richtig, aber das ist auch kein Trost. Während wir darum kämpfen, eine Schlange von mehr als hundert Wagen zu überholen, scharen sich die Gäste vielleicht schon um Vakirtsis' Leiche. Ich versuche mich an dem Gedanken aufzurichten, daß unter so vielen Gästen sich doch einer finden wird, der ihn von seiner Tat abhält. Doch aus Erfahrung weiß ich, daß die Leute in solchen Fällen vollkommen gelähmt auf das unvorhergesehene Ereignis reagieren und, statt das Übel abzuwenden, starr vor Schreck zusehen.

Plötzlich haut Fanis mit den Handflächen auf das Lenkrad, und es bricht aus ihm heraus: »Im Sommer fahren sie Fisch essen, im Winter Kotelett essen und zwischendurch machen sie Ausflüge. Wo soll man da eine freie Straße finden!«

Ich vergesse einen Augenblick lang den potentiellen Selbstmörder und versuche, den potentiellen Verkehrssünder zu beruhigen. Doch vergebliche Liebesmüh: Er reißt das Steuer nach links herum, fährt auf die Gegenfahrbahn, die leer ist, weil ja keiner nach Athen zum Fischessen fährt, tritt das Gaspedal durch und beginnt, wie besessen zu rasen.

»Hör auf, wir brechen uns den Hals!« rufe ich, aber er hört nicht auf mich.

Ich sehe in der Ferne, wie ein Überlandbus genau auf uns zurast. Fanis reißt das Steuer nach rechts und hupt wie wild, damit die Autos im Stau ihm ein Schlupfloch öffnen. Es gelingt ihm, in dem Moment einzuscheren, als der Bus haarscharf an uns vorbeidonnert.

»Schämst du dich nicht, gewissenloser Mensch!« schreit ein Sechzigjähriger. »Und so was ist auch noch Arzt!«

»Ein Orthopäde auf Kundenfang!« kommentiert eine rothaarige Vierzigjährige am Steuer eines Honda.

»Deshalb beklagen wir jedes Wochenende mehr Opfer als die Palästinenser!« ergänzt der Sechzigjährige.

»Er hat recht«, sage ich. »Glaubst du denn, wir können nur, wenn wir Kopf und Kragen riskieren, den Selbstmord verhindern?«

»Ich bin Arzt!« schreit er. »Weißt du, was es heißt, wenn jemand stirbt und du nicht rechtzeitig da bist?«

»Nein. Ich bin Polizist und treffe immer erst post mortem ein.«

Er hat sich derartig in seinen Gedanken verrannt, daß er meine Worte gar nicht wahrnimmt. Zum ersten Mal sehe ich den sanften und stets verbindlichen Fanis außer sich. Er setzt dieselbe Guerillataktik noch einige Kilometer lang fort: Er fährt auf die Gegenfahrbahn, überholt drei bis vier Wagen und drängt sich, sobald ein Hindernis auftaucht, auf die rechte Fahrspur.

Obwohl sich die anderen Fahrer an die Stirn schlagen, gelingt es uns dadurch, schneller aus Nea Makri fortzukommen und die Küstenstraße nach Marathonas einzuschlagen, auf der normales Verkehrsaufkommen herrscht. Als wir links in Richtung Vranas einbiegen, ist es kurz vor zehn. Die Straße liegt frei vor uns, und Fanis jagt den Fiat auf hundert hoch.

»Mein Fehler«, meint er. »Wir hätten über Stamata fahren sollen.«

»Und wie lange hätten wir über Drossia nach Stamata gebraucht?«

»Da hast du auch wieder recht.«

Vranas ist um zehn Uhr abends von Girlanden und Lampions erleuchtet. Die Tavernen sind knackevoll, und die Luft ist nicht von Kieferduft, sondern vom Geruch nach gegrilltem Fleisch und rauchendem Öl geschwängert.

Wir halten am ersten Kiosk an und fragen nach dem Weg zu Vakirtsis' Haus.

»Ihr auch? Was ist heute bloß los, daß alle zu Vakirtsis wollen?« fragt uns der Kioskbesitzer verwundert und zeigt uns, wo wir abbiegen müssen.

»Wir sind zu spät gekommen«, meint Fanis frustriert, als wir erneut anfahren.

»Immer mit der Ruhe. Er feiert doch heute abend Namenstag. Vielleicht waren es die Gäste, die nach dem Weg gefragt haben.«

»Auch wieder wahr. Hatte ich ganz vergessen, daß er Namenstag hat.«

Zum Glück müssen wir nicht lange suchen. Es handelt sich um ein riesiges Anwesen, das zu einem dreistöckigen schneeweißen Gebäude hin ansteigt. Grundstück und Haus sind taghell erleuchtet. Das riesige schmiedeeiserne Tor steht sperrangelweit offen, innerhalb und außerhalb des Anwesens sind sämtliche Modelle der internationalen Autoindustrie aufgereiht: vom Jeep über Toyota bis zu BMW und Mercedes Cabrio. Da Fanis keinen Parkplatz findet, stellt er den Wagen in einiger Entfernung ab.

Erst als wir uns zu Fuß dem Landgut nähern, bemerken wir den Aufruhr. Als wir auf der Suche nach einem Parkplatz daran vorübergefahren waren, hatten uns zunächst die Wagen und die Lichter geblendet. Nun erkennen wir, daß die Einfahrt verlassen und unbewacht vor uns liegt. Ich lasse meine Blicke umherschweifen, und ganz oben, in der Nähe der Villa, kann ich eine Menschentraube erkennen, die aussieht, als wolle sie sich zu einer Parade formieren. Nur, daß wir keine Hochrufe und Beifallsbekundungen hören, sondern Hilferufe und Schreie der Verzweiflung. Auf der Veranda, die um das ganze Erdgeschoß läuft, herrscht Panik. Die einen gestikulieren wild, die anderen rennen ins Haus hinein oder auf die Veranda heraus, wieder andere laufen die Treppen auf und ab, die von der Veranda zum Garten führen.

Fanis und ich bleiben stehen und blicken uns an. »Du hast recht«, sage ich. »Wir sind zu spät gekommen.«

Wie von fremden Kräften angetrieben rennen wir die Anhöhe hinauf, bis zu dem Punkt, wo sich die Leute drängeln. Auf halbem Wege keucht Fanis: »Darf ich da überhaupt mit rein?«

»Komm schon. Keiner fragt jetzt, wer du bist.«

In dem Moment erschallt direkt hinter uns das Martinshorn eines Krankenwagens, und Scheinwerfer erleuchten die Einfahrt. Im Gefolge des Krankenwagens trifft auch ein Streifenwagen der Polizei ein. Ich bedeute dem Fahrer des Krankenwagens anzuhalten.

»Weswegen sind Sie hier?« frage ich.

Er blickt mich befremdet an. »Wir wurden verständigt, wir sollten jemanden ins Krankenhaus fahren.«

»Wen?«

Er vergewissert sich in seinen Aufzeichnungen. »Vakirtsis, den Journalisten.«

Ein Kriminalhauptwachtmeister aus der Besatzung des Einsatzwagens steigt aus und kommt auf mich zu.

»Wer sind Sie denn?« fragt er.

Ich zeige ihm meinen Dienstausweis. »Kommissar Charitos. Bleiben Sie hier, bis ich Sie rufe.«

Beide blicken mich beunruhigt an, aber sie wagen keinen Widerspruch. Zusammen mit Fanis mache ich mich wieder auf den Weg nach oben.

»Wenn man einen Krankenwagen gerufen hat, lebt er vielleicht noch«, meint er.

Genau das denke ich auch und bete, daß es so ist. Ich kämpfe mich durch die Menge, indem ich ununterbrochen meinen Namen und Dienstgrad wiederhole, und erhasche dabei erschrockenes Wispern, Schluchzen und Wimmern. Die Kleidung vieler Gäste ist naß.

Schließlich stoße ich auf eine freie Grünfläche mit einem riesigen Schwimmbecken in der Mitte. Mein Blick geht ganz automatisch zum Pool, doch das Bassin ist leer und die Wasseroberfläche glatt. Daneben sitzt eine Frau auf einem Stuhl. Sie hat sich zum Rasen hinuntergebeugt, als suche sie etwas, und ihr Körper wird von Schluchzen geschüttelt. Auch ihre Kleider sind naß.

Ich lasse meinen suchenden Blick weiter umherschweifen, bis ich etwa fünfzehn Meter vom Schwimmbecken entfernt etwas Helles unter einer Pergola erkennen kann. Die Stelle ist spärlich erleuchtet, und ich kann den Anblick nicht genau einordnen. Doch als ich näher komme, wird mir klar, daß es sich um einen menschlichen Körper handelt, der unter einem Laken liegt.

Ich trete darauf zu und mustere es von oben. Die kleine Hoffnung, die durch die Ankunft des Krankenwagens aufgekeimt war, erlischt nun angesichts des bedeckten Körpers. Ich beuge mich hinunter und hebe das Laken hoch. Der Anblick des verkohlten Gesichts fährt mir dermaßen in die Knochen, daß ich das Laken fallen lasse und mich an den Stamm der Rebe lehne, um mich auf den Beinen zu halten. Ich war darauf gefaßt, einen durchschossenen Schädel oder eine durchgeschnittene Kehle zu sehen, aber keine verkohlte Leiche. Ich blicke mich um. Das Laub rundum ist teils vergilbt, teils verbrannt.

Ich lasse die Leiche liegen und trete auf die Frau zu, die auf dem Stuhl sitzt. Ihr Schluchzen hat sich etwas beruhigt. Nun sitzt sie kerzengerade und reglos da und hält die Hände vors Gesicht geschlagen.

»Was ist passiert?« frage ich. Sie bleibt die Antwort schuldig und verharrt weiterhin in derselben Haltung. »Kommissar Charitos. Erzählen Sie, was geschehen ist.«

Langsam läßt sie die Hände sinken und hebt den Blick. Sie schluckt krampfhaft und versucht, einen Einstieg zu finden. »Wir haben uns gegenseitig ins Bassin geschubst«, erzählt sie dann. »Sie wissen schon, dieses Spiel, bei dem man den anderen ins Wasser stößt.«

Das habe ich in irgendwelchen Hollywoodfilmen schon mal gesehen. »Und dann?«

»Irgendwann ist Apostolos aufgetaucht. Er war naß und wir nahmen an, daß er in dem ganzen Trubel auch hineingesprungen war. Aber er triefte von... Benzin.« Sie schluchzt auf und stammelt dann mit stockender Stimme: »Er ist dorthin gegangen, wo er jetzt liegt, und hat uns von weitem zugewinkt, als wolle er... sich verabschieden. Dann...« Sie kann nicht weitersprechen, denn sie wird von einem Weinkrampf geschüttelt. »Dann hat er ein Feuerzeug aus seiner Tasche gezogen und sich die Kleider angezündet.«

Ich lasse sie ein wenig zur Ruhe kommen. »Ist keiner auf die Idee gekommen, die brennende Kleidung zu löschen?«

»Wir waren alle vollkommen versteinert. Binnen einer Minute stand er in Flammen. Wir haben seine Sprünge gesehen und seine Schreie gehört, uns aber nicht in seine Nähe gewagt. Erst als er auf den Rasen stürzte, sind wir zu uns gekommen und haben begonnen, nach einem Eimer oder einem Gartenschlauch zu suchen. Ein Schlauch war nirgendwo aufzutreiben. Irgend jemand hat dann aber einen Putzeimer gefunden. Damit haben sie Wasser aus dem Schwimmbecken geschöpft und über ihn gegossen, aber es war zu spät.«

»Wo ist seine Frau?«

»Es gibt keine Ehefrau, er ist geschieden. Rena, mit der er zusammenlebt… gelebt hat, hat einen Schock erlitten, und man hat sie ins Haus hinaufgebracht.«

Die Leute reagieren wie stets in solchen Fällen. Sobald sie merken, daß jemand das Kommando übernimmt, läßt die Anspannung nach, und die Menge löst sich auf. Ich gehe auf Fanis zu, der am Beckenrand steht und mich fragend ansieht.

»Er hat gebrannt wie eine Fackel.«

Schon bei den Worten ergreift ihn Ehrfurcht. »Also, Selbstmord an sich ist ja schon grausam. Aber warum dann auch noch auf so grausame Weise?«

»Ich weiß es nicht. Gib dem Krankenwagen Bescheid, daß sie ihn holen können. Und dann geh ins Haus hoch zu Vakirtsis' Lebensgefährtin, einer gewissen Rena. Sieh nach, wie es ihr geht, und bring sie zu sich. Ich würde gerne mit ihr sprechen.«

Er macht kehrt und entfernt sich raschen Schrittes, während ich mich umblicke. Das einzige, was ich jetzt tun kann, nachdem ich den Wettlauf mit der Zeit verloren habe, ist nachzuforschen, ob es Ähnlichkeiten mit den vorangegangenen Selbstmorden gibt. Auf den ersten Blick unterscheidet sich Vakirtsis' Freitod in zwei Punkten. Zum ersten wurde die Biographie, die ständige Begleiterscheinung der Selbstmorde, an keinen Verlag geschickt, sondern direkt an mich. Das heißt, wer auch immer sich hinter dem Pseudonym Logaras verbirgt, weiß, daß ich in Sachen der Selbstmorde ermittle. Folglich handelt es sich nicht allein um jemanden aus dem Bekanntenkreis der drei Selbstmörder, sondern möglicherweise um jemanden, der mich kennt oder den ich befragt habe. Zum zweiten ist dies der einzige Selbstmord, der zwar in der Öffentlichkeit, aber nicht im Fernsehen verübt wurde. Plötzlich tritt Andreadis aus einem Grüppchen von Leuten. Als sein Blick auf mich fällt, kommt er auf mich zu.

»Was für eine Tragödie!« sagt er. »Was für eine Tragödie!«

»Haben Sie es gesehen?«

»Wer hat es nicht gesehen? Es ist vor aller Augen passiert.«

»Haben Sie heute abend überhaupt mit ihm gesprochen?«

»Nur ein paar Worte. Ich habe ihn gleich bei meinem Eintreffen begrüßt und ihm alles Gute gewünscht, danach sind wir einander nicht mehr über den Weg gelaufen.«

»Welchen Eindruck hat er auf Sie gemacht?«

Er denkt kurz nach. »Er war wie immer herzlich und zu einem Scherz aufgelegt. ›Du weißt, wie sehr ich dich mag, Kyriakos‹, sagte er zu mir. ›Aber ich werde euch nicht an der Macht sehen.‹«

Weil Andreadis' Partei nie die Wahlen gewinnen oder weil er sich umbringen würde? Vermutlich das letztere.

»Ich habe nicht erwartet, Sie unter solch unangenehmen Umständen wiederzusehen«, meint Andreadis.

»Diese unangenehmen Umstände wollte ich verhindern, als ich Sie aufsuchte.«

Er starrt mich sprachlos an. »Glauben Sie, Vakirtsis' Selbstmord hängt mit dem von Favieros und Stefanakos zusammen?«

»Dessen bin ich mir ganz sicher. Was ich nicht weiß, ist, ob es noch weitere Selbstmorde geben wird.«

Er blickt mich besorgt, ja, fast panisch an, aber ich verfüge weder über die Mittel noch über die Zeit, ihn zu beruhigen.

Da erblicke ich am anderen Ende des Bassins ein Aufnahmeteam und eine Rothaarige, die mit ihrem Kameramann im Schlepptau durch die Menge schweift und die Gäste interviewt. Na also, die Berichterstattung durch das Fernsehen ist gesichert, sage ich mir. Die Truppe stammt vom selben Sender, der auch die beiden vorigen Freitode *live* übertragen hat. Warum schon wieder von dem? Ich zupfe die Rothaarige am Ärmel und ziehe sie zur Seite. Sie ist überrascht, mich zu sehen.

»Herr Kommissar! Wie schön, daß es Ihnen wieder gutgeht. Sind Sie wieder im Dienst?« fragt sie.

Ich bleibe die Antwort aus nachvollziehbaren Gründen schuldig. »Sagen Sie mir lieber, wieso Sie hierhergekommen sind. Ist es bei Ihrem Sender üblich, daß Sie über die Namenstage Ihrer Kollegen berichten?«

»Nein, aber bei uns ist ein Anruf eingegangen. Wir sollten ein Aufnahmeteam auf Vakirtsis' Party schicken, da es dort zu überraschenden Wendungen kommen könne. Unser Chef hielt es zuerst für einen dummen Scherz, aber dann hat er mich doch, für alle Fälle, mit dem Kamerateam hergeschickt.«

»Ich hätte gerne eine Kassette von den Interviews, die Sie geführt haben.«

»Selbstverständlich, ich bringe sie Ihnen morgen im Büro vorbei.«

»Besser nicht in mein Büro, ich will nicht, daß sie verlorengeht. Hinterlegen Sie sie im Büro des Kriminaldirektors, da hole ich sie mir dann ab.«

Nachdem das also geregelt ist, kann ich mich jetzt um Rena kümmern. Ich hoffe inständig, daß Fanis sie so weit hergestellt hat, daß ich sie befragen kann. Nun, bei den beiden ersten Selbstmorden hatte Logaras eine Fernsehshow inszeniert. Beim dritten hat er für die Fernsehberichterstattung gesorgt, da er ein Open-air-Event bieten wollte. Woher wußte er aber, wann genau Vakirtsis Hand an sich legen würde? Wie konnte er sich bezüglich Tag und Stunde so sicher sein? Darüber sinniere ich, als ich die Treppen zur Veranda hochsteige. Ich komme zu dem Schluß, daß er beim heutigen Selbstmord erstmalig ein gewisses Risiko auf sich genommen hat. Bei den ersten beiden Freitoden hatte er dafür gesorgt, daß die Biographien rechtzeitig bei zwei verschiedenen Verlegern eintrafen. Und er verließ sich auf deren Geschäftssinn, darauf, daß die erste Auflage unmittelbar nach den Selbstmorden in Druck gehen würde. Beim dritten Freitod jedoch hat er sich aus der Deckung gewagt. Nicht, was seinen Anruf beim Fernsehsender betrifft. Wenn Vakirtsis sich nicht umgebracht hätte, wäre der Anruf als dummer Scherz betrachtet worden. Aber was wäre passiert, wenn die Biographie in meine Hände gelangt und Vakirtsis noch am Leben gewesen wäre? Hätte ich nicht alles daran gesetzt, den Selbstmord zu verhindern? Um mir die Biographie zu schicken, mußte er wissen, daß ich die Selbstmorde untersuchte und folglich nicht tatenlos zusehen würde, wie das Schicksal seinen Lauf nimmt. Wieso schickte er mir also die Biographie etwa eine Stunde vor dem Selbstmord, wenn er so sicher war, daß es mir nicht gelingen konnte, ihn zu vereiteln? Wie konnte er sich zudem so sicher sein? Doch nur, wenn er mit dem Selbstmörder persönlich Tag und Stunde abgesprochen hatte. Aber hatte er die drei so sehr in der Hand? Standen sie so sehr unter seinem Einfluß? Diese Frage bleibt in der Schwebe. Ich muß herausfinden, wie und womit er sie erpreßt hat.

Ich frage eine der jungen Angestellten, die wie benommen durch das Erdgeschoß des Hauses taumeln, wo das Zimmer von Frau Rena liegt, und sie deutet auf eine Treppe, die vom geräumigen Wohnzimmer in die obere Etage führt. Auf dem Weg nach oben stolpere ich über Petroulakis, den Berater des Premierministers. Mitten auf der Treppe stehen wir uns von Angesicht zu Angesicht gegenüber. Er blickt mich mit einer Miene an, als erwarte er meinen ehrerbietigen Diener. Doch ich bin der Überzeugung, daß er nach Vakirtsis' Freitod in Ungnade fallen wird, und beschließe, sein knappes Nicken geflissentlich zu übersehen. Ich weiche seinem Blick aus und steige weiter die Treppe hoch.

Im oberen Stockwerk stehe ich zunächst vor drei verschlossenen Türen. Die erste führt in einen kühlen, unpersönlichen Raum mit einem Doppelbett, einem Polstersessel und einem Bücherregal. Offenbar handelt es sich um das Gästezimmer. Die nächste Tür führt in einen Gymnastikraum mit Hanteln, Heimtrainer und Laufband. Dann versuche ich mein Glück bei der dritten Tür und erblicke Fanis, der einer jungen Frau den Puls fühlt. Sie hört das Klicken der Türklinke und dreht sich um. Sie ist dunkelhaarig, ihre Lippen und Fingernägel sind in Aubergine gehalten. Sie trägt eine beige Hose und eine rote Bluse mit Spaghettiträgern, die ihre Schultern sowie ihren Bauchnabel frei läßt. Soviel ich weiß, war Vakirtsis um die Fünfundfünfzig, ergo war er ihr lokker um fünfundzwanzig Jahre voraus, denn sie sieht nicht älter als dreißig aus.

Fanis kommt auf mich zu und beugt sich an mein Ohr. »Sie ist ansprechbar, aber setze sie nicht zu sehr unter Druck.« Dann läßt er uns allein.

Ich nehme an der Bettkante Platz. Der Blick der jungen Frau saugt sich wie hypnotisiert an mir fest. »Ich bin Kommissar Charitos«, sage ich. »Ich werde Sie nicht lange behelligen. Nur ein paar Fragen hätte ich gerne gestellt.«

Sie entgegnet nichts, hält ihren hypnotisierten Blick jedoch weiter auf mich geheftet. Ich nehme an, sie versteht, was ich sage, und fahre fort.

»Ist Ihnen in der letzten Zeit irgend etwas an Vakirtsis aufgefallen?«

»Zum Beispiel?«

»Was weiß ich … Vielleicht war er nervös … Ist schnell wütend geworden … Hat herumgeschrien …«

»So war er nicht nur in der letzten Zeit… Immer schon war er heftig und ist schnell laut geworden… Aber schon nach wenigen Minuten hatte er alles vergessen und schmeichelte sich wieder ein.«

»Hatte er vielleicht persönlichen Kummer… Hat ihn irgend etwas geängstigt…«

Ein schmales Lächeln erscheint auf ihren Lippen. »Apostolos hatte nie persönlichen Kummer. Wenn schon, hatten die anderen persönlichen Kummer seinetwegen.«

Ich weiß nicht, ob sie diejenigen meint, die er in seinen Sendungen niedermachte, oder sich selbst.

»Im allgemeinen machte er also nicht den Eindruck, als stehe er knapp vor dem Selbstmord.«

»Apostolos?« Ihr Auflachen klingt bitter. »Was wollen Sie von mir hören?«

Daraus schließe ich, daß sie nicht besonders gut miteinander auskamen, aber das interessiert mich eigentlich gar nicht. »Haben Sie generell irgendeine Veränderung an seinem Verhalten in der letzten Zeit bemerkt?«

»Nein, keine.« Sie hält kurz inne, als denke sie nach. »Außer…«

»Was?«

»In den letzten Wochen hat er Stunden vor seinem Computer im Büro verbracht.«

Ganz wie Favieros! Dasselbe Muster. Wie bescheuert von mir, daß ich im Fall Stefanakos nicht gleich nachfragte, ob auch er sich so verhalten hatte. Das kommt davon, wenn man während seines Genesungsurlaubs inoffizielle Ermittlungen betreibt und es nicht riskieren kann, jederzeit und überall unangemeldet aufzutauchen.

»Hat er denn normalerweise nicht viel Zeit in seinem Büro verbracht?«

»So gut wie gar keine. Apostolos hatte alles: ein Büro, so groß wie das ganze Obergeschoß, Computer, Drucker, Scanner, Internetzugang. Aber nicht, um es zu benützen, sondern weil es die anderen hatten, die Freunde und Kollegen. Der Gedanke war ihm unerträglich, daß sie etwas haben sollten und er nicht. Er war aus Prinzip neidisch. Mit Ausnahme der letzten Wochen, da hat er sich tatsächlich in seinem Büro vor dem Computer verbarrikadiert.«

»Haben Sie ihn nicht gefragt, was er da macht?«

»Auf solche Fragen hat er immer geantwortet, daß er am Arbeiten sei, egal, ob er den Garten sprengte oder ein Fußballmatch im Fernsehen guckte und den Schiedsrichter beschimpfte.«

Ich merke, daß ich von ihr nichts weiter erfahren kann. Daher gehe ich in den zweiten Stock hoch, einen einzigen offenen Raum mit einem Schreibtisch, einem Fernseher mit riesigem Bildschirm und diversen anderen elektronischen Geräten. Rundum verstreut stehen Lautsprecher unterschiedlicher Größe, und vor dem Fernseher befindet sich ein Sofa mit Tischchen.

Auf dem Schreibtisch sind all die Dinge aufgereiht, die mir seine Lebensgefährtin gerade eben aufgezählt hat. Was mich allerdings beeindruckt, ist die Tatsache, daß es im ganzen Büro kein einziges Buch gibt. Nur auf das Tischchen vor dem Sofa wurden diverse Zeitschriften drapiert. Selbst ich besitze ein Bücherbord mit vier Regalen, auch wenn es nur im Schlafzimmer steht. Augenscheinlich besaß Vakirtsis kein einziges Buch.

Auf der linken Seite des Schreibtisches sehe ich drei Schubladen. Die erste ist voll von leeren Notizblöcken und Kugelschreibern. Die zweite sieht interessanter aus, da sie von Audiokassetten überquillt. Ich werde jemanden vorbeischicken müssen, um sie im Labor analysieren zu lassen. Dann versuche ich, die dritte Schublade herauszuziehen, sie ist verschlossen. Ich beuge mich hinunter und stelle fest, daß es sich um ein Sicherheitsschloß handelt. Wir müssen den Schlüssel dazu auftreiben, doch ich weiß nicht einmal, ob wir im Fall eines Selbstmordes das Recht auf eine Durchsuchung haben. Wenn nicht, dann müssen wir die Zustimmung der rechtmäßigen Erben einholen, die ich nicht einmal kenne. Rena gehört bestimmt nicht dazu. Sie ist eine jener Frauen, die ein paar Jahre mit einem älteren Mann zusammenleben und dann mittellos auf der Strecke bleiben.

Als ich die Treppe von der Veranda hinuntersteige, laufe ich Sotiropoulos in die Arme. »Alles war abgegrast«, zischt er aufgebracht, als sei ich daran schuld. »Die Leiche war schon weggeschafft und die meisten Gäste bereits fort. Die Fotaki war rechtzeitig da und hat Interviews gemacht. Woher hat sie davon erfahren?« Er beäugt mich mißtrauisch.

»Durch einen anonymen Anruf. Jemand kündigte an, auf Vakirtsis' Party würde es eine Überraschung geben.«

Er denkt darüber nach und pfeift anerkennend. »Wollen Sie damit sagen …«

»Ja. Er hat mir die Biographie zukommen lassen und den Sender informiert, der die vorherigen Selbstmorde übertragen hatte.«

Dann will ich runter zu Fanis, der auf einem Stuhl auf mich wartet, doch Sotiropoulos hält mich am Arm fest.

»Ausgeschlossen, ich lasse Sie jetzt nicht gehen«, meint er. »Irgend etwas muß auch für mich bei der Geschichte herausspringen.«

»Und das soll ich Ihnen liefern?« Ich bin drauf und dran, in die Luft zu gehen, aber das schüchtert ihn nicht im geringsten ein.

»Ich möchte, daß Sie mir von der Biographie erzählen. Wie Sie in Ihre Hände gelangt ist und wie Sie daraufhin hierhergeeilt sind. Ich sage Ihnen gar nicht, daß Sie damit mächtig Eindruck schinden können, da ich weiß, daß Sie mit Ihrer Halsstarrigkeit fähig sind, diese Möglichkeit gerade deshalb auszuschlagen.«

Eindruck werde ich wohl schinden, aber nicht so, wie er es sich vorstellt. Ich werde Janoutsos und diejenigen, die hinter ihm stehen, ein für allemal desavouieren. Im Endeffekt muß ich mich an keinerlei Dienstvorschriften gebunden fühlen, denn ich bin im Genesungsurlaub, und ein anderer sitzt auf meinem Posten. Im Notfall kann ich mich darauf berufen, daß ich im Präsidium angerufen und Gikas nicht angetroffen hatte, worauf ich alleine loseilte, um das Schlimmste zu verhüten.

»In Ordnung, ich werde reden«, sage ich zu Sotiropoulos. »Aber Sie fragen mich nicht, ob ich hier Nachforschungen angestellt und was ich gefunden habe, denn das darf ich nur in der Dienststelle verlautbaren.«

Er blickt mich an und glaubt, daß ich mir einen Scherz mit ihm erlaube. Zögernd streckt er mir das Mikrophon entgegen, rechnet aber jeden Augenblick damit, daß ich ihn mit dem süßen Vorgeschmack auf eine Sensation im Regen stehenlasse. Aber ich fange an, die ganze Geschichte aufzurollen, von dem Zeitpunkt an, als der Umschlag bei mir zu Hause eintraf bis zu meiner Ankunft vor Ort und dem Moment, als ich Vakirtsis' verkohlte Leiche vorfand. Sein Lächeln wird bei jedem meiner Worte breiter, als verfolge er den Höhenflug seiner Aktien im Börsenindex.

Als ich fertig bin, drückt er mir zum ersten Mal in seinem Leben die Hand. »Ich danke Ihnen, Sie sind schwer in Ordnung«, sagt er.

Ich nehme seinen Dank kommentarlos entgegen und gehe auf Fanis zu, der sich erhoben hat und auf mich wartet.

»Hast du etwas herausgekriegt?« fragt er.

»Dieselben Symptome wie bei Favieros. In der letzten Zeit hat auch Vakirtsis stundenlang im Büro vor seinem Computer gesessen. Ich bin auf eine Schreibtischschublade mit Sicherheitsschloß gestoßen, konnte den Schlüssel aber nicht finden.«

Diesmal nehmen wir die Route über Stamata. Es ist nach Mitternacht, und der Verkehr auf dem Kifissias-Boulevard hat nachgelassen.

»Hiermit ist dein Genesungsurlaub zu Ende«, meint Fanis mit einemmal.

Ich blinzele verdattert zu ihm hinüber. »Wieso? Wie kommst du darauf?«

»Weil das Gefasel von den Schlägertypen und den Rechtsextremen ausgestanden ist und es jetzt zur Sache geht.«

Vielleicht hat er recht. Petroulakis' Mienenspiel zumindest ließ darauf schließen, daß man sich diesmal schwertun wird, den Selbstmord *Philipp von Makedonien* in die Schuhe zu schieben.

34

Die Lage ist ernst, aber nicht hoffnungslos. So meinte einer unserer Dozenten an der Polizeischule. Das war in der Zeit nach dem Sturz von Jorgos Papandreous Regierung, als Demonstrationen, Protestmärsche und Zusammenstöße zwischen Polizei und Studenten an der Tagesordnung waren. Der Dozent kam in die Klasse, rieb sich die Hände und sagte: »Die Lage ist ernst, aber nicht hoffnungslos.« Damit wollte er sagen, daß sich die Lage zwar von Tag zu Tag verschlimmerte, im Grunde jedoch durch die Ausschreitungen nur besser werden konnte, da dadurch der Weg für eine Diktatur geebnet wurde. Diesen Gedanken drehte und wendete er, bis es schließlich tatsächlich soweit war. Mit der Junta freilich verbesserte sich die Lage nicht im geringsten, aber jeder empfindet Ernst oder Hoffnungslosigkeit individuell.

Das geht mir durch den Kopf, als ich schräg hinüber zum Minister blicke. Mit Vakirtsis' Selbstmord ist die Lage sehr ernst geworden. Gikas' Anruf hatte mich aus dem Schlaf gerissen. Er war mit dem *Flying Dolphin* aus Spetses zurückgekehrt, da uns der Minister zu einer dringlichen Sitzung einberufen hatte. Als ich das Büro des Ministers betrat und keinen Janoutsos erblickte, wurde mir klar, daß die Lage ernst, aber nicht hoffnungslos war.

Wir sind zu viert: Der Minister thront auf seinem Stuhl,

ihm zur Seite sitzen Gikas und ich, und in der Mitte schmort der Ministerialdirektor sozusagen auf der Anklagebank, da sich der Minister auf den Ministerialdirektor eingeschossen hat.

»Ich verstehe Sie nicht, Stathis«, sagt er. »Sie erteilen dem Leiter der Mordkommission die Anweisung, diese Herumtreiber festzunehmen, ohne den Kriminaldirektor zu informieren? Und darüber hinaus läuft der Fall nicht einmal über den eigentlichen Leiter der Mordkommission, sondern über seinen Stellvertreter?«

»Und als ich den Herrn Ministerialdirektor um Aufklärung bat, hat er mir entgegengehalten, meine Untergebenen seien dazu angehalten, mich auf dem laufenden zu halten«, mischt sich Gikas ein und treibt damit einen weiteren Nagel in den Sarg des Ministerialdirektors.

Der weicht Gikas' Blick aus und zieht es vor, nur mit dem Minister Blickkontakt zu halten. »Ich habe doch erklärt, daß ich eine Anweisung von ganz oben erhalten habe«, meint er.

»Wenn sie von so weit oben stammte, hätte ich doch etwas davon erfahren müssen, oder? Oder wollen Sie damit sagen, es gebe Anweisungen von oben, die nicht durch meine Hände gingen?«

Der Minister wartet vergeblich auf eine Antwort. Der Ministerialdirektor beschränkt sich darauf, ihn bedeutungsschwanger anzublicken.

»Und was machen wir jetzt?« Der Minister reitet wahrscheinlich deshalb auf seinen Fragen herum, um den Ministerialdirektor ständig in Verlegenheit zu bringen. »Wenn wir die drei auf freien Fuß setzen, gibt es einen Aufschrei der Empörung. Aber auch wenn wir sie festhalten, fällt man über uns her.«

»Wir könnten ein wenig abwarten.«

»Und was haben wir davon? Wenn wir versuchen, die Sache auszusitzen, machen wir uns vor allen zum Gespött.«

Der Ministerialdirektor wägt seinen Gedankengang kurz ab, und bringt ihn schließlich zu Gehör: »Ist es denn ausgeschlossen, daß auch dieser Freitod auf das Konto der Rechtsextremen geht? Im Endeffekt sind die drei Festgenommenen ja nicht die ganze Vereinigung.«

Gikas fährt herum und ist drauf und dran, von seinem Stuhl hochzuspringen. Der Minister registriert seine Reaktion, behält jedoch kühlen Kopf.

»Ausgeschlossen, Stathis«, sagt er mit einem ironischen Lächeln zum Ministerialdirektor. »Vakirtsis hatte sich ausdrücklich für die gewaltsame Rückführung illegaler Einwanderer in ihre Heimatländer ausgesprochen. Zu diesem Thema hatte er sogar eine ganze Sendereihe gestaltet. Wozu sollten die Rechtsextremen jemanden umbringen, der öffentlich für die Ausweisung illegaler Einwanderer eingetreten ist? Schicken Sie lieber ein Stoßgebet zum Himmel, daß keiner seiner Kollegen diese Sendereihe wieder ausgräbt, denn dann wären wir die Lachnummer der Nation.« Dem Minister hingegen ist das Lachen vergangen, und er meint kühl zum Ministerialdirektor: »Vielen Dank, Stathis. Ich brauche Sie nicht weiter.«

Das hört sich fast nach einer Entlassung an. Der Ministerialdirektor geht wortlos und ohne Gruß aus dem Büro. Sobald die Tür hinter ihm ins Schloß fällt, fixiert uns der Minister.

»Darf ich endlich erfahren, was los ist?« fragt er, zu Gikas gewendet.

»Das wird Ihnen Kommissar Charitos erläutern, der auf meine Bitte hin seinen Genesungsurlaub für die Ermittlungen geopfert hat«, entgegnet er.

Der Minister nimmt mich ins Visier. In solchen Fällen besteht die Kunst darin, die Sache einerseits nicht zu beschönigen, andererseits aber auch keine Panik zu verbreiten. »Ehrlich gesagt, Herr Minister, weiß ich noch nicht, was genau los ist und warum Favieros, Stefanakos und Vakirtsis Selbstmord begangen haben. Ich bin mir aber sicher, daß jemand sie zum Selbstmord gezwungen hat.«

Ich hebe mit der Geschichte von den Biographien an, fahre mit Logaras' falscher Adresse und den verschiedenen Verlegern fort, bis ich zu Vakirtsis' Lebensgeschichte komme, die durch einen Zustelldienst zu mir nach Hause gelangte. Er hört mir aufmerksam zu, wobei sich seine Miene von Minute zu Minute mehr umwölkt.

»Was hat Ihre Neugier eigentlich angestachelt?« fragt er schließlich.

»Zwei Dinge. Die Tatsache, daß die Selbstmorde öffentlich begangen wurden. Persönlichkeiten wie Favieros, Stefanakos und Vakirtsis würden einen Freitod niemals an die große Glocke hängen.«

»Und zweitens?«

»Daß die Biographien, die im großen und ganzen eine Lobeshymne auf die Verstorbenen darstellen, Andeutungen über dunkle Machenschaften enthalten.«

Er blickt mich ernst an und sagt ganz ruhig: »Mit anderen Worten: Wir kommen um einen Skandal nicht herum.«

»Mhm. Dieser Logaras weiß, wovon er schreibt. Zumindest im Fall von Favieros und Stefanakos. Vakirtsis' Biographie habe ich noch nicht lesen können.«

»Wer hat sonst noch von all dem gewußt?«

Auf diese Frage habe ich schon gewartet. Ich blicke zu Gikas hinüber. Der weicht meinem Blick aus und spricht direkt in Richtung des Ministers.

»Herr Petroulakis, der Berater des Premierministers, hat mich persönlich um bestimmte Informationen gebeten. Herr Charitos hat ihn aufgesucht und ihm das bis dahin Bekannte vorgetragen.«

Daß wir beide ein Interesse daran hatten, Petroulakis mit einzubeziehen, behält er wohlweislich für sich. Gikas, weil er an seiner Beförderung bastelte, und ich, weil ich um meinen Posten bangte.

»Und wieso haben Sie nicht mit mir gesprochen?«

»Weil wir keine handfesten Hinweise hatten«, entgegnet Gikas wie aus der Pistole geschossen. Offensichtlich ist er auf diese Frage vorbereitet. »Zunächst einmal handelte es sich nicht um Mord, sondern um Selbstmord, folglich konnten wir keine offizielle Untersuchung einleiten. Und was aus Herrn Charitos' Nachforschungen hervorging, hat sicherlich Fragen aufgeworfen, aber keinerlei Erkenntnisse gebracht. Im Grunde verfügen wir erst nach Vakirtsis' Freitod und der Übersendung der Biographie durch Logaras an Herrn Charitos über stichhaltige Hinweise, daß es sich um Anstiftung zum Selbstmord handelt.«

»Und weil Sie keine handfesten Beweise hatten, haben Sie sich lieber an jemand Inkompetenten gewandt, der die Affäre dann auf die allernaivste Weise vertuschen wollte.«

Sein Tadel trifft ins Schwarze, daher halten wir lieber den Mund. Das faßt er als stillschweigende Anerkennung unserer Verantwortung auf und versüßt uns daraufhin ein wenig die bittere Pille.

»Ich möchte damit nicht sagen, daß Sie dafür verantwortlich sind, wie dieser Fall gehandhabt wurde. Ich weiß, daß das hinter Ihrem Rücken passiert ist«, meint er zu Gikas. »Die Sache ist die: Wir haben nun eine äußerst unangenehme Geschichte am Hals, während wir sonst das machen könnten, was jeder Politiker in Griechenland tut – nämlich stillhalten. Aber jetzt stecken wir im Schlamassel.« Wiederum wirft er Gikas einen Blick zu. »Haben Sie eine rettende Idee?«

»Ja. Am besten setzen wir die drei Rechtsextremen noch nicht auf freien Fuß, sondern geben bekannt, daß wir sie weiterhin wegen des Mordes an den beiden Kurden vernehmen. Parallel dazu lassen wir durchsickern, daß die wiederholten Selbstmorde unseren Verdacht erregt haben und wir ihre Hintergründe untersuchen. Letzteres wird uns zwar ein paar bissige Kommentare einbringen, aber zumindest kann uns keiner mehr vorwerfen, daß wir die drei jungen Männer als Bauernopfer festhalten.«

Der Minister überlegt kurz. »In Ordnung, lassen Sie uns so vorgehen. Wir haben ohnehin keine andere Wahl.« Er wägt noch einmal kurz ab und wendet sich diesmal an mich. »Glauben Sie, Herr Kommissar, daß es zu weiteren Selbstmorden kommen wird?«

»Wenn ich das bloß wüßte, Herr Minister. Vielleicht war Vakirtsis der letzte, möglicherweise folgen noch weitere. Leider wissen wir nicht, warum sie sich umgebracht haben und wer dieser Logaras ist, der offenbar die Fäden in der Hand hält.«

»Mich packt das pure Entsetzen beim Gedanken, daß das Ganze noch weitergehen könnte.«

»Mich auch. Obwohl ... Seit gestern gibt es einen klitzekleinen Hoffnungsschimmer.«

Der Minister und Gikas schauen mich beide überrascht an. »Und der wäre?« fragt der Minister.

»Die Tatsache, daß Logaras mir die Biographie zugeschickt hat. Er will mit mir kommunizieren.«

»Wieso sollte er das tun?« wendet Gikas ein.

Ich zucke mit den Schultern. »Vielleicht, weil er sich für sehr schlau hält und mit mir spielen will. Vielleicht auch, weil er enthüllen möchte, warum er sie zum Selbstmord treibt. Mit Sicherheit weiß er, daß ich mit den Selbstmorden befaßt bin. Und das deutet darauf hin, daß es sich um jemanden handelt, der zum Kreis der Befragten gehört.«

Noch während ich rede, überkommt mich der Verdacht, daß Logaras möglicherweise durch Sotiropoulos davon erfahren hat. Ihm habe ich nahezu alle Einzelheiten meiner Ermittlungen anvertraut. Möglicherweise hat er mit einem Kollegen darüber gesprochen, und auf diesem Weg könnte etwas durchgesickert sein. Journalisten legen kein Schweigegelübde ab. Ich traue mich nicht, dem Minister und Gikas zu offenbaren, daß ich mit Sotiropoulos gemeinsame Sache mache. Der erste würde mir den Kopf waschen, und der zweite annehmen, daß ich im Verlauf meines Genesungsurlaubs den Verstand verloren habe, weil er meine Abneigung gegen jede Art von Reporter und speziell gegen Sotiropoulos kennt.

Es kommt nicht oft vor, daß mir Gikas die Ehre erweist, mich in seinem Dienstwagen zu chauffieren, aber heute macht er eine Ausnahme. Vielleicht, weil dieser Fall aus dem Rahmen fällt. Wenn man es mit Gewaltverbrechen an Einheimischen und Zugewanderten, an Rotlichtbaronen oder russischen Mafiosi zu tun hat, tut es ein einfacher Streifenwagen. Wenn man sich jedoch in den Salons der großen Welt bewegt, wo Unternehmer, Politiker und Journalistengrößen Hand an sich legen, weht ein anderer Wind, und man kommt sogar in den Genuß eines Dienstwagens.

Als wir Gikas' Vorzimmer betreten, läßt der Beamte rasch eine Zeitschrift in einer von Koulas Schubladen verschwinden. Scheinbar weiß Gikas, was Sache ist, denn rechtzeitig wendet er den Blick ab.

»Haben Sie vor, Ihren Genesungsurlaub zu unterbrechen und zurückzukehren?« fragt Gikas, sobald wir unsere angestammten Sitzplätze eingenommen haben.

Ich habe bereits über diese Möglichkeit nachgedacht, und diesmal halte ich mich nicht wegen Adriani zurück. »Mir wäre lieber, ich könnte mit Koulas Hilfe weiterhin diskret nachforschen. Wenn ich offizielle Ermittlungen einleite, dann heißt das, die Selbstmorde waren Morde, und die Reporter fallen über uns her. Außerdem befürchte ich, daß uns die Angehörigen der drei Opfer Schwierigkeiten machen würden. Es sind einflußreiche Namen, sie können uns jederzeit Knüppel zwischen die Beine werfen.«

»Na also, endlich fangen auch Sie an, Rücksicht auf Leute mit Beziehungen zu nehmen. Dann kann ich in Zukunft ja ruhig schlafen«, kommentiert er, während ein ironisches Lächeln über sein Gesicht zieht.

»Das ist ein Fall, der mit Diskretion behandelt werden muß.«

Er überlegt kurz und seufzt dann auf. »Sie haben recht, obwohl mir eine Rückkehr auf Ihren Posten lieber wäre.«

»Wieso? Wegen Janoutsos?«

»Nein. Wegen Koula. Sie soll endlich zurückkommen und hier Ordnung schaffen.«

»Ist der da draußen denn zu gar nichts zu gebrauchen?« frage ich unschuldig, obschon ich die Antwort kenne.

»Zu nicht viel. Ich sollte ihn meiner Frau überlassen, dann müßte sie nicht immer bis zu ihrem nächsten Friseurbesuch warten, um ihre alten Heftchen loszuwerden.«

Beide prusten wir los, als hätten wir nur auf die Gelegenheit gewartet, die ganze Anspannung loszuwerden.

»Was werden Sie mit Janoutsos machen?«

»Ich schicke ihn dorthin zurück, wo er hergekommen ist, und werde persönlich die Leitung der Mordkommission übernehmen, bis Sie wieder da sind.«

Zum Schluß nimmt er mir das Versprechen ab, ihn regelmäßig auf dem laufenden zu halten. Ich visiere schon den Knopf fürs Erdgeschoß an, als ich im letzten Augenblick meine Meinung ändere und in die dritte Etage hinunterfahre. Ich durchquere den Korridor und dringe unangekündigt in das Büro meiner beiden ehemaligen Assistenten ein, um sie wieder in Amt und Würden einzusetzen. Offenbar haben sie mich schon abgeschrieben, denn sie starren mich an wie ein Gespenst. Doch nach einem kurzen Blackout fassen sie sich und springen von ihren Stühlen hoch.

»Herr Kommissar!« rufen sie wie aus einem Mund.

Da ich ihnen wegen ihres Verhaltens in der Wohnung der beiden Kurden noch eine Revanche schuldig bin, lasse ich Begrüßung und Einleitungsfloskeln wegfallen.

»Ich wollte euch nur mitteilen, daß mein Urlaub in vierzehn Tagen zu Ende geht. Sollte in der Zwischenzeit irgend etwas vorfallen, könnt ihr mich zu Hause anrufen. Ich werde in Athen sein.«

»Heißt das... Sie kommen zurück?« fragt Dermitsakis schüchtern.

»Warum sollte ich nicht zurückkommen? Habe ich etwa Invalidenrente beantragt?«

»Nein, nein, Herr Kommissar. Nur...«

»Nur was?«

»Wir hatten schon jede Hoffnung auf Ihre Rückkehr aufgegeben, Herr Kommissar«, ermannt sich schließlich Vlassopoulos, der schon länger mein Gehilfe ist. »Wir waren der Meinung, wir müßten bis zu unserer Pensionierung diesen Strohkopf als Vorgesetzten ertragen.« Und er deutet auf die Tür meines Büros. »Na ja, ich sage lieber nichts. Hier haben die Wände Ohren, wie es so schön heißt.«

Sie möchten mich auf einen Kaffee einladen, da ich ihre düsteren Aussichten bis zur Rente aufgehellt habe, aber ich schütze Arbeit vor und beeile mich wegzukommen. Ich habe keine Lust, Janoutsos über den Weg zu laufen. Rachedurst liegt mir fern, und der Anblick geprügelter Hunde verdirbt mir die Laune.

»Wenn ich vor meiner offiziellen Rückkehr etwas brauchen sollte, dann wende ich mich an euch. Und ihr erledigt das dann, ohne nach Einzelheiten zu fragen«, sage ich zu meinen beiden Assistenten.

Sie blicken mich verständnislos an, aber ihre Freude über meine Rückkehr ist so groß, daß sie gar nichts Genaueres wissen wollen.

»Gern, Herr Kommissar.«

Ich ersuche sie, einen Streifenwagen bereitzustellen, der mich nach Hause fährt. Ich habe nicht vor, in der Mittagsglut zu verschmoren. Drei Minuten später erwartet mich der Wagen am Eingang. Wie gesagt: Die Lage ist ernst, aber nicht hoffnungslos.

35

Die Büros der Firma STARAD liegen in der Vikela-Straße, vis-à-vis der Klinik Ijia. Die Stathatou muß eine Menge Geld für die Einrichtung ihrer Werbeagentur ausgegeben haben. Gleich beim Eintreten versinken die Füße des Besuchers in einem dicken Spannteppich, der jeden Laut verschluckt. Und setzt man sich in einen Sessel, schmiegt sich die Lehne so geschmeidig an den Rücken des Besuchers, daß an kein Entrinnen mehr zu denken ist. Die Bilder an den Wänden hängen in glänzendweißen Rahmen und weisen gerade Linien, Würfel und Kreise in diversen Farben auf, stets mit ein wenig Rot garniert.

Stathatous Büro hebt sich von den anderen dadurch ab, daß auf dem Spannteppich zwei sündhaft teure Orientteppiche liegen und sich an der Wand hinter ihrem Schreibtisch – dort, wo in unseren Arbeitszimmern normalerweise Christus mit der Dornenkrone hängt – ein Gemälde befindet, das einen kleinen Hafen, Fischerboote und eine Frau zeigt, in deren Rücken sich eine Tür öffnet.

Die Stathatou ist eine guterhaltene Fünfzigjährige, die in geschminktem Zustand noch jünger wirken würde. Jetzt ist sie ungeschminkt, trägt ein dunkelblaues Kostüm mit dezenten weißen Applikationen am Kragen und blickt mich von oben herab an. Diese Pose hat sie bestimmt von ihrem Herrn Papa übernommen. Schräg gegenüber von Stathatous Schreibtisch sitzt Sotiria Markaki-Favierou. Auch ihr Gesicht ist ungeschminkt, aber faltig und von einer Kurzhaarfrisur umrahmt. Insgesamt wirkt sie geschlechts- und alterslos. Als ich nach Favieros' Selbstmord ihr Haus in Porto Rafti aufgesucht hatte, wurde mir mitgeteilt, die Familie sei auf ihrer Jacht verreist. Aus ihrem blassen Teint schließe ich, daß sie sich den ganzen Tag über in der Kabine aufgehalten haben muß. Sie preßt ihre Knöchel aneinander, ihr Blick wirkt argwöhnisch und verängstigt. Wenn man beide nebeneinander sieht, wird sofort klar, welche von beiden in der Firma das Sagen hat und welche als Feigenblatt ihres Ehegatten fungierte.

Koula und mich hat man, etwa zehn Meter von Stathatous Schreibtisch entfernt, auf das Sofa hinter dem Glastischchen verbannt. Koula hat das schwerere Los von uns beiden, da sie den Notizblock auf ihren Knien balancieren und das Gespräch mitstenographieren muß. Sie ist gerade erst aus Ägina zurückgekommen, leicht gebräunt und mit einer Leinenhose und Sandalen bekleidet. Da sie auf Draht ist und weiß, woher der Wind in unserem Haushalt weht, hat sie nicht zuerst mir gratuliert, daß die Ermittlungen weitergehen, sondern Adriani gegenüber ihr Bedauern geäußert. »Wie leid es mir tut, daß Sie Ihre Ferien verschieben mußten, Frau Adriani!« Danach bekreuzigte sie sich und fügte hinzu: »Gott bewahre, daß ich einen Polizeibeamten heirate.« Und Adriani – statt ihr zu erklären, daß Polizisten im Durchschnitt Ehrenmänner und in der Mehrzahl gute Familienväter sind – schüttelte mit stoischer Gelassenheit den Kopf und antwortete: »Liebe Koula, der Mensch denkt, Gott lenkt – leider.«

Nun sitzen wir den Damen gegenüber und versuchen herauszufinden, ob am Verhalten ihrer Ehemänner kurz vor den Selbstmorden irgend etwas auffällig war. Unser besonderes Interesse gilt Stefanakos, da wir über Favieros schon einiges in Erfahrung gebracht haben. Die Vorzeichen stehen nicht günstig, denn die Atmosphäre ist verkrampft, und die Witwen verbergen ihr Unbehagen nur mit Mühe.

»Wozu bohren Sie nach, Herr Kommissar?« fragt die Stathatou. »Unsere Männer haben den Freitod gewählt. Werden sie durch Ihre Nachforschungen wieder lebendig?«

»Nein, aber wir können andere solche Fälle verhindern. Deshalb bitten wir um Ihre Mithilfe. Bislang gibt es drei Selbstmorde, die nach demselben Schema abgelaufen sind. Kommt Ihnen das nicht verdächtig vor?«

»Ihr Polizisten findet alles verdächtig«, entgegnet die Stathatou nahezu verächtlich. »Da es sich nicht um Mord handelt, verstehe ich nicht, wonach Sie suchen.«

»Hatte Ihr Mann einen Grund sich umzubringen, Frau Stathatou?«

»Soviel ich weiß, nein.«

»Wie erklären Sie sich dann seinen Selbstmord?«

Sie scheint sich in ihr Schicksal gefügt zu haben. »Warum bringen sich Menschen um, Herr Kommissar? Weil sie sich ihr Leben anders vorgestellt haben, als es schließlich endete... Weil sie der Welt, so wie sie ist, nichts mehr abgewinnen können... Weil sie ihr Dasein satt haben und nicht mehr weiterleben wollen...«

»Paßte einer dieser Gründe auf Ihren Mann?«

»Nein. Loukas hat immer das erreicht, was er wollte. Und er war ein lebenslustiger Mensch.«

»Was war es dann?«

»Er ist durchgedreht«, antwortet sie knapp. »So etwas kommt vor, Menschen drehen plötzlich durch, aus heiterem Himmel. Das ist, glaube ich, bei Loukas passiert. Er ist verrückt geworden. Das ist die einzige Erklärung.«

»Glauben Sie, daß ihn der Wahnsinn dazu getrieben hat, sich öffentlich umzubringen?«

»Loukas liebte die großen Gesten. Er strebte ins Rampenlicht, jedes Wort und jede Tat sollten Eindruck machen. Das, gesteigert zum Wahn, kann zu extremen Handlungen führen.«

Wäre Stefanakos' Freitod der einzige gewesen, erschiene mir ihre Deutung glaubhaft. Aber drei Menschen werden nicht gleichzeitig wahnsinnig, noch gibt es dreimal jemanden, der ihre Wahnsinnstat voraussieht und ihre Biographien schreibt. Andererseits ist Griechenland ein Land, in dem der Wahnsinn Methode hat. Ich wende mich der Favierou zu, in der Hoffnung, eine andere Antwort zu erhalten.

»Und Sie, Frau Favierou? Haben Sie eine Erklärung?«

Zunächst wirft sie der Stathatou einen angsterfüllten Blick zu, daraufhin mir, während sie einmal das rechte Bein über das linke und dann wieder das linke über das rechte schlägt.

»Ich weiß es wirklich nicht. Ich weiß nur, daß ich mit einem Mann zusammengelebt habe, der mit seiner Arbeit verheiratet war, der Tag und Nacht, ja sogar die Wochenenden in seinem Büro verbrachte. Der vor einem geplanten Kinobesuch im letzten Augenblick anrief, weil irgend etwas dazwischengekommen war, der seiner Frau, die zum

Ausgehen bereit war, mitteilte, daß jemand angerufen habe, den er unbedingt sprechen müsse.« Und mit einem Schlag bricht es vollkommen unerwartet aus ihr heraus: »Jason ist tot! Warum er sich umgebracht hat, was in ihn gefahren ist, weiß ich nicht! Ich weiß nur, daß ich jetzt dastehe und mich mit Unternehmen, mit Erbschaftsangelegenheiten, mit Häusern, mit Jachten und mit zwei Kindern herumschlagen muß, die in ihrer eigenen Welt leben und so tun, als wäre ihr Vater immer noch am Leben!«

Sie schlägt die Hände vors Gesicht und bricht in Schluchzen aus. Die Stathatou eilt zu ihr hin und faßt sie um die Schultern. »Beruhige dich, meine Liebe«, meint sie beschwichtigend. »Fasse dich. Ich weiß, was du durchmachst. Komm schon! Wir werden das schon schaffen.« Sie hebt den Kopf und blickt Koula an. »Verlangen Sie draußen ein Glas Wasser von der Sekretärin«, meint sie im Befehlston, als hätte sie Koula als Bürogehilfin eingestellt.

Koula läßt ihren Notizblock sinken und tritt aus dem Büro. Die Stathatou hat ihren Blick wieder auf mich gerichtet.

»Da sehen Sie, was Sie mit Ihren Verhören anrichten, Herr Kommissar. Sie versetzen uns grundlos in Aufruhr und verpassen uns gerade dann einen Rückschlag, wenn wir versuchen, unser Leben wieder in den Griff zu bekommen.«

Ich versuche gelassen zu bleiben, da uns dieses Tauziehen nicht weiterbringt. »Ich bedaure, daß ich Sie in Aufregung versetze, Frau Stathatou. Es fällt uns jedoch schwer zu glauben, daß drei Menschen aufgrund eines plötzlich auftretenden Wahns Selbstmord verübt haben. Selbst wenn wir so etwas annähmen, bliebe immer noch die Tatsache der Biographien bestehen, die von ein und demselben Autor verfaßt wurden und mit Sicherheit bereits vor den Freitoden fertiggestellt waren.«

»Woran glauben Sie also? Sagen Sie es, damit ich endlich durchblicke.«

»Daß hinter den Selbstmorden etwas anderes steckt. Etwas, das wir noch nicht kennen. Wenn das zutreffen sollte, dann ist nicht auszuschließen, daß es noch zu weiteren Selbstmorden von prominenten Personen kommen wird.«

Das Glas Wasser, das ihr Koula überreicht, enthebt sie einer Reaktion, denn sie widmet sich nun ganz der Favierou. Ich warte ab, bis die Favierou das Glas ausgetrunken hat. Danach streicht die Stathatou ihrer Freundin sanft über den knabenhaft frisierten Kopf und setzt sich wieder auf ihren Platz. Erst dann fahre ich fort: »Ich werde Sie nicht lange aufhalten und mich kurz fassen. Haben Sie vielleicht irgendeine Veränderung im Verhalten Ihres Gatten in der Zeit vor seinem Tod festgestellt?«

Ein schwaches Lächeln überzieht Stathatous Lippen. »Loukas und ich hatten einen vollen Terminkalender und haben uns selten gesehen, Herr Kommissar. Er ist den gan zen Tag zwischen seinem Abgeordnetenbüro und dem Parlament hin- und hergependelt, und ich war für meine Firmen unterwegs. An den Abenden hatte jeder von uns seine Verpflichtungen – er politische und ich geschäftliche. Nur beim morgendlichen Kaffee trafen wir uns noch regelmäßig, und selbst da konnten wir nur das Notwendigste besprechen. Stella könnte Ihnen besser darüber Auskunft geben, ob sich in seinem Verhalten etwas verändert hatte.«

»Und wer ist Stella?«

»Die Sekretärin in seinem Abgeordnetenbüro.«

Adriani, nach meinem Gemütszustand befragt, könnte sogar Auskunft darüber geben, inwiefern sich die Häufigkeit meines Wimpernschlags geändert hätte. Ich wende meinen Blick der Favierou zu, richte aber keine Frage an sie, um sie nicht zu einer Auskunft zu nötigen. Doch sie spürt meinen fragenden Blick.

»Ja, Jason war schon anders als sonst«, meint sie. »Aber dafür gab es einen offenkundigen Grund.«

»Und der wäre?«

Sie wägt ab, ob sie mir antworten soll. Schließlich preßt sie mühsam hervor: »Ihn hat ein ernstes Problem, mit dem unser Sohn kämpft, sehr beschäftigt.«

Die Art und Weise, wie sie das sagt, läßt keinen Zweifel daran, um welches ernste Problem es sich dabei handelte. Doch es bleibt unklar, ob Favieros wegen seinem Sohn so bedrückt war oder ob ihn noch etwas anderes belastete, das ihn schließlich zum Selbstmord getrieben hat.

»Wissen Sie, ob Ihr Mann Apostolos Vakirtsis kannte, Frau Stathatou?«

Sie lacht auf. »Was für eine naive Frage, Herr Kommissar! Gibt es einen Politiker oder Möchtegern-Politiker, ja selbst irgendeinen Gemeinderat in Griechenland, der Apostolos Vakirtsis nicht kennt?«

»Wissen Sie, ob sie freundschaftlichen Kontakt pflegten?«

»Noch so eine naive Frage. Mit Apostolos Vakirtsis konnte man nur freundschaftlichen Kontakt pflegen. Man mußte in seiner Sendung auftreten, wann immer er es wollte. Man mußte Interviews geben, wann immer er wollte. Und man mußte ihm stets die Informationen zukommen lassen, die er verlangte. Alles andere kam einer Kriegserklärung gleich, und früher oder später holte er zum vernichtenden Schlag aus.«

»Und Ihr Mann, Frau Favierou?«

»Jason kannte so viele Leute aus Politik und Wirtschaft. Kann gut sein, daß auch Vakirtsis darunter war«, meint sie achselzuckend.

Es hat keinen Sinn, weiter zu beharren. Selbst wenn Favieros mit Vakirtsis zu tun gehabt hätte, hätte er es wohl nicht unbedingt seiner Frau erzählt. Nun habe ich noch eine wichtige Frage, aber sie kommt mir schwer über die Lippen, sowohl weil ich mir nicht sicher bin, ob ich sie überhaupt stellen soll, als auch, weil ich keinen Schimmer habe, was als Antwort auf mich zukommt.

»Besteht die Möglichkeit, daß die Selbstmorde Ihrer Ehegatten etwas mit Ihren geschäftlichen Tätigkeiten zu tun haben?«

»Ich kann mir da keine Verbindung vorstellen –«, hebt die Favierou an, doch die Stathatou fällt ihr ins Wort.

»Absolut nicht«, erklärt sie knapp. »Die Zusammenarbeit fand zwischen Sotiria und mir statt. Loukas und Jason hatten damit nichts zu tun, und ich habe nicht vor, unsere geschäftlichen Aktivitäten mit Ihnen zu besprechen, Herr Kommissar.«

»Ich habe nicht vor, Sie über Ihre Firmen auszufragen, Frau Stathatou, weil sie mich gar nicht interessieren – obwohl Ihre Behauptung, daß Loukas Stefanakos und Jason Favieros nichts mit Ihren Unternehmen zu tun hatten, wohl nicht ganz zutreffend ist. Wenn ich mich recht erinnere, haben Sie mit Favieros zusammen ein Off-shore-Unternehmen betrieben, das sich mit Hotelanlagen auf dem Balkan befaßt.«

Damit erwische ich sie auf dem falschen Fuß, denn sie hat nicht erwartet, daß ich auch über dieses Detail Bescheid weiß. Doch schnell fängt sie sich wieder.

»Ach ja, die BALKAN INNS«, meint sie gleichgültig, als hätte sie die ganz vergessen. »Aber mit dieser Firma habe ich mich nie befaßt. Die unterstand ganz Jason und Koralia Janneli.«

Langsam glaube ich, daß Koralia Janneli in der Unternehmensgruppe eine Art Ressort für Balkanfragen innehat. Ich muß wohl noch einmal mein Glück bei ihr versuchen. Sie ist mir sympathischer als die Stathatou, obschon sie mir, trotz ihres Lächelns und ihrer Höflichkeit, nicht das geringste offenbart.

Koula macht zum ersten Mal den Mund auf, als wir uns zum Abschied erheben. »Sind Sie einverstanden, wenn wir die Computer Ihrer Ehegatten im Büro und zu Hause durchsuchen?«

Die Favierou blickt sie überrascht an. Die Stathatou setzt wieder ihre arrogante Miene auf, als sei ihr selbst Koulas Stimme lästig.

»Und was, mein Fräulein, meinen Sie auf dem Computer zu finden? Wenn Loukas oder Jason einen Abschiedsbrief hinterlassen hätten, wüßten wir das.«

»Ich suche nicht nach einem Abschiedsbrief, Frau Stathatou«, antwortet Koula mit fester Stimme. »Die Privatsekretärin von Herrn Favieros hat uns erzählt, er habe in den Tagen vor seinem Tod stundenlang in seinem Büro vor dem Rechner gesessen. Das war ihr besonders aufgefallen. Dasselbe hat auch die Lebensgefährtin von Herrn Vakirtsis dem Kommissar gegenüber ausgesagt: daß auch er in der letzten Zeit Stunden vor dem Rechner verbracht hat. Also würden wir gerne nachprüfen, ob die Festplatten irgendeinen Hinweis enthalten.«

»Loukas hatte einen Laptop, der steht zurzeit im Büro. Ich werde Stella, seiner Sekretärin, die immer noch dort arbeitet, Bescheid geben. Sie soll Ihnen Zugang gewähren«, meint die Stathatou gleichgültig.

Ihre Sprechweise verrät, daß sie sicher ist, wir würden nicht fündig werden. Koula bedankt sich bei ihr, und ich gebe das Zeichen zum Aufbruch. Die Privatsekretärin im Vorraum hebt nicht einmal den Kopf, als wir vorübergehen. Vielleicht, weil unsere Schritte vom Teppichboden verschluckt werden.

36

Ich verstehe Sie nicht, Herr Kommissar.«

Koralia Janneli mustert uns mit einem spöttischen und zugleich neugierigen Blick. Wir sind direkt von den Büros der Firma STARAD hierhergefahren, da die Ejialias- nur fünf Minuten von der Vikela-Straße entfernt liegt.

»Wenn ich mich nicht irre, ist das jetzt unsere vierte Unterredung, und ich kann Ihr Interesse für diese Selbstmorde immer noch nicht nachvollziehen. Mir kommt langsam der Verdacht, daß da etwas anderes dahintersteckt.«

»Da steckt nichts weiter dahinter, Frau Janneli.«

»Ihr Interesse ist also rein menschlicher Natur. Es brennt Ihnen auf der Seele herauszufinden, wieso sich Favieros und Stefanakos auf so tragische Weise das Leben genommen haben.«

»Und Vakirtsis. Vorgestern hat sich auch Vakirtsis umgebracht, und zwar auf noch viel tragischere Weise.«

»Von mir aus auch Vakirtsis.«

»Kannten Sie ihn?«

»Natürlich, so wie weitere zehn Millionen Griechen. Man konnte unmöglich eine Zeitung aufschlagen, ohne auf den Namen Vakirtsis zu stoßen, man konnte unmöglich das Radio andrehen, ohne Vakirtsis' Stimme zu hören.«

»Aber Sie hatten weder privat noch geschäftlich mit ihm zu tun?«

Sie lacht auf. »Sie beharren darauf, daß die Gründe für Jasons und Stefanakos' Selbstmorde irgendwo in der Unternehmensgruppe Favieros/Stathatou/Markaki-Favierou verborgen liegen. Aber wie paßt hier Vakirtsis dazu? Der war doch Journalist.«

Sie wartet vergeblich auf Antwort. Denn ich verfüge über keine überzeugenden Argumente, und diejenigen, die ich mir mühsam zurechtgezimmert habe, sind nicht stichhaltig. Meine Besorgnis wird nur von denjenigen geteilt, die – wie Gikas – entweder ähnlich schlimme Vorahnungen haben wie ich selbst oder die – wie der Minister – vor einem Skandal zittern.

Die Janneli registriert mein Schweigen und fährt fort: »Ich kann Ihnen versichern, daß sich zumindest Jason und Stefanakos nicht aufgrund eines drohenden finanziellen Ruins das Leben genommen haben. Wenn Sie mir nicht glauben, müssen Sie nur die Bilanzen anfordern und von einem Fachmann prüfen lassen. Er wird Ihnen sagen, daß alle Firmen in der Gewinnzone liegen.« Sie hält kurz inne, und mit einem Schlag wird ihre Miene eisig. »Drei Menschen sind aus freien Stücken aus dem Leben geschieden, vor den Augen Tausender anderer, Herr Kommissar. Das ist für ihre Freunde und Angehörigen zwar tragisch. Aber dadurch ist ausgeschlossen, daß sie ermordet wurden. Was kümmert Sie also die ganze Angelegenheit?«

Aus ihrer Ironie ist Gereiztheit geworden. Wie soll ich der Janneli ohne jeglichen Beweis bloß erklären, daß für mich die drei Selbstmorde indirekte Morde sind? Und wie soll ich sie überzeugen, daß die Selbstmorde höchstwahrscheinlich weitergehen werden, falls wir die Ursachen nicht rechtzeitig ergründen, so daß wir uns bald einer Epidemie gegenübersehen werden, die durch nichts mehr einzudämmen ist? Hätte ich es mit einem Mordfall zu tun, so würde ich drei oder vier andere Dienststellen mobilisieren, Hinweise zusammentragen, Bankkonten durchforsten und früher oder später würde ich das Ende des Knäuels erhaschen. Jetzt aber habe ich weder polizeiliche Erkenntnisse noch Argumente in Händen, daher trotte ich ewig im Kreis, wie ein Arbeitspferd am Ziehbrunnen.

»Sehen Sie es als Zufall an, daß sich nacheinander drei prominente Persönlichkeiten aus Wirtschaft, Politik und Journalismus umbringen?«

Sie zuckt mit den Schultern. »Es gibt wahrhaft teuflische Zufälle.«

»Und die Biographien? Die ersten beiden sind innerhalb von vierzehn Tagen nach dem Selbstmord erschienen, die dritte wurde mir nach Hause gebracht, wenige Stunden bevor Vakirtsis Selbstmord beging.«

Diesmal antwortet sie nicht sogleich. »Na schön, das Argument mit den Biographien hat etwas für sich. Doch wer sagt Ihnen denn, daß er das Manuskript nicht fixfertig hatte und sich einfach die aktuellen Ereignisse zunutze gemacht hat? Alle drei Selbstmörder sind weithin bekannte Personen mit einem ereignisreichen Lebenslauf – ein Anreiz für jeden Biographen. Und diese nationalistische Vereinigung, hat die sich nicht auch der Selbstmorde bedient, um auf sich aufmerksam zu machen? Der Biograph könnte auf dasselbe aus gewesen sein.«

»Er hatte drei Biographien von jeweils dreihundert Seiten fertiggestellt, Frau Janneli. Die ersten beiden lagen bereits bei Verlagen vor. Er kann nicht drei Biographien verfaßt haben, in der Hoffnung, daß seine Helden irgendwann einmal abtreten. Ganz abgesehen davon, daß dieser Logaras bei den Verlagen weder Adresse noch Bankverbindung hinterlassen hat, um seine Beteiligung einzustreichen.«

»Die wird ihm schon nicht verlorengehen. Er kann jederzeit auftauchen und sie einfordern.«

»Kann sein, aber sein bisheriges Verhalten deutet nicht darauf hin.«

Diesmal blickt sie mich ernst an, und ihre Frage klingt aufrichtig. »Wonach suchen Sie, Herr Kommissar?«

»Das habe ich Ihnen schon gesagt: Ich will herausfinden, wieso sich Favieros, Stefanakos und Vakirtsis umgebracht haben.«

»Und das wollen Sie herausfinden, indem Sie unsere Firmen durchsuchen?«

Mir liegt die Antwort schon auf der Zunge, als mir Koula zuvorkommt. »Entschuldigen Sie, Frau Janneli, aber sind Sie sicher, daß es keine weiteren Selbstmorde geben wird?« fragt sie und blickt sie gewinnend an. »Mittlerweile sind es schon drei, die alle nach demselben Schema abgelaufen sind.«

Die Janneli wendet sich ihr aufmerksam zu, als nähme sie sie zum ersten Mal wahr. »Woher soll ich das wissen, junge Frau?« meint sie in demselben abschätzigen Tonfall, mit dem griechische Taxifahrer junge Mädchen abzukanzeln pflegen. »Wenn nicht einmal Sie durchblicken.«

»Eben. Da weder wir noch Sie ahnen, wie es weitergeht, können Sie doch auf die Fragen antworten. Vielleicht ergibt sich daraus ein Ansatzpunkt, bevor noch mehr Unglück geschieht und wir uns Vorwürfe machen müßten.«

Die Janneli blickt sie noch aufmerksamer an. »Na schön, dann antworte ich«, entgegnet sie versöhnlich. »Und wenn Sie mal genug von der Polizei haben, dann kommen Sie zu mir in die Firma.«

Koula wird ganz verlegen – für mich ein Zeichen, daß sie sich ihre Bescheidenheit bewahrt hat. Rasch packe ich die Gelegenheit beim Schopf und beginne mit meinen Fragen.

»Wissen Sie, ob Jason Favieros mit Apostolos Vakirtsis zu tun hatte?«

»Wenn Sie geschäftlich meinen, dann nein. Vakirtsis war weder Teilhaber noch Mitarbeiter in einer der Firmen der Unternehmensgruppe. Das kann ich Ihnen mit Bestimmtheit sagen.«

»Wissen Sie, ob sie privat miteinander verkehrten?«

Sie denkt kurz nach. »Ich glaube, sie kannten sich seit der Junta. Soviel ich weiß, war auch Vakirtsis im Widerstand engagiert. Jason hat dann und wann seinen Namen erwähnt, aber ich kann nicht sagen, ob sie bis heute in Kontakt geblieben sind.«

»Könnte Herr Samanis davon wissen?«

Sie blickt mich an und lächelt. »Ich würde Ihnen abraten, ihn zu fragen. Ihre Aktien stehen bei Herrn Samanis zur Zeit nicht sonderlich hoch im Kurs.«

Die Entgegnung, daß mich das nicht gerade in eine Depression stürzt, kann ich noch rechtzeitig herunterschlukken. Was zählt, ist die Tatsache, daß es außer dem öffentlichen Freitod und den Biographien ein weiteres Bindeglied zwischen den drei Selbstmördern gibt: Alle drei kannten sich seit der Juntazeit und hatten sich gemeinsam gegen die Militärdiktatur engagiert. Was konnte das bedeuten? Vielleicht gab es da etwas tief in der Vergangenheit der drei Juntagegner Verborgenes? Und ein Mitwisser von damals hat sich daran erinnert und sie erpreßt? Möglicherweise geht mein Gedankengang in die richtige Richtung, aber zunächst muß ich herauskriegen, ob es ein solches Geheimnis gab und worum es sich dabei handelt.

Mit meinen Fragen an die Janneli würde ich gerne wieder in die Gegenwart zurückkehren, doch da sie nach dem Telefonhörer greift, halte ich mich vorerst zurück.

»Hallo, Xenofon. Sag mal, eine Frage läßt mir keine Ruhe. War dieser Vakirtsis, der sich vorgestern umgebracht hat, ein Bekannter von Jason?« Ich staune nicht schlecht, denn ich hätte nicht erwartet, daß sie mir zuliebe Samanis anruft. Koula blinzelt zu mir herüber, und ein Lächeln umspielt ihre Lippen. »Nein, ich frage aus keinem bestimmten Grund«, fährt die Janneli fort. »Mir geht nur seit gestern diese Sache nicht mehr aus dem Kopf.« Sie lauscht, gleichzeitig nickt sie. »Und sie standen noch in Kontakt?« fragt sie vorsichtig, während sie den Blick auf mich richtet. »Sie sprachen ab und zu am Telefon miteinander. Aha, dann habe ich mich also richtig erinnert, daß Jason Vakirtsis manchmal erwähnt hat.«

Sie dankt ihm und legt den Hörer auf die Gabel. Dann meint sie zu mir gewendet: »Sie haben es gehört. Ab und zu haben sie miteinander telefoniert. Alles andere ist so, wie ich es Ihnen gesagt habe. Sie waren während der Junta im selben politischen Lager und zur gleichen Zeit bei der Militärpolizei interniert.«

»Vielen Dank, Frau Janneli.«

Sie lächelt. »Sie rufen gemischte Gefühle in mir wach, Herr Kommissar. Einerseits gehen Sie mir auf die Nerven, andererseits bewundere ich Ihre Beharrlichkeit.«

»Dieses Off-shore-Unternehmen, das Jason Favieros und Lilian Stathatou zusammen gehörte…«, greife ich den Faden wieder auf, um mich von ihren freundlichen Floskeln nicht einwickeln zu lassen.

»Die BALKAN INNS…«

»Genau.«

Sie blickt mich wiederum herablassend lächelnd an. »Das Thema hatten wir doch schon mal, wenn ich mich nicht täusche.«

»Sie täuschen sich. Sie hatten mir gesagt, dafür sei Frau Stathatou zuständig, denn Sie seien nur für die BALKAN PROSPECT verantwortlich. Doch Frau Stathatou hat mir heute erklärt, sie habe keine Ahnung, denn Sie würden die BALKAN INNS leiten.«

Sie merkt, daß ich sie in die Enge getrieben habe, doch sie bewahrt kühlen Kopf. »Nun gut, beißen wir uns daran nicht fest.«

»Hat die BALKAN INNS etwas mit Ihrem anderen Off-shore-Unternehmen zu tun?«

Wortlos erhebt sie sich und tritt aus dem Büro. Koula wirft mir einen befremdeten Blick zu.

»Was ist denn in sie gefahren?« fragt sie.

»Warten wir's ab.«

Wir müssen uns nicht lange gedulden. Nach wenigen Augenblicken kehrt die Janneli mit zwei Blatt Papier in der Hand zurück. »Das ist die jeweilige Firmengeschichte zusammen mit der letzten Bilanz. Wenn Sie das studieren, werden Sie alle Antworten finden.« Sie bleibt stehen und streckt mir die beiden Blätter entgegen. »Leider ist das Informationsblatt der BALKAN INNS auf englisch, die griechischen sind uns ausgegangen«, fügt sie mit leisem Spott hinzu.

Das ist mir schnurz. Bilanzen kapiere ich auch auf griechisch nicht. Koula hat sich bereits erhoben. Ich tue es ihr gleich, während ich nach den beiden Zetteln greife. Der Zeitpunkt für unseren Abgang ist gekommen. Oder wie es meine selige Mutter auszudrücken pflegte: Der letzte Teller Pilaf kommt einem Fußtritt gleich – danach muß man gehen.

37

Mittlerweile weiß ich, was einen geübten Leser ausmacht. Und zwar weder schnelles noch aufmerksames Lesen, sondern zu wissen, was man lesen muß und was man überspringen kann. Dank Logaras' Biographien falle ich nun in diese Kategorie. Das erste Buch, Favieros' Lebensgeschichte, hatte ich noch Wort für Wort gelesen. Beim zweiten, Stefanakos' Biographie, las ich an vielen Stellen nur mehr den Satzanfang, merkte aufgrund der Lektüreerfahrung des ersten Buches schnell, worauf er hinauswollte, und drang um so rascher zu des Pudels Kern vor. Bei Vakirtsis' Lebensgeschichte, die ich gestern abend begonnen habe, ging ich noch routinierter vor: Ich übersprang das erste Drittel, das wie in den vorangegangenen Biographien die Kinder- und Jugendjahre abhandelte, sowie die Lobhudelei bezüglich seiner journalistischen Tätigkeit und ging gleich zum letzten Drittel des Buches über, wo üblicherweise Logaras' Sticheleien einsetzen.

Zu meiner größten Befriedigung hatte ich ins Schwarze getroffen. Sobald das Scharwenzeln und Speichellecken vorbei war, folgte die erste spitze Bemerkung:

Es heißt, man darf, um ein guter Journalist zu sein, vor nichts zurückschrecken. Und Apostolos Vakirtsis schreckte in der Tat vor nichts zurück. Er terrorisierte und er-

preßte die Leute so lange, bis er die gewünschten Informationen in der Hand hatte. Minister, Abgeordnete, Bürgermeister und Gemeinderäte zitterten vor ihm und kamen ihm entgegen, um nicht in seine Fänge zu geraten. Solche Methoden benutzte Apostolos Vakirtsis, um seine Anschuldigungen und Enthüllungen zu stützen.

Das war allerdings nichts Neues, und man konnte es ihm auch nicht sonderlich vorwerfen. Im Grunde wandten viele Journalisten dieselben Methoden an, nur vielleicht auf nicht ganz so aggressive Art wie Vakirtsis. Doch unmittelbar danach fiel Logaras seinem Helden heimtückisch in den Rücken:

Gerüchte und böse Zungen behaupten, diese von Vakirtsis' gepflegten »Spezialkontakte« seien auch den Firmen zugute gekommen, deren offener oder stiller Teilhaber er war. Solche »Spezialkontakte« sicherten, über die Androhung journalistischer Enthüllungen hinaus, diesen Firmen eine bevorzugte Behandlung. Aber das sind bloß Gerüchte. Indizien oder Beweise dafür sind bislang keine bekannt.

Auf den ersten Blick schien mir Logaras ein wenig zu dick aufzutragen. Doch dann fiel mir ein, daß sich bisher alle seine Behauptungen als richtig erwiesen hatten. Verfügte Logaras über Indizien? Und wieso brachte er sie in diesem Fall nicht ans Licht der Öffentlichkeit? Wieso sagte er nicht geradeheraus, um welche von Vakirtsis' – oder Favieros' oder Stefanakos' – Firmen es sich handelte, sondern stieß diffuse Verdächtigungen aus? Eine Antwort könnte sein: Er hatte zwar etwas aufgeschnappt, aber keine stichhaltigen Beweise. Eine zweite Antwort könnte lauten: Er hatte zwar handfeste Hinweise, konnte sie aber nicht aufdecken, da er gleichzeitig damit auch seine eigene Identität preisgegeben hätte. Eine dritte Antwort könnte sein: Er hielt Beweise geheim, um noch mehr Leute erpressen zu können. Und wen? Nun, die Angehörigen der drei Selbstmörder – Favieros' Frau und Kinder, die Stathatou und Vakirtsis' nächste Verwandte.

Die dritte Antwort scheint mir die glaubhafteste, eröffnet jedoch die düstersten Aussichten. Denn auf weitere Erpressungen werden auch weitere Selbstmorde folgen. Wir sind jetzt bei drei angelangt, und meine Situation kommt mir vor wie die morgendlichen Verkehrsmeldungen im Radio: Überall Stau und kein Ausweg in Sicht.

Das Gute an meiner gestiegenen Lektüreerfahrung ist, daß ich mir mit Logaras' Biographien nicht mehr die Nächte um die Ohren schlagen muß. Ich war so schnell mit dem Lesen fertig, daß ich sogar noch die Abendnachrichten sehen konnte, in denen es fast ausschließlich um Apostolos Vakirtsis ging. Ich hörte mir die Meldungen und Interviews an und kam zum Schluß, daß dieser mysteriöse Logaras weitaus besser Bescheid wußte.

Jetzt ist es zehn Uhr morgens, und ich stelle mit Koula unseren Arbeitsplan für den heutigen Tag auf. Sie soll ihren Cousin ins Feld führen und das Handelsregister erneut knacken, um Vakirtsis' Unternehmen auszuforschen.

»Ich weiß nicht, was ihr finden werdet«, meine ich. »Logaras sprach von Firmen mit Vakirtsis als offenem oder stillem Teilhaber. Wenn wir Glück haben, fördern wir vielleicht die Firmen zutage, an denen er offen beteiligt ist.«

»Und was ist mit den Rechnern der Selbstmörder?«

»Später. Zuerst wollen wir herauskriegen, welche Firmen Vakirtsis gehörten. Irgend etwas ist hier faul, aber vielleicht ist auch meine Nase schon so sehr an den Gestank gewöhnt, daß sie gar nichts mehr anderes riecht.«

Ich verlasse die Wohnung, als Koula gerade ihren Cousin Spyrakos anruft.

Loukas Stefanakos war Parlamentsabgeordneter des Zweiten Athener Wahlkreises und hatte sein Abgeordnetenbüro in der Dardanellion-Straße 22, in der Nähe des Volksparks von Egaleo. Ich brauche drei Stunden bis dorthin – genauso lange, wie die Überlandfahrt von Athen nach Patras dauern würde.

Der Himmel ist von Regenwolken verhangen, und die Sonne ist nirgends zu sehen. Es ist unerträglich schwül, bis schließlich ein fünfzehnminütiges Unwetter niederprasselt und der Himmel wieder aufklart. In Athen entlädt sich das Wetter genauso wie die Aggression der Menschen: mit einem kurzen Ausbruch, während dessen die Welt unterzugehen droht, wobei danach wieder eitel Sonnenschein herrscht.

Bis zur Pireos-Straße fließt der Verkehr zwar langsam, aber stetig dahin. Der Verkehr auf der Pireos-Straße selbst ist sogar noch flüssiger, und meine Stimmung hebt sich. Doch das Wunder ist nicht von langer Dauer. An der Ampel zur Iera Odos stoße ich auf eine endlos lange Wagenschlange, durch die sich immer wieder Streifenwagen und Ambulanzen drängen. Nach nicht einmal zehn Minuten verfluche ich Loukas Stefanakos, der zu seinem Glück schon tot ist, weil er die göttliche Eingebung hatte, sein Abgeordnetenbüro in Egaleo zu eröffnen. Was wäre denn dabei gewesen, sich in Glyfada oder Nea Smyrni niederzulassen? Doch Stefanakos, der Linke, wollte in einem traditionellen Arbeiterviertel wie Egaleo Flagge zeigen, obwohl der Arbeiterbezirk heutzutage hinter den schicken Schaufenstern nahezu verschwunden ist. Genauso wie Stefanakos hinter den Unternehmen seiner Frau.

Zwanzig Minuten später lange ich endlich bei der Ampel vorne an. Unmittelbar danach treffe ich auf einen Auffahrunfall, in den ein Bus und drei Wagen verwickelt sind. Der Bus steht verlassen und mit offenen Türen mitten auf der Kreuzung. Ein PKW ist offenbar gegen ihn geprallt, und in der Folge haben sich zwei weitere PKWS ineinander verkeilt. Da die Kreuzung in sämtliche Richtungen gesperrt wurde, kann nur alle fünf Minuten ein Wagen passieren. Zu dem ganzen Chaos trägt zusätzlich noch ein Verkehrspolizist bei, der sich die Seele aus dem Leib pfeift.

Als ich den Unfallort endlich hinter mir lasse, liegt die Iera Odos leer vor mir, wie die Nationalstraße am Tag vor Ostern, und ich gebe Vollgas. So gewinnt man die verlorene Zeit wieder, nur Gesundheit und Nerven bleiben unwiederbringlich geschädigt.

Die Hausnummer 22 der Dardanellion-Straße ist ein schnell und billig hochgezogenes Wohnhaus. Auch das ist Teil des Versteckspiels in diesem Viertel: Die alten einstökkigen Arbeiterwohnungen werden abgerissen und statt dessen Betonklötze hingestellt. Stefanakos' Büro liegt in der zweiten Etage. Es handelt sich um eine Zweizimmerwohnung: Im Durchgangszimmer sitzt die Sekretärin, dahinter liegt das Arbeitszimmer des Abgeordneten. Stella, Stefanakos' Sekretärin, ist von der Stathatou augenscheinlich benachrichtigt worden, denn mein Name ist ihr vertraut. Bevor ich Platz nehme, sehe ich mich kurz um. Ich kann nichts Auffälliges oder Ungewöhnliches entdecken – mit Ausnahme der vielen Blumen. Überall stehen Vasen herum: auf dem Schreibtisch, auf dem Besuchertischchen, auf dem Fußboden.

»Die Einwohner von Egaleo haben sie vorbeigebracht«, erläutert Stella, die meine Verwunderung bemerkt hat. »Die Hälfte habe ich schon entsorgt, aber jeden Tag bringen sie neue. Seine Tür war stets offen, und er hat sich unermüdlich für die kleinen Leute eingesetzt. Dafür haben sie ihn geliebt.« Sie setzt sich an ihren Schreibtisch und blickt mich erwartungsvoll an: »Ich höre.«

»Es wurde beobachtet, daß sich Favieros und Vakirtsis kurz vor ihrem Freitod auffällig verhalten haben. Nun möchte ich Sie fragen, ob Sie auch an Stefanakos etwas Ungewöhnliches bemerkt haben?«

Sie denkt kurz nach. »Ich dachte an eine Krankheit, die er geheimhalten wollte«, antwortet sie schließlich.

Ihre Antwort überrascht mich. »Was wollen Sie damit sagen?«

Wiederum hält sie inne. Sie gehört zu den Menschen, die lange überlegen, bevor sie antworten. Meiner Erfahrung nach kommen dadurch die brauchbarsten Aussagen zustande.

»Er wirkte niedergeschlagen und war schlechter Stimmung, so als mache ihm eine schwere Erkrankung zu schaffen. Immer wenn er zu Mittag hier war, sind wir zusammen in eines dieser alteingesessenen Speiselokale gegangen, zwei Straßen von hier. Das war zur festen Gewohnheit geworden. In der letzten Zeit aber hatte er keinen Hunger. Entweder gingen wir dann gar nicht essen, oder er hat sein Essen kaum angerührt.«

»Haben Sie ihn nicht gefragt, was los sei?«

»Doch, als ich in seinem Schreibtisch die Beruhigungsmittel gefunden habe.«

»Beruhigungsmittel?«

»Ja. Loukas war stets gut gelaunt, extrovertiert und mit einem unbändigen Selbstvertrauen ausgestattet. Er hatte keine Beruhigungspillen nötig. Als ich eines Tages seine Schreibtischschublade aufzog, fand ich eine Schachtel. Das war ungewöhnlich, und da habe ich ihn danach gefragt.«

»Und was hat er Ihnen geantwortet?«

»Daß alle Menschen Stimmungsschwankungen hätten.«

»Und hat Sie die Antwort zufriedengestellt?«

»Nein, aber –«

»Aber?«

Nun kommen ihr die Worte nur schwer von den Lippen. »Ich dachte, er hätte Krebs und wollte nicht darüber reden. Das geht vielen so, wissen Sie.«

»Wie lange vor seinem Selbstmord war das?«

»Etwa zwei Wochen.«

Plötzlich fällt mir eine Frage ein, die ich auch Favieros' Sekretärin hätte stellen sollen.

»Können Sie sich erinnern, ob er in der Zeit einen oder mehrere Anrufe erhalten hat, die ihn in Aufregung versetzt haben?«

»Ein Abgeordneter nimmt in seinem Büro jede Menge Anrufe entgegen, Herr Kommissar, die halbe Welt ruft hier an. Daher kann ich Ihnen nicht mit Sicherheit sagen, ob ihn ein Anruf in Verwirrung gestürzt hat. Jedenfalls kann ich mich an keinen derartigen Vorfall erinnern.«

»Haben Sie irgendeine andere Veränderung an seinem Verhalten bemerkt?«

Mit Absicht formuliere ich die Frage unbestimmt, ohne auf seinen Computer anzuspielen, um sie dadurch nicht zu beeinflussen. Doch sie winkt entschieden ab: »Nein.«

»Besaß Stefanakos einen PC?«

»Ja.«

»Saß er vielleicht stundenlang davor?«

Sie lacht auf. »Loukas hat endlos viele Stunden vor dem Rechner verbracht, Herr Kommissar. Deshalb benützte er auch einen Laptop, den er überallhin mitnehmen konnte. Er hielt alles auf seinem Computer fest, seine Reden, seine Recherchen, seine Notizen über Anträge einfacher Bürger aus seinem Wahlkreis. Daher kann ich Ihnen nicht sagen, ob er in den letzten Wochen mehr Zeit vor seinem Rechner verbracht hat, weil er praktisch immer davorsaß.«

Diese Worte geben mir neuen Auftrieb. Wenn Stefanakos alles auf seinem Computer festgehalten hat, ist nicht auszuschließen, daß wir auf Notizen stoßen, die uns möglicherweise entscheidend weiterhelfen.

»Wo befindet sich sein Computer derzeit?«

»In seinem Arbeitszimmer.« Und sie deutet mit dem Kopf zu Stefanakos' Büro.

»Kann ich ihn mitnehmen?« Sie blickt mich unschlüssig an. »Ich habe das mit Frau Stathatou abgesprochen.«

»Ich weiß.«

»Sobald wir fertig sind, bringe ich ihn zurück.«

Sie läßt es sich durch den Kopf gehen und zuckt schließlich mit den Schultern. »Warum nicht? Schaden kann's nicht.«

Sie geht in Stefanakos' Arbeitszimmer, um den Laptop zu holen, und läßt die Tür offenstehen. Ich werfe einen Blick in sein Büro. Mit einem Schlag habe ich das Bild aus dem Fernsehen wieder vor Augen – die Tür mit den Messern, auf die sich Stefanakos aufgespießt hatte. Laut Moderator fand das Interview in Stefanakos Büro statt. Doch diese Tür sieht der in der Sendung gezeigten gar nicht ähnlich.

»Entschuldigen Sie, aber hat das Interview, das Stefanakos am Abend seines Selbstmordes gegeben hat, in diesem Büro stattgefunden?«

»Meinen Sie, ich wäre dann noch hier?« fragt sie schroff zurück. Doch sie fängt sich rasch und fügt etwas ruhiger und freundlicher hinzu: »Nein, Loukas hatte ein zweites Büro direkt unter der Werbeagentur STARAD, in der Vikela-Straße.«

Ich setze den Laptop auf dem Rücksitz des Mirafiori ab und nehme dann hinter dem Steuer Platz, um mich und meine Gedanken etwas zu sammeln. Favieros und Stefanakos verhielten sich janusköpfig. Die ausländischen Arbeiter ließen nichts auf Favieros kommen, da er ihnen unter die Arme griff, doch er scheffelte eine Menge Schwarzgeld mit Hilfe der Wohnungen und Häuser, die er ihnen überteuert verkaufte. Die Leute aus Stefanakos' Wahlkreis schleppten Blumengebinde in sein Büro, um sein Andenken zu ehren, aber er benutzte seinen mächtigen Einfluß nur dazu, den Firmen seiner Ehefrau Vorteile zu verschaffen.

Auf einmal kommt mir ein neuer Gedanke. Doch anstatt mich darüber zu freuen, schaudert es mich. Was, wenn die Selbstmorde keinerlei direkten Bezug zu irgendwelchen Skandalen hätte? Wenn jemand wüßte, was Favieros, Stefanakos und Vakirtsis hinter der wohlanständigen Fassade trieben, und beschlossen hätte, Gerechtigkeit walten zu lassen und sie zu bestrafen?

38

Rechner, der = jmd., der in bestimmter Weise rechnet bzw. rechnen kann; a) Mathematiker, Arithmetiker, Rendant, Rentmeister; b) Buchhalter, Kassierer, Registrator, Statistiker, Feldmesser; c) ein nüchterner R. sein (nüchtern kalkulieren); ein guter R. (Geschäftsmann, Egoist, Wucherer, Halsabschneider, Beutelschneider, Mammonsknecht, Profithyäne, Blutsauger, Vampir).

Ich habe natürlich nicht erwartet, in Dimitrakos' Wörterbuch aus dem Jahr 1954 die moderne Bedeutung des Wortes *Rechner = elektronisches Rechengerät, Computer* zu finden. Zudem waren die ersten elektronischen Rechenmaschinen, die in Griechenland auf den Markt kamen, keine Computer, sondern Taschenrechner, die von den Griechen zärtlich »Minicomputer« genannt wurden. Wie auch immer, ich glaube, daß die ersten beiden von Dimitrakos angeführten Bedeutungen auch auf den heutigen Rechner passen. In neun von zehn Fällen dient er in Apotheken, Werkstätten oder Servicezentren als Rechenmaschine. »Der Computer ist der klügste Trottel, den Sie sich vorstellen können«, hat mir einmal ein Techniker der Spurensicherung gesagt. »Es kommt darauf an, wie Sie ihn benützen.« Und da ich wußte, wie ich ihn benützen würde, hielt ich mich von ihm fern.

Jedenfalls liefert Dimitrakos unter Punkt c) eine Interpretation, die zwar nicht auf den PC, aber möglicherweise auf alle drei Selbstmörder paßt. So stellt es sich zumindest auf den ersten Blick dar.

Die Versuche Koulas und ihres Cousins Spyros, den Code des Handelsregisters zu knacken und die Unternehmen zu finden, die Vakirtsis zur Gänze oder zum Teil gehörten, haben noch kein Ergebnis gezeitigt. Zudem habe ich sie unterbrochen, da ich inzwischen Stefanakos' Laptop mitgebracht hatte und es vorzog, den zuerst durchsuchen zu lassen.

Nun sitze ich in der Küche auf glühenden Kohlen und versuche mich mit Dimitrakos über die Wartezeit hinwegzutrösten, während ich auf die ersten Erkenntnisse zu Stefanakos' Rechner warte. Die Küche stinkt penetrant nach Essig, da Adriani Okraschoten zubereitet und die Theorie vertritt, daß sie durch Einweichen in Essig nicht »zusammenpappen«.

Als ich Koulas Schritte vernehme, hebe ich den Blick vom Wörterbuch. Sie holt mich ins Wohnzimmer, um mir die Ergebnisse der Recherchen zu erläutern. Der Cousin hat den Bildschirm von Koulas PC an den Rand geschoben und beugt sich über Stefanakos' Laptop.

»Erklär du es, Spyrakos, du kannst das besser«, meint Koula.

Spyrakos hält es nicht für nötig, seinen Blick vom Bildschirm zu lösen. »Also, er hat *Wipe* installiert.«

»Was für ein Ding?«

»*Wipe*, ein Löschprogramm.«

Alle seine Antworten sind knapp bemessen, und sein

Blick klebt am Bildschirm. Er geht mir auf die Nerven, aber ich halte mich zurück, sowohl weil ich Koula nicht beleidigen will, als auch weil er sich unentgeltlich zur Verfügung stellt.

»Sieh mal, wenn ich Löschen höre, dann denke ich zuerst an Feuer, dann ans Licht und dann an Durst«, sage ich ruhig. »Kannst du mir das ein wenig genauer verklikkern?«

Zum ersten Mal hebt er den Kopf und sieht mich mit einem Blick an, der zwischen Staunen und Geringschätzung pendelt. Doch da Koula neben mir steht, beißt er sich auf die Lippen, um keine Grobheit zu äußern.

»Wenn man eine Datei in den Papierkorb wirft, dann ist sie nicht endgültig gelöscht«, erläutert er langsam und geduldig. »Sie bleibt auf der Festplatte gespeichert, und man kann sie auf diverse Arten wiederfinden. Es gibt jedoch Programme, die die Festplatte säubern und alles Weggeworfene endgültig löschen. Die kann man je nach Bedarf starten oder so programmieren, daß sie automatisch arbeiten. Wenn es ein solches Programm gibt, dann kann man auf der Festplatte nur die Dateien finden, die nach dem letzten Einsatz des Programms gelöscht wurden.«

»Und Stefanakos hatte ein solches Programm auf dem Computer.«

»Ja, und er hatte es so eingestellt, daß es alle drei Tage aktiv wurde.«

»Das heißt also, daß wir nichts mehr finden.«

»Sieht ganz so aus.«

Ich blicke Koula ernüchtert an: »Fehlanzeige.«

Sie scheint meine Enttäuschung nicht zu teilen, denn sie

lächelt mir spitzbübisch zu. »Nicht ganz. Wir haben einige andere Dinge gefunden, die von Interesse sind.«

»Zum Beispiel?«

»Das Gute an Stefanakos war, daß er alles aufgezeichnet hat. Lesen Sie mal.«

Sie drückt auf einige Tasten, und auf dem Bildschirm öffnet sich eine Reihe bunter Notizzettel. Sie erinnern mich an die Rückseite der Zigarettenschachteln der Marke »Ethnos«, auf denen mein Vater alles aufschrieb, was er noch zu erledigen hatte. Und alle naselang schlug er sich an die Stirn und rief: »Mannomann, das hatte ich auf die weggeworfene Zigarettenschachtel notiert!« Heute gibt es die Marke »Ethnos« nicht mehr, die Zigaretten befinden sich in Päckchen, und die Computer haben die Zigarettenschachteln ersetzt. Ich beuge mich vor und lese eine Notiz nach der anderen durch.

A. verlangt Unsummen. L. weigert sich. Sie sagt, sie habe bislang ein Vermögen an M. bezahlt. Da hat sie nicht unrecht.

Das Gute ist, daß alle Notizen datiert sind. Diese hier stammt vom 10. Mai, als ich noch im Krankenhaus lag. In einer anderen vom 12. Mai schreibt er:

Habe mit M. gesprochen. Er sagt was ganz anderes als A. Ich muß unbedingt mit K. reden.

Dann folgen zwei oder drei, die auf den ersten Blick nichts damit zu tun haben, und dann eine weitere vom 20. Mai:

K. lehnt glatt ab. Er sagt, sein Posten stehe auf dem Spiel.

Und am 22. Mai:

Habe gestern A.s Sendung gesehen. Reinste Erpressung. Ich muß mit dem Sender sprechen und einen Journalisten überreden, ein Interview mit mir zu führen, damit ich darauf etwas entgegnen kann.

Erneut treten einige zusammenhanglose Notizen dazwischen. Dann folgen zwei aufeinanderfolgende Einträge:

Woher ist die Person plötzlich aufgetaucht? Und was will sie? Sie behauptet, unerschütterliche Beweise zu haben. Wahrscheinlich blufft sie.

Und am 3. Juni:

Sie will mir die Beweise schicken und verlangt exorbitante Dinge. Die Menschheit ist total verrückt geworden. J. hat mir gesagt, daß er M. gegenüber nicht ablehnen kann.
A. weiß viel, und er hat Angst vor ihm.

Ich lese die Notizen nochmals durch und versuche herauszufinden, wohin sie mich führen. Zunächst einmal besteht kein Zweifel, daß A. Vakirtsis sein muß. L. ist vermutlich Lilian Stathatou, Stefanakos' Ehefrau, und J. kann niemand anderer sein als Jason Favieros. Wer M. und K. sind, ist mir allerdings schleierhaft.

Daraus ergeben sich in groben Zügen die ersten Schlußfolgerungen: Erstens, Vakirtsis hat Stefanakos unter Druck gesetzt, damit er seinen Firmen entgegenkommt. Daraufhin hat Stefanakos seine Ehefrau und diesen K. unter Druck gesetzt, der ein hochstehendes Regierungsmitglied, wahrscheinlich ein Minister ist. Zweitens, Jason Favieros hatte Angst vor Vakirtsis, der viel wußte. Der dritte und wichtigste Punkt: Vakirtsis hat Stefanakos in seinen Sendungen erpreßt, um ihn zum Einlenken zu bewegen. Nur die Notiz vom 3. Juni bleibt als vorerst unerklärlich übrig. Offenbar gibt es da noch eine unbekannte Person, die behauptet, sie hätte unerschütterliche Beweise. Was für Beweise und gegen wen? Gegen Vakirtsis? Nicht auszuschließen. Jedenfalls macht die Notiz von ihrem Tonfall her nicht den Eindruck, daß Stefanakos Indizien gegen Vakirtsis sammelte. Wahrscheinlich trug ihm die unbekannte Person ihre Dienste an. Offenbar gegen ein erkleckliches Honorar, da Stefanakos notierte, sie hätte exorbitante Dinge gefordert.

Nach so langer Zeit haben wir nun zum ersten Mal einige Hinweise in der Hand und können gewisse Querverbindungen herstellen. Ich zumindest bin mir nun sicher, daß Favieros, Stefanakos und Vakirtsis nicht nur miteinander bekannt waren, sondern auch gemeinsam Geschäfte machten – und nicht gerade lupenreine.

»Drucken Sie das bitte zweimal aus«, sage ich zu Koula. Ich habe vor, damit stante pede zu Gikas zu eilen, damit auch er ein wenig an dem Knochen schnuppern kann.

»Bravo, Leute. Ihr habt sehr gute Arbeit geleistet.«

Das Lächeln auf Koulas Lippen wird breiter, doch Spyrakos läßt sich durch das Lob nicht beeindrucken.

»Können wir Vakirtsis' Computer bald durchchecken?« fragt er, den Blick noch immer auf den Bildschirm geheftet.

»Na klar, aber ist das so dringend?«

Wiederum schwankt der Blick, den er mir nun doch zuwirft, zwischen Staunen und Geringschätzung. »Weil Sie Koula gesagt haben, daß er einen Computer hatte, ihn aber nicht häufig benutzte. Ich schätze die Chancen auf fünfzig zu fünfzig, daß er ein Löschprogramm hatte. Möglicherweise auch sechzig zu vierzig. Aber auch wenn er eins hatte, so finden wir vielleicht noch Dateien auf der Festplatte, da er sich erst vor kurzem umgebracht hat.«

»In Ordnung, das leiere ich morgen an. Sucht inzwischen im Handelsregister weiter nach Informationen zu Vakirtsis.«

Während die Notizen ausgedruckt werden, kündige ich telefonisch meinen Besuch bei Gikas an.

Offenbar hat sich der Polizeibeamte mit den Zeitschriften zu Gikas' Frau im Frisiersalon gesellt. An seiner Stelle sitzt ein junger Mann, der immerhin den Computer angeworfen hat und mich fragt, wer ich sei und zu wem ich wolle.

Gikas vergißt vor lauter Anspannung sogar, mich zu begrüßen. »Liefern Sie mir irgend etwas, das ich weiterleiten kann, denn der Minister ruft mich dreimal am Tag an.«

Wortlos breite ich die Notizen von Stefanakos' Rechner vor ihm aus, als würde ich ihm die Tarotkarten legen. Nachdem er sie der Reihe nach aufmerksam durchgelesen hat, blickt er auf.

»Schlußfolgerungen?« fragt er.

»Zunächst einmal das Offenkundigste: Vakirtsis war

nicht nur Journalist, sondern auch Unternehmer. Wir untersuchen gerade, bei welchen Firmen er dabei war. Es ist nur eine Frage der Zeit, bis wir das herausfinden. Des weiteren hat Vakirtsis Stefanakos erpreßt, entweder weil er auf einen Anteil an den Firmen von Stefanakos' Frau aus war oder weil er mit ihr zusammenarbeiten wollte. Anscheinend war auch Favieros in diese geschäftlich-erpresserische Beziehung verwickelt.« Ich halte einen Augenblick inne und blicke ihn an. »Ich weiß nicht, wie sehr dem Minister der Bezug zu Vakirtsis gefallen wird.«

»Ich glaube nicht, daß ihn das sehr kratzt«, meint er achselzuckend. »Zuletzt war Vakirtsis den Politikern ganz schön auf die Pelle gerückt. Unaufhörlich prügelte er auf sie ein. Diesen Notizen nach zu schließen wollte er mit seinen Angriffen aber etwas anderes erreichen.«

»Wer mit M. und K. gemeint sein könnte, weiß ich allerdings nicht.«

Seufzend schüttelt er den Kopf. »M. sagt mir auch nichts. Wenn aber K. derjenige ist, den ich im Verdacht habe, dann wird der Minister schwer daran zu schlucken haben.«

»Wer verbirgt sich denn Ihrer Meinung nach dahinter?« frage ich neugierig.

»Karajorgos. Er beaufsichtigt die Bauarbeiten für die Olympiade im Auftrag des Ministeriums für Umwelt, Raumplanung und Bauwesen.«

Während Gikas an den Minister denkt, stelle ich mir Petroulakis' Miene vor, wenn er erfährt, bei wem wir gelandet sind.

»Können Sie mir einen Termin bei Karajorgos verschaffen?«

Er fixiert mich. Schließlich meint er halb zornig, halb verwundert: »Sind Sie von allen guten Geistern verlassen? Mit welchen Hinweisen in der Hand wollen Sie denn mit Karajorgos sprechen? Wollen Sie Ihre Karten offenlegen? Dann trompeten das am nächsten Tag alle Fernseh- und Radiosender sowie sämtliche Tageszeitungen lautstark durch die Gegend.« Er macht eine kleine Pause und fährt dann bedächtig fort: »Sie sind zu impulsiv. Wieder ganz der alte.«

Im Grunde hat er recht. Ich verfüge tatsächlich nicht über hinreichende Indizien, um Karajorgos zur Rede zu stellen. Und wenn die Ermittlungen an die Presse durchsikkern, dann packt mich nicht nur Gikas am Kragen, sondern auch Sotiropoulos, der auf seine Exklusivrechte pocht.

»Dann muß ich Sie um einen anderen Gefallen bitten.«

»So einen à la Karajorgos?«

»Nein. Können Sie mir eine Aufzeichnung von Vakirtsis' Sendung vom 21. Mai beschaffen, von der Stefanakos behauptet, er würde darin erpreßt?«

»Wenn sie archiviert ist, mache ich sie ausfindig.«

»Morgen schicke ich Koula los, um Vakirtsis' Computer zu durchsuchen. Wenn sie auf Schwierigkeiten stößt, melde ich mich bei Ihnen.«

»Tun Sie das.«

Das Klima ist wieder freundlich, doch als ich mich zum Gehen wende, gibt er noch einen Warnschuß ab: »Passen Sie auf, Kostas. Wir vollführen einen Drahtseilakt ohne Netz, und beim kleinsten Fehltritt stürzen wir in die Tiefe. Sie haben ja gesehen, wie es dem Ministerialdirektor ergangen ist.«

Darauf entgegne ich lieber nichts, weil ich mich nicht festlegen möchte. Sein Vergleich unserer Aktion mit einem Drahtseilakt findet jedoch meinen uneingeschränkten Beifall.

39

Allem Anschein nach entwickelt sich das *Green Park* zum Stammlokal meiner konspirativen Treffen mit Sotiropoulos. Im Winter hätten wir uns an einen abgeschirmten Tisch im Lokalinneren zurückgezogen. Doch jetzt ist Sommer, und wir haben uns für ein Tischchen ganz hinten, unter den Parkbäumen, entschieden, um keine indiskreten Blicke auf uns zu ziehen.

Ich habe ihn um das Treffen ersucht, weil Koula und ihr Cousin Spyrakos keine Firma auf Vakirtsis' Namen oder mit ihm als Teilhaber in Erfahrung bringen konnten. Spyrakos schaffte es sogar, das Computerprogramm der griechischen Steuerbehörde zu knacken, aber ohne Ergebnis. Langsam kamen mir Zweifel an Logaras' Glaubwürdigkeit. Aber dann dachte ich: Er weiß schon, was er schreibt, nur wir wissen nicht, wo wir suchen sollen. So beschloß ich, wieder bei Sotiropoulos Zuflucht zu suchen, der als Vakirtsis' Berufsgenosse möglicherweise mehr als das Handelsregister oder das Computerprogramm der Steuerbehörde weiß.

Doch diesmal habe ich es nicht mit dem sonst so lockeren Sotiropoulos zu tun. Er nimmt einen Schluck von seinem Frappé und blickt mich verkniffen an.

»Was Sie von mir verlangen, ist nicht einfach. Sie wollen, daß ich die Geheimnisse eines Kollegen ans Licht bringe, der auf tragische Weise ums Leben gekommen ist.«

»Geheimnisse oder Schmutzwäsche? Denn Logaras, der über alles Bescheid weiß, redet eher von Schmutzwäsche.«

Er schweigt und trinkt noch einen Schluck von seinem Kaffee. »Da ist noch etwas«, sagt er dann noch verkniffener. »Vakirtsis gehörte demselben ideologischen Spektrum an wie ich.«

»Na und?« Das Gerede über ideologische Spektren sagt mir gar nichts, und ich versuche zu begreifen, worauf er hinauswill. Scheinbar faßt er meine Bemerkung als abschätzig auf, denn er reagiert genervt.

»Sie haben ganz recht. Mein Fehler, daß ich mich auf Ideologie berufe«, meint er sarkastisch. »Ihr Bullen habt keinen Schimmer davon, was es heißt, solidarisch und Gesinnungsgenossen zu sein.«

Nach etlichen Wochen kommt wieder der alte Sotiropoulos zum Vorschein. Nur, daß wir uns mittlerweile viel zu gut kennen und sich das Kräfteverhältnis gewandelt hat.

»Sotiropoulos, wissen Sie, wie ich Sie früher genannt habe, bevor wir uns näher kennenlernten?«

»Wie?«

»Robespierre im Armanianzug, noch dazu mit dieser kleinen runden Brille, die früher einmal Hitlers Schlächter, dieser Himmler, getragen hat und die jetzt Sie und Intellektuelle Ihres Schlages aufsetzen.«

Er blickt mich einen Augenblick lang perplex an, dann bricht er in Lachen aus. »Damit liegen Sie gar nicht so falsch.«

»Eine Sache habe ich Ihnen immer hoch angerechnet.«

»Und die wäre?« fragt er mit aufrichtiger Neugier.

»Daß Sie in Ordnung sind. Kann sein, daß Sie Druck ausüben, um eine Sensationsmeldung aufzuspüren, oder die Nachrichten aufblähen oder uns als unfähig darstellen. Aber Sie tun es nicht aus Eigennutz. Sie erpressen oder terrorisieren niemanden, damit Ihre Firmen absahnen.«

Er blickt mich mit Genugtuung an. »Freut mich, daß Sie das anerkennen«, meint er schlicht, aber sein Blick leuchtet.

»Welche Beziehung hatten Sie denn zu Vakirtsis, daß Sie ihn decken? Haben Sie sein Haus nicht gesehen?«

»Doch.«

»Und da haben Sie noch Zweifel?« Ich möchte ihm nicht von den Notizen erzählen, die wir auf Stefanakos' Laptop sichergestellt haben. Denn das würde seinen Appetit anregen. »Ich habe noch nicht herausgefunden, wie und wo er abgezockt hat, aber sicher hatte er seine Finger überall im Spiel. Warum faseln Sie dann von Solidarität? Was für eine Art Solidarität ist das denn? Eine Art ideologischer Reflex?«

»Die Solidarität der Bonvivants vielleicht«, entgegnet er mit einem bitteren Lächeln. »Was soll's…« Er schweigt kurz, dann fügt er hinzu, ohne mich anzublicken: »Vakirtsis hatte einen Bruder, Menelaos Vakirtsis.«

M. aus Stefanakos' Aufzeichnungen, sage ich mir. Hier beginnt sich eine ganze Clique Gleichgesinnter abzuzeichnen. Favieros und seine Gattin, Stefanakos und Lilian Stathatou sowie die Brüder Apostolos und Menelaos Vakirtsis. Letztere waren vermutlich eher Randfiguren, da sie ihre Position durch Drohungen und Nötigung sicherten.

»Vielleicht haben Sie von Menelaos Vakirtsis in seiner Eigenschaft als Bürgermeister schon gehört«, fährt Sotiropoulos fort. »Aber er ist auch Unternehmer. Einer von denen, die ständig unter dem Verdacht von Veruntreuung und Korruption stehen. Offiziell jedoch kommt nie etwas ans Tageslicht. Ganz im Gegenteil, er wird weiterhin als Kandidat für das Bürgermeisteramt aufgestellt und weiterhin alle vier Jahre gewählt. Böse Zungen behaupten, die Vertuschung der Skandale und seine Kandidatur gingen auf den Einfluß seines Bruders zurück.« Sotiropoulos' Blick hat seinen Spott wiedergefunden. »Warten Sie, wenn Sie wollen, noch mal drei Jahre ab. Wenn er bei den kommenden Gemeinderatswahlen nicht wieder kandidiert und reihenweise Anzeigen gegen ihn erstattet werden, heißt das, die bösen Zungen hatten recht.«

»Das ist aber noch lange hin.«

»Dann nehmen Sie Menelaos Vakirtsis jetzt schon unter die Lupe.«

»Sie wissen nicht, mit welcher Art von Unternehmen er befaßt war?« frage ich in der Hoffnung, bei ihm Auskunft zu erhalten und dadurch Zeit zu sparen.

»Nein, und ich glaube nicht, daß ich mich in Zukunft damit auseinandersetzen werde. Seit Vakirtsis' Tod interessiert mich der Bruder nicht weiter. Entweder setzt er sich als Unternehmer durch, oder er kommt auch als Bürgermeister unter die Räder.«

Kurz kommt mir der Gedanke, Gikas darum zu ersuchen, ein Gespräch mit Menelaos Vakirtsis zu arrangieren, aber ich weise ihn schnell von mir. Ich weiß noch nicht, ob Menelaos Vakirtsis auch nach dem Tod seines Bruders auf Unterstützung von oben zählen kann. Und es wäre falsch, Gikas auf einen protegierten Politfunktionär anzusetzen.

Er würde es höchstwahrscheinlich sowieso ablehnen und wenn nicht, so hätte er bestimmt zuviel Respekt vor ihm und würde ihn mit Glacéhandschuhen anfassen.

Ich will schon auf Koula und ihren Cousin zurückgreifen, als mir Samanis einfällt. Er weiß bestimmt, ob Favieros mit Menelaos Vakirtsis zusammengearbeitet hat. Ich erinnere mich auch an etwas anderes aus Stefanakos' Notizen: Seine Frau habe ein Vermögen an M. bezahlt. Nicht ausgeschlossen, daß damit gemeint ist, daß sie ein Vermögen in Menelaos Vakirtsis' Wahlkampf gesteckt hat. Genausowenig ist auszuschließen, daß auch Favieros ihm Geld gegeben hat. Davon könnte Samanis etwas wissen.

Meine Aktien stehen, wie ich von der Janneli weiß, bei Samanis zwar nicht sonderlich hoch im Kurs, aber das kümmert mich wenig. Ich suche nach Antworten, und es ist mir gleichgültig, ob sie mir lächelnd oder mißmutig gegeben werden.

Andererseits tue ich gut daran, Koula darauf anzusetzen, mehr über Menelaos Vakirtsis' Aktivitäten zu erfahren, damit ich Samanis gut vorbereitet gegenübertreten kann.

»Entschuldigen Sie mich kurz«, sage ich zu Sotiropoulos und ziehe mich für ein Telefonat mit Koula zurück.

Als ich zurückkehre, hat Sotiropoulos sein Kaffee-Frappé ausgetrunken und ist bereit zum Aufbruch, doch ich halte ihn zurück.

»Eine Frage noch. Glauben Sie, daß Favieros und Stefanakos' Frau den Wahlkampf von Vakirtsis' Bruder finanziell unterstützt haben?«

»Durchaus wahrscheinlich«, meint er ungerührt. »Aber was haben Sie davon, wenn Sie das rauskriegen? Alle Wahlkampfkandidaten – egal, ob sie fürs Parlament, den Bürgermeisterposten oder auch nur für den Gemeinderat kandidieren – finden Mittel und Wege, um von den Unternehmern eine Art Kopfsteuer einzutreiben. Die wiederum spenden an alle ein bißchen, nicht weil sie eine Gegenleistung erwarten, sondern weil sie, im Falle eines Falles, vorgesorgt haben wollen. Meiner Meinung nach geben Menelaos Vakirtsis' Firmen mehr Material her.«

»Die untersuche ich ohnedies. Wenn ich aber das Knäuel der Wahlkampfspenden an den Bürgermeister Vakirtsis entwirre, dann decke ich möglicherweise einige Querverbindungen auf, die mich ganz woandershin führen.«

Sotiropoulos blickt mich lächelnd an. »Sie haben Köpfchen«, meint er. »Das ist zwar bei der griechischen Polizei nicht die Regel, aber Sie haben Köpfchen.« Nach einer kurzen Pause fügt er hinzu: »Ich werde mich diskret umhören. Wenn ich was herauskriege, melde ich mich bei Ihnen.«

Wir brechen auf, er zu seinem Sender und ich zu Samanis. Als ich nach meiner Brieftasche fasse, um zu bezahlen, hält er mich zurück.

»Ich bin dran«, meint er. »Beim letzten Mal haben Sie bezahlt.«

Das ist zwar nicht wahr, aber ich weiß seine höfliche Geste zu schätzen.

40

Ich sitze in der Eingangshalle und warte. Die Fünfzigjährige am Empfang läßt den Hörer sinken und blickt mich mit einem Ausdruck des Bedauerns an.

»Leider ist Herr Samanis unabkömmlich und hat keinen Termin mehr frei.«

Dank Jannelis Vorwarnung bin ich auf so etwas vorbereitet. Unter Favieros' wachsamem Blick erhebe ich mich von meinem Sessel und trete auf sie zu.

»Schade, daß er gerade keine Zeit hat«, sage ich gelassen. »Bestellen Sie Herrn Samanis, daß ich ihn in dem Fall morgen zu einer offiziellen Befragung ins Polizeipräsidium vorlade.« Die Fünfzigjährige blickt mich an und versucht sich klarzuwerden, ob meine Drohung ernst zu nehmen oder bloß ein Bluff ist. »Nach Apostolos Vakirtsis' Selbstmord geht es ans Eingemachte«, fahre ich fort. »Jetzt untersuchen wir die Motive für jeden Freitod aufs gründlichste, da zu befürchten steht, daß noch weitere Taten folgen werden. Wenn Herr Samanis meint, die Vorladung gelte nicht, braucht er nur Kriminaldirektor Nikolaos Gikas anzurufen, der ihm den Termin bestätigen wird.«

Am Ende meiner Suada wende ich mich dem Ausgang zu, doch wie zu erwarten war, hält mich die Stimme der Fünfzigjährigen zurück.

»Einen Augenblick, Herr Kommissar.«

Ich bleibe stehen, als Zeichen, daß ich nicht vorhabe, lange zu warten. Sie hebt erneut den Hörer ab, bringt ihre Lippen ganz nah an die Muschel, hält schützend die Hand davor und beginnt zu flüstern. Kurz darauf legt sie den Hörer auf und sagt lächelnd: »Herr Samanis empfängt Sie umgehend.«

Ich bringe weder meinen Dank noch meine Genugtuung zum Ausdruck, um zu signalisieren, daß mir das plötzliche Entgegenkommen schnuppe ist, und steuere auf den Fahrstuhl zu.

»Warten Sie, es holt Sie jemand ab.«

»Nicht nötig, ich kenne den Weg«, entgegne ich kühl.

Ich fahre in die dritte Etage hoch, gehe an den kleinen Theaterlogen vorbei und trete in das Büro von Samanis' Privatsekretärin. Sie begrüßt mich mit einem unmerklichen Nicken, wie auch bei unserer letzten Begegnung, und öffnet mir die Tür zu Samanis' Arbeitszimmer.

Samanis hat sämtliche Lagepläne und Entwürfe, derer er habhaft werden konnte, vor sich ausgebreitet und sich in deren Anblick vertieft, um mir seine Terminknappheit am praktischen Beispiel vorzuführen.

»Sie haben die schlechte Angewohnheit, stets unangemeldet aufzutauchen«, meint er, ohne den Kopf zu heben.

»Weil auch Morde stets unangemeldet passieren. Und für die Aufklärung hat die Polizei, ganz ohne Ausschreibung, ausschließlich den Zuschlag erhalten. Weder die Täter noch die Opfer geben eine Vorwarnung.«

Meine Antwort zwingt ihn, den Kopf zu heben und mich zu fixieren. »Morde?« fragt er verdutzt. »Bislang war doch von Selbstmorden die Rede.«

»Nach Vakirtsis' Freitod spricht man offen von Anstiftung zum Selbstmord, was Mord gleichkommt. Nun recherchiere ich nicht mehr nur aus privater Neugier. Ich versuche herauszufinden, wer auf welche Weise Ihren Chef und zwei weitere Personen zum Selbstmord veranlaßt hat und wie ich weitere derartige Taten verhindern kann.«

Er blickt mich grübelnd an. Meine Worte haben ihn und seine schöne Pose ins Wanken gebracht. »Nehmen wir einmal an, Ihre Behauptungen haben Hand und Fuß. Was ich dann noch immer nicht verstehe, ist: Warum meinen Sie, daß die Ursache in unserem Unternehmen liegt? Hier sind keine mörderischen Geheimnisse verborgen, das können Sie mir glauben.«

Letzteres sagt er mit leisem Spott, vielleicht in dem Bemühen, wieder Oberwasser zu bekommen. Ich entschließe mich, aufrichtig zu ihm zu sein, da nur so meine Chancen steigen, daß er offen mit mir redet.

»Es gibt zwei Berührungspunkte zwischen Favieros, Stefanakos und Vakirtsis. Der eine liegt in der Vergangenheit. Alle drei kannten sich seit der Studienzeit, alle drei engagierten sich gegen die Junta und waren bei der Militärpolizei inhaftiert. Folglich kannten sie sich gut.«

»Und der andere Berührungspunkt?«

»Die Unternehmen. Außer den Firmen, die Jason Favieros und Lilian Stathatou, Stefanakos' Ehefrau, zusammen betrieben haben, existierten auch noch gemeinsame Unternehmen von Lilian Stathatou und Sotiria Favierou.«

»Na gut, damit eröffnen Sie mir kein Geheimnis. Aber wie paßt Vakirtsis in diese Unternehmerkreise?«

»Nicht besonders gut, aber sein Bruder Menelaos Vakirtsis, Bürgermeister und Unternehmer, dafür um so besser.« Ich verstumme, um seine Reaktion abzuwarten. Er blickt mich an und harrt der Fortsetzung. »Apostolos Vakirtsis war Journalist und wollte aus zwei Gründen nicht als Unternehmer in Erscheinung treten: Erstens, weil er an Glaubwürdigkeit eingebüßt hätte, und zweitens, weil er seinem Bruder als stiller Teilhaber viel nützlicher sein konnte. Menelaos Vakirtsis besaß eine Firma für Gebäudetechnik und Elektroinstallation sowie eine Firma für Sicherheitstechnik.« Wiederum warte ich ab, ob er vielleicht etwas einwerfen möchte, aber Samanis schweigt weiter. »Inwieweit haben Sie mit den Firmen von Menelaos Vakirtsis zusammengearbeitet?«

»Wir arbeiten im Olympischen Dorf auf denselben Baustellen zusammen«, entgegnet er ausdruckslos. »Wir hatten die Baukonstruktion und Menelaos Vakirtsis' Firma, die ELEKTROSYS, die Elektroinstallation übernommen.«

»Das war alles?«

»Das war alles.«

Ohne ein weiteres Wort ziehe ich eine Fotokopie von Stefanakos' Notizen aus der Tasche und lege sie Samanis vor. Nachdem er sie durchgelesen hat, hebt er den Blick.

»Was hat das zu bedeuten?«

»Das sind Notizen, die wir auf Stefanakos' Laptop gefunden haben. Darin behauptet er, Jason Favieros habe Menelaos Vakirtsis irgend etwas nicht abschlagen können, weil sein Bruder viel wisse und Favieros Angst vor ihm habe. Hier stellen sich zwei Fragen: Was konnte Favieros Menelaos Vakirtsis nicht abschlagen, und warum fürchtete er Apostolos Vakirtsis?«

Samanis seufzt auf. »Menelaos Vakirtsis ging uns nicht mehr von der Pelle«, sagt er langsam. »Zunächst einmal hat er uns durch seinen Bruder gezwungen, eine Arbeitsgemeinschaft mit ihm einzugehen. Wir sollten die Bauarbeiten und Vakirtsis' ELEKTROSYS die Elektroinstallation übernehmen. Jason wollte jedoch nichts davon hören.«

»Warum nicht?«

»Weil sie Pfuscher und Stümper sind. Sie halten die Termine nicht ein, und wir müssen dann die Kastanien aus dem Feuer holen. Oder sie arbeiten so dilettantisch, daß die Hälfte nicht funktioniert und wir alles noch mal machen müssen.«

»Ja, aber diese Notiz ist viel jüngeren Datums, sie kann sich nicht auf die Arbeitsgemeinschaft beziehen.«

»Nein, hier geht es um die Sicherheitstechnik in den olympischen Anlagen.«

Seine Antwort überrascht mich. »Hat Ihre Firma nun auch den Einbau von Sicherheitssystemen übernommen?«

Er bricht gegen seinen Willen in Lachen aus. »Nein. Aber um bei der Ausschreibung eines Großauftrags der öffentlichen Hand teilnehmen zu können, braucht man eine hohe Bankgarantie. Und Menelaos Vakirtsis war schwer verschuldet. Also setzte er uns unter Druck, gewissermaßen als Bürge aufzutreten, damit er seine Bankgarantie bekam.«

»Das heißt also, Sie haben ihn gewissermaßen gedeckt?«

»So könnte man das ausdrücken.«

»Und Sie sind darauf eingegangen, weil sein Bruder Sie unter Druck gesetzt hat.«

»Genau.«

»Und wieso hat Apostolos Vakirtsis gerade Sie und niemand anderen bedrängt, seinem Bruder zu helfen? Warum nicht die Banken?«

»Weil er an sie nicht herankam. Er konnte nur bestimmte Regierungskreise unter Druck setzen, aber die hatten mittlerweile von ihm und seinem Bruder die Nase voll.«

»Das bringt mich zur zweiten Frage: Warum hatte Jason Favieros Angst vor Apostolos Vakirtsis?«

Er antwortet nicht sofort, und ich weiß nicht, ob er erst seine Gedanken ordnen oder seine angestaute Wut zügeln muß. »Der wahre Eigentümer der Unternehmen war nicht Menelaos Vakirtsis, sondern sein Bruder. Apostolos Vakirtsis hat über alles und jedes Material gesammelt. Wenn die zusammengetragenen Hinweise nicht ausreichten, hat er eben welche konstruiert und damit so lange Druck ausgeübt, bis er erreichte, was er wollte. Ich bin sicher, daß er gegen Jason nicht wirklich etwas in der Hand hatte. Wie hätten wir ihm aber Einhalt gebieten können, wenn er seine Schlammschlacht begonnen und uns in seiner Sendung oder in seiner Zeitung mit Dreck beworfen hätte? Wir sind Unternehmer, Herr Kommissar. Und ein Wirbel um unseren Firmennamen kommt uns nicht zugute.«

»Jedenfalls kannten sich Jason Favieros, Loukas Stefanakos und Apostolos Vakirtsis seit der Juntazeit.«

»Ja gut, aber was heißt das schon? Wenn Sie auf die gemeinsame Vergangenheit und die gemeinsamen politischen Kämpfe anspielen wollen, vergessen Sie's. Ab einem gewissen Punkt geht jeder seinen eigenen Weg, und wenn sie dann, wie das Leben so spielt, Konkurrenten werden, sind Solidarität und Gesinnungskämpfe längst Schall und Rauch, und jeder denkt nur an seinen eigenen Vorteil.«

Zum ersten Mal vertraut er sich mir ohne Ausflüchte oder Argwohn an, und ich habe keinen Grund, seine Worte anzuzweifeln. Und das eröffnet mir ganz neue Aussichten: Drei befreundete politische Mitstreiter arbeiteten dem äußeren Anschein nach zusammen. Doch in Wirklichkeit arbeiteten nur zwei von ihnen – Favieros und Stefanakos – zusammen, während der dritte die anderen beiden auf verschiedene Arten erpreßte, um sie sich gefügig zu machen. Die gemeinsame Vergangenheit aller drei und die jüngste Zusammenarbeit der ersten beiden könnte auch ihren Selbstmord erklären. Der Dritte war in seinen Erpressungen so weit gegangen, daß er sie zum Selbstmord trieb. Das wäre einleuchtend, wenn sich nicht auch der Dritte, der Erpresser, umgebracht hätte. Wenn aber auch das ein verkappter Mord war, dann müßte man davon ausgehen, daß die beiden anderen in ihrer Verzweiflung den Dritten getötet oder seine Tötung in Auftrag gegeben hätten. Doch sie waren zum Zeitpunkt des Selbstmordes des Erpressers bereits tot.

Ich komme auf keinen grünen Zweig, und es hat auch wenig Sinn, in Samanis' Büro darüber zu brüten. Daher schicke ich mich zum Gehen an. Diesmal streckt er mir die Hand entgegen.

»Tja«, meint er. »Wenn Ihre Annahmen zutreffen, dann wünsche ich von ganzem Herzen, daß derjenige, der Jason zum Selbstmord getrieben hat, gefaßt wird. Nichts für ungut, aber ich wage zu bezweifeln, daß Ihnen das gelingen wird.«

Ich drücke wortlos seine Hand. Seinen Zweifel kann ich gar nicht gebrauchen. Mein eigener reicht mir vollkommen.

Als ich die Seufzerbrücke überquere, höre ich meinen Beeper, den ich seit kurzem wieder dabeihabe. Er zeigt Gikas' Nummer an, und vom Empfang aus rufe ich ihn zurück.

»Koula hat sich bei mir gemeldet. Fahren Sie sofort in Vakirtsis' Haus nach Vranas. Sie ist der Meinung, etwas Wichtiges gefunden zu haben.«

Koula und Spyrakos waren heute morgen losgefahren, um Vakirtsis' Rechner zu untersuchen, nachdem Gikas den Termin vereinbart hatte. Ich werfe einen Blick auf meine Uhr. Es ist kurz vor zwölf. Die Hitze und der Verkehr werden mir bis Vranas den Rest geben. Aber ich kann es mir nicht leisten, den Sonnenuntergang abzuwarten.

41

In der größten Mittagshitze vom Ersten Athener Friedhof nach Vranas zu gelangen ist kein Honigschlecken. Ich zerbreche mir den Kopf über den kürzesten Weg, aber die einzige Anfahrtsmöglichkeit besteht im Kifissias-Boulevard und der Attika-Ringstraße. Leichter gesagt als getan, da die Fahrt über den Vassileos-Konstantinou- bis zum Kifissias-Boulevard zu dieser Tageszeit ein Martyrium darstellt. Auf dem Streckenstück in Psychiko, wo der Viadukt gebaut wird, stoße ich auf einen endlosen Stau. Ich versuche mir das Schrittempo zu versüßen, indem ich die riesigen Reklametafeln lese, die da verkünden: »In 3 Minuten von Maroussi nach Metamorfosi über die Attika-Ringstraße« oder »In 4 Minuten von Jerakas nach Koropi über die Attika-Ringstraße«. Athen ist aufgrund der Lebensumstände die christlichste Stadt der Welt: Der Weg zum Himmelreich führt durch den Schwefelpfuhl. Zuerst wird man auf den Athener Straßen mit Baustellen, Staus und Schlaglöchern bis aufs Blut gequält, bevor man die paradiesischen Verhältnisse auf der Attika-Ringstraße genießen darf. Dort angekommen trete ich aufs Gaspedal und presche voran, was mit den bescheidenen Mitteln des Mirafiori höchstens achtzig Stundenkilometer bedeutet. Der Fahrtwind weht mir ins Gesicht, doch die Erfrischung, die er bietet, ist aufgrund der herrschenden Hitze eher mental.

Die Strecke bis zum Autobahnkreuz Spata ist verhältnismäßig angenehm, doch mit der Auffahrt auf den Marathonos-Boulevard lasse ich das Paradies hinter mir und kehre wieder in die Hölle zurück. Als ich nach insgesamt zweistündiger Fahrt vor Vakirtsis' dreistöckiger Villa in Vranas eintreffe, würde ich mich am liebsten samt meinen Kleidern in den Swimmingpool legen. Doch ich widerstehe der Versuchung und steige mit großen Schritten die Treppe hoch, die zur Veranda des Hauses führt. Die liegt verlassen und blitzsauber aufgeräumt, mit der Hollywoodschaukel und den Tischchen unter den Sonnenschirmen, in der Sonnenglut. Die Aufregung von Vakirtsis' Todesnacht hat keinerlei Spuren hinterlassen.

Ich trete ins Wohnzimmer und stehe einer pummeligen Vierzigjährigen in T-Shirt und weißen Shorts gegenüber. Ihr Haar ist knallrot gefärbt, und aus den Shorts ragen zwei Oberschenkel, um die sie Fußballer und Ringer gleichermaßen beneidet hätten.

»Was wollen Sie?« fragt sie, als hätte sie es mit einem Hausierer zu tun, der billige Gartenmöbel anpreist.

»Kommissar Charitos.«

Mein Name scheint ihr etwas zu sagen, denn sie zaubert ein Lächeln auf ihre Lippen. »Ah ja, der Herr Kommissar. Ich bin Charoula Vakirtsi, die… die Witwe von Apostolos Vakirtsis.«

Diese Neuigkeit trifft mich unvorbereitet, da ich Vakirtsis für geschieden hielt. Da sie nicht den Eindruck einer zu Tode betrübten Witwe macht, übergehe ich die Beileidsbekundungen. »Meines Wissens war Vakirtsis geschieden«, gebe ich von mir, um sie zu einer Reaktion aufzustacheln.

»In der letzten Zeit haben wir getrennt gelebt, aber wir haben uns nicht scheiden lassen.« Letzteres hebt sie besonders hervor, um die Rechtmäßigkeit ihrer Anwesenheit zu unterstreichen. »Sie werden verstehen, daß ich nach dem tragischen Ereignis sofort herbeigeeilt bin. Außerdem hat Apostolos keine Verwandten, und jemand muß die Angelegenheiten doch regeln.«

Mit anderen Worten: Nicht nur ihre Anwesenheit ist rechtmäßig, sondern sie ist auch die rechtmäßige Erbin, da er sich nicht rechtzeitig scheiden ließ. Von Minute zu Minute geht sie mir mehr auf die Nerven.

»Am Tag des Unfalls hatte ich mit einer jungen Frau gesprochen –«

»Ah, die Kleine!« unterbricht sie mich. »Die kleine Nutte hat ihre Sachen gepackt und ist verschwunden, sobald sie von meiner Rückkehr hörte. Sie hat ihm genug aus der Tasche gezogen. Irgendwann ist das große Fressen vorbei.«

»Wo sind meine Assistenten?«

»Im zweiten Stock, in Apostolos' Arbeitszimmer.«

Ich verdrücke mich schleunigst – aus Angst, ich könnte ihr sonst ein paar Ohrfeigen verpassen. Zügig klettere ich die Treppe zu Apostolos Vakirtsis' Arbeitsraum hoch. Koula kniet vor dem Schreibtisch. Sie hat die zweite Schublade herausgezogen und durchsucht die Audiokassetten, die ich schon am ersten Abend entdeckt hatte. Spyrakos ergötzt sich am Anblick des Computerbildschirms.

»Warum habt ihr mich so dringend hergerufen?« frage ich Koula, die bei meinem Anblick aufspringt.

Anstelle einer Antwort geht sie auf den Schreibtisch zu, greift nach einem Stoß Blätter und überreicht ihn mir wortlos. Beim ersten Blick drauf fällt er mir fast aus der Hand – ich halte Vakirtsis' Biographie in Händen, dieselbe Version, die Logaras auch an mich geschickt hat.

Ich brauche eine Weile, um mich von dem Schock zu erholen und wieder einen klaren Gedanken fassen zu können. Logaras hatte also die Biographie auch an Vakirtsis geschickt, bevor er sie mir übersandte. Offenbar war das Teil seines Plans. Aber wozu diente das Manöver? Ich bin dermaßen durcheinander, daß meine grauen Zellen versagen. Ich verschiebe die Beantwortung der Frage auf später und frage statt dessen nach, ob sie aus dem Computer noch etwas herausgekitzelt haben.

»Der Typ hat damit nur angegeben«, mischt sich Spyrakos ein. »Der hat höchstens ab und zu Tarot gespielt oder ist alle Jubeljahre mal ins Internet gegangen.«

»Wie kommst du darauf?« frage ich. »Weil er kein Löschprogramm hatte?«

Er wirft mir einen spöttischen Blick zu. »Nicht nur deshalb. Wenn man einen Rechner einschaltet, sieht man auf den ersten Blick, ob er benutzt wurde oder ob er genauso aussieht wie am Tag nach dem Kauf. Der hier macht den Eindruck, als sei er heute morgen aus dem Computerladen geliefert worden.«

»Habt ihr irgendwelche Dateien gefunden?«

»Nein, aber das muß nicht heißen, daß keine drauf waren.«

Wieder verstehe ich Bahnhof, und in meiner momentanen Stimmung wäre ich fähig, ihm eine Ohrfeige zu verpassen. »Erklär mir das mal. Aber nicht im Telegrammstil. Ich schnall das nicht so schnell.«

»Manchmal treffen auf dem Computer Nachrichten ein, die so programmiert sind, daß sie nach einem gewissen Zeitraum automatisch gelöscht werden. Andere wiederum sind so programmiert, daß sie automatisch wieder an den Absender zurückgeschickt werden. Wenn es also derartig programmierte Dateien gab, dann können wir nichts finden.«

»Und die Biographie? Warum ist die nicht zerstört oder zurückgeschickt worden?«

»Keine Ahnung. Nicht auszuschließen, daß man sie drauf gelassen hat, weil der Typ ja länger brauchen würde, um sie zu lesen.«

Langsam beginne ich zu begreifen, was er mir erklären will. Logaras hatte Vakirtsis noch weitere Dateien geschickt, die er aber nur kurz lesen sollte. Nach der Lektüre wurden sie gelöscht oder zurückgeschickt. Nur die Biographie überließ er ihm für längere Zeit, da sie ohnehin zur Veröffentlichung gedacht war. Folglich gab es keinen Grund, sie zu löschen.

Da es keine weitere Hoffnung gibt, auf dem Computer noch andere Geheimnisse zu entdecken, wende ich mich prosaischeren und alltäglicheren Verstecken, wie etwa den Schubladen, zu.

»Haben Sie was gefunden?« frage ich Koula.

»Meines Erachtens sind das Aufnahmen von Vakirtsis' Sendungen.«

Ich beuge mich vor und greife nach einer der Kassetten. Auf dem Rücken steht, wie bei allen anderen, das Sendedatum. Ich mache mich daran, die Sendung vom 21. Mai zu suchen, durch die sich Stefanakos von Vakirtsis erpreßt fühlte. Aber ich kann sie nicht finden. Da fällt mein Blick auf die letzte Schublade mit dem Sicherheitsschloß. Sie ist noch immer verschlossen.

»Ich habe keinen Schlüssel finden können«, meint Koula.

»Holen Sie mir mal Vakirtsis' Frau her.«

»Das war's, mehr ist nicht auf dem Rechner«, sagt Spyrakos.

Er schaltet den Computer aus und geht zum Fernseher hinüber. Er nimmt die Fernbedienung zur Hand, macht das Gerät an und fläzt sich in einen Sessel. Was ihn umgibt, interessiert ihn nicht, nur der Anblick eines flimmernden Bildschirms scheint ihn magisch anzuziehen.

Koula kehrt in Begleitung der Vakirtsi zurück. Offenbar gibt sie sich jetzt als züchtige Witwe, denn sie hat eine lange Hose angezogen.

»Ich suche den Schlüssel für diese Schublade. Haben Sie ihn vielleicht?«

»Nein. Apostolos hat ihn immer bei sich getragen.«

Somit ist er bei Vakirtsis' Selbstverbrennung zerstört worden.

»Ich muß sie aber öffnen.«

»Was spricht dagegen?« meint sie gleichgültig.

»Rufen Sie Gikas an, er soll uns einen Schlosser der Spurensicherung herschicken«, sage ich zu Koula.

Bis zu dessen Eintreffen gehe ich hinunter auf die Veranda. Ich setze mich unter einen der Sonnenschirme und versuche mich zu konzentrieren. Da Logaras ein Exemplar der Biographie an Vakirtsis geschickt hat, liegt es nahe, daß er das auch bei den anderen beiden getan hat. Wahrscheinlich wurden sie gelöscht, aber das ändert nichts an der Tatsache. Die Frage ist, aus welchem Grund er sie ihnen geschickt hat. Mit Ausnahme einiger spitzer Bemerkungen hier und da stimmten die Biographien außergewöhnliche Loblieder auf die Selbstmörder an. Folglich bleibt die einzig logische Erklärung: Logaras wollte die Selbstmörder davon überzeugen, daß ihr Nachruhm gesichert war. Doch wozu sollten Favieros, Stefanakos und Vakirtsis nach diesem Nachruhm streben, wo sie doch ohnehin die erste Geige in der griechischen High-Society spielten? Sollten sie sich umbringen, um mit der Biographie eines ansonsten unbekannten Herrn namens Minas Logaras in das neugriechische Pantheon aufzusteigen? Bestimmt nicht, außer der versprochene Nachruhm war noch an etwas anderes geknüpft. Und das könnte mit der Tatsache zu tun haben, die mir Spyrakos vorhin erläutert hat. Logaras ließ ihnen zusammen mit der Biographie weitere Dateien zukommen, die entweder automatisch gelöscht oder an den Absender zurückgeschickt wurden. Worum es sich dabei handelte, werden wir wohl niemals erfahren. Aber mit Sicherheit hatten die Dateien etwas mit den Biographien zu tun. Daher konnte ich auch beim Lesen von Stefanakos' Lebensgeschichte das Gefühl einer gewissen Künstlichkeit, einer gewissen Konstruiertheit nicht loswerden.

Aus heiterem Himmel schießt mir ein anderer Gedanke durch den Kopf: Was, wenn die öffentlichen Freitode etwas mit den Biographien zu tun hatten? Wenn der Selbstmord vor Publikum die Bedingung dafür war, Favieros, Stefanakos und Vakirtsis den Nachruhm zu sichern? Die Erklärung ist einleuchtend, aber die Frage bleibt nach wie vor unbeantwortet, warum sie sich einer solchen Bedingung beugen sollten und was sie zu einer solchen Tat hätte bewegen können.

Wie ich die Sache auch drehe und wende, ich finde keine Antwort. Daher gehe ich in den Garten hinunter. Schon nach zwei Minuten ist mein Kopf so heiß wie ein Dachziegel. Ich entferne mich vom Swimmingpool und gehe zur Stelle, wo sich Vakirtsis angezündet hat. Sämtliche Spuren sind verschwunden. Der Platz, wo die Leiche gelegen hatte, wurde umgegraben und neu bepflanzt, die angrenzenden verkohlten Pflanzen entfernt. Ich weiß nicht, ob es sich dabei um Blumen- oder um Gurkensamen handelt, da man die jungen Triebe noch nicht zuordnen kann.

In einiger Entfernung höre ich das Knattern eines herannahenden Motorrads. Es ist der Schlosser der Spurensicherung. Er bleibt in einigem Abstand stehen, öffnet das Gepäckfach und nimmt einen kleinen Werkzeugkasten heraus. Ich warte neben der Treppe zur Veranda auf ihn.

»Guten Tag, Herr Kommissar. Was soll geöffnet werden?« fragt er, sobald er bei mir angekommen ist.

»Eine Schreibtischschublade mit einem Sicherheitsschloß.«

Zusammen gehen wir in den obersten Stock hoch. Spyrakos sitzt immer noch vor dem Fernseher. Koula hat alle Audiokassetten auf Vakirtsis' Schreibtisch verfrachtet und ordnet sie chronologisch.

»Die hier«, sage ich zum Schlosser und deute auf die Schublade.

Er wirft einen flüchtigen Blick darauf. »Kleinigkeit.«

In der Tat hat er sie bereits mit dem zweiten Schlüssel

geöffnet. Koula und ich nähern uns neugierig. Die ganze Schublade enthält alles in allem fünf Audiokassetten. Eine davon ist die von uns gesuchte vom 21. Mai. Die anderen vier tragen Daten vom Oktober, Dezember, Januar und Februar, unklar welchen Jahres. Vakirtsis schien in dieser Schublade die Aufzeichnungen jener Sendungen aufbewahrt zu haben, mit denen er diverse Leute erpreßt hatte.

»Nehmt sie mit und laßt eine Mitschrift anfertigen«, weise ich Koula an.

»Ich nehme auch die anderen mit.«

»Gut, aber lassen Sie diese fünf zuerst transkribieren. Die geben am meisten her.«

Unter den Audiokassetten finde ich zwei Ordner. Als ich den ersten aufschlage, stoße ich auf eine Abschrift des Protestschreibens an den Minister, das Aspasia Komi in ihrer Sendung *Aquarium* Favieros gezeigt hatte. Dahinter befindet sich die Fotokopie eines Schecks über vierzig Millionen Drachmen, etwa hundertsiebzehntausend Euro. Der Orderscheck ist auf ihn selbst ausgestellt und trägt keinen Stempel, daher muß er einer von Favieros' privaten Schecks sein. Es wird nicht schwierig sein herauszufinden, wer den Scheck eingelöst hat. Weitaus schwieriger wird es sein herauszukriegen, wer sich hinter demjenigen verbirgt, der ihn eingelöst hat. Der Erpresser Vakirtsis hätte keine Fotokopie zurückbehalten, wenn es sich nicht um Schmier- oder Bestechungsgelder gehandelt hätte. Dahinter finde ich die Fotokopien dreier Kaufverträge. Bei allen fungierte Kariofyllis als Notar. Vakirtsis kannte also Favieros' Netz von Maklerbüros und wußte, wie sie funktionierten. Deshalb fürchtete ihn Favieros.

Der zweite Ordner betrifft Stefanakos. Stefanakos' einziges Privateigentum war geistiger Art: sein Gesetzesentwurf für die Förderung der kulturellen Identität der Albaner in Griechenland. Alles andere lief über seine Ehefrau. Schon beim flüchtigen Durchblättern stoße ich auf drei Fotokopien bewilligter EU-Subventionen, die sich auf erkleckliche Summen belaufen. Da Vakirtsis die Kopien aufbewahrte, mußte es sich dabei um ein Zugeständnis an die Stathatou unter Vermittlung ihres Ehemannes, des Parlamentariers, handeln. Ich stoße noch auf eine weitere Fotokopie in englischer Sprache, aber die muß ich mir übersetzen lassen, da meine Sprachkenntnisse dafür nicht ausreichen. Ganz zum Schluß fördere ich noch einen Scheck über dreihunderttausend Euro zutage. Der stammt jedoch von keiner griechischen Bank, sondern von einem Geldinstitut in Bukarest.

Wäre nur Vakirtsis ermordet worden, so hätten wir Favieros und Stefanakos mittlerweile wegen Anstiftung zum Mord eingebuchtet. Denn das nächstliegende wäre: Er hat sie erpreßt, und daraufhin haben sie ihn getötet. Nur leider haben sich Erpreßte wie Erpresser umgebracht. Hier verwirren sich die Handlungsstränge dermaßen, daß man sich nur mehr verzweifelt die Haare raufen kann.

Der Schlosser fährt als erster ab. Nicht ausgeschlossen, daß er uns verflucht, weil wir ihn in dieser Höllenglut ans Ende der Welt zitiert haben. Wegen einer solchen Lappalie. Aber das ist sein Berufsrisiko.

Jedenfalls haben wir nun zum ersten Mal gewisse Indizien in der Hand, aber wir wissen noch nicht, wohin sie uns führen.

»Bravo, Leute. Ihr habt hervorragende Arbeit geleistet«, sage ich zu Koula und Spyrakos, als wir am Swimmingpool vorübergehen.

»Spyrakos in erster Linie«, meint Koula voll Begeisterung. »Ich habe es Ihnen doch gesagt: Er hat ein Händchen für Computer, es liegt ihm im Blut.«

»Schon gut, mach mal halblang«, ist Spyrakos' einziger Kommentar. In der jungen Generation drückt sich Bescheidenheit offenbar in einer lässig-gelangweilten Pose aus.

»Wissen Sie, Herr Charitos«, fährt Koula unerschütterlich fort, »Spyrakos denkt darüber nach, sich bei der Spurensicherung zu bewerben.«

»Hör bloß auf, Koula. Das ist nicht in Ordnung, verdammte Kacke! Wir haben doch abgemacht, das bleibt unter uns, weil ich mir noch nicht schlüssig bin. Und du fällst mir in den Rücken. Mann, krasser geht's nicht!«

»Immer mit der Ruhe, wir unterhalten uns doch in aller Freundschaft. Das ist doch kein offizielles Bewerbungsgespräch, oder?« schreite ich ein. »Das einzige, was ich dich fragen wollte, wäre: Warum willst du zur Polizei? Du mußt mir aber nicht antworten.«

»Na gut. Wenn ich Computertechnik studieren könnte und darüber hinaus noch einen sicheren Posten hätte, wär das genial.«

Meine Generation fand diese Option noch »prima«, die jungen Leute von heute finden sie »genial«. Beiden ist das Bestreben gemeinsam, ihre Schäfchen ins trockene zu bringen. »Denk in aller Ruhe darüber nach. Und wenn du dich entschließen solltest, sag Koula Bescheid. Alles andere leiten wir dann in die Wege.«

Ein gutes Wort für ihren Cousin einzulegen, wäre das mindeste, was Gikas für Koula tun sollte. Wir sind beim Tor angelangt. Spyrakos schwingt sich auf Koulas Mofa, und sie steigt hinten auf. Bevor sie davonbrausen, dreht sich Koula nochmals um und zwinkert mir zu. Damit deutet sie mir an, daß sie Spyrakos ganz bewußt den starken Mann mimen läßt.

Da ich den Mirafiori unter den Bäumen geparkt habe, dampft er nicht vor Hitze. Ob er mich allerdings wieder heil nach Athen zurückbringt, steht in den Sternen.

42

Der Gedanke kam mir mitten in der Nacht. Schlagartig durchzuckte es mich, so daß ich hochschreckte und mich im Bett aufsetzte. Ich weiß nicht, ob mir der Gedanke während eines Traums oder im Tiefschlaf gekommen ist. Denn ich kann mich an keinen Traum erinnern, in dem Logaras oder die drei Selbstmörder aufgetreten wären. Immer wenn ich derart aus dem Schlaf hochschrecke, ist mein Denkvermögen noch nicht auf Touren. Daher tat ich dasselbe wie alle Menschen in so einer Situation: Ich ging in die Küche, um ein Glas Wasser zu trinken. Dann saß ich im Wohnzimmer – den Oberkörper im Zimmer, die Beine auf dem Balkon.

Die sich selbst löschenden oder von selbst zurückkehrenden Dateien, die Logaras an Favieros, Stefanakos und Vakirtsis schickte, enthielten bestimmt belastendes Material. Logaras hatte Beweise in der Hand und drohte ihnen mit einer öffentlichen Anprangerung. Die Biographie war die Alternative, die er ihnen bot, und sozusagen das kleinere Übel: Entweder geht ihr auf die Bedingung des Selbstmords vor Publikum ein, und ich veröffentliche eine Huldigung, die euren Nachruhm sichert, oder ihr bleibt am Leben, und ich hole zum vernichtenden Schlag aus. Er überstellte ihnen das Belastungsmaterial zur Ansicht, um sie zu überzeugen, daß er nicht bluffte. Gleich nach der

Lektüre wurde es, mit Hilfe des Programms, von dem Spyrakos gestern gesprochen hatte, gelöscht oder an den Absender zurückgeschickt. Im Gegensatz dazu überließ er ihnen die Biographie langfristig zum Studium, um sie zu überzeugen, daß er ihnen kein Kuckucksei ins Nest legte.

Doch die Frage bleibt nach wie vor offen: Hatte Logaras tatsächlich dermaßen schlagende Beweise in der Hand? Und woher stammten sie? Daran schließt sich gleich die nächste Frage an: Wenn die Beweise so schlagend sind, wieso gelangten sie dann bislang nicht an die Öffentlichkeit? Wie ist es denn möglich, daß so lange nichts durchgesickert ist? Die Rede ist doch von drei allseits bekannten Persönlichkeiten. Ist es denkbar, daß alle drei dermaßen dunkle Punkte in ihrer Vergangenheit haben, daß sie lieber starben, als daß sie die Schmach einer Enthüllung ertrugen? Und daß niemand außer Logaras je etwas davon gehört hatte? Und wenn bislang noch niemand diese Beweise kannte, woher hatte sie dann Logaras?

Als ich gegen sechs Uhr morgens wieder ins Bett ging, waren diese Fragen noch immer unbeantwortet. Und der Schlaf war mir vergangen. Mit Müh und Not war es mir gelungen, gegen acht wieder einzunicken, als ich zum zweiten Mal hochschreckte, diesmal, weil das Telefon schrillte. Es war Gikas. Der Minister erwarte uns um zehn. Bevor ich aufbrach, trug ich Koula auf, zusammen mit ihrem Cousin in der Firma DOMITIS Favieros' Rechner auf den Kopf zu stellen. An einen neuerlichen Fund glaubte ich zwar nicht, aber wir sicherten uns besser nach allen Seiten ab.

Nun sitze ich mit Gikas dem Minister gegenüber, der gerade die beiden Versionen von Vakirtsis' Biographie vergleicht – die eine, die Logaras mir zugeschickt hat, und die andere, die wir über Vakirtsis' Rechner ausgedruckt haben. Ich habe beide mitgebracht, um nachzuweisen, daß sie identisch sind.

Er hebt den Kopf und fragt bedächtig: »Glauben Sie, daß er an alle drei die Biographie vorab geschickt hat?«

Da breite ich meine ganze Theorie vor ihm aus, die Gikas bereits auf der Herfahrt unter zustimmendem Nicken angehört hat. Zuerst erläutere ich ihm, daß meiner Meinung nach der öffentliche Selbstmord Logaras' Vorbedingung für die Publikation der Biographie war. Dann erkläre ich ihm das, was ich mir im Morgengrauen zurechtgelegt habe: daß Logaras Belastungsmaterial besaß und die Biographie ihnen den Ausweg eines würdigen Abgangs bot. Sie konnten zwischen öffentlichem Selbstmord und gesichertem Nachruhm oder Weiterleben und Gesichtsverlust wählen.

»Was für Enthüllungen konnte dieser Logaras bloß in der Hand haben?« fragt mich der Minister.

»Das kann ich Ihnen erst sagen, wenn ich herausgefunden habe, wer er ist. Ich glaube, daß er zu ihrem engsten Umfeld gehört, höchstwahrscheinlich jemand aus ihrer Vergangenheit.«

Er blickt mich neugierig an. »Woraus schließen Sie das?«

»Die Enthüllungen können nur die Vergangenheit betreffen. Denn wenn es anrüchige Geschichten aus der Gegenwart wären, wüßte die Presse bereits Bescheid, und man hätte längst darüber berichtet. Ich würde sogar so weit gehen zu sagen, daß irgendein dunkles Geheimnis sie aneinanderkettet. Es ist kein Zufall, daß die drei, die eine gemeinsame Vergangenheit hatten, auch in der Gegenwart zusammenarbeiteten. Wenn auch mit Vakirtsis nur, weil er sie dazu nötigte.«

Der Minister blickt uns beide an, und seine Miene läßt darauf schließen, daß er dem nichts entgegenzusetzen hat. »Wie stehen unsere Chancen, Logaras' Identität aufzudekken?«

»Es gibt nur eine Hoffnung: daß er selbst sie enthüllt«, entgegnet ihm Gikas. »Unsere Chancen sind minimal. Er verbirgt sich hinter einem Pseudonym, und bislang ist es ihm gelungen, seine Spuren zu verwischen.«

Der Minister lehnt sich in seinem Sessel zurück und blickt uns ernüchtert an. »Mit anderen Worten, wir sind ihm ausgeliefert.«

»Nicht ganz. Wir können den umgekehrten Weg einschlagen«, halte ich ihm entgegen. »Wir können die Vergangenheit der drei durchforsten, um hinter ihr gemeinsames Geheimnis zu kommen. Wenn uns das gelingt, stehen die Chancen gut, daß wir im Zuge dessen auch Logaras' Identität aufdecken.«

»Und was benötigen Sie dafür?«

»Wir müssen nicht nur die Dienststelle mobilisieren«, greift Gikas ein, »sondern auch das Fachdezernat für Wirtschaftskriminalität und die Steuerfahndung.«

»Ist es ausgeschlossen, daß die Sache in irgendeiner Weise mit der Junta zu tun hat? Etwa, daß sie unter Folter andere denunziert haben und Logaras davon wußte?«

»Das sind verjährte Geschichten, Herr Minister. Danach kräht kein Hahn mehr.«

»Außerdem ist es unwahrscheinlich, daß alle drei Denunzianten sind«, füge ich hinzu. »Hoffentlich sind nicht noch andere in diese Geschichte verwickelt, denn sonst hat das Ganze noch immer kein Ende.«

»Nun gut. Ich werde dafür sorgen, daß die Steuerfahndung eingeschaltet wird. Aber die Nachforschungen müssen diskret vorangetrieben werden.«

»Wenn sie bisher inoffiziell geblieben sind, wird auch weiterhin nichts nach außen dringen«, entgegnet ihm Gikas. »Die Methode der Privatermittlungen durch den Kommissar hat sich bewährt.«

Ich weiß nicht, ob ich von zu Hause aus weitermachen kann oder ob ich in mein Büro zurückkehren muß. Doch diese Entscheidung spare ich mir, je nach Lage der Dinge, für später auf.

Wiederum kehren wir in Gikas' Dienstwagen ins Präsidium zurück. Nach Vakirtsis' Freitod verwöhnt er mich nach Strich und Faden.

»Dieser Fall hat mein Leben völlig auf den Kopf gestellt«, meint er, als wir die Messojion-Straße hinunterfahren. »Ich mußte meine Ferien mittendrin abbrechen.«

»Und ich mußte meine aufschieben, obwohl ich noch im Genesungsurlaub bin«, entgegne ich, damit er nicht meint, er wäre der einzige, der hier Opfer bringt.

»Um die Ferien geht's mir gar nicht in erster Linie. Mehr um meine Frau. Ich habe sie auf Spetses zurückgelassen, und jeden Tag ruft sie an und fragt, wann ich wiederkomme. Das macht mich fertig!«

»Verstehe«, sage ich. Er blickt mich an, und ich nicke unmerklich. Er hat mein vollstes Verständnis.

Nach unserer Ankunft im Präsidium fahre ich schnurstracks in die dritte Etage hoch und begebe mich ins Büro meiner Gehilfen. Dermitsakis hantiert gerade mit ein paar Ordnern, während Vlassopoulos eine Werbung mit Stereoanlagen und Lautsprechern vor sich liegen hat und eingehend studiert. Sobald er mein Eintreten bemerkt, springt er mit dem Ausruf »Herr Kommissar!« hoch und versucht gleichzeitig, den Prospekt in seine Schreibtischschublade zu stopfen.

»Laß mal, ich bin noch im Genesungsurlaub. Hast du das vergessen?«

»Da sind Sie ja, Herr Kommissar«, begrüßt mich Dermitsakis.

»Hört mir mal gut zu«, sage ich, während ich die Bürotür schließe. »Ihr wißt ja über die Selbstmorde von Favieros, Stefanakos und Vakirtsis Bescheid.«

»Aber klar! Über die spricht doch ganz Griechenland«, meint Dermitsakis.

»Ich möchte, daß ihr die Vergangenheit der drei ausforscht. Systematisch und gründlich. Und eins vor allem: unter absoluter Geheimhaltung. Es darf nichts durchsickern, niemand darf etwas davon erfahren.«

»Wieso nicht?« fragt Vlassopoulos.

»Was habe ich dir bei meinem letzten Besuch gesagt, Vlassopoulos? Wenn ich euch einen Auftrag erteile, dann erledigt ihr den ohne großes Nachfragen.«

»Stimmt, Herr Kommissar.«

»Wonach suchen wir genau?« mischt sich Dermitsakis ein.

»Das weiß ich eben nicht. Vermutlich haben sich alle drei aus demselben Grund umgebracht. Daher muß es sich um etwas handeln, das alle drei betrifft. Einzelheiten kann ich euch aber nicht sagen, auch keine bestimmte Richtung vorgeben. Wenn ihr Hilfe braucht, dann setzt ihr euch entweder mit mir in Verbindung, oder ihr wendet euch direkt an den Kriminaldirektor. Das ist mit ihm so abgesprochen.«

»Wann brauchen Sie das Ganze?« fährt Dermitsakis fort, der eine Schwäche für überflüssige Fragen hat.

»Am besten gestern«, ist meine Antwort.

Vlassopoulos hindert mich am Aufbruch. »Einen Augenblick, Herr Kommissar. Kommen Sie kurz mit?«

Ich merke, wie sie sich Blicke zuwerfen, und mir schwant etwas. Vlassopoulos öffnet die Tür und geht voran. Ich folge ihm, hinterdrein kommt Dermitsakis. Sie führen mich zur Tür meines Büros. Vlassopoulos stößt sie auf und tritt zur Seite, damit ich eintreten kann.

Ich bleibe an der Türschwelle stehen. Mein Arbeitszimmer ist leer. »Wo ist denn Janoutsos abgeblieben?« frage ich.

»Einen Tag nach Ihrem Besuch hat er sich verkrümelt«, lacht Vlassopoulos. »Der Kriminaldirektor hat ihn zu sich bestellt, und seither ist er vom Erdboden verschwunden. Anscheinend hat er seine Sachen abgeholt, als wir nicht da waren.«

»Selbst das Büro hat er aufgeräumt«, murmle ich.

»Na ja, das waren wir. Damit Sie es so vorfinden, wie Sie es verlassen haben.«

Daher die vielsagenden Blicke. »Danke, das baut mich auf.«

Ich gehe hinein und setze mich an den Schreibtisch. Die anderen beiden ziehen sich zurück und schließen diskret die Tür hinter sich.

43

Sotiropoulos trifft mich am nächsten Morgen an derselben Stelle an. Nicht etwa, weil ich die Nacht im Büro verbracht hätte. Ich konnte einfach nicht mehr länger privat ermitteln und beschloß, auf meinen Posten zurückzukehren. Daher wappnete ich mich innerlich und kündigte Adriani meine Entscheidung an. Sie warf mir einen jener giftigen Blicke zu, die sie aufgrund der warmen Witterung eigentlich eingemottet hatte.

»Zuerst hast du deinen Genesungsurlaub aufgekündigt, als Nächstes kommen unsere Ferien dran«, kommentierte sie frostig.

Ich sah schon keinen anderen Ausweg mehr, als ihr vorzuschlagen, Frau Gikas auf Spetses Gesellschaft zu leisten. Aber diese Bemerkung schluckte ich vorsorglich hinunter, denn sonst hätten wir mindestens eine Woche lang kein Wort mehr miteinander gewechselt. Und ich hätte wieder ungeduldig auf unsere Versöhnungszeremonie mit den gefüllten Tomaten warten müssen. Im Grunde hatte ich ja gar nicht vor, mein Versprechen zurückzunehmen.

»Eh besser, daß wir noch nicht abgereist waren. Gikas mußte seinen Urlaub unterbrechen und zurückkommen. Sogar der Minister höchstpersönlich hat sich eingeschaltet. Aber lassen wir das! Sobald die Sache erledigt ist, fahren wir sofort los, darauf gebe ich dir mein Wort.«

Sie entgegnete nichts, um mir zu verstehen zu geben, daß sie das Versprechen zwar gehört hatte, aber ihre Zweifel hegte. Doch ihre Haltung war nicht mehr ganz so starr.

Mein zweites Problem war, wie ich Gikas dazu überreden konnte, mir Koula bis zum Ende der Ermittlungen zu überlassen. Er verzog das Gesicht.

»Ich möchte vermeiden, daß sie auf den Geschmack kommt.«

»Koula war von Anfang an bei den Ermittlungen dabei und kennt alle Einzelheiten. Das bringt Ihnen auch nichts, wenn ich alle naselang hochkomme und etwas von ihr will oder wenn ich sie zu uns herunterbitten muß.«

Er begriff, daß es nicht anders ging, und gab ein halbherziges »Na schön!« von sich. Meinen beiden Gehilfen blieb der Mund offenstehen, als sie hörten, daß Koula eine Zeitlang an unseren Ermittlungen teilnehmen würde. Dermitsakis lag schon eine Frage auf der Zunge, aber ich rief ihm in Erinnerung, daß wir Auftragserledigung ohne großes Nachfragen vereinbart hatten.

Keine Ahnung, wie sie herausgekriegt haben, daß ich zurück bin. Doch plötzlich stürmen sie alle gleichzeitig in mein Büro – mit Sotiropoulos an der Spitze, der verdientermaßen ihr Anführer ist. Ich hatte mich mit Gikas auf folgende Version verständigt: Mein Genesungsurlaub sei zu Ende und ich zum vorgesehenen Zeitpunkt auf meinen Posten zurückgekehrt. Zunächst einmal bringen wir die Segens- und Genesungswünsche hinter uns.

»Sie sind ja mittlerweile eine Legende«, sagt eine kurzgeratene Dunkelhaarige, die im Winter rote Strümpfe und im Sommer rote Röcke trägt.

Ich wende ihre Bemerkung ins Scherzhafte. »Na, übertreiben Sie mal nicht, sonst bilde ich mir noch was drauf ein und empfange Sie nur mehr einzeln und nach Voranmeldung.«

Die Reaktion reicht von leisem Glucksen bis zu lautstarkem Gelächter, und die Stimmung entspannt sich, bevor wir zur Sache kommen.

»Jedenfalls haben Sie nichts Besonderes verpaßt«, meint ein junger Mann mit angepaßtem Äußeren – ergo, mit Haargel und Markenkrokodil auf dem T-Shirt.

»Mit Ausnahme der Geschichte um *Philipp von Makedonien«*, ergänzt eine gutfrisierte Blondine.

»Was ist eigentlich mit den dreien passiert?« ertönt eine andere Frauenstimme. »Ich war im Urlaub und habe ein paar Folgen verpaßt.«

»Soviel ich weiß, wird ihre Akte gerade bearbeitet, und sie werden der Staatsanwaltschaft demnachst wegen des Mordes an den beiden Kurden überstellt«, antworte ich. Ich habe zwar keine Ahnung, ob meine Behauptung zutrifft, doch wir hatten uns mit dem Minister auf diese Erklärung geeinigt.

»Und was ist mit den Selbstmorden?« fragt der junge Mann mit dem Haargel.

»Die Selbstmorde sind Freitode, da können wir nichts machen.«

»Herr Janoutsos war da anderer Meinung.«

»Ich weiß nicht, welcher Meinung Herr Janoutsos war. Ich weiß nur, daß wir einen Selbstmörder weder befragen noch festnehmen können. Daher erledigt sich der Fall von selbst«, entgegne ich unverfroren.

Zum Glück rettet mich Sotiropoulos aus der prekären Lage. »Kommt jetzt, wir wollen den Kommissar nicht gleich am ersten Arbeitstag mit solchem Kram behelligen«, ruft er mit der ihm eigenen Autorität. »Wer wissen will, was Janoutsos denkt, soll ihn direkt fragen.«

Anscheinend wird die Anspielung verstanden, denn man hört spöttisches Lachen. Alle haben offenbar mitgekriegt, daß Janoutsos abgemeldet ist. Nachdem ich die nochmaligen Segens- und Genesungswünsche entgegengenommen habe, verlassen alle mein Büro mit Ausnahme von Sotiropoulos, der die Tür schließt und sich vor mir aufbaut.

»Irgendwas Neues?« fragt er.

Ich möchte ihm nichts von der Biographie erzählen, die wir auf Vakirtsis' Computer gefunden haben. Er ist schließlich Journalist, und ich sollte ihn nicht ständig in Versuchung führen. Irgendwann kann er nicht mehr widerstehen, und dann ärgere ich mich grün und blau.

»Das einzige, was wir mit Sicherheit wissen, ist, daß sie Weggefährten waren.«

»Was heißt das?«

»Alle drei gehörten demselben Zirkel an. Der Kampf gegen die Junta und gegen die Militärpolizei hat sie zusammengeschweißt. Dieser Logaras muß irgendein Geheimnis aus ihrer gemeinsamen Vergangenheit gekannt und sie damit erpreßt haben.«

Er denkt nach. »Das klingt überzeugend. Das erklärt auch die Biographien.«

»Wie meinen Sie das?« frage ich neugierig.

»Er bringt die Biographien im nachhinein heraus, um seine Spuren wieder zu verwischen.«

Möglicherweise hätte ich genauso gedacht, wenn ich nicht gewußt hätte, daß Logaras die Biographien vorab an seine Opfer schickte. Andererseits käme es mir gelegen, wenn er seine Auffassung im Fernsehen verbreitete, damit er seinerseits die Spuren unserer Ermittlungen wieder verwischt.

»Nicht auszuschließen.« Er blickt mich pfiffig und zufrieden an. »Könnten Sie ein wenig nachforschen?« hake ich nach.

»Was nachforschen?«

»Ob sich vielleicht ein Hinweis auf ihre Vergangenheit findet.«

»Wenn die Sache sehr weit zurückreicht, wird's schwierig. Vielleicht helfen die Ermittlungsakten aus der Juntazeit weiter.«

»Die sind doch in Keratsini verbrannt, haben Sie das vergessen?«

Er lacht auf. »Kommen Sie, Kommissar. In Keratsini sind alte Lagerbestände und Zeitungen verbrannt!«

»So unwahrscheinlich Ihnen das auch vorkommt, sie sind verbrannt«, beharre ich.

Er lacht nach wie vor. »Durchstöbern Sie die Brandreste! Mit Sicherheit sind nicht alle verbrannt«, fügt er bedeutungsvoll hinzu. »Jedenfalls werde ich nachfragen.«

Er verläßt mein Büro, und ich rufe Koula herein. Sie sieht so aus, wie ich sie zum ersten Mal bei mir zu Hause gesehen habe, und nicht so wie in Gikas' Vorzimmer: mit Jeans, einem T-Shirt, ohne Schminke und das Haar zum Pferdeschwanz zurückgebunden. Sie trägt einen Ordner unter dem Arm.

»Was ist mit dem Computer in Favieros' Büro?«

»Wie erwartet: Fehlanzeige.«

»Nicht einmal eine Sicherheitskopie der Biographie?«

»Nicht einmal das.«

»Und jetzt zu den Papieren und den Kassetten, die wir bei Vakirtsis gefunden haben.«

Sie holt den Ordner unter ihrem Arm hervor und legt ihn vor mich hin.

»Haben Sie eine Mitschrift der Kassetten angeordnet?«

»Heute morgen, mit einer Ausnahme: die vom 21. Mai, die Sie dringend brauchen. Ich habe Spyrakos gestern abend dazu angehalten, sie zu transkribieren. Wenn er schon zur Polizei möchte, dann kann er ruhig ein wenig Diensteifer zeigen. Sie finden die Mitschrift im Ordner.« Dabei tippt sie mit spitzbübischem Lächeln auf den Aktendeckel.

»Bravo, sehr schön! Was haben wir sonst noch?«

»Wir denken daran, auch Favieros' Rechner in Porto Rafti zu durchsuchen.«

»Ich glaube nicht, daß ihr fündig werdet. Aber durchsucht ihn nur, dann haben wir nichts unversucht gelassen.«

Koula geht hinaus, und ich mache mich an das Studium der Mitschrift von Vakirtsis' Sendung. Mein Eindruck nach der Lektüre der ersten beiden Seiten ist: Vakirtsis' Äußerungen sind Wasser auf die Mühlen der Rädelsführer der Vereinigung *Philipp von Makedonien*. Die ganze Sendung mündet in ein delirierendes Gefasel, das sich gegen Stefanakos und seine Theorien von der Anerkennung der kulturellen Identität der Wirtschaftsflüchtlinge und von der Einführung des muttersprachlichen Unterrichts an den staatlichen Schulen richtet.

Vakirtsis führt sich nicht als Nationalist auf, sondern argumentiert mit »linkem« Gedankengut. Er verleiht der arbeitenden Bevölkerung, die unter der Arbeitslosigkeit leidet, eine Stimme. Der Grund, weshalb die Arbeitslosigkeit trotz eines größeren Angebots an Arbeitsplätzen nicht sinke, liegt laut Vakirtsis daran, daß alle neuen Stellen an Zuwanderer fielen. Die griechischen Arbeitnehmer gingen leer aus. Die Zuwanderer würden bevorzugt eingestellt, da sie unter Mindestlohnniveau und jenseits der gesetzlich vorgeschriebenen Arbeitszeiten zur Verfügung stünden. Sollten sich Stefanakos' Vorschläge durchsetzen, so würden sie den Zuwanderern in Griechenland die Perspektive auf einen ständigen Wohnsitz, den Griechen hingegen die Aussicht auf ständige Arbeitslosigkeit eröffnen. Der Schlußakkord ist überwältigend:

> *Also gut, Herr Stefanakos, nehmen wir mal an, daß die Menschenrechte dein Evangelium sind. Und hören wir mal nicht auf die Flüsterpropaganda, die behauptet, daß du diesen Standpunkt nicht ohne Gegenleistung vertrittst. Siehst du denn nicht, was deine Theorien anrichten? Was schlägst du vor? Daß wir Albaner, Bulgaren, Rumänen und Serben hierbehalten und unsere Leute nach Albanien, Bulgarien und Rumänien schicken, damit sie Arbeit finden?*

Diese letzte Frage würde den Makedonenfans schon ausreichen, nicht allein Stefanakos zu töten, sondern gleich das ganze griechische Parlament auszurotten. Dieser Eindruck wird durch den Verlauf der Sendung bekräftigt. Reihenweise rufen Arbeitsscheue beiderlei Geschlechts an und sondern giftige Kommentare über die Ausländer ab, die den Griechen die Arbeit wegnähmen und »unser schönes Griechenland« kaputtmachten.

Während ich das ewige Frage- und Antwortspiel zwischen den Zuhörern und Vakirtsis verfolge, erlahmt mein Interesse etwas. Erst gegen Ende der Sendung stoße ich auf eine Aussage von Vakirtsis, die mich wieder aufhorchen läßt.

Was gäbe es dagegen einzuwenden, wenn unsere Nachbarländer auf dem Balkan einen wirtschaftlichen Aufschwung nähmen? Diejenigen, die im Land selbst Arbeitsplätze schaffen und Investitionen tätigen, leisten sowohl ihnen als auch uns einen viel größeren Dienst. Wenn Stefanakos unseren Nachbarn auf dem Balkan helfen möchte, soll er doch die Griechen unterstützen, die dort unternehmerisch tätig werden, und nicht die Ausländer, die uns hier die Arbeit wegschnappen.

Das also war Vakirtsis' doppeltes Spiel. Einerseits ritt er eine heftige Attacke gegen Stefanakos, die diesem politisch schadete, andererseits jedoch hielt er den Weg zu Stefanakos' Ehefrau offen, die Gelder und daher auch Arbeitsplätze für die Balkanländer sicherte. Das war die Botschaft. Er ließ Stefanakos indirekt wissen, daß auch er und sein Bruder Menelaos sich für ein Engagement auf dem Balkan interessierten.

Wieso hat Stefanakos Vakirtsis nicht vor Gericht gebracht? Er hätte mit Leichtigkeit eine Verleumdungsklage anstrengen können. Wieso hat er es nicht getan? Aus verstaubtem Gesinnungsgenossentum und verspäteter Solidarität? Wohl kaum. Denn da ist noch dieser Scheck des Bukarester Geldinstituts über dreihunderttausend Euro, der sich in Vakirtsis' Besitz befand.

44

Die Stathatou hält ihren Blick auf die Fotokopie des Schecks aus Bukarest geheftet. Sie ringt nicht mit dem Rumänischen, sondern versucht bloß Zeit zu gewinnen, um sich klarzuwerden, wie sie mir, dem Überbringer des Schecks, gegenübertreten soll.

»Woher haben Sie den?« fragt sie schließlich.

»Aus einer von Apostolos Vakirtsis' Schreibtischschubladen. Zusammen mit anderen Beweisen, die er aufbewahrte. Darunter war auch die Aufzeichnung einer Sendung über Ihren Mann.«

»Ah, die berühmt-berüchtigte Sendung«, bemerkt sie vage.

Darauf folgt ein verlegenes Schweigen. Die Stathatou weiß nicht, wie sie fortfahren soll, und ich nicht, wie ich anfangen soll. Ich frage mich, ob ich gleich die Katze aus dem Sack lassen oder lieber noch eine Weile um den heißen Brei herumreden soll. Schließlich wähle ich die erste Variante, da mich das Herumreden bestimmt in heillose Verwirrung stürzen würde.

»Hat Apostolos Vakirtsis Sie erpreßt?«

Fast automatisch setzt sie ihre lässig-arrogante Miene auf. »Kommen Sie, Herr Kommissar. Sie sehen Gespenster...«

»Vakirtsis hat sich in der Sendung scharf gegen Ihren

Mann geäußert. Hatte Vakirtsis Ihrer Meinung nach noch andere Motive für seine Attacke?«

Sie zuckt mit den Schultern. »Nein, er hat geglaubt, was er sagte. Nach dem Fall der sozialistischen Regime kam der Linksnationalismus sehr in Mode.«

»Kann sein, aber gegen Ende der Sendung hat Vakirtsis eine Andeutung fallenlassen.« Ich ziehe einen Zettel aus der Tasche, auf dem ich Vakirtsis' Aussage notiert habe. *»Was gäbe es dagegen einzuwenden, wenn unsere Nachbarländer auf dem Balkan einen wirtschaftlichen Aufschwung nähmen? Diejenigen, die im Land selbst Arbeitsplätze schaffen und Investitionen tätigen, leisten sowohl ihnen als auch uns einen viel größeren Dienst.* Mit dieser Bemerkung winkt er mit dem Zaunpfahl, Frau Stathatou. Er läßt Sie wissen, daß er Ihr Tun gutheißt und daran teilhaben möchte. Wenn Sie das in Zusammenhang mit dem kopierten Scheck betrachten, den wir unter seinen Papieren gefunden haben, dann läßt das tief blicken.«

Nun ist ihr die Lust auf politische Analysen vergangen. Sie blickt mich wortlos an.

»Ich habe wiederholt sowohl zu Ihnen als auch zu Herrn Samanis und Frau Janneli gesagt: Ihre Unternehmen und Ihre Geschäfte untersuchen wir nicht. Uns interessiert nur, warum es zu den drei Selbstmorden gekommen ist. Und das nur aus einem einzigen Grund: Vielleicht kommt es zu weiteren Freitoden, die wir nach Möglichkeit verhindern wollen.«

Sie blickt mich nach wie vor grüblerisch an, dann stößt sie einen Seufzer aus. »Sie haben recht, er hat uns erpreßt. Sowohl Loukas als auch mich. Wir waren freilich nicht die einzigen. Vakirtsis hat die ganze Zeit Politiker, Unternehmer und Zeitungsverleger erpreßt. Nicht, weil er Geld von ihnen wollte, sondern, um sie zu Gefälligkeiten und Auskünften zu bewegen, die er später gegen sie verwenden konnte.«

»Und Sie haben ihm … Gefälligkeiten erwiesen?«

»Unternehmer können negative Schlagzeilen nicht gebrauchen, Herr Kommissar. Das hat Vakirtsis genau gewußt.«

»Und?«

»Ich habe seiner Firma ELEKTROSYS zwei Großaufträge auf dem Balkan verschafft. Und –« Sie hält abrupt inne.

»Es würde mir helfen, wenn Sie weitersprächen«, dringe ich sanft in sie.

Sie zuckt mit den Schultern. »Es hat ohnehin keine Bedeutung mehr. Ich habe ihm zusätzlich ein Honorar zugesichert, wenn er in seiner Sendung über ein Balkanland berichtet. Ich sage Ihnen nicht, wie hoch das Honorar war. Aber es kam nicht aus den EU-Geldern des jeweiligen Landes. Das habe ich aus eigener Tasche bezahlt.« Plötzlich lächelt sie. »Dieses Geld zumindest kann ich mir jetzt sparen. Doch die Aufträge der ELEKTROSYS unterstütze ich weiterhin, da ich meinen Kopf hinhalten muß, wenn irgend etwas schiefgeht.«

Sie ist mir gegenüber äußerst aufrichtig, und da will ich nicht zurückstehen. »Aus Ihren Worten geht kein Motiv für den Selbstmord Ihres Mannes hervor, auch nicht für den von Jason Favieros oder Vakirtsis.«

Sie lächelt befriedigt. »Das habe ich von Anfang an gesagt. Nur Sie haben mir nicht geglaubt.«

»Gab es Ihres Wissens irgendein dunkles Geheimnis in der Vergangenheit der drei, das sie zum Selbstmord getrieben haben könnte? Ich frage danach, weil alle drei miteinander bekannt waren, sich gemeinsam politisch engagiert und die Hafterfahrung bei der Militärpolizei geteilt haben.«

»Schwer zu sagen. Kategorisch verneinen kann ich das nicht. Aber ich studierte zu jener Zeit in London und habe keine Ahnung, was hier los war. Loukas habe ich erst später kennengelernt, in der Übergangszeit nach der Junta.«

»Könnte Frau Favierou etwas wissen?«

Sie lacht spontan auf. »Um Himmels willen, nein. Sotiria gehörte nicht zu diesen Kreisen, und sie begann jedesmal vor Angst zu zittern, wenn Jason vom Widerstand sprach.« Sie denkt kurz nach. »Der einzige, der etwas wissen könnte, ist Xenofon Samanis. Aber selbst wenn er etwas wüßte, wird er nicht reden. Er gehört zur alten Schule und glaubt noch immer daran, daß politische Illegalität und eisernes Schweigen zusammengehören.«

Mit Genugtuung stelle ich fest, daß ich die Stathatou schließlich zum Reden gebracht habe. Nur zeitigt das keinerlei Auswirkungen, da ich von ihr nichts erfahre, was mich weiterbringen könnte.

Ich erhebe mich zum Abschied, bekomme jedoch keine guten Wünsche mit auf den Weg. »Ich hoffe, das war unsere letzte Begegnung, Herr Kommissar«, meint sie. »Ihre Gegenwart ist mir keineswegs angenehm, da ich nicht gerne über meinen Mann oder meine Unternehmen spreche.«

»Verstehe«, entgegne ich aus vollem Herzen.

Als ich auf die Vikela-Straße trete, liebäugele ich mit

dem Gedanken, Samanis einen Besuch abzustatten. Doch dann überlege ich es mir noch einmal, denn ich kann Stathatous Ansicht einiges abgewinnen. Samanis hat die Nase von mir mindestens genauso voll wie die Stathatou und wird mich zum Teufel wünschen, sobald er meinen Namen hört. Da muß ich wohl oder übel auf Vlassopoulos' und Dermitsakis' Ermittlungsergebnisse warten. Selbst wenn sie das dunkle Geheimnis der drei nicht aufdecken, fördern sie vielleicht gewisse Indizien ans Licht, die mir helfen könnten, Samanis' Schweigen zu brechen.

Es ist bereits sechs Uhr abends, und ich beschließe nach Hause zu fahren. Vor meinem Ausflug zur Stathatou hatte sich Koula telefonisch gemeldet und berichtet, daß ich Favieros' Rechner in Porto Rafti als Beweismittel abschreiben könne. Ergo steht keine weitere erschütternde Neuigkeit zu erwarten. Außer, Logaras spielt mir eine neue Biographie in die Hände. Bei diesem Gedanken überkommt mich ein Schauder, aber ich versuche mich selbst davon zu überzeugen, daß so etwas nicht eintreten wird.

Zu Hause finde ich alles ruhig vor, und ich atme erleichtert auf. Adriani sitzt auf ihrem Ehrenplatz vor dem Fernseher. Die Klimaanlage läuft auf Hochtouren, und das Zimmer ist schön kühl. Seit einigen Tagen nimmt sie das Klimagerät regelmäßig in Betrieb.

»Aha, anscheinend hast du dich schon ganz gut an die Klimaanlage gewöhnt«, sage ich, um sie ein wenig zu provozieren.

»Ich schalte sie ein, damit wir das Geld nicht sinnlos zum Fenster hinausgeworfen haben«, ist ihre schlagfertige Antwort.

Ich nehme neben ihr Platz, um bis zur Nachrichtensendung ein wenig fernzusehen, aber es stehen nur uninteressante Diskussionsrunden oder Quizsendungen zur Auswahl. Bereits nach fünf Minuten habe ich es satt. Ich bereite mich schon auf die Flucht zu meinen Wörterbüchern vor, als mir plötzlich zwei Hände von hinten die Augen zuhalten.

»Katerina!« rufe ich aus, da sie mich von klein auf damit geneckt hat.

»Unser Spiel hast du nicht vergessen, was?« höre ich ihre Stimme sagen, während sich ihre Hände von meinen Augen lösen und um meinen Hals schlingen.

»Wann bist du gekommen?«

»Mit dem Zwölf-Uhr-zehn-Zug aus Thessaloniki. Kurz nach sechs war ich hier.«

»Und warum hast du uns nicht Bescheid gesagt?«

»Weil ich dich auf genau diese Art überraschen wollte«, antwortet sie.

»Wie lange bleibst du?« frage ich, während ich sie umarme. Sobald sie nach Hause kommt, überfällt mich sofort die Angst vor ihrer Abreise.

»Ich werde eine Woche hierbleiben. Dann fahre ich mit Fanis in Urlaub, und im August, wenn Athen ganz menschenleer ist, bin ich wieder da.«

»Sieh bloß zu, daß wir auch im Juli in die Ferien fahren können, denn im August kommen wir nicht mehr weg«, mischt sich Adriani ein.

»Wir fahren ganz bestimmt. Dieser Fall wird sich ohnehin nicht mehr lange hinziehen.«

»Meinst du wirklich?« fragt Katerina.

»Aber ja, mein Schatz. Entweder finden unsere Ermittlungen oder die Selbstmorde ein Ende.«

»Und wenn die Selbstmorde nicht aufhören?« fragt Adriani. Unken ist ihr Hobby.

»Dann fahren wir einfach weg und lassen den Fernseher ausgeschaltet.«

Fast glaube ich selbst an meine Worte. Der Gedanke ist mir unerträglich, daß ich in der Athener Bruthitze sitzen und auf die Rückkehr meiner Tochter aus dem Urlaub warten sollte. Da wäre es mir doch viel angenehmer, auf der Insel im Schatten zu sitzen und die Tage bis zu meiner Rückkehr nach Athen zu zählen, wo meine Tochter schon auf mich wartet.

45

Seit Monaten haben wir kein gemeinsames Frühstück mehr in der Küche genossen. Das letzte Mal muß vor meinem Krankenhausaufenthalt gewesen sein. Nun ist es neun Uhr morgens, und alle drei sitzen wir um den Küchentisch: Adriani mit ihrem Tee, Katerina mit ihrem Kaffee-Frappé und ich mit meinem süßen Mokka. Gerade haben wir den ersten Schluck getrunken, als mir auffällt, daß Adriani immer wieder schräg zu Katerina hinblickt. Das schreibe ich zunächst der Tatsache zu, daß Katerina lange weg war und sie sich an ihr nicht satt sehen kann. Aber, wie gewöhnlich, liege ich falsch.

»Sag mal, Papilein, hättest du etwas dagegen, Fanis' Eltern kennenzulernen?« fragt Katerina plötzlich.

Sogleich habe ich eine Interpretation für Adrianis schräge Blicke zur Hand: Sie saß auf glühenden Kohlen, wann es ihre Tochter endlich zur Sprache bringen würde. Irgendwie muß auch ich mit dieser Frage gerechnet haben, denn sie überrascht mich ganz und gar nicht.

»Da liegt wohl eine Verlobung in der Luft, was?« frage ich gelassen.

»Also, ich weiß nicht, ist das nicht seltsam: Fanis kennt meine Eltern, ich kenne Fanis' Eltern, aber seine und meine Eltern haben einander noch nie gesehen? Also haben wir beschlossen, euch miteinander bekannt zu machen, bevor wir in Urlaub fahren.« Sie hält kurz inne und fügt verhalten hinzu: »Fanis' Eltern freuen sich schon sehr.«

»Die Frage ist, ob du und Fanis es auch wollt.«

»Wir wollen es auch«, entgegnet sie ohne Zögern.

»Dann leg einen Termin deiner Wahl fest.«

Sie steht auf und drückt mir einen Kuß auf die Backe.

»Und wenn wir uns schon kennenlernen, könntet ihr euch doch gleich verloben«, wirft Adriani in die Runde.

»Mama, nur nichts überstürzen! Alles zu seiner Zeit.«

»Katerina, dein Vater ist Polizeibeamter. Und wenn eine feste Beziehung nicht offiziell wird, fangen über kurz oder lang die Leute an zu reden.«

»Wer sagt denn, daß die Polizei alle auf dem Kieker hat, die eine Beziehung ohne Trauschein haben?« frage ich sie.

Sie ist drauf und dran, mir an die Kehle zu springen, als die Türklingel läutet. Katerina geht öffnen, und Adriani hüllt sich in Schweigen.

»Papa, für dich!« ruft Katerina von draußen.

Ich schrecke auf. Ich lasse meinen Kaffee stehen und renne zur Haustür. Dort treffe ich auf einen jungen Mann mit Sturzhelm und einer Tasche über der Schulter, im klassischen Outfit eines Zustelldienstes.

»Unterschreiben Sie hier!« sagt er und hält mir den Umschlag samt Beleg unter die Nase.

In genau so einem Umschlag ist Vakirtsis' Biographie abgeliefert worden. Statt der Briefsendung packe ich den jungen Mann am Kragen und zerre ihn in die Wohnung.

»Sag sofort, woher du den Umschlag hast und wer ihn dir übergeben hat! Ich will die genaue Anschrift und eine vollständige Beschreibung!«

»Was ist denn in dich gefahren, Papa?« höre ich Katerinas Stimme. Doch jetzt ist nicht der Zeitpunkt für Erklärungen.

Der junge Mann ist zu Tode erschrocken und weiß nicht, ob er es mit einem Polizeibeamten oder einem Wahnsinnigen zu tun hat. »Niseas-Straße 12«, stammelt er. »So steht's auch auf dem Beleg.«

Das ist die verlassene Ruine, die Logaras stets als Adresse angibt.

»Ein altes Haus?«

»Genau.«

»Und wo hat man auf dich gewartet? Drinnen oder draußen?«

»Draußen, auf dem Gehsteig.«

»Wer hat dir den Umschlag ausgehändigt? Ich möchte eine detaillierte Beschreibung der Person.«

Er denkt kurz nach. »Eine Asiatin. Thailänderin oder Philippinin, da bin ich überfragt. Klein war sie und dicklich. Sie hatte Jeans und ein dunkelbraunes T-Shirt an.«

Die einfachste Sache der Welt: Man läßt seine philippinische Haushaltshilfe den Umschlag vor einem unbewohnten Haus überreichen. Wie sollte die Polizei sie je finden?

»Von wem stammte der Auftrag für die Abholung der Briefsendung?«

»Das weiß ich nicht. Die Zentrale nimmt die Aufträge entgegen und benachrichtigt dann den örtlichen Zusteller.«

Ich kritzele meine Unterschrift auf den Beleg und nehme den Umschlag entgegen. Der junge Mann entwischt durch die Tür und eilt zum Fahrstuhl, bevor ich es mir anders überlege.

»Was ist denn in dich gefahren?« fragt Katerina erneut und blickt mich befremdet an.

»Mit einem Kurierdienst und in einem solchen Umschlag ist mir Vakirtsis' Biographie zugestellt worden.«

Sie begreift, was das bedeutet, und beugt sich über meine Schulter, um den Inhalt der Sendung zu sehen. Jedenfalls scheint diesmal die Lebensgeschichte weniger umfangreich als die letzten Male zu sein, da sich der Inhalt ziemlich dünn anfühlt. Ich reiße das Kuvert auf, doch anstelle von bedrucktem Papier finde ich ein zusammengefaltetes rotes Stoffstück vor. Ich falte es auseinander und habe ein mit Che Guevaras Abbild bedrucktes T-Shirt vor mir.

Dabei ist noch ein Gegenstand herausgefallen, den Katerina für mich aufhebt. Es ist eine CD-Hülle samt Inhalt. Ich blicke auf das rote T-Shirt mit Che Guevara, dann auf die CD und komme auf keinen grünen Zweig.

»Was soll das heißen? Er schenkt dir ein T-Shirt von Che Guevara?« fragt Katerina, die sich offenbar genauso wundert.

»Damit will er mir etwas sagen. Es ist eine Botschaft, aber ich kann sie nicht entschlüsseln.«

Aber bevor ich mich weiter damit beschäftige, bringe ich zunächst die Formalitäten hinter mich. Ich suche mir auf dem Lieferschein, der auf dem Umschlag klebt, die Nummer des Zustelldienstes heraus.

»Kommissar Charitos von der Mordkommission. Ich habe gerade ein Päckchen von Ihnen erhalten und wollte diesbezüglich nachfragen.«

»Nennen Sie mir bitte die Nummer auf dem Lieferschein.«

Ich gebe sie durch, dann warte ich ein paar Minuten, bis sich die Telefonstimme wieder meldet.

»Bitte sehr, Herr Kommissar. Was genau wollen Sie wissen?«

»Ich möchte wissen, wie Sie beauftragt wurden, die Sendung abzuholen.«

»Soviel ich hier sehe, per Telefon.«

»Haben Sie vielleicht die Nummer notiert?«

»Nein, Herr Kommissar, nur die Adresse: Niseas-Straße 12, hinter der U-Bahnstation Attiki.«

»Schön, vielen Dank.«

Katerina hat sich zu mir gesellt und schaut mich fragend an.

»Nichts. Er hat keine Telefonnummer hinterlassen, nur die Adresse. Das verlassene Haus.«

»Was machst du jetzt?«

»Ich weiß nicht. Darüber muß ich erst nachdenken.«

»Jetzt hast du auch schon deine Tochter infiziert«, mischt sich Adriani ein, die immer zur Unzeit ihre Ansichten darlegt. »Komm, Katerina, sag mir lieber, was ich für Fanis' Eltern kochen soll.«

Katerina zwinkert mir zu und begleitet ihre Mutter ohne Widerworte hinaus. Offenbar will sie mich in Ruhe nachdenken lassen, doch ich bin in der Zwischenzeit zu dem Schluß gelangt, daß ich am besten ins Büro fahre.

Vielleicht haben Vlassopoulos und Dermitsakis mittlerweile etwas herausgekriegt. Ich betrachte noch einmal das T-Shirt und die CD, kann die Anspielung aber nach wie vor nicht verstehen. Was halte ich auch schon in Händen? Ein T-Shirt mit Ches Gesicht, wie es auf jedem Wühltisch liegt und in jedem Laden zu kaufen ist, der Soldatenstiefel und geklonte Armeeuniformen feilbietet. Was die CD betrifft, so kann ich sie nicht hören, weil ich keinen CD-Spieler besitze. Unsere audiovisuellen Grundbedürfnisse werden vom Fernseher abgedeckt. Die übrigen Bedürfnisse befriedigt ein Radiokassettenrecorder, von dem nur das Radio gelegentlich benutzt wird.

Ich stecke das T-Shirt und die CD in die Plastiktüte einer Supermarktkette und trete aus dem Haus. Auf halbem Weg zu der Ecke, wo der Mirafiori geparkt steht, bleibe ich jäh stehen. Wieso denn ins Büro? Wenn sich hinter den beiden Gegenständen eine Botschaft verbirgt, dann ist Sissis die für deren Entschlüsselung geeignetste Person. Zu ihm muß ich gehen, nicht ins Büro.

46

Wenn es in Chalandri heiß ist, dann glüht der Asphalt in Ambelokipi. Wenn es in Ambelokipi heiß ist, dann glüht der Asphalt auf der Acharnon-Straße. Und wenn es auf der Acharnon-Straße heiß ist, dann dampft der Dekelias-Boulevard. Gerade verlasse ich den Boiler der Acharnon-Straße und begebe mich in den Hochofen des Dekelias-Boulevards. Unterwegs habe ich das Gefühl, Asphalt, Beton und Glas strahlten allesamt die Temperatur flüssiger Lava aus. Im Café *Kanakis* sitzen einige Rentner unter den Sonnenschirmen und starren benommen auf den Orangensaft oder das Eis vor ihrer Nase – unfähig, auch nur die Hand danach auszustrecken.

Ich halte beim erstbesten Kiosk an, kaufe eine Flasche Wasser, stürze sie in einem Zug hinunter und hoffe inständig, daß Sissis sein morgendliches Blumengießen noch nicht beendet hat, damit ich mich gleich mit unter den Wasserstrahl stellen kann.

Ich muß wohl knapp danach eingetroffen sein, denn der Boden im Hof ist noch feucht und dampft. Sissis thront oben im ersten Stock, den Oberkörper drinnen und die Beine draußen, und trinkt seinen Mokka. Obwohl er mein Kommen bemerkt, trinkt er weiter, als hätte er mich nicht gesehen. Gemächlich steige ich die Treppe zu seinem Söller empor, die Plastiktüte der Supermarktkette in der Hand.

»Deine Weisheit ist gefragt.«

Willkommenswünsche und andere Grußformeln haben wir längst fallenlassen. Manchmal sehen wir uns monatelang nicht, doch es ist, als würden wir einander tagtäglich besuchen. Wortlos steht er auf und tritt ins Haus. Ich sehe, wie er in der Küche verschwindet, und nehme auf einem der beiden alten Holzstühle Platz, die zusammen mit dem Kaffeehaustischchen sein Wohnzimmer bilden. Nach fünf Minuten kehrt er mit meinem Mokka zurück, den er – immer noch wortlos – vor mich hinstellt.

Auf einmal kommt mir der Gedanke: Was wäre, wenn ich Adriani und Katerina nicht hätte? Dann würden wir beide – eigenbrötlerische alte Männer – jeden Tag hier zusammenhocken, uns gegenseitig Mokka zubereiten und ihn wortlos austrinken. Das wäre die erste historisch belegte Wohngemeinschaft eines Bullen und eines Kommunisten. Ich gehe auf sein Spiel ein, und ohne ein Wort ziehe ich das rote T-Shirt mit Che Guevaras Visage aus der Tüte und halte es ihm hin. Er nimmt es entgegen, mustert es von allen Seiten. Dann fragt er langsam: »Schenkst du mir das für den Strandurlaub?«

»Ich hab es geschenkt bekommen. Minas Logaras, der Verfasser der Biographien von Favieros und Stefanakos, hat es mir geschickt.«

Ich erzähle ihm, daß nicht nur die Art und Weise der Selbstmorde übereinstimmen, sondern auch die Lebensgeschichten der drei. Und daß mir Logaras die dritte Biographie kurz vor Vakirtsis' Freitod nach Hause geschickt hat.

»Verstehst du, wovon ich rede? Zuerst die Biographie, und jetzt das! Er hat Kontakt mit mir aufgenommen und schickt mir Botschaften. Deshalb wende ich mich an dich. Vielleicht kann ich mit deiner Hilfe verstehen, was er mir sagen will.«

Er sieht sich nochmals das T-Shirt an, stülpt es sogar um, scheint aber nicht klug daraus zu werden. »Das ist eins von den T-Shirts, die an jeder Ecke zu kaufen sind und Che verunglimpfen«, sagt er. »Was soll dir das wohl sagen?«

»Es gibt noch ein kleines Präsent.« Ich ziehe die CD hervor. »Vielleicht ergibt beides zusammen eine klarere Aussage.«

Er nimmt die CD und geht zur Stereoanlage am Ende seines riesigen Bücherregals. Eine große Anspannung überkommt mich. Was erwarte ich zu hören? Vielleicht eine mündliche Nachricht von Logaras, in der er mir erklärt, warum er all das tut, warum er die drei in den Selbstmord getrieben hat. Wenn nicht gar eine neuerliche Provokation spielerischer oder ironischer Art. Statt dessen ertönt ein lateinamerikanisches Lied mit Gitarrenbegleitung, das nicht anders klingt als Dutzende lateinamerikanischer Lieder. Es gefällt mir, lüftet aber das Geheimnis nicht. Ein T-Shirt mit Che Guevara und ein lateinamerikanisches Lied. Was kann das bedeuten? Und was könnten Favieros, Stefanakos und Vakirtsis mit Lateinamerika zu tun gehabt haben? Bislang hat nichts auf eine auch nur entfernte Verbindung mit Lateinamerika hingedeutet. Folglich will mir Logaras etwas anderes sagen oder meine Aufmerksamkeit anderswohin lenken. Aber worauf?

Ich hätte noch länger darüber gebrütet, wenn mich Sissis' Bariton nicht aufgeschreckt hätte. Da sitzt er, ein alter Mann mit struppigem Bart, zerknitterten Kleidern und zur

Hälfte schon zahnlosem Mund, hält eine Zigarette zwischen seinen gelblichen Fingern und singt ein lateinamerikanisches Lied, während Tränen aus seinen Augen kullern. Für meinen Geschmack klingt seine Aussprache ein wenig falsch, aber das möchte ich nicht beschwören. Denn weder verstehe ich, worum es in dem Lied geht, noch, warum Sissis weint. Ich verstehe rein gar nichts. Das einzige, was ich mitbekomme, ist der immer wiederkehrende Refrain »Commandante Che Guevara«. Das ist aber auch das einzige, was das Lied mit dem T-Shirt verbindet.

Ich warte das Ende der CD ab, in der Hoffnung, daß irgendeine Erklärung oder irgendeine Botschaft folgt. Doch es folgt nur Stille. Auf der CD befindet sich nichts weiter. Auch Sissis ist verstummt. Noch immer hat er Tränen in den Augen. Ich stehe dazu: Ich habe kein Talent dafür, mein Mitgefühl auszudrücken. Daher wähle ich lieber die Flucht nach vorn und komme gleich zur Sache.

»Kannst du was damit anfangen?« frage ich.

Er erhebt sich wortlos und geht aus dem Zimmer. Ich ahne, daß ihm wohl irgendein Licht aufgegangen ist, aber ich muß mich gedulden und seiner Gangart folgen. Kurz darauf taucht er mit einem vollgekritzelten Kärtchen in der Hand wieder auf. Da ich solche Kärtchen bei ihm schon gesehen habe, weiß ich, daß sie aus seinem Geheimarchiv stammen, und fasse mich weiterhin in Geduld.

»Favieros, Stefanakos und Vakirtsis bekannten sich zum linken politischen Spektrum, ohne einer Partei anzugehören.« Er hält inne und dreht das Kärtchen um. »Aber das ist nur die halbe Wahrheit. Sie waren zwar keine Parteimitglieder, aber sie waren organisiert.«

»Wo?«

»In einer Gruppierung namens *Unabhängige Widerstandsbewegung Che.* Beim Anblick des T-Shirts habe ich nicht gleich daran gedacht. Aber das Lied hat mich darauf gebracht.« Er seufzt auf und meint, mehr zu sich selbst als zu mir: »Lieder machen einem vieles erst bewußt. Damals wie heute.«

Ich verstehe, worauf er hinauswill, aber ich mache lieber keine Bemerkung dazu. Ich überlasse mich nach wie vor seiner Gangart, obwohl ich auf glühenden Kohlen sitze.

»Stell dir jetzt keine große Gruppierung vor. Die waren höchstens zu zehnt. Aber sie glaubten an den bewaffneten Widerstand. Nicht, daß sie andere Formen des Kampfes abgelehnt hätten: Versammlungen, Besetzungen, Protestmärsche. Sie glaubten jedoch, daß Formen von bewaffnetem Widerstand unterstützt werden müßten, um effektiver zu sein. Ich weiß nicht, ob sie je Bomben gelegt oder, wie viele Gruppen damals, es nur geplant haben. Irgendwann hat dann die Militärpolizei verkündet, sie hätte die Bombenlegerbande *Che* ausgehoben. Das heißt natürlich nicht, daß sie wirklich Bomben gelegt haben. Damals wurde man aufgrund eines puren Verdachts eingesperrt und so lange gefoltert, bis man das Gewünschte gestand.« Er macht eine Pause und fügt bedeutungsvoll hinzu: »Du kennst das ja.«

Immer wenn er spitze Bemerkungen über meinen Berufsstand macht, falle ich darauf herein und gehe unwillkürlich in die Defensive.

»Ich war nicht bei der Militärpolizei«, entgegne ich frostig.

»Was du nicht sagst! Ich war auch nicht bei der Militärpolizei, nur bei euch! Soll ich dir zeigen, wie ihr mich zugerichtet habt? Das ist ausschließlich euer Werk!«

Ich bleibe stumm und warte, bis die Wetterstörung vorübergezogen ist. Ich weiß, daß das Gespräch abgleiten wird, wenn ich jetzt noch etwas Falsches sage. Und ich warte noch auf den Clou. Tatsächlich beruhigt sich sein Tonfall gleich wieder, und er meint etwas sanfter: »Ich spreche von deinen Vorgängern. Du fällst nicht in diese Kategorie.«

Als er in der Bouboulinas-Straße inhaftiert war, stand ich gerade am Anfang meiner Laufbahn und war dort Gefängniswärter. Spätabends ließ ich ihn heimlich aus der Zelle, damit er sich die Beine vertreten, eine Zigarette rauchen und seine Kleider an der Heizung trocknen konnte. Die waren naß, weil man ihn stundenlang in eiskaltes Wasser tauchte.

»Weißt du vielleicht, wer sonst noch in der Gruppe war?« frage ich, um das Gespräch wieder in eine mir genehme Richtung zu lenken.

»Ich kenne noch drei, aber es könnten noch mehr dabeigewesen sein.« Er sieht auf seinem Kärtchen nach. »Stelios Dimou, Anestis Tellopoulos und Vassos Sikas. Aber ich kann nicht sagen, wo sie sich jetzt befinden, ob sie noch leben oder schon tot sind.«

Ich ziehe meinen kleinen Spiralblock heraus und notiere mir die drei Namen.

»Einzig und allein der Kopf der Organisation ist mit Sicherheit tot«, fährt Sissis fort. »Man sagt, er habe sie ins Leben gerufen und dann die anderen angeworben. Das glaubte offenbar auch die Militärpolizei, denn sie folterte ihn schlimmer als die anderen. Die jungen Männer nannten ihn ›Onkel‹, weil er '67 an die Fünfundvierzig gewesen sein muß. Er war also ganze fünfundzwanzig Jahre älter als die anderen. Nach dem Fall der Junta ist er untergetaucht, und man hat nichts mehr von ihm gehört. Vor einem Jahr habe ich durch Zufall erfahren, daß er gestorben ist.«

»Sag mir seinen Namen, den möchte ich mir auch notieren.«

»Thanos Jannelis.«

Fast wäre mir der Block aus der Hand geglitten. Was für eine Beziehung könnten Thanos Jannelis und Koralia Janneli zueinander haben? War es eine zufällige Namensgleichheit? Jannelis wäre heute über fünfundsiebzig. Daher ist es ausgeschlossen, daß Koralia seine Schwester ist. Sollte sie etwa seine Tochter sein?

»Weißt du, ob Jannelis eine Tochter hatte?«

»Du bist ja unersättlich!« ruft er erbost. »Die Informationen, die ich dir gebe, reichen dir nicht. Darüber hinaus willst du auch noch einen Stammbaum! Nein, keine Ahnung, ob er Kind und Kegel hatte.«

Plötzlich kommen mir all die fünfzigjährigen Frauen in den Sinn, die in Favieros' Unternehmen arbeiten, und das, was ich zu Koula gesagt hatte: daß Favieros alle eingestellt habe, weil er sie aus dem Widerstand kannte. Wenn Koralia Janneli in diese Kategorie gehört, dann hatte sie mit Sicherheit etwas mit Thanos Jannelis zu tun.

Als ich aufstehe, um zu gehen, wirft er mir das T-Shirt zu. »Nimm, das kann ich nicht gebrauchen«, meint er. »Aber darf ich das Lied behalten?«

»Tu das.« Da es sich ohnehin nicht um Morde handelt, brauchen wir auch keine Beweismittel zurückzubehalten.

Und während ich das T-Shirt wieder in die Plastiktüte stecke, füge ich noch hinzu: »Vielen Dank, Lambros. Ich weiß, daß du uns Bullen nicht leiden kannst. Mir hilfst du trotzdem immer, und dafür bin ich dir dankbar.«

Er flüchtet sich in das Anzünden einer Zigarette, um mir nicht antworten zu müssen. Aber als ich auf die Veranda trete, höre ich ihn hinter mir sagen: »Ach ja, du Bulle. Früher haben wir eure Leute angespuckt, weil sie mit dem Geld nur so um sich warfen. Heutzutage haben die Unsrigen aus der Revolution T-Shirts gemacht. Beide haben sie Kapital aus ihren Überzeugungen geschlagen.«

47

Mein erster Gedanke ist, schnurstracks in die Büros der BALKAN PROSPECT zu fahren und die Janneli zur Rede zu stellen. Diese Idee, kombiniert mit einem Gefühl kribbeliger Ungeduld, gibt mir Elan bis zur großen Abzweigung in Richtung Alexandras-Boulevard. Vom Ares-Park an beginnen Zweifel an mir zu nagen, die proportional zum Höhenanstieg des Alexandras-Boulevards anwachsen. Was habe ich davon, wenn ich unvorbereitet zur Janneli gehe? Zunächst einmal bin ich gar nicht sicher, daß sie verwandt waren, möglicherweise ist es tatsächlich nur eine zufällige Namensgleichheit. Zweitens habe ich keine Ahnung, um welchen Verwandtschaftsgrad es sich handelt. Vielleicht sind sie Cousins dritten Grades, die sich zwanzig Jahre nicht mehr gesehen haben.

Und wie gehen wir, abgesehen von Thanos Jannelis, bei den anderen drei vor? Ganz zu schweigen davon, daß es möglicherweise noch mehr sein könnten, von denen Sissis nur nichts weiß. Korrekterweise müßte ich erst Ermittlungen durchführen, Indizien über Thanos Jannelis und die anderen zusammentragen und dann Koralia Janneli ansprechen. Sollten die anderen drei von Sissis Angeführten am Leben und in Griechenland wohnhaft sein, dann ist nicht auszuschließen, daß sie durch Logaras' Selbstmordmanie in Gefahr sind. Sollte er zudem mit ihnen Kontakt aufgenommen haben, könnten wir möglicherweise das Schlimmste verhüten und ein paar neue Hinweise auf Logaras sammeln.

Als ich auf der Höhe des Obersten Gerichtshofs anlange, schießt mir eine andere Idee durch den Kopf. Sissis hat mir erzählt, Jannelis sei verstorben, wußte das genaue Todesdatum jedoch nicht. Und wenn Logaras' erstes Opfer nicht Favieros, sondern Jannelis war? Wenn auch er Selbstmord begangen hat, müssen wir uns wohl oder übel auf die Suche nach einer weiteren Biographie machen. All das spricht jedenfalls dafür, den Besuch bei der Janneli vorerst aufzuschieben und Material zu Jannelis und den anderen Mitgliedern der Organisation *Unabhängige Widerstandsbewegung Che* zusammenzutragen.

Mit diesen Überlegungen lange ich in der dritten Etage an und eile zielstrebig zum Büro meiner Assistenten. Alle drei arbeiten fieberhaft. Ich weiß nicht, ob sie wirklich beschäftigt sind oder ob Vlassopoulos und Dermitsakis nur wegen Koula so tun als ob, da sie – als Gikas' Privatsekretärin – die beiden jederzeit verpetzen könnte.

»Kommt in mein Büro«, rufe ich und gehe schon voraus.

Überrascht stelle ich fest, daß auf meinem Schreibtisch Kaffee und Croissant bereitstehen. Mein gewohntes Frühstück im Büro: ein Croissant in Zellophanhülle und ein »gewissermaßen griechischer« Mokka, den ich so nenne, weil er perverserweise in der Espressomaschine zubereitet wird. Normalerweise hole ich mir beides selbst aus der Cafeteria. Ich erkläre mir den Sonderservice mit meiner Rückkehr aus dem Genesungsurlaub und bin gerührt.

»Wer hat mir denn Kaffee und Croissant geholt?« frage ich, als sie in mein Büro treten.

»Ich«, meldet sich Koula freudestrahlend. »Die Jungs haben mir gesagt, daß Sie immer so frühstücken.«

Mir ist sofort klar, woher der Wind weht. Vlassopoulos und Dermitsakis haben beschlossen, sie zum Aktenordnen und Kaffeeholen abzukommandieren, um sie aufs Abstellgleis zu verfrachten.

»Es ist nicht Ihre Aufgabe, mir das Frühstück zu holen«, sage ich streng. »Ich habe Ihnen einen anderen Auftrag erteilt, und den möchte ich erledigt sehen. Kaffee und Croissant hole ich mir selbst.«

Zum ersten Mal kehre ich ihr gegenüber den Vorgesetzten hervor. Sie erbleicht und ist drauf und dran, in Tränen auszubrechen. Sie tut mir leid, aber ich möchte nicht, daß sie nach der Pfeife der anderen beiden tanzt.

»Es ist uns noch nicht gelungen, einen dunklen Punkt in der Vergangenheit der drei ausfindig zu machen«, bemüht sich Vlassopoulos, das Thema zu wechseln.

»Laßt die Vergangenheit vorläufig ruhen. Wir haben was Dringenderes zu tun.« Ich werfe Vlassopoulos das rote T-Shirt mit Ches Abbild zu, der es im Flug auffängt. »Ich möchte, daß du herauskriegst, wer solche T-Shirts herstellt.«

Er sieht sich das Leibchen an und wiegt den Kopf. »Na klasse. Solche Billigprodukte können aus zehn verschiedenen Gewerbebetrieben stammen.«

»Dann finde raus, aus welchen. Es eilt.« Ich ziehe den kleinen Block mit den Namen, die mir Sissis genannt hat, aus der Tasche und blicke Dermitsakis an. »Stelios Dimou,

Anestis Tellopoulos und Vassos Sikas. Ich will alles über diese drei wissen. Sollten sie tot sein, dann wie und wann sie verstorben sind. Sollten sie noch unter uns weilen, dann wo sie wohnen und wovon sie leben. Und all das schnell, innerhalb des heutigen Tages, wenn möglich.«

Dann wende ich mich Koula zu. »Sagt Ihnen der Name Jannelis etwas?«

Sie hat sich noch nicht von meinem Anpfiff erholt, und noch immer stehen Tränen in ihren Augen. »Koralia Janneli von der BALKAN PROSPECT«, stammelt sie mühsam.

»Genau. Ich möchte, daß Sie nach einem gewissen Athanassios oder Thanos Jannelis suchen. Er muß mittlerweile verstorben sein, wäre heute aber Ende Siebzig. Vergleichen Sie seine Lebensdaten mit denen von Koralia Janneli. Was mich interessiert, ist: Sind die beiden verwandt und wenn ja, wie. Sie haben die Janneli kennengelernt, Sie haben mit ihr gesprochen und können einschätzen, wonach Sie suchen müssen.«

Letzteres hebe ich mit Absicht hervor, um den anderen beiden zu verstehen zu geben, daß Koula stärker als sie in die Ermittlungen eingebunden ist und sie aufhören sollen, sie wie eine dumme Tussi zu behandeln. Anscheinend hat das auch Koula so verstanden, denn ich sehe, wie sie lächelt.

»Noch etwas. Gehen Sie in die fünfte Etage hoch und sagen Sie dem Kriminaldirektor, daß ich ihn und Stellas von der Antiterrorabteilung wegen der Selbstmorde sprechen muß, und zwar so schnell wie möglich. Es ist dringend.«

Die beiden lassen Koula den Vortritt und gehen hinaus,

während ich die Zellophanhülle aufreiße und in mein Croissant beiße. Ich habe zwar Koula vorsorglich angemotzt, aber zweifelsohne bekräftigen das Croissant und der Kaffee meine langersehnte Rückkehr zur täglichen Routine. Ich trinke einen Schluck vom erkalteten Mokka und will schon aufstehen, um mir einen frischen aus der Cafeteria zu holen, lasse mich aber wieder auf meinen Stuhl fallen. Egal, denke ich. In der Dienststelle trinke ich ihn doch fast immer kalt. Adriani hat mich in der Genesungsphase ganz schön verzogen.

Sobald ich den letzten Schluck getrunken habe, läutet das Telefon, und Koula vermeldet, Gikas erwarte mich. Der Fahrstuhl läßt mich an die zehn Minuten schmoren, offenbar um mir den Wind aus den Segeln zu nehmen und jede Aussicht auf positive Veränderungen zu rauben.

Ich betrete den Vorraum und finde Koula an ihrem Schreibtisch vor, wo sie versucht, Ordnung in den Papierwust zu bringen.

»Was machen Sie da?« frage ich.

»Er hat mich ersucht, kurz seine Papiere zu sichten, weil er in diesem Chaos nicht mehr weiß, wo hinten und vorne ist.« Sie atmet tief durch und fügt hinzu: »Es ist zum Verzweifeln.«

»Quälen Sie sich nicht unnötig. Bis zur endgültigen Aufklärung wird er Sie von dem Fall nicht abziehen, das habe ich mit ihm so abgemacht.«

»Ich meine, danach wird es zum Verzweifeln sein. Ich werde mindestens zwei Monate brauchen, um hier wieder Ordnung zu schaffen.«

Gikas, wie er leibt und lebt. Sobald man ihm den kleinen Finger gibt, nimmt er die ganze Hand. Dabei brennt uns der Fall unter den Nägeln, und solch einen luxuriösen Ordnungsfimmel können wir uns jetzt nicht leisten.

Ich ertappe ihn gerade dabei, wie er eine Werbebroschüre des Arbeiterwohnbauvereins für die Wohnungen im Olympischen Dorf studiert, die nach den Olympischen Spielen verlost werden sollen. Ich weiß nicht, ob er die Bewerbungsvoraussetzungen erfüllt, aber ich bin sicher, daß er eine Wohnung erster Güte ergattern würde, sollte er an der Verlosung teilnehmen.

»Was ist denn passiert?« fragt er, während er den Prospekt zusammenfaltet und in seine Schreibtischschublade steckt. »Tut sich was? Und wieso Stellas?«

Ich liefere ihm einen detaillierten Bericht ab: über das T-Shirt, das Lied und alles, was ich von Sissis erfahren habe, natürlich ohne dessen Identität zu lüften oder die von ihm weitergegebenen Namen zu nennen.

»Mit anderen Worten, wir sind ein Stück weitergekommen«, meint er am Ende des Berichts zufrieden.

»Kommt darauf an. Möglicherweise ja, vielleicht aber auch nicht.«

Wir kennen uns lange genug, so daß er weiß, was er von meinen Reaktionen zu halten hat. »Was beunruhigt Sie denn?« fragt er.

»Wir kommen nicht von selbst vorwärts, Logaras spielt uns die Erkenntnisse zu. Das beunruhigt mich. Ich weiß nicht, ob ich tatsächlich ein Stück vorankomme oder ob er mir Fallen stellt, in die ich hineintappe.«

»Beim Minister haben Sie noch gemeint, Sie würden es sich wünschen, daß er Kontakt mit Ihnen aufnimmt.«

»Ja. In der Hoffnung, daß ich etwas entdecke, das von ihm nicht vorhergesehen, nicht geplant war, und dadurch einen Anhaltspunkt erhalte. Darauf setze ich meine Hoffnungen, wenn ich seinen Vorgaben folge.«

Das Gespräch wird durch das Eintreffen des stellvertretenden Leiters der Antiterrorabteilung, Stellas, unterbrochen. Er nimmt mir gegenüber Platz und blickt uns in hierarchischer Reihenfolge an: zuerst Gikas, dann mich.

»Was gibt's?« fragt er.

Gikas wirft mir einen Blick zu und überläßt mir die Initiative.

»Sag mal, Nikos. Hast du von einer politischen Gruppierung namens *Unabhängige Widerstandsbewegung Che* gehört, die zu Zeiten der Diktatur aktiv war?«

Er denkt kurz nach. »Jannelis?« fragt er dann.

»Ja. Kennst du ihn?«

»Nicht persönlich. Ich weiß nur, was die Kollegen früher über ihn sagten.«

»Was denn?«

»Sie sind vor Respekt fast aufgestanden, wenn sein Name fiel. Anscheinend zählte Jannelis zu den wenigen, die man achtet, obwohl man sie bekämpft.«

»Weißt du, wer sonst noch der Gruppierung angehörte?«

»Ich weiß nur von Jannelis, mehr kann ich darüber nicht sagen. Die wurden von der Militärpolizei gefaßt. Und die Archive der Militärpolizei sind in Keratsini in Flammen aufgegangen. Von denen wüßte ich nur etwas, wenn sie ihre Tätigkeit auch nach der Junta fortgesetzt hätten.«

»Was sie nicht getan haben?«

»Nicht unter diesem Namen. Das wüßten wir.«

»Und wenn sie einen anderen Namen benutzt hätten?«

Er zuckt die Achseln. »Das kann ich nicht mit Sicherheit sagen. Der Terrorismus ist ein unentwirrbares Knäuel von Namen und Personen, wie du weißt. Das einzige, was ich dir sagen kann, ist: Jannelis ist nach der Junta von der Bildfläche verschwunden und hat jeden Kontakt mit seinen alten Mitstreitern abgebrochen. Die Gründe kennen wir nicht, aber anscheinend hat er sich für einen ruhigen Lebensabend entschieden. Ob dann andere aus der Gruppe weitergemacht haben, kann ich nicht sagen, weil wir nicht wissen, wer zu Juntazeiten dazugehörte.«

Sieh mal einer an! Sissis verfügt über ein besseres Archiv als die Antiterrorabteilung, sage ich mir. Schade, daß die Sicherheitspolizei nicht mit den verdeckt operierenden Kräften der Kommunistischen Partei Griechenlands fusionieren konnte. Dann wären wir jetzt unschlagbar.

Es gibt nichts weiter zu besprechen, und ich erhebe mich. Stellas verabschiedet sich und geht zuerst hinaus. Ich bleibe an der Türschwelle stehen und wende mich zu Gikas um.

»Ich hätte eine große Bitte. Kann die Putzaktion auf Ihrem Schreibtisch nicht warten, bis wir den Fall gelöst haben? Dann wird Koula wieder zu Ihnen zurückkehren.«

Er blickt mich mit dem Gesichtsausdruck eines waidwunden Elchs an. »Seit Ihrer Rückkehr aus dem Genesungsurlaub sind Sie ein anderer Mensch«, bemerkt er. »Unerbittlich.«

Ich weiß nicht, warum. Aber es freut mich, das zu hören.

48

Ein Journalist, der sich an die Stirn schlägt, ist ein äußerst befriedigender Anblick. Das nämlich tut Sotiropoulos, aus Entsetzen ob seiner Begriffsstutzigkeit.

»Wie bin ich bloß darauf nicht gekommen!« ruft er aus. »Wie bin ich bloß darauf nicht gekommen! Mit dem Unsinn, den ich jeden Abend auf der Mattscheibe verzapfe, bin ich selbst schon ganz vernagelt!«

»Kannten Sie die Gruppierung?«

»Kommen Sie! Wir kannten jede Gruppe, jedes Grüppchen, sogar jedes winzigste Klüngelchen. Die konnten wir alle auswendig aufsagen, wie die Nationalhymne.«

»Und wußten Sie, daß Favieros, Stefanakos und Vakirtsis Mitglieder bei *Che* waren?«

»Na ja, mit Sicherheit wußte keiner etwas über den anderen. Aber es wurde so einiges getuschelt: Dieser gehöre der einen Gruppe an, jener der anderen, dieser und jener hätten Meinungsverschiedenheiten mit ihrer Gruppe gehabt und seien in eine andere übergewechselt. Die Leute selbst haben einem nichts erzählt, man hat sie auch nicht direkt gefragt. Man hatte alles aus zweiter Hand. Manches stimmte, manches war Humbug.«

Ich nenne ihm die drei anderen Namen, und er denkt einen Augenblick nach. »Der Name Dimou sagt mir etwas«, meint er. »Die anderen beiden nicht. Alles hing natürlich davon ab, mit wem man verkehrte. Aufgrund der ganzen Geheimniskrämerei konnte es gut sein, daß man einige aus einer Gruppe kannte, weil sie dem eigenen Zirkel nahestanden, andere aus derselben Gruppe wiederum nicht, da sie nicht zum eigenen engeren Bekanntenkreis gehörten.«

»Wissen Sie, wann Jannelis gestorben ist?«

»Das genaue Datum kenne ich nicht, aber es muß an die zehn Jahre hersein.«

»Wie ist er gestorben?«

Er fixiert mich, bevor er antwortet. »Bleiben Sie sitzen«, sagt er. »Er hat sich umgebracht.«

Da haben wir es: Meine Befürchtungen haben sich bestätigt. Ich hatte es im Gefühl, daß irgendein Geheimnis in der Vergangenheit lag, das alle und alles miteinander verband. Die Frage ist, ob dieses Geheimnis mit Jannelis' Selbstmord zu tun hat.

Scheinbar hat Sotiropoulos meine Gedanken erraten, denn er erläutert: »Jannelis hat sich jedenfalls nicht öffentlich umgebracht. Er hat sich am Lüsterhaken in seiner Wohnung erhängt. Drei Tage hing er dort, bis das ganze Wohnhaus stank. Dann haben die Nachbarn die Polizei gerufen, und man hat die Tür aufgebrochen.«

Nun gut, aber das wirft meine Hypothese noch nicht über den Haufen. Möglicherweise hat alles mit Jannelis' privatem Selbstmord angefangen, und danach wurden die Spielregeln geändert, und die anderen sind zu öffentlichen Selbstmorden übergegangen. Die Erklärung ist stichhaltig, wenn man bedenkt, daß die drei anderen Persönlichkeiten des öffentlichen Lebens waren, während Jannelis gerade mal einer Handvoll Widerständlern ein Begriff war.

»Wissen Sie, ob Jannelis Kinder hatte?«

»Keine Ahnung.« Er hält inne und blickt mich an. »Was von all dem kann ich an die Öffentlichkeit bringen?«

Anstatt ihn zurechtzustutzen, denke ich allen Ernstes darüber nach. Was könnte es uns bringen, wenn er mit einem kleinen Teil dessen, was ich herausgefunden habe, auf Sendung geht? Mit Jannelis und seinem Selbstmord beispielsweise. Es könnte Logaras alarmieren, daß ich in Jannelis' Selbstmord den Ursprung des Falles vermute, und ihn zu einer Reaktion zwingen: mir entweder noch weiteres Material zuzuspielen oder irgendwann seine sichere Dekkung zu verlassen und einen Fehltritt zu begehen.

»Sie können über die Gruppierung *Che* berichten und die Frage aufwerfen, was Jannelis' Selbstmord mit den jüngsten Freitoden zu tun haben könnte.«

Sein Gesicht leuchtet auf. »Endlich geht's los! Ich bin schon unterwegs!« ruft er und stürmt aus meinem Büro.

Ich teile seinen Überschwang zwar nicht, aber es ist nicht auszuschließen, daß der Trick wirkt. Ich rufe meine Assistenten zum Rapport, um zu erfahren, ob die Ermittlungen irgendein Ergebnis zutage gefördert haben. Mein gestriger indirekter Rüffel zeigt Wirkung, denn sie haben ritterliche Umgangsformen angenommen. Höflich lassen sie Koula den Vortritt. Alle drei nehmen im Halbkreis um mich Platz und warten ab.

»Neuigkeiten?«

»Von Ches T-Shirts leider noch keine«, macht Vlassopoulos den Anfang. »Die sind Dutzendware, aber der Hersteller entgeht uns nicht. In ein bis zwei Tagen höchstens haben wir ihn.«

Ich beschließe, mir Koula bis zum Schluß aufzuheben, weil ich ein Masochist bin und meine Anspannung bis zuletzt auskosten möchte. Ich wende mich also an Dermitsakis.

»Hast du etwas über die drei Personen, deren Namen ich dir gegeben hatte, herausgefunden?«

»Was Stelios Dimou betrifft, noch nichts. Anestis Tellopoulos ist nach der Diktatur zum Studium ins Ausland gegangen und hat sich in Kanada niedergelassen, wo er heute Universitätsprofessor ist. Das hat mir seine Mutter erzählt, die auf Serifos lebt. Vassos Sikas ist vor zwei Jahren gestorben.«

»Und wie?«

Sie bemerken meine Beklommenheit und blicken mich verwundert an. Nur Koula bleibt ungerührt, da sie die Ursache dafür kennt.

»Herzinfarkt am Steuer seines Wagens«, sagt Dermitsakis.

»Gut. Sieh zu, daß du mir auch zu Dimou Auskunft geben kannst.« Dann wende ich mich Koula zu.

Sie hält einen großen Terminkalender in der Hand und schlägt ihn auf. »Koralia Jannelis Vater heißt Athanassios. Der Name der Mutter lautet Vassiliki.«

»Weitere Daten?«

»Sie wurde 1955 in Bogotà, Kolumbien, geboren. Athanassios Jannelis hat zwischen 1953 und 1962 in Kolumbien gelebt, später in La Paz, Bolivien. 1964 wurde er repatriiert.«

Das war's, sage ich mir. Es besteht kein Zweifel mehr, daß Koralia Janneli Thanos Jannelis' Tochter ist.

»Es gibt noch einen Sohn«, fügt Koula hinzu. »Kimon Jannelis, geboren 1958, ebenfalls in Bogotà. Er hat Griechenland 1978 verlassen und ist nicht mehr zurückgekehrt. Sein Aufenthaltsort ist derzeit unbekannt.«

»Und die Mutter?«

»Vassiliki Janneli, geborene Papajannidi, aus Nigrita im Bezirk Serres. Sie ist 1935 geboren und 1970 gestorben.«

»Finden Sie heraus, ob es eine Biographie oder irgendein anderes Buch über Jannelis gibt.« Dann wende ich mich Vlassopoulos zu. »Ich brauche unbedingt den Hersteller der T-Shirts. Und ich will wissen, was mit Stelios Dimou passiert ist«, ergänze ich in Dermitsakis' Richtung.

Nach ihrem Abgang rufe ich Gikas an und informiere ihn darüber, daß wir zweifelsfrei festgestellt haben, daß es sich bei Koralia Janneli um Thanos Jannelis' Tochter handelt und daß es noch einen Bruder gibt, der unbekannten Aufenthalts ist.

Er stellt mir die bereits klassische Frage: »Was haben Sie nun vor?« Doch an seinem Tonfall erkenne ich, daß er zufrieden ist.

»Ich will vorerst mit Koralia Janneli sprechen.«

Er ist einverstanden, und zehn Minuten später befinde ich mich in der Garage des Präsidiums. Ich fahre nicht über den Alexandras-Boulevard, sondern über die Alfiou- auf die Panormou-Straße, um das verkehrsreichste Stück zu meiden. Glücklicherweise ist es Ende Juni. Da die Aufnahmeprüfung für die Universität und andere Abschlußprüfungen vorbei sind, hält sich der Straßenverkehr in Grenzen. Eine Viertelstunde später parke ich vis-à-vis der Ejialias-Straße 54.

49

Die Janneli läßt mich warten. Sie schützt wichtige Geschäfte vor. Schon eine halbe Stunde sitze ich nun im Vorzimmer – wie ein Patient, der auf seinen Arzt, oder wie ein Bürger, der auf den Abgeordneten seines Wahlbezirks wartet. Ich fühle mich unwohl, das verbindet mich mit Jannelis Sekretärin, der ein Bulle auf der Pelle auch nicht gerade angenehm ist. Ich könnte gehen und sie offiziell ins Präsidium vorladen, doch die sanfte Tour hat sich noch immer bewährt. Und ich will nicht gerade jetzt, wo sich ein erster Hoffnungsschimmer zeigt, davon absehen.

Sie empfängt mich nach gut einer Stunde, fordert mich jedoch nicht auf, Platz zu nehmen. »Diese Geschichte muß ein Ende haben, Herr Kommissar«, sagt sie mit eisiger Stimme. »Sie haben mich wiederholt aufgesucht, Sie haben mir – ohne dafür überhaupt zuständig zu sein – an den Haaren herbeigezogene Fragen über die Firmen unserer Unternehmensgruppe gestellt. Ich habe alles beantwortet – sei es, weil wir nichts zu verbergen haben, sei es, weil ich eine gesetzestreue Staatsbürgerin bin. Ich habe jedoch nicht vor, dieses Spiel fortzusetzen. Wenn Sie mich befragen wollen, so schicken Sie mir bitte eine offizielle Vorladung, damit ich meinen Rechtsanwalt benachrichtigen kann.«

Sie ist mit ihrer mündlichen Protestnote zu Ende und erwartet, daß ich gehe. Aber ich rühre mich nicht vom Fleck.

»Ich bin nicht hier, um über Ihr Unternehmen zu sprechen«, sage ich vollkommen ruhig.

»Sondern?«

»Über Ihren Vater, Thanos Jannelis.«

Von Anfang an habe ich auf das Überraschungsmoment gesetzt und finde mich bestätigt. »Rollen Sie jetzt eine neue Geschichte auf?« fragt sie überrascht.

»Nein, eine alte Geschichte, die bis in die Juntazeit und zu verschiedenen Widerstandsgruppen zurückreicht.«

Sie überlegt, ob es sich lohnen könnte, von der harten Linie abzuweichen. Offenbar ja, denn sie bedeutet mir, auf dem Stuhl Platz zu nehmen.

»Ihr Vater war während der Diktatur Mitglied einer oppositionellen Gruppierung namens *Unabhängige Widerstandsbewegung Che*.«

Ich warte ihre Reaktion ab, bevor ich weitermache. Sie blickt mich mit einem gelassenen Lächeln an.

»1967 war ich zwölf, Herr Kommissar. Meinen Sie, mein Vater hätte mit mir über oppositionelle Gruppierungen diskutiert?«

»Nein, aber vielleicht hat er später, nach dem Fall der Junta, mit Ihnen darüber gesprochen.«

»Mein Vater hat nie über seine politischen Aktivitäten gesprochen. Und zwar zu unserem Schutz. Er sagte immer, man wisse nicht, wie sich die Dinge entwickeln würden, und die Familie müsse abgeschirmt bleiben.« Sie hat ihre Selbstbeherrschung wiedererlangt und lächelt gefaßt.

»Derselben Gruppierung wie Ihr Vater gehörten auch Jason Favieros, Loukas Stefanakos und Apostolos Vakirtsis an.«

»Das ist mir neu.« Es scheint sie zu beeindrucken, aber vielleicht spielt sie nur die Überraschte. Bei der Janneli weiß man nie so genau.

»Nun gut, Ihr Vater hat nicht über den Widerstand gesprochen. Und auch von Favieros haben Sie nichts darüber gehört?«

»Ein einziges Mal, bei meinem Einstellungsgespräch. Er sagte, er habe meinen Vater während der Juntazeit kennengelernt.«

»Haben Sie nicht nachgefragt, wie und wo?«

Sie zuckt mit den Schultern. »Nein. Meinen Vater kannten so viele Leute, daß es keinen Sinn hatte, jedesmal nachzufragen. Möglicherweise hat die Bekanntschaft mit meinem Vater den Ausschlag gegeben, daß Jason mich eingestellt hat. Jasons ganzer engster Mitarbeiterstab setzte sich aus Bekannten zusammen, die er während der Junta und der Studentenkämpfe kennengelernt hatte. Nicht nur Xenofon Samanis, auch Theoni, seine Privatsekretärin, Samanis' Privatsekretärin und eine ganze Anzahl von Ingenieuren und Rechtsanwälten.« Sie hält inne und fügt dann hinzu: »Aus dieser Zeit erinnere ich mich einzig und allein an den Tag, an dem die Militärpolizei meinen Vater abgeholt hat.«

»Es gibt aber noch eine andere Gemeinsamkeit Ihres Vaters mit Favieros, Stefanakos und Vakirtsis: den Selbstmord.« Sie sagt nichts, wiegt nur schicksalsergeben den Kopf. »Wann hat sich Ihr Vater umgebracht?«

»Anfang der neunziger Jahre.«

»Und nun bringen sich nach und nach die übrigen Mitglieder der Widerstandsgruppe um.«

Sie blickt mich ungläubig an. »Was wollen Sie damit sagen?« fragt sie verdutzt. »Daß Jasons, Stefanakos' und Vakirtsis' Selbstmorde mit dem Freitod meines Vaters zu tun haben?«

»Das kann ich noch nicht beweisen, es ist aber auch nicht von der Hand zu weisen.«

»Zwischen dem Selbstmord meines Vaters und dem der anderen drei liegen mehr als zehn Jahre.«

»Ja, aber die Widerstandsgruppe hatte gut ein Dutzend Mitglieder. Außer den Selbstmördern haben wir noch zwei weitere ausfindig gemacht. Der eine ist eines natürlichen Todes gestorben, und der andere befindet sich im Ausland. Die übrigen kennen wir nicht. Vielleicht hat es mittlerweile noch weitere Selbstmorde gegeben, von denen wir nur noch nichts wissen.«

Sie stützt das Kinn in die Hände und schließt die Augen, als versuche sie längst verblichene Bilder in ihr Gedächtnis zurückzurufen.

»Mein Vater war ein sehr unglücklicher Mensch, Herr Kommissar.«

Das sagt sie ohne besonderen Nachdruck, aber mit fester Stimme, wie eine Tatsache, die nicht zur Diskussion steht. Dann schlägt sie die Augen wieder auf und blickt mich an.

»Politische Bewegungen und illegale politische Vereinigungen waren sein Lebensinhalt, sein ein und alles. Er unterhielt enge Beziehungen zu Castros Regime und ließ nichts auf Che Guevara kommen. Kurz vor dem von Che organisierten Aufstand in Bolivien sind wir von Bogotà nach La Paz umgezogen. Als mein Vater aus Bolivien ausgewiesen wurde, sind wir nach Griechenland zurückgekehrt. Dann kam die Militärdiktatur, und er war wieder in seinem Element. Bis zum Tag seiner Festnahme.« Sie hält erneut inne und scheint ihre Gedanken zu ordnen. »Die Übergangsphase nach der Junta war sein Niedergang. Von einem Tag auf den anderen war er zu nichts mehr nütze. Keiner brauchte ihn mehr, und er hatte auch keinen Beruf gelernt, der ihm Halt geben und ein Auskommen sichern konnte. Er machte eine Reise nach Kuba, aber auch dort hatten sich die Verhältnisse geändert. Dann kehrte er zurück, und hier begann er seelisch dahinzusiechen. Nach dem Fall der sozialistischen Regime begriff er: Das war das Ende, das Leben hatte keinen Sinn mehr für ihn.«

Sie verstummt, vor innerer Anspannung ganz außer Atem. Was sie mir sagt, ist vollkommen logisch, enthält nichts Abwegiges oder Abgehobenes. Der Vergleich mit Sissis drängt sich auf. Der einzige Unterschied ist: Sissis hat im Gegensatz zu Jannelis durchgehalten – trotz seiner Verbitterung und seiner Wut, die immer wieder aus ihm herausbrechen.

»Mein Vater hat sich still und leise in seinem Zimmer erhängt, und er wurde erst drei Tage später gefunden. Er hat weder vor laufender Kamera noch auf seinem Landgut oder auf dem Syntagma-Platz Selbstmord begangen.«

Zum ersten Mal klingt so etwas wie ein Tadel an Jason Favieros und den anderen durch. Zum ersten Mal sind ihr das Lächeln und die Gelassenheit abhanden gekommen. Ihre Darstellung der Dinge wirkt logisch und vollkommen überzeugend. Aber waren die Dinge tatsächlich so? Wenn nun irgend etwas die Selbstmorde aus jüngster Zeit mit Jannelis' Freitod verbände? Und wie viele andere Unbekannte, von denen wir folglich nicht einschätzen können, ob sie akut in Gefahr schweben, waren Mitglieder der Widerstandsgruppierung? Vielleicht waren – weiß der Geier – Minister, Regierungsfunktionäre und andere selbstgerechte Heuchler unter ihnen. Was sollten wir unternehmen? Sollten wir via Fernsehen und Presse verlautbaren lassen, alle ehemaligen Mitglieder der Gruppierung *Che* sollten sich bei der nächsten Polizeidienststelle melden?

»Wovon hat Ihr Vater gelebt?«

»Von seiner Rente als Widerstandskämpfer. Andere Einkünfte hatte er nicht.«

»Sie haben ihn nicht unterstützt?«

Sie verstummt einen Augenblick und fügt dann hinzu, ohne ihre Traurigkeit zu verbergen: »Mein Vater war sehr stolz. Er hat sich von niemandem helfen lassen.«

»Sie haben noch einen Bruder, Kimon Jannelis, nicht wahr?«

»Richtig.«

»Lebt er in Griechenland?«

»Nein. Soweit ich weiß, besitzt er ein Fischereiunternehmen in Südafrika.« Sie bemerkt meine Irritation und fügt hinzu: »Mit meinem Bruder habe ich mich nie verstanden, Herr Kommissar. Seit Jahren haben wir keinen Kontakt mehr.« Sie findet zu ihrem Lächeln zurück, auch wenn es ein wenig angestrengt wirkt. »Und da Sie mich bestimmt auch nach meiner Mutter fragen werden, sage ich Ihnen gleich, daß sie 1970 gestorben ist, kurz nach unserer Rückkehr nach Griechenland, und zwar an akuter Hirnhautentzündung.«

Bei meinem letzten Besuch hat sie mir zum Abschied

die Bilanzen ihrer Unternehmen überreicht. Nun erzählt sie mir ohne mein Nachhaken vom Tod ihrer Mutter. Das ist ihre Art, mir zu sagen: Das war's, punktum, Schluß für heute.

»Im Endeffekt ist es mir lieber, Sie fragen mich zu den Unternehmen aus«, meint sie, als ich an der Tür bin. »Was Sie heute wissen wollten, wiegt viel schwerer.«

Auch für mich, denn mir will der Gedanke nicht aus dem Kopf, daß in Jannelis' Freitod der Ursprung der drei jüngsten Selbstmorde verborgen liegt.

50

Ich bin nicht abergläubisch, aber irgend etwas geht hier nicht mit rechten Dingen zu. Jedesmal, wenn wir Fanis offiziell zu uns nach Hause einladen, bin ich ganz von der Rolle. Beim ersten Mal war ich vom Dienst suspendiert worden, und das Essen geriet fast zur Tragödie. Heute, wo seine Eltern uns kennenlernen wollen, komme ich innerlich von den Selbstmorden nicht los. Also lebe ich ständig in der Angst, daß ich vielleicht mitten im Gespräch ganz in meine Gedanken versinke, worauf die anderen mein Verhalten in die falsche Kehle bekommen und meinen, sie langweilten mich und ich wünschte sie weit fort. So war es mir bei Fanis' erstem Besuch ergangen, und fast hätten wir uns unversöhnlich entzweit. Erst das Bekenntnis meiner Suspendierung hatte die Situation gerettet. Bei einer Suspendierung steht ja wirklich das ganze Leben auf dem Spiel. Wie aber sollte ich den anderen erklären, daß auch nach den Selbstmorden dreier skrupelloser Machtmenschen mein ganzes Leben auf dem Spiel steht? Nur von meiner Tochter und von Fanis kann ich auf Unterstützung hoffen, Adriani hingegen würde den ersten Stein nach mir werfen.

Adriani hat den ganzen Morgen im Supermarkt, beim Metzger, beim Gemüsehändler und in der Schreibwarenhandlung verbracht. Seit heute nachmittag hat sie sich in der Küche verbarrikadiert. Nun hat sie sich gerade ein Dutzend entkernter Tomaten vorgenommen, die wie leere Sparbüchsen aussehen, und fünf oder sechs geköpfte Paprika, die sie gerade füllt. Das wird die Vorspeise: formvollendete gefüllte Tomaten und Paprika. Demzufolge bekommen wir nicht die »Fastenversion« ohne Zwiebel vorgesetzt. Den zweiten Gang bildet ein Gericht, das sie selten zubereitet und um dessen Gelingen sie bangt: »Rindsrouladen Gärtnerinnen Art« – mit Gemüsefüllung und, in Pergamentpapier eingehüllt, im Ofen gebraten. Gestern nachmittag hat sie wie verrückt versucht, Pergamentpapier aufzutreiben, das heutzutage kein Grieche mehr mit dem Arsch anguckt, da es an die alten, ärmlichen Zeiten erinnert. Alle rieten ihr, Alufolie zu nehmen, was doch dasselbe sei. Zuletzt nahm sie in der Schreibwarenhandlung Zuflucht und trieb schließlich das Gesuchte auf.

Katerina hält nichts von all dem. Sie meint, es gebe keinen Grund, groß aufzutischen. Ihrer Meinung nach hätten wir Fanis' Eltern nachmittags einladen und mit Kaffee und Kuchen bewirten können. Doch Adrianis Veto beendete die Diskussion innerhalb von fünf Minuten.

»Ich bin anders groß geworden, meine liebe Katerina«, meinte sie. »Zu meiner Zeit mußten die Eltern der Braut die Eltern des Bräutigams zum Essen einladen.«

»Ich bin keine Braut, und Fanis ist kein Bräutigam!«

»Frag deinen Vater«, fährt Adriani ungerührt fort. »Hätten seine Eltern es jemals hingenommen, von den Eltern der Braut nicht zum Essen eingeladen zu werden?«

Katerina hat mich nicht gefragt. Sie zog es vor, Adriani das Feld zu überlassen. Als sie sich gerade absetzen wollte, hielt Adriani sie zurück.

»Du könntest mir ruhig ein wenig zur Hand gehen, Katerina, damit ich nicht alles alleine machen muß.«

So glimmen zwei Brandherde in der nicht gerade geräumigen Küche, die jederzeit gefährlich aufflackern können. Adriani bangt, ob alles rechtzeitig fertig sein wird, und kühlt ihr Mütchen an Katerina, die zugegebenermaßen kein besonders großes Talent zur Köchin hat. Katerina wiederum ist drauf und dran, alles hinzuschmeißen und Fanis' Eltern zu einem Eis ins Café *Lentsos* auszuführen, doch sie beißt die Zähne zusammen und beherrscht sich, um Adriani gegenüber nicht undankbar zu erscheinen.

Ich folge lieber der volkstümlichen Weisheit »Viele Köche verderben den Brei« und setze mich ab – aus Angst, irgendwann zwischen die Fronten zu geraten und in die Vermittlerrolle schlüpfen zu müssen. Wenn der Zusammenstoß in meiner Abwesenheit passiert, werden ihn beide vor mir geheimhalten, um mich nicht zu betrüben.

Mein erster Gedanke ist, zum Platz vor der Lazarus-Kirche zu spazieren. Rasch verwerfe ich die Idee jedoch wieder, da am Samstagnachmittag das Möchtegern-Café vermutlich rappelvoll ist und der kleine Platz von kreischenden Kindern überquillt. Dieser Vorbehalt läßt mich eine andere Richtung einschlagen, und zwar zum Volkspark mit meinem Stammplätzchen. Samstags um diese Uhrzeit liegen die Leute im Sommer entweder noch am Strand, halten ihr Mittagsschläfchen oder lassen bei Kaffee-Frappé oder Eis die Seele baumeln.

Mein Gedankengang erweist sich als richtig, denn nur die Katze wartet auf mich. Sie hat ihren Lieblingsplatz verlassen und sich auf der sonnenbeschienenen Seite der Sitzfläche ausgestreckt. Sie hört mein Kommen, zieht die Augenlider halb hoch und erkennt, daß es sich um Kommissar Kostas Charitos handelt. Daraufhin klappt sie sie desinteressiert wieder zu.

Der Park ist ruhig und menschenleer, nur ich und die Katze sind da. Der ideale Ort zum Nachdenken. Wenn mir bloß etwas einfiele! Ich befinde mich zwar bereits in der Wiederaufbereitungsphase, doch das recycelte Gedankengut läßt noch auf sich warten. Mit Logaras' Hilfe – um nicht zu sagen »unter seiner Federführung«, was zuzugeben aber meine Eitelkeit verletzen würde – bin ich bis zum Ursprung der Selbstmorde, nämlich Jannelis' Freitod, vorgestoßen. Ich habe für die Einwände seiner Tochter Verständnis, denn ich muß zugeben, daß es grundlegende Unterschiede zwischen den Freitoden gibt. Nicht nur, daß er sich nicht vor aller Augen umgebracht hatte, nein, Jannelis war anders: Er war nicht vermögend, er war weder in Geschäfte in Griechenland noch auf dem Balkan involviert. Er lebte von der schmalen Rente eines Widerstandskämpfers, möglicherweise wurde er von seinen Kindern finanziell unterstützt. Etwas anderes wäre mit dem Bild des stolzen Revolutionärs, das die Janneli gezeichnet hat, kaum zu vereinbaren.

Ich weiß, es gäbe genügend Gründe, die gegen eine Verknüpfung der Todesarten sprechen. Doch mein kleiner Finger sagt mir, daß es eine Verbindungslinie von Jannelis' Freitod bis zu Vakirtsis' Selbstmord geben muß. Worin diese Verbindungslinie besteht, weiß ich nicht, aber es gibt zwei Möglichkeiten, dahinterzukommen: Entweder wird mich, wie bisher, Logaras zielstrebig hinführen, oder ich treibe ein anderes Mitglied der Gruppierung auf, das mir einen Fingerzeig gibt. Ich glaube nicht, daß man mir die Reisekosten nach Kanada genehmigen wird, um Tellopoulos aufzusuchen. Aber, unter uns gesagt, würde sich mein Jubel darüber auch in Grenzen halten.

Die Katze wacht auf, weil sie mittlerweile im Schatten liegt. Sie räkelt sich, setzt sich auf die Hinterbeine und gähnt majestätisch. Danach schickt sie einen Blick und ein kurzes Miauen in meine Richtung. Es ist das erste Mal, seit wir uns kennen, daß sie mich direkt anspricht, und ich überlege, wie ich darauf reagieren soll. Aber meine Überlegungen erübrigen sich, da sie den Sonnenstreifen entdeckt, der ganz an den Rand des Bänkchens gerutscht ist, sich dort zusammenrollt und die Augen erneut schließt.

Nun erhebe auch ich mich für den Nachhauseweg, in der Hoffnung, daß die Vorbereitungen für das Essen abgeschlossen sind und die Temperatur in der Küche auf für die Jahreszeit normale Werte gesunken ist. In der Tat liegt die Wohnung ruhig da, und Katerina breitet gerade das Tischtuch aus.

»Ist das Essen soweit vorbereitet?« frage ich.

»Wie du siehst, sind wir schon beim Tischdecken.« Sie vollendet die Gläserordnung und greift nach dem leeren Tablett, um das Besteck zu holen.

»Weißt du, was Fanis und ich falsch gemacht haben?« fragt sie an der Wohnzimmertür.

»Was?«

»Wir hätten euch und Fanis' Eltern einfach zum gemeinsamen Essen in eine Taverne ausführen sollen.«

»Das ist dir aber spät eingefallen.«

»Ich weiß, aber ich lebe schon zu lange in Thessaloniki. Daher bin ich Mamas Art gar nicht mehr gewohnt.«

Die angehenden Schwiegereltern und der angehende Bräutigam, wie Abgeordneter Andreadis alle zusammen nennen würde, treffen um Punkt halb acht ein. Prodromos und Sevasti Ousounidis sind beide von etwa gleicher Größe und Statur – nämlich mittelgroß und eher wohlgenährt. Sie stehen zwischen einem verlegenen Arzt und einer verlegen dreinblickenden angehenden Richterin und warten auf unser »Schön, daß Sie da sind!«, um mit ihrem »Schön, daß wir Sie kennenlernen!« zu kontern und mit einem vierstimmigen »Na also!« zu enden.

Im Wohnzimmer gehen wir nach den ersten Höflichkeitsfloskeln zum beruflichen Werdegang über. Prodromos Ousounidis weiß schon, daß ich Polizeibeamter bin. Ich erfahre erst jetzt, daß er der typisch griechische Hans-Dampf-in-allen-Gassen ist: halb Landwirt, halb Selbständiger. Er besitzt ein Stück Land, auf dem er Tabak anpflanzt, und eine Kurzwarenhandlung in einem Stadtteil von Veria. Wenn er die Feldarbeit erledigt, übernimmt Sevasti Ousounidi die Kurzwarenhandlung, und wenn Prodromos im Laden sitzt, übernimmt Sevasti den Haushalt.

Ein Großteil der Informationen wird von Sevasti bereitgestellt. Prodromos schweigt die meiste Zeit. Sein Gesicht glänzt vor Schweiß, und immer wieder wischt er sich mit dem Taschentuch über die Stirn. Denn er erachtete es als angemessen, die Form zu wahren, und hat seinen besten Anzug angezogen, der aus dickem Winterstoff geschneidert ist. Ich will schon das Klimagerät anstellen, um ihm Erleichterung zu verschaffen, als mir seine Frau zuvorkommt.

»Prodromos, willst du dein Sakko nicht ausziehen? Schau mal, der Herr Kommissar trägt auch keines.«

Ich weiß nicht, ob das eine einfache Feststellung sein soll oder einen gewissen Tadel in meine Richtung enthält, da ich ihnen nicht die gebührende Ehre erweise und bloß im kurzärmeligen Hemd anstelle eines Jacketts erschienen bin. Jedenfalls ist ihr Vorschlag Prodromos' Rettung. Er zieht sein Sakko aus, nimmt gleich auch noch die Krawatte ab und stößt einen Seufzer der Erleichterung aus.

An mir bleibt jedoch der Tadel haften, und dafür handele ich mir einen strafenden Blick von Adriani ein. Der einzige, der sich amüsiert, ist Fanis. Er hat begriffen, was vorgeht. Und als sein Blick auf mich fällt, kann er sein Lachen kaum mehr zurückhalten.

Meine Blicke ruhen auf Katerina. Ich weiß nicht, wie sie sich verhält, wenn sie an der Universität Prüfungen ablegt, aber zum ersten Mal erlebe ich sie unbeholfen und verklemmt. Sie rutscht verlegen auf ihrem Stuhl umher und lächelt abwechselnd allen zu. Sie ist, wie immer, einfach gekleidet, aber sie fühlt sich nicht wohl in ihrer Haut. Obwohl sie leichte Sommersandalen trägt, drückt sie offenbar der Schuh. Koula wäre da wohl viel lockerer. Sie würde sich in das Gespräch einschalten, für jeden das passende Wort finden und wäre innerhalb einer Viertelstunde allen sympathisch. Meine Tochter ist gebildet und weiß, was sie will. Sie wird bestimmt eine glänzende Karriere machen, aber unter den gegebenen Umständen, das muß ich mir eingestehen, wäre ihr Koula um Längen voraus.

Adriani erhebt sich, um das Essen aufzutragen. Katerina springt auf, da ihr Adriani offenbar eingeschärft hat, ihr immer sogleich in die Küche hinterherzustürzen. Doch Sevasti hat heute die Retterrolle übernommen. Zuerst hat sie ihren Mann vom Sakko befreit, nun rettet sie Katerina vorm Küchendienst.

»Bleib ruhig bei den Männern sitzen, Katerina«, sagt sie. »Ich werde Frau Charitou zur Hand gehen.«

Adriani will schon Widerspruch einlegen, doch Sevasti möchte nichts davon hören. »Aber woher denn, Frau Charitou!« sagt sie. »Wenn Sie demnächst zu uns nach Hause kommen, werden Sie mir doch auch helfen, oder? Das wäre ja noch schöner!«

Katerina steht in der Mitte und weiß nicht, ob sie ihrer Mutter gehorchen und in die Küche gehen oder ihrer zukünftigen Schwiegermutter und im Wohnzimmer bleiben soll. Glücklicherweise rettet Fanis sie aus dem Dilemma.

»Setz dich zu uns«, meint er lachend. »Du weißt doch: Die Frauen des Hauses knüpfen gerne enge Bande in der Küche.«

Adriani und Sevasti gehen hinaus, und Katerina darf zurückbleiben, worauf sich die Stimmung entspannt. Ousounidis senior beginnt über den Tabakanbau zu erzählen: Heutzutage werde nur mehr Virginia-Tabak angepflanzt, was den Konkurrenzdruck erhöhe und die Gewinnspanne minimiere. Ich lausche geduldig und ohne innerliches Murren. Mein Vater war zwar Unteroffizier bei der Gendarmerie, aber seine beiden Brüder besaßen je ein kleines Stück Ackerland, das sie das ganze Jahr über mühsam bestellten. Daher kann ich Prodromos' Sorgen nachvollziehen.

Ich hätte weitaus weniger Verständnis für ihn gezeigt, hätte ich gewußt, daß Ousounidis senior gleich nach dem

Ende seiner Darstellung meinen Gegenbericht einfordern würde. Mit einem »Und was machen Sie beruflich?« gibt er den Anstoß dazu.

Am liebsten würde ich ihm sagen, daß ich Leichen fleddere, in der letzten Zeit sogar die von Selbstmördern. Aber ich fürchte, das wäre zuviel des Guten. Ich versuche, so vage wie möglich zu bleiben. Herr Ousounidis hat offenbar unzählige Male die Polizeimeldungen in den Nachrichtensendungen verfolgt und wünscht sich anscheinend nichts sehnlicher, als einen Blick hinter die Kulissen zu werfen. Und ich soll ihm jetzt Schritt für Schritt die Arbeit der Spurensicherung erläutern, was genau passiert, wenn die Funkstreife einen Anruf erhält, bis hin zu dem Augenblick, wenn die Plastiktütchen mit den Funden vom Tatort geöffnet werden.

Ich tue ihm den Gefallen und gebe ausführlich auf jede seiner Fragen Auskunft. Fanis will schon einschreiten und seinen Vater zurückpfeifen, als er sieht, daß ich auf alles ausführlich antworte, mit einer Bereitwilligkeit, die Gikas vor Neid erblassen ließe. Da kommt ihm der Verdacht, daß ich möglicherweise selbst Spaß daran finde. Daher hält er sich zurück.

In Wirklichkeit fällt mir das alles ziemlich schwer, und ich bin froh, als Adriani mit einer Platte gefüllter Tomaten und Paprika und hinterdrein Sevasti mit den »Rindsrouladen Gärtnerinnen Art« hereinschreiten. Wir nehmen alle um den Tisch Platz, die Lobeshymnen auf das Essen werden angestimmt, Adriani blickt stolz in die Runde, und die Polizeiarbeit tritt in den Hintergrund.

Der übrige Abend plätschert bis elf Uhr mit harmlosem

Geplauder dahin. Bevor Fanis' Eltern aufbrechen, nehmen sie uns das Versprechen eines baldigen Gegenbesuchs in Veria ab.

»Es wird Ihnen bestimmt gefallen«, meint Frau Sevasti herzlich. »Veria ist eine ruhige Stadt mit guter Luft. Wenn Sie zu Katerina nach Thessaloniki fahren, liegt Veria doch auf der Strecke.«

Adriani ist sofort einverstanden. Sie werden sowieso nur die halbe Familie beherbergen, Adriani nämlich, da ich in all den Jahren vielleicht zweimal in Thessaloniki war, aber das behalte ich für mich.

Sobald die Haustür ins Schloß fällt, umarmt mich Katerina und küßt mich auf beide Wangen. »Vielen Dank, du bist ein Pfundskerl«, meint sie begeistert.

»Na komm, du hast ein vollkommen falsches Bild von mir! Dein Großvater war doch auch aus einer Bauernfamilie.«

»Dafür war der Kuß nicht, sondern für die Geduld, mit der du auf alle Fragen über die Polizeiarbeit geantwortet hast. Ich weiß, wie verhaßt dir das ist.«

»Das hab ich für Fanis getan«, sage ich spontan.

»Ich weiß. Und er weiß es auch. Deshalb mögt ihr euch so.«

Als Katerina neu mit Fanis zusammen war, zitterte ich vor Angst, sie könnte ihre Doktorarbeit abbrechen und Hals über Kopf heiraten. Da ich nunmehr überzeugt bin, daß sie ihre Dissertation fertigstellen wird, erhalten die Hochzeitsglocken auch für mich noch einen süßen Klang.

51

Das Klingeln des Telefons erreicht mein Ohr am Montagmorgen im Badezimmer, als ich beim Rasieren bin. Der Sonntag ist mit süßem Nichtstun gemütlich verstrichen, wie immer nach festlichen Zusammenkünften: Adriani entspannte sich, weil ihr Essen alle zum Schwärmen gebracht hatte und sie mit Recht zufrieden sein konnte. Katerina entspannte sich, weil ihr ein Stein vom Herzen gefallen war. Und ich entspannte mich, weil ich nicht an die Selbstmorde gedacht hatte und so gut aufgelegt und umgänglich gewesen war, daß sich Fanis' Eltern fragen mußten, ob sie nicht den Bullen bislang unrecht getan haben. Denn die waren gar nicht so sauertöpfisch und bärbeißig, wie sie immer annahmen.

Aus dem Flur höre ich Adrianis Stimme: »Vlassopoulos ist dran!«

Ich trockne meine Wangen und eile zum Apparat. Die panische Angst vor einem neuerlichen Selbstmord muß mir ins Gesicht geschrieben stehen. Glücklicherweise klingt Vlassopoulos' Stimme nicht bedrückt, was mich beruhigt.

»Ich hab ihn aufgetrieben!« ruft er.

»Wen?«

»Den Hersteller der T-Shirts. Wissen Sie, wer es ist?«

Ich mache mich auf den Namen Minas Logaras gefaßt.

»Christos Kalafatis.«

Der Name sagt mir gar nichts, und ich versuche vergeblich, ihn einzuordnen. Vlassopoulos merkt es an der Sendepause.

»Ruft der Name gar nichts bei Ihnen wach?« fragt er verwundert.

»Nein.«

»Christos Kalafatis... Na, dieser muskulöse Typ von der Militärpolizei, der im Zuge des Prozesses gegen die Folterer der Junta zu zehn Jahren Haft verurteilt worden war! Im Prozeß haben Favieros, Stefanakos und Vakirtsis als Zeugen der Anklage ausgesagt. Das steht fest, ich habe es nachgeprüft.«

»Und jetzt produziert er Che-Guevara-Leibchen?«

»Genau!«

Ein Militärpolizist, ein ehemaliger Folterknecht der Militärpolizei, stellt T-Shirts mit Che Guevaras Abbild her! Waren die Selbstmorde vielleicht ein finaler Racheakt, da die drei als Zeugen der Anklage gegen Kalafatis ausgesagt hatten, was ihn zehn Jahre seines Lebens kostete? Sollte das zutreffen, dann hat er sie mit Sicherheit mit einem dunklen Geheimnis aus ihrer Vergangenheit erpreßt. Und dieser dunkle Punkt muß mit ihrer Haftzeit bei der Militärpolizei zu tun haben. Woher sollte Kalafatis sonst davon wissen?

»Hast du eine Anschrift?«

»Ja, die von seinem Gewerbebetrieb, Liakou-Straße 8, bei der U-Bahnstation Ajios Nikolaos, zwischen Ionias- und Acharnon-Boulevard.«

»Wenn Gikas nach mir fragt, dann sagt ihm, ich bin in zwei Stunden da. Bravo, das ist ein Topergebnis!«

»Na ja, wir lassen uns doch von der Privatsekretärin des

Kriminaldirektors nicht düpieren!« meint er spöttisch und legt auf.

Der schnellste Weg führt über die Patission-Straße, die Agathoupoleos-Straße hinunter und auf den Ionias-Boulevard. Das bedeutet, daß wahrscheinlich ich das nächste Selbstmordopfer sein werde. Ich beschließe daher, den Mirafiori in der Garage des Präsidiums stehenzulassen und die U-Bahn zu nehmen. Nach zweimaligem Umsteigen, am Syntagma- und danach am Omonia-Platz, trete ich zwanzig Minuten später aus der Station Ajios Nikolaos.

Die Liakou-Straße 8 ist ein verkommener Lagerraum, aus Stein und Zement zusammengefügt, mit kleinen Fenstern und einer zweiflügeligen Eisentür, die einen Spaltbreit offensteht. Ich stoße sie auf und trete ein. Der Raum ist nicht sehr groß. Mit knapper Not finden die drei umfangreichen Maschinen darin Platz, an denen die Baumwollleibchen bedruckt, gebügelt und konfektioniert werden. An den Wänden liegen T-Shirts gestapelt. Der Fußboden ist mit Pappkartons, Packpapier und Flickenteppichen ausgelegt und sieht aus, als sei er seit Monaten nicht mehr geputzt worden. Ganz hinten sitzt ein hochgewachsener und durchtrainierter Fünfundvierzigjähriger mit Vollbart und beginnender Glatze an einem Schreibtisch. Sein Outfit läßt darauf schließen, daß er in seiner Jugend Militärpolizist war. Ich trete auf ihn zu, worauf er den Blick hebt.

»Ja?«

»Kommissar Kostas Charitos.«

In seinem Gesicht regt sich nichts. Er blickt mich weiterhin fragend an.

»Kann ich mich setzen?«

»Muß das sein?« fragt er bissig.

Ich entgegne nichts, sondern ziehe mir einen Stuhl heran und nehme Platz. »Sie waren während der Juntazeit bei der Militärpolizei.«

»Da kommen Sie jetzt erst dahinter?« Scheinbar fühlt er sich auf den Schlips getreten, versucht jedoch, die Selbstbeherrschung zu wahren. »Hören Sie zu. Diese Geschichte ist lange her. Ich wurde vor Gericht gestellt, und der Prozeß hat mich bekannt gemacht. Ich habe zehn Jahre Gefängnis auf dem Buckel, und man hat mich wieder vergessen. Nachdem ich zwei Drittel der Strafe verbüßt hatte, bin ich wegen guter Führung entlassen worden und habe mit der Vergangenheit ein für allemal abgeschlossen.«

»Mein Interesse gilt nicht Ihnen persönlich. Haben Sie von den Selbstmorden des Unternehmers Jason Favieros, des Abgeordneten Loukas Stefanakos und des Journalisten Apostolos Vakirtsis gehört?«

»Hab ich mitgekriegt, und das hat mir die gute Laune keineswegs verdorben.«

»Alle drei waren bei der Militärpolizei inhaftiert, während Sie dort waren.«

»Keine Ahnung mehr. Da wurde eine Menge Leute durchgeschleust, wie sollte ich da alle im Gedächtnis behalten.«

»An die werden Sie sich schon erinnern, weil sie als Zeugen der Anklage bei Ihrem Prozeß ausgesagt haben.«

Es überrascht ihn, daß ich davon weiß, und um seine Irritation zu verbergen, geht er zum Angriff über. »Na und? Wissen Sie, wie viele Leute ausgesagt haben, um mir zehn Jährchen meines Lebens zu stehlen? Warum, glauben Sie, lasse ich mir einen Bart stehen? Damit mich keiner mehr auf der Straße erkennt. Ich ertrage es nicht, von den Leuten angestarrt zu werden.«

»Deswegen also? Ich dachte eher, der Bart sei eine Hommage an Che Guevara«, sage ich ironisch.

»Wie kommen Sie denn darauf?« meint er verdutzt.

»Warum denn nicht! Unter der Diktatur haben Sie die roten Socken und ihre Mitstreiter bekämpft. Ihretwegen haben Sie zehn Jahre Gefängnis auf dem Buckel. Und jetzt verkaufen Sie T-Shirts mit Che-Guevara-Aufdruck.«

Ich schlage in diese Kerbe, um ihn aus der Reserve zu locken, aber er blickt mich an, als wäre ich ein Außerirdischer.

»Wo leben Sie eigentlich? Die Zeiten der roten Socken sind vorbei, heutzutage sind T-Shirts angesagt«, ist seine Antwort. »Es stehen keine politischen Kämpfe mehr auf dem Programm, sondern nur noch Abkassieren. Erinnern Sie sich, was General Pattakos immer sagte?«

»Pattakos? Was hat Pattakos damit zu tun?«

»Erinnern Sie sich an seine Worte?« beharrt er.

»Der hat so viel von sich gegeben, wie soll ich mich da an alles erinnern?«

»Ich will Ihnen nur eine prophetische Aussage ins Gedächtnis rufen: Hellas gleicht einer gewaltigen Baustelle.«

»Und warum ist diese Aussage prophetisch? Aufgrund der Olympischen Spiele?«

»Nein. Weil die Welt einer gewaltigen Börsenblase aufgesessen ist. Von der gewaltigen Baustelle zur gewaltigen Börsenblase, das war doch eine zutreffende Prophezeiung. Pattakos hat recht behalten, und wir haben gesiegt. In dieser gewaltigen Börsenblase ist Che doch bloß eine verkäufliche Ikone. Morgen verkauft sich vielleicht Obristenführer Papadopoulos, übermorgen die andere rote Socke: Mao mit der Baskenmütze. Es hat keine Bedeutung mehr, es sind nur mehr leere Parolen. Denken Sie an die Worte von Christos Kalafatis, der rechten Hand von Major Skouloudis.«

»Welcher Skouloudis? Der Folterer?«

Zum ersten Mal kommt er in Rage, und seine Augen drohen aus den Höhlen zu treten. »Der Untersuchungsrichter der Militärpolizei«, verbessert er mich empört. »Na klar, ihr Bullengesocks hattet für uns Militärpolizisten immer nur Verachtung übrig.«

»Hat er alle drei späteren Selbstmörder verhört?«

»Ja, und alle waren sie Schlappschwänze«, meint er verächtlich. »Das sage ich nicht, weil sie gegen mich ausgesagt haben. Diese Weichlinge fingen zu jaulen an, wenn man nur die Hand gehoben hat. Nur einer unter ihnen war ein ganzer Kerl, obwohl er mehr als zwanzig Jahre älter war.«

»Wer?« frage ich, obschon ich die Antwort kenne.

»Jannelis. Der einzige, der Mumm in den Knochen hatte. Egal, was man mit ihm machte, am Schluß zog man den Hut vor ihm.«

»Auch er hat sich umgebracht, allerdings früher. Irgendwann Anfang der neunziger Jahre.«

»Trotz alledem hat er lange durchgehalten.«

Was will er damit sagen? Mein Instinkt sagt mir, daß in diesem kurzen Satz das Geheimnis verborgen liegt. Doch ich bemühe mich, die Fassung zu bewahren und keine Erregung erkennen zu lassen, da ich fürchte, er könnte Angst bekommen und die Schotten dichtmachen.

»Wieso sagen Sie das?« frage ich, so ruhig es eben geht.

»Weil er teurer bezahlt hat als all die anderen. Vielleicht zahlen die Starken immer drauf, wie man's nimmt. Jedenfalls hat er einen brutalen Schlag einstecken müssen, und es ist ein Wunder, daß er bis in die Neunziger durchgehalten hat.«

»Was für einen Schlag?«

»Seine Tochter ist Major Skouloudis' Frau geworden.«

Er blickt mich an und ist stolz darauf, daß er mich überrumpeln konnte. Das ist ihm tatsächlich gelungen, nur aus Gründen, von denen er nichts ahnt. Koralia Janneli soll die Ehefrau von Major Skouloudis sein, dem Folterer ihres Vaters? Liegt hierin also das Geheimnis? Ist das der Ariadnefaden, der durch das Labyrinth zum monströsen Minotaurus führt?

»Wie eine Rosenknospe!« sagt Kalafatis, ganz Bewunderer der alten Schule. »Sie war nicht älter als achtzehn, als sie zum Major kam, um sich nach ihrem Vater und seinem Entlassungsdatum zu erkundigen. Skouloudis konnte sehr charmant sein. Wenn man mit ihm sprach, konnte man sich nicht vorstellen, daß dieser Mensch andere folterte. Innerhalb eines Monats war die Kleine ihm verfallen.«

»Hat Skouloudis Jannelis von der Beziehung zu seiner Tochter erzählt?«

»Machen Sie Witze? Das hätte ihm doch den Rest gegeben. Und ich sagte Ihnen doch, der Major hatte Respekt vor Jannelis.«

»Ich meine, er hätte ihn doch freilassen können«, sage ich herausfordernd. »Im Endeffekt war es doch der Vater seiner zukünftigen Frau.«

»Das ging nicht. Da wäre er selbst in die Bredouille gekommen. Jannelis und seine Gruppierung standen schließlich im Verdacht, Bomben gelegt zu haben. Doch er verhörte ihn nicht länger, schloß die Akte und überstellte ihn an das Militärgericht. Als sie heirateten, war Jannelis noch in Haft. Er hat es von seinem Sohn erfahren.«

Im nachhinein kann ich mir die verkrampfte, verlegene Reaktion der Janneli erklären, als ich sie auf Vater und Bruder ansprach. Klar war es weniger schmerzhaft für sie, Fragen nach Favieros' Firmen zu beantworten. Offenbar hatte sie aufgrund der Heirat mit ihrem Bruder gebrochen. Und wenn sie sich mit ihrem Bruder überworfen hatte, dann mußte sie auch den Kontakt zu ihrem Vater abgebrochen haben. Aber ein derartiges Geheimnis hätte vielleicht zur Ermordung, nicht aber zum Selbstmord dreier Personen führen können. Wäre wiederum Skouloudis ermordet worden, läge die Ehe mit Koralia Janneli als Motiv für den Mord auf der Hand. Aber was kann diese Ehe mit den Selbstmorden von Favieros, Stefanakos und Vakirtsis zu tun haben? Die einzigen, die mir auf diese Frage antworten können, sind Koralia Janneli oder der ominöse Minas Logaras.

»Haben Sie noch Kontakt zu Skouloudis?«

»Nein. Als ich aus dem Gefängnis kam, wollte ich keine Scherereien mehr. Ich habe mir diesen Broterwerb hier geschaffen, eine junge Frau aus meinem Heimatdorf geheiratet und mich von allem ferngehalten.«

Als ich aufbrechen will, fällt mir noch eine letzte Frage ein, die ich auf gut Glück stelle.

»Kennen Sie einen gewissen Minas Logaras?«

Er kramt kurz in seinem Gedächtnis, ohne jedoch fündig zu werden. »Nein, nie gehört.«

»Das war's«, sage ich und gehe auf die Eisentür zu, die noch immer einen Spaltbreit offensteht.

»Kommen Sie ja nicht wieder«, höre ich seine Stimme hinter mir sagen und wende mich um. »Ich habe meinen Obulus an die Militär- und Sicherheitspolizei in Arrestzellen und Haftanstalten jeglicher Art zur Genüge entrichtet. Ich habe ein Anrecht darauf, euch nicht mehr sehen zu müssen.«

Ich öffne die Tür zur Hälfte und trete hinaus, ohne ihm zu antworten. Er ist der dritte in Folge, der mir nahelegt, nicht wieder aufzutauchen. Zuerst Samanis, dann – wenn auch indirekt – die Janneli und jetzt der ehemalige Militärpolizist Christos Kalafatis. Sowohl diejenigen, die das Geld mit vollen Händen hinausgeworfen haben, als auch diejenigen, die aus der Revolution Kapital geschlagen haben – alle sind sie zufrieden, wie auch Sissis sagt. Und sie wollen sich nicht erinnern. Sie rufen in mir die Schnulze wach, die mir während der Taxifahrt nach meinem Treffen mit Gikas und Janoutsos so auf die Nerven gegangen war: »Uns beiden geht's zu gut, und das raubt mir den Mut.«

52

Ich lasse mich mit ihr verbinden, sobald ich ins Büro komme.

»Schon wieder Sie, Herr Kommissar?« ist ihr erster Kommentar. »Ich dachte, wir wären fertig miteinander.«

»Das dachte ich auch, aber ich habe mich geirrt, Frau Skouloudi.«

Die Leitung ist für kurze Zeit tot. Als ihre Stimme wieder ertönt, klingt sie ernst und gefaßt. »Also haben Sie schließlich herausgefunden, wer ich bin.«

»Ja, um genau zu sein, heute morgen.«

»Darf ich fragen, wie?«

»Von Christos Kalafatis, dem Hersteller der Che-T-Shirts.«

Ihre gute Laune kehrt wieder. »Das freut mich. Er wußte als einziger Bescheid, und Sie haben ihn gefunden.«

»Wir müssen miteinander reden. Wann können Sie bei mir im Büro vorbeikommen?«

»Es muß doch nicht sein, daß ich Ihren Besuch erwidere«, sagt sie lachend. Dann wird sie wieder ernst. »Treffen wir uns nicht bei Ihnen oder bei mir im Büro, sondern bei mir zu Hause, sagen wir heute abend um sechs.«

Ich erkundige mich nach ihrer Adresse.

»Tombasi-Straße 7, in Pefki«, sagt sie. »Ganz in der Nähe des Katsimbali-Parks.«

Ich überlege, ob ich Gikas sofort von Kalafatis und Skouloudis erzählen soll oder ob ich besser erst das Treffen mit der Janneli abwarte. In meiner Vorfreude würde ich natürlich am liebsten gleich zu Gikas rennen. Wie viele Jahre man auch an einer Dienststelle abgesessen hat, wie erfahren auch immer man ist – sobald ein Ermittlungserfolg in der Luft liegt, läuft jeder sofort zu seinem Vorgesetzten, um sich in die Brust zu werfen. Das ist eine Art unbeherrschbarer Trieb. Ich beschließe, mich in Geduld zu üben, da ich korrekterweise zuerst mit der Janneli sprechen sollte, um mich abzusichern, und dann erst zu Gikas zu gehen, um mit meinen Ergebnissen aufzuwarten.

Wie bringt man fünf Stunden über die Runden, wenn man auf glühenden Kohlen sitzt? Zunächst einmal unterhalte ich mich über längere Zeit mit den Reportern. Sie blicken mich sprachlos an, da ich zum ersten Mal mit ihnen im Plauderton konferiere. Da Sotiropoulos etwas schwant, bleibt er etwas länger. Davon haben wir beide etwas, denn er schneidet sein Lieblingsthema Selbstmorde an, und ich antworte mit Schaumschlägereien, damit die Zeit vergeht. Zum Schluß bekomme ich Gewissensbisse und erzähle ihm, er solle noch einen Tag Geduld haben, vielleicht hatte ich morgen Neuigkeiten für ihn. Er bedrängt mich, ihm meine Quellen zu nennen, aber ich widerstehe seinem Ansturm wie ein Fels in der Brandung. Dreimal fahre ich in die Cafeteria hinunter, wo ich mir hintereinander drei Pseudo-Mokkas hole, ein Croissant in Zellophanhülle und ein Päckchen Cracker für meinen nervösen Magen.

Voraussichtlich werde ich etwa eine Dreiviertelstunde nach Pefki brauchen. Der kürzeste Weg führt über den Kifissias-Boulevard und nach den Ivi-Getränkewerken links über die Ajiou-Konstantinou-Straße zur Chrysostomou-Smyrnis-Straße. Es ist ein sommerlicher Montagnachmittag, alle Geschäfte sind geschlossen, und auf den Straßen herrscht fast kein Verkehr. Ich treffe eine Viertelstunde zu früh ein und drehe zwei Runden um den Häuserblock, um genau zum vereinbarten Zeitpunkt an der Tür zu läuten. Das Klingelschild in der Tombasi-Straße 7 lautet nur auf den Namen Koralia Janneli. Ich frage mich, ob Skouloudis verstorben ist oder einfach kein Lebenszeichen mehr von sich geben will. Das Apartment liegt im fünften Stock im Dachgeschoß.

Sie öffnet mir persönlich die Tür. Sie trägt dasselbe Lächeln im Gesicht wie in ihrem Büro der BALKAN PROSPECT und hat auch eines ihrer Ensembles an.

»Treten Sie ein«, meint sie und führt mich in ein geräumiges Wohnzimmer, das auf eine Veranda mit heruntergekurbelter Markise und unzähligen Pflanzen, zumeist Bäumchen in großen Tontöpfen, führt. Rechts an der Wand befindet sich eine geschlossene Schiebetür. Dahinter ist das leise Gemurmel eines Fernsehers zu vernehmen.

»Setzen Sie sich«, sagt sie und deutet auf einen Sessel, von dem man einen Ausblick auf den Volkspark von Pefki hat. »Möchten Sie etwas trinken?«

»Nein, vielen Dank.«

Sie nimmt mir gegenüber auf dem Sofa Platz. Sie versucht mir das Gefühl zu vermitteln, sie hätte mich auf ein Kaffeekränzchen eingeladen. Aber es fällt ihr nicht ganz leicht, ihre Nervosität zu verbergen.

»Also, wo fangen wir an? Bei Minas Logaras?«

Sie lacht auf. »Es gibt keinen Minas Logaras, und das wissen Sie so gut wie ich.« Mit einem Schlag wird sie ernst. »Nein, wir müssen bei der Festnahme meines Vaters beginnen.«

Ich überlasse es ihr, das Tempo ihrer Erzählung selbst zu bestimmen. Jetzt, wo ich ihr gegenübersitze, fühle ich mich entspannt. Ich habe es nicht eilig und kann warten.

»Mein Vater wurde im Frühjahr '72 verhaftet. Eines Nachts riß man uns gegen zwei Uhr aus dem Schlaf. Sie packten meinen Vater, schlugen auf ihn ein und zerrten ihn zur Tür.« Sie hält inne und sagt tonlos, als mache sie eine simple Feststellung: »Damals, Herr Kommissar, habe ich meinen Vater zum letzten Mal gesehen.«

Sie verstummt kurz. Schließlich fährt sie fort: »Mein Vater hat sich, genau wie meine Mutter, sein Leben lang in politischen und revolutionären Bewegungen engagiert. Uns Kinder wollten sie jedoch von all dem fernhalten. Sie sprachen nicht mit uns darüber, erklärten uns nichts, erwähnten es einfach mit keinem Wort. Das taten sie zu unserem Schutz, aber auch aus Angst, wir könnten etwas ausplaudern. Auf diese Weise hatten wir keine Ahnung von ihren Tätigkeiten, lebten aber in einer unbestimmten Angst. Ich erzähle Ihnen das, damit Sie unsere panische Reaktion verstehen, als unser Vater verhaftet wurde.« Sie blickt mich an und lächelt mit leiser Ironie. »Sie sind ja Polizist und wissen, wovon ich rede.«

Ich weiß es. Aber in meiner Position sehe ich selten die Unschuldigen, sondern eher die Schuldigen in Panik geraten.

»Ich ging damals in die dritte Klasse des Lyzeums, Kimon in die dritte Klasse des Gymnasiums. Unsere Mutter war zwei Jahre zuvor gestorben. Wir hatten keinerlei Unterstützung, wir kannten niemanden. Am nächsten Morgen begann ich diskret nachzuforschen, wohin man die Verhafteten brachte. So habe ich von der Militärpolizei erfahren. Ich packte eine Tasche mit Kleidern, weil mein Vater nichts hatte mitnehmen können, und ging zur Militärpolizei. Mir wurde mitgeteilt, ich könne mit Major Skouloudis sprechen. Er hat mich sehr freundlich empfangen. Er erklärte mir, daß er meinem Vater die Kleider persönlich aushändigen würde, daß sie ihn zum Verhör festhielten und er nicht wisse, wann er freikommen würde. Aber ich solle keine Angst haben, da es ihm gesundheitlich gutgehe. Wenn ich Fragen hätte oder meinem Vater etwas zukommen lassen wollte, sollte ich mich direkt an ihn wenden.«

Erneut pausiert sie und blickt mich an. »Vielleicht verstehen Sie auch das, was ich Ihnen jetzt sagen werde. Wenn man sein Leben lang in Angst und Unwissenheit gelebt hat, wenn man mit einem kleineren Bruder allein gelassen wurde und nicht weiß, an welche Tür man klopfen soll, und plötzlich auf jemanden trifft, der sich entgegenkommend verhält und sich bereit erklärt, jederzeit zu helfen, dann wird einen dieser Mensch früher oder später für sich einnehmen. Aber es ist nicht nur das allein. Von unseren Eltern erhielt ich nie Antworten. Skouloudis hatte immer eine Antwort parat, hatte eine Lösung für alle meine Fragen. Nun gut, seine Worte waren Ammenmärchen, aber Ammenmärchen klingen in den Ohren kleiner verschreckter Kinder eben beruhigend.«

Wiederum stößt sie einen Seufzer aus. »Sie wollen bestimmt nichts trinken?« fragt sie.

»Nein, danke.«

»Dann gönne ich mir einen.«

Sie erhebt sich und tritt aus dem Wohnzimmer. Ich habe in meinem Leben unzählige Befragungen durchgeführt und weiß, wie ein Geständnis zustande kommt: Es sind durch Aufschübe, Verzögerungstaktiken und Kunstpausen verlängerte schwere Geburten. Daher warte ich geduldig, während der Fernseher im Nebenraum weiterläuft. Die Janneli kehrt mit einem Glas Whisky mit Eis in der Hand zurück.

»Deshalb habe ich mich in meinen späteren Mann verliebt, Herr Kommissar, deshalb habe ich ihn geheiratet. Wegen der Sicherheit, die er mir gab«, sagt sie, sobald sie Platz genommen hat. »Ich war noch nicht volljährig. Keine Ahnung, wie Jagos zu einer Heiratserlaubnis gekommen ist. Wir haben fast ohne Zeugen geheiratet. Ich hatte nur Kimon mitgebracht, Jagos zwei Freunde. Nach der Hochzeit wollte ich meinen Vater sehen. Jagos erklärte mir, es würde weder mir noch ihm selbst guttun, weil seine Ehe mit der Tochter eines inhaftierten Bombenlegers keinem geheuer sei. Da habe ich einen ausführlichen Brief an meinen Vater geschrieben. Darauf habe ich nie eine Antwort erhalten. Auch nicht, als ich ihm noch einmal schrieb.«

Sie macht noch eine Pause und trinkt einen Schluck von ihrem Whisky. Scheinbar will sie noch einmal tief durchatmen, bevor sie zum schwierigen Teil übergeht. »Die Antwort bekam ich nach dem Ende der Diktatur.«

Sie steht auf und tritt auf den Vitrinenschrank zu, der an

der Wand gegenüber von der Schiebetür steht. Sie nimmt ein zusammengefaltetes Blatt Papier aus einem Schubfach und überreicht es mir. Brief kann man es eigentlich nicht nennen, eher eine Notiz, die auf dem Blatt eines Schulheftes niedergeschrieben wurde.

Du hast mich verraten und den Mann geheiratet, der mich gefoltert hat. Von nun an muß ich mich vor Scham verkriechen. Untersteh dich, zu meinem Begräbnis zu kommen. Du bist nicht mehr meine Tochter. Kimon wird bei mir bleiben. Auch ihn wirst du nicht wiedersehen.

Anstelle einer Unterschrift stehen zwei Buchstaben: Th. Ich gebe der Janneli die Notiz zurück.

»Unzählige Male habe ich versucht, ihn zu sehen, immer wieder habe ich ihn angerufen. Es hat nichts genützt. Sowohl mein Vater als auch mein Bruder haben jeden Kontakt zu mir abgebrochen.« Sie ist aufgewühlt und atmet tief durch, um sich zu beruhigen. »Als ich die Nachricht von seinem Selbstmord las, forschte ich seine Adresse aus und eilte hin. Mein Bruder öffnete mir die Tür. Er sagte, ich solle verschwinden und es nicht wagen, ans Begräbnis zu kommen, weil er mich mit Fußtritten aus der Kirche jagen würde.«

»Haben Sie die Notiz, die Ihr Vater Ihnen geschickt hat, Ihrem Mann nicht gezeigt?«

»Als ich die Nachricht erhielt, war mein Mann nun seinerseits im Gefängnis, Herr Kommissar. Man hatte ihn eine Woche nach der Vereidigung der ersten Regierung Karamanlis verhaftet.«

»Und danach? Haben Sie keine Erklärung gefordert?«

Sie lacht bitter auf. »Finden Sie das verwunderlich?«

»Es irritiert mich.«

»Kommen Sie«, sagt sie und erhebt sich.

Sie zieht die Schiebetür auf und läßt mich vorbei. Ich trete in ein kleineres Zimmer mit einem Sofa, einem Tischchen und je einem Stuhl mit hoher Rückenlehne an jeder Wand. An der dem Sofa gegenüberliegenden Wand befindet sich ein Fernseher mit einem überdimensionalen Bildschirm. Zwischen dem Sofa und dem Fernseher sitzt ein Mann in einem Rollstuhl. Auf den ersten Blick wird klar, daß er einen schweren Schlaganfall erlitten haben muß. Seine linke Hand ist gelähmt, sein Kopf ist auf die linke Schulter herabgesunken und zittert ununterbrochen, während sein Mund bis zur Unkenntlichkeit verzerrt ist. Nur die rechte Hand kann er mit Mühe bewegen.

»Das ist mein Mann, Herr Kommissar«, höre ich Jannelis Stimme neben mir. »Unehrenhaft entlassener Infanteriemajor Jagos Skouloudis. Jagoulas, wie man ihn bei der Militärpolizei nannte. Er wurde zu einer fünfzehnjährigen Haftstrafe verurteilt, erlitt in seiner Hoffnungslosigkeit drei Schlaganfälle und wurde als unheilbar aus der Haft entlassen. Er kann nicht gehen, nicht sprechen und die einzige Kontaktaufnahme läuft über diese Notizzettel.«

Sie deutet auf einen Korb mit kleinen Nachrichten, der an der Armlehne des Rollstuhls befestigt ist. In Höhe seiner rechten Hand ist ein Klapptischchen angebracht, auf dem Zettel und ein Kugelschreiber liegen. Offenbar schreibt Skouloudis seine Kommentare auf und schiebt sie dann in das Körbchen.

»Lesen Sie, wenn Sie möchten«, meint die Janneli.

Die Mühe, die Skouloudis das Schreiben kostet, ist selbst für einen Blinden zu erkennen. Die klobigen Buchstaben wurden einzeln und mit starkem Druck auf die Unterlage gemalt.

Das Schlitzauge kocht mir nur Tee. Ich will Kaffee, null Reaktion. O Mann!

Der zweite Zettel enthält einen Aufschrei:

BREI! BREI! BREI! ICH HAB'S SATT!

»Er kann nicht kauen«, erklärt die Janneli, die über meine Schulter mitliest. »Er ißt nur Suppen, Püree, höchstens ein wenig gekochten Fisch.«

Die dritte Notiz erinnert an militärischen Befehlston:

Sag dieser Gans, sie soll später mit mir spazierengehen, sonst sind wir zu früh zurück und mir wird sterbenslangweilig.

Auf dem letzten Zettel steht die Bemerkung:

Ich habe American Yakuza 2 *gesehen. Überall siegen die Starken. Nur wir haben verloren. So eine Schande!*

Die Janneli beugt sich zu ihm hinunter. »Ich habe etwas mit dem Herrn zu besprechen, und dann komme ich zu dir. In Ordnung, Jagos?« meint sie sanft.

Da sein Kopf ständig zittert, kann man schwer sagen, ob er zustimmt oder gleichgültig bleibt. Die Janneli bedeutet mir hinauszugehen und schließt die Tür hinter sich.

»Drei Monate nach seiner Verhaftung kam ein Freund bei uns vorbei und überbrachte mir einen Schlüssel, zusammen mit einer Adresse in Liossia. Dort habe ich eine Zweizimmerwohnung voll mit Akten gefunden. Jagos hatte die Unterlagen all seiner Verhöre kopiert: Behördenbriefe, Gesuche, Fotografien. Darunter fand ich die Akte meines Vaters sowie die von Jason Favieros, Loukas Stefanakos und Apostolos Vakirtsis. Auf diese Weise habe ich von der Gruppierung *Che* erfahren. Als die Archive der Militärpolizei in Keratsini in Flammen aufgingen, blieb einzig dieses Archiv zurück«, fügt sie lächelnd hinzu.

»Und wo befindet es sich jetzt?«

»Lassen Sie mich zu Ende erzählen. Im Verlauf seiner Haftstrafe wurde mir nach und nach das Netzwerk bewußt, das Jagos all die Jahre über aufgebaut hatte. Von Zeit zu Zeit tauchten unbekannte Personen auf und gaben mir Informationen weiter – in der Hoffnung, daß sie dem Major damit helfen konnten. Eines Tages sagte ich während der Besuchszeit in verschlüsselter Form zu ihm, verschiedene Leute kämen und brächten Geschenke für ihn vorbei. Er begriff sofort und erklärte knapp: ›Laß die Finger davon.‹ Bis eines Tages jemand mit Informationen kam, die mich persönlich interessierten. Er erzählte, Jannelis und seine Gruppe seien wieder aktiv geworden. Sie hätten die *Unabhängige Widerstandsbewegung Che* aufgelöst und statt dessen die *Revolutionäre Vereinigung 8. Oktober* gegründet …«

Der Name sagt mir etwas. »Haben die nicht Attentate auf Bankfilialen verübt?«

»Ja, und zwei auf die Athener Börse, aber die Sprengsätze detonierten nicht. Der 8. Oktober 1967 ist Che Guevaras Todestag. Mein Informant war äußerst methodisch vorgegangen. Er hatte herausgefunden, wo sich der geheime Treffpunkt der Zelle befand. Er hatte von außen Fotos davon gemacht und Aufnahmen von allen, die dort ein und aus gingen. Es gelang ihm sogar, mit einem Zweitschlüssel einzudringen und den Innenraum zu fotografieren. Jagos hatte mir zwar nahegelegt, die Finger davonzulassen, aber ich behielt diese Fotos. Alle von ihnen mit Ausnahme meines Vaters gingen nebenher einem unverdächtigen Broterwerb nach. Jason hatte eine kleine Baufirma gegründet, Loukas war gerade in die Politik gegangen, und Vakirtsis machte sich langsam als Journalist einen Namen. Als ihre Geschäfte im Lauf der Zeit immer besser gingen, wurden sie von Umstürzlern zu Unternehmern. Der Erfolg blendete sie so sehr, daß sie die Revolution ganz vergaßen und ihr schließlich völlig abschworen. Mitte der achtziger Jahre war mein Vater ganz allein übriggeblieben, verraten von seinem Kind und von seinen ehemaligen Weggenossen.«

Sie geht in die Küche und kehrt mit einem zweiten Glas zurück. Sie trinkt einen Schluck und schließt die Augen.

»Die Idee, mich zu rächen, hatte ihren Ursprung im Selbstmord meines Vaters. Ich sagte mir: Sie waren es doch, die ihn zum Selbstmord getrieben haben, und nicht ich. Mein Gedankengang war einfach: Wenn er sich meinetwegen hätte umbringen wollen, so hätte er das schon vorher getan. Er beging Anfang der neunziger Jahre Selbstmord, als er mit ansehen mußte, wie seine ehemaligen Weggefährten zu Stützen des Establishments wurden, das sie früher einmal hatten stürzen wollen. Der Untergang der sozialistischen Regime war nur der letzte Todesstoß.«

Sie hält das Glas zwischen beiden Händen und blickt darauf. »Sie werden sagen, ich lege mir das alles nur zurecht. Vielleicht stimmt das auch. Dieser Verdacht ist mir selbst schon gekommen. Jedenfalls wollte ich die Wut loswerden, die sich in mir angestaut hatte. Jagos war aus dem Militärdienst entlassen worden, seine paar Ersparnisse gingen für seine Rechtsanwälte drauf, und ich mußte Geld verdienen. Parallel dazu studierte ich in Abendkursen Betriebswirtschaft und Informatik. Als ich den Entschluß faßte, mich zu rächen, bewarb ich mich in Favieros' Firma unter dem Namen Koralia Janneli, als Athanassios Jannelis' Tochter. Mein Vater hatte sich tatsächlich vor Scham verkrochen, wie er es mir angekündigt hatte, und niemandem erzählt, daß ich Jagos Skouloudis, den Folterer, geheiratet hatte. Jagos seinerseits hatte mir verboten, zum Prozeß zu kommen. Folglich war ich sicher, daß Favieros meinen Hintergrund nicht kannte. Tatsächlich bestellte er mich ein paar Tage später zu sich, erkundigte sich nach der Identität meines Vaters und stellte mich ein. Ich verrichtete meinen Job gut und machte daher rasch Karriere. An meinen freien Abenden schrieb ich an den Biographien der drei. Ich verfügte über Jagos' riesiges Archiv, dazu noch über die Informationen diverser Zuträger. Als ich die drei Biographien fertiggestellt hatte, trat mein Plan in Kraft.«

»Hatten Sie die erste Biographie dem Verleger schon geschickt?«

»Ja. Ich hatte einen kleinen, unbekannten Verlag ausgewählt, um kein Risiko einzugehen. Dann begann ich, Favieros per E-Mail Kopien meiner Dateien zu schicken. Jeden Tag ein paar, ohne jeglichen Kommentar. Die Dateien löschten sich am folgenden Tag selbst, und an ihre Stelle traten neue.«

Eine von Stefanakos' Notizen kommt mir in den Sinn: Da war doch noch eine Person erwähnt worden, die Beweise schicken wollte und exorbitante Dinge verlangte. Das war die Janneli.

»Wie haben sie darauf reagiert?«

Zum ersten Mal lacht sie unbekümmert los. »Favieros sandte mir kurz und schmerzlos die Frage: ›Wieviel?‹ Stefanakos reagierte wie ein mit allen Wassern gewaschener Politiker: ›Ich weiß nicht, worauf Sie hinauswollen, aber man kann über alles reden.‹ Und Vakirtsis faßte sich kurz: ›Nenn Deinen Preis, Arschloch.‹ Ich habe allen gleichermaßen geantwortet: ›Ich möchte, daß ihr euch in aller Öffentlichkeit umbringt, dann werde ich mit einer biographischen Lobeshymne für euren Nachruhm sorgen. Wenn ihr nicht einwilligt, werde ich alles ans Licht bringen und euch und eure Familien vernichten.‹ Dann habe ich ihnen die Biographie zur Ansicht geschickt, um sie zu überzeugen.«

»Warum aber öffentlich, Frau Janneli? Diese Frage hat mich vom ersten Tag an gequält.«

»Ich weiß, Sie haben es wiederholt erwähnt«, entgegnet sie mit einem Lächeln. »Weil mein Vater sich in seinem Zimmer erhängt hat und erst gefunden wurde, als sich nach drei Tagen Leichengeruch verbreitete. Die da sollten vor den Augen der ganzen Welt sterben. Andererseits gab ich ihnen damit die Möglichkeit eines heldenhaften Abgangs, unterstützt von ihrer Biographie. Verstehen Sie, was passiert wäre, wenn ich aufgedeckt hätte, daß diese Unternehmer, Politiker und Journalisten, diese Stützen der Gesellschaft, bis Anfang der achtziger Jahre in Banken und an der Börse Bomben gelegt hatten? Das hätte nicht nur ihr eigenes Ende bedeutet, sondern auch das ihrer Frauen und Brüder, die als Strohmänner ihrer Geschäfte fungierten. Alle drei waren vom Erfolg verwöhnt, sie waren mittlerweile prominent und hätten solch eine Katastrophe, eine öffentliche Zurschaustellung, eine Gefängnisstrafe nicht verkraftet. So zogen sie die von mir vorgeschlagene Lösung vor.«

»Woher haben Sie gewußt, daß Vakirtsis sich an dem Tag umbringen würde, als Sie mir die Biographie zukommen ließen?«

»Ich wußte, daß er jedes Jahr an seinem Namenstag ein großes Fest gibt. Das habe ich ihm als Bedingung gestellt. Ich erklärte ihm, entweder brächte er sich dort um oder ich würde ihn denunzieren.«

Nun sehe ich alles vor mir: das dunkle Geheimnis aus der Vergangenheit, Logaras und seine Biographien, die von mir aufgestellten Hypothesen, die bis zu einem gewissen Grad richtig, jedoch ergebnislos geblieben waren. Eine letzte Frage möchte ich noch geklärt wissen.

»Warum ich, Frau Janneli? Warum haben Sie mich ausgesucht?«

Sie blickt mich an und lächelt mir zu. »Weil Sie der einzige waren, der die Wahrheit wissen wollte. Das hat mich gleich bei unserer ersten Begegnung beeindruckt. Niemand sonst wollte den wahren Grund erfahren. Alle wollten ein rasches Begräbnis, das unangenehme Ereignis dem Vergessen anheimgeben und in Ruhe weitermachen. Sie waren der einzige. Und noch etwas, das ich Ihnen heute schon zweimal gesagt habe.«

»Was?«

»Ich glaube, daß Sie Verständnis haben. Ich kann es nicht begründen, aber das glaube ich.«

»Kann sein, daß ich Verständnis habe, aber das ändert nichts an der Tatsache, daß es sich um Straftaten handelt. Die Anstiftung zum Selbstmord ist ein Verbrechen und wird strafrechtlich verfolgt. Sie werden für eine offizielle Aussage mit mir ins Präsidium kommen müssen.«

Sie lacht auf. »Kommen Sie schon, Herr Kommissar. Worauf wollen Sie Ihre Anschuldigung stützen? Sie haben nichts in der Hand, außer dem Computerausdruck einer Biographie, verfaßt von einem gewissen Minas Logaras.«

»Möglich, aber ich werde weitersuchen.«

»Sie werden nichts finden, das kann ich Ihnen schriftlich geben. Den Teil des Archivs, der für mich uninteressant war, habe ich schon vor Jahren vernichtet. Vorgestern, als Sie das T-Shirt mit Che Guevara erhielten, habe ich auch das übrige Archiv verbrannt. Kein einziges Blatt ist übriggeblieben, Herr Kommissar. Nur die Notiz meines Vaters. Andere heben die Fotografie ihres Vaters auf – ich den Zettel, auf dem er sich von mir lossagt.« Ihre Bitterkeit ist nur vorübergehend, sie überwindet sie rasch. »Worauf wollen Sie die Anschuldigung also stützen? Und wo wollen Sie einen Staatsanwalt auftreiben, der ein Verfahren einleitet?«

Sie hat recht, ich werde keinen finden. Deshalb hat sie die ganze Zeit Katz und Maus mit mir gespielt. Sie war sicher, unangreifbar zu sein.

»Diese Leute haben meinen Vater und meinen Mann betrogen, Herr Kommissar. Mein Vater hätte niemals mit ihnen gemeinsame Sache gemacht, hätte er gewußt, daß sie Geschäftemacher werden würden. Denn er haßte Geschäftemacher zutiefst. Und mein Mann hätte sie niemals gefoltert, hätte er gewußt, daß sie Geschäftemacher werden würden. Denn er bewunderte Leute wie Onassis oder Bossodakis zutiefst. Der eine hing so lange von der Decke, bis er stank, und der andere wurde vom Folterer zum Gequälten. Ich möchte keinen von Schuld reinwaschen, auch mich selbst nicht, aber die da müssen auch bezahlen. Das kleine verschreckte Mädchen hat sie am Ende alle besiegt.« Zum ersten Mal erkenne ich so etwas wie Stolz in ihrer Stimme.

Sie erhebt sich von ihrem Platz, um anzudeuten, daß unser Gespräch beendet ist. Ich ringe um Worte, finde aber keine. Scheinbar kann sie meinen Zustand an meinem Blick ablesen, denn als wir zur Wohnungstür gelangen, meint sie: »Morgen werden Sie in Ihre Dienststelle gehen und ich ins Büro. Ich werde weiterhin alles daransetzen, die Unternehmen unter meiner Leitung zum Erfolg zu führen. Ich werde mit Samanis, Lilian Stathatou und Frau Favierou zusammenarbeiten, und keiner von ihnen wird jemals wissen, daß ich ihre Freunde und Ehemänner in den Tod geschickt habe. Aber ich wollte, daß jemand außer mir davon weiß. Ich freue mich, daß Sie es sind, glauben Sie mir. Was auch immer Sie von mir denken, ich freue mich.«

Sie öffnet mir die Tür, damit ich hinaustreten kann. Ich

bleibe an der Schwelle stehen, in der Hoffnung, daß mir irgendein Schlußwort einfällt. Doch es kommt mir nichts in den Sinn. Ich kann sie weder beschimpfen noch verurteilen, ihr aber auch nicht die Hand drücken. Daher wende ich mich zum Gehen.

Ich setze mich in den Mirafiori, fahre aber nicht gleich los. Ich versuche meine Gedanken zu sortieren, aber es fällt mir nicht leicht. Gikas werde ich alle Geschehnisse, ohne etwas zurückzuhalten, berichten müssen. Gleichermaßen dem Minister. Keiner von beiden wird groß bedauern, daß wir die Janneli nicht überführen können. Sie werden vielmehr froh sein, daß nun Schluß ist mit den Selbstmorden und sie bald vergessen sein werden, ohne daß ein Skandal an die Öffentlichkeit gedrungen ist. Gikas hat noch einen zusätzlichen Grund zum Jubeln, da er ab morgen Koula wiederhat.

Hatte der Tod von Favieros, Stefanakos und Vakirtsis irgendeinen Wert? Darauf habe ich keine Antwort. Hätte es irgendeinen Wert, die Janneli auf die Anklagebank zu setzen? Auch darauf habe ich keine Antwort. Was bleibt sonst noch? Die drei Gewinner: Andreadis, Kalafatis und die Janneli. Na gut, auch noch der Minister und Gikas. Sissis und Andreadis würden auch mich dazuzählen. Vielleicht zu Recht. Denn schließlich habe ich es geschafft, meinen Posten zurückzuerobern, meine Aktien bei Gikas und beim Minister sind in die Gewinnzone gestiegen… Ich will nicht undankbar sein. Aber wieso komme ich mir vor wie der letzte Trottel?

Personenverzeichnis

Andreadis, Kyriakos	Parlamentsabgeordneter
Aristopoulos, Ilias	Angestellter der Firma DOMITIS
Barwan	Butler von Jason Favieros
Birbiroglou, Stelios	mutmaßliches Mitglied der *Griechisch-Nationalen Vereinigung Philipp von Makedonien*
Charitos, Kostas	Kommissar
Charitou, Adriani	Ehefrau von Kostas
Charitou, Katerina	Tochter von Adriani und Kostas
Chorafas, Stathis	Immobilienmakler
Christos	Kellner
Dermitsakis	Charitos' Assistent
Dimou, Stelios	mutmaßliches Mitglied der *Unabhängigen Widerstandsbewegung Che*
Eleni	Charitos' Schwagerin
Favieros, Jason	Großunternehmer
Fotaki	Journalistin
Gikas, Nikolaos	Leitender Kriminaldirektor
Janneli, Koralia	Geschäftsführerin der BALKAN PROSPECT
Janneli, Vassiliki	Mutter von Koralia Janneli
Jannelis, Athanassios bzw. Thanos	Vater von Koralia Janneli
Jannelis, Kimon	Bruder von Koralia Janneli
Janoutsos, Polychronis	Charitos' Vertretung
Joldassis	Leiter des Verlags EUROPUBLISHERS
Jota	Mitarbeiterin im Verlag EUROPUBLISHERS
Kalafati, Angeliki bzw. Koula	Sekretärin von Nikolaos Gikas
Kalafatis, Christos	T-Shirt-Hersteller, ehemaliger Militärpolizist
Karajorgos	leitender Ministerialbeamter
Karanikas	Bauführer in der Firma DOMITIS

Kariofyllis	Notar
Komi, Aspasia	Fernsehmoderatorin
Koula	s. Kalafati, Angeliki
Kourtis, Jannis	Journalist
Kousta, Elena	Sängerin, vgl. *Nachtfalter. Ein Fall für Kostas Charitos*, Diogenes, Zürich 2001.
Lefaki, Theoni	Sekretärin von Jason Favieros
Leventojanni, Irini	Klientin von Megaritis und Kariofyllis
Logaras, Minas	Autor von Biographien
Markaki-Favierou, Sotiria	Ehefrau von Jason Favieros
Markidis	Gerichtsmediziner
Megaritis	Immobilienmakler
Nikas, Charlambos	mutmaßliches Mitglied der *Griechisch-Nationalen Vereinigung Philipp von Makedonien*
Nina	Dienstmädchen im Hause Favieros
Ousounidi, Sevasti	Mutter von Fanis Ousounidis
Ousounidis, Fanis	Freund von Katerina Charitou
Ousounidis, Prodromos	Vater von Fanis
Pattakos	einer der Obristen, die 1967 die Diktatur errichteten
Petroulakis	Berater des Premierministers
Samanis, Xenofon	Generaldirektor der Firma DOMITIS
Sarantidis	Leiter des gleichnamigen Verlags
Seitanidis, Nikos	mutmaßliches Mitglied der *Griechisch-Nationalen Vereinigung Philipp von Makedonien*
Rena	Lebensgefährtin von Apostolos Vakirtsis
Sikas, Vassos	mutmaßliches Mitglied der *Unabhängigen Widerstandsbewegung Che*
Sissis, Lambros	Informant von Charitos, ehemaliger Häftling, heute Rentner
Skouloudis, Jagos	Major und ehemaliger Untersuchungsrichter der Militärpolizei
Sotiropoulos, Menis	Journalist
Spyros bzw. Spyrakos	Cousin von Koula Kalafati
Stathatos, Argyris	Vater von Lilian Stathatou
Stathatou, Lilian	Ehefrau von Loukas Stefanakos und Leiterin der Werbeagentur STARAD

Stefanakos, Loukas	Parlamentsabgeordneter
Stella	Sekretärin von Loukas Stefanakos
Tanja	Dienstmädchen im Hause Favieros
Tellopoulos, Anestis	mutmaßliches Mitglied der *Unabhängigen Widerstandsbewegung Che*
Vakirtsi, Charoula	Ehefrau von Apostolos Vakirtsis
Vakirtsis, Apostolos	Journalist
Vakirtsis, Menelaos	Unternehmer, Bruder von Apostolos Vakirtsis
Valsamakis	Fernsehregisseur
Vlassopoulos	Charitos' Assistent

Petros Markaris im Diogenes Verlag

Hellas Channel

Ein Fall für Kostas Charitos

Roman. Aus dem Neugriechischen von Michaela Prinzinger

Er liebt es, Souflaki aus der Tüte zu essen, dabei im Wörterbuch zu blättern und sich die neuesten Amerikanismen einzuverleiben. Seine Arbeit bei der Athener Polizei dagegen ist kein Honigschlecken. Besonders schlecht ist Kostas Charitos auf die Journalisten zu sprechen, und ausgerechnet auf sie muß er sich einlassen, denn Janna Karajorgi, eine Reporterin für *Hellas Channel,* wurde ermordet. Wer hatte Angst vor ihren Enthüllungen? Um diesen Mord ranken sich die wildesten Spekulationen, die Kostas Charitos' Ermittlungen nicht eben einfach machen. Aber es gelingt ihm, er selbst zu bleiben – ein hitziger, unbestechlicher Einzelgänger, ein Nostalgiker im modernen Athen.

»Ein Buch für all jene, für die Schwarz-Weiß zwar in der Photographie ein interessantes Ausdrucksmittel ist, die sonst jedoch auf Zwischentöne Wert legen, denn zwischen Gut und Böse gibt es viele Abstufungen.« *Robert Streibel / Die Furche, Wien*

»Petros Markaris hat einen sympathischen Charakter mit Ecken und Kanten geschaffen, der das Zeug hat, in Serie zu gehen.« *Per Hansen / Bremer*

Nachtfalter

Ein Fall für Kostas Charitos

Roman. Deutsch von Michaela Prinzinger

Erdbeben auf einer griechischen Insel: Einige Bewohner werden unter Trümmern begraben. Ein längst be-

grabener, mysteriöser Toter jedoch kommt durch die Erschütterungen wieder ans Tageslicht. Für Kommissar Kostas Charitos Grund genug, seine Ferien in der Ägäis abzubrechen und mit der Leiche auf dem Bukkel in sein geliebt-gehaßtes Athen zurückzukehren. Dort wartet bereits ein weiterer Fall auf ihn, der Mord am Rotlichtbaron Koustas. Charitos stürzt sich in die Arbeit, doch bald schon rächt sich, daß er sich nicht richtig erholt hat: Er bekommt Herzrasen und muß ins Krankenhaus. Einziger Trost: Seine Tochter Katerina kommt extra für ihn aus Thessaloniki angereist. Auch sie hat Herzprobleme – anderer Art.
Indes geht das Nachtleben in Athen seinen gewohnten Gang: Unter die Nachtfalter und Drogenabhängigen mischen sich Politiker, Unternehmer und Presseleute. Keiner scheint sich daran zu stören, daß Koustas umgebracht wurde. Im Gegenteil …

»Petros Markaris erzählt mit einer mediterranen Leichtigkeit, voller Lust am Fabulieren.«
Hans W. Korfmann / Frankfurter Rundschau

»Petros Markaris zeichnet auf leichtfüßige Weise ein lebendiges Bild von der griechischen Gegenwart. Krimi-Freunde müssen diesen neuen griechischen Kommissar unbedingt kennenlernen.«
Tinga Horny / Focus Online, München

Eric Ambler im Diogenes Verlag

Seit 1996 erscheint eine Neuedition der Werke Eric Amblers in neuen oder revidierten Übersetzungen.

Der Levantiner
Roman. Aus dem Englischen von Tom Knoth

Die Maske des Dimitrios
Roman. Deutsch von Matthias Fienbork

Eine Art von Zorn
Roman. Deutsch von Malte Krutzsch

Topkapi
Roman. Deutsch von Elsbeth Herlin und Nikolaus Stingl

Der Fall Deltschev
Roman. Deutsch von Mary Brand und Walter Hertenstein

Die Angst reist mit
Roman. Deutsch von Matthias Fienbork

Schmutzige Geschichte
Roman. Deutsch von Günter Eichel

Der dunkle Grenzbezirk
Roman. Deutsch von Walter Hertenstein und Ute Haffmans

Bitte keine Rosen mehr
Roman. Deutsch von Tom Knoth

Anlaß zur Unruhe
Roman. Deutsch von Dirk van Gunsteren

Besuch bei Nacht
Roman. Deutsch von Wulf Teichmann

Waffenschmuggel
Roman. Deutsch von Tom Knoth

Ungewöhnliche Gefahr
Roman. Deutsch von Matthias Fienbork

Mit der Zeit
Roman. Deutsch von Matthias Fienbork

Das Intercom-Komplott
Roman. Deutsch von Dirk van Gunsteren

Doktor Frigo
Roman. Deutsch von Matthias Fienbork

Schirmers Erbschaft
Roman. Deutsch von Nikolaus Stingl

Nachruf auf einen Spion
Roman. Deutsch von Matthias Fienbork

Außerdem lieferbar:

Ambler by Ambler
Eric Amblers Autobiographie
Deutsch von Matthias Fienbork

Die Begabung zu töten
Deutsch von Matthias Fienbork

Wer hat Blagden Cole umgebracht?
Lebens- und Kriminalgeschichten
Deutsch von Matthias Fienbork

Über Eric Ambler
Zeugnisse von Alfred Hitchcock bis Helmut Heißenbüttel. Herausgegeben von Gerd Haffmans unter Mitarbeit von Franz Cavigelli. Mit Chronik und Bibliographie. Erweiterte Neuausgabe

Stefan Howald
Eric Ambler
Eine Biographie. Mit Fotos, Faksimiles, Zeittafel, Bibliographie, Filmographie und Anmerkungen

Magdalen Nabb im Diogenes Verlag

»Wie man Italophilie, Krimi und psychologisches Einfühlungsvermögen zwischen zwei Buchdeckel bekommt, ist bei der Engländerin Magdalen Nabb nachzulesen. Die Reihe um einen einfachen, klugen sizilianischen Wachtmeister, der seinen Dienst in Florenz versieht, ist ein Kleinod der Krimikultur.«
Alex Coutts / Ultimo, Bielefeld

Tod im Frühling
Roman. Aus dem Englischen von Matthias Müller. Mit einem Vorwort von Georges Simenon

Tod im Herbst
Roman. Deutsch von Matthias Fienbork

Tod eines Engländers
Roman. Deutsch von Matthias Fienbork

Tod eines Holländers
Roman. Deutsch von Matthias Fienbork

Tod in Florenz
Roman. Deutsch von Monika Elwenspoek

Tod einer Queen
Roman. Deutsch von Matthias Fienbork

Tod im Palazzo
Roman. Deutsch von Matthias Fienbork

Tod einer Verrückten
Roman. Deutsch von Irene Rumler

Das Ungeheuer von Florenz
Roman. Deutsch von Silvia Morawetz

Geburtstag in Florenz
Roman. Deutsch von Christa E. Seibicke

Alta moda
Roman. Deutsch von Christa E. Seibicke

Nachtblüten
Roman. Deutsch von Christa E. Seibicke

Magdalen Nabb & Paolo Vagheggi:

Terror
Roman. Deutsch von Bernd Samland

Jugendbücher:

Ein neuer Anfang
Roman. Deutsch von Ursula Kösters-Roth

Das Zauberpferd
Roman. Deutsch von Sybil Gräfin Schönfeldt

Kinderbücher:

Finchen im Winter

Finchen im Sommer

Finchen im Herbst

Finchen im Frühling
Mit Bildern von Karen Donnelly. Deutsch von Ursula Kösters-Roth

Jakob Arjouni im Diogenes Verlag

Happy birthday, Türke!

Ein Kayankaya-Roman

»Privatdetektiv Kemal Kayankaya ist der deutschtürkische Doppelgänger von Phil Marlowe, dem großen Kollegen von der Westcoast. Nur weniger elegisch und immerhin so genial abgemalt, daß man kaum aufhören kann zu lesen, bis man endlich weiß, wer nun wen erstochen hat und warum und überhaupt.
Daß *Happy birthday, Türke!* trotzdem mehr ist als ein Remake, liegt nicht nur am eindeutig hessischen Großstadtmilieu, sondern auch an den bunteren Bildern, den ganz eigenen Gedankensaltos und der Besonderheit der Geschichte. Wer nur nachschreibt, kann nicht so spannend und prall erzählen.«
Hamburger Rundschau

»Jakob Arjouni ist eine Entdeckung. In seinen Texten ist nicht ein Tropfen Moralin, er erzählt einfach, was passiert, Geschichten, wie sie das Leben schreibt, und so gut wie nie mit dem üblichen Happy End. Auch erzählt er seine Geschichten so gut, mit äußerst wendigen Dialogen und geschickt gehaltener Spannung, daß man seine Bücher nicht mehr aus der Hand legen kann.«
Manuel Vázquez Montalbán / El País, Madrid

Mehr Bier

Ein Kayankaya-Roman

Vier Mitglieder der ›Ökologischen Front‹ sind wegen Mordes an dem Vorstandsvorsitzenden der ›Rheinmainfarben-Werke‹ angeklagt. Zwar geben die vier zu, in der fraglichen Nacht einen Sprengstoffanschlag verübt zu haben, sie bestreiten aber jede Verbindung mit dem Mord. Nach Zeugenaussagen waren an dem Anschlag fünf Personen beteiligt, doch von dem fünften Mann fehlt jede Spur. Der Verteidiger der Angeklagten beauftragt den Privatdetektiv Kemal Kayankaya mit der Suche nach dem fünften Mann...

»Verglichen wurde Jakob Arjouni bereits mit Raymond Chandler und Dashiell Hammett, den verehrungswürdigsten Autoren dieses Genres. Zu Recht. Arjouni hat Geschichten von Mord und Totschlag zu erzählen, aber auch von deren Ursachen, der Korruption durch Macht und Geld, und er tut dies knapp, amüsant und mit bösem Witz. Seine auf das Nötigste abgemagerten Sätze fassen viel von dieser schmutzigen Wirklichkeit.«
Klaus Siblewski / Neue Zürcher Zeitung

Ein Mann, ein Mord

Ein Kayankaya-Roman

Ein neuer Fall für Kayankaya. Schauplatz Frankfurt, genauer: der Kiez mit seinen eigenen Gesetzen, die feinen Wohngegenden im Taunus, der Flughafen. Kayankaya sucht ein Mädchen aus Thailand. Sie ist in jenem gesetzlosen Raum verschwunden, in dem Flüchtlinge, die um Asyl nachsuchen, unbemerkt und ohne Spuren zu hinterlassen, leicht verschwinden können. Was Kayankaya dabei über den Weg und in die Quere läuft, von den heimlichen Herren Frankfurts über korrupte Bullen und fremdenfeindliche Beamte auf den Ausländerbehörden bis zu Parteigängern der Republikaner mit ihrer Hetze gegen alles Fremde und Andere, erzählt Arjouni klar, ohne Sentimentalität, witzig, souverän.

»Jakob Arjouni schreibt die besten Großstadtthriller seit Chandler. Ein großer, fantastischer Schriftsteller. Er ist einer, der sich mühelos über den schnöden Realismus normaler Krimiautoren hinwegsetzt, denn es zählen bei ihm nie allein Indizien, Konflikte und Fakten, sondern vielmehr sein skeptisch heiteres Menschenbild. Arjouni ist es in *Ein Mann, ein Mord* endgültig gelungen, mit seinem Privatdetektiv Kayankaya eine literarische Figur zu erschaffen, die man nie mehr vergißt.« *Maxim Biller / Tempo, Hamburg*

Edelmanns Tochter

Theaterstück

Ein Bahnhof im wiedervereinigten Deutschland. Hinz und seine Tochter Ruth sitzen im Hinterzimmer des Bahnhofrestaurants und warten. Nach vier Jahrzehnten kann der Vater sich nicht länger den drängenden Fragen und Ahnungen seiner Tochter entziehen. Im Kampf um eine neue Identität, die es ihm leichter machen soll, Schuld und Schicksal zu verdrängen, hat sich der Alte tief in ein Knäuel aus Lebenslüge, Leere, Hilflosigkeit und Selbstvorwürfen verstrickt.
Ein Stück über gegenseitige Achtung, über eine Vater-Tochter-Beziehung und die Frage nach den Grenzen von statthafter Einflußnahme. Jakob Arjouni ergreift nicht Partei, er beobachtet Menschen und keine literarischen Modelle. Ohne ausführliche Erörterungen, in prägnanten Sätzen, befaßt sich der junge Autor mit dem Phänomen Deutschland: Schuld und Vergangenheit, das Dritte Reich, die Wiedervereinigung und die Tatsache, daß noch gar nichts erledigt ist…

»Arjouni weiß als Dramatiker genauso wie als Krimiautor, wie er Spannung erzielt, ohne platt zu wirken.« *Christian Peiseler / Rheinische Post, Düsseldorf*

Magic Hoffmann

Roman

Unlarmoyant, treffsicher und leichtfüßig zeichnet Jakob Arjouni ein Bild der Republik: ein Entwicklungsroman in der Tonlage des Road Movie. Ein Buch voller Spannung und Ironie über einen, der versucht, sich nicht unterkriegen zu lassen, nicht von diesem Land und nicht von seinen besten Freunden.

»Und alle Leser lieben Hoffmann: Jakob Arjouni schreibt einen Roman über die vereinte Hauptstadt, einen Roman über die Treue zu sich selbst, über gebrochene Versprechen, gewandelte Werte, verlorene Freundschaften und die Übermacht der Zeit. Ein literarischer Genuß: spannend, tragikomisch und voller Tempo.«
Harald Jähner / Frankfurter Allgemeine Zeitung

Ein Freund

Geschichten

Ein Jugendfreund für sechshundert Mark, ein Killer ohne Perspektive, eine Geisel im Glück, eine Suppe für Hermann und ein Jude für Jutta, zwei Maschinengewehre und ein Granatwerfer gegen den Papst, ein letzter Plan für erste Ängste.
Geschichten von Hoffen und Bangen, Lieben und Versieben, von zweifelhaften Triumphen und zweifelsfreiem Scheitern, von grauen Ein- und verklärten Aussichten. So ironisch wie ernst, so traurig wie heiter, so lustig wie trocken erzählt Arjouni davon, wie im Leben vieles möglich scheint und wie wenig davon klappt.

»Sechs Stories von armseligen Gewinnern und würdevollen Verlierern, windigen Studienräten und aufgeblasenen Kulturfuzzis. Typen also, wie sie mitten unter uns leben. Seite um Seite zeigt der Chronist des nicht immer witzigen deutschen Alltags, was ein Erzähler heute haben muß, um das Publikum nachdenklich zu stimmen und gleichzeitig zu unterhalten: Formulierungswitz, Einfallsreichtum, scharfe Beobachtungsgabe. Und wie der Mann Dialoge schreiben kann!« *Hajo Steinert / Focus, München*

Kismet

Ein Kayankaya-Roman

Kismet beginnt mit einem Freundschaftsdienst und endet mit einem so blutigen Frankfurter Bandenkrieg, wie ihn keine deutsche Großstadt zuvor erlebt hat. Kayankaya ermittelt – nicht nach einem Mörder, sondern nach der Identität zweier Opfer. Und er gerät in den Bann einer geheimnisvollen Frau, die er in einem Videofilm gesehen hat.
Eine Geschichte von Kriegsgewinnlern und organisiertem Verbrechen, vom Unsinn des Nationalismus und vom Wahnsinn des Jugoslawienkriegs, von Heimat im besten wie im schlechtesten Sinne.

»Hier ist endlich ein Autor, der spürt, daß man sich nicht länger um das herumdrücken darf, was man gern die ›großen Themen‹ nennt. Hier genießt man den Ton, der die Geradlinigkeit, Schnoddrigkeit und den Rhythmus des Krimis in die hohe Literatur hinübergerettet hat.«
Florian Illies / Frankfurter Allgemeine Zeitung

Idioten. Fünf Märchen

Fünf moderne Märchen über Menschen, die sich mehr in ihren Bildern vom Leben als im Leben aufhalten, die den unberechenbaren Folgen eines Erkenntnisgewinns die gewohnte Beschränktheit vorziehen, die sich lieber blind den Kopf einrennen, als einen Blick auf sich selber zu wagen – Menschen also wie Sie und ich. Davon erzählt Arjouni lustig, schnörkellos, melancholisch, klug.

»Jakob Arjouni ist ein wirklich guter, phantasievoller Geschichtenerzähler. Ich versichere Ihnen, Sie werden staunend und vergnügt lesen.«
Elke Heidenreich / Westdeutscher Rundfunk, Köln

»Arjouni wird immer besser.« *Die Weltwoche, Zürich*

Esmahan Aykol
Hotel Bosporus

Roman. Aus dem Türkischen
von Carl Koß

Deutsche trinken Bier. Und Türken essen Kebap. Kati Hirschel kämpft jeden Tag gegen solche Klischees. Seit dreizehn Jahren betreibt sie in Istanbul ihren Krimibuchladen, und noch immer fallen die Türken in Ohnmacht, wenn sie lacht – Deutsche lachen nicht. Kati Hirschel läßt sich aber nicht festnageln: Sie wächst auch über ihre Rolle als Krimibuchhändlerin hinaus und wird zu einer charmanten Detektivin. Nach dem Motto: Die Buchhändlerin, dein Freund und Helfer.

»Ein – in der Türkei schon sehr erfolgreicher – Roman über deutsch-türkische Miß- und Verständnisse, der vor lauter Genußfreude und Lust sprüht und Lust am Leben, Lesen und Denken verbreitet. Eine Pflichtlektüre für Türkeiurlauber, Istanbulreisende und Krimiliebhaber.«
Annemarie Stoltenberg/Hamburger Abendblatt

»Ein herrlicher Roman über Istanbul! Die Lebensart der Türken, die Vorurteile, die Männerwelt, die Politik, die Korruption – über all das schreibt Esmahan Aykol mit großer Leichtigkeit und Humor.«
Petros Markaris